HEYNE <

Das Buch

Merkwürdige Dinge geschehen in Moskau: Als Kirill Maximov eines Abends nach Hause kommt, hat irgendjemand seine Wohnung komplett umgeräumt, und eine ihm völlig unbekannte Frau behauptet, sie lebe hier schon seit Jahren. Damit nicht genug: An seinem Arbeitsplatz ist Kirill niemandem bekannt, und auch seine Freunde und Verwandten haben offenbar vergessen, dass er je existiert hat. Völlig verwirrt, ohne Bleibe, ohne Geld wird Kirill durch einen anonymen Anruf schließlich zu einem verlassenen Wasserturm geleitet – wo ihm eine atemberaubende Enthüllung gemacht wird: Man hat ihn aus seiner Existenz gerissen, um ihn zu einem sogenannten »Funktional« zu machen. Als solcher hat er die Aufgabe, die Grenze zwischen etlichen parallelen Welten zu überwachen. Doch wer hat diese Parallelwelten geschaffen? Und wozu? Für Kirill beginnt ein Abenteuer, wie er es sich in seinen kühnsten Träumen nicht hätte vorstellen können ...

Nach seinen faszinierenden »Wächter«-Romanen legt Bestseller-Autor Sergej Lukianenko mit »Weltengänger« erneut ein grandioses fantastisches Abenteuer vor.

»Sergej Lukianenko ist der meistgelesene russische Autor der Gegenwart.« STERN

»Düster und kraftvoll – der Russe Sergej Lukianenko ist der neue Star der fantastischen Literatur!« FRANKFURTER RUNDSCHAU

Der Autor

Sergej Lukianenko, 1968 in Kasachstan geboren, studierte in Alma-Ata Medizin, war als Psychiater tätig und lebt nun als freier Schriftsteller in Moskau. Er ist der populärste russische Autor der Gegenwart, seine Romane und Erzählungen wurden bereits mehrfach preisgekrönt. Mit seiner WÄCHTER-Serie landete er einen internationalen Bestseller.

Ein Verzeichnis aller im WILHELM HEYNE VERLAG erschienenen Bücher von Sergej Lukianenko finden Sie am Ende des Bandes.

Sergej Lukianenko

WELTEN GÄNGER

Roman

Aus dem Russischen
von Christiane Pöhlmann

WILHELM HEYNE VERLAG
MÜNCHEN

Titel der russischen Originalausgabe:
ЧЕРНОВИК

MIX
Papier aus verantwortungsvollen Quellen
FSC® C014496

Verlagsgruppe Random House FSC-DEU-0100
Das für dieses Buch verwendete
FSC®-zertifizierte Papier *Holmen Book Cream*
liefert Holmen Paper, Hallstavik, Schweden.

Taschenbuchausgabe 5/2013

Printed in Germany 2013
Redaktion: Erik Simon
Umschlaggestaltung: Animagic, Bielefeld
Satz: C. Schaber Datentechnik, Wels
Druck und Bindung: GGP Media GmbH, Pößneck

ISBN 978-3-453-52955-7

www.heyne-magische-bestseller.de

Eins

Es gibt Tage, da will dir rein gar nichts glücken. Dein Fuß findet den Weg vom Bett zum Pantoffel nicht, sondern landet auf dem Rücken deines geliebten Hundes, der dir vor Schreck nach dem Knöchel schnappt. Den Kaffee gießt du an der Tasse vorbei – und natürlich direkt auf das frisch gewaschene Hemd. Auf dem Weg zur Metro stellst du fest, dass du Papiere und Geld zu Hause vergessen hast, und als du kehrtmachst, wird dir klar, dass du die Sachen nicht vergessen, sondern verloren hast. Zusammen mit den Schlüsseln.

Aber auch das Gegenteil kommt vor. Du wachst munter und mit angenehmen Erinnerungen an einen Traum auf, der gestrige Schnupfen hat sich über Nacht spurlos verflüchtigt, es gelingt dir, weich gekochte Eier zu fabrizieren, deine Freundin, mit der du dich am Vortag überworfen hast, ruft von sich aus an und bittet dich um Verzeihung, Oberleitungs- und Autobus kommen, kaum dass du die Haltestelle erreicht hast, dein Chef ruft dich zu sich und teilt dir mit, er habe beschlossen, dir eine Gehaltserhöhung zu gewähren und eine Prämie auszuzahlen.

Solche Tage jagen mir mehr Angst ein. Denn das wusste man bereits in der Antike: Man darf das Schicksal nicht durch übermäßigen Erfolg ergrimmen. Der Herrscher Polykrates hat sich schon etwas dabei gedacht, als er den Ring ins Meer warf. Als die See dieses Opfer verschmähte, hätte sich der König freilich den Finger abschneiden müssen, womöglich wäre er ihm ja nicht nachgewachsen. Solltest du kein geborener Glückspilz sein, der mit dem leichten Schritt eines Flaneurs durchs Leben geht, dann hüte dich vor den glücklichen Tagen! Nicht umsonst gleicht das Leben der gestreiften Gefängnistracht. Hast du heute Pech, winkt dir schon morgen das Glück.

Für gewöhnlich beruhigt mich dieser Gedanke. Nur heute nicht.

Wie angewurzelt stand ich vor der Tür meiner Wohnung. Einer ganz normalen Tür. Die wegen der heutigen kriminellen Zeiten aus Eisen war und billig mangels eines reichen Onkels in Amerika.

Nur dass diese Tür einen Spalt offen stand. Was das hieß, bedarf keiner weiteren Erklärung. Noch leide ich nicht an Gedächtnisschwund: Vor einer Woche hatte Anja mir die Schlüssel bei ihrem Abgang voller Verachtung auf den Boden geschmissen. Meine Eltern hatten ein Ersatzbund, selbstverständlich nicht um meine Wohnung zu inspizieren, sondern für den Fall, dass ich meinen eigenen verlor. Bedauerlicherweise machten die beiden jedoch seit einer Woche in der Türkei Urlaub, konnten mich also kaum besuchen.

Ich stand da und dachte an Cashew. Warum mein Skye-Terrier Cashew heißt, muss man die Züchterin fragen. Vielleicht liebte sie diese Nüsse. Vielleicht wusste sie aber auch einfach nicht, was Cashews sind. Ich hatte mich damals jedenfalls nicht getraut, mich danach zu erkundigen.

Was macht ein Dieb, wenn er in einer Wohnung einen kleinen, wiewohl tapferen Terrier entdeckt? Vermutlich durfte ich schon froh sein, wenn er ihn bloß trat.

Sicherlich, es gab in meiner Wohnung das eine oder andere wertvolle Stück. Der Laptop. Die Stereoanlage. Der Fernseher war ebenfalls nicht zu verachten, der DVD-Player brandneu. Und irgendwann würde jeder versierte Dieb die mit Klebeband an der Rückwand der Garderobe befestigte eiserne Reserve entdecken, jenen Briefumschlag mit den tausend Euro.

Trotzdem dachte ich einzig und allein an Cashew. Vermutlich hätte ich noch ein paar Minuten so dagestanden, unfähig, mich aufzuraffen, die Tür aufzustoßen, wenn nicht ein feines metallisches Geräusch aus der Wohnung gedrungen wäre.

Der Dieb war noch da!

Durch reckenhaften Wuchs oder heroischen Mut habe ich mich noch nie ausgezeichnet. Sämtliche Bekanntschaft, die ich mit dem Zweikampf geschlossen hatte, beschränkte sich auf einen Karatekurs, den ich im zarten Teenageralter ohne rechte Begeisterung ein halbes Jahr lang besucht hatte, sämtliche praktische Erfahrung auf gelegentliche Balgereien etwa in der gleichen Phase meines Lebens. Des ungeachtet stürmte ich mit dem Eifer eines Bruce Lee, dem jemand auf seinen Lieblingskimono getreten ist, in die Wohnung.

Sind Sie sich schon mal wie ein kompletter Idiot vorgekommen?

Da stand ich nun in dem engen, schummerigen Flur meiner Einzimmerwohnung. Nur dass diese Wohnung völlig fremd aussah. Statt der akkurat in der Wand befestigten Haken, an denen einsam eine seit dem Frühjahr nicht getragene Jacke hing, sprang mir eine geweihartige Holzgarderobe samt beigefarbenem Mantel und Schirm ins Auge. Auf dem Fußboden lag ein Teppich in einer fröhlichen Farbe. Soweit ich es erkennen konnte, stimmte in der Küche auch nichts. Zum Beispiel war der Kühlschrank sonst wohin verschwunden. Seinen Platz nahm jetzt eine unansehnliche junge Frau im Bademantel und mit einer Kasserolle in der Hand ein. Bei meinem Anblick kreischte sie laut los und ließ den Topf fallen.

»Pech gehabt, alte Vettel!«, schrie ich. Was um alles in der Welt ist eine »Vettel«? Woher nahm ich plötzlich dieses Wort? Ich wusste es selbst nicht.

»Was erlauben Sie sich denn!«, keifte die Frau ihrerseits. »Verschwinden Sie! Oder ich rufe die Miliz!«

Da das Telefon direkt neben der Eingangstür an der Wand hing, stufte ich ihre Drohung nicht nur als unverschämt, sondern auch als voreilig ein. Ich spähte ins Zimmer, entdeckte dort aber keine Komplizen der Frau. Dafür hielt sich Cashew hier auf, er stand auf dem Sofa – bei dem es sich nicht um mein Sofa handelte! Cashew kläffte laut, war gesund, munter und völlig unverletzt.

Hat man Töne! Die hatten einfach meine Möbel rausgeschleppt! Wie lange war ich aus dem Haus gewesen?

Fünf Stunden? Sechs? Aber die hatten es geschafft, meine Sachen abzutransportieren. Bloß wozu hatten sie die Wohnung auch noch neu eingerichtet?

»Die Miliz?«, gab ich zurück. »Die wird ein Wörtchen mit Ihnen zu reden haben.«

Ich nahm den Hörer ab und wählte 01. Die Frau stellte ihr Geschrei ein und starrte mich schweigend an. Cashew bellte.

»Die Feuerwehr am Apparat«, erklang es in der Muschel.

Ich drückte die Gabel herunter und wählte 02. Jetzt nur keine Panik, so was konnte jedem passieren. Schließlich wird einem nicht alle Tage die Bude ausgeräumt – noch dazu auf so ausgefallene Weise.

»Ist da die Miliz? Ich habe einen Einbruch zu melden«, sagte ich schnell. »Kommen Sie bitte sofort. Studeny-Passage ...«

»Was soll das? Sind Sie krank?«, fragte die Frau. Offenbar hatte sie sich wieder beruhigt. »Oder betrunken?«

»Betrunken, bekifft, bedröhnt«, versicherte ich schadenfroh, während ich auflegte. »Was dachten Sie denn?«

»Kirill?«, vernahm ich hinter mir.

Als ich mich umdrehte, gewahrte ich voller Freude meine Nachbarin auf dem Treppenabsatz. Ein giftiges altes Weib namens Galina, eine Liebhaberin von Tratsch und Klatsch, die alle Nachbarn anfeindete. Momentan drückte sich in ihrer Miene in der Vorfreude auf das neue Gesprächsthema freilich unverfälschte Anteilnahme und Freundlichkeit aus.

»Sehen Sie doch nur, was geschehen ist, Galina«, sagte

ich. »Ich komme nach Hause und treffe auf eine Diebin!«

Auf dem Gesicht der Nachbarin spiegelte sich Begeisterung wider, gemischt mit einer Prise Angst.

»Sollte man nicht die Miliz rufen, Kirilluschka?«

»Das hab ich schon«, beruhigte ich sie. »Werden Sie meine Zeugin sein?«

Galina nickte und winkte andeutungsweise in Richtung der Einbrecherin. »Puh, was für eine dreckige Vettel! So eine hat mir im letzten Jahr auf dem Markt meine Geldbörse aus der Tasche geklaut!«

»Sie haben ja alle beide völlig den Verstand verloren«, befand die Frau gelassen. Sie angelte nach einem Päckchen Zigaretten und steckte sich eine an. Im Zimmer bellte nach wie vor der tapfere Terrier. »Cashew, aus!«, blaffte die Frau, worauf der Hund sofort verstummte.

Mir blieb die Spucke weg. Selbst Galina spitzte aufmerksam zu der anderen Frau hinüber. Sie hasste meinen Hund – so wie sie jedes Lebewesen in diesem Haus hasste. Aber ...

»Ist das deine Freundin?«

»Wer? Die da?« Vor lauter Ärger verschluckte ich mich sogar. Nun gut, in ihren Augen galt jeder junge Mann als geiler Bock, und wenn er obendrein unverheiratet war, rangierte er bei ihr als Mischung aus Casanova und Caligula. Mich aber für fähig zu halten, mir dieses reizlose Individuum mit dem spillerigen rotblonden Haar und dem von Sommersprossen übersäten Gesicht ins Haus zu holen ... »Die sehe ich zum ersten Mal!«

»Sie sind es, den ich zum ersten Mal sehe!«, mischte

sich die Frau zu allem Überfluss auch noch ein. »Ich weiß nicht, was Sie damit bezwecken, aber Sie sollten tunlichst aus meiner Wohnung verschwinden ...«

»Kirill wohnt schon über drei Jahre hier«, brach Galina prompt eine Lanze für mich. In diesem Augenblick wäre ich bereit gewesen zu schwören, der alten Klatschbase gebühre im Grunde Respekt. »Seine Eltern sind reiche Leute, sie haben ihrem Sohnemann die Wohnung gekauft und alles renovieren lassen. Manch anderer haust ja sein Lebtag in Gott weiß was für Löchern, aber er hat schon als junger Mann 'ne eigene Wohnung ...«

Gut, vermutlich hatte ich es mit meiner Begeisterung für die Nachbarin etwas übertrieben. Was zum Teufel ging es sie an, wer mir die Wohnung gekauft hatte? Schließlich hatte sie selbst ihre Dreizimmerwohnung in der guten alten Zeit vom Staat für irgendwelche Leistungen im Dienste des Plankomitees erhalten.

»Sie sind ja beide völlig verrückt«, erklärte die Frau. »Oder gehören zur selben Bande.«

Fassungslos rang Galina die Hände. Anschließend klingelte sie an der Nachbartür Sturm. Die Frau und ich maßen einander mit bösen und misstrauischen Blicken. Als gelte es, eine stillschweigende Übereinkunft zu wahren, blieben wir beide wie zur Salzsäule erstarrt stehen. Allerdings rauchte die Frau, und zwar schon die zweite Zigarette, während ich den Schlüsselbund um einen Finger kreisen ließ.

»Mama ist nicht da«, informierte das Nachbarmädchen hinter der nur einen Spalt geöffneten Tür hervor Galina. »Und Papa schläft noch nach der Arbeit ...«

»Weck deinen Papa, man raubt unseren Nachbarn aus!«, verlangte die Alte frohgemut.

Das Mädchen steckte den Kopf zur Tür heraus, fiepte mir ein »Hallo!« zu und verschwand in der Wohnung, wobei sie nicht vergaß, die Tür zuzuknallen.

»Diese Form der Arbeit kennen wir ja«, kommentierte Galina prompt. »Hat sich die Hucke vollgesoffen und ratzt jetzt ...«

Abermals ging die Tür auf. Unser Nachbar trat heraus, in Unterhosen, Unterhemd und barfuß. Obwohl er schon auf die vierzig zuging, war er ein kräftiger Mann, dem anscheinend durchaus der Sinn danach stand, unverzüglich jemandem seine gewaltige Faust ins Auge zu jagen.

»Tagchen, Pjotr Alexejewitsch!«, überfiel ihn die Nachbarin. »Zustände sind das! Am helllichten Tag wollte man einen Jungen aus unserer Mitte ausrauben!«

»Es ist schon Abend«, sagte Pjotr, indem er Galina zur Seite schob. Er kam auf mich zu und lugte mir über die Schulter. »Brauchst du Hilfe?«

»Die Miliz kommt jeden Moment.«

Mein Nachbar nickte. »Schade, dass sie ein Weibsbild ist«, meinte er bedauernd. »Einem Kerl würde ich sofort eins über den Schädel ziehen. Fürs Erste.«

Die Frau erbleichte.

»Oder soll ich ihr trotzdem eins verpassen?«, überlegte Pjotr laut.

In dem Moment summte jedoch der Fahrstuhl los, und mein Nachbar verstummte. Kurz darauf zwängten sich drei Milizionäre zu uns auf den Treppenabsatz. Zwei von ihnen trugen Maschinenpistolen. Nachdem sie sich überzeugt hatten, dass sie vorerst niemanden zu erschießen brauchten, erstarrten sie gleichsam zu einer Ehrenwache. Bei dem dritten Mann handelte es sich offensichtlich um ihren Chef.

»Wer hat die Miliz gerufen?«, fragte er mich.

»Ich.«

»Ist das Ihre Wohnung?«, wollte er mit einem Nicken in Richtung Tür wissen.

»Ja.«

Drinnen lachte die Frau hysterisch auf.

»Seine, ganz bestimmt«, sprang Galina mir bei. »Wir sind Nachbarn. Und Zeugen!«

»Obersergeant Dawydow. Ihre Papiere, bitte«, verlangte der Milizionär, der bislang keine Anstalten machte, die Wohnung zu betreten. »Das gilt für alle!«

Meine Nachbarn verschwanden in ihren Wohnungen. Selbst der träge Pjotr Alexejewitsch legte eine gewisse Beflissenheit an den Tag. Ich kramte meinen Ausweis hervor und reichte ihm den Milizionär mit der wirren Erklärung: »Ich bin von der Arbeit nach Hause gekommen, die Tür stand offen ... Ich habe mir Sorgen um meinen Hund gemacht, diese Dreckskerle schrecken doch nicht mal davor zurück, ein Tier totschlagen ...«

»Man muss sich einen Hund halten, der so loskläfft, dass jeder Verbrecher sich in die Hosen macht«, sagte der Milizionär, während er meinen Ausweis studierte. Er schielte zu der Fremden hinüber. »Oder in den Rock ... Gut. Kirill Danilowitsch Maximow. Gemeldet in Moskau, Studeny-Passage 37, Wohnung 18 ... Gut. Alles in Ordnung.«

Meine Nachbarn kehrten mit ihren Papieren zurück.

»Sie werden Zeugen sein«, erklärte Dawydow. »Wollen wir jetzt in die Wohnung gehen?«

»Zu gern«, versicherte ich hämisch. »Stellen Sie sich vor, die haben meine Möbel abtransportiert und stattdessen ihre eigenen angeschleppt ...«

»Besetzung von Wohnraum«, warf einer der Bullen mit MP ein.

»Die Schlussfolgerungen überlass den Richtern«, fuhr ihn sein Chef an.

Daraufhin betraten wir die Wohnung. Cashew bellte erneut los. Dawydow betrachtete ihn und schüttelte den Kopf. Danach wandte er sich mit ausgesuchter Höflichkeit an die Frau: »Ihre Papiere, bitte.«

»Die sind in der Tasche. An der Garderobe«, erklärte sie.

»Dann holen Sie sie.«

Die Frau fischte ihre Papiere aus der Tasche. Mich bedachte sie mit einem höchst seltsamen Blick.

Die nächste Minute nahm sich der Obersergeant den Ausweis vor. Dann trat er ans Fenster und inspizierte das Dokument in den letzten Resten des Tageslichts. Schließlich stieß er einen Pfiff aus und schaute mich mit hintergründigem Lächeln an. »Das hier muss die Dritte Bauarbeiterstraße sein, Bürger Maximow.«

Warum zitierte er diese Adresse aus dem Film *Ironie des Schicksals*, die schon dort für allerlei Verwirrung gesorgt hatte? Warum nannte er mich Bürger? Mir behagte das überhaupt nicht. Mit gutem Grund.

Die Frau hieß Natalja, mit Nachnamen Iwanowa. Sie war einundzwanzig Jahre alt, also fünf Jahre jünger als ich. Und sie war in meiner Wohnung gemeldet. Jetzt saßen wir am Küchentisch, Natalja, der Obersergeant und ich.

Nachdem Dawydow die Ausweise eine Zeit lang geprüft hatte, fragte er: »Und Sie kennen einander nicht?«

Auf diese Frage zu antworten, schenkte ich mir. Genauso wie die Frau.

»Wer wohnt hier?«, erkundigte sich der Obersergeant bei den Nachbarn.

»Er!«, rief Galina aus. »Er lebt hier! Schon seit drei Jahren.«

Gab es also doch irgendwas Menschliches in ihr.

»Kirill«, bestätigte auch Pjotr Alexejewitsch. »Daran gibt es nichts zu rütteln. Und die da ... sehe ich zum ersten Mal.«

Der Obersergeant musterte Natalja. »Was versprechen Sie sich denn davon, Bürgerin?«, fragte er in tadelndem Ton. »Urkundenfälschung, Einbruch ...«

»Die Schlussfolgerungen überlassen Sie den Richtern«, zischte die Frau. »Ich wohne hier! Seit drei Jahren, seit ich die Wohnung gekauft habe. Und die da ...« Ihr unbestimmtes Nicken schloss mich ebenso ein wie die beiden Nachbarn. »... sehe ich zum ersten Mal! Das ist eine Bande! Wieso wollen Sie das nicht begreifen?«

Während ich ihr zuhörte, musterte ich die Kacheln. Ein gewöhnlicher Kachelstreifen über dem Herd und der Spüle, zum Schutz. Ich hatte dafür hübsche bordeauxrote Kacheln gewählt, die eigentlich ziemlich viel kosteten, die ich aber verbilligt als Restposten bekommen hatte. Wie viel brauchte man da denn schon? Zwei Quadratmeter vielleicht.

Natalja hatte schlichtere Kacheln. Hellblaue.

Gewiss, an einem Tag konnte man sämtliche Möbel aus einer Wohnung schaffen. Und wenn man es darauf anlegte, wohl auch frisch tapezieren. Aber die alten Kacheln abklopfen und neue legen? Obendrein so penibel?

Oder ließ sich auch das bewerkstelligen?

Ich betrachtete den Fußboden. Linoleum. Nicht das, was bei mir auslag. Anderes.

»Ist das Ihre Wohnung?«, fragte Dawydow. »Wohnen Sie hier?«

»Ich weiß nicht ...«

»Was heißt das – Sie wissen es nicht?« Meine Antwort brachte ihn aus dem Konzept. »Sie müssen doch ...«

»Ich wohne hier. Das sind meine Nachbarn.« Ich nickte in Richtung der Zeugen. »Aber ... hier hat sich alles völlig verändert. Das sind nicht meine Möbel. Das Linoleum, das ich hatte, war ... heller und irgendwie weicher, auf einer Verlegepappe ...«

Natalja schnaubte.

»Die Kacheln an der Wand sind auch anders ...«, schloss ich, obwohl ich spürte, wie meine Chancen, Unterstützung seitens der Miliz zu erhalten, dahinschwanden.

»Die Kacheln?«, hakte der Obersergeant nach. »Die Kacheln sind anders?«

Er trat an die Wand heran und fuhr mit dem Fingernagel über eine Fuge, um dann die Achseln zu zucken. »Du hast doch mal auf dem Bau gearbeitet, oder?«, wandte er sich an einen seiner Kollegen. »Kann man eine Wand innerhalb eines Tages neu kacheln?«

»Theoretisch ist alles möglich«, gab sich der Bulle vage. »Guter Leim, ein schnell trocknender Fugenkleber ... Aber praktisch ... Nein.«

»Gehen wir ins Bad«, entschied Dawydow.

Im Badezimmer trocknete Unterwäsche. Weibliche. Natalja huschte vorbei, um Höschen und BHs von der Leine zu klauben.

»Ist das Ihr Badezimmer?«, fragte Dawydow. »Sind das Ihre Fliesen?«

Was biss er sich bloß an diesen Fliesen fest? Langsam schwante mir freilich, worauf die Fragerei abzielte. Zwei Quadratmeter Kacheln auszutauschen war eine Sache. Aber das ganze Bad zu renovieren ...

»Es scheint meins zu sein«, meinte ich bedrückt. »Ich habe es so gelassen, wie es war.«

»Gibt es irgendetwas Besonderes? Eine abgeplatzte Stelle an der Wanne? Einen Riss in einer Fliese?«

Mit aller Gewalt versuchte ich mich zu erinnern. Zu gern hätte ich in dieser Wohnung etwas entdeckt, was mir gehörte.

»Auf dem Wasserhahn waren Kratzer, ich habe ihn schon mit diesem Mangel gekauft«, erklärte ich. »Aber das hier ist ein anderer, der ist viel älter.«

»Was heißt hier ein anderer Hahn?«, empörte sich Natalja. »Den habe ich nicht ausgewechselt, das ist der, der hier schon immer drin war!«

Das Funkgerät des Obersergeanten piepte. Er murmelte etwas ins Mikro. Nachdenklich betastete er den Wasserhahn. »Also gut«, stieß er aus. »Wer besitzt Papiere für diese Wohnung?«

»Ich!«, rief Natalja. »Einen Moment ...«

Sie rannte ins Zimmer.

»Ich hatte auch mal welche«, brachte ich hoffnungslos hervor. »In meinem Schreibtisch. Aber der steht nicht mehr in meinem Zimmer, da habe ich schon nachgeguckt. Der ist nicht mehr da, der Schreibtisch, meine ich.«

»Solche Dokumente muss man in einem Schließfach in der Bank aufbewahren«, belehrte mich der Obersergeant ernsten Tones.

Das brachte das Fass zum Überlaufen. »Was faselst du denn da, du Hüter des Gesetzes?«, platzte es aus mir heraus. »Was für ein Schließfach! Für wen hältst du mich denn? Für irgendeinen Neureichen? Mit Schließfach in der Bank? Wo bewahrst du denn deine Papiere auf?«

Er nahm mir das nicht einmal übel – und das jagte mir abermals Angst ein.

»Unter der Matratze ... Beruhigen Sie sich, Kirill Danilowitsch, sonst sagen Sie noch etwas Unbedachtes, und ich muss Sie festnehmen.«

Jetzt kam Natalja zurück. Mit den Unterlagen für die Wohnung, den Belegen für die Miete, Stromquittungen, der Kaufurkunde ...

Ich sagte kein Wort. Der Obersergeant besah sich die Papiere und gab sie Natalja zurück. »Also, meine Damen und Herren«, sagte er, »ich sehe keine Möglichkeit, Ihnen zu helfen. Sie müssen vor Gericht gehen, Kirill Danilowitsch. Wenn die Wohnung wirklich Ihnen gehört ...«

»Das ist doch nicht Ihr Ernst?«, rief ich.

»... dann werden beim Notar, bei den Behörden für den An- und Verkauf von Wohnraum und wohl auch bei der Direktion für Gebäudenutzung Kopien der Unterlagen vorliegen«, fuhr er mit gerunzelter Stirn fort. »Diese Dokumente auszutauschen« – er stockte –, »dürfte zwar möglich sein, wäre aber derart aufwendig und teuer, dass sich die ganze Angelegenheit kaum lohnen würde. Niemand würde sich wegen einer Einzimmerwohnung in einem Plattenbau am Stadtrand so etwas aufhalsen!«

Natalja schnaubte – und dies derart triumphierend, dass unmissverständlich klar wurde: Sie hegte an der Existenz ihrer Papiere keine Zweifel. Sowohl bei der genannten Direktion als auch beim Notar.

»Und Ihnen, Bürgerin Iwanowa, würde ich, wenn Sie hier wohnen, den Rat geben, wenigstens gewisse nachbarschaftliche Beziehungen zu pflegen. Wer kann denn bestätigen, dass Sie hier wohnen? Ihre Freundinnen? Ihre Verwandten?«

»Meine Verwandten wohnen in Pskow und haben mich bisher noch nicht besucht«, parierte Natalja. »Mit meinen Freundinnen gehe ich im Park spazieren oder ins Kino, betrinke mich mit ihnen aber nicht in meiner Wohnung, wie es Männer tun. Und was diese Nachbarn angeht, dieses versoffene Pack ...« Zornig blickte sie die Nachbarn an. »... die will ich gar nicht kennenlernen.«

»Ganz ruhig!« Mit einer Handbewegung stoppte Dawydow den auf Natalja zurollenden Pjotr Alexejewitsch. »Wir haben es hier mit einer komplizierten Situation zu tun, aber am Ende siegt das Recht immer. Verlassen wir jetzt die Wohnung der Bürgerin ...«

Damit war mein Spiel verloren, keine Frage. Und es gab nichts, was ich noch hätte vorbringen können.

Obwohl ...

»Cashew kriegst du aber nicht, du Miststück!«, blaffte ich und packte den um Nataljas Beine wuselnden Skye-Terrier. »Autsch!«

Cashew hatte nach meinem Finger geschnappt, sich meinem Griff entwunden und auf den Boden fallen lassen, wo er sogleich loskläffte. Wo er mich verbellte!

»Rühr mir ja den Hund nicht an, du Arsch!«, keifte Natalja. »Cashew, mein Kleiner ...«

»Sie soll die Papiere für den Hund vorzeigen!«, brüllte ich. »Das ist meiner!«

Cashew rekelte sich in Nataljas Armen und bellte mich empört an. Mein Finger tat weh, aber immerhin hatte der Terrier ihn nicht blutig gebissen.

»Gehen wir, Kirill.« Dawydow schlug mir auf die Schulter. »Brechen wir auf. Der Hund, scheint's, teilt Ihre Meinung nicht unbedingt.«

»Dir zeig ich die Dokumente!«, keifte Natalja mir hinterher. »Du Arsch, du! Wozu hast du dir das alles ausgedacht? Wolltest mir den Hund wegnehmen?«

Kaum hatten wir die Wohnung verlassen – halb zog Dawydow mich, halb schubste er mich –, da fiel hinter uns krachend die Tür zu. Die Schlösser wurden verriegelt, der Riegel geräuschvoll vorgeschoben.

»Schöne Sache ...«, meinte der Obersergeant mitfühlend.

Ich linste zu meinen Nachbarn hinüber. Galina – endlich fiel mir auch ihr Vatersname wieder ein! – Galina Romanowna sah mich mit unverfälschter Begeisterung an. Na klar! Was für Gesprächsstoff!

»Ihnen wird das Lachen schon noch vergehen, wenn Sie erst mal vom Bäcker nach Hause kommen und in Ihrer Wohnung einen fremden Mann vorfinden«, prophezeite ich.

Die Augen gingen Galina Romanowna über.

»Ach, hör doch auf ...«, fauchte sie und zog sich panisch in ihre Wohnung zurück. »Ich kenne dich überhaupt nicht! Und du hast hier niemals gewohnt!«

»Das war nicht klug von Ihnen«, meinte Dawydow seufzend. »Vermutlich stehen Ihnen lange Untersuchungen bevor, da sollten Sie die Zeugen nicht gegen sich aufbringen.«

»Also glauben Sie mir?«, fragte ich.

Die Miliz hatte ich noch nie gemocht. Allzu oft bereiten dir die Bullen mehr Verdruss, als dass sie dir helfen. Aber dieser Obersergeant gefiel mir. Er – wie soll ich das ausdrücken – er schien mir okay zu sein. Wirkte wie ein normaler Milizionär. Wie er sein sollte. Ich verübelte ihm nicht einmal, dass er angesichts der Papiere Nataljas eingeknickt war.

»Ja, das tu ich. Meiner Ansicht nach lügen Sie nicht. Weshalb sollten Sie auch? Und Ihren Nachbarn glaube ich auch.« Dawydow holte ein Päckchen Jawa heraus und bot mir eine Zigarette an, die ich jedoch ablehnte. Nachdem er sich eine angesteckt hatte, fuhr er fort: »Wenn ich das Ganze zu entscheiden hätte, würde ich einem Wort dieser fuchtigen Alten mehr Gewicht beimessen als allen Papieren zusammen.«

»Ja, falls sie sich zu einer Aussage herablässt ...«, brummte Pjotr Alexejewitsch. »Könnte ich eine haben?«

Dawydow linste ins Päckchen. »Von anderen nehmen wir Milizionäre nicht die letzte ... aber unsere letzte anbieten, das tun wir. Nimm, ich habe noch welche im Auto.«

Offenbar wollte niemand aufbrechen, dazu fesselte uns alle dieser Vorfall viel zu sehr.

»Was soll ich denn jetzt machen?«, fragte ich.

»Haben Sie keine Papiere? Von Ihrem Ausweis einmal abgesehen?«

Ich schüttelte den Kopf.

»Gehen Sie zur Direktion für Gebäudenutzung. Suchen Sie alle Stellen auf, in denen die Unterlagen aufbewahrt werden könnten, die Ihr Anrecht auf den Wohnraum bestätigen. Wer bist du denn ohne Papiere?«

»Ein Niemand«, murmelte ich.

»Eben. Du kannst hundert Zeugen anbringen, die mit dir in der Wohnung Wodka getrunken haben, die dir beim Tapezieren geholfen und den Einzug mit dir gefeiert haben. Aber ohne die Papiere bist du ein Niemand, und kein Gericht wird dir recht geben. Wenn Sie Journalisten kennen, setzen Sie sich mit ihnen in Verbindung. Vielleicht können sie Ihnen einen Rat geben oder einen Artikel schreiben ...«

»Die Zeiten, wo man etwas auf Artikel gegeben hat, sind vorbei«, grummelte Pjotr Alexejewitsch. »Heute ... wischt man sich nur noch den Hintern damit ab.«

»Die Sache mit dem Hund ist allerdings seltsam«, bemerkte Dawydow unvermittelt. »Alles andere kann ich mir vorstellen. Dass jemand sämtliche Unterlagen ausgetauscht, frisch tapeziert und neu gefliest hat. Aber dass ein Hund sein Herrchen nicht erkennt? War er schon ausgewachsen, als Sie ihn bekommen haben?«

»Nein, ein Welpe. Zwei Monate alt war er damals.«

»Komisch.« Dawydow schüttelte den Kopf. »Also muss das ein anderer Hund sein.«

»Es ist meiner! Ich werde doch wohl noch meinen eigenen Hund erkennen, oder? Für einen Fremden mögen sie ja alle gleich aussehen ...«

Abermals fiepte Dawydows Funkgerät.

»Viel Glück ...«, brummte er geschäftig, als bereue er mit einem Mal seine Vertrauensseligkeit. Dann drückte er den Knopf für den Fahrstuhl. »Am Ende kommt die Wahrheit immer ans Licht.«

»Auf Wiedersehen«, meinte der Bulle, der früher auf dem Bau gearbeitet hatte, unpassenderweise.

Sie stiegen in den Fahrstuhl, wobei sie mit den Läufen der Maschinenpistolen aufeinander zielten, ohne dass sie es selbst bemerkten. So kommt es dann zu Unfällen ...

»Was ist, Kirill, kommst du auf ein Gläschen mit zu mir?«, fragte Pjotr Alexejewitsch. »Du siehst aus, als könntest du es gebrauchen ...«

Ich schüttelte den Kopf. »Betrinken werde ich mich heute mit Sicherheit noch. Aber nicht jetzt.«

»Weißt du, wo du schlafen kannst?«

»Ja ... wahrscheinlich schon. Falls bei meinen Eltern jetzt nicht irgendwelche Flüchtlinge aus Tadschikistan gemeldet sind ...«

Pjotr grinste nicht einmal.

Auch ich konnte in den Worten nichts Komisches finden. Ich verabschiedete mich mit einem Handschlag von ihm und rief den Fahrstuhl.

»Wenn es drauf ankommt, werde ich überall zu Protokoll geben, dass du hier gewohnt hast!«, versicherte mein Nachbar. »Meine Tochter wird auch für dich aussagen und meine Frau ...«

Mir fiel die Vergangenheitsform auf – selbst wenn Pjotr ihr keine Bedeutung beigemessen haben dürfte.

Zwei

Tadschikische Flüchtlinge fand ich in der Wohnung meiner Eltern nicht vor. Dreiste unansehnliche Frauen ebenfalls nicht. Ich holte mir aus dem Kühlschrank ein Päckchen tiefgekühlter Würstchen, und während sie kochten, goss ich die Blumen. Die Pflanzen konnten von Glück reden: Natürlich hatte ich versprochen, mal vorbeizukommen, es dann aber immer wieder aufgeschoben ...

Ob am Ende die Blumen hinter allem steckten? Vielleicht verfügten sie über einen kollektiven Floralverstand und beherrschten alte Magie?

In mich hineinkichernd machte ich mich über die Würstchen her. Seltsamerweise sank meine Laune nicht endgültig in den Keller, sondern ganz im Gegenteil: Sie verbesserte sich mit jeder Minute.

Man hatte mir die Wohnung geklaut? Quatsch! Die würde mir niemand abluchsen. Es würden sich die Papiere finden, es würden sich Zeugen finden, und es würden sich auch die entsprechenden Leute in der Staatsanwaltschaft finden, die die ganze Angelegenheit wieder ins Lot brachten. Schließlich hatte mein Vater sein ganzes Leben lang als Gynäkologe gearbeitet und dabei eine gewisse Reputation erworben. Allein die Richterinnen und Richtersgattinnen, die er behandelt hatte! Sie würden mir helfen. Bei uns erhält nicht derjenige recht, der die Wahrheit hinter sich weiß, sondern derjenige, der über die einflussreicheren Freunde verfügt. Ich war im Recht und hatte zudem Beziehungen parat.

Und am Ende gäbe es dann etwas, das ich meinen Enkeln erzählen könnte!

Nachdem ich mich mit diesen Gedanken beruhigt hatte, holte ich den Wodka aus dem Kühlschrank, schenkte mir ein Gläschen zu den Würstchen ein und stellte die Flasche zurück. Mich allein zu besaufen, gehörte nicht zu meinen Plänen. Die Situation mit einem klugen Menschen bei einem Fläschchen durchzukauen, den Stress loszuwerden – danach verlangte mich jetzt.

Ich schnappte mir das Telefon und lümmelte mich aufs Sofa. Wen sollte ich überfallen oder, besser noch, zu mir einladen? Es musste jemand sein, mit dem das Gespräch nicht in besoffenes Gequatsche über Gott und die Welt ausartete.

In dem Moment klingelte das Telefon.

»Hallo?«, sagte ich nervös. Meine Eltern werden es sich doch wohl nicht haben einfallen lassen, bei mir zu Hause anzurufen, um dann diese ... diese Vettel an der Strippe zu haben?

»Kirill?«, erklang eine aufgeräumte Stimme. »Ha! Hab ich dich also doch erwischt! Dein Handy ist abgeschaltet, bei dir zu Hause faselt Anka etwas daher, dass du nicht mehr dort wohnst ... Was heißt das? Bis du verrückt geworden und hast ihr die Wohnung überlassen? Bist du wirklich ausgezogen?«

»Anka?«, fragte ich, während ich mein Handy hervorkramte. Mist. Das Ding war leer. Und das Ladegerät lag natürlich in der Wohnung ...

»Wer denn sonst? Da war irgendein Weib ...«

Alle Frauen dieser Welt teilten sich für Kotja in ›Weiber‹ und ›Damen‹. ›Weiber‹ umfassten sämtliche Personen weiblichen Geschlechts. Bei einer »Dame« handelte es sich um das Weib, in das er gerade verliebt war.

»Kotja, jetzt hör mir mal zu«, bat ich. »Hier sind Dinge im Gang, da brauche ich deinen Rat.«

»Und ich deinen!«, meinte Kotja fröhlich. Aus Katzen machte er sich nicht das Geringste, doch seinen offiziellen Namen Konstantin konnte er aus irgendeinem Grund nicht leiden, weshalb er sich von klein auf gern Kotja oder Kotjonok, ›Katerchen‹, nennen ließ. Normalerweise bleibt dieser Spitzname nur an kräftigen, gemächlichen Kerlen kleben, die ihm ihrerseits mit Ironie gegenüberstehen. Kotja war jedoch nicht besonders groß, schmächtig und agil bis zur Zappeligkeit. Kein Quasimodo, aber mit Sicherheit auch kein Apoll, besaß Kotja einen außerordentlichen Charme. Manch Bild von einem Mann, das in seiner Gesellschaft ein paar Mädchen anbaggerte, musste erstaunt feststellen, dass die attraktivste Frau von allen unbeirrbar Kotja den Vorzug gab. »Verzichten wir doch auf die Formalitäten, sagen wir einfach Kotjonok«, bot Kotja einer neuen Bekanntschaft lächelnd an, was erstaunlicherweise weder manieriert noch aufgesetzt klang.

»Komm einfach her«, lud ich ihn ein. »Zu meinen Eltern. Weißt du noch, wo sie wohnen?«

»Ja.« Jetzt schaltete Kotja auf einen geschäftigen Ton um. »Hör mal, ich muss unbedingt noch einen Artikel raushauen. Das sind noch zwei Stunden Arbeit. Komm du doch einfach her, ja?«

»Hat denn deine Dame nichts dagegen?«, fragte ich.

»Die Weiber sind doch alle gleich«, sinnierte Kotja niedergeschlagen.

Alles klar. Wieder einmal war eine Dame in die Kategorie ›Weib‹ gewandert, nachdem sie meinen allzu zappeligen Freund nicht vor den Traualtar zu schleppen vermochte. Und am Horizont zeigte sich bislang keine neue.

»Gut, ich komme zu dir«, gab ich seufzend nach. »Obwohl es mir nicht passt, meinen Sofaplatz aufzugeben ...«

»Ich habe einen guten Kognak«, lockte Kotja. »Das ist doch ein gewichtiger Grund, oder?«

»Vergiss deinen Kognak!«, seufzte ich. »Okay, ich komme. Was soll ich mitbringen?«

»Du bist doch hier der Schlaukopf«, konterte Kotja. »Alles, was du willst, von Weibern abgesehen!«

So kam es, dass ich mich, meiner Wohnung beraubt, zu einem Besäufnis mit meinem Freund begab. Eine durchaus übliche russische Variante, mit der die Dinge ihren Lauf nehmen können. Etwas anderes zu erwarten wäre geradezu absurd gewesen.

Kotja lebte in einer großen Zweizimmerwohnung in einem alten Stalinbau im Nordwesten. Mitunter herrschten in der Wohnung Ordnung und Sauberkeit, doch jetzt, in Ermangelung einer Dame, griff nach und nach das für Kotja typische wüste Chaos um sich. Der Staub auf den Fensterbrettern sowie der schmutzige Herd ließen darauf schließen, dass Kotjas Abschied von seiner letzten Passion mindestens eine Woche zurücklag.

Bei meinem Erscheinen riss sich Kotja vom Computer los, stellte eine Flasche Kognak auf den Tisch – in der Tat ein vorzüglicher, fünf Jahre alter ›Ararat‹ – und rieb sich zufrieden die Hände. »Jetzt wird es wie geschmiert laufen«, sagte er. »Ohne ein Gläschen kriege ich die Geschichte nicht hin, aber allein trinke ich nicht.«

Mit diesen Worten leitete er stets ein Schlückchen ein. Ohne seine hundert Gramm war er nicht bereit, über den neuerlichen Abgang einer Dame hinwegzukommen, eine Geschichte zu Ende zu schreiben oder einen klugen Rat zu erteilen. Allein trank er, nebenbei bemerkt, jedoch wirklich nie.

Wir schenkten uns jeder ein Gläschen Kognak ein. Nachdenklich betrachtete Kotja mich. In meinem Kopf schwirrten Dutzende von Fragen, doch ich stellte die dümmste: »Kotja, was ist eine Vettel?«

»Ist es das, was du von mir wissen willst?« Kotja rückte sich die Brille zurecht. Seine Kurzsichtigkeit hielt sich im äußerst geringfügigen Bereich, aber jemand hatte ihm versichert, eine Brille stünde ihm gut. Im Prinzip stimmte das, zumal Kotja bebrillt wie ein typischer, kluger jüdischer Bursche aussah, der ›irgendwo im kulturellen Bereich‹ arbeitete. Womit bei ihm der Nagel auf den Kopf getroffen war. »Eine Vettel, mein naiver Freund, ist eine Prostituierte untersten Ranges. Eine Bahnhofsnutte, eine Kühlerfigur ...«

»Eine Kühlerfigur?«

»Na, eine, die es den Fernfahrern besorgt ...« Kotja runzelte die Stirn. »Und lass dir eins von mir gesagt sein: In jedem Weib steckt eine Vettel!«

»Darauf erhebe ich mein Glas nicht«, protestierte ich.

»Dann einfach auf die Weiber.«

Darauf tranken wir.

»Wenn du in deinem Kummer zu einer Prostituierten willst ...«, setzte Kotja an.

»Nein. Was wolltest du mich denn fragen?«

»Dein Herr Papa ist doch Frauenarzt, oder?«

»Hm.«

»Welche Geschlechtskrankheiten gibt es? Exotische, meine ich?«

»Zerbrichst du dir den Kopf darüber, welche Diagnose du deinem Helden stellen sollst?«, platzte ich heraus. »Aids, Syphilis ...«

»Das ist doch alles kalter Kaffee«, seufzte Kotja. »Ich schreibe gerade einen Brief an eine Zeitung, die Beichte eines Mannes, der ein ausschweifendes Sexualleben geführt hat und infolge dessen an ... Der wird sich doch nicht Syphilis eingefangen haben! Und auch kein Aids! Das ist alles Schnee von gestern, langweilig ...«

»Greif doch auf deine eigenen Erfahrungen zurück«, schlug ich scheinheilig vor. »Ich hab davon doch keine Ahnung, mein Alter. Zu Hause könnte ich das nachschlagen, aber aus dem Kopf ... Schließlich bin nicht ich der Arzt.«

Kotja verdiente sich seinen Lebensunterhalt auf recht originelle Weise: Er schrieb Erzählungen für Boulevardblätter. Die er als authentische Berichte ausgab. Beichten von Müttern, die sich an ihren Söhnen vergingen, die Qualen von Schwulen, die sich in Heteros verliebten, Aufzeichnungen von Zoophilen, die in Leidenschaft für Stachelschweine entflammten, Geständnisse minderjähriger Mädchen, die ihr Nachbar oder Lehrer verführt hatte. Diesen ganzen Scheiß schied er kilometerweise aus, sobald ihn seine nächste Freundin verließ. Wenn sein Sexleben in normalen Bahnen lief, griff er auf Sensationsmeldungen über fliegende Untertassen, Geister und Gespenster, das Privatleben von Prominenten, freimaurerische Verschwörungen, Intrigen von Juden und kommunistische Geheimnisse zurück. Im Grunde war ihm völlig schnurz, was er schrieb, denn es gab für ihn ohnehin nur zwei Phasen: eine mit Sexgeschichten, eine ohne.

»Gut«, gab sich Kotja zerknautscht zufrieden. »Dann also Aids ... schließlich ...«

Ich ging zu seinem Computer hinüber und schaute auf den Bildschirm. »Ist dir eigentlich selbst klar, was du hier schreibst, Kotja?«, fragte ich kopfschüttelnd.

»Wie?«, horchte Kotja auf.

»Was soll denn das für ein Satz sein? ›Obwohl sie erst sechzehn war, war sie bereits wie eine Siebzehnjährige entwickelt‹?«

»Was ist schlecht daran?«, gab Kotja mit finsterer Miene zurück.

»Willst du mir etwa weismachen, du könntest ein sechzehnjähriges Mädchen von einem siebzehnjährigen unterscheiden? Aufgrund ihrer körperlichen Entwicklung?«

Kotja nuschelte etwas Unverständliches. »Dann ersetz halt ›Siebzehnjährige‹ durch ›Zwanzigjährige‹«, knurrte er nach einer Weile.

»Mach das mal schön selbst.« Ich kehrte wieder an den Tisch zurück. »Wie lange willst du diesen Mist eigentlich noch produzieren? Warum nimmst du dir nicht mal einen erotischen Roman vor? Etwas Großes, Richtiges. Das ist immerhin Literatur. Vielleicht kriegst du sogar den Nobelpreis oder den Booker dafür.«

Jäh senkte Kotja den Blick, womit mir zu meiner Verblüffung klar wurde, dass ich ins Schwarze getroffen hatte. Er schrieb bereits etwas ... Richtiges. Oder spielte zumindest mit dem Gedanken.

Im Grunde brauchte Kotja nur sein eigenes Leben in einer schönen Sprache zu schildern – und schon hätte er ein spannendes Porträt der Gepflogenheiten der Moskauer Boheme und der Jugend in ihrem Dunstkreis parat. Diesmal verkniff ich es mir jedoch, ihm das zu sagen, schien mir die Grenze freundschaftlicher Sticheleien für heute doch erreicht.

»Ich sitze in der Tinte, Kotja«, wechselte ich das Thema – und wunderte mich selbst, wie harmlos das klang. Wie zutreffend. »Mir ist da eine verrückte Geschichte passiert ...«

Die Worte kamen mir von selbst über die Lippen. Während ich alles erzählte, leerten wir fast die ganze Flasche Kognak. Kotja nahm mehrmals seine Brille ab, um sie zu putzen, und legte sie am Ende beiseite, auf den Fernseher. Ab und an hakte er an einer Stelle nach, einmal hielt er es dann nicht mehr aus und platzte heraus: »Das denkst du dir doch bloß aus, oder?«

Als ich endete, war es bereits nach elf.

»Da hast du dir was eingebrockt«, konstatierte Kotja im Ton eines Arztes, der eine vorläufige, aber höchst unerfreuliche Diagnose bereithält. »Und du hast keine Papiere?«

»Richtig.«

»Du ... du hast die Kaufurkunde bestimmt nicht irgendwo verloren? Oder die anderen Papiere? Vielleicht hat jemand die Wohnung heimlich verkauft, dann dieses Luder bei dir einquartiert ...«

»Kotja! Sie behauptet steif und fest, schon seit drei Jahren dort zu wohnen! Und ihre Papiere besagen genau das: drei Jahre!«

»Auf den ersten Blick sieht das wie eine stinknormale Wohnungsschiebung aus«, meinte Kotja nickend. »Aber ... an einem Tag alles frisch tapezieren, kacheln ... Was ist dir sonst noch aufgefallen?«

»Das Linoleum ...«

»Aha. Und dann hat sie noch den Wasserhahn ausgetauscht, die Möbel abtransportiert, neue rangeschafft ... obendrein den Eindruck erweckt, sie wohne schon immer da ... Sie hat ihre Hausschuhe in der Wohnung verteilt, BHs aufgehängt ... Kirill, die einzige vernünftige Version, die es gibt, ist folgende: Du lügst.«

»Vielen Dank.«

»Jetzt spiel nicht gleich die beleidigte Leberwurst. Ich habe ja gesagt – die einzige vernünftige Version. Schauen wir uns nun mal die unvernünftigen an. Die erste ist die, dass du den Verstand verloren hat. Oder zum Quartalssäufer geworden bist. Dann hättest du die Wohnung vor einer Woche verkauft, als Anka dich verlassen hat, und es danach einfach vergessen.«

»Außerdem habe ich noch die Papiere gefälscht, sodass der Verkauf der Wohnung nun schon vor drei Jahren stattgefunden hat!«

»Überzeugen wir uns zunächst mal davon, dass noch gestern Abend alles in Ordnung war. Hat dich da jemand besucht?«

»Nein.« Ich schüttelte den Kopf. »Halt! Doch! Igorjok ist abends kurz vorbeikommen. Er hat sich eine DVD von mir ausgeborgt.«

»Was für einen Film?«

»Keinen Porno«, konnte ich mir auch diesmal nicht verkneifen. »Japanische Zeichentrickfilme.«

»Was für ein Igorjok?«

»An seinen Nachnamen erinnere ich mich nicht. Igorjok halt ... So ein hippeliger Typ, der bei uns in der Firma gearbeitet hat, dann aber zur Konkurrenz gegangen ist ... Mensch, du kennst ihn doch! Er hat deinen Computer zusammengebaut und die Software installiert!«

»Ist das der, der sich vor der Armee gedrückt hat?«, grinste Kotja. »An den erinnere ich mich. Hast du seine Nummer?«

»Mein Handy ist leer.«

»Du hast doch auch ein Nokia, oder? Dann nimm mein Ladegerät, die Dinger sind standardisiert. Die Stromrechnung präsentiere ich dir später.« Kotja kicherte.

Ich holte mein Handy heraus und legte es ins Ladegerät. Es war wirklich von Vorteil, dass man verschiedene

Mobiltelefone in dieselbe Basis stecken konnte. Danach blätterte ich in meinem Adressbuch.

»Da haben wir sie ja. Und jetzt?«

»Wähl die Nummer.«

Daraufhin nahm Kotja mir das Handy ab, kippte riskant mit dem Hocker nach hinten, wobei ihm freilich keine Gefahr drohte, denn er lehnte mit dem Rücken gegen die Wand. »Igorjok?«, legte er fröhlich los. »Hallo, mein Guter. Ich bin's, Kotja. Dem du vor einem Jahr den Computer eingerichtet hast. Ein Freund von Kirill.«

Er zwinkerte mir zu. Ich machte mich daran, die von mir gestiftete Flasche zu öffnen.

»Ja, klar ist es schon spät. Entschuldige. Aber ich habe eine verdammt wichtige Frage, die ich nicht auf die lange Bank schieben kann. Bist du gestern bei Kirill gewesen? Weswegen? *Kikis kleiner Lieferservice?* Nein, der interessiert mich nicht. Ich habe eine andere Frage: Wohnt er immer noch in Medwedkowo? Die alte Adresse? Du hast ihn vorher noch nie besucht? Er macht da auf Einer, nicht wahr? Eine Einzimmerwohnung hat er, das meine ich! Ah ja. War da irgendwie Chaos in der Wohnung? Wurde renoviert? Gab es Hinweise auf einen Umzug? Ja, das muss ich wissen, dringend sogar! Verstehe. Und hat er noch seinen Hund? Ein prachtvolles Tier, sagst du? Er hat Kirill gestern nicht zufällig gebissen? Nein, ich habe so gut wie nichts getrunken. Hör mal, Igorjok, sag deinem Weib, dass sie den Mund halten soll, wenn Männer sich unterhalten! Selbst wenn sie im Bett ist und auf dich wartet ... Was?«

Schweigend reichte Kotja mir das Handy. »Die Jugend

muss noch viel lernen ...«, sinnierte er kopfschüttelnd. »Sexuell heranreifen ... trotzdem erziehen sie ihre Weiber nicht! So sieht's doch aus! Aber einen Zeugen hast du, soweit ich das beurteilen kann. Gestern hast du da noch gewohnt. Und dein Hund hat dich für sein Herrchen, nicht für eine vor Angst schlotternde Kreatur gehalten.«

»Ich kann noch ein Dutzend Zeugen auftreiben, Kotja. Vor drei Tagen ist Romka Litwinow vorbeigekommen, und wir haben Bier getrunken. Er besucht mich überhaupt oft. Außerdem hat noch jemand vorbeigeschaut ... Glaub mir doch, ich habe nicht den Verstand verloren. In meiner Wohnung hat sich eine mir unbekannte Frau eingenistet. Und alles sieht so aus, als ob sie schon seit langer Zeit da lebe.«

»Du sagst, das Weib sei unansehnlich?«, fragte Kotja beiläufig.

»Als Dame geht sie nicht durch.«

»Was macht man nicht alles für einen Freund«, seufzte Kotja. »Wo arbeitet sie?«

»Dem Bullen hat sie gesagt, sie arbeite auf dem Tscherkisowski-Markt ... Sie verkauft Schuhe ...«

»Wie grauenvoll«, stöhnte Kotja. »Wie furchterregend und grauenvoll. Seit Ewigkeiten habe ich keiner Verkäuferin den Hof gemacht. Andererseits könnte ich ein paar neue Schuhe gebrauchen.«

»Wenn du es nicht lassen kannst«, meinte ich bloß. »Aber was bringt uns das?«

»So kann ich wenigstens herauskriegen, was das für eine ist.«

An Kotjas Fähigkeiten, die reizlose Motte Natalja Iwanowa zu verführen, zweifelte ich nicht. Darüber hinaus empfand ich nicht das geringste Mitleid mit dieser Hochstaplerin. Trotzdem stellte mich das nicht zufrieden.

»Gut. Vielen Dank. Aber was soll *ich* denn deiner Meinung nach tun? Mich an die Presse wenden?«

Kotja schnaubte. Von der Presse hielt er nicht gerade sonderlich viel. »Morgen nimmst du dir frei. Du rufst deinen Chef an und entschuldigst dich ... Dann begibst du dich auf die Tour durch die Wohnungsämter, Notariate ...«

»Die heißen schon lange nicht mehr Wohnungsamt, sondern Direktionen für Gebäudenutzung.«

»Was spielt das für eine Rolle? Kurzum, du suchst alle Stellen auf, an denen Unterlagen über deine Existenz in deiner ehemaligen Wohnung aufbewahrt werden könnten.«

»Wenn du noch einmal ›ehemalig‹ sagst, zieh ich dir eins über die Rübe«, knurrte ich finster.

»Entschuldige. In deiner zukünftigen Wohnung.« Geschickt brachte sich Kotja vor einem bewusst langsam ausgeführten Kinnhaken in Sicherheit. »In deiner jetzigen, deiner aktuellen ... Kurz und gut, du klapperst alles ab. Vergiss auch die Telefongesellschaft nicht.«

»Gut, dass du mich daran erinnerst.« Meine Stimmung besserte sich wieder.

»Und dann, wenn du deine Unterlagen nirgendwo auftreiben kannst ...«

»Warum sollte das der Fall sein?« Schlagartig verflüchtigte sich mein Optimismus.

»Angesichts der Ausmaße des Schwindels hat man

dich ernsthaft auf dem Kieker, Kirill. Mir ist völlig schleierhaft, wer dahintersteckt und warum, aber es wäre absolut hirnrissig, deine Wohnung auf die Schnelle zu renovieren und sämtliche Unterlagen zu fälschen, dabei aber die echten nicht zu vernichten. Deine mysteriösen Feinde sind jedoch alles andere als Dummköpfe! Du wirst die Papiere nicht auftreiben! Deshalb wendest du dich danach an einen Anwalt. Einen guten. Einen exzellenten, wenn dein Geld dafür reicht, und nicht an einen dieser üblichen Rechtsberater. Falls du knapp bei Kasse bist, kann ich dir etwas leihen ... Fünfhundert Euro könnte ich mit Sicherheit lockermachen.«

»Danke«, sagte ich bloß. »Mach dir keine Sorgen, ich habe Geld. Auf meiner Karte sind noch fast tausend Euro, außerdem könnte ich von meinen Eltern ... ich weiß, wo sie ihr Gespartes aufbewahren.«

»Gut. Der Anwalt wird dir ein paar kluge Ratschläge geben. In der Zwischenzeit werde ich versuchen, dieses W...« Kotja tat sich förmlich Gewalt an, um tapfer hervorzubringen: »... diese Dame kennenzulernen. Mit so einem Zug dürften sie kaum rechnen.«

»Sie?«

»Ist die Dame etwa Schiwa? Dass sie mit einer Hand kachelt, mit der anderen tapeziert, mit der dritten Linoleum auslegt? In dem Fall möchte ich dieses Wunder unter allen Umständen kennenlernen! Apropos! Diese sensationelle Renovierung! Du wirst auch noch einen Handwerker aufsuchen. Einen guten, soliden. Versuch, einen verrückten Spinner mit einem Haufen Geld zu mimen. Frag ihn, ob er glaubt, man könne eine Einzimmerwohnung innerhalb von acht Stunden renovieren. Ob man in der Zeit all das machen kann, was in deiner Wohnung gemacht wurde. Zähl das genau auf. Sag, du willst deine Frau überraschen … Halt! Welche Frau? Du trägst ja gar keinen Ring! Also, deine Freundin. Oder denk dir was anderes aus. Nein, mit einer Freundin wirkt es am glaubwürdigsten. Es ist sehr wichtig, dass man dir sagt …«

Kotja kam zusehends in Fahrt. Die Schuld daran trug keineswegs der Kognak, sondern einzig die Situation, in die ich hineingeraten war. So ist das doch immer im Leben: Selbst deinen besten Freunden dienen deine Probleme zum Amüsement!

»Im letzten Jahr musste ich mein Klo erneuern lassen«, erzählte er. »Also … Das alte war hinüber … aber das war meine eigene Dusseligkeit … Ich habe einen tüchtigen Handwerker aufgetrieben, einen älteren, der nicht trinkt. Denn wie ist es denn bei den Installateuren?«

Vorsichtshalber nickte ich vage.

»Man braucht Erfahrung! Erfahrung ist alles«, verkündete Kotja. »Und dieser erfahrene alte Meister hat einen ganzen Tag geschuftet. Von morgens um acht bis abends um zehn. Ich habe mich geplagt, er hat gelitten … Bei guten Handwerkern gilt nämlich der Brauch: Erst muss das Klo am Orte steh'n, dann darfst du wieder pinkeln geh'n. Dafür können sie es dann nach allen Regeln der Kunst einweihen. Das ist ihr heiliges Recht und ihre Pflicht … Vierzehn Stunden! Nur für das Klo! Und bei dir will jemand in acht Stunden die ganze Wohnung gemacht haben …«

Kotja holte Zigaretten und einen Ascher aus dem

Küchenschrank. Ich nickte ihm zu, obwohl ich genauso selten rauchte wie er. Da Kotja keine Streichhölzer fand, behalfen wir uns mit dem Gasherd und seinem Anzünder.

»Was hattest du denn mit deinem Klo angestellt?«, fragte ich.

»Wie ich schon sagte, das war meine eigene Dusseligkeit. Weißt du, es gibt da diese chinesischen Knaller, die so klein sind wie Streichhölzer. Du zündest sie an, wirfst sie weg, und dann explodieren sie. Silvester treiben die Kinder mit diesen Dingern allerlei Unfug ...«

»Und weiter?«

»Im Sommer bin ich mit Freunden schwimmen gewesen. Ich hatte ein Päckchen von diesen Knallern mit, die habe ich ins Wasser geworfen. Sie gingen nicht aus, sondern explodierten im Wasser. Sah echt klasse aus. Meine Freunde waren wirklich begeistert. Als ich wieder zu Hause war, wollte ich ... einer Dame ... zeigen, dass diese Knaller im Wasser unverdrossen weiterbrennen. Wozu hätte ich dafür die Wanne volllaufen lassen sollen? Ich habe also einen ins Klo geworfen ... Ich kann von Glück sagen, dass die Tür zu war. Ein Knall – und das ganze Klo zersprang in Scherben! Nur das Knie war danach noch intakt, allerdings mit einem ganz zackigen Rand ...«

»Ein hydrodynamischer Stoß«, konstatierte ich. »Eine Explosion in flüssigem Milieu in einem geschlossenen Raum. Daran hättest du vorher denken sollen.«

Kotja widersprach nicht. Seufzend zog er an seiner Zigarette. »Und noch was ...«, fuhr er fort. »Dein Hund lässt mir keine Ruhe. Überhaupt keine.«

»Das hat der Bulle auch gesagt ...«

»Und recht hatte er. Wände kann man überstreichen. Menschen können lügen. Aber ein Hund verrät dich niemals ...«

Daraufhin rauchte er schweigend, bis er schließlich genüsslich wiederholte: »Menschen können dich täuschen. Aber ein Hund verrät dich niemals ... Das muss ich in eine Geschichte über einen Zoophilen einbauen.«

»Was bist du doch für ein jämmerlicher Dreckskerl«, sagte ich. »Du wirst bestimmt Schriftsteller. Aus menschlichem Leid machst du eine Geschichte!«

»Nicht aus dem menschlichen Leid, sondern aus meiner eigenen geglückten Formulierung«, widersprach Kotja. »Das war's fürs Erste. Ich werde mir die Sache weiter durch den Kopf gehen lassen, aber momentan gibt es nichts, was ich dir noch raten könnte. Erzähl mir lieber mal, was mit dir und Anka ist.«

»Da gibt's nicht viel zu erzählen. Sie wollte Sicherheit, klare Verhältnisse. Mit anderen Worten, einen Ring am Finger.«

»Und du hast dich dagegen gesträubt? Langsam solltest du erwachsen werden. Ein Vierteljahrhundert hast du jetzt hinter dir, und nach wie vor verplemperst du deine Zeit als Manager in einer Handelsfirma, vertreibst Ersatzteile für Computer ... Nennst du das etwa Arbeit? Das ist doch, als ob du sagen würdest: Meine Arbeit in der Abteilung für Qualitätssicherung besteht darin, Präser aufzublasen! Du brauchst eine anständige Arbeit, eine treue Gattin, irgendein übrig gebliebenes Kind ...«

Ich riss die Augen auf.

»Schon gut, ich mach ja nur Spaß«, brummte Kotja.

»Es steht mir nicht zu, dir Lektionen zu erteilen. Aber es ist schade, dass ihr euch getrennt habt, Anka und du. Ich mochte sie.«

Diesmal schien er nicht zu scherzen. Ich dachte kurz darüber nach und schenkte uns einen weiteren Kognak ein.

»Mir tut es auch leid, Kotja. Aber es hat sich nun mal so ergeben.«

»Würde Anka im Notfall als Zeugin aussagen?«

»Bestimmt«, antwortete ich überzeugt. »Wir haben uns nicht überworfen, sondern sind auseinandergegangen, wie es sich für intelligente Menschen gehört.«

»Wenn sich Intelligenzler trennen, fliegen die Fetzen doch nur so. Ein Installateur brächte dergleichen mit Sicherheit nicht fertig.«

»Sie haben's dir ja wahrlich angetan, diese Installateure ...«, murmelte ich. »Gieß uns lieber noch mal ein!«

Noch zwei Stunden saßen wir zusammen. Eine dritte Flasche brachen wir Gott sei Dank nicht mehr an. Allerdings waren wir auch gegen Ende der zweiten schon gewaltig angegangen. Die Geschichte mit meiner Wohnung mutierte endgültig zum Abenteuer. Kotja erzählte mir von einem entfernten Verwandten, der durch geschickte Tauschgeschäfte, Scheidungen und mehrmaliges erneutes Zusammenziehen mit der Holden zwei Einzimmerwohnungen an entgegengesetzten Enden Moskaus in eine Vierzimmerwohnung »fast im Zentrum« verwandelt hatte. Aus irgendeinem Grund amüsierten wir uns köstlich über diese Geschichte, lachten lauthals darüber, und selbst als Kotja mir mitteilte, seinen Verwandten habe nach dem übermäßigen Kraftaufwand ein Herzinfarkt ereilt, obendrein habe ihn seine Frau verlassen, weshalb er jetzt wie ein Idiot in einer riesigen Wohnung hocke, krank und mutterseelenallein, dämpfte das unsere Stimmung nicht.

In diesem Zusammenhang wies Kotja darauf hin, das Wichtigste im Leben eines Menschen sei, seiner Vorherbestimmung nachzukommen, darüber habe sogar der große Denker Coelho geschrieben. Offenbar habe die Vorherbestimmung seines Verwandten darin bestanden, diesen grandiosen Tausch durchzuziehen. Im Vergleich zur Verwirklichung seiner ureigenen Bestimmung seien sowohl die eingebüßte Gesundheit als auch die verlorene Frau Kinkerlitzchen, mit denen das Leben aufwartete.

Schließlich bereitete mir Kotja auf dem Sofa ein Nachtlager und kehrte zu seinem unvollendeten Werk zurück. Ich bettete den Kopf aufs Kissen, erklärte, überhaupt nicht müde zu sein – und schlief bereits im nächsten Augenblick beim gleichmäßigen Klappern der Tastatur ein.

Drei

Ich erwachte früh am Morgen, erstaunlich frisch und munter. Der alte Witz fiel mir ein, dass man mit zwanzig die ganze Nacht trinken und feiern kann und morgens munter ist, dass man mit dreißig die ganze Nacht trinkt und feiert, morgens aufsteht und merkt, dass man getrunken und gefeiert hat, während man mit vierzig nachts schläft und sich am Morgen fühlt, als habe man die ganze Nacht lang getrunken und gefeiert. Da ich noch zwischen zwanzig und dreißig lag, machte mir die bei Kognak durchgequatschte Nacht nichts aus.

Immerhin ein Vorteil.

Kotja ratzte noch. Ich duschte, putzte mir unter Zuhilfenahme eines mit Zahnpasta eingeschmierten Fingers die Zähne, durchstöberte den Kühlschrank und machte mir ein paar belegte Brote mit Fleischwurst. Zu warten, bis der Geistesschaffende mit Gleitzeit erwachte, verspürte ich nicht die geringste Lust. Ich wollte handeln. Ich wollte aufbrechen und suchen, wollte finden und nicht klein beigeben. Ich linste ins Schlafzimmer.

Kotja schlief in einem breiten Doppelbett, schutzbedürftig an die Wand geschmiegt. Ich rüttelte ihn an der Schulter. »Aufgestanden, Graf!«

Brabbelnd schlug Kotja die Augen auf. Verblüfft starrte er mich an.

»Ich gehe jetzt. Die Wahrheit suchen. In den Direktionen für Gebäudenutzung, den Notariaten und bei Anwälten. Mach mal hinter mir die Tür zu.«

»Ah ... Kirja ...« Kotja rieb sich über die Nasenwurzel. »Das macht mich noch ganz kirre ...«

Ich hasse einfallslose Wortspiele! Selbst wenn ich verkatert bin.

»Fährst du zum Tscherkisowski-Markt?«

»Um die Dame unter die Lupe zu nehmen? Ich erinnere mich noch an alles, keine Sorge.« Mit einem Grunzen setzte sich Kotja im Bett auf. »Gut, mach, dass du wegkommst! Ich stehe auch auf.«

»Hast du deinen Text fertig?«, erkundigte ich mich.

»Blöde Frage! *Das Mädchen und ihr Hund.*« Kotja erhob sich und folgte mir in die Diele. »Mir ist da eine exzellente Geschichte gelungen, die zu Herzen geht ... Ein minderjähriges Mädchen wird vom eigenen Onkel verführt, anschließend vergewaltigen sie nacheinander alle Klassenkameraden, danach arbeitet sie in einem Bordell auf Malta, kehrt irgendwann nach Russland zurück und züchtet fortan Malteser Schäferhunde ... hier findet sie auch ihre Liebe ...«

»Humbug!«, unterbrach ich ihn. »Es gibt keine Malteser Schäferhunde! Es gibt Malteser, aber das sind Schoßhündchen!«

»Du bist der Hundezüchter von uns beiden, du musst

das wissen«, meinte Kotja unerschüttert. »Aber ein durchschnittlicher Leser schert sich doch einen Dreck darum, ob es ein Malteser Schoßhündchen oder ein Yorkshireterrier ist ... Und dann der Schlusssatz: ›Menschen können lügen. Ein Hund verrät dich niemals!‹«

»Na, damit ist dir der Booker sicher«, sagte ich, während ich zur Tür hinausging. Dann fiel mir allerdings Cashew ein – und meine Laune sank sofort.

Die nächsten vier Stunden verbrachte ich damit, kreuz und quer durch die Stadt zu fahren. Ich hatte – typisch für die heutigen Moskauer Verhältnisse – ein Privatauto mit einem Kaukasier am Steuer angehalten. Sein fahrbarer Untersatz war robuster als sonst üblich, auch der Mann selbst gefiel mir, weshalb ich ihn ohne zu zögern zu einem Pauschalpreis für vier Stunden anheuerte. Damit begann die Tour durch die Stadt. Zur Direktion für Gebäudenutzung, zum Notar, zur Abteilung zur Registrierung von Wohnraum, kurzum, zu all den Orten, die du nie freiwillig aufsuchst. Immerhin lachte mir heute hier und da das Glück. Ich brauchte kaum irgendwo anzustehen, fast alle Bürokraten »standen gern zu meiner Verfügung«.

Kotja hatte recht gehabt.

Sämtliche Wohnungsunterlagen lauteten auf den Namen Natalja Stepanowna Iwanowa.

Den Aufstand probte ich deshalb nicht. Waren sie auf ihren Namen ausgestellt – na gut, dann waren sie das eben. Es brachte wenig, die Herren Beamten gegen sich aufzubringen. Vielmehr galt es, mir ein lückenloses Bild von der Situation zu machen.

Meine letzte Station war die Telefongesellschaft in Ostankino. Auch das Telefon gehörte der Bürgerin Iwanowa.

Mit einem Mal schoss mir eine unangenehme Vermutung durch den Kopf. Ich bat den Fahrer, zur Filiale der Mobile TeleSystems im Prospekt Mira zu fahren, trat ans Kassenfensterchen heran und nannte meine Nummer.

»Nachname«, fragte das Fräulein mit zungenbrecherischer Schnelligkeit.

»Maximow.«

»Das stimmt nicht«, erklärte die Frau kalt. »Wiederholen Sie die Nummer.«

»Der Nachname ist Iwanowa«, fabulierte ich. »Ich habe ganz vergessen, dass meine Frau den Vertrag abgeschlossen hat ...«

»Mit wie viel soll die Karte denn aufgeladen werden?«

»Mit hundert Rubeln«, sagte ich düster.

Natürlich, man hatte mir auch das Handy genommen. Immerhin schien mir der Verlust nicht allzu gravierend. Ich bräuchte mir nur in einem Shop ein Paket von B+ oder JEANS zu kaufen oder einen neuen Vertrag abzuschließen. Wie hoch war denn mein Guthaben noch gewesen? Höchstens fünfhundert Rubel.

Angst jagte mir etwas anderes ein. Sie hatten an alles gedacht! Nicht die kleinste Kleinigkeit hatten sie übersehen, nicht einmal den Vertrag für das Mobiltelefon!

Sollte ihnen wirklich rein gar nichts entgangen sein?

»Fahren wir in die Poliklinik«, wies ich den Kaukasier an. »Das ist hier ganz in der Nähe ...«

Bei der Poliklinik handelte es sich um eine dieser stinknormalen Sowjeteinrichtungen. Ein altes Gebäude, das ewig instand gesetzt wird, mit schier endlosen Reihen hustender Jugend und lamentierender Greisinnen. Die jungen Leute kamen der Krankschreibungen wegen her, die alten, um sich zu unterhalten. Wer sich hier behandeln ließ, scherte sich nicht sonderlich ums Ergebnis. Mich selbst hatte es nur wenige Male wegen einer zumindest als solcher diagnostizierten Grippe hierher verschlagen.

Meine schmale Akte fand sich nicht. Natürlich existierte eine Akte der Bürgerin Iwanowa, ein dickes, zerfleddertes Ding. Offenbar ließ sie sich mit Vergnügen behandeln ...

Nachdem ich die Klinik verlassen hatte, blieb ich kurz stehen, den Blick auf meinen geduldig wartenden Chauffeur gerichtet. Wo fand ein Obdachloser Unterschlupf? Na gut, so schlecht sah meine Lage nicht aus. Immerhin konnte ich zu meinen Eltern, zu meinen Freunden, zur Arbeit ...

»Die vier Stunden sind gleich um«, warnte mich der Kaukasier.

»Den Rest erledige ich zu Fuß«, sagte ich. »Es ist nicht weit.«

Ich gab ihm achthundert Rubel, ein für Moskauer Verhältnisse mehr als akzeptabler Preis.

»Ich bring dich«, erbot sich der Fahrer. »Einfach so.«

Wenn ich ihm meine Geschichte erzählt hätte, hätte er vermutlich mit mir mitgefühlt. Der Fahrer war ein Mingrelier, der während des Kriegs aus Abchasien geflohen war. Auch er besaß irgendwo ein Haus, das ihm jetzt nicht mehr gehörte. Ja, er konnte es sich nicht einmal mehr ansehen: »In Abchasien würde man mich sofort abmurksen.«

Ich konnte mir mein ehemaliges Heim immerhin noch angucken.

»Vielen Dank«, sagte ich. »Ich vertrete mir ein bisschen die Füße. Ich wohne hier in der Nähe.«

Der Kaukasier fuhr fort, und ich machte mich zu meinem Haus auf. Unterwegs kaufte ich mir ein Päckchen Zigaretten, denn meine Nerven ließen mich allmählich im Stich. Und die Gesundheit konnte mir gestohlen bleiben – wenn mein Leben gerade den Bach runterging!

Eine Zeit lang trieb ich mich vor dem Haus herum, rauchte und musterte die Gardinen. Fremde Gardinen. Ich hatte gar keine gehabt, sondern Jalousien angebracht.

Dann ging ich ins Treppenhaus, lief hoch und blieb vor der Wohnungstür stehen. Alles still. Cashew ratzte vermutlich auf dem Sofa.

Ich holte den Schlüsselbund heraus und schloss das erste Schloss auf.

Am zweiten scheiterte ich. Als ich es daraufhin inspizierte, erkannte ich, dass der Zylinder ausgetauscht worden war.

»Was machen wir denn da?«, erklang hinter mir eine Stimme.

Ich wandte mich um. Mein Nachbar kam die Treppe herauf.

»Pjotr Alexejewitsch, ich bin's doch, Kirill!«, rief ich.

»Ach ja ...« Er nickte und baute sich vor seiner Tür auf. »Sie hat das Schloss heute Morgen ausgewechselt. Sie hat das selbst erledigt, eine patente Dame ...«

Bei dem Wort »Dame« fiel mir prompt Kotja ein.

»Was soll ich denn bloß machen?«, jammerte ich. »Die haben mir meine Wohnung geklaut ... Stellen Sie sich vor, alle Unterlagen sind auf ihren Namen ausgestellt! Überall!«

Pjotr nickte. Er holte seinen Schlüssel heraus und schloss seine Tür auf. »Ehrlich gesagt, Nachbar«, meinte er dann, »habe ich deine Papiere nie zu Gesicht bekommen ...«

Das versetzte mir den Todesstoß. Mir fiel nichts ein, was ich darauf hätte antworten können. In dem Moment klapperte eine andere Tür, und der alte Giftzahn Galina tauchte auf.

»Was ist denn das für einer, der da zu uns gekommen ist?«, erkundigte sie sich bei Pjotr Alexejewitsch, mich rundum ignorierend.

»Das ist doch Kirill, unser Nachbar ... unser ehemaliger Nachbar«, brummte Pjotr.

»Was für ein Kirill? Was für ein Nachbar? Hier wohnt doch Natascha Iwanowa!«, zischte die Alte biestig.

»Was für ein altes Miststück du doch bist!«, explodierte ich. »Hast du denn kein Gewissen? Pass auf, dass du Gott nicht vergisst, schließlich stehst du ihm bald gegenüber.«

»Ich rufe die Miliz!«, geiferte die Alte und zog sich in ihre vier Wände zurück. Noch im selben Augenblick fing sie hinter der Tür an zu zetern.

»Die Miliz kannst du jetzt wirklich nicht brauchen!«, meinte Pjotr, während er in seine rechtmäßige Wohnung ging. »Genehmigen wir uns einen?«

Schweigend ging ich die Treppe hinunter. Auf den Fahrstuhl vermochte ich einfach nicht zu warten, zu stark brodelte das Adrenalin in meinen Adern.

Wen sollte ich mir als Nächstes vornehmen? Einen Handwerker? Oder die Hundezüchterin? Gut, ich fing mit der an.

Ich kramte mein Handy heraus und suchte im Adressbuch nach der Nummer der Frau, die ich schon seit zwei Jahren nicht mehr angerufen hatte. Sie ging nicht gleich an den Apparat. Ihrer Stimme nach zu urteilen, hatte ich sie aus etwas herausgerissen. Allerdings klingelt bei Züchtern von Rassehunden alle naselang das Telefon.

»Polina Jewgenjewna?«, gab ich mich bewusst unbeschwert. »Hier ist Kirill Maximow. Erinnern Sie sich noch an mich? Ich habe Cashew von Ihnen gekauft.«

»Cashew ... Cashew ...«, murmelte Polina Jewgenjewna. Wie alle Züchter erinnerte sie sich eher an die Hunde als an ihre Besitzer. »Ja, jetzt fällt's mir wieder ein. Ein prachtvoller kleiner Rüde. Wollen Sie ihn zum Decken geben? Oder ist er erkrankt?«

»Aber nein, mit ihm ist alles in Ordnung«, log ich. »Ich würde Sie gern um einen Rat bitten, falls das möglich ist. Ein guter Freund von mir hat plötzlich Probleme mit seinem Hund.«

»Aber machen Sie es kurz«, verlangte Polina Jewgenjewna von vornherein. Den Freunden ehemaliger Kunden einen Rat zu erteilen, gehörte eben nicht zu ihren Pflichten.

»Er hat ebenfalls einen Skye, einen braven kleinen Hund«, erklärte ich. »Und der hat von einem Tag auf den andern aufgehört, ihn als Herrchen anzuerkennen. Stattdessen hat er die nächstbeste junge Frau als sein Frauchen akzeptiert, während er meinen Freund anknurrt, verbellt und kurz davor ist, ihn zu beißen. Wie kann so etwas passieren?«

»Akzeptiert er ihn überhaupt nicht mehr?«, wollte die Züchterin wissen.

»Überhaupt nicht! Er beäugt ihn, als wäre er ein Fremder! Der Frau gehorcht er aber ganz vorzüglich.«

»Haben Sie den Hund bestraft?«, fragte Polina Jewgenjewna, mir auf diese Weise signalisierend, dass meine lächerliche Lüge von dem ›Freund‹ bei ihr nicht verfing.

»Nein, natürlich nicht«, brummte ich.

»Sie haben ihn doch noch nicht kastrieren lassen, oder? Vielleicht hat die Dame jetzt ihre ...« Polina Jewgenjewna geriet ins Stocken. »... ihre kritischen Tage. Der Hund ist schließlich noch jung, aktiv, da wird er mit ihr schmusen. Aber dass er Sie nicht mehr als sein Herrchen anerkennt ...«

»Meinen Freund!«

»Ja, schon gut. Ihren Freund. Sagen Sie Ihrem Freund doch bitte, ein Skye sei ein sehr emotionaler, intelligenter Hund, der eine grobe Behandlung durchaus verübeln kann. Selbst wenn sie von seinem Herrchen kommt. Man muss zärtlich zu einem Tier sein. Sich eventuell sogar bei ihm entschuldigen. Schließlich versteht es alles, ganz wie ein Mensch! Falls Sie mir nicht glauben, ich erinnere mich da an einen Fall ...«

»Dann ist dergleichen also möglich?«, unterbrach ich Polina Jewgenjewna.

»Mir selbst ist so etwas, ehrlich gesagt, noch nicht untergekommen«, antwortete die Züchterin kalt. »Aber irgendwann passiert alles zum ersten Mal. Güte und Zuwendung, merken Sie sich das! Mit Güte und Zuwendung kann man von einem Hund alles bekommen, keinesfalls aber mit Gewalt und einer Befehlsstimme! Hunde sind wie Menschen, nur besser. Im Unterschied zu den Menschen verraten sie einen nicht!«

»Herzlichen Dank ...«, säuselte ich. »Das werde ich meinem Freund ausrichten ...«

»Tun Sie das! Und einen schönen Gruß an die Frau Gemahlin ... Natascha hieß sie doch, oder?«

Ich erschauderte. In der Leitung vermeinte ich das Rascheln von Papier zu hören.

»Da irren Sie sich, ich bin nicht verheiratet.«

»Was heißt das, Sie sind nicht verheiratet? Hier steht doch alles schwarz auf weiß: Cashew von Archibald, Rüde, Besitzerin Natalja Iwanowa ...«

»Ja, Sie haben recht«, sagte ich. »Entschuldigen Sie bitte vielmals die Störung. Auf Wiedersehen.«

Nichts hatten sie übersehen! Sogar die Papiere in der Wohnung der Züchterin hatten sie ausgetauscht!

Aber weshalb? Um sich eine Einzimmerwohnung in einem alten Plattenbau unter den Nagel zu reißen?

Quatsch! Blödsinn! Nonsens!

Ich setzte mich auf eine Bank und steckte mir eine weitere Zigarette an. Ich spielte mit meinem Mobiltelefon herum. Das Handy, die Wohnung, der Hund – all das gehörte mir nicht mehr. Und wenn das bloß der Anfang war? Was konnten die mir noch nehmen?

Meine Familie. Meine Freunde. Meine Arbeit.

Ich wählte die Nummer der Einzelhandelsabteilung meiner Firma. Besetzt. Okay, das war normal. Alle möglichen Gören riefen uns an, die die neueste Grafikkarte möglichst billig abstauben wollten. Dann also die Nummer vom Boss.

»Ja.«

»Guten Tag, Valentin Romanowitsch!«

»Tag!«

»Tut mir leid, Sie zu stören. Hier ist Kirill Maximow. Der Einzelhandelsmanager.«

»Von welcher Firma?«

Beinah wäre mir das Handy aus den Fingern entglitten.

»Aus Ihrer! Aus ›Bit und Byte‹!«

Eine Pause. Ein Knistern, als halte jemand das Mikrofon mit der Hand zu. Technisch ist unser Chef eine absolute Nullnummer, nie wird er es lernen, mit der entsprechenden Taste die Verbindung zu trennen. Ich meinte: »Arbeitet bei uns ein Kirill Maximow? Im Einzelhandel?« zu hören. Anschließend wandte sich der Chef mir wieder mit ungebrochen höflichem Ton zu: »Ja?«

»Ich kann heute nicht zur Arbeit kommen, Valentin Romanowitsch. Es sind bestimmte Umstände eingetreten ...«

Erneut eine Pause und Geflüster bei abgedeckter Sprechmuschel.

»Äh? Kirill Maximow?«

»Kirill«, bestätigte ich, am Boden zerstört.

»Und wo bitte arbeiten Sie?«

»In der Einzelhandelsabteilung. Ich bin der Verkaufsmanager. Fragen Sie Andrej Isaakowitsch!«

»Andrej Isaakowitsch«, sagte der Chef absichtlich laut, »arbeitet in Ihrer Abteilung ein Kirill Maximow?«

»Nein«, vernahm ich die Antwort unseres Chefmanagers für den Einzelhandel. »Ich liege Ihnen doch ständig in den Ohren, Valentin Romanowitsch! Wir brauchen noch jemanden! Bei unserem Umsatz schaffen wir die ganze Arbeit zu dritt kaum! Das ist einfach absolut unmöglich!«

»Äh ... Kirill Maximowitsch ...«, wandte sich der Chef wieder an mich.

»Kirill Maximow!«

»Kirill Maximow. Mir ist nicht ganz klar, was Sie mit diesem Scherz beabsichtigen, aber wenn Sie in unsere Firma eintreten möchten und Erfahrungen vorweisen können ...«

»Das kann ich. Ich habe drei Jahre in dem Bereich gearbeitet.«

»Wo?«

»Bei ›Bit und Byte‹!«, brüllte ich und beendete das Gespräch.

Ein leichtes Frösteln durchlief mich. Hier ging es nicht mehr um Papiere. Valentin Romanowitsch wollte mich nicht erkennen? Nun gut. So oft hatte ich schließlich mit ihm nicht zu tun. Aber Andrjuschka Liwanow, mein Kollege, mit dem zusammen ich Industriealkohol getrunken und Arbeitsschweiß verströmt hatte?

Papiere konnte man fälschen. Wenn man mir denn unbedingt meine Wohnung abspenstig zu machen gedachte.

Menschen konnte man kaufen. Oder einschüchtern. Falls man sich das Ziel gesteckt hatte, mich zu vernichten.

Aber woher sollten mein Chef und Andrjuschka plötzlich diese schauspielerischen Fähigkeiten nehmen? Andrej mochte Liwanow heißen, vermochte sich jedoch mit seinem berühmten Namensvetter, dem Schauspieler, nicht zu messen. Dieses improvisierte Lamento über den dringend benötigten Manager hätte er nie und nimmer zustande gebracht!

Meine Hände zitterten – und daran trug das gestrige Gelage keinesfalls die Schuld. Ich sah mich um. Das war mein Hof. Meiner, ist das klar? Meiner! Diese Bänke, diese Karussells auf dem Spielplatz, die zum Stadtjubiläum frisch gestrichen worden waren, all das war meins! Dieser Hausmeister, der die feuchten Herbstblätter zusammenfegte, war meiner! Der kleine Eckladen, wo ich Brot, Wurst und Pelmeni kaufte, war meiner! Alles, was ich hier kannte und mochte, war meins. Sogar die Pfütze in dem schmalen Durchgang zwischen unserem und dem Nachbarhaus, war meine, denn sie war mir vertraut, hundert Mal hatte ich mir da nasse Füße geholt, einmal war ich sogar ausgerutscht und hineingefallen, hatte wie ein Clown mit den Armen gefuchtelt beim Versuch, den Fall abzufangen. Am Ende war ich doch auf dem Hosenboden gelandet. Anka hatte damals wie irrsinnig gelacht, und ich, in der Pfütze sitzend, stimmte bei ihrem Anblick in das Gelächter ein, während eine alte, an uns vorbeizuckelnde Oma nicht mit dem hinterm Berg zu halten vermochte, was sie über die heutige Jugend dachte, die sich um Anstand und Gewissen soff.

Ich wählte Anjas Nummer.

»Kirill, ruf mich nicht mehr an, ja?«, klang es mir entgegen. »Ich will nichts mehr mit dir zu tun haben. Wirklich nicht.«

Aufgelegt.

Vermutlich war unsere Beziehung tatsächlich nicht zu kitten. Ich nahm ihr das nicht übel. Vielmehr freute ich mich! Anka hatte meine Nummer erkannt! Sie erinnerte sich an mich!

Was ging hier vor?

Ich setzte mich gemütlicher hin, lächelte dem Hausmeister zu, der mich jedoch nicht erkannte und meinen Gruß nicht erwiderte. Dann fing ich an, sämtliche Freunde, Bekannte und Geschäftspartner anzurufen, einen nach dem anderen, so wie sie im Adressbuch standen, angefangen mit dem Manager Aschimow, dem ich manchmal Rechner für unsere Firma abnahm, bis hin zu einem Bekannten meines Vaters, dem Zahnarzt Jablonski, der mir vor einem halben Jahr eine neue Füllung verpasst hatte.

Nach einer halben Stunde, als das Handy beinah leer war, gab ich die Telefoniererei auf.

Ein seltsames Bild. Nein, nicht seltsam, das wäre nur der Fall gewesen, wenn sich überhaupt keine Gesetzmäßigkeit hätte erkennen lassen. Die gab es jedoch.

Zufallsbekanntschaften wie Jablonski oder die Manager von bedeutenden Großhandelsfirmen hatten mich völlig vergessen. Bekannte, mit denen mich mehr oder weniger persönliche Erlebnisse verbanden, erinnerten sich zwar nicht auf Anhieb an mich, aber nach Sätzen wie: »Ljoschka, was ist? Leidest du an Gedächtnisschwund? Wir haben doch erst letzte Woche zusammen im *Rechen* ein Bierchen getrunken!« fiel ihnen wieder ein, wer ich war, und sie setzten zu verlegenen Entschuldigungen an, wobei sie die viele Arbeit vorschoben, die ihr Gedächtnis blockierte, oder die Folgen des gestrigen Besäufnisses. Ein Fünftel erinnerte sich sofort an mich: Kotja, obwohl bei ihm der noch nicht lange zurückliegende Kontakt ins Gewicht fallen dürfte, drei Frauen, mit denen mich recht warmherzige Beziehungen verbanden, und – völlig überraschend – ein Typ von der Konkurrenz. Mit ihm traf ich mich noch nicht einmal allzu häufig ... Er hatte so etwas an sich ... etwas von einem warmen Bruder ...

Ich krächzte. Na klar! Diese Geschichte hätte auch aus Kotjas Feder stammen können. Der Typ war wirklich schwul! Und offenbar hatte ich ihm gefallen. Deshalb erinnerte er sich an mich!

Warum auch immer, aber der Gedanke, Objekt der sexuellen Fantasien eines Schwulen zu sein, erschütterte mich stärker als der akute Gedächtnisschwund in meinem Bekanntenkreis. Ich erhob mich, steuerte den kleinen Laden an und kaufte Bier. Die Verkäuferinnen erkannten mich nicht wieder. Zu meiner Bank zurückgekehrt, versuchte ich, mich zu konzentrieren. Zum Teufel mit ihm, mit diesem Typ, der ein Auge auf mich geworfen hatte. Heute Abend würde auch er mich mit Sicherheit vergessen, der Widerling.

Danach würden mich wohl die Frauen vergessen, mit denen ich mal verbandelt gewesen war.

Wie ging es jetzt weiter?

Ohne Arbeit. Ohne Wohnung. Ohne Freunde.

Mein Ausweis? Was brachte mir der schon! Gefälscht, würde es heißen. Auf dem Schwarzmarkt gekauft.

Und meine Eltern?

Würden sie die Miliz rufen, wenn sie mich in ihrer Wohnung vorfanden?

Ich wählte die Nummer meines Vaters. Ich vernahm das Rascheln und Knacken des internationalen Äthers.

»Ja?«, meldete sich mein Vater aufgeräumt.

»Hallo. Hier ist Kirill«, sagte ich.

»Wer ist da?«, hakte mein Vater nach.

»Kirill! Was ist? Erkennst du dein eigen Fleisch und Blut nicht mehr?«

»Ich kann dich kaum verstehen, Kirillka«, erklärte mein Vater zärtlich. »Das ist keine Mobilfunkverbindung, sondern die reinste Feldpost ... Wie geht's? Was macht die Arbeit?«

»Hab viel zu tun«, berichtete ich und nippte an meinem Bier.

»Deine Mutter fragt, ob du gesund bist.«

»Wie ein Fisch im Wasser.«

»Ist sonst alles in Ordnung? Es ist doch nichts passiert, oder?«

Ich schluckte die Antwort ›Man hat mich rausgeschmissen, mir die Wohnung geklaut, und meine Freunde erkennen mich nicht mehr‹ herunter.

»Alles bestens! Wie ist euer Urlaub?«

»Prima. Die Türken renken sich ein Bein für uns aus, würden sich aber am liebsten die Finger nach unserem Portemonnaie verrenken«, flachste mein Vater. »Es war ein Fehler von dir, nicht mitzukommen.«

»Schön«, freute ich mich.

»Rufst du einfach so an oder aus einem bestimmten Grund? Vermisst du uns?«

»Hm.«

»Komm, in drei ... nein, in vier Tagen sind wir ja wieder da. Deine Mutter hat sich schon mit Souvenirs eingedeckt.«

Ich nickte. Ein paar T-Shirts mit Aufdrucken à la: »Die Türkei, das Land der tollen Frauen«, eine – gleichsam in Ausübung eines Rituals – am Strand gesammelte Muschel, eine Flasche irgendeines türkischen Anisschnapses.

»Mach's gut, Kirill«, fuhr mein Vater fort. »Meine Karte ist fast leer, und zu roamen ist verdammt teuer.«

»Soll ich dir was überweisen?«, fragte ich.

»Nicht nötig, so schlimm ist es nicht. Tschüs!«

»Tschüs, Papa«, sagte ich.

Aus irgendeinem Grund verdüsterte sich mein Inneres. Okay, sie hatten mich erkannt, besorgten sogar Geschenke, aber ...

Durfte ich mich darauf verlassen? Wenn vierundzwanzig Stunden ausreichten, damit sämtliche Freunde mich vergaßen, dann brauchten meine Eltern dafür halt länger. Viel länger. Vielleicht eine ganze Woche. Aber früher oder später – da war ich mir fast sicher – würden auch sie mich vergessen. Verwundert würden sie meine Fotos anstarren. Das heißt: Wer garantierte mir denn, dass nicht auch die Bilder verschwinden würden? Oder an ihre Stelle ganz andere Aufnahmen träten?

Was sollte ich tun?

»Ich brauche einen Experten«, murmelte ich. Daraufhin nickte ich mir selbst zu. Ja, ich brauchte in der Tat einen Experten. Einen Menschen, der wenigstens ansatzweise etwas von dem verstand, was hier vor sich ging. Einen Bullen? Kaum. Einen Anwalt? Unter gar keinen Umständen. Einen Parapsychologen? Vielleicht. Schließlich handelte es sich um eine Geschichte, die auf logische Weise nicht zu erklären war. Also einen Parapsychologen! Oder einen Priester?

Verlegen berührte ich das Kreuz, das mir um den Hals hing. Formal war ich orthodox. Getauft war ich nicht im Kindesalter worden, sondern als ich bereits alles voll begriff. Als ich das alles schon bewusst miterlebte. In die Kirche ging ich auch. Ab und an. Einmal im Jahr legte ich sogar die Beichte ab. Ob jetzt der Zeitpunkt gekommen war, Gott um Hilfe anzuflehen?

Mannomann, ich saß ganz schön in der Tinte! Mit Gott verhielt es sich so einfach ja auch nicht. Auf eine persönliche Audienz bei ihm brauchte ich nicht zu hoffen. Ich müsste zu einem irdischen Stellvertreter gehen. Und was würde ein vernünftiger Priester – und die meisten sind ja sehr vernünftig – wohl davon halten, wenn ich ihm meine Geschichte erzählte?

Eben. Ein kranker Mensch. Bestenfalls ein Besessener. Mit Sicherheit würde er mir Trost spenden. Er würde mir raten zu beten. Vielleicht würde er sich sogar mit mir zusammen ins Gebet versenken.

Aber wirklich glauben würde mir doch niemand. Allenfalls einer, bei dem von Vernunft keine Rede sein kann. Auf diese Hilfe konnte ich freilich verzichten.

Vorsichtshalber betete ich trotzdem. Mir wurde etwas

leichter zumute – wie immer, wenn du versuchst, dein Problem auf jemand anderen abzuwälzen und dir das scheinbar auch gelingt.

Dennoch brauchte ich noch einen realen Rat – und zwar in diesem Leben.

Erneut wählte ich Kotjas Nummer.

»Ja?«, meldete sich der Held an der literarischen Front.

»Hallo. Ich bin's, Kirill.«

»Äh ... Was für ein Kirill?«

Der Prozess schritt weiter fort. Und ganz offenbar funktionierte er nach den Schneeballsystem.

»Kotja, ich habe dich erst vor einer halben Stunde angerufen. Weißt du das denn nicht mehr?«

»Hm ...«, gab Kotja ausweichend von sich.

»Ich bin Kirill. Der Manager aus der Firma ›Bit und Byte‹. Wir kennen uns schon seit fünf Jahren! Gestern Abend bin bei dir gewesen, und wir haben zwei Flaschen Kognak geleert!«

Eine lange Pause.

»Kirill, könntest du jetzt herkommen?«, fragte Kotja.

»Ja«, antwortete ich erleichtert.

»Gut. Aber beeil dich. Hier ist etwas Merkwürdiges in Gang.«

»Ach nee? Das ist mir auch schon aufgefallen«, zischte ich giftig, während ich mich von der Bank erhob.

Vier

Mit den Anschlüssen hatte ich heute Glück. Schon in vierzig Minuten war ich bei Kotja. Ich klingelte an der Tür.

Kotja öffnete mir nicht sogleich. Außerdem musterte er mich mit unverhohlener Neugier.

»Kotja, ich bin's, Kirill«, sagte ich. »Erinnerst du dich nicht mehr? Wir haben gestern Abend ...«

»... einen gehoben«, murmelte Kotja. »Noch erinnere ich mich daran. Komm rein.«

Dennoch hörte er nicht auf, mich reichlich misstrauisch zu beäugen. Nicht wie einen Fremden, aber doch wie einen ausgesprochen seltsamen Bekannten.

»Was ist nun? Erinnerst du dich?«, bohrte ich. »Hier ist irgendeine Schweinerei im Gang. Ich habe meine Freunde angerufen ...«

»Gehen wir an den Compi«, verlangte Kotja. »Lies, was da steht.«

Gehorsam setzte ich mich vor den Rechner. Auf dem Bildschirm war eine Textdatei geöffnet. Fragend blickte ich Kotja an.

»Lies alles von Anfang an«, forderte er mich auf und ließ sich aufs Sofa plumpsen.

Ich fuhr mit dem Cursor zum Textanfang und fing brav an zu lesen.

Einzelunterricht

Semjon Makarowitsch, ein vierzigjähriger Sportlehrer, beobachtete aufmerksam die frühreifen Achtklässlerinnen, die gerade im Sportsaal der Schule turnten. Da kam Julja zu ihm und sagte: »Nie kriege ich einen Spagat hin.«

»Dann wirst du für dieses Quartal nur eine Drei bekommen«, erklärte Semjon Makarowitsch. »Du bist nicht geschmeidig genug.«

Julja, die unumstrittene Musterschülerin, erbleichte. »Bloß keine Drei, Semjon Makarowitsch! Lässt sich denn da gar nichts machen?«

»Warum sollte sich da nichts machen lassen? Komm nach der letzten Stunde zu mir. Dann kriegst du von mir Einzelunterricht zur Verbesserung deiner Geschmeidigkeit.«

Ich sah Kotja an.

»An diesem Machwerk habe ich gesessen, als du angerufen hast«, rechtfertigte sich dieser mit gerunzelter Stirn. »Lies weiter.«

Die hochspannende Geschichte von dem vierzigjährigen Sportlehrer und der ungeschmeidigen Musterschülerin brach an dieser Stelle ab. Nun würde ich also nie erfahren, mit welchen Methoden der alte Lüstling für die weitere Entwicklung der ohnehin frühreifen Schülerin zu sorgen gedachte. Dafür betraf der folgende Passus mich selbst.

Eben hat mich mein alter Freund Kirill Maximow angerufen. Etwas stimmt da nicht, denn ich habe ihn nicht erkannt. Dabei haben wir den ganzen gestrigen Abend bei einer Flasche Kognak zusammengehockt ...

»Bei zwei Flaschen«, korrigierte ich.

Erst als er das erwähnte, fiel mir wieder ein, wer er war. Allerdings ist diese Erinnerung höchst merkwürdig. Den gestrigen Tag habe ich anscheinend lückenlos präsent. Ich erinnere mich genau, woran ich gearbeitet habe. Und auch, dass ich abends mit jemandem etwas getrunken habe. Aber mit wem, das war mir vollständig entfallen, bis Kirill dann anrief. Auch an sein Gesicht erinnere ich mich nur mit Mühe. Überhaupt herrscht in meinem Kopf ein einziges Chaos, wenn es um ihn geht. An manches erinnere ich mich, an anderes nicht.

»Zu viel ›erinnern‹«, krittelte ich. »Du solltest auf deinen Stil achten, Herr Literat.«

»Der Stil interessiert mich einen Scheißdreck«, zischte Kotja. »Lies weiter!«

Im Folgenden hatte Kotja unser gestriges Gespräch und meine Misslichkeiten recht detailliert wiedergegeben. Der Text riss mit dem Satz: »Ich habe den starken Verdacht, dass, wenn Kirill eine halbe Stunde später angerufen hätte und es mir nicht gelungen wäre, diesen Text zu schreiben, ich ihn überhaupt nicht mehr erkannt hätte.«

Seufzend drehte ich mich auf dem Stuhl Kotja zu.

»Solange ich an dich denke«, sagte Kotja niedergeschlagen, »ist alles im Lot. Ich erinnere mich an dich und alles, was mit dir zusammenhängt. Aber kaum beschäftige ich mich mit was anderem ... Vorhin bin ich rausgegangen, um mir einen Kaffee zu kochen. Als ich zurückgekommen bin, wollte ich die Erzählung über den Sportlehrer fortsetzen. Doch sobald ich auf den Bildschirm geblickt habe, habe ich diesen Text entdeckt, der da nicht hingehört. Da habe ich angefangen, ihn zu lesen. Darauf fiel mir alles wieder ein. Allerdings ... war alles irgendwie vernebelt.«

»Was geht hier vor, Kotja?«, fragte ich.

»Vergisst du vielleicht auch etwas?«, fragte Kotja hoffnungsvoll.

»Nicht das Geringste. Die Leute vergessen mich. Meine Eltern erinnern sich noch gerade so an mich, Anka auch ... und noch ein paar Frauen ...«

»Alle, die eine engere emotionale Beziehung zu dir haben«, schlussfolgerte Kotja.

»Wie meinst du das?«

»Es sind diejenigen, die ständig an dich denken. Das gibt ihnen keine Gelegenheit, dich zu vergessen ... zumindest nicht so schnell. Schließlich vergessen wir alle ständig was. Das ist doch ganz normal. Wenn eine Information ohne Belang für uns ist, wenn wir sie nicht brauchen, dann löscht das Gedächtnis sie ... oder packt sie in irgendeinen entfernten Kasten. Mein Computer macht das genauso, in regelmäßigen Abständen fragt er mich: ›Sie haben bereits seit einem halben Jahr nicht mehr auf dieses Programm zugegriffen, brauchen Sie es noch, oder wollen Sie es löschen?‹ Insofern wäre das ganz normal ... wenn es nicht so schnell ginge. Als ob du Gedächtnisschwund hast.«

»Wieso ich? Ich erinnere mich an alles! Den Gedächtnisschwund haben meine Freunde.«

»So etwas gibt es nicht«, sinnierte Kotja düster. »Hör mal, Kirill, du bist ein feiner Kerl, ich mag dich sehr gern, aber ich habe nicht die Absicht, den lieben langen Tag an dich zu denken. Stell dich darauf ein! Denn wenn ich nicht ständig an dich denke, vergesse ich dich total. Da helfen keine Aufzeichnungen.«

»Heldentaten werde ich von dir keine verlangen«, brummte ich. »Was ist? Soll ich das Geschreibsel löschen und gehen?«

Kotja ließ sich die Sache einen Moment lang durch den Kopf gehen. In erster Linie wohl, um an meinen Nerven zu zerren.

»Nein, warte. Ich bin doch neugierig. Was hast du heute gemacht?«

»Als Erstes habe ich die Behörden abgeklappert ...«, fing ich meine Aufzählung an. Kotja hörte mir gespannt zu und nickte hin und wieder.

»In der Kirche bist du also noch nicht gewesen?«, fragte er.

Ich glotzte ihn mit großen Augen an. Kotja war zwar kein eingefleischter Atheist, glaubte jedoch nicht an Gott. »Ist das dein Ernst?«

»Warum denn nicht? Ich bin schließlich kein Atheist, sondern Agnostiker. Ein solcher lässt theoretisch die Existenz höherer Kräfte zu. Und wenn wir es nun schon mal mit mystischen Dingen zu tun haben ...«

»Nein, ich bin nicht in der Kirche gewesen. Aber ... ich habe für mich allein gebetet ...«, gestand ich mit einem Anflug von Scham.

»Du musst in die Kirche gehen«, beharrte Kotja.

»Meinst du?«

»Unbedingt. Einen anderen Weg sehe ich nicht für dich.«

Darauf blieben wir beide stumm.

»Ich brauche Hilfe, Kotja«, sagte ich schließlich. »Vielleicht sind ja tatsächlich mystische Dinge in Gang? Kennst du nicht einen Parapsychologen?«

»Woher sollte ich den denn kennen?«

»Na ja ... du schreibst in deiner sexfreien Phase schließlich über allerlei fantastisches Zeug ... Kennst einen Haufen Leute ...«

»Was soll das heißen?! Die Leute, die ich kenne, kochen auch nur mit Wasser! Glaubst du etwa, ich gehe bei so einem Pseudomedium vorbei, um anschließend über ihn zu schreiben? Nimmst du womöglich sogar an, ich würde Schäferhunde bumsen, um das danach zu beschreiben? All das entsteht in meinem Kopf, Kirill! All das ist dem Bedürfnis der Leserschaft geschuldet! Es gibt keine echten Übersinnlichen ... zumindest kenne ich sie nicht ...«

»Dann bleibt mir wohl tatsächlich nichts anderes übrig, als in die Kirche zu gehen«, stellte ich fest.

»Wart mal. Ich weiß noch jemanden, an den wir uns wenden können.«

Fragend schaute ich Kotja an.

»Dmitri Melnikow. Was sagst du dazu? Ist das nicht ein guter Gedanke?«

»Was denn? Den kennst du?«, verwunderte ich mich.

»Oh! Jetzt fängt bei dir der Gedächtnisschwund also auch schon an!«, kicherte Kotja. »Ja, den kenne ich. Zwar nicht sehr gut, aber Melnikow ist ein zugänglicher, ein geselliger Mann. Allerdings kostet uns das eine Flasche Kognak.«

Dmitri Melnikow war ein Mann mit einem seltenen Beruf. Bereits seit zwanzig Jahren schrieb er utopische und fantastische Literatur und hatte anscheinend Erfolg in diesem Genre. Zumindest lebte der Experte für außerirdische Monster und russische Vampire in einem modernen Hochhaus im Kutusowski-Prospekt, das mit einem sauberen Aufgang und einem wackeren Großväterchen als Concierge aufwartete, dessen stramme Haltung und stechender Blick auf eine frühere Tätigkeit als Lageraufseher hindeuteten.

Melnikow besaß eine weitläufige und teuer eingerichtete Wohnung, er selbst machte einen durchaus gut situierten Eindruck. Insgeheim hatte ich schon immer geargwöhnt, ein Autor, dessen Helden Armaturen mit den Zähnen verbiegen und mit einem Fußtritt Betonmauern einreißen, würde selbst nicht von sonderlich heroischem Körperbau sein. Melnikow stellte sich denn in der Tat als Mann in mittleren Jahren, von mittlerer Größe und mit mittlerer Schulterbreite heraus – trug dafür aber einen exzeptionellen Bauch vor sich her.

Kotja empfing er gleichsam mit offenen Armen. Auch ich war eines Handschlags des Herrn über die Seelen naiver Jungs und romantischer Mädels würdig.

»Gehen wir in mein Arbeitszimmer, Leute«, schlug er, ganz der unsere, vor. »Wenn ihr wollt, könnt ihr gern Hausschuhe anziehen.«

Irgendwo in den Tiefen der Wohnung klapperte Geschirr, plärrte eine Kinderstimme, belferte ein Hund. Hinter der massiven Tür des Arbeitszimmers trat dann jedoch sofort Stille ein. Hier schnurrte bloß ein neumodischer Player, so ein absolut durchsichtiges Ding, bei dem man beobachten konnte, wie sich die CD dreht und sich Unmengen überflüssiger, vermutlich einzig um des ästhetischen Effekts willen integrierter Leuchtdioden zuzwinkern.

»Und innen drin hat sie eine Neonröhre!«, murmelte ich.

»Oh!« Melnikow musterte mich erfreut. »Wie angenehm, einen gebildeten Menschen zu treffen! Wer erinnert sich denn sonst noch an die Klassiker? Als ich einmal die Strugatzkis ohne Anführungszeichen zitiert habe, sozusagen, um ihnen literarisch Reverenz zu erweisen, hielten die Leser das für meine Worte.«

Selbst ohne dieses alberne Geschwätz war meine Laune schon nicht gerade fabelhaft. »Wenigstens haben die Leser einen guten Geschmack.«

Daraufhin verstummte Melnikow. Offenbar grübelte er darüber nach, ob er die Bemerkung ignorieren oder Kotja und mich rausschmeißen sollte.

Er ignorierte sie. »Zum Geschmack sollte möglichst auch die allgemeine Belesenheit hinzukommen«, murmelte er bloß. »Wie kann man sich nur auf einen einzigen Autor stürzen? Bloß ihn lesen? Selbst wenn dieser Autor ich wäre!«

Kotja kicherte. Er holte aus einer Tüte, die Melnikows Blick ohnehin nicht entgangen war, eine Flasche Kognak.

»Ah ja«, sagte Melnikow. Er öffnete den Schrank, der eine Bar beherbergte, die einiges von einem Ödland trennte. Ihr entnahm er Schwenker, die er auf den Glastisch vorm Sofa stellte. »Soweit ich es verstanden habe, seid ihr nicht nur gekommen, um mit mir ein Gläschen zu trinken«, meinte er nach kurzem Nachdenken.

»Wir sind dringend auf Ihre Hilfe angewiesen«, sagte Kotja. »Kirill ist da in eine merkwürdige Situation hineingeraten ...«

»Ich bin kein Verleger«, wehrte Melnikow rasch ab. »Ich könnte ihm raten, bei wem er einen Roman einreichen soll ...«

»Aber nein, nicht doch, Kirill schreibt nicht.« Kotja fegte den Gedanken gleichsam mit den Händen fort.

Auf Melnikows Gesicht spiegelte sich unverkennbar Erleichterung wider. »Womit kann ich dann helfen?«, wollte er wissen. »Das Einzige, wovon ich wirklich etwas verstehe, ist Literatur. Genauer gesagt, Science-Fiction und Fantasy.«

»Kirills Geschichte entbehrt nicht eines gewissen fantastischen Aspekts«, begann Kotja. »Aber was mische ich mich da ein? Kirill kann das selbst erzählen.«

Ohne jede Begeisterung sah mich der Schriftsteller an.

Seufzend nahm ich auf dem Sofa Platz, griff nach dem Glas mit dem Kognak und fing an zu erzählen: »Gestern bin ich von der Arbeit nach Hause gekommen. Ich lebe allein ... na ja, fast allein, ich habe einen Hund ...«

Die nächsten fünf Minuten langweilte sich der Schriftsteller ganz unverhohlen. Dann jedoch schlich sich eine leichte Neugier in sein Gesicht.

Frappierenderweise brauchte ich nicht mehr als eine Viertelstunde, um den ereignisreichsten Tag meines Lebens zu schildern.

»Eine gute Geschichte.« Melnikow schenkte sich einen weiteren Kognak ein. »Also ... das ist vermutlich die Fabel Ihres ...«

»Das ist mir wirklich passiert«, widersprach ich mit düsterer Miene. Ich hatte ja vermutet, dass Schriftsteller dieses Genres als Ratgeber nicht die erste Wahl darstellten. Sie glauben noch weniger an Wunder als Prostituierte an die Liebe.

»Dmitri Sergejewitsch, das stimmt alles«, sprang Kotja mir bei.

»Zeigen Sie mir mal Ihren Ausweis«, bat Melnikow.

Ich zuckte mit den Schultern – was sollten ihm meine Papiere nutzen? –, holte meinen Ausweis aber dennoch heraus.

»Meine Güte, Kirill Danilowitsch«, entrüstete sich Melnikow, während er meinen Ausweis inspizierte. »Was um alles in der Welt haben Sie denn mit Ihren Papieren angestellt? In Ihrer Lage ...«

Ich entriss ihm das Dokument und starrte auf die Seite mit dem Foto. Ein stinknormaler Ausweis. Nur ... nur dass die Schrift extrem verblichen war. Und die Fotografie wirkte ebenfalls verblasst. Die Seiten waren vergilbt, mürbe.

»Gestern war er noch völlig in Ordnung«, versicherte ich. »Guck mal!«

Ich hielt Kotja den Ausweis hin. Entsetzt blickte dieser auf die fahlen Schriftreihen.

»Langsam wird die Sache interessant«, bemerkte Melnikow in einem Ton, der mir nicht gefiel. »Geben Sie ihn mir noch mal!«

Abermals musterte er eingehend den Ausweis, blätterte ihn durch und gab einige Laute der Verwunderung von sich.

»Was ist denn?«, wollte ich wissen.

»Wissen Sie eigentlich, Kirill, dass Sie nirgendwo gemeldet sind?«, fragte Melnikow.

Auf der Seite für die Adresse prangte in der Tat Leere. Selbst wenn ich sie unter der hellen Lampe, am Fenster, von der Seite oder gegen das Licht betrachtete – es gab keine Spuren eines Stempels.

»Du bekommst Schwierigkeiten, wenn du nicht in Moskau gemeldet bist«, meinte Kotja seufzend. »Vielleicht kannst du dich vorübergehend anmelden? Schon gut, das war nur Spaß, beruhige dich!«

Mir stand in keiner Weise der Sinn nach Scherzen. Ich steckte den Ausweis in die Tasche zurück und sah Melnikow an

»Soll ich Ihre Erzählung also für blanke Münze nehmen?«, erkundigte sich Melnikow.

Ich nickte.

»Und Sie wollen von mir als ... äh ... als Mensch, der sich verschiedene fiktive Geschichten ausdenkt, einen Rat?«

Abermals nickte ich.

Melnikow lehnte sich im Sofa zurück und bettete einen Ellbogen auf ein ledernes Kissen. Gedankenverloren drehte er den Kognakschwenker in der Hand.

»Wenn ich Strugatzki wäre, A. und B.«, begann er, »dann verhielte es sich wie folgt ... Sie wären ein Mensch, dessen Leben völlig sinnlos ist, den niemand braucht ... Sie müssen entschuldigen, das dient einzig der Veranschaulichung.«

»Schon gut, fahren Sie fort«, bat ich.

»Deshalb würde das Leben selbst, die Realität an sich, dazu ansetzen, Sie aus dem Universum zu löschen. Nach und nach würden all Ihre Spuren getilgt, zunächst sämtliche offizielle Papiere, dann die Erinnerungen von Zufallsbekanntschaften, schließlich die Erinnerungen von Freunden und Verwandten ... Enden würde alles damit ...« Er dachte einen kurzen Moment nach, dann nickte er. »Enden würde alles damit, dass Sie gleichsam zerschmelzen, sich in eine nicht wahrnehmbare und von allen vergessene Geistererscheinung verwandeln. Etwas in der Art wäre vorstellbar.«

»Ich danke Ihnen«, sagte ich, wobei mein Mund mir seltsam trocken vorkam. »Gäbe es noch andere Varianten?«

»Selbstverständlich!«, erklärte Melnikow begeistert. »Wäre ich Globatschow, dann würde ich Außerirdische die Erde erobern lassen. Ohne Rücksicht auf Verluste würden sie sich einen Vorposten erkämpfen, indem sie einen Menschen aus dem Leben verdrängen, die Erinnerung an ihn löschen, seine Papiere fälschen ... Ihren Platz würde dann ein Agent der feindlichen Zivilisation einnehmen. Enden würde alles damit, dass Sie gegen die Aliens in den Kampf ziehen, heimlich auf ihrem Planeten landen und ihnen die Hölle heißmachen.«

Diese Version stimmte mich schon optimistischer. Freilich vermochten mich meine Fähigkeiten, außerirdische Invasoren einzuschüchtern, nicht gerade zu überzeugen.

»Wenn ich Sarow wäre, der schriftstellernde Held aus Lukianenkos Roman *Herbstbesuche*«, fuhr Melnikow fort, »dann wären Sie ein kleiner Junge oder naiver Teenager. Eine außerirdische Zivilisation, die, wenn auch nicht gerade freundlich, so doch längst nicht derart bösartig wie bei Globatschow, würde Ihre Standfestigkeit auf die Probe stellen. Sie würden heranreifen und sich im Kampf stählen, schließlich allen die Hölle heißmachen, nebenbei zufällig Allmacht erlangen, auf diese jedoch aus unerfindlichen Gründen verzichten.«

»Das kommt für mich nicht infrage«, gab ich zu bedenken. »Aus Altersgründen. Gibt es noch mehr?«

»Wäre ich Welessow«, sinnierte Melnikow, »dann würde man Sie auf diese Weise auf den Eintritt in eine andere Welt vorbereiten – in der Sie bereits Ihre frühe Kindheit verbracht haben. In dieser Welt gäbe es eine Menge unterschiedlicher Götter, Monster und Zauberer. Sie selbst stammten vermutlich auch aus einem Götter- oder Heldengeschlecht. Und ...«

»... dann würde ich allen die Hölle heißmachen«, vermutete ich. »Um anschließend den mir gebührenden Platz einzunehmen.«

»Richtig. Allerdings würden Sie dann feststellen, dass es noch durchtriebenere Götter gibt. Sie machen sich auf, gegen sie zu kämpfen ...«

»Haben Sie noch weitere Versionen in petto?«, fragte Kotja. Offenbar liebte er dieses literarische Genre, denn jetzt schaute er Melnikow zufrieden lächelnd an.

»Wäre ich Ochotnikow, dann würde ich überhaupt nichts erklären.« Melnikow lächelte schadenfroh. »Jeder, dem es gerade in den Sinn kommt, würde Sie piesacken. Sie würden zunächst sehr lange leiden, dann einsehen, dass Sie Ihr Leben noch einmal von null anfangen müssen. Daraufhin würden Sie erneut wie gehabt alles erreichen und die Liebe der Frau, die Sie vergessen hatte, zurückgewinnen ...«

»Irgendwie gefällt mir das nicht«, gestand ich.

Kotja grinste.

»Wäre ich Tschudow«, meinte Melnikow mit zusammengekniffenen Augen, »dann wären Sie ein arroganter Fatzke. Ein Intelligenzler, der zwar über ausgefeilte Kenntnisse der Psychologie seiner Mitmenschen verfügt, sich aber wie ein Armeesergeant verhält. Eine gemeine Frau würde Sie mit der Scheiße aus ihrem Nachttopf übergießen, die Bullen würden lange auf Sie einknüppeln. Bis das Blut spritzt. Aber Ihre Geistesstärke würde all das überwinden.«

Kotja prustete los.

»Wäre ich das Ehepaar Inotschenko ...« Melnikow

dachte kurz nach. »... dann würden sich etliche Menschen mit solchen Gemeinheiten konfrontiert sehen, und zwar regelmäßig, alle würden damit rechnen und sich entsprechend vorbereiten. Sie wären vermutlich ein Mädchen oder eine junge Frau. Alles würde traurig, aber optimistisch enden.«

Jetzt brach Kotja lauthals in Gelächter aus. Ich selbst musste unwillkürlich schmunzeln.

»Wäre ich der junge und ehrgeizige Autor Iwan Dingsbumski, dann würde ich die Religion aufs Korn nehmen«, spann Melnikow sein Garn weiter. »Ich würde aus Ihnen zum Beispiel einen modernen Hiob machen, den der Herr in Versuchung führt und mit Leid überhäuft. In dem Fall hielte ich für Sie noch Probleme mit der Gesundheit, der Miliz und dem Verbrechermilieu bereit.«

»Das gefällt mir absolut nicht«, flocht ich ein.

»Wäre ich Dromow, dann bräche plötzlich und in der ganzen Welt eine Epidemie aus, bei der die Menschen aus der Realität getilgt würden. Sie würden beim Geheimdienst arbeiten und dieses Mysterium aufzuklären haben – bis mit Ihnen dasselbe passiert. Ich würde ein paar Erklärungen anbieten, die jedoch nicht allzu überzeugend wären – schließlich geht es ja nicht um die.«

»Und wenn Sie Melnikow wären?«, konnte ich mir nicht verkneifen zu fragen.

Melnikow seufzte. »Wenn ich Melnikow wäre ... und schließlich bin ich Melnikow ... dann würde ich kühn einen Roman mit irgendeinem vergleichbaren Plot schreiben. Sie müssen sich vor Augen halten, dass ich auch jetzt meiner Fantasie freien Lauf lasse, verschiedene Varianten entwickle ... und nur um des Vergnügens willen diese Parallelen ziehe.«

»Trotzdem! Was trifft Ihrer Meinung nach am ehesten zu?«

»Nichts von alldem!« Melnikow stürzte den Kognak in einem Zug hinunter. »Ich glaube nicht an diese dämlichen Außerirdischen, an diese Götter und Helden, an geheime Gesetze des Universums, Leiden und ähnlichen Mist! Und weder Welessow noch Dromow oder das Ehepaar Inotschenko glaubt daran! Niemand tut das! Alle Fantasy- und SF-Schriftsteller sind vernünftig denkende Menschen. Sie unterhalten lediglich ihre Leserschaft. Gut ... sie übertragen die Probleme unseres Alltags in einen fantastischen Kontext, aber doch nur, damit die Lektüre interessanter wird. Insofern sind alle Varianten möglich – und gleichermaßen irreal.«

»Aber mit mir geschieht etwas«, beharrte ich. »Ich verstehe ja, dass Sie mir nicht glauben wollen. Es nicht können. Dass Sie es für eine alberne Fopperei halten ... für die Fieberfantasie eines Kranken ... Aber lassen Sie sich doch nur mal einen Moment darauf ein! Was soll ich tun?«

Melnikow grübelte. »Hm ... Für den Anfang ... Sich an die Miliz zu wenden ist zu spät. Man würde Sie wohl vorsichtshalber verhaften, und damit wäre Ihr Schicksal besiegelt ... Halten Sie sich an diejenigen, die sich noch an Sie erinnern. Ihre engen Freunde.« Er sah Kotja an. »Ihre Eltern. Ihre Freundinnen. Lassen Sie es nicht zu, dass sie Sie vergessen. Spielen Sie auf Zeit, schließlich kann sich das Blatt noch wenden ... Was bleibt Ihnen sonst noch? Versuchen Sie, irgendein Schriftstück zu finden. Ihre Geburtsurkunde zum Beispiel. Bescheinungen von x-beliebigen Einrichtungen ... Haben Sie mal in einem Film mitgewirkt? Sind Sie mal im Fernsehen aufgetreten? Gibt es bei ihnen zu Hause Videoaufnahmen von Ihnen? Fotografien? Gehen Sie zum Arzt, lassen Sie eine Patientenakte von sich anlegen. Private Polikliniken werden keinen Ausweis von Ihnen verlangen ... Und gehen Sie in die Kirche! Beten Sie!«

»Vermutlich bleibt mir nur noch das«, sagte ich. »Zu beten.«

»Kirill«, meinte Melnikow, »ich bin bereit, Ihnen zu glauben. Und ich will ganz offen sein: Bei dem Gedanken, Sie könnten sich keinen Scherz erlauben, wird mir angst und bange. Denn wenn Ihnen dergleichen widerfahren kann, dann bin auch ich nicht dagegen gefeit. Aber ich weiß keine Antwort. Ich bin kein Orakel. Ich bin nur ein Schriftsteller. Ich kann mit Ihnen mitleiden, wir können zusammen einen trinken, ich kann Ihnen ein paar alberne Ratschläge geben. Aber damit hat's sich!«

»Verzeihen Sie, dass wir hier so eingefallen sind«, schaltete sich jetzt Kotja ein, der wohl innerlich spürte, dass die Audienz nunmehr beendet war.

Melnikow erhob sich und schenkte den restlichen Kognak ein. »Ein letztes Gläschen auf den Weg«, sagte er.

Apathisch trank ich mein Glas aus. Wie merkwürdig: Obgleich ich kein Wunder erwartet hatte, packte mich Verzweiflung.

»Berichten Sie mir, wie sich die Dinge weiterentwickeln«, forderte Melnikow mich auf. »Und falls mir noch etwas einfallen sollte, rufe ich ... äh ... Kotja an.«

»Ich habe ein Handy«, teilte ich ihm aus irgendeinem Grund mit. »Schreiben Sie sich doch die Nummer auf.«

»Ja, selbstverständlich.« Allzu hastig sprang Melnikow auf, um auf seinem Schreibtisch nach einem Stück Papier zu angeln und die Nummer aufzukritzeln. Vermutlich würde der Zettel binnen der nächsten halben Stunde im Mülleimer landen.

Der Abschied fiel ein wenig unterkühlt aus. Unter anderen Umständen wäre Melnikow womöglich ein interessanter Gesprächspartner gewesen, und wir hätten mit ihm nicht eine Stunde, sondern den ganzen Abend zusammengesessen. Die Schuld daran trugen ohne Zweifel Kotja und ich: Wir hatten uns an einen Menschen gewandt, der seit ewigen Zeit nicht mehr an Wunder glaubte, und hatten von ihm verlangt, genau das zu tun.

Unter mehrfachen Beteuerungen, wir würden einander ›auf dem Laufenden halten‹, drückten wir uns an der Tür herum, bis Melnikow sie geschickt und irgendwie unbemerkt aufschloss, sodass uns nichts anderes übrig blieb, als ins Treppenhaus hinauszutreten. Aus den Tiefen der Wohnung drang der unverwechselbare Geruch frisch gebratener Hacksteaks. Der Schriftsteller wurde allmählich nervös.

»Wir telefonieren noch miteinander!«, versicherte Kotja aufgeräumt der sich schließenden Tür, worauf er ein vages »Hmm« erhielt und mich bedripst anschaute.

Ich zuckte bloß mit den Schultern.

»Normalerweise ist er nicht so kurz angebunden«, brummte Kotja. »Er ist sogar ganz gesellig. Ich habe eigentlich angenommen, wir würden länger bei ihm bleiben.«

»Prostituierte glauben an die Liebe«, sagte ich.

»Wie bitte?« Kotja drückte den Fahrstuhlknopf. »Was für Prostituierte? Also, nicht dass ich was gegen sie hätte ...«

»Diese Schriftsteller glauben noch weniger an ein Wunder als Prostituierte an die Liebe. Das ist mir eben bei Melnikow durch den Kopf gegangen. Dabei glauben Prostituierte an die Liebe. Insgeheim zwar und ohne ein Wort darüber zu verlieren, aber sie glauben daran. Sie träumen davon, dass es noch etwas anderes als verschwitzte dicke Männer gibt, die Sex für Geld nötig haben. Sie träumen davon und fürchten sich, daran zu glauben. Dein Melnikow dagegen ... Im Grunde will er ja, dass es das alles gibt, die Wunder, die Aliens und die Parallelwelten. Dass das nicht nur das Einwickelpapier für den Bonbon, sondern der Bonbon selbst ist ... die bunten Drops im Döschen. Aber er hat Angst, daran zu glauben! Für ihn ist es viel leichter, sich einzureden, ich sei ein Schwindler oder Irrer. Jetzt wird er nach dem Hacksteak einen Wodka trinken, sich den Hinterkopf kratzen und schließlich eine Geschichte über heimtückische Außerirdische schreiben.«

»Wie du die Sache auf den Punkt bringst!«, rief Kotja begeistert aus. Er trommelte mit den Fingern auf den Fahrstuhlknopf. »Das mit den Prostituierten, das gefällt mir!«

»Bau es in eine Geschichte ein«, schlug ich ihm vor. »Lass uns zu Fuß gehen, der Fahrstuhl ist kaputt.«

»Von wegen kaputt! Das Drahtseil bewegt sich doch!«

Ich winkte ab und nahm die Treppe.

»Elf Stockwerke zu Fuß?«, empörte sich Kotja. »Wir werden ja sehen, wer schneller ist!«

Ich hatte gerade den sechsten Stock erreicht, als der Fahrstuhl nach oben fuhr. Ihm folgte ein zweiter. Ich legte einen Zahn zu, doch etwa im dritten Stock überholte mich der hinunterfahrende Aufzug.

Letzten Endes haben die Faulen doch die Nase vorn ...

Zwei Stufen auf einmal nehmend, kam ich unten an. Kotja wollte gerade zur Haustür hinausschlüpfen.

»Hey, warte doch!«, schrie ich. »Wo willst du denn hin?«

Kotja erstarrte in der Haustür und schielte zu dem Zeitung lesenden Concierge hinüber. Ich machte ein paar Schritte auf ihn zu – und blieb stehen.

Kotja sah mich mit leerem, fremdem Blick an.

»Kotja?«, sprach ich ihn an.

»Ja?«, fragte Kotja hüstelnd.

»Was ist? Erkennst du mich nicht mehr?«

»Äh ...«, druckste Kotja. Abermals linste er zum Concierge hinüber.

»Haben die jungen Herren irgendwelche Probleme?«, fragte dieser argwöhnisch.

»Nein, überhaupt nicht«, antwortete ich, während ich, mich an Kotja vorbeischlängelnd, nach draußen ging. »Es ist alles in Ordnung!«

»Wo kommen Sie eigentlich her?«, schrie der Concierge mir nach.

Ich gab keine Antwort. Ich blieb stehen und wartete, bis Kotja unsicher aus dem Haus trat. Er hatte zwar keine Angst, war aber merklich nervös.

»Kotja?«, sagte ich noch einmal. »Kotja?«

»Ich erinnere mich nicht an ... an Sie«, erklärte Kotja

aufrichtig und entspannte sich ein wenig. »Sind Sie ein Bekannter von Melnikow?«

»So gesehen, ja«, antwortete ich. »Ein Bekannter. Erinnerst du dich wirklich nicht an mich?«

Kotja schüttelte den Kopf. »Was ist denn passiert?«, fragte er.

»Du ... Sie haben doch eben Melnikow besucht, oder?«, kapitulierte ich.

Kotja nickte.

»Ist er zu Hause?«

»Ja, natürlich.« Unbehaglich trat Kotja von einem Fuß auf den anderen. »Sie wollen also zu Melnikow? Entschuldigen Sie, Ihr Gesicht kommt mir bekannt vor, aber ich bringe Sie einfach nicht unter ...«

»Machen Sie sich deshalb keine Sorgen«, beruhigte ich ihn. »Ich habe so ein Allerweltsgesicht, das prägt sich niemand ein.«

»Gut, dann gehe ich jetzt mal ...« Kotja machte einen Schritt, lugte noch einmal zu mir her, als wolle er etwas sagen, schüttelte dann jedoch bloß den Kopf und wandte sich ab.

Ich holte meine Zigaretten heraus und zündete mir eine an. Der Rauch war süß und bitter zugleich. Hinter dem kleinen Glasfenster in der Eingangstür tauchte das Gesicht des Concierge auf. Das wackere Großväterchen war auf der Hut. Fehlte bloß noch, dass er die Miliz holte!

Erneut versenkte ich eine Hand in die Tasche, diesmal um meinen Ausweis herauszuholen. Ich schlug ihn auf. Die mürben Seiten zerfielen in meinen Händen, das Foto löste sich mit einem Schnalzen und segelte auf den Asphalt. Als ich es aufhob, vermochte ich in dem grauen Quadrat mein Gesicht schon nicht mehr zu erkennen.

Mir war kalt. Immerhin hatten wir schon Herbst. Und der Winter versprach, streng zu werden ...

»Also gut«, grummelte ich, als wollte ich jemandem drohen oder einen Plan schmieden. »Also gut? Also gut!«

Erstens: Wunder gibt es nicht.

Zweitens: Ausnahmen schon, aber nur bei bösartigen Wundern.

Doch wenn die Zeit der bösartigen Wunder gekommen ist, dann hat es keinen Zweck, ein guter Mensch zu bleiben.

Fünf

In den Fenstern meiner Wohnung brannte kein Licht. Die holde Natalja Iwanowa dürfte sich ja wohl kaum schon um acht Uhr abends schlafen gelegt haben ...

Ich begab mich in den fünften Stock hinauf und klingelte an meiner Tür. Cashew kläffte los, verstummte dann aber in aller Wachsamkeit. Einige Minuten lang wartete ich vor der Tür, bevor ich schließlich mit den Schultern zuckte und wieder in den Fahrstuhl stieg. Falls mich jemand durch den Spion beobachtete, dann würde dieser Jemand jetzt im großmütterlichen Gang zurück zum Fernseher schlurfen und sich einprägen, dass ein Galan die Frau Nachbarin aufgesucht hatte. Daran, dass die alte Hexe Galina Romanowna mich bereits gründlichst vergessen hatte, hegte ich nicht den geringsten Zweifel.

An sich ist es ja ein Phänomen, wie diese Omas, die sich nie von ihren ewigen Seifenopern losreißen und ihre Türen mit unter Kunstleder verborgenem Styropor schallisolieren, es schaffen, jedes Klingeln an der Nachbartür mitzubekommen. Obendrein pflegen sie natürlich, in die

Poliklinik zu pilgern und den Ärzten vorzujammern, wie schlecht sie hören!

Im Fahrstuhl drückte ich den Knopf für den achten Stock. Auf Natalja im Treppenhaus neben dem Müllschlucker zu warten, schien mir zu riskant, denn bestimmt würde jemand mit einem Eimer oder zum Rauchen herauskommen. Deshalb kam mir der achte Stock gerade recht: In einer Wohnung wohnte ein vergreister Opa, der nirgendwo allein hinging, die beiden anderen hatten vielköpfige Familien orientalischer Gastarbeiter gemietet, die niemals auf die Idee kämen, die Miliz zu rufen. Früher hatten mich diese stillen Orientalen – mochten sie nun Tadschiken oder Usbeken sein – geärgert, die zu zehnt in einer Wohnung hausten. Nein, persönlich war ich nie mit ihnen aneinandergeraten, versuchten sie doch immer, unbemerkt in ihre Wohnungen zu schlüpfen, in ihr Körbchen zu huschen, dabei wie Kakerlaken das Licht scheuend. Es handelte sich schlicht um alltäglichen Chauvinismus.

Jetzt freute ich mich über die stillen Nachbarn aus dem obersten Stockwerk. So saß ich denn neben dem Müllschlucker, rauchte, schaute durchs Fenster nach unten, auf den Weg zum Hauseingang. Es dämmerte zwar bereits, doch die Lampe über der Eingangstür spendete helles Licht, und ich würde Natalja rechtzeitig ausmachen.

Einige Tadschiken kamen nach oben und verschwanden in ihren Wohnungen, wobei sie so taten, als bemerkten sie mich gar nicht. Bedächtig zerknüllte ich die Zigarettenschachtel.

Ein feiner, leiser Regen setzte ein, wie ich es im Herbst

sogar mag. Er erinnert uns gleichsam daran, dass der Sommer vorüber ist. Fast im selben Moment funkelte unten ein bunter Schirm auf.

Vielleicht hatte ich ihn gestern in meiner Wohnung gesehen, inmitten all der anderen fremden Sachen. Vielleicht aber auch nicht. Jedenfalls spürte ich gleich: Da kam Natalja.

In meinem Bauch breitete sich Kälte aus, meine Beine schienen sich in Watte verwandelt zu haben. Unter Aufbietung aller Kräfte zwang ich mich, zum Fahrstuhl zu gehen und den Knopf zu drücken. Irgendwo weiter unten schlug eine Tür zu, doch der Fahrstuhl kam bereits hoch in den achten Stock. Ich betrat ihn, verzichtete allerdings darauf, den Knopf fürs Parterre zu betätigen.

Das übernahm Natalja für mich. Brav zuckelte der Aufzug nach unten.

Es ist nicht ganz einfach, zum Verbrecher zu werden, wenn man ein Vierteljahrhundert lang ehrlich und rechtschaffen gelebt hat.

Außerdem wollte ich auf gar keinen Fall als Schwerverbrecher im Gefängnis landen.

Aus der Innentasche meiner Jacke zog ich das Messer hervor, das ich vor zwei Stunden an einem Kiosk neben dem Metroausgang gekauft hatte. Ein billiges chinesisches Imitat irgendeines bekannten Markenprodukts. Sei's drum. Mir kam es einzig und allein auf den furchterregenden Anblick an, den es bot, die lange, schmale Klinge mit den gierigen Zähnen und der Blutrinne. Wenn in dem Kiosk überzeugend wirkende Spielzeugpistolen verkauft worden wären, hätte ich eine von denen erworben.

Denn unter gar keinen Umständen wollte ich ins Gefängnis wandern.

Die Fahrstuhltür öffnete sich zischend, und die unansehnliche Natalja trat in die Kabine. Nein, sie trat nicht ein, sie kletterte, ein Bein übertrieben hochziehend, hinein. Doch kaum sah sie mich, riss sie die Augen auf und wollte zurückweichen.

Ich packte die Frau an der Schulter und zog sie hinein. Schon im nächsten Moment drückte ich ihr das Messer an den Hals, eine Bewegung, die mir so natürlich gelang, als hätte ich mich mein Lebtag als wahnsinniger Vergewaltiger durchgeschlagen, der in Fahrstühlen auf Beutezug ging.

»Ich schreie«, warnte Natalja mich mit einem Blick auf das Messer.

»Und warum tust du das dann nicht?«, fragte ich. Der zusammengeklappte Schirm bohrte sich mir in den Fuß. Krampfhaft klammerte sich Natalja an ihm fest. In der anderen Hand hielt sie eine Einkaufstüte.

»Lassen Sie mich los! Ich weiß ja nicht mal, wer Sie sind!«, verlangte die Frau mit erhobener Stimme. »Lassen Sie mich los!«

Ich drückte den Knopf für den fünften Stock.

»Du lügst. Du weißt genau, wer ich bin. Und das heißt ...«

Ihre Augen huschten über mein Gesicht. Sie befeuchtete sich die Lippen. »Sie sind ja verrückt geworden«, meinte sie mit einem bedächtigem Kopfschütteln. »Dafür wird man Sie verurteilen. Ist Ihnen klar, was man im Lager mit einem Vergewaltiger macht?«

»Du bist viel zu gelassen, Natalja«, erwiderte ich. Und erst in dem Moment, da ich diese Worte aussprach, wurde mir klar, wie sehr sie zutrafen. Sie war in der Tat viel zu gelassen für eine Frau, der man gerade ein Messer an die Kehle hielt – unabhängig davon, ob ich nun ein Verrückter oder der Kerl war, den sie gestern Abend übers Ohr gehauen hatte.

»Sie sind kein Mörder. Sie werden mir nichts antun.«

»Wollen wir die Probe aufs Exempel machen?«, schlug ich vor. »Sie haben mir alles genommen. Meine Wohnung, meine Arbeit, meine Papiere. Ich habe nichts mehr zu verlieren!«

»Doch, das Leben«, antwortete sie lapidar.

»Das fällt kaum ins Gewicht.« Ich packte das Messer besser, sodass die Spitze den Hals nahe der Schlagader berührte. »Ein Piep, und ich steche zu.«

Der Fahrstuhl hielt. Die Türen glitten auseinander.

»Ich würde dir empfehlen, dich so zu verhalten, als wären wir gute alte Freunde«, sagte ich, während ich den Arm um Nataljas Schultern legte. »Du öffnest ganz ruhig die Tür, und wir beide gehen dann in die Wohnung. Verstanden?«

Wenn ich alles richtig kalkuliert hatte und wenn Natalja nicht loszappeln und schreien würde, dann dürfte das Messer durch den Spion der Nachbartür nicht zu sehen sein. Da kämen einfach ein Mann und eine Frau, die sich umarmt hielten und es nicht mehr erwarten konnten, im Bett zu landen. Was sollte daran Besonderes sein? Außerdem entspräche es genau dem Bild, das dieses Luder von klimakterischer Nachbarin sehen wollte.

Natalja fing nicht an zu zappeln.

Sie schloss auf, wir gingen hinein. Mit dem Fuß kickte ich hinter mir die Tür zu und tastete auf der Suche nach dem Lichtschalter an der Wand lang. Das Rechteck des Küchenfensters zeichnete sich in der sterbenden Dämmerung ab. Im Zimmer bellte Cashew Alarm. Es war eiskalt. Hatte man die Heizung etwa noch nicht angestellt?

»Der Lichtschalter ist ziemlich weit unten«, erklärte Natalja verächtlich. »Wenn du den Arm hängen lässt, in der Höhe.«

»Ach nee? Hätte ich das vielleicht vergessen haben sollen?«, grummelte ich.

Das Licht ging an. Ich sah mich im Zimmer um. Auf dem Sofa lag mein Hund, sonst war niemand da.

»Und weiter?«, fragte Natalja. Sie bog den Kopf leicht weg, um Abstand zwischen sich und die Messerschneide zu bringen. »Machst du gleich kurzen Prozess mit mir oder gibt's die Leiche erst zum Dessert?«

Cashew sprang vom Sofa. Er kam in den Flur geschossen, wollte schon mit dem Schwanz wedeln, erstarrte dann jedoch, zwischen Flucht und Gekläff schwankend.

»Du bist zu gelassen«, wiederholte ich die Worte wie eine Beschwörungsformel. Es war das Einzige, was ich als Beweis vorzubringen vermochte, während ich in dieser fremden, mir unbekannten Wohnung stand. »Ich kann dir nichts nachweisen, Natalja. Aber ich bin mir sicher, dass du hinter alldem steckst.«

Die Frau schnaubte. »Wollen wir uns hier die Beine in den Bauch stehen?«

»Gehen wir in die Küche«, befahl ich.

Wir gingen in die Küche, wo ich die Gardinen zuzog. Cashew folgte uns, noch immer wachsam, wenn auch ohne zu bellen.

»Setz dich!« Ich schubste Natalja auf einen Hocker. Anschließend holte ich Klebeband aus meiner Tasche.

»Du musst zu viele Actionfilme gesehen haben«, warf Natalja mir verächtlich an den Kopf.

Dennoch leistete sie keinen Widerstand, sondern streckte freiwillig die Hände aus, die ich mit Klebeband umwickelte. Anschließend fesselte ich sie an den Hocker. Tödliche Stille senkte sich herab, eine grauenvolle Stille, denn selbst auf der Straße schienen keine Autos zu fahren, keine Besoffenen entlangzutorkeln, ja, nicht einmal die Haustür ging.

»Hast du dich jetzt beruhigt?«, fragte Natalja kalt, als ich das Klebeband beiseitelegte und mich auf den anderen Hocker setzte. »Verrätst du mir eventuell, was du eigentlich vorhast? Soll ich die Wohnung auf dich überschreiben? Das könnte schwierig werden ...«

Ich hörte ihr nicht zu. Aufmerksam inspizierte ich die Küche. Acht Quadratmeter hier, im Zimmer zwanzig, plus zehn für Bad, Toilette, Flur, kurzum nicht allzu viel. Wenn man einiges an Kraft und Mitteln aufwandte, könnte man tatsächlich allem innerhalb von acht Stunden einen bis zur Unkenntlichkeit veränderten neuen Anstrich geben.

Einen neuen Anstrich ja, aber nicht gründlich renovieren.

Wunder gibt es nicht.

Ich musste einfach Spuren meiner Wohnung in dieser fremden Behausung entdecken.

Was sollte ich mir als Erstes vornehmen?

Die Kacheln.

Ich stocherte mit dem Messer an einer Fliese herum. Okay, die war in Ordnung, eine echte Kachel, keine aufgeklebte farbige Folie. Die Fugen zwischen den Fliesen ... Seltsam! Sie waren trocken. Vielleicht war das der alte Kleber. Oder ein schnell trocknender.

Natalja brach in schallendes Gelächter aus.

»Soll ich dir auch noch den Mund verkleben?«, fragte ich. »Wäre kein Problem.«

»Polk nur überall herum«, meinte die Frau gutmütig. »Danach werde ich dich zwingen, alles zu renovieren.«

Die Tapete.

Ganz unten schnitt ich an einer unauffälligen Stelle ein kleines Stück ein und riss es heraus. Darunter prangte die nackte Wand. Hinweise auf die alte Tapete entdeckte ich nicht. Ob sie die abgerissen hatten? Möglich wäre das natürlich.

»Du Idiot«, zischte Natalja.

Ich setzte mich auf den Boden, um ohne viel Federlesens das Linoleum mitten in der Küche über Kreuz aufzuschlitzen. Cashew kam an, beschnupperte das Loch im Bodenbelag – doch auf altes Linoleum stieß er nicht. Schließlich knurrte er mich an und zog wieder ab.

»Überleg doch mal selbst: Wenn tatsächlich sämtliche Unterlagen wie durch Zauberei ausgetauscht worden sind, wenn alle deine Freunde dich vergessen, was hoffst du dann hier zu finden?« Natalja kicherte. »Spuren einer Renovierung?«

Ich streckte die Hand nach Cashew aus. Der wich zurück. »Ich weiß es selbst nicht«, antwortete ich. »Aber meine Freunde habe ich mit keinem Wort erwähnt.«

Natalja hüllte sich in Schweigen.

Kopfschüttelnd sah ich ihr in die Augen. »Du hast dich verplappert. Jetzt weiß ich hundertprozentig, dass du in der Sache mit drinsteckst. Nur wie, ist mir noch unklar.«

»Und weiter?« Ihre Stimme blieb völlig gelassen. »Folterst du mich jetzt? Oder bringst du mich um? Du bist hier nicht in der Taiga, mein Guter. Dich halten hier alle für einen Verrückten. Ohne Ausweis, ohne Vergangenheit. Du bist in eine fremde Wohnung eingebrochen und hast die Besitzerin umgebracht. Ist die Todesstrafe bei uns nun schon abgeschafft oder nicht?«

»Ich glaube, sie ist abgeschafft.«

»Fünfzehn Jahre Lager sind auch kein Zuckerschlecken. Na, wie würde dir das gefallen?« Natalja gönnte sich ein triumphierendes Lächeln. »Nimm mir die Fesseln ab, Kirill. Dann setzen wir uns wie vernünftige Menschen zusammen, kochen einen Tee und reden offen über alles.«

Am liebsten hätte ich ihr eine gesemmelt. Und es sollte mir jetzt bitte schön niemand mit dem Spruch kommen, es zieme sich nicht, eine Frau zu schlagen. Bei einer wie dieser bleibt dir ja gar nichts anderes übrig!

Nur würde das nichts bringen. Natalja würde weder hysterisch werden, noch ihre perfiden Pläne zugeben.

Anspucken könnte ich sie, wenn's sein muss, sogar mitten ins Gesicht. Und dann gehen. Sollte sie doch selbst sehen, wie sie freikam, sollte sie ruhig das Klebeband durchnagen und dabei vor Vergnügen noch kichern.

Oder sollten wir doch versuchen, miteinander zu reden?

Ich erhob mich und trat an Natalja heran. Lächelnd hob sie mir dir Hände entgegen. Ich hielt das Messer an ihre Gelenke, um das Klebeband durchzuschneiden.

»Reingefallen«, brachte sie lächelnd hervor – um gleich darauf markerschütternd loszujammern: »Hilfe! Mörder! Ein Mör…«

Mir blieb nicht die geringste Chance, noch etwas zu unternehmen! Weder schaffte ich es, die Hand mit dem Messer zu senken, noch ihr den Mund zuzuhalten. Während Natalja in einem fort schrie, erhob sie sich zusammen mit dem an ihren Hintern festgezurrten Hocker und stürzte sich nach vorn. Direkt ins Messer hinein.

Die Schneide des dämlichen chinesischen Messer drang ihr unter der linken Brust ins Fleisch. Ein Schwall Blut spritzte mir auf die Hand. Als ersticke sie an ihrer eigenen Stimme, hörte die Frau auf zu schreien. Sie riss den Kopf hoch. »Und was willst du jetzt tun, Kirja?«, flüsterte sie.

Ich sprang zurück, wobei ich unwillkürlich das Messer aus der Wunde zog. Sich krümmend fiel Natalja zu Boden. Unter ihrem Körper sickerte Blut hervor, das sich in dem aufgeschnittenen Linoleum sammelte. Cashew knurrte los, presste sich auf den Boden und kroch langsam auf sie zu.

Nie zuvor in meinem Leben hatte mich solche Furcht gepackt.

Immer hatte ich geglaubt, all die »zitternden Hände«, die »Beine wie Watte« und der »kalte Schweiß« entsprängen der Fantasie von Schriftstellern. War ich bislang in die Bredouille geraten, hatte mich das – ganz im Gegenteil – umtriebig werden und praktisch handeln lassen. Mein Vater hielt für solche Situationen die Erklärung »Adrenalinreaktion auf Stress« parat.

Jetzt sackte ich nur deshalb nicht weg, weil ich am Türpfosten lehnte. Doch mir zitterten die Beine, und ich war schweißgebadet. Das Messer hielt ich noch immer in der ausgestreckten Hand, meine Finger pressten sich um den Griff, als wollten sie ihn nie loslassen.

Aber wozu hätte ich es wegwerfen sollen? Um der Miliz einen Gefallen zu erweisen? Am besten wäre es vermutlich, ich würde mich, Nataljas Beispiel folgend, ebenfalls erstechen. Sollten die Ermittler ruhig an der Version von einer unglücklichen Liebe basteln. Mit einem Dolch hatte er sie beide getötet ...

An der Tür klingelte es.

Das hatte mir gerade noch gefehlt.

»He, Nachbarin!«, vernahm ich die Stimme von Pjotr Alexejewitsch. »Ist bei dir alles in Ordnung? Natascha?«

Als Natalja zu Boden gestürzt war, hatte ich eine Sekunde lang gehofft, mit ihrem Tod würde sich dieser Spuk auflösen. Meine Freunde würden sich wieder an mich erinnern, die Nachbarn, die Kollegen ...

Aber nein, das musste ich mir abschminken.

Immer noch war ich der Mann ohne Vergangenheit – der obendrein ein Messer in der Hand hielt und zu dessen Füßen eine Leiche lag. Und kein Schwein würde mir glauben, dass Natalja absichtlich ins Messer gelaufen war.

Jetzt klopfte es an der Tür.

Cashew, der neben Nataljas Körper lag, jaulte los. Und

zwar in einer ekelhaft durchdringenden Weise. Nie hätte ich gedacht, dass er in der Lage wäre zu heulen, ja, mehr noch: sein Frauchen zu beweinen.

Aber was zum Teufel hieß hier Frauchen?! Eine Schwindlerin und Selbstmörderin!

Cashew winselte ganz besonders erbärmlich. Ich beugte mich zu ihm hinunter, wollte ihn auf den Arm nehmen, um ihn zu beruhigen (alle Hundezüchter raten von einem solchen Verhalten ab, aber wer einmal das Gejammer eines Welpen gehört hat ...). Sofort starrte Cashew mich mit gebleckten Zähnen an.

Der Hund beargwöhnte mich.

Alle würden mich beargwöhnen.

Man würde mich ins Gefängnis stecken. Was musste ich auch mit einem Messer in eine fremde Wohnung eindringen?!

»Ich habe schon die Miliz gerufen!«, vernahm ich von jenseits der Tür die schrille Stimme meiner Nachbarin. »Gleich sind sie da und sorgen für Ordnung!«

In der Stimme lag ein Blutdurst, der gar nicht unbedingt mit meinem Blut gelöscht werden musste, sondern der durchaus mit einem x-beliebigen gestillt werden konnte, sofern es denn nur floss, dieses Blut, sofern sich nur etwas ereignete, worüber sie mit ihren Freundinnen am Telefon tratschen konnte. Und dieser Blutdurst war es denn auch, der meinen Blick auf das Messer lenkte. Ob ich rausgehen und die alte Krähe abstechen sollte? Letztendlich erwiese ich der Menschheit damit eine Wohltat. Oder fehlte mir dazu der Mumm?

Vermutlich schon. Ich würde sie nicht abstechen. Und

auch Natalja hätte ich nicht angerührt, das hatte diese ganz richtig erkannt.

Brauchte unsere Miliz lange, um auf einen Anruf zu reagieren?

Doch was spielte das schon für eine Rolle? Durchs Fenster würde ich nicht ausbüxen können, nicht im fünften Stock. Vor der Tür stand Pjotr Alexejewitsch Wache, ein Mann, auf den trotz seiner Sauferei und Grobheit Verlass war. Ein Schlag von ihm zwischen die Hörner, und ich würde den Boden küssen.

»Ich sitze ganz schön in der Tinte, Cashew«, stieß ich aus. »Und sogar du hast mich verraten.«

Cashew knurrte.

Aus seiner Sicht hatte er niemanden verraten, im Gegenteil, er hatte sein Frauchen so gut er konnte verteidigt.

Einen Bogen um den Hund machend, durchquerte ich das Zimmer. Ich spähte aus dem Fenster. Ob jetzt, wo die Welt verrückt spielte, vor meinem Fenster eine Feuerleiter entstanden war?

Natürlich nicht. Dafür fuhr ein Wagen der Miliz gemächlich auf den Hof. Die Sirene war ausgeschaltet, das Blaulicht allerdings in Betrieb.

Das war's dann wohl.

An den Orten echter Verbrechen trifft die Miliz stets zu spät ein, aber in meinem Fall ...

An der Tür setzte jetzt ein Dauerklingeln ein. Aus irgendeinem Grund fiel mir ein Streich ein, den meine Freunde und ich in unserer frühen noch unbeschwerten Kindheit unseren Mitmenschen gespielt hatten: Wir waren durch Treppenhäuser gerannt und hatten an fremden Türen geklingelt. Als wahre Meisterleistung galt es, übermäßig lange zu klingen, es aber trotzdem zu schaffen wegzurennen, bevor geöffnet wurde. Eines Tages erwischte uns ein Mann vom Schlage Pjotr Alexejewitschs, der sehr leise durch seine Wohnung schlich, extrem schnell durchs Treppenhaus raste und es für eine angemessene pädagogische Maßnahme erachtete, seinen Gürtel am Podex eines minderjährigen Knirpses zu erproben.

Ich ging zur Tür. Erst als ich an etwas hängen blieb, starrte ich ungläubig auf das aus meiner Faust herausragende Messer. Schließlich warf ich es zu Boden. Welchen Sinn sollte es angesichts der erdrückenden Beweislast haben, die Fingerabdrücke abzuwischen?

Die Klingel schrillte in einem fort, und nichts schien dringender, als dieses Geräusch abzustellen.

Benommen schloss ich auf und öffnete die Tür.

Vor mir standen Pjotr Alexejewitsch und Galina Romanowna. Anscheinend hatten sie schon nicht mehr damit gerechnet, dass die Tür noch aufgehen würde. Vermutlich hätte ich in diesem Moment losprechen, an ihnen vorbeispringen und nach unten stürmen können. Direkt in die Arme der Miliz ...

Pjotr Alexejewitsch hielt nach wie vor den Finger auf der Klingel.

»Aaaah!«, stieß Galina ein lang gezogenes Heulen aus, während sie den Blick starr auf meine Hände gerichtet hielt. »Blut! Blut! Er hat sie ermordet!«

Und dann – was ich nie und nimmer für möglich gehalten hätte – verdrehte sie die Augen und fiel in Ohnmacht.

Dafür reagierte Pjotr Alexejewitsch genau so, wie ich es erwartet hatte. Auf mein Gesicht schoss eine gewaltige Faust zu, die Welt drehte sich, und wie ein Sack Kartoffeln plumpste ich neben meine Nachbarin.

Selbst während er mich zu Boden schickte, läutete der Nachbar weiter. Oder klingelte es bloß in meinen Ohren? Ich schüttelte den Kopf und versuchte, zu mir zu kommen. Vor meinen Augen standen, warum auch immer, plötzlich zwei Paar grobe Schnürstiefel, alles andere verschwamm, lag nicht in meinem Fokus.

»Hören Sie mit dem Geklingel auf!«, schlängelte sich eine strenge Stimme durch das Läuten. »Und machen Sie ja keine Mätzchen! Sparen Sie sich jede weitere Prügelei!«

Jemand sprang über mich hinweg und schaute in die Wohnung. Dann fügte dieselbe, wenn auch leicht veränderte Stimme hinzu: »Dafür gibt es bei uns schließlich die Miliz!«

Die Stiefel kehrten zurück – und einer von ihnen trat mir mit aller Wucht in die Rippen. Mit einer Erleichterung, die mich selbst verblüffte, schloss ich die Augen und überließ mich der Bewusstlosigkeit.

In dem kleinen Gitterkäfig des Miliztransporters stank es nach Chlor. Der scharfe Geruch beschwor triste Gedanken an Gefängnisse, städtische Krankenhäuser und andere öffentliche Institutionen herauf, in denen der Mief der Unsauberkeit vertrieben und die Zahl der Mikroben verringert werden muss.

Auf dem eisernen Boden liegend, in höllischen Schmerzen gekrümmt, kam ich wieder zu mir. Die Hände waren mir auf den Rücken gefesselt.

Zu meinem Erstaunen parkte das Auto. Höchst vage fiel mir wieder ein, wie man mich die Treppe heruntergeschleift hatte, mir Handschellen angelegt und mich in diesen Käfig geschubst hatte. Offenbar wollte man mich aufs Revier bringen. Oder wohin auch immer man auf frischer Tat ertappte Mörder brachte ...

Doch der Transporter stand – davon war ich ohne es mir selbst erklären zu können überzeugt – immer noch neben meinem Haus. Meinem ehemaligen Haus.

Meinen ganzen Körper einsetzend, hievte ich mich hoch. Ich lugte durch das vergitterte kleine Fenster in der Tür. Glas gab es keines hinter dem Gitter. Die Luft der Freiheit war nach dem Regen frisch und sauber. Im Licht der Straßenlaternen schimmerten kleine Pfützen.

Nein, ich hatte mich nicht getäuscht. Der Transporter parkte vor dem Haus. Inzwischen war noch ein Wolga der Miliz hinzugekommen. Ob sie Spuren aufnahmen?

Und mich vorübergehend in Ruhe ließen?

Dennoch stimmte hier etwas nicht. Entweder müssten sie mich ja wohl aufs Revier bringen oder unmittelbar neben der Leiche verhören. Was sollten diese Halbheiten?

Zwei Männer traten aus dem Haus. Bei einem von ihnen handelte es sich anscheinend um einen gewöhnlichen Milizionär. Möglicherweise war es der, der mich getreten hatte. Der andere trug Zivil. Ein Ermittler, der aus dem Bett geholt worden war?

»... das Übliche ...«, klang es zu mir herüber. »So eine Verkäuferin vom Markt, die ihren Kerl mit nach Hause geschleppt hat ...«

»Das kriegen wir schon raus«, verkündete der Mann in Zivil finster. »Gut, Sergeant, vielen Dank für Ihre Hilfe. Sie können jetzt fahren ... Ha! Wen haben Sie denn da hinten drin?«

Er machte eine Kopfbewegung Richtung Transporter.

»Der?« Der Milizionär schien ins Grübeln zu geraten. »Das ist irgendein Suffkopp!«

»Wo haben Sie ihn festgenommen?«

»An der Metro«, antwortete der Bulle etwas unsicher. »Ist schon 'ne ganze Weile her. Nein, Ihr Kunde ist das nicht.«

Der Mann in Zivil ging noch einmal zum Haus zurück. Der Milizionär kam zum Transporter. Ich setzte mich auf den Boden. Mein Herz raste. Ob ... Nein! Das konnte nicht sein!

Ganz in meiner Nähe klickte ein Feuerzeug, anschließend schlängelte sich Tabakrauch herüber. Dann schlug die Tür zu und jemand sagte: »Was gab's denn, Chef? Hab mir 'ne Mütze Schlaf spendiert ...«

»Wir haben ein Messer gefunden, Fingerabdrücke genommen ... Das Hündchen hat der Nachbar zu sich geholt ... Rauchst du eine mit?«

»Klar.«

Abermals klickte das Feuerzeug. Der Rauch nahm zu. Ich hielt es nicht mehr aus. »Gebt mir auch eine, Freunde«, bat ich.

Eine Zeit lang reagierte niemand auf meine Worte.

»Sag mal, wo haben wir den eigentlich aufgegabelt?«, fragte der Sergeant dann. »Ist mir völlig entfallen ...«

»Glaub, an der Metro«, erklärte der Fahrer nach kurzem Nachdenken. »Oder war es in einem Hof auf dem Spielplatz?«

»Dem mussten wir wohl eine körperliche Ermahnung verpassen«, fuhr der Sergeant fort. »Zum Teufel mit dieser Arbeit ...«

Die Tür wurde lautstark aufgerissen. Die beiden Milizionäre beäugten mich angewidert, wenn auch ohne besonderen Hass.

»Gebt mir eine Lulle, Leute«, bat ich.

»Na? Ausgeschlafen?«, fragte der Sergeant.

Ich nickte demütig.

»Hier.«

Einer schob mir eine schlaffe Marlboro zwischen die Lippen. Das Feuerzeug flackerte auf. Gierig sog ich an der Zigarette. »Steht uns eine lange Fahrt bevor?«, fragte ich, trunken vom Nikotin und meiner Durchtriebenheit. »Dann nehmen sie mich nämlich gar nicht mehr zur Ausnüchterung an.«

»Wieso das nicht?«, wieherte der Fahrer. »Du bist doch ganz scharf drauf, da abgeliefert zu werden.«

»Ein bedauerlicher Irrtum«, erklärte ich. »Denn in dem Fall würde mich meine Alte umbringen. Eine Szene würde die mir machen. Die ist nämlich furchtbar eifersüchtig, und wenn ich mir die Nacht in der Ausnüchterungszelle um die Ohren schlage ...«

»Dreh dich um«, befahl der Sergeant, nachdem er seine Kippe ausgetreten hatte.

Bereitwillig kehrte ich ihm den Rücken zu. Entweder zog er mir jetzt eins mit dem Knüppel über oder ...

Er nahm mir die Handschellen ab.

»Geh nach Hause, Kumpel«, empfahl mir der Sergeant gutmütig. »Hier wurde ein Mädel abgestochen ... Da können wir uns jetzt nicht auch noch um dich kümmern. Des einen Leid ist des anderen Freud.«

Ich sprang aus dem Transporter. Draußen massierte ich mir erst einmal die tauben Hände. Als ich dabei einen Blutfleck auf dem Ärmel entdeckte, versenkte ich die Hände in die Taschen. »Vielen Dank«, sagte ich. »Soll nicht wieder vorkommen ...«

»Warten's wir ab«, äußerte sich der Sergeant skeptisch. Trotz allem lag in seinen Augen noch immer Ungläubigkeit. Etwas beschäftigte ihn, etwas, dessen er sich kaum bewusst war, das ihm jedoch keine Ruhe ließ. »Wo haben wir dich bloß aufgelesen? Weißt du das noch?«

»An der Metro, in einem Hof«, antwortete ich hilfsbereit. Dann fing ich an, von einem Bein aufs andere zu treten, ganz wie ein Mensch, der davon träumt, endlich pissen zu gehen. Sonderlich schauspielern musste ich dabei nicht.

»Schaffst du's allein nach Haus?«

»Wir sind doch in Medwedkowo, oder?« Ich ließ den Blick schweifen. »Sicher, klar! Noch mal vielen Dank!«

»Du hast uns doch nicht den Wagen vollgepinkelt?« Mit einem Mal dachte der Fahrer wieder klar. Nachdem er den Käfig aufmerksam inspiziert hatte, beruhigte er sich jedoch. »Schon gut. Sieh zu, dass du zu deiner eifersüchtigen Alten kommst.«

Als ich davonzuckelte, blickten mir die Milizionäre nach. Mit einem absolut desinteressierten Blick. Für sie bestand keinerlei Notwendigkeit mehr, sich mit einem an der Metro aufgelesenen Betrunkenen, der inzwischen wieder einigermaßen klar wirkte, zu beschäftigen, geschweige denn ihn in der Ausnüchterungszelle abzuliefern.

Was hieß das?

War ich bereits ein solcher Niemand?

Konnte ich jemanden umbringen, und ein Stündchen nachdem – apropos: Befand sich meine Uhr noch in meinem Besitz? Das tat sie, nicht einmal kaputt war sie – also ein, zwei Stündchen nachdem sie mich verhaftet hatten, wussten die Bullen schon nicht mehr, wo und wann sie mich überhaupt festgenommen hatten?

Meine Füße trugen mich von selbst in einen Tordurchgang. Ich trat in eine Ecke und öffnete den Hosenschlitz. Wurde höchste Zeit nach allem, was bereits geschehen war ...

Ich war zum idealen Verbrecher geworden. Ich könnte stehlen, rauben, morden. Kein einziger Zeuge würde sich an mich erinnern. Wenn ich bei der Verhaftung nicht umkam, würde man mich schon bald wieder laufen lassen.

Allerdings schmerzten die Rippen. Gebrochen schienen sie nicht zu sein, und was Prellungen und Platzwunden anging – geschenkt.

In meinen Taschen fand ich Geld und die Schlüssel zur Wohnung meiner Eltern, meine Armbanduhr war mir ebenfalls geblieben, am Gürtel klemmte noch mein Handy. Alles war in Ordnung. Es war halb eins in der Nacht. Zu meinen Eltern würde ich es noch mit der Metro schaffen. Dort würde ich mich waschen, etwas essen und darüber nachdenken, was weiter geschehen sollte.

Eine Zukunft als Verbrecher gehörte nicht zu meinen Plänen. Nicht einmal als idealer.

Was aber konnte ich sonst tun? Natalja war tot – und damit jede Verbindung zu meiner Vergangenheit gekappt.

Von den Schlüsseln zur Wohnung meiner Eltern abgesehen.

Während ich aus dem Tordurchgang auf den Gehsteig trat, drehte ich den Schlüsselbund in der Hand. Und als mir einer der Metallschlüssel zwischen den Fingern zerbrach, wunderte mich das nicht im Geringsten.

Das war zu erwarten gewesen.

Sechs

Supermärkte sind für kinderreiche Familien konzipiert. Supermärkte, die rund um die Uhr geöffnet sind, für Misanthropen.

Kein normaler Mensch begibt sich mitten in der Nacht zum Einkaufen in ein riesiges Shoppingzentrum. Die Flasche Wodka zur Verlängerung des Besäufnisses kriegt man in einem kleinen Laden an der Metro leichter. Wer um zwei Uhr nachts einen Einkaufswagen vollpackt, der träumt davon, auf einer einsamen Insel zu leben.

Ich stand vor dem Regal mit Milchprodukten und musterte die endlosen Joghurtreihen. Der Appetit war mir vergangen, außerdem gab es keinen Ort, an den ich meine Einkäufe bringen könnte. Doch ich musste mir meinen Platz in der Zivilisation bewahren, und zwar inmitten ihrer vulgärsten, nämlich materiellen Erscheinungsform. Fressalien und Schnaps, Heimelektronik, billige Klamotten. Leise Musik aus unsichtbaren Lautsprechern. Wenige Kunden, die lautlos durch das Geschäft trotteten.

Ein junger Mann belud einen Wagen mit Milchpackungen und Eierkartons. Was das wohl für einer war? Ein verrückter Omelettvertilger? Der Manager des Restaurants ›Milch und Eier‹? Der Entdecker einer neuen Wunderdiät?

Und wer war dieser schlicht gekleidete Mann, der so konzentriert die Zeitschriften für teure Immobilien studierte? Ein exzentrischer Millionär, der ein Anwesen in der Rubljowka suchte, diesem Idyll der Neureichen westlich von Moskau? Ein armer Architekt, der nicht den Anschluss an die neusten Entwicklungen im Bereich des Designs verlieren wollte? Ein Masochist, der erpicht auf einen Einblick in das Leben der Durchsetzungsfähigen dieser Welt war?

Dagegen warf das Pärchen, das zwei Flaschen Sekt, einen Kasten Konfekt und an der Kasse ein Päckchen Gummis kaufte, keine Fragen auf. Nur der begleitende Kauf einer Rolle Klopapier nahm sich in ihrem Korb komisch und fehl am Platz aus.

Als Erstes besorgte ich mir ein neues Aufladegerät fürs Handy – als ob mir auch die nötige Steckdose zur Verfügung stünde. Ferner legte ich eine Flasche billigen Kognak aus Dagestan in meinen Wagen. Nach kurzer Überlegung fügte ich eine Tafel Schokolade sowie eine Flasche Mineralwasser hinzu. Ich könnte die ganze Nacht in diesem Einkaufsparadies zubringen, der Objektschützer würde mir vermutlich keine Aufmerksamkeit schenken. In der integrierten kleinen Cafeteria gab es eine Toilette, die ich schon aufgesucht hatte, um mir gründlich die Blutspritzer von den Händen zu waschen. Doch welchen Sinn hätte es hierzubleiben? Viel einfacher wäre es, ein Bänkchen vor dem Supermarkt mit Beschlag zu belegen und sämtlichen Problemen auf die traditionelle russische Weise den Kampf anzusagen ...

Ich konnte nirgendwohin gehen. Niemanden anrufen. Nicht einmal meine Eltern. Sie hatten keinen Sohn namens Kirill mehr, da hegte ich keinen Zweifel.

Langsam bewegte ich mich auf die Kasse zu. Meine Kreditkarte war noch intakt, nutzte mir ohne meinen Ausweis jedoch gar nichts. Immerhin hatte sich mein Bargeld noch nicht in Luft aufgelöst. Wenn das nicht Bände sprach: Entgegen allen geflügelten Worten stellte sich das Geld als zuverlässigster Freund heraus!

Während ich die Scheine zählte, klingelte das Handy.

Heutzutage, wo ein Mobiltelefon mit jeder denkbaren Musik – von Beethoven bis Umaturman – loslegte, nahm sich nichts so originell aus wie ein schlichtes »Dring, dring«. Es hört sich wie damals in den alten Telefonen an, als es noch keine Mikrochips gab und nur ein kleiner Hammer auf die Klingelschellen einschlug.

Ich holte das Handy heraus und schaute aufs Display. »Nummer unbekannt.«

Im Grunde besagte diese Mitteilung überhaupt nichts. Da musste mich keinesfalls der Präsident oder ein anderes hohes Tier anrufen, dessen Nummer normale Sterbliche nicht wissen sollen. Die Anzeige konnte einfach versagt haben.

»Hallo«, meldete ich mich.

»Kirill.«

Das war nicht als Frage intoniert, sondern eher als Bestätigung. Eine kräftige Männerstimme, die in Maßen machtvoll und zudem wohlwollend klang.

»Ja.«

»Merk dir den Weg! Metro Alexejewskaja. Wenn du aus der Metro rauskommst, sofort nach links. Die Treppe runter. Dort verläuft ein Pfad zwischen den Häusern.«

»Wer ist denn da?«, rief ich aus. »Was wollen Sie von mir?«

»Merk dir den Weg!«

»Ich gehe nirgendwohin ...«

»Wie du willst.«

Mein unsichtbarer Gesprächspartner hüllte sich in Schweigen.

»Hallo?«, brachte ich schüchtern heraus.

»Merk dir den Weg! Metro Alexejewskaja ...«

Ich strich die Segel. »Nennen Sie mir doch bitte einfach die Adresse!«

»Merk dir den Weg!«

Ich wüsste nicht zu sagen, welchen Verlauf dieses Gespräch genommen hätte, wenn ich stehen geblieben wäre. Vielleicht hätte ich Widerstand geleistet, mich geweigert, weiß Gott wohin zu fahren. Doch ich lief einfach immer weiter – vorbei an der Kassiererin, wie mir dann auffiel. Gleichmütig sah die junge Frau durch mich hindurch.

Ich machte einen weiteren Schritt, mit dem ich den Einkaufswagen durch die Alarmanlage schob. Diese heulte los. Die Kassiererin zuckte zusammen und heftete den Blick auf mich.

»Sie sollten nicht schlafen«, ermahnte ich sie, während ich den Wagen zurückzog und meine Einkäufe aufs Band legte. Danach wandte ich mich noch einmal meinem Gesprächspartner zu. »Warten Sie bitte kurz. Ich stelle das Aufnahmegerät ein.«

Nur mit großer Mühe gelang es mir, ein Auto anzuhalten. Entweder wollte mitten in der Nacht und bei dem abermals losplatternden kalten Regen niemand einen Fahrgast mitnehmen, oder man hatte inzwischen ganz aufgehört, mich wahrzunehmen. Ging ich vom Verhalten der Kassiererin im Supermarkt aus, traf Letzteres zu.

Schließlich hielt ein alter Shiguli an, zur Abwechslung mal mit einem russischen Fahrer. Der Wunsch, sich etwas Geld zuzuverdienen, so dachte ich bei mir, überwindet jede Teufelei.

Mit den letzten einhundertundfünfzig Rubeln gelangte ich zur Metrostation Alexejewskaja. Ich nahm die Unterführung unter dem Prospekt Mira, die selbst um zwei Uhr nachts recht belebt war. Ein paar leicht bekleidete und grell geschminkte Frauen drängten sich in einem kleinen Grüppchen zusammen. Die Menschen, die mit den letzten Zügen gekommen waren, eilten nach Hause. Ich marschierte auf die Station zu. Der Eingang war bereits geschlossen, vereinzelt tröpfelten jedoch noch immer Menschen heraus.

Die Treppe hinab und zwischen den Häusern …

Je weiter ich mich von der Metro entfernte, desto einsamer wurde es. Selbst an warmen Sommerabenden sind nur wenige Menschen um drei Uhr nachts unterwegs.

Was sollte man da in einer kalten, verregneten Herbstnacht erwarten?!

Im Gehen holte ich immer wieder das Handy heraus, um die Aufzeichnung anzuhören. Meine Fähigkeit, mich in der Stadt zurechtzufinden, hatte ich nie sonderlich hoch eingeschätzt, aber die Wegbeschreibung erwies sich als erstaunlich klar. Links das Gebäude der Miliz, an ihm gehen wir vorbei, dann biegen wir ...

Was für ein verrückter Tag!

Noch heute Morgen hatte ich an eine vernünftige Erklärung der Ereignisse geglaubt. Am Abend hatte ich dann einsehen müssen, dass sich die Situation nicht auf das Werk gewöhnlicher Schurken zurückführen ließ.

Dann hatte die mutmaßliche Hochstaplerin ihrem Leben ein Ende gesetzt. Ich war von den völlig zu Recht empörten Bürgern und unseren tapferen Ordnungshütern zusammengeschlagen worden – nur um danach wieder freigelassen zu werden.

Mich hatte Gott weiß wer angerufen, jetzt lief ich mitten in der Nacht sonst wohin.

Machte ich mich damit vollends zum Idioten?

Die nächste Portion von Orientierungshinweisen führte mich zu einem lang gestreckten Stalinbau. Falls ich es richtig verstanden hatte, sollte dahinter ein kleiner Bahnhof einer kaum noch genutzten Eisenbahnstrecke liegen. Mein letzter Anhaltspunkt.

Bemerkenswerterweise empfand ich überhaupt keine Angst. Verprügelt hatte man mich heute bereits, und mich nach dem ganzen Aufwand, den man bereits betrieben hatte, umzubringen wäre einfach dumm. Denn obwohl ich mich selbst sehr liebte, war mir durchaus klar, dass weder mein Leben noch mein Besitz solche Anstrengungen wert waren.

Insofern weckte das Ganze eher meine Neugier.

Und am meisten ärgerte ich mich über den Regen, der mit neuer Kraft eingesetzt hatte und jetzt eisig kalt herunterprasselte.

Nachdem ich das Haus umrundet und den Bahnhof erreicht hatte, waren meine Schuhe völlig durchnässt, während meine Jacke triefte und schwer an mir hing und die Jeans meine Beine wie kalte Kompressen umspannte.

Was konnte mich hier schon Gutes erwarten? Das war nicht mal ein richtiger Bahnhof, sondern nur ein Haltepunkt. Der winzige Fahrkartenschalter war geschlossen, über seiner Tür schimmerte matt ein Lämpchen. Außerdem gab es noch zwei kleine Geschäfte, beide grell beleuchtet. Das eine brüstete sich damit, rund um die Uhr geöffnet zu haben, doch die Tür war verschlossen, und hinter der Glasscheibe hing ein Schild: ›15 Minuten Pause‹.

Ein letztes Mal spielte ich die Aufnahme ab und presste mir das Handy gegen das Ohr.

»Stell dich mit dem Gesicht zum Laden, der vierundzwanzig Stunden geöffnet hat. Wende dich nach rechts. Geh dreißig Schritte«, teilte mir eine unbekannte höfliche Stimme mit.

Ich stellte mich hin, wendete mich nach rechts und ging los – und fand mich in einem Streifen spärlichen Waldes wieder, der den Bahndamm entlang wuchs. An meinen Sohlen pappte aufgeweichter Lehmboden, von den nackten Zweigen tropfte es kaskadengleich herab. In der Dunkelheit zeichnete sich ein kleiner Ziegelturm ab. An Eisenbahnstrecken gibt es immer etliche solcher alten Wassertürme. Vermutlich hatte man sie noch zur Zeit der Dampflokomotiven gebaut und aus ihnen die riesigen Kessel gespeist.

An diesem Turm wies weißer Ziegelstein sogar die Jahreszahl aus: 1978. Dampflokomotiven fuhren da schon nicht mehr. Allerdings hatte mir mal ein Freund erzählt, bis heute stünden Dampflokomotiven im Depot, prophylaktisch, da es im Krieg oder bei vergleichbaren Katastrophen kein zuverlässigeres Transportmittel gebe.

»Holla!«, rief ich leise. »Wer hat mich denn hierherbestellt?«

Mir antwortete Stille. Vom Himmel rieselte kalter Regen, die rechtschaffenen Bürger schliefen in ihren Betten, die Alkoholiker und Intelligenzler tranken in den Küchen, die Obdachlosen wärmten sich, einen streunenden Hund im Arm, in Kellern und auf Dachböden.

Was normale Menschen halt so tun. Nur ich stand hier, allein, in durchweichten Hosen, auf der Suche nach Abenteuern.

Niemand antwortete mir. Niemand kam mir entgegengestürmt, um mir zu erklären, was mir da widerfuhr. Oder um mir einen Knüppel über den Schädel zu ziehen.

Ich ging zum Turm. In die solide Mauer aus rotem Ziegel war eine kleine Eisentür eingelassen. Gab es in Wassertürmen Türen? So genau hatte ich sie mir nie angesehen ... Entgegen allen Gewohnheiten sicherte diese Tür nicht einmal ein Vorhängeschloss. Es handelte sich schlicht um eine Tür mit einer metallenen Klinke in der fensterlosen Mauer. Eine Zeit lang starrte ich auf die Tür und stellte mir vor, wie ich sie öffnete und entdeckte ...

Was?

Was auch immer!

Was auch immer die Kollegen des Schriftstellers Melnikow hinter Türen wie diesen bereithielten! Das Schlaraffenland. Welten, in denen muskulöse Helden ins Kriegshorn blasen, um sich mit schwerem spitzen Schwert böser Monster zu erwehren. Verschlafene Provinzstädtchen, die von erbarmungslosen Außerirdischen okkupiert werden. Einen Zugang zum Geheimlabor einer Sondereinheit. Das alte Russland in verschiedenen Stadien der Vergoldung, je nachdem wie beschlagen der Autor in der Geschichte war. »Wäre ich Cholopow, wären Sie in unterirdische Katakomben geraten ...«, vermeinte ich förmlich die muntere Stimme Melnikows zu hören.

In meinem einen Schuh platschte das Wasser. Ohne wirkliche Überzeugung zog ich an der Klinke.

Und erstarrte.

Was erwartest du wohl, wenn du im kalten Herbstregen die Metallklinke eines verlassenen Gebäudes anfasst?

Eben. Nassen Rost, eisiges Metall, überall Dreck, etwas durch und durch Ungemütliches. Und genauso erging es mir.

Aber gleichzeitig ...

Es war ein Gefühl, als käme ich im Winter nach Hause, wo ich in andere Sachen schlüpfte, ein altes, abgetragenes Hemd und Hosen, die du unterwegs nicht mehr trägst, die aber bequem sind, in denen du dich wohlfühlst; wo ich mir einen großen Becher starken heißen Tee einschenkte und ein neues Buch meines Lieblingsschriftstellers aufschlug. Wo ich einige Seiten las und befriedigt zur Kenntnis nahm, wie viele Seiten mir noch bevorstanden.

Wärme, Ruhe und die Vorfreude auf etwas Gutes ...

Ich riss die Hand von der Türklinke. Meine Finger überzog feuchter, rostiger Schmutz.

Das Gefühl von Wärme verflüchtigte sich allerdings nicht.

Ebenso wenig wie der Vorgeschmack eines Festtags.

Als ich die Tür zu mir zog, ließ sie sich so leicht öffnen, als seien die Scharniere kürzlich geschmiert worden. Ich trat in die Dunkelheit. Eine Sekunde blieb ich zögernd stehen.

Hier war niemand. Das wusste ich so sicher, als hätte ich das gesamte Gebäude aufmerksam durchsucht.

Mit einer Bewegung, die mir vertraut war, als käme ich nach Hause, tastete ich mit der linken Hand an der Wand lang, fand den Lichtschalter und drückte darauf. Das Licht ging an.

Vor mir lag ein geräumiges fünfeckiges Zimmer. In jeder Wand, so bemerkte ich, war eine Tür eingelassen. Alles erstrahlte in Sauberkeit, Spuren von hier nächtigenden Obdachlosen oder von Teenagerpartys entdeckte ich nicht. Die Ziegelwände waren unverputzt, der Betonfußboden eben, von der niedrigen Decke hingen, schirmlos, schlicht am nackten Kabel befestigt, einige

Glühbirnen. In der Mitte des Raums strebte eine Leiter senkrecht nach oben zur Decke, direkt zu einer offen stehenden Luke.

Das hier war keine Wohnung.

Eher eine Flugzeughalle oder eine Garage.

Bestimmt aber kein Wasserturm.

Etwas Mysteriöses.

Ich machte die Tür hinter mir zu. Als ich einen Riegel entdeckte, legte ich ihn kurzerhand vor. Anschließend ging ich von einer Wand zur nächsten, um an den anderen Türen zu rütteln. Sie alle waren verschlossen, mit einem Riegel von innen und allem Anschein nach auch von außen.

Bei Zehnjährigen rufen solche Gebäude Begeisterung hervor. Warum sonst liebten Kinder es so, auf Baustellen zu spielen, sehr zum Entsetzen ihrer Eltern und zum gerechten Verdruss der Arbeiter? Ein Erwachsener vermag ihnen jedoch nichts abzugewinnen.

Gleichwohl wich das behagliche Gefühl, der Eindruck, ich gehöre hierher, nicht von mir. Ich ertappte mich dabei, wie ich in hausherrlicher Manier missbilligend auf die Dreckspuren guckte, die meine Füße hinterlassen hatten.

Gut, sah ich mir also mal den ersten Stock an.

Ich kraxelte die Leiter hoch, wobei meine Schuhe immer wieder auf den unbequemen, aus Röhren zusammengeschweißten Sprossen abglitten. Im ersten Stock hörte die Leiter zwar noch nicht auf, aber die Luke in den zweiten Stock war verschlossen und widersetzte sich all meinen Kraftanstrengungen. Der erste Stock stellte sich als leicht verkleinerte Kopie des Erdgeschosses heraus, nur gab es hier anstelle der Türen dicht mit eisernen Läden versperrte Fenster. Als ich den Schalter fand und Licht machte, entdeckte ich zudem Möbel, genauer zwei Stühle, einen Tisch sowie ein Holzbett mit Matratze, Kissen und Decke, aber ohne Bettzeug. All das sah sauber und neu aus, als käme es direkt aus dem Geschäft. Die Möbel waren schlicht, wirkten selbst gezimmert: glatt gehobelte Bretter, fest eingedrehte Schrauben. Die Augen erfreut das nicht, aber stabil ist so etwas.

»Was wollen Sie denn nun von mir?«, fragte ich laut.

Sollte mir tatsächlich jemand nachspionieren, hegte dieser Jemand ganz eindeutig nicht die Absicht, mir zu antworten.

Neben dem Lichtschalter befand sich auch eine Steckdose. Ich steckte das Handy ins Ladegerät und stellte den Wecker auf acht Uhr. Meine Einkaufstüte aus dem Supermarkt landete auf dem Tisch. Dann ging ich wieder hinunter, um das Licht im Parterre auszuschalten. Wieder oben angelangt, löschte ich auch im ersten Stock das Licht. Zu meiner Verblüffung fand ich das Bett selbst in absoluter Dunkelheit ohne Schwierigkeiten. Erleichtert befreite ich mich von den nassen Schuhen, zog mich aus und hing die durchweichten Sachen über die Stühle.

Dann legte ich mich zu Bett.

Morgen, da würde es losgehen. Keine Ahnung, was genau, aber die Nacht gehörte noch mir.

Eine Zeit lang lag ich reglos da und lauschte dem Plattern des Regens. Irgendwann schlief ich ohne jedes Grübeln ein. Falls ich etwas träumte, erinnerte ich mich nicht mehr daran.

Nicht der Wecker riss mich aus dem Schlaf, sondern ein Hämmern. In den ersten glückseligen Sekunden wusste ich nicht, wo ich mich befand und was mir passiert war. Dann fiel mir alles wieder ein. Schlagartig. Cashew, der mich verbellte, Melnikow, der schöne Reden schwang, der Ausweis, der sich in nichts auflöste, das Blut an meinen Händen, die Stimme im Telefon ...

Ich schlug die Augen auf und setzte mich im Bett hoch. Anscheinend schlossen die Läden vor einem der Fenster nicht dicht ab, sodass die schwache Morgensonne ins Zimmer fiel. Das Licht wirkte erstaunlich hell, fast wie im Winter. Fröstelnd, denn es war kühl, trat ich ans Fenster. Gestern Abend hatte ich nicht versucht, die Läden aufzumachen, was sich jetzt jedoch als überraschend leicht erwies. Zunächst öffnete ich die Fensterflügel, dann löste ich die Haken von den wie vernickelt funkelnden Läden und klappte sie auf.

Frische, kalte Luft wogte ins Zimmer. Und Licht. Viel Licht. Das Fenster ging nicht zu den Gleisen hinaus, sondern auf eine Gasse voller alter fabrikartiger Ziegelbauten, die fast keine Fenster aufwiesen. All das überzog sauberer, im Licht der aufgehenden Sonne rosa schimmernder, noch unberührter Schnee. Der Schatten des Turms fiel auf den Schnee, um dann an der Brandmauer des Nachbargebäudes hochzukriechen. Diese Bauten glichen noch am ehesten Fabriken aus dem 19. Jahrhundert, die geschäftstüchtige Menschen noch nicht in eine Disco oder einen Nachtclub umgewandelt hatten.

Voller Vergnügen atmete ich die nächsten Minuten einfach durch, im grellen Licht leicht blinzelnd. Woher kam dieses Fabrikviertel? Im alten Bezirk Samoskworetschje gab es davon etliche, auch im Stadtteil Ismailowo mangelte es nicht daran. Aber niemals hätte ich gedacht, solche Viertel mitten in der Stadt zwischen den Metrostationen Rischskaja und Alexejewskaja anzutreffen, sobald man sich ein paar Schritte vom Prospekt Mira entfernte.

Ich schloss das Fenster – inzwischen war es eiskalt – und zog mich geschwind an. Meine Jeans waren trocken, das Hemd ebenfalls, aber die Schuhe waren noch feucht. Hm, der Winter brach früh an. Und meine Kleidung taugte bei diesem Wetter überhaupt nichts.

Von unten klang ein Klopfen herauf, und ich erschauderte, als mir der Grund meines Erwachens wieder einfiel. Hören wir doch mal, wer da hämmert. Der Postbote ja wohl gewiss nicht.

Binnen einer halben Minute hatte ich mich komplett angezogen, das Handy in die Tasche gesteckt und eilte über die Wendeltreppe hinunter.

Bis fast nach unten. Auf der letzten Stufe hielt ich inne und klammerte mich an das hölzerne Geländer. Ein leichter Schauder durchrieselte mich – der wahrlich nicht auf die Kälte zurückging.

Wo zum Teufel kam diese Wendeltreppe her?

Gestern führte hier noch eine Art metallene Feuerleiter nach oben. Ein dämliches, ungeeignetes Ding.

Jetzt schlängelte sich eine anderthalb Mal gewundene Treppe durch den Raum. Sie war komplett aus Holz gearbeitet, mit einem Geländer, Stufen und einer Mittelsäule ausgestattet. Da war jemand am Werk gewesen, der was von seiner Sache verstand, denn die Stufen waren rau, nicht rutschig, das Geländer genau in der richtigen Höhe, sodass die Hand sich wie von selbst darauf legte.

Mir fiel wieder ein, wie ich in meiner alten Wohnung nach Hinweisen auf eine Renovierung gesucht hatte. Wie naiv! Hier hatte es jemand fertiggebracht, eine ganze Wendeltreppe einzubauen, während ich schlief.

Und nicht nur eine Treppe! Gestern Abend war der Fußboden im Erdgeschoss noch aus Beton gewesen. Heute aus Holz. Breite, dicht aneinandergefugte Dielen lagen hier, die nicht lackiert waren wie Parkett, sondern gleichsam mit dunklem Öl behandelt zu sein schienen. Ein höchst geschmackvoller Anblick, ohne Frage.

Die Glühbirnen unter der Decke schmückten sich jetzt mit einem Gitterschirm aus Metall. Das erinnerte ein wenig an Straßenlaternen, machte aber eigentlich ebenfalls etwas her.

Meine häuslichen Bedingungen, das musste ich zugeben, hatten sich nach einem kurzfristigen Sturz extrem verbessert. Vorgestern Morgen hatte mir noch eine kleine Einzimmerwohnung gehört, dem gestrigen Abend hatte ich als Obdachloser entgegengesehen, weshalb ich mich in einem aufgegebenen Turm an einem Eisenbahngleis schlafen gelegt hatte. Nun nannte ich ein zweigeschossiges Apartment mein Eigen, dessen Einrichtung eines gewissen Luxus nicht entbehrte.

Das Klopfen riss nicht ab, und mittlerweile erkannte ich auch, an welcher Tür es pochte. Falls ich meine räumliche Orientierung nicht völlig verloren hatte, handelte es sich nicht um die, durch die ich hereingekommen war.

Ich ging zur Tür, wo ich kurz zögerte. Dann schob ich den Riegel entschlossen zur Seite und riss die Tür auf.

O nein, durch diese Tür war ich nicht hereingekommen. Diese Seite des Turms führte in die verschneite Gasse mit den Fabriken. Und dort im Schnee stapfte ein Mann in mittleren Jahren von einem Fuß auf den anderen. Er trug eine Uniform aus grauem Tuch, deren Brust eine große Kupferplakette zierte, Stiefel, eine Fellmütze – und eine pralle Umhängetasche. Die Ungeduld in seinem Gesicht wich bei meinem Erscheinen der Freude.

»Blas mir doch den Schuh auf«, entschlüpfte es mir.

»Was?«, fragte der Mann ganz kopfscheu. Er ließ den Blick schweifen und zuckte verständnislos die Schultern. »Was ist denn mit Ihrem Schuh?«

»Nichts ... Vergessen Sie's. Äh ... was gibt's?«

»Guten Morgen. Ein zauberhafter Tag, nicht wahr? Ihre Post.« Der Mann schlug gegen seine Tasche. Dann beäugte er mich mit einem Hauch von Misstrauen.

»Ach ja, natürlich. Guten Morgen. Das hab ich mir schon gedacht.«

»Ihre Post«, wiederholte der Mann. »Zwei Päckchen und ein Brief.«

Die Päckchen waren rechteckig und schwer. Bei dem Brief handelte es sich um einen profanen weißen Umschlag, der weder frankiert noch adressiert oder mit einem Absender versehen war.

»Vielen Dank«, sagte ich, während ich meine Sendungen entgegennahm. Der Postbote lüpfte formvollendet die Mütze. Keine Ahnung, wie er das anstellte, doch die Geste wirkte durch und durch natürlich. »Sch… schulde ich Ihnen etwas?«

»Nein, nein, es ist bereits alles bezahlt«, antwortete der Postbote höflich. »Alles Gute.«

Damit drehte er sich um und verschwand hinterm Turm. Ich wartete ein paar Sekunden ab, um dann, einer irrwitzigen Vermutung folgend, hinter ihm herzustürzen.

Ich stieß weder auf Stalinbauten noch auf einen Wall neben den Gleisen oder einen asphaltierten Weg.

Stattdessen entdeckte ich Fabriken, eine schmale verschneite Straße, die zwischen ihnen hindurchführte, und die Kutsche, die auf den Postboten wartete. Natürlich war das eigentlich keine Kutsche. Aber woher sollte ich denn wissen, wie diese zweirädrige offene Equipage hieß, vor die ein Pferd gespannt war? Char-à-Bancs? Phaeton? Tilbury?

Gemächlich trottete der Postbote auf sein Fuhrwerk zu. Ich rannte im frischen Schnee um den Turm herum – der in keiner Weise mehr an einen Wasserturm erinnerte, sondern eher wie eines der Fabrikgebäude aussah.

Wie ich bereits vermutet hatte, besaß der Turm nur eine Tür, während es im ersten Stock nur ein Fenster gab. Der Turm selbst ließ eine fünfeckige Form erkennen, erhob sich rund fünfzehn Meter in die Höhe und verjüngte sich nach oben hin ein wenig.

Ich eilte zur Tür zurück und hechtete in den Turm,

schlug die Tür hinter mir zu. Die beiden Päckchen und den Brief ließ ich auf den Boden fallen, um auf die anderen Türen zuzustürzen, denn im Innern fanden sich ihrer immer noch fünf.

Versperrt.

Versperrt.

Die dritte Tür öffnete sich pflichtschuldig.

Es regnete. Über Moskau hing ein grauer, nasskalter Morgen. Der Geruch von Abgasen, Masut und anderem Dreck stieg mir unerwartet scharf in die Nase. In der Ferne ratterten die Räder einer abfahrenden Eisenbahn. Ich trat hinaus, tappte unverzüglich in eine Pfütze, worauf die Schneeflocken von meinen Schuhen fielen und in null Komma nichts schmolzen. Ich drehte mich um.

Ein Turm aus Ziegelsteinen. Ein alter Wasserturm, wie er gewöhnlicher nicht sein könnte. Eine einzige Tür, ein Fenster, das mit verrosteten Eisenläden verschlossen war.

Von den Geschäften drang ein reich mit derben Ausdrücken gespicktes Gespräch zu mir herüber: »Sie ... die reinste Pennerin ... und er säuft sich ... die Hucke voll, pöbelt was ... ihr seid doch alles Nutten ...« Dem grundlos Eingeschnappten antwortete jammernd eine angesäuselte, offenbar jedoch weibliche Stimme.

Sei gegrüßt, meine geliebte Stadt.

Ich trat den Rückzug an und schloss hinter mir die Tür. Sogar den Riegel schob ich vor.

Ach, Melnikow, guter Schriftsteller. Warum hast du mir bloß nicht geglaubt?

Nachdem ich die Päckchen und den Brief vom Boden aufgehoben hatte, begab ich mich in den ersten Stock.

Ich öffnete das Fenster, das nach Moskau hinausging. Daraufhin trat ich ein paar Schritte zurück und weidete mich einen ausgedehnten Moment lang an dem erstaunlichen Anblick: ein verregneter grauer Morgen in dem einen Fenster, ein klarer winterlicher Sonnenaufgang im anderen.

Schließlich setzte ich mich an den Tisch und öffnete mit der gebotenen Akkuratesse den Briefumschlag.

Aus dem Kuvert fiel ein schmales gelbliches Blatt Papier, das bei mir Assoziationen mit einer Vorladung oder einem Telegramm heraufbeschwor: die Beschaffenheit des Papiers, die schlecht lesbare Maschinenschrift, die weggelassenen Artikel.

»Kirill Maximow. Glückwunsch zur Ankunft. Leben Sie sich ein. Bei Wunsch fangen Sie mit Arbeit an. Kommission kommt übermorgen. Alles Gute.«

Dieses »Alles Gute« gab mir den Rest. Ich zerknüllte das Blatt, warf es zu Boden. Abermals schaute ich zu den Fenstern hinaus. Regen im einen, Schnee im anderen. Zwei Welten und noch drei geschlossene Fenster. Ich versuchte, den Riegel von einem der geschlossenen Fenster zurückzuschieben, aber er gab nicht nach.

An den Tisch zurückgekehrt, riss ich eines der Päckchen auf. Ihm entnahm ich ein schweres Buch im braunen Ledereinband. Kein Imitat aus Plastik, sondern echtes Leder, das den aromatischen Duft einer neuen Sache verströmte. Aus irgendeinem Grund fiel mir ein, dass Ledergeruch in Asien als einer der widerwärtigsten gilt. Woraus der Einband wohl gefertigt worden wäre, wenn ich ein Chinese oder Koreaner gewesen wäre?

Behutsam schlug ich das Buch auf. Publikationsdaten fehlten natürlich. Das Papier war dick, weiß und von guter Qualität, das Druckbild klar. Die erste Seite hielt ein Inhaltsverzeichnis bereit:

Moskau	
Zum Export zugelassene Waren	S. 3
Nicht zum Export zugelassene Waren	S. 114
Zum Import zugelassene Waren	S. 116
Nicht zum Import zugelassene Waren	S. 407

Ich klappte die Seite einhundertundvierzehn auf. Eine mehr als überschaubare Liste:

> Sklaven (Personen, die zum Eigentum eines Mitmenschen geworden sind und uneingeschränkt dessen Gewalt unterstehen).
> Massenvernichtungswaffen (Waffen, die dazu bestimmt sind, der Bevölkerung massenhafte Verluste beizubringen).

Daraufhin blätterte ich vor zum Anfang. Aus dieser Seite erfuhr ich, dass die Zollgebühr für das zur Ausfuhr zugelassene eine Kilogramm Pfeffer (schwarzer, roter, weißer oder grüner) dreitausendundachtzehn Rubel und sechs Kopeken betrug. Dafür erhob man auf Pantoffeln nur sieben Rubel pro Paar. Für Pergament galt es sechsundneunzig Rubel und drei Kopeken pro Quadratmeter zu entrichten, für Pfauen (Feder) zwei Rubel und siebzehn Kopeken pro zehn Zentimeter.

»Komm von der Barkasse runter, Wereschtschagin«, zitierte ich die Aufforderung an den Zöllner aus dem Film *Die weiße Sonne der Wüste*. Ich setzte mich hin und betrachtete eingehend die kleine, gut lesbare Schrift. Ich schlug die Seite vierhundertundsieben auf.

Von Sklaven und Massenvernichtungswaffen abgesehen war es verboten, Pflanzen oder keimfähige Samen, Narkotika oder Tiere, mit Ausnahme von einheimischen, nach Moskau einzuführen. Eine Weile dachte ich darüber nach, ob Kamele für Moskau als einheimisch gelten durften. Oder Delphine. Oder Eisbären.

Schließlich gab es die alle im Zoo.

Mir schoss das Bild durch den Kopf, wie schwer mit gebündelten Haschpflanzen bepackte Eisbären durch die verschneite Gasse auf den Turm zutrotteten, gejagt von Sklaven, die mit Rucksack-Atombomben ausgerüstet waren. Ich selbst stand stolz an der Tür, fuchtelte mit meinem Buch und ließ die Fracht nicht nach Moskau hinein.

Ich trat sogar an jenes Fenster, hinter dem die verschneiten Fabriken schlummerten, und spähte achtsam die menschenleere Straße hinunter.

Womit hatte ich es hier zu tun? Mit einem Loch im Raum? Vermutlich nicht. Dagegen sprachen die Architektur der Gebäude und das Pferdefuhrwerk des Postboten. Eher ein Loch in der Zeit.

Oder im Raum und in der Zeit.

Oder es handelte sich um eine Parallelwelt, dieses ewige Kleinod der einschlägigen Schriftsteller: Es kommt ein Mensch daher, er macht eine Tür in der Wand auf …

Lächerlich!

Schließlich öffnete ich das zweite Päckchen. Ihm entnahm ich ein identisches Buch, ebenfalls in Leder gebunden, diesmal allerdings in schwarzes. Auch hier wies das Inhaltsverzeichnis vier Kapitel auf.

Über diesen stand jedoch nicht Moskau, sondern der geheimnisvolle Name Kimgim.

In diesem Wort schwang etwas von sibirischen Ortsnamen mit. Oder von asiatischen. Sicher wusste ich jedoch eins: Nie zuvor hatte ich etwas von dieser Stadt gehört.

Ging es hier tatsächlich um einen Durchlass zwischen verschiedenen Welten?

Aber was hatte ich dann damit zu schaffen? Und warum vergaßen mich alle meine Freunde? Warum bemerkten mich nicht einmal mehr die Bullen? Woher kam diese Natascha Iwanowa? Warum hatte sie sich mir nichts, dir nichts ins Messer gestürzt? Wer hatte mich angerufen und zu diesem Turm beordert, der mit zwei Seiten zu zwei unterschiedlichen Welten hinausging (und, daran hegte ich keinen Zweifel, der noch in drei andere führen konnte)? Wer hatte mir diesen Brief und die Handbücher mit den Zollbestimmungen geschickt?

Hm. Im Grunde stellte ich nicht die richtigen Fragen. Wollte Unwichtiges wissen. Es kam gar nicht darauf an, den Grund für all diese Ereignisse herauszukriegen. Zuallererst musste ich über mein eigenes Tun nachdenken.

Meine Kleidung war noch immer klamm. Außerdem taugte sie bei dem Wetter ohnehin nicht viel. An Proviant verfügte ich nur über eine Tafel Schokolade und eine Flasche Mineralwasser. Mir war keine Kopeke geblieben, und bislang hatte ich nicht einmal die Möglichkeit, Zollgebühren einzutreiben.

Doch hat jede Münze ihre zwei Seiten. Wenn mich die Kassiererinnen nicht bemerken und die Miliz mich nach einer Verhaftung am Tatort wieder auf freien Fuß setzt ...

Grinsend legte ich die Zollbestimmungen beiseite.

Sieben

Bereits in früher Kindheit, kaum dass ich meinen ersten Actionfilm gesehen, meinen ersten Krimi gelesen hatte, war ich zu der Überzeugung gelangt, es sei höchst schuftig, Menschen zu bestehlen, wohingegen es moralisch mehr als vertretbar sei, Banken oder Konzerne um ihr Geld zu bringen. Woher diese seltsamen Moralvorstellungen bei mir rührten, weiß ich nicht. Aber es ist etwas dran. Später traf ich sogar in Büchern wiederholt auf diese Sichtweise. Und auch im Leben. Denn einen Taschendieb möchte das Volk im Prinzip ja am liebsten auf der Stelle umbringen, aber einen geschickten Betrüger, der das Land um eine Milliarde erleichtert, duldet, ja, bewundert es sogar.

Wie auch immer, jedenfalls beschloss ich, das nächste größere Geschäft zu beklauen. Ein solches fand sich zehn Minuten zu Fuß von den Gleisen entfernt.

Zunächst wollte ich nur meine Lebensmittelvorräte aufstocken. Ich schlenderte durch den Supermarkt und lud mir den Wagen voll mit Konserven, Räucherwurst, Zwieback, Selters und Saft, zwei weiteren Flaschen Kognak, diesmal teurem armenischen. Ich schätzte, die ganze Ware käme auf zwei-, dreitausend Rubel – zu wenig, als dass dem Personal deshalb ernsthafte Unannehmlichkeiten drohten.

Mit einem strahlenden Lächeln in Richtung Kassiererin schob ich den Einkaufswagen an der Kasse vorbei. Eine elektronische Sicherung gab es hier nicht, dazu war der Laden zu klein. Das Geheule blieb mir also erspart.

»Bürger!«, rief mir die Frau von der Kasse verärgert und zugleich irritiert hinterher.

Ich wartete kurz ab, bevor ich mich umdrehte. »Ja?«

Die Kassiererin, eine grell geschminkte junge Frau, bedachte mich mit einem missbilligenden Blick. »Und wie steht's mit dem Bezahlen?«

In meiner Brust schlug mein Herz Alarm. »Wie bitte?«, gab ich mich dennoch aufgeräumt.

»Wolodja!«, rief die Kassiererin.

Prompt gesellte sich ein Mann vom Sicherheitsdienst zu uns.

»Der will nicht bezahlen!«

Ihren Augen entnahm ich keinerlei Hinweis auf eine Form von Gedächtnisschwund. Im Gegenteil: Ich hätte wetten können, dass die Frau mich in lebhafter Erinnerung behielt und es sich nicht nehmen ließe, heute Abend ihrer ganzen Familie von dem durchtriebenen Dieb zu erzählen.

»Was soll das heißen – ich will nicht?«, nahm ich ihr rasch den Wind aus den Segeln. »Ich wollte meine Einkäufe nur erst zusammenpacken.«

Eine dämlichere Ausrede hätte ich mir nicht einfallen lassen können.

»Und wer hätte die dann eingelesen?«, fragte die Frau, während sie mit dem Lesegerät für den Strichcode wie mit einem futuristischen Blaster fuchtelte. »Wie hätte ich denn den Preis der Waren ausrechnen sollen?«

»Oh, verzeihen Sie mir, ich war einfach so in Gedanken ...« Mit einem schiefen Lächeln legte ich meine Einkäufe aufs Band.

Der Wachmann schaute mich nachdenklich an. Schließlich unterbrach er die Kassiererin, die bereits das erste Produkt ans Lesegerät hielt, in ihrem Tun. »Wart mal, Tanka ... Haben Sie denn überhaupt Geld, junger Mann?«

Geld hatte ich keins. Lässig holte ich meine Kreditkarte heraus. »Sie akzeptieren doch Kreditkarten?«

»Ja.« Die Kassiererin besah sich die Karte. »Aber diese nicht«, meinte sie mit schadenfrohem Grinsen.

»Warum nicht?«

»Die gehört Ihnen nicht.«

Ich besah mir die Karte nicht einmal. »Oh«, stieß ich aus. »Ist es die von Natalja Iwanowa? Das ist meine Frau, wir haben die gleiche Bank ...«

»Fremde Karten nehme ich nicht«, verkündete die Kassiererin erleichtert.

»Da drüben gibt es einen Geldautomaten«, bemerkte der Wachmann hämisch. »Der ist heute Morgen aufgefüllt worden. Nimm dir, so viel du brauchst.«

Unter seinem unnachgiebigen Blick steuerte ich den Automaten an.

Was würde der Wachmann unternehmen, wenn ich einfach türmte? Er würde ja wohl kaum die Verfolgung aufnehmen. Auch die Miliz dürfte er vermutlich nicht holen. Dem Laden hatte ich keinen Schaden zugefügt, und dass ich nicht meine eigene Karte bei mir hatte, war nicht sein Problem.

Ich kehrte dem Wachmann den Rücken zu, schob die Karte in den Geldautomaten (der tatsächlich Natalja Iwanowa als Besitzerin auswies). Die hatten sie also auch manipuliert – womit ich im Grunde natürlich hätte rechnen müssen.

Aber ob sie auch die PIN-Nummer verändert hatten?

Und hatte die Bank die Karte der Toten schon gesperrt?

Langsam tippte ich die Zahlen 7739 ein. Dann bestätigte ich die Nummer.

Auf dem Bildschirm erschienen verschiedene Beträge zur Auswahl, die ich abheben konnte.

Erleichtert klickte ich fünftausend Rubel an. Das überlegte ich mir jedoch gleich wieder und gab neuntausendsiebenhundert ein, fast alles, was noch auf der Karte drauf war.

Gleichmütig knisterte der Geldautomat mit den Scheinen und spuckte druckfrische Fünfhunderter und leicht zerknitterte Hunderter aus.

Damit kehrte ich zur Kasse zurück, das Geld demonstrativ in der Hand haltend. Der Wachmann trat mit unverhohlener Enttäuschung zur Seite. Schweigend packte die Kassiererin meine Einkäufe ein, ich bezahlte und hatte den Supermarkt schon im nächsten Moment verlassen. Draußen drehte ich mich noch einmal um: Die Kassiererin und der Wachmann sahen mir nach und unterhielten sich über etwas.

So ein Mist!

Noch gestern hatte man mich einfach ignoriert! Wo war meine Fähigkeit, völlig unbemerkt zu bleiben, hin? Ein Sehender im Land der Blinden war ich gewesen. Der Unsichtbare, der sich keine Sorgen darüber machen musste, ob er nackt und barfuß unterwegs war.

Und jetzt das.

Eine zarte Hoffnung räkelte sich unversehens in mir. Ich setzte mich auf eine Bank gegenüber dem Supermarkt und stellte die Einkaufstüten neben mich. Dann holte ich mein Handy heraus.

Freunde oder meine Eltern?

Meine Eltern.

Es läutete. Einmal. Noch einmal. Ein drittes Mal.

»Hallo!«, erklang durch das Handy die fröhliche Stimme meines Vaters. »Wer ist da?«

Ich schluckte einen Kloß herunter, der sich in meinem Hals gebildet hatte. »Ich bin's, Kirill«, antwortete ich.

»Ach, hallöchen!«, erwiderte mein Vater. Noch bevor ich frohlockte, schob er allerdings hinterher: »Kirill Andrejewitsch?«

»Nein, Kirill Danilowitsch.«

»Äh ... ja?«

»Ich bin dein Sohn!«, schrie ich ins Handy.

Die Pause dehnte sich einige Sekunden. »Das ist ein dummer Scherz ...«, sagte mein Vater nach einer Weile sehr unsicher.

»Ich bin dein Sohn«, wiederholte ich.

»Wie alt sind Sie?«, fragte mein Vater mit gesenkter Stimme.

»Sechsundzwanzig«, antwortete ich ungeachtet all meiner Irritation.

Täuschte ich mich, oder schwang in der Stimme meines Vaters wirklich Erleichterung mit?

»Sie sollten sich diese Scherze verkneifen, junger Mann! Sie sind dumm und in keiner Weise witzig.«

Durch das Handy klang das Tuten, das mir das Ende des Gesprächs signalisierte. Betäubt wählte ich erneut, doch mein Vater hatte sein Handy offensichtlich abgeschaltet.

Und jetzt? Das Rad der Zeit ließ sich nicht zurückdrehen ... Weshalb aber hatte sich mein Vater nach meinem Alter erkundigt?

Nachdem ich kurz darüber gegrübelt hatte, fiel endlich der Groschen. Unwillkürlich kroch ein Grinsen auf mein Gesicht. Oho, Papa! Wer hätte das gedacht! Da könnte ich also noch einen Bruder haben, einen älteren oder jüngeren ...

Wie sollte ich mich allerdings darüber freuen, wenn ich selbst gar nicht mehr existierte?

Die Tür des Supermarkts ging auf, und der Wachmann trat heraus, um eine zu rauchen. Sobald er mich erblickte, schlich sich Misstrauen in seinen Blick.

Nein, auf eine neuerliche Begegnung mit der Miliz konnte ich verzichten. Dieses Mal würden sie mich nicht laufen lassen.

Ich schnappte mir meine Tüten und machte mich auf

den Rückweg, zurück zu meinem Turm. Wenn er inzwischen verschwunden wäre oder sich in einen stinknormalen dreckigen Wasserturm verwandelt hätte, hätte mich das auch nicht erstaunt. Doch der Turm stand immer noch an Ort und Stelle, die Tür öffnete sich ohne Weiteres, im Innern war ebenfalls alles unverändert: die Wendeltreppe, die robusten Möbel im ersten Stock. Mineralwasser und Kognak fanden sich nach wie vor auf dem Tisch. Während ich meine Einkäufe auspackte, fiel mir prompt auf, dass ich vergessen hatte, mir wenigstens Plastikgeschirr und Besteck zu besorgen. Nun musste ich die Wurst abnagen. Das hinderte mich freilich nicht daran, mir ein Frühstück aus Wurst und Zwieback zuzubereiten, dazu Mineralwasser und anschließend ein Schlückchen Kognak zu trinken. Danach stellte ich mich ein Weilchen an das Fenster, das in die fremde Welt hinausging.

Schnee. Ein Gebäude aus rotem Ziegelstein. Eine hohe Sonne, auch wenn sich die Wolken schon zusammenzogen, fast als wollte es wieder anfangen zu schneien.

Natürlich würde ich diese Welt erkunden müssen. Ich musste wenigstens etwas Licht in das Dunkel bringen. Aber als Allererstes brauchte ich warme Kleidung – und bei meinen finanziellen Möglichkeiten sollte ich die besser auf dem Markt kaufen.

Mein morgendlicher Frohsinn löste sich wie Rauch auf.

Das stimmte doch alles hinten und vorne nicht! Wenn es wirklich andere Welten gab, dann mussten sie Monster und schöne Prinzessinnen bevölkern. Erstere galt es zu töten, Letztere zu retten. Hier gab es jedoch nichts außer einer abgelegenen Gasse und verlassenen Gebäuden!

Eine Zeit lang starrte ich mürrisch zum Fenster hinaus. »Bringt nichts, hier rumzusitzen«, ermahnte ich mich selbst. »Alle Antworten sind da draußen zu finden. Dazu noch Monster und Prinzessinnen ...«

Selbstsicherheit hörte ich aus meiner Stimme nicht heraus. Trotzdem fasste ich mir ein Herz und verließ das Haus – in Richtung Moskau.

Am Ende konnte ich dann doch auf den Besuch des Marktes verzichten. Ich erinnerte mich an ein Geschäft in der Nähe der Metrostation ›Ausstellung der Errungenschaften der Volkswirtschaft‹, das konfiszierte Imitate von Markenartikeln, nicht verkaufte Reste aus Modekollektionen und andere Waren zu verdächtig niedrigen Preisen vertrieb. Dort erstand ich eine warme Jacke, die arbeitseifrige Chinesen genäht hatten, eine Strickmütze unbekannter Herkunft (das Etikett »Design of Italia« überzeugte mich in keiner Weise, sondern schürte ganz im Gegenteil meine Zweifel) und Winterstiefel, die sich durch einen unwiderlegbaren Vorteil hervortaten: Sie waren trocken.

Möglicherweise fand manch einer sogar Gefallen an ihrer bemerkenswerten hellgrünen Farbe.

Meine Errungenschaften in einer großen Tüte verpackt, für die diese geschäftstüchtigen Vertreiber dubioser Produkte sich erdreisteten, mir fünf Rubel abzuknöpfen, verließ ich den Laden. Draußen klingelte prompt mein Handy.

»Ja?«, meldete ich mich.

»Kirill?«, klang es durchs Handy.

Mir wurde warm ums Herz. »Ja! Kotja! Hallo!«

»Ähäm ...« Kotja hatte zweifelsohne nicht damit gerechnet, erkannt zu werden. »Wie heißt du mit Nachnamen?«

»Maximow.«

»Hm. Stimmt. Sag mal, vor zwei Tagen haben wir beide da ...«

»... Kognak getrunken«, ergänzte ich müde. »Alles klar. Du erinnerst dich an rein gar nichts, bist aber wieder auf deine Notiz gestoßen? Was macht der alte Filou, der Erzieher im Fache der Leibesertüchtigung? Hat er der Achtklässlerin beigebracht, im Spagat zu sitzen? Guck mal aufs Fensterbrett, da stehen zwei leere Flaschen. Ein Ararat ...«

»Dann stimmt das also alles?«, fragte Kotja mit brechender Stimme.

»Was hast du denn gedacht?«

»Dass Hacker am Werk sind ... sich Zugang zu meinem Computer verschafft und das geschrieben haben ...«

O ja, man musste schon Kotja sein, um an solche Hacker zu glauben.

»Verlange bitte keine Beweise von mir«, sagte ich müde. »Gestern sind wir zu deinem Bekannten gegangen, dem Schriftsteller. Danach hast du mich vergessen. Innerhalb von zehn Sekunden.«

»Und wo bist du jetzt?«, erkundigte sich Kotja nach kurzem Schweigen.

Ich zögerte. »Weshalb willst du das wissen?«

»Also ... mir ist mulmig. Das alles ist so seltsam ... Kannst du nicht herkommen?«

»Und womit soll das enden?«, fragte ich leicht amüsiert. »Ich komme. Ich werde dir des Langen und Breiten darlegen, dass wir uns kennen. Wir leeren zwei Flaschen. Gegen Morgen wirst du wieder nüchtern und glaubst mir kein Wort mehr. Weißt du was? Komm du besser hierher.«

»Wohin denn?«

»Zum Bahnhof Moskau-3. Das ist noch in der Stadt, nicht weit von der Metrostation Alexejewskaja ...«

»Das finde ich. Ich guck's mir vorher auf der Karte an.« Kotja hatte anscheinend eine Entscheidung getroffen. In einer Stunde ... nein, in anderthalb bin ich da. Äh ... brauchst du was?«

»Nein, vielen Dank. Ich warte am Bahnhof neben dem Laden, der rund um die Uhr auf hat, auf dich. Wenn uns noch was fehlt, kaufen wir es gleich da. Allerdings«, konnte ich mir nicht verkneifen, »artet es bereits in Quartalssäuferei aus, wenn wir uns den dritten Tag hintereinander betrinken.«

»Und wie erkenne ich dich?«, wollte Kotja hilflos wissen.

»Ich werde dich erkennen.«

Nachdem ich das Telefon wieder weggesteckt hatte, schoss mir der Gedanke durch den Kopf, dass Kotja und ich gut beraten gewesen wären, uns gemeinsam zu fotografieren. Gleich am ersten Abend, als alles anfing. Dann läge jetzt ein Beweis für unsere Freundschaft vor ...

Bekanntlich bringt es jedoch nicht viel, den Kopf hängen zu lassen, wenn dir klar geworden ist, dass du einen Fehler gemacht hast. Viel sinnvoller ist es, diesen Fehler nicht zu wiederholen. Deshalb kaufte ich in dem kleinen Laden für Fotobedarf in der Nähe der Metro einen Einwegfotoapparat, wie man ihn mit an den Strand nimmt. Aufgrund des nahenden Winters kostete er mich nur zweihundert Rubel. Für einen besseren Apparat wäre mir mein Geld auch zu schade gewesen – schließlich durfte ich keine Einkünfte erwarten.

Außerdem erstand ich noch ein Schweizer Taschenmesser. Dass seine Klinge kurz und nicht feststehend war, gefiel mir dabei am besten.

Obwohl ich nicht mit einem Hinterhalt rechnete, drückte ich mich vorsichtshalber in einiger Entfernung von dem Geschäft herum, auf halbem Weg zu meinem Turm. Ich kaufte mir eine Flasche Bier, die ich in aller Gemütlichkeit trank, dabei den Weg auf und ab schlendernd. Ein Mann, der auf seinen Zug wartet, und dabei ein Bierchen trinkt – was könnte es Unauffälligeres geben?

Kotja versetzte mich nicht und traf pünktlich ein. Er entstieg einem Taxi, rückte voller Tatendrang die Brille zurecht und sah sich aufmerksam um. Einige Minuten observierte ich die Umgebung, vermochte jedoch kein Kommando zu meiner Festnahme zu entdecken. Aber wer brauchte mich auch schon?

»Kotja!«, rief ich meinem einstigen Freund zu, während ich mich ihm näherte.

Kotja wirbelte herum und sah mich mit einem dermaßen quälenden Verlangen, mich wiederzuerkennen, an, dass ich befangen wurde.

»Ich bin's«, beteuerte ich und warf die leere Flasche in einen Mülleimer. »Kirill Maximow. Dein alter ... äh ... Bekannter.«

»Ich habe dich nicht erkannt«, sagte Kotja bekümmert. Er holte einige zerknitterte Seiten eines Computerausdrucks aus seiner Tasche. Aufmerksam flog er mit den Augen über die Zeilen hinweg. Schließlich seufzte er und reichte mir die Blätter. »Stimmt alles. Wir sind per du?«

Kotja hatte es also nicht bei einem einzigen Gedächtnisprotokoll bewenden lassen. Bevor wir uns gestern anschickten, Melnikow aufzusuchen, hatte er noch ein paar Zeilen verfasst.

Gleich besuchen wir Melnikow. Er ist Fantasy- und SF-Schriftsteller. Vielleicht kann er uns einen Rat geben? Für den Fall, dass ich wieder alles vergessen sollte: Mein bedauernswerter Freund heißt Kirill Maximow. Er ist sechsundzwanzig Jahre. Er arbeitet als Manager in einer Computerfirma. Etwas größer als der Durchschnitt, normale Figur, allerdings mit kleinem Bäuchlein ...

»Was? Was für ein Bäuchlein?«, empörte ich mich. »Ich wiege kein Gramm zu viel.«

»Das ist ganz normal, schließlich übst du eine sitzende Tätigkeit aus«, parierte Kotja.

... Bäuchlein, ovales Gesicht, volle Wangen ...

»Wenn man dich so hört, könnte man meinen, ich sei der reinste Fettsack ...«, grummelte ich. »Achtzig Kilo bringe ich auf die Waage. Bei meiner Größe ist das absolut normal.«

... Wangen, braune Augen, dunkelbraunes Haar, gerade Nase, Ohren mit deutlich ausgebildeten Läppchen.

»Hast du vielleicht auch schon mal für die Miliz gearbeitet, Kotja?«, fragte ich. »Denen irgendwelche Personenbeschreibungen abgeliefert?«

Kotja grinste bloß.

Insgesamt ein freundliches und attraktives Gesicht. Er spricht schnell, die Stimme klingt leicht gedämpft, im Gespräch neigt er zu Kalauern und Spitzen gegenüber seinem Gesprächspartner. Wenn ich ohne ihn nach Hause komme und vergessen haben sollte, wer Maximow ist, dann werde ich diese Aufzeichnungen lesen und mich an alles erinnern. Etwas Merkwürdiges geht mit Kirill vor sich, und mir gefällt überhaupt nicht, dass ich in diese Geschichte verwickelt bin.

Danach folgte eine leere halbe Seite, schließlich noch einige Zeilen aus der Erzählung, in die Kotja diese Notiz für sich eingefügt hatte:

»So läuft der Hase!«, beendete Semjon Makarowitsch voller Heiterkeit den Einzelunterricht und wischte sich den Schweiß von Stirn. »Das nennt sich tantrisches Yoga und

wurde vor Jahrtausenden von den Hetären im alten Griechenland ersonnen.«

»Vielen Dank!«, rief Julja und errötete.

Ich schaute Kotja an und zeigte ihm einen Vogel. »Was für Hetären?«

»Die im alten Griechenland!« Kotja schnappte sich die Blätter. »Dergleichen verlangt meine Arbeit halt ...«

»Mir ist bekannt, was deine Arbeit verlangt.«

»Was ist gestern bei Melnikow passiert?«, fragte Kotja.

»Hast du ihn deswegen etwa nicht schon angerufen?«, wollte ich wissen. »Woran erinnerst du dich denn selbst noch?«

»Doch, ich habe ihn angerufen«, antwortete Kotja würdevoll. »Er glaubt, ich sei allein bei ihm gewesen und wir hätten uns über Literatur unterhalten. Das deckt sich mit meiner Erinnerung. Und das war's dann auch.«

»Und wie ich dich aufgehalten habe, als du aus dem Haus gehen wolltest?«

Kotja schüttelte den Kopf.

»Setzen wir uns, das wird ein langes Gespräch.«

Wir bewaffneten uns jeder mit einer Flasche Bier (Kotja zeigte sich entzückt, da ich daran gedacht hatte, ihm sein geliebtes Obolon zu besorgen, während ich mir ein normales Tuborg gekauft hatte), und ich fing mit meinem Bericht an. Ohne etwas auszulassen. Ich erzählte, wie ich das Messer gekauft und Natalja Iwanowa aufgelauert hatte, wie sie sich erdolcht hatte ...

»Bist du sicher, dass nicht du sie erstochen hast?«, konnte Kotja sich nicht verkneifen zu fragen.

»Ja. Ich stand mit dem Messer in der Hand da und wollte ihr das Klebeband aufschneiden ...«

»Man kann sich nicht so in ein Messer fallen lassen, dass man dabei stirbt!«, argwöhnte Kotja.

»Hast du es schon mal ausprobiert?«

Kotja hüllte sich in Schweigen.

Als ich zu der Episode mit der Miliz kam, die mich nach der Verhaftung auf freien Fuß gesetzt hatte, riss Kotja der Geduldsfaden: »Also wirklich, Kirill, so was ist absolut unmöglich!«

»Aber so ist es gewesen.«

»Ja, ja, schon gut ...« Kotja geriet ins Grübeln. »Du hast gesagt, sie haben dich geschlagen, nicht wahr?«

»Ich habe gedacht, die brechen mir ein paar Rippen. Ein paarmal haben die mit einer Wucht zugetreten ...«

»Und dein Nachbar hat dir eins aufs Auge gehauen?«

»Ja.«

»Hast du dich mal im Spiegel angeguckt?«

»Stimmt denn was nicht?«

Kotja griente. »Nein! Und genau das ist es ja. Du hast ein frisches und zufriedenes Gesicht. Als ob du eine Woche Urlaub gemacht hättest. Tun deine Rippen weh?«

Nach kurzem Nachdenken öffnete ich meine Jacke und hob den Pullover hoch.

»Keine Spuren«, konstatierte Kotja. »Du musst schon verzeihen, aber so was gibt es einfach nicht. Wenn dich jemand mit Füßen tritt, hast du am nächsten Morgen mindestens ein paar blaue Flecken.«

Dem ließ sich nur schwerlich etwas entgegensetzen.

»Gut, dann weiter«, ergriff ich wieder das Wort. »Damit sind die Wunder nämlich noch nicht zu Ende.«

»Nachdem dich die Bullen haben laufen lassen, kann es noch größere Wunder gar nicht geben«, wandte Kotja skeptisch ein.

Zehn Minuten später hatte ich die Geschichte von dem Turm beendet. »Wie steht's?«, fragte ich hämisch. »Ist das noch erstaunlicher als die Sache mit den Bullen?«

»Wo ist dieser Turm?«, wollte Kotja wissen.

»Da drüben«, antwortete ich.

Kotja nahm die Brille ab, um sie zu putzen. »Das ist ein alter Wasserturm«, erklärte er dann.

»Ja, sicher. Äußerlich.«

»Kannst du mich da mit hinnehmen?«

»Klar.«

»Dann lass uns gehen.« Unternehmungslustig erhob er sich. »Obwohl ich hundertprozentig davon überzeugt bin, dass wir die Tür nicht aufkriegen und es im Innern des Turms nichts Seltsames zu entdecken gibt.«

Wenn ich ehrlich sein sollte, befürchtete ich genau das. Woher wollte ich wissen, ob ich jemanden mitbringen durfte? Vielleicht stand ja nur mir der Zugang zu anderen Welten offen? Im Grunde wäre das sogar logisch.

Doch die Tür des Turms ließ sich öffnen. Und innen drinnen war alles genau so, wie ich es in Erinnerung hatte: Die Wendeltreppe zog sich hoch zum ersten Stock, auch die fünf Türen fehlten nicht.

»Mein lieber Schieber«, stieß Kotja aus, während er sich umschaute. »Siehst du das Gleiche wie ich? Alles ist ordentlich renoviert, eine Wendeltreppe führt nach oben ...«

»Stimmt.«

»Zeig mir diese Tür!«, verlangte Kotja. »Die nach Kylgym!«

»Kimgim«, verbesserte ich.

Ich trat an die Tür, und noch bevor ich sie öffnete, wusste ich, dass alles in Ordnung war: Die Metallklinke war eiskalt.

Es schneite. Eine dichte Wolkendecke hatte sich am Himmel zusammengezogen, auf unsere Köpfe segelten zarte weiße Flocken nieder. In den Fenstern der Fabriken (wie kam ich eigentlich darauf, dass es sich um Fabriken handelte?) brannte kein Licht, Geräusche drangen ebenfalls keine zu uns herüber. Die Spuren der Postkutsche waren längst unter dem Schnee begraben.

»Also, von da ist der Postbote gekommen«, sagte ich. »In einem Tilbury.«

»Interessant«, bemerkte Kotja und linste zu mir herüber. »In einem Tilbury, sagst du?«

Ich zuckte mit den Achseln. Ich riss die Zellophanhülle von dem Fotoapparat und machte einige Bilder. Ein winziges Lämpchen blitzte mehrmals hintereinander in dem Versuch auf, die Umgebung zu beleuchten. Immerhin war ein 400er-Film eingelegt, die Aufnahmen müssten also eigentlich gelingen.

»Alles deutet darauf hin, dass wir es mit einer Parallelwelt zu tun haben«, sagte Kotja. »Meinst du nicht auch? Eine, die nicht so weit entwickelt ist wie unsere. Oder nicht?«

»Hm ... scheint so.«

»Gehen wir wieder rein.« Schlagartig wurde Kotja ernst.

»Glaubst du mir jetzt?«, fragte ich, während ich den Riegel vorlegte.

»Ja, tu ich ...« Kotja rüttelte an den anderen Türen. »Durch die Bank verschlossen ... Mist verfluchter! Was hat das alles zu bedeuten?«

Er tigerte durchs Zimmer, presste das Ohr an die Türen und klopfte gegen sie. Fehlte bloß noch, dass er sie beschnuppert hätte. Danach untersuchte er sogar den Holzfußboden.

»Der ist über Nacht entstanden«, erklärte ich dermaßen stolz, als hätte ich höchstpersönlich in einer einzigen Nacht dreißig Quadratmeter mit massiven Dielen ausgelegt.

»Das ist Lärche«, teilte Kotja mir mit. »Es riecht nicht nach Lack. Und lackieren kann man es erst, nachdem es verlegt ist!«

»Das gleiche Mysterium wie in meiner Wohnung«, bestätigte ich. »Nirgends lassen sich Hinweise auf die Umbauarbeiten entdecken.«

»Die Realität hat sich geändert ...«, brachte Kotja aufgewühlt hervor. »Und mit der Realität hat sich auch alles andere verändert. Bloß du bist unverändert geblieben!«

»Wollen wir nach oben gehen?«, lud ich ihn gastfreundlich ein. »Da sieht es noch komischer aus.«

»Oder im Gegenteil«, spann Kotja seine Überlegungen weiter, während er mir folgte. »Die Realität ist unverändert geblieben, aber du hast dich verändert. Deshalb sind die normalen Dinge für dich jetzt ganz ungewohnt ...«

»Ist das eine euphemistische Umschreibung von: Ich habe den Verstand verloren?«, fragte ich. »Hast du etwa noch nicht davon gehört, dass jeder aufgegebene Wasserturm nach europäischem Standard modernisiert worden ist?«

Kotja seufzte nur.

Im ersten Stock untersuchte er ebenfalls erst einmal fünf Minuten lang das Interieur. Er starrte zu den Fenstern hinaus und besah sich die Möbel. Obwohl er sich dabei verbrannte, drehte er eine Glühbirne heraus und inspizierte ausführlich die Fassung. Anschließend wandte er sich den beiden mir zugesandten Büchern zu, die er voller Interesse durchblätterte.

Ich störte ihn nicht, sondern schenkte uns unterdessen einfach den gestern gekauften Kognak ein und schnitt Wurst und Käse auf. Ich fasste wieder ein wenig Mut. Mochte mein Freund mich auch vergessen haben – unsere Beziehung hatte sich deswegen nicht verändert. Vermutlich lag das daran, dass ich genau wusste, wie ich ihn nehmen musste, welche Worte ich sagen sollte und wie ich mich ihm gegenüber am besten verhielt.

»Etwas passt hier nicht zusammen ...« Kotja legte das Buch beiseite und sah mich nachdenklich an. Beiläufig griff er nach dem Kognak. »Nur um den Stress loszuwerden ...«, murmelte er.

»Und was passt nicht zusammen?«, fragte ich, während wir den Kognak tranken.

»Nichts passt zusammen. Was haben wir denn eigentlich in der Hand? Du bist ein durchschnittlicher junger Moskauer. Du gehst irgendeiner dämlichen Beschäftigung nach, lebst in einer Wohnung, die dir deine Eltern geschenkt haben, bist unverheiratet und hast keine Kinder. Besondere Talente hast du ebenfalls nicht vorzuweisen. Stimmt's?«

»Ja«, bestätigte ich.

»In deiner Wohnung nistet sich ein unbekanntes Weib ein, all deine Dokumente lösen sich in Luft auf, deine Freunde und deine Eltern wissen nicht mehr, wer du bist. Du vermutest, hinter der ganzen Geschichte steckt böse Absicht, und nimmst dir die Schurkin, die dir deine Wohnung abspenstig gemacht hast, zum Verhör vor. Die jedoch bringt sich kurzerhand selbst um. Du wirst verhaftet, aber der Gedächtnisschwund der Bullen schreitet fort, und sie lassen dich wieder frei.«

»Das klingt wirklich idiotisch«, räumte ich ein.

»Eben nicht!« Kotjas Hand schoss in die Höhe. »Da irrst du dich gewaltig! Bis jetzt ergibt das alles nämlich noch eine ganz logische Kette! Irgendeine Kraft löscht dich aus unserer Realität aus. Was das für eine Kraft ist – Außerirdische, die Freimaurer oder der Herrgott – spielt vorerst gar keine Rolle. Schauen wir uns jetzt mal an, was weiter passiert. Jemand ruft dich an und lotst dich zu einem aufgegebenen Wasserturm. Im Innern ist der Turm zu einer Wohnung ausgebaut, über Nacht gewinnt das Ambiente sogar noch. Ferner gibt es in diesem Turm fünf Türen, wovon eine – und bislang ist es nur eine – in eine fremde Welt führt! Außerdem macht man dir unmissverständlich klar, dass du hier die Aufgabe des Zöllners zu übernehmen hast. Begreifst du jetzt, was hier nicht zusammenpasst?«

»Nein, das tu ich nicht! Da steckt doch genauso diese unbekannte Kraft dahinter wie bei den anderen Dingen!«

Kotja seufzte. Er goss jedem von uns noch ein Gläschen ein.

»Blödmann. Nimm doch mal einen x-beliebigen – na gut, lassen wir Männer mit Familie beiseite, die haben ihre eigenen Grillen –, also nimm einen x-beliebigen ledigen jungen Mann. Einen Hausmeister, Studenten oder erfolgreichen Mitarbeiter einer großen Firma, das ist einerlei. Nimm ihn und schlag ihm eine neue Arbeit vor: Zöllner an der Grenze zwischen zwei Welten!«

»Klingt doch ganz reizvoll«, gab ich zu.

»Ich würde das Angebot auf der Stelle annehmen!« Kotjas Brille funkelte wild. Natürlich rührte das von einer abrupten Drehung des Kopfes her. Gleichwohl sah es aus, als blitzten seine Augen in hitzigem Eifer. »Jeder würde so was annehmen! Du auch!«

»Hm, weißt du ...« Ich blickte zum Fenster hinaus. In der mysteriösen Stadt Kimgim schneite es nach wie vor. Außerdem dämmerte es dort bereits. Ein ruhiger, geheimnisvoller und sauberer Ort. Im anderen Fenster nieselte es, der Boden war zu einem matschigen Brei aufgeweicht. Schwarzen Rauch ausstoßend, fuhr ein schwerer Laster die Straße entlang. »Stimmt, ich würde es akzeptieren«, sagte ich zu meiner eigenen Überraschung.

»Siehst du.« Kotja nickte. »Und jetzt denk doch mal nach: Wozu der ganze Aufwand? Wozu die Sache mit der Wohnung, den Papieren, wozu der Gedächtnisschwund deiner Freunde und dieses verrückte selbstmörderische Weib? Sie hätten doch einfach bei dir vorbeikommen und dir eine neue Arbeit anbieten können und damit basta. Und genau das lässt mir keine Ruhe, Kirill.«

»Du versuchst, die Logik der …« Ich schluckte das Wort ›Außerirdischen‹ herunter und fuhr stattdessen fort: »… dieser unbekannten Kraft zu verstehen. Aber vielleicht handelt die gar nicht logisch.«

»Es gibt immer eine Logik!«, entgegnete Kotja scharf. »Wenn sie fehlt, heißt das nur, wir verstehen nicht, was vor sich geht. Und das macht mich nervös … Außerdem …«

Er langte nach einem der beiden Bücher, schlug es am Anfang auf und fuhr mit dem Finger über die Seite. »Was ist Asant?«

»Ein orientalisches Gewürz«, antwortete ich arglos. »Es ist Bestandteil des Currys. Man nennt es auch Hing oder Asa foetida.«

»Ich glaub dir ja«, beteuerte Kotja. Daraufhin schlug er das Buch etwas weiter hinten auf. »Und was ist … äh … Jouy?«

»Ein Stoff. Aus Baumwolle.«

»Und wodurch unterscheidet er sich von normalem Stoff?«

»Also … das ist ein Stoff … weiß oder beige, den eine einfarbige Zeichnung ziert. Idyllische Weiden, Schäfchen, kleine Bäume …«

Ich verstummte.

»Ist der Groschen gefallen?«, fragte Kotja. »Als du den Tilbury erwähnt hast, hat mir sofort was geschwant. Oder hast du vielleicht mal als Koch in einer Stofffabrik gearbeitet?«

Ich schüttelte den Kopf.

Als besonders peinlich empfand ich den Umstand, dass mir diese neuen Kenntnissen überhaupt nicht bewusst waren. Was für Gewürze? Ich kenne nur zwei: Salz und Pfeffer! Und was bitte schön für Stoffe? Es gibt Naturfasern, und es gibt Synthetik. Letztere mied man besser. Vor allem in Form von Socken.

Aber als Kotja mich examiniert hatte, schlüpften mir die Antworten wie von selbst aus dem Mund. Vor meinem inneren Auge tauchten Asant (sogar der scharfe knoblauchartige Geruch war mir präsent) und ein dicker Ballen Toile de Jouy mit einer ländlichen Szene auf.

»Anscheinend offeriert man dir dieses Wissen zusammen mit deiner neuen Tätigkeit«, dachte Kotja laut nach. »Wie solltest du sonst auch deiner Arbeit nachgehen? Huch!«

Obwohl unser beider Nerven zum Zerreißen gespannt waren, erschreckte mich das Klopfen nicht im Geringsten – im Unterschied zu Kotja. Ich stand auf und begab mich nach unten.

»Halt!«, rief Kotja aufspringend. »Guck wenigstens erst durch den Spion!«

»Durch welchen Spion denn?«, verwunderte ich mich.

»Wie nachlässig! Kein Spion!« Kotja geriet in Panik, daran bestand kein Zweifel. »An welcher Tür klopft es? An welcher?«

»An unserer! An der Moskauer!«

»Frag erst, wer da ist!«

Das unterließ ich jedoch. Stattdessen öffnete ich einfach.

Etwas abseits stand, nicht auf der Straße, sondern am matschigen Rand, ein großer dunkelblauer Audi Allroad. Unmittelbar vor der Tür warteten drei Personen. Ein Mann um die fünfzig in einem teuren, wenn auch etwas altmodischen Kaschmirmantel und mit derart sauberen Schuhen, als hätte man ihn direkt vor der Tür abgesetzt. Ein Herr in Amt und Würden, das war auf den ersten Blick klar. Hinter ihm hielt sich eine zwanzigjährige Frau, die einen Nerzmantel trug und auch ansonsten stilvoll gekleidet war, eine attraktive Frau, aber mit einem derart angewiderten Gesichtsausdruck, als zwänge sie jemand, im Dreck zu wühlen. Hinter den beiden ragte ein kräftiger Kerl mit finsterer Miene auf, dem nur noch ein Plakat vor der Brust fehlte: ›Ich bin ein unglaublich entschlossener Bodyguard‹. Allerdings beäugte mich der Leibwächter nicht mit dem üblichen professionellen Misstrauen, sondern mit verängstigtem Trotz. Als hätte ich ihm erst kürzlich ungestraft ein paar Ohrfeigen verabreicht, ihm dann auf die Schulter geklopft und wohlwollend gesagt: »Braver Junge.«

Es ist ein erstaunliches Gefühl, wenn dir klar wird, dass jemand Angst vor dir hat.

»Guten Abend«, ergriff der Mann mit dem hochherrschaftlichen Gebaren das Wort. Prompt verkrampfte ich mich, denn mir fiel die Stimme aus dem Handy ein. Aber nein, das war nicht er gewesen. Sie ähnelten sich nur in der grundsätzlichen Selbstsicherheit. »Wir kommen jetzt herein.«

»Bitte schön.« Ich trat zur Seite.

Der Mann und die Frau betraten den Turm. Der Leibwächter blieb draußen stehen.

»Alles bleibt wie vereinbart, Vitja«, warf ihm der Mann noch zu, bevor er die Tür schloss.

Eine unangenehme Pause trat ein. Die Frau klopfte die Regentropfen von ihrem Pelz. An die hohen Absätze ihrer Stiefel schien sie nicht gewöhnt, denn sie stand recht unsicher auf ihnen da. Der Mann sah sich um. Mir lächelte er zu, für den auf der Treppe erstarrten Kotja hatte er ein Nicken übrig. Aus irgendeinem Grund nahm Kotja geschwind die Brille ab, die er in der Hand hielt.

»Wollen Sie zu mir?«, fragte ich.

Der Mann zog die Augenbrauen in die Höhe. »Nein. Wir wollen hier nur durchgehen.«

»Nach Kimgim?«, erkundigte sich Kotja mit vor Aufregung heiserer Stimme von der Treppe aus.

»Gibt es denn schon andere Möglichkeiten?«, wollte der Mann wissen.

»Nein«, antwortete ich.

»Dann nach Kimgim.«

»Wir hätten zur Metrostation Semjonowskaja fahren sollen ...«, mischte sich die Frau mit leiser Stimme ein.

»Und unterwegs eine Stunde im Stau stehen? Das hier geht schneller«, fiel ihr der Mann ins Wort. »Können wir durch? Waren führen wir keine mit.«

Natürlich hätte ich eine Erklärung von ihnen erbitten müssen. Nein, nicht erbitten, einfordern hätte ich sie müssen. Aber etwas hielt mich zurück. Vielleicht das Gefühl, diesen wie aus dem Ei gepellten Herrn um eine Erklärung zu ersuchen käme der Frage gleich, wie viele Zylinder sein Wagen hätte. Er würde es nicht wissen, denn es reichte ihm vollauf, mit dem Auto zu fahren.

Vielleicht ließ mich jedoch auch der Blick der Frau davon absehen? Der war nämlich ebenso verärgert wie ... flehend. Als ob sie jede Verzögerung tödlich fürchtete – und darüber in Rage geriet. Sowohl mir grollte als auch ihrem Begleiter.

»Gehen Sie durch diese Tür«, meinte ich mit einem Nicken.

Sie marschierten durch den Turm, Schmutzspuren auf dem Fußboden zurücklassend. Die Frau griff einmal mit der Hand nach dem Treppengeländer, als verlöre sie das Gleichgewicht. Der Mann schob selbstsicher den Riegel zurück, ließ der Frau den Vortritt und nickte mir zum Abschied höflich zu.

Ich ging zur Tür, um sie abzuschließen. Dabei bemerkte ich, dass in einiger Entfernung vom Turm eine Kutsche auf das Paar wartete. Eine vierrädrige mit zurückklappbarem Verdeck.

»Was für eine Dame!«, rief Kotja hinter mir verzückt aus. »Nicht wahr? Oder was meinst du?«

»Ganz passabel«, antwortete ich und schlug die Tür zu.

»Was heißt hier *passabel*? Die Freundin dieses Stiesels ist einfach klasse!«

»Vielleicht ist es ja seine Tochter?«

»Pah!« Kotja schlug vor Empörung sogar die Hände über dem Kopf zusammen. »Mit *dem* Hintern? Also, manche Männer haben ein Glück ... Übrigens hätten wir sie ordentlich ausfragen sollen!«

»Ich glaube nicht, dass sie hinter dem Ganzen stecken«, erwiderte ich.

Etwas beschäftigte mich. Wie war das gewesen? Sie

hatten den Turm betreten ... die Frau war gestolpert und hatte sich am Geländer festgehalten, kurz den Schritt verlangsamt ...

»Aber etwas hätten sie uns bestimmt sagen können! Wer sie sind. Woher sie von dem Turm wissen. Wohin sie wollen ... Und hast du mitbekommen, dass es in Moskau noch mehr solche Türme gibt? Irgendwo an der Semjonowskaja steht noch einer! Hast du was gefunden, Kirill?«

Ich ging hinüber zur Treppe, hockte mich hin und hob ein winziges Stückchen Papier vom Boden auf, das ich sogleich entfaltete.

»Eine Nachricht?« Aufgeregt lugte Kotja mir über die Schulter. »Wo kommt die her?«

»Die Frau hat sie fallen lassen«, erklärte ich. »Als sie an der Treppe vorbeigegangen ist.«

Kotjas Augen huschten über das Papier. »Scheiße«, stieß er nach ein paar Sekunden mit leiser Stimme aus. »Was sollen wir jetzt machen?«

Acht

Wer ist nicht schon einmal um Hilfe gebeten worden?

Vermutlich niemand. »Leihst du mir für eine Woche einen Tausender?« – »Jetzt habe ich mir doch neue Möbel gekauft. Kannst du nicht vorbeikommen und mir helfen, das Zeug in den dritten Stock zu schleppen? Ach ja, wir haben keinen Fahrstuhl!« – »Funktioniert dein Wagen? Meine Schwiegermutter kommt aus Antalya zurück und landet um drei Uhr nachts ...«

Natürlich ist dergleichen bisweilen lästig. Andererseits ist dir klar, dass du heute jemandem hilfst, morgen aber selbst um Hilfe bittest.

Und wem ist nicht schon einmal befohlen worden zu helfen?

Mit Sicherheit auch niemandem. »Der Laster mit der Ware ist gekommen, geh raus und hilf beim Entladen!« »Bleiben Sie noch hier, Bürger, Sie werden als Zeuge gebraucht!« – »Am Samstagabend gehen wir alle zusammen zu der Kundgebung gegen Terrorismus!«

Worin besteht eigentlich der Unterschied? Du wärst

auch so rausgegangen, um beim Entladen zu helfen, denn von der gelieferten Ware hängt dein Gehalt ab. Und du hättest auch so bezeugt, dass das Portemonnaie in der Tasche dieses finsteren Typs mit dem unsteten Blick der Frau gehört. Und dein Verhältnis zu Terroristen ist sogar noch ein wenig schlechter als das zu Kakerlaken, und wenn es nach dir ginge ...

Doch man lässt dir keine Wahl. Dir wird befohlen, etwas zu tun, womit du dich auch freiwillig einverstanden erklärt hättest. Damit wird in unmissverständlicher Weise klargestellt, wer hier das Sagen hat und wer kuschen muss. Wobei ein kluger Chef in Fällen wie den genannten nichts anordnen wird, sondern dich in der Illusion wiegt, du träfest deine eigene Entscheidung.

Der Zettel, den die Frau »mit dem Hintern« hatte fallen lassen, enthielt einen Befehl. Mit der bemüht sauberen Schrift eines Menschen, der nicht viel per Hand schreibt, stand auf einem aus einem Notizblock gerissenen Zettel untereinander angeordnet:

Folgt mir in einer Stunde.
Findet die Weiße Rose.
Jemand wird auf alle eure Fragen antworten.

Ich schaute auf die Uhr, um mich zeitlich zu orientieren.

»Was sollen wir jetzt machen?«, wiederholte Kotja. »Diesen Mann mit der weißen Rose suchen?«

»Vielleicht ist es eine Frau?«, entgegnete ich, nur um ihm zu widersprechen.

»Hier steht doch: ›Jemand‹!«, hielt Kotja mir in ehrlicher Empörung vor. »In stillschweigender Übereinkunft meint das einen Mann ... Kirill, begreif doch, diese Sache stinkt ganz eindeutig nach Schmuggel!«

»Und was wird da geschmuggelt? Weiße Rosen?« Ich zeigte ihm einen Vogel.

»Möglich ist alles ... Du hast die ... diese ... ja nicht mal so überprüft, wie es sich gehört!«

»Die hatten nichts dabei, was verboten war. Und auch nichts in Mengen, mit denen sie handeln konnten.«

»Woher willst du das wissen?«, blaffte Kotja. Gleich darauf rief er jedoch triumphierend aus: »Oh! Na klar! Du weißt es einfach! Genau wie mit dem Asant!«

Ich nickte.

»Gehen wir nach oben.«

»Du musst dir einen Wasserkocher besorgen«, schlug Kotja vor, während er mir die Treppe hinauffolgte. »Oder eine Kochplatte. Wie willst du zurechtkommen, wenn du dir nichts warm machen kannst?«

»Dann noch Stores vor den Fenstern und ein Geranientopf ... Ich habe nicht die Absicht, mich hier häuslich niederzulassen!«

»Pah!«, schnaubte Kotja. »Er hat nicht die Absicht ... Dann sag mir doch mal, wo du ...«

»In Moskau. Hinter dem Turm.«

Kotja blieb wie angewurzelt stehen. »Das ist doch nicht dein Ernst, oder?«

»Fürs große Geschäft könnte man zum Bahnhof rüberrennen.«

»Das darf doch nicht wahr sein«, ermahnte Kotja mich scharf. »Entschuldige, aber dieses Gebäude baut sich nach deinem Geschmack um. Nach deinen Bedürfnissen, meine ich!«

»Und hast du schon irgendwo ein Klo entdeckt?«

Kotja dachte kurz nach, dann erklomm er die Treppe weiter nach oben.

»Da ist alles zu«, winkte ich müde ab.

Kotja stieß gegen die Luke, die den Zugang weiter nach oben versperrte. Widerstandslos gab sie nach und öffnete sich.

»Versperrt, sagst du?«, rief er munter. »Also ... ob es hier Licht gibt?«

Das tat es. Den Schalter fand ich problemlos, er schob sich förmlich von selbst unter meine Hand.

Das neue Stockwerk des Turms teilte sich in zwei Bereiche. Um die Treppe herum lag eine kleine runde Fläche, von der zwei Türen abgingen. Eine führte in eine Kombination aus Bad und Toilette, die mit einer gigantischen Wanne, einem Waschbecken und einem Klo aufwartete. An Haken hingen saubere Handtücher und ein farbenfroher Bademantel in meiner Größe. Ein Fenster fehlte.

»Bin gleich wieder da, ja?« Ohne viel Federlesens zog Kotja die Tür hinter sich zu.

Gespannt schaute ich in den anderen, einen halbrunden Raum hinein.

Genau, wie ich vermutet hatte. Ein Elektroherd, Schränke, ein Tisch, vier Stühle. Die Küche eben. In den Schränken fand sich Geschirr. Teller, Besteck, Töpfe und Pfannen. Nicht schlecht. Ich entdeckte sogar einen riesigen gusseisernen Wok zur Zubereitung von Pilaw. Hier in der

Küche gab es auch ein kleines Fenster – durch das man direkt auf die Gleise blickte.

»Weißt du, was interessant ist ...«, bemerkte Kotja, als er in die Küche kam. »Die Handtücher haben keine Etiketten. Das Porzellan keinen Stempel. Im Waschbecken liegt ein ganz schlichtes Stück Seife, ohne jede Zeichnung, Buchstaben oder Symbole. Es steht eine Flasche mit Shampoo da, das geruchlos und durchsichtig ist. Aber es schäumt!«

»Für einen Allergiker«, erklärte ich. »Ich gehe mich jetzt duschen, Kotja. Weißt du, wann ich mich das letzte Mal gewaschen habe? Gestern Morgen, bei dir.«

»Und was ist mit dieser ...« – Kotja geriet augenscheinlich ein wenig in Verlegenheit – »... dieser Bitte um Hilfe?«

»Bitte? Meiner Ansicht nach ist das ein Befehl. Und Befehle mag ich nicht.«

»Wir wollten uns diese Welt doch sowieso angucken!«, ereiferte sich Kotja.

»Und einen Menschen mit einer weißen Rose suchen? Das schmeckt mir überhaupt nicht. Das ist eine Falle. Besser ich verschwinde jetzt unter der Dusche.«

Auf Kotjas Gesicht spiegelten sich nacheinander Verzweiflung, Kränkung und sogar Missbilligung wider.

»Aber uns hat eine Dame gebeten«, sagte er. »Schon gut ... Wie du meinst. Geh und erledige deine Wasserprozeduren. Ich schlepp derweil deine Futteralien in die Küche rauf.«

Als ich die Tür hinter mir zuzog, vernahm ich noch etwas in der Art wie: »Da bittet uns eine Dame, aber er macht ein Fass auf, weil er sich zwei Tage lange nicht geduscht hat ...«

Gestohlen bleiben konnte er mir mit seinem Gemurre! Das heiße Wasser, das Shampoo unbekannter Herkunft, ein angenehm harter Strahl – genussvoll wusch ich mich und zog mich danach wieder an. Mist! Für saubere Unterwäsche hatte ich nicht gesorgt. Aber letztendlich tat das meinem Wohlgefühl keinen Abbruch.

Als ich vom Bad in die Küche kam, stand Kotja am Fenster. Auf dem Herd pfiff ein Teekessel aus Aluminium. Bei meinem Erscheinen schaute Kotja demonstrativ auf die Uhr und seufzte.

»Wie stellst du dir denn die Suche nach einem Menschen mit einer weißen Rose in einer fremden Welt vor, Kotja?«, erkundigte ich mich, während ich am Tisch Platz nahm. Ich musste zugeben, dass Kotja ungeachtet des unbeschreiblichen Chaos in seinem eigenen Heim von einer gewissen Ordnungsliebe gepackt wurde, sobald er irgendwo zu Besuch war. Er hatte tatsächlich alle Einkäufe nach oben gebracht und penibel in den Schränken verteilt.

»Wenn du mich fragst, fällt nicht jedem Menschen die einmalige Chance in den Schoß, eine fremde Welt zu erforschen!«, verkündete Kotja bitter.

»Es ist jetzt sieben Uhr abends, Kotja«, entgegnete ich. »Uns bleiben noch zwanzig Minuten.«

»Also willst du doch gehen?« Sofort war er Feuer und Flamme. »Und mir machst du sonst was vor ... Übrigens haben wir es hier in der Küche mit dem gleichen Phänomen zu tun! Nirgends finden sich Herstellermarken, weder auf dem Geschirr noch am Herd. Ich glaube, all das haben Mechanismen des Turms zuwege gebracht! Die haben ein ideales Abbild konkreter Dinge geschaffen! Wenn du so willst, die idealen Dinge Platons!«

»Was für Mechanismen?«, fragte ich, während ich mir heißes Wasser einschenkte und einen Teebeutel in mein Glas tauchte. »Was für ideale Dinge? Soll dieser schiefwandige Teekessel etwa ein idealer Teekessel sein?«

»Man merkt sofort, dass du dich keinen Deut für Philosophie interessierst.« Kotja goss sich ebenfalls einen Tee auf. »Nebenbei bemerkt ist die weiße Rose ein altes Symbol in Philosophie wie Magie! Genau wie der Turm auch! Seit den Zeiten des Turms von Babel ...«

»Kotja ...« Ich seufzte. »Das ist kein Symbol. Wir sitzen in ihm drin. Und wir trinken auch unseren Tee nicht aus einem Symbol.«

»Die ganze Welt besteht aus Symbolen und unser Leben nicht minder!«, rief Kotja hitzig aus. »Die Liebe eines Mannes zu einer Frau ist ebenfalls hoch symbolisch. Ich glaube, wenn diese Dame uns eine Nachricht hinterlassen hat ...«

»Kotja!«, fuhr ich ihn an. »Die Dame?«

Kotja mied es, mich anzusehen, wiederholte jedoch unerschütterlich: »Die Dame!«

Zum ersten Mal wohnte ich dem Moment bei, in dem sich mein Freund verliebte. Wie einfach das war! Ein flüchtiger Blick, eine hinreißende Figur – und Kotja war bereit. Dabei hatte er sich ihr Gesicht nicht einmal genauer anschauen können!

Na schön, die Frau sah gut aus. Aber ...

»Wenn du einverstanden bist, Kirill, dann komme ich mit dir mit«, sagte Kotja entschlossen.

»Du wirst erfrieren. Dort schneit es, und du hast nur Schuhe mit einer dünnen Sohle und eine leicht gefütterte Jacke.«

»Die sieht bloß dünn aus, hält aber eigentlich ungeheuer warm!«

Ich zuckte mit den Achseln. »Wie du willst! Schließlich bin ich nicht deine Mutter, die dir den Schal um den Hals bindet! Du bist ein großer Junge und kannst deine Lungenentzündung ganz allein auskurieren.«

»Ich komme mit dir mit«, wiederholte Kotja starrköpfig.

Die Gasse lag im Dunkeln. Eine winterliche Dunkelheit, bei der man den Himmel nicht sieht, aber der sich in ihm zusammenballende weiße Schnee gleich einem Koordinatennetz die Luft durchschneidet und vom Boden ein schwaches weißes Leuchten auszugehen scheint. Die verschneiten Mauern und die dunklen Konturen des Turms ließen sich kaum mehr erahnen. Auf dem Turm selbst lag, warum auch immer, kein Schnee.

»Ein kleiner Schritt eröffnet eine ganze riesige Welt«, bemerkte Kotja unvermittelt.

»Hä?« Ich zuckte zusammen. »Was meinst du damit?«

»Na ... wir sind doch zum ersten Mal in eine andere Welt gekommen. Da muss man doch was sagen.« Unter meinem Blick geriet Kotja sogar in der Dunkelheit in Verlegenheit. »Etwas Gescheites.«

»Zum ersten Mal? Hier geben sich die Leute doch die Klinke in die Hand! In beide Richtungen! Außerdem sind wir bereits vor einer Stunde hier gewesen, um uns den Turm anzugucken.«

»Das zählt nicht! Gehen wir?«

Ich hielt es für aussichtslos, gegen Kotjas romantischen Anflug anzukämpfen, und marschierte vom Turm weg. In die Richtung, aus der der Postbote angefahren gekommen war und die vermutlich der Landauer mit der unbekannten Dame samt ihrem Begleiter genommen hatte. Obgleich es in der letzten Stunde tüchtig geschneit hatte, ließen sich die Spuren der Kutsche noch erkennen, denen wir nun zu folgen versuchten.

»Wir gehen das nicht richtig an«, maulte Kotja hinter mir. »Wir hätten uns ausrüsten sollen. Ein Thermometer, ein Barometer ... Welchen Temperaturunterschied gibt es zwischen unserer Welt und dieser? Warum entsteht kein Druckgefälle? Und wir sollten etwas Schnee für eine Analyse mitnehmen ... Oder prüfen, ob hier ein Radio funktioniert ...«

»In meinem Handy ist ein Radio integriert«, trumpfte ich auf.

»Oh!«

»Allerdings brauchst du Ohrenstöpsel, die dienen nämlich gleichzeitig als Antenne. Und die habe ich nicht.«

»Das Handy!«, fiel es Kotja plötzlich ein. »Wart mal ...« Er kramte sein Mobiltelefon aus seiner Tasche hervor. »Mist«, meinte er in entrüstetem Ton. »Wir kommen nicht ins Netz!«

»Wir wollen sowieso kein Plauderstündchen im

Schnee abhalten, sonst verkühlen wir uns nämlich mit Sicherheit den Hals.«

Glaubt etwa irgendjemand, Kotja hätte daraufhin Ruhe gegeben? Er diskutierte mit mir über die Architektur der umliegenden Gebäude – selbst wenn man in dieser Dunkelheit kaum was ausmachen konnte. Er entwickelte Hypothesen über Kimgim, die er sogleich wieder verwarf. Zum Beispiel verfiel er auf die Idee, diese Welt könne weitaus entwickelter sein als unsere, und die Menschen bedienten sich der Pferdefuhrwerke einzig aus ökologischen Überlegungen und aus Liebe zum Althergebrachten.

Ich hörte ihm nur mit halbem Ohr zu. Mit den Füßen den lockeren flaumigen Schnee durchpflügend, ging ich weiter. Es gibt Menschen, die sich in undurchschaubaren Situationen in sich selbst zurückziehen und der Dinge harren, die da kommen. Es gibt aber auch solche, die schwatzen drauflos und bersten vor Ideen. Früher hatte ich geglaubt, ich gehöre dieser letztgenannten Kategorie an. Aber neben Kotja wurde ich unwillkürlich zum Schweiger.

Was mich vor allem beschäftigte, war der Punkt, was wir eigentlich unternehmen wollten, falls wir tatsächlich jemanden mit einer weißen Rose träfen. Welche Fragen sollten wir stellen? Und welche Antworten würden wir wohl erhalten?

Die Straße endete zu unserem Glück genau im rechten Moment. Kotja, der hinter mir hertrottete, hatte zunächst aufgehört zu plappern, dann angefangen, schwer zu atmen, um schließlich zu behaupten, ich würde wie ein Panzerwagen drauflos walzen und keinerlei Mitleid für einen Arbeiter an der geistigen Front zeigen, der es nicht gewohnt sei, durch verschneite Pfade zu stampfen. Er schien sogar bereit zu sein, die Segel zu streichen und umzukehren. Genau in dem Moment leuchtete jedoch vor uns ein schwaches Licht auf, worauf wir beide unwillkürlich den Schritt beschleunigten und eine Minute später auf eine freie Fläche gelangten. Um das Bild abzurunden, ließ sogar der Schneefall ein wenig nach.

»Himmel hilf!«, rief Kotja. »Wo sind wir denn hier gelandet?«

Das fragte ich mich auch.

Auch ich hatte geglaubt, die Gasse läge irgendwo im Stadtzentrum. Folglich bräuchten wir sie bloß entlangzugehen, und schon würden wir inmitten brodelnden Lebens sein. Ich hatte mir schiefwinklige schmale Straßen ausgemalt, eng aneinandergeschmiegte Häuser mit zwei oder drei Stockwerken, kleine Plätze mit Springbrunnen und winzige Läden mit Waren unbekannter Herkunft und Bestimmung, würdevoll einherschlendernde Menschen, Pferdefuhrwerke ...

Weit gefehlt.

Vor uns lag das Meer. Eine lange, verschneite Uferstraße zog sich dahin, an die Steinküste schlugen graue, kalte Wellen. So standen wir da, eingekeilt zwischen dem Meer auf der einen Seite und den einförmigen, durch die vom Ufer wegführenden Straßen gleichsam auseinandergerissenen roten Ziegelbauten mit ihren schneebedeckten Eisendächern und den lichtlosen Fenstern auf der anderen Seite. Wie weit sich diese Gebäude am Ufer entlangzogen, ließ sich bei dem Schneefall nicht abschätzen. Aber einen Kilometer in beide Richtungen von uns mit Sicherheit.

Das Ufer säumte eine mir bis zur Brust reichende Steinmauer. Darauf spendeten auf niedrigen bauchigen Säulen sitzende, riesige milchweiße Glaskugeln mit einem Durchmesser von einem Meter ein mattes, flackerndes Licht. Zwar gab es nur wenige solcher Laternen, aber dank dem Schnee erhellten sie die ganze Promenade.

»Das ist anscheinend kein elektrisches Licht«, bemerkte Kotja im Ton eines Naturwissenschaftlers. »Guck mal da hinten. Was ist das denn?«

Wir traten an die mit einer Eisschicht überzogene, von Spritzern feuchte Brüstung heran. In weiter Ferne bewegten sich im Meer in der Tat winzige Lichter, ein ganzes Sternbild, das da hinter dem trüben, schneeigen Vorhang schimmerte.

»Ein Schiff«, schlug ich vor.

»Hm.«

»Es sieht wie Sankt Petersburg aus«, bemerkte Kotja. »Nein, nicht wie Piter. Wie Jurmala.«

»Willst du damit sagen ...«

»Nein, will ich nicht.« Kotja fröstelte. »Das alles ist irgendwie fremd ... Ist dir nicht mulmig zumute, Kirill?«

Ich dachte kurz darüber nach und schüttelte den Kopf. Nein, mir war nicht mulmig. Ich empfand Neugier, eine leichte Anspannung, mehr aber auch nicht.

»Vielleicht sollten wir besser zurückgehen«, meinte Kotja. »Wir haben gesucht, aber niemanden gefunden.«

»Siehst du da die Spuren von dem Landauer?«, fragte ich.

»Ja«, gab Kotja zu.

»Lass uns ihnen noch ein Stück folgen. Schließlich haben wir es mit einer Kutsche, nicht mit einem Auto zu tun. Weit können sie also noch nicht sein. Oder ist dir kalt?«

»Mir?«, empörte sich Kotja. »Ich bin quasi schweißgebadet! Wie gesagt, meine Jacke, die ist warm.«

»Dann lass uns gehen. Nein, wart mal!«

Ich ging an der Mauer entlang, stampfte den Schnee fest und versuchte, etwas zu entdecken, das jemand weggeworfen hatte. Oder einen Stein, einen Zweig, irgendetwas halt. Über die Brüstung klettern wollte ich dafür jedoch nicht. Schließlich fand ich einen faustgroßen Stein, den ich vom Schnee reinigte und feierlich auf die Brüstung platzierte.

»Du markierst die Stelle?«, erriet Kotja. »Gute Idee. Sonst verlaufen wir uns noch.«

Ehrlich gesagt, beneidete ich meinen Freund ein wenig. Er benahm sich ... hm ... so angemessen. Er erforschte eine neue Welt. Heroisch ertrug er die Kälte. In einem fort stellte er Fragen, war er erpicht auf Antworten. Und ohne jeden Zweifel hatte er ein bisschen Schiss.

Ich dagegen spürte eine unerklärliche Sicherheit in mir, die jeglichen Abenteuergeist im Keim erstickte. Wenn man einen Vergleich bemühen wollte, dann verhielt sich Kotja wie ein Jäger aus dem 19. Jahrhundert, der nach Afrika zur Löwenjagd aufbrach, während ich einen modernen Touristen abgab, der im komfortablen Jeep an einer Safari teilnimmt.

Ob das so sein musste?

Vielleicht gab es hier gar keine Löwen?

Wir marschierten die Uferstraße entlang. Hier ging es sich leichter, da der Wind den Schnee Richtung Meer trieb. Linker Hand zogen sich die Häuser dahin, rechter Hand die Mauer mit den Laternen, während die Lichter des Schiffs in der Ferne verschwanden. Kotja bewegte sich tänzelnd vorwärts und klemmte sich die Hände unter die Achseln. Offen gestanden bedauerte auch ich, keine Handschuhe dabeizuhaben. Der Schneefall legte jetzt wieder in einer überhaupt nicht spaßigen Weise los.

Irgendwann zeichnete sich in dem Gestöber ein Gebäude am Ufer ab. Die Straße führte in einem Bogen zum Meer, und in dem so entstandenen Halbrund stand ein einstöckiges Haus. Ebenfalls aus Ziegelsteinen erbaut, war es jedoch belebt: In den mit Gardinen verhangenen Fenstern schimmerte ein warmes Licht, aus dem Schornstein stieg Rauch auf, vor dem Eingang hatte man Schnee gefegt. Solche Häuser zeichnen brave Kinder, die von ihren Eltern geliebt werden. Darüber hinaus sieht man sie im wohlhabenden und gediegenen Europa.

Bei uns in Russland konnten sie sich, warum auch immer, nur schlecht durchsetzen.

»Wir Idioten!«, stieß Kotja aus, indem er stehen blieb. »Was sind wir doch Idioten!«

Na klar! Obwohl er eine Brille trug, hatte er als Erster das Schild über der breiten zweiflügeligen Tür entziffert.

WEISSE ROSE

»Wie konnten wir nur auf die Idee kommen, wir müssten eine Rose suchen? Noch dazu eine weiße? Mitten im Winter?« Empört schnaubte Kotja. »Das ist ein Hotel. Oder ein Restaurant. Ein Restaurant wäre mir jetzt noch lieber. Gehen wir rein?«

»Halt!« Ich packte ihn bei der Schulter. »Warte!«

Folgsam blieb Kotja stehen.

Ich betrachtete das Gebäude. Was störte mich? Drinnen wäre es bestimmt warm. Vermutlich würde man uns ein Gläschen kredenzen. Wenn wir darum bäten. Und auf unsere Fragen antworten ...

»Ich gehe als Erster rein.« Kotja erhielt einen gestrengen Blick von mir. »Verstanden? Am besten wartest du so lange hier.«

»Lass mich raten«, sagte Kotja. »Du hast bei den Fallschirmjägern gedient. Oder du hast einen Karategürtel in einer hübschen Farbe.«

»Nein.«

»Dann spiel hier nicht den Helden!«

»Okay.« Ich verzichtete auf weiteren Widerspruch. »Aber bleib hinter mir. Bitte.«

Das ›Bitte‹ verfing. Kotja nickte.

Ich hielt auf die Tür zu. Eine schöne Klinke, altmodisch und aus Bronze, geformt wie eine Vogelkralle. Warum zögerte ich jetzt noch? Schließlich war hier alles alt! Ich fürchtete mich doch wohl nicht?

Ich griff nach dem kalten Metall und zog die Tür zu mir. Leicht und ohne jedes Problem ließ sie sich öffnen.

»Was ist da?«, fragte Kotja hinter mir.

Vor mir lag ein kleiner Raum, eine Art Flur oder Garderobe. An den Haken an der Wand hing jedoch keine Kleidung. Zwei Türen führten von hier ab. Ein großer, mit abgeriebenem roten Samt bezogener Sessel stand unbenutzt da – und das wirkte irgendwie falsch. Die Wände zierten einige Lampen mit farbigen Schirmen. Anscheinend wurden sie mit Gas betrieben, denn das Licht flackerte wie eine züngelnde Flamme.

Wir traten ein.

»Stilvoll«, kommentierte Kotja. »Und etwas leer. Aber warm!«

Ich stieß eine der beiden Türen auf. Sie führte genau zu dem, was ich erwartet hatte: in einen großen Saal (ebendiese Bezeichnung nötigte sich mir auf), eine vier, wenn nicht gar fünf Meter hohe Decke, in deren Mitte ein Kristalllüster herabhing, der jedoch nicht brannte. Überall drängten sich wuchtige, solide Möbel: Sessel, kleine Tische und Schränke mit Porzellan. An den Wänden hingen beigefarbene Gobelins. Auf einer Marmorplatte über dem brennenden Kamin zwängten sich Figuren aus Glas und Porzellan zusammen. Eine breite Treppe führte in den ersten Stock hinauf. Eine Ecke des Saals nahm ein massiver Tresen ein. Metallene Glashalter fehlten ebenso wie verchromte Hocker. Alles war in mattschwarzem Holz gehalten. Hinter der Theke reihten sich an der Wand nicht ganz so tiefe Schränke, in denen sich prachtvolle Flaschen befanden. Außerdem gab es dort eine Tür, die halb offen stand. Auf dem Boden des Saals lag ein hellbrauner Teppich mit einer eigentümlichen Zeichnung aus wahllos angeordneten dunklen Flecken.

»Was für ein seltsames Muster«, meinte Kotja mit nach unten gerichtetem Blick. Dann sah er mich schweigend an. »Oder nicht?«

»Das ist Blut«, erklärte ich, um mich sogleich umzudrehen.

Im Flur stand ein Mann. Offenbar war er aus der zweiten Tür gekommen, nachdem wir ins Innere des Hauses vorgedrungen waren. Seine Aufmachung wollte mir überhaupt nicht gefallen: Sweatshirt und Hosen, beides in Schwarz und eng anliegend, denen man bereits ansah, wie glatt sie waren, wie wenig Möglichkeit zum Zupacken sie boten. In dieser Kleidung kämpfte man, zog aber nicht los, um irgendwo am Kamin sitzend ein Gläschen zu trinken. Ferner missfiel mir die schwarze Tarnkappe über dem Kopf, bei der nur Sehschlitze ausgespart waren. Auch die Augen behagten mir nicht mit ihrem kalten, erbarmungslosen Blick. Und meine ganz entschiedene Abneigung rief der solide kurze Knüppel in der Hand dieses Menschen hervor.

Aber was soll ich alles im Einzelnen aufzählen? An dem ganzen Typ wollte mir partout nichts gefallen!

Dazu gehörte auch, wie er konzentriert näher kam und dabei den Knüppel leicht seitlich hielt.

»Wir hätten hier nicht reinkommen sollen, Kirill«, meinte Kotja, der etwas in meinem Rücken fixierte, mit zitternder Stimme.

Ich folgte seinem Blick: Hinterm Tresen hatte sich ein weiterer Mann in Schwarz aufgebaut, der sich entweder hinter der Theke versteckt haben oder durch die Tür hereingekommen sein musste. Einem friedfertigen Barkeeper, der davon träumt, dir einen raffinierten Cocktail zu mixen, glich er in keiner Weise. Dazu müsste er zunächst mal den Knüppel und das Messer mit der breiten, blattförmigen Klinge weglegen.

Zwei weitere schwarz gekleidete Gestalten traten aus einer Tür am anderen Ende des Saals, die ich bislang nicht bemerkt hatte. Auch sie trugen Knüppel und Messer.

Alle miteinander erweckten sie nicht den Eindruck, uns gefangen nehmen zu wollen. Vielmehr schienen wir ein ärgerliches Hindernis darzustellen, das sie kurzerhand und möglichst ein für alle Mal aus dem Weg zu schaffen gedachten.

Der Mann hinter der Theke holte leicht mit dem Messer aus.

Der Mann in der Garderobe trat über die Schwelle und stand nunmehr zwei Meter vor uns.

»Kirill ...«, setzte Kotja an.

Ich achtete gar nicht darauf, was er sagte. Der Mann, der den Posten des Barkeepers usurpiert hatte, ließ den Arm entschlossen vorschnellen. In dem Moment schoss meine Hand nach vorn, dem abgefeuerten Messer entgegen. Gleichzeitig trat ich Kotja vors Schienbein. Wie zu erwarten, ging er zu Boden.

Im Grunde war das alles unmöglich – falls du nicht von klein auf in irgend so einem Shaolin-Kram ausgebildet worden bist. Aber natürlich zerbrach ich mir über solche Kleinigkeiten im Moment nicht den Kopf.

Ich erwischte das Messer im Flug, fing es aber nicht, sondern berührte nur kurz den Griff und korrigierte die

Flugbahn. Es drang dem Mann in die Brust, der uns den Rückzug versperrte – mit der ganzen breiten Klinge, sodass aus dem schwarzen Stoff nur noch ein kurzes Endchen herausstak, das so gar nicht wie ein Griff wirkte. Der Typ stieß einen Grunzlaut aus und sackte auf die Knie.

Diesmal konnte ich nicht behaupten, ich trüge keine Schuld daran.

Der Kerl, der das Messer geworfen hatte, sprang über den Tresen, wobei er sich elegant nur mit der linken Hand abstützte, während er mit der rechten den Knüppel herumwirbelte. Dieser schoss direkt auf meinen Kopf zu. Ich duckte mich weg, um dem Schlag zu entgehen – und stieß dem Angreifer die flache Hand gegen die Brust. Der Mörder fiel mehr oder weniger in sich zusammen. Wankend wich er zurück, ließ den Knüppel fallen und fasste sich mit beiden Händen hilflos an die Brust. Erneut schlug ich zu, aus irgendeinem Grund auch diesmal nicht mit der Faust, sondern mit gespreizten Fingern. Ich zielte auf die Partie unter dem Kinn. Dann spürte ich mehr, als dass ich es hörte, wie die Wirbel knackten, als sein Kopf nach hinten sank.

Diejenigen, die noch am Leben waren, hielten inne. Angst zeigten sie keine, obwohl ich selbst beim Anblick eines unbewaffneten Mannes, der gerade zwei Angreifer getötet hatte, mir noch vor drei Tagen in die Hosen gepisst hätte. Eher wirkten sie verwirrt.

»Sind das Funktionale?«, fragte einer der Überlebenden zu meiner Überraschung.

»Nein, das kann nicht sein«, antwortete der zweite.

Sie sahen aus wie die Schurken in einem Zeichentrickfilm für Kinder. Zu allem Überfluss hielt der eine den Knüppel in der rechten Hand, der andere seinen in der linken, womit die beiden förmlich ein Spiegelbild voneinander abgaben.

»Du hast sie umgebracht, Kirill!«, rief der auf dem Rücken liegende Kotja mit einem Mal aus, während er gerade versuchte aufzustehen. Auf seinem Gesicht spiegelte sich weitaus größeres Entsetzen wider als in dem Moment, als die uns umbringen wollten. »Du hast sie umgebracht!«

Plötzlich trat der Linkshänder gegen den vor ihm stehenden Stuhl, und zwar mit solcher Wucht, dass das Ding auf meinen Kopf zuflog. Sofort ging das Pärchen zum Angriff über.

Den Stuhl fing ich im Flug auf, indem ich mit beiden Händen nach den geschwungenen, beschnitzten Beinen griff. Mit einem einzigen Ruck riss ich sie ab. Ich drehte sie in meinen Händen so, dass die spitzen Enden nach vorn ragten. Noch bevor die Angreifer mich ihre Knüppel spüren lassen konnten, rammte ich ihnen die Hölzer in die Brust.

Wie sich im Zuge dieses Experiments herausstellte, ist ein Holzpfahl in der Brust für einen Menschen nicht weniger tödlich als für einen Vampir.

Der Linkshänder stürzte direkt auf Kotja, der sich jammernd unter dem zuckenden Körper hervorschlängelte. Sofort kroch er von mir weg, als glaube er, ich würde auch ihn pfählen.

Verübeln konnte ich ihm diesen Gedanken offen

gestanden nicht. Für Kotja war ich ja quasi ein Unbekannter.

»Du hast sie umgebracht! Du ... du ...«

»Ansonsten hätten die uns umgebracht!«, brüllte ich. »Was glaubst denn du?! Die wollten uns abmurksen! Wenn du es genau wissen willst: Das Messer hätte dich direkt am Hals getroffen!«

Kotja nickte, wenn auch ohne sonderliche Überzeugung. Dann klärte sich sein Blick ein wenig, die wahnsinnige Angst wich – selbst wenn sie eindeutig versprach zurückzukommen.

»Kotja, ich bin nicht wahnsinnig. Ich bin kein Irrer. Die haben uns angegriffen, ich habe uns verteidigt.«

»Wie hast du sie ... Wie hast du das überhaupt geschafft?« Kotja nahm die Brille ab, um sie zu putzen. Sein Gesicht wirkte in diesem Moment verwirrt und schutzlos, wie es ja häufig bei Brillenträgern vorkommt.

Ich musterte die vier reglosen Körper. Einem steckte ein Messer im Herz, ein anderer hatte ein gebrochenes Genick, zwei hatte ich aufgespießt. Anscheinend war bei einem der Pfahl sogar ganz durchgegangen. Mit welcher Kraft musste ich da zugestoßen haben? Leicht erschaudernd betrachtete ich meine Hände. Da willst du dir in der Nase bohren und reißt dir gleich den halben Kopf ab ...

»Ich weiß nicht, wie. Das kam ganz von selbst. Wir mussten uns verteidigen, und da ...«

»Du ... in dem Moment waren deine Augen ... ganz nachdenklich, melancholisch. Als ob du laut ein Gedicht vorlesen würdest.«

Was für ein Vergleich!

Letzten Endes steckte in Kotja eben doch ein Schriftsteller.

»Ich habe getan, was getan werden musste. Ich ... habe noch nicht mal darüber nachgedacht. Ich wusste einfach, was nötig war.«

Kotja nickte. Er schob sich die Brille auf die Nase. In seinen Blick kehrte die Vernunft zurück. »Das, was die geschrien haben, hast du das verstanden?«

»Ja. Wieso?«

»Hab ich mir gedacht.« Abermals nickte Kotja. »Die haben kein Russisch gesprochen. Ich könnte nicht mal sagen, welche Sprache sie benutzt haben ... Es klang angenehm, fast wie Französisch. Aber ich kenne diese Sprache nicht.«

Ich wunderte mich nicht im Mindesten.

»Was haben sie denn gesagt?«, fragte Kotja, während er den zu seinen Füßen gerollten Knüppel aufhob und respektvoll in den Händen wog.

»Der eine hat den anderen gefragt: ›Sind das Funktionale?‹ Der andere hat dann geantwortet, das könne nicht sein. Was ist ein Funktional?«

»Eine mathematische Funktion.« Kotja legte den Knüppel sorgsam auf den filigranen Zeitungstisch, der das Kampfgetümmel wundersamerweise heil überstanden hatte. »Du bist doch der Spezialist für seltene Wörter, du müsstest das besser wissen als ich.«

»Allem Anschein nach braucht sich ein Zöllner nicht für Funktionale zu interessieren.«

Abermals maß mich Kotja mit einem Blick. »Aber du

hast etwas gespürt!«, meinte er dann kopfschüttelnd. »Du wusstest, dass wir in einen Hinterhalt laufen.«

Es wäre sinnlos gewesen, das Offenkundige abzustreiten. Deshalb trat ich hinter den Tresen und schaute durch die Tür. Eine kleine Küche, alles – warum auch nicht – aufs 19. Jahrhundert getrimmt. Anscheinend war hier niemand. Von einem der Regale schnappte ich mir eine Flasche, die nach Alkohol aussah, und musterte das Etikett. Eine Beschriftung, die mir zu denken gab. Etwas auf Englisch. Irgendein Whisky.

»Was steht hier, Kotja?« Ich hielt ihm die Flasche hin.

Kotja kam zu mir und blickte angewidert auf die toten Körper. »Gott im Himmel, hier liegen vier Leichen rum, und du willst dich betrinken ... Das ist Whisky, ein Single Malt, zwölf Jahre alt ... Alle Achtung! Den genehmigen wir uns!«

Er trank einen ordentlichen Schluck direkt aus der Flasche und fing zu husten an.

»Lesen kannst du es also?«, wollte ich wissen.

»Falls du dich daran zu erinnern beliebst: Das Schild konnte ich auch lesen.« Kotja reichte mir die Flasche. »Das war auf Russisch.«

»Was soll das denn heißen? Spricht man hier etwa eine Sprache und schreibt in einer anderen?«

»Meiner Ansicht nach sind diese ...« Kotja bedachte mich mit einem überraschend ironischen Blick. »... sind die hier genauso zu Besuch wie wir. Sie haben sich in ihrer Sprache unterhalten. Nur dass du diese Sprache anscheinend verstanden hast.«

»Funktional?« Ich zuckte die Schultern. »Ich würde

nicht gerade behaupten, dass ich das verstehe, aber ... Was machst du denn da?«

Kotja wanderte von einer Leiche zur nächsten, um jede am Handgelenk zu berühren.

»Vielleicht leben sie ja doch ... Dann müssten wir helfen.«

»Das sind Mörder!«

»Aber jetzt sind sie ja wohl kaum noch gefährlich, oder?« Kotja breitete die Arme aus. »Nein, denen hast du es gegeben. Was hast du uns da bloß eingebrockt, Kirill? Schließlich ist das hier eine fremde Welt! Ist dir das eigentlich klar? Und wir beginnen unsere Bekanntschaft mit einem Verbrechen! Du hättest sie nicht umbringen sollen ...«

Er ging zur Tür am anderen Ende und lugte vorsichtig in den Nachbarraum. Als er zurückkam, ließ er sich kraftlos gegen die Wand sacken. Im Nu wich alle Farbe aus seinem Gesicht.

Ich schnappte mir einen Knüppel und eilte ihm zu Hilfe.

»Sieh dir das lieber nicht an«, warnte mich Kotja rasch. »Erspar dir das besser.«

Er sah kreidebleich aus und war schweißgebadet. Ein Tropfen hing ihm sogar – ein komischer Anblick – an der Nase.

»Du hättest sie nicht umbringen sollen«, wiederholte Kotja. »Damit hast du es ihnen zu leicht gemacht. Sie hätten ... sie hätten leiden müssen.«

Im Grunde hätte ich mir das Ganze nach diesen Worten wirklich nicht mehr anzusehen brauchen. Es war ohnehin alles klar. Trotzdem spähte ich in den anderen Raum hinein.

»Diese Bestien«, murmelte Kotja.

»Sie haben sie gefoltert«, sagte ich. »Reiß dich zusammen. Hier gibt es jemanden ... dem wir wirklich den Puls messen sollten.«

Neun

Es existiert ja die Auffassung, das widerwärtigste Verbrechen auf der Welt sei der Mord an Kindern. Die Ermordung von Alten ruft Verachtung und Empörung hervor, weckt indes nicht dieses infernalische Entsetzen. Auch die Ermordung von Frauen wird äußerst missbilligend aufgenommen – und zwar sowohl von Männern (weshalb mordet jemand Frauen?) als auch von Frauen (alle Männer sind Schweine!).

Dagegen betrachtet man den Mord an einem Menschen männlichen Geschlechts, der die Kindheit längst hinter sich gelassen, der greisenhaften Tattrigkeit jedoch noch nicht anheimgefallen ist, als eine durch und durch alltägliche Erscheinung.

Dem ist nicht so?

Dann lasse man sich doch bloß mal folgende Sätze auf der Zunge zergehen: »Er holte seine Parabellum heraus und erschoss das Kind.« – »Er holte seine Parabellum heraus und erschoss den Alten.« – »Er holte seine Parabellum heraus und erschoss die Frau.« Und schließlich: »Er holte seine Parabellum heraus und erschoss den Mann.«

Ist nicht deutlich zu spüren, wie das Widerwärtige abnimmt? Der erste Typ arbeitet mit Sicherheit als Kommandant in einem Konzentrationslager und ist ein SS-Mann. Der zweite gehört einem Strafkommando an und brennt jeden Morgen ein kleines Dorf nieder. Der dritte ist ein Wehrmachtsoffizier, der eine Partisanin mit einem Kanister Petroleum und einem Päckchen Streichhölzer neben dem Waffenlager erwischt hat.

Der vierte könnte, selbst wenn er aus einer Parabellum schießt, ohne Weiteres einer unserer Spione sein, der mit gutem Grund einen der drei vorgenannten Dreckskerle tötet.

Die Typen in Schwarz hatten sich weiß Gott nicht um ihr Renommee geschert. In dem kleinen Raum – insgeheim speicherte ich ihn als Raucherkabinett ab – entdeckte ich drei reglose Körper. Eine Alte, eine junge Frau und einen Jungen oder Teenager.

Für alles gibt es seinen Ort und seine Zeit. Und gemartert wird in den Folterkammern dunkler Kellergewölbe. Umgeben von weichen Sesseln, kleinen Sofas (selbst wenn diese ledern und nicht aus rosafarbener seidiger Chenille sind) und Beistelltischchen mit kristallenen Aschenbechern auf starre blutige Körper zu stoßen ist besonders scheußlich.

Die Mischung aus guten Tabakgerüchen und frischem Blut lässt dich einfach würgen ...

Dem Instinkt, die Schwachen zu beschützen, folgend, trat ich als Erstes an den Jungen heran, der mit nacktem Oberkörper an einen Sessel gefesselt war. Er mochte vierzehn oder fünfzehn Jahre sein, ging also nur unter Vorbehalt als unschuldiges Kind durch. Trotzdem ... Gefesselt war er auf eine sehr auffällige Weise: So banden dämliche Schurken junge mutige Helden in Kinderfilmen fest, wobei sie zehn Meter dicke Schnur verschwendeten und dennoch kein Resultat garantieren konnten. Die Beine waren an den Füßen des Sessels festgezurrt, die Hände an den Armlehnen, ergänzt wurde das Ganze durch einige Schlingen um die Taille und eine um den Hals.

Alles schwamm in Blut. Die sackartigen Hosen des Jungen aus dunkelbraunem Stoff klebten von Blut, sein pickliges Gesicht ebenfalls. Von frischem Blut. Allerdings sickerte keins mehr aus den zahllosen Schnitten im Gesicht, an den Armen und am Oberkörper.

Behutsam legte ich dem Jungen die Finger an die Halsschlagader. Ich spürte ein schwaches, seltenes Pochen.

»Er lebt noch«, sagte ich erstaunt.

»Was?« Kotja stand noch immer in der Tür. »Aber er hat doch schon alles Blut verloren!«

»Der Junge lebt noch!« Ich erhob mich. »Jede Menge kleiner Schnitte, aber keine ernsthaften Verletzungen. Bind ihn los und leg ihn aufs Sofa.«

Inzwischen ging ich zu der Frau. Hier bot sich das gleiche Bild: oberflächliche Schnittwunden und Striemen. Sie hatte viel Blut verloren, mir schien, als gebe sogar der Teppich unter meinen Füßen schmatzende Geräusche von sich. Aber auch sie lebte.

»Welcher Idiot hat denn diese Knoten gemacht?«, schimpfte Kotja, während er den Jungen von den Fesseln befreite. »Du brauchst die Schnur ja bloß abzuziehen ...«

»Sie sind nicht nur dumm, sondern auch sehr keusch«, bemerkte ich mit einem Blick auf die Frau. »Sie haben ihr nicht mal die Kleidung ausgezogen ...«

Natürlich bin ich in Folterfragen schlichter Laie. Aber wenn ich jemanden quälen und mit einem Messer bearbeiten wollte, dann hielte ich es für sinnvoll, das Opfer zunächst zu entkleiden. Zum einen, um mir das Resultat meiner Arbeit anzusehen. Zum anderen, weil ein nackter Mensch von vornherein verschreckt und gedemütigt ist.

Aber hier! Dem Jungen hatten sie nur das Hemd ausgezogen, bei der Frau hatten sie es erst gar nicht gewagt, sie eines Kleidungsstücks zu entledigen.

Der Alten – sie war mindestens sechzig Jahre – maß ich ebenfalls den Puls. Von den dreien gab sie vermutlich die imposanteste Erscheinung ab. Bei dem Jungen handelte es sich um einen typischen Teenager, dem man mal ein Mittel gegen Akne empfehlen sollte, während die Frau einer durchschnittlichen Hausfrau um die vierzig entsprach. Die Alte dagegen erinnerte an eine gefeierte Schauspielerin in vorgerücktem Alter. Das beziehe ich nicht auf ihr Äußeres, sondern auf jenen seltenen Typ charismatischer Frauen, die mit den Jahren ihre äußerliche Schönheit einbüßen, dafür jedoch innere Stärke gewinnen. Die Alte vor mir war von kräftiger Statur, ihr Gesicht faltig, aber ausdrucksvoll, die Haare, wiewohl grau, dicht und gut gepflegt. Dieser Typ ist unter russischen Frauen nur selten anzutreffen, werden diese doch in der Regel entweder zu verhuschten Greisinnen oder zu fauchenden Drachen. Bei den Frauen im Westen sieht es nicht besser aus, allerdings verwandeln die sich meistens in muntere Touristinnen mit Shorts und Fotoapparat.

Vorsichtig zog ich meine Hand zurück und trat nachdenklich vom Sessel weg.

Die Alte war am wenigsten von allen gequält worden. Ein paar blaue Flecken, als habe man ihr schwungvoll, aber ungeschickt ins Gesicht gehauen. Einige Schnittwunden am Hals, die aussahen, als hätten die Angreifer sie einschüchtern wollen, indem sie ihr ein Messer an die Kehle pressten. Das prachtvolle (vorsorglich hochgeschlossene) Kleid aus meerfarbener Seide zeigte nicht einmal Flecken.

»Komisch«, bemerkte Kotja plötzlich. »Wie in diesem Witz.«

»In welchem?«

»Na, in dem, wo eine alte Oma Junkies anheuert, damit sie die Schweine schlachten ... Die kommen dann aus der Scheune heraus und verkünden: ›Geschlachtet haben wir sie nicht, aber ordentlich angeritzt!‹«

»Zieh mal eine Leiche her«, bat ich.

»Was?« Kotja erschauderte. »Was soll ich machen?«

»Bring mal eine Leiche her. Das ist doch nicht zu schwer, oder?«, sagte ich. »Ich will die hier nicht allein lassen ... Oder soll ich gehen, und du passt auf die drei auf?«

Kotja schluckte. Er starrte auf die drei reglosen Körper, das überall vergossene Blut. Dann ging er in den großen Saal zurück.

Während ich die Fesseln der Alten löste (auch sie war mehrfach, aber nicht sehr solide mit einem Seil umwickelt), schleifte Kotja recht munter eine Leiche, am Bein gepackt, herein. Da der Mann kein Blut verloren hatte, musste es sich um denjenigen handeln, dem ich das Genick gebrochen hatte.

»Danke«, sagte ich. Ich wandte mich von der bewusstlosen Alten ab, um mich über die Leiche zu beugen und ihr die Tarnkappe vom schlackernden Kopf zu ziehen.

Ein Mensch ohne besondere Kennzeichen, ließ man außer Acht, dass es ein Mann war, den ich getötet hatte. Er zählte zur Gattung der Europiden und mochte zwischen fünfundzwanzig und dreißig Jahre alt sein. Ein grobes, unauffälliges Gesicht. Am Hals prangte an der Stelle, wo ich ihm den Schlag versetzt hatte, eine bordeauxfarbene Strieme. Puls gab es selbstverständlich keinen mehr. Ich zog ihm die Lider hoch, besah mir die Augen und erhob mich.

»Die sind tot«, versicherte ich Kotja. »Ich hatte mich bereits gefragt, ob hier alle ...«

In dem Moment stöhnte die Alte im Sessel auf und bewegte sich. Wir wandten uns ihr gerade rechtzeitig zu: Sie schlug die Augen auf.

»Wir sind Freunde!«, erklärte ich rasch. »Keine Angst.«

Die Alte sah erst mich an, dann Kotja. Danach noch einmal mich. Sie heftete den Blick auf mich, als wolle sie etwas erkennen, was ich nicht auszumachen vermochte.

»Woher sind Sie, guter Mann?«, brachte sie heiser hervor. »Ich habe schon geglaubt, unser Ende sei gekommen ...«

Schwerfällig erhob sie sich aus dem Sessel und drehte sich um.

»Sie sind alle noch am Leben«, beruhigte ich sie. »Bewusstlos, aber am Leben.«

Die Alte ließ sich in den Sessel zurückfallen. Sie nickte dankbar. Mit einem Mal ging mir auf, was mir an ihr so seltsam vorkam: In der Regel magern die Menschen im Alter entweder ab oder gehen tüchtig in die Breite. Diese Oma hatte es jedoch ungeachtet all ihrer Falten geschafft, sich eine normale, beinahe sportliche Figur zu bewahren. Ihre momentane Schwäche rührte wohl einzig von den Qualen her – und dürfte eben keine Folge des Alters sein.

»Vielen Dank, Nachbar«, sagte die Oma und reichte mir die Hand. Einen kurzen Augenblick lang zögerte ich, dann ergriff ich sie – einen Handkuss erwartete die Alte anscheinend nicht. Ihr Händedruck stellte sich als kräftig heraus.

»Keine Ursache.« Mit Mühe verbiss ich mir hinzuzufügen: ›Jeder an meiner Stelle hätte so gehandelt.‹

»Weiß«, brachte die Alte mit Nachdruck hervor.

»Wie bitte?«

»Weiß, Rosa Dawidowna. Die Besitzerin dieses Hotels.«

Kotja stieß einen Pfiff aus und fing an, nervös zu kichern.

»Kirill Danilowitsch Maximow«, stellte ich mich vor. »Und dieser Bursche hier heißt Konstantin Tschagin. Wie lautet dein Vatersname?«

»Igorewitsch«, blaffte Kotja. »Das könntest du dir auch mal merken.«

»Sehr angenehm.« Rosa Weiß nickte. Sie schielte zu dem reglosen Körper in Schwarz hinüber und nickte mitleidig, wenn auch ohne jede Spur von Zweifel im Gesicht. »Diese Dummköpfe ...«

»Wer sind sie?«, fragte ich.

»Ich weiß es nicht, Kirill Danilowitsch. Ich weiß es nicht. Sie haben das Hotel gesehen und konnten eintreten, folglich müssen sie über gewisse Fähigkeiten verfügen. Aber sie gehören nicht zu uns.«

Kotja und ich blickten uns an.

»Und was wollten die?«

»Ich glaube, das wussten sie selbst kaum«, schnaubte Rosa. »Sie haben bei mir nach einem Gast gesucht. Im Moment habe ich aber gar keine. Schließlich haben wir keine Saison, das liegt doch wohl auf der Hand, oder? Kostja, mein guter Junge, bringen Sie mir doch bitte etwas Wasser. Die Zunge klebt mir am Gaumen. Aber bitte nicht aus der Leitung. In der Küche steht eine weiße Emailschüssel mit Trinkwasser. Füllen Sie mir bitte gleich eine ganze Karaffe ab.«

Eilfertig verschwand Kotja aus dem Raucherkabinett.

»Was für ein freundlicher junger Mann.« Rosa nickte wohlwollend. »Wie schön, dass Sie immer noch Freunde unter den Menschen haben.«

»Ist das denn so erstaunlich?«

»Haben dich deine Verwandten und Freunde denn nicht vergessen?«, antwortete Rosa mit einer Frage. »Das ist eben unser Schicksal ...«

Plötzlich drang aus dem Saal das Geräusch eines umfallenden Stuhls herüber. Und ein Schrei. Rosa Dawidowna erhob sich aus dem Sessel. »Du hast sie doch alle umgebracht?«

»Wie viele waren es denn?« Noch während ich antwortete, begriff ich, dass die Antwort nicht ›vier‹ lauten würde.

»Sieben ... oder sechs? Nein, ich glaube ...«

Auf eine Klärung dieses Problems konnte ich durchaus verzichten. Ich schnappte mir den Knüppel, den ich auf einen Beistelltisch gelegt hatte, und stürzte zur Tür.

Sie mussten noch im ersten Stock gesteckt haben. Einer hielt Kotja bei den Haaren gepackt, riss ihm den Kopf nach hinten und presste ihm ein Messer an den Hals. Kotja trug eine große Glaskaraffe mit Wasser in den Händen. Zwei weitere Gestalten in Schwarz, ebenfalls mit Messern bewaffnet, pirschten sich vorsichtig an das Raucherkabinett heran.

Mein Auftauchen bereitete ihnen ganz offenkundig keine Freude. Ein paar Sekunden blieben sie wie erstarrt stehen.

»Lasst ihn los«, verlangte ich.

Derjenige, der Kotja gepackt hielt, quittierte das mit einer unzweideutigen Geste, indem er das Messer direkt an die Kehle seines Gefangenen schob.

»Rühr ihn nicht an!« Eine der schwarz gekleideten Gestalten riss sich unversehens die Tarnkappe vom Kopf. Zu meiner Überraschung handelte es sich um eine Frau von etwa zwanzig Jahren mit kurz geschnittenem Haar, leichten Schlitzaugen und einem dunkelhäutigen Gesicht. Keine reine Asiatin, aber mit einem gehörigen Schuss asiatischen Bluts. »Wer bist du?«

»Das spielt keine Rolle«, antwortete ich wie aus der Pistole geschossen. »Lasst meinen Freund los!«

Die Frau zögerte. Anscheinend hatten diese Typen hier von der letzten Auseinandersetzung weder etwas gehört noch gesehen. Allerdings lagen die Ergebnisse zu ihren Füßen.

»Wenn wir ihn freilassen, lässt du uns dann abziehen?«

Kotja schickte mir einen flehenden Blick herüber. Der bescheidene Vertreter der Boulevardpresse musste heute außerordentliche Abenteuer bestehen.

Ehrlich gesagt, stand für mich außer Frage, dass ich auch mit diesen dreien noch fertig werden würde. Außerdem war ich mir fast sicher, dass Kotja keinen Schaden nehmen würde.

Ich würde einfach die Hand hochreißen, und zwar so schnell, dass sie gar nicht mehr reagieren konnten. Dann würde ich den Knüppel schleudern, der ganz gerade fliegen würde, so als sei es ein Wurfgeschoss, und den Schwarzgewandeten, der Kotja festhielt, hart an der Stirn träfe. Prompt würde der Kerl hintenüber kippen, tot oder bewusstlos. Schon würde ich nach vorn springen, dabei den gegen mich geschleuderten Messern ausweichend, diesen Stahlblitzen, die jetzt nur noch hilflos die Luft zu zerschneiden vermochten, um endlich der Gestalt mit der schwarzen Tarnkappe den Hals umzudrehen, abermals dieses gedehnte Schmatzen zu vernehmen, der Frau erst in den Magen zu boxen und ihr anschließend einen Schlag ins Genick zu verpassen, sodass sie zwar bewusstlos zu Boden ging, aber ohne Weiteres noch von mir in die Mangel genommen werden könnte ...

So dürfte sich das Szenario wohl gestalten.

Natürlich nur falls jene unerklärliche Kraft, die mir gegen meine bewaffneten Feinde half, imstande war, jemanden am Leben zu lassen.

»Gebt ihn frei, und ihr könnt gehen«, sagte ich.

»Der lügt«, warf der Schwarzgewandete, der Kotja hielt, prompt ein. Der Stimme nach zu urteilen, sprach da ein junger Mann – der sich an der Grenze zur Hysterie bewegte. »Der bringt uns um. Ein Polizistenfunktional lässt uns niemals laufen ...«

»Er ist Zöllner, du Idiot!«, schrie die Frau. »Gehen wir! Geben wir seinen Freund frei und hauen ab!«

Sie öffnete die Faust, worauf das Messer zu Boden fiel. Nach sekundenkurzem Zaudern ließ auch ihr Kumpan das Messer fallen. Im Rückwärtsgang bewegten sie sich zum Ausgang.

Kotjas Bewacher nahm widerstrebend die Hand mit dem Messer vom Hals seines Gefangenen und gab ihm einen leichten Tritt. Mit komischen Tippelschritten rannte Kotja auf mich zu, wobei er immer noch die Karaffe hielt. Ich trat vor, um Kotja mit meinem Körper zu decken. »Bring Rosa Dawidowna das Wasser«, befahl ich.

Nichts schützt so gut gegen Panik wie einfache praktische Handlungen. Mit einem Nicken huschte Kotja ins Raucherkabinett.

Die drei unversehrt gebliebenen Angreifer nahmen die Beine in die Hand. Als Erste schlüpfte die Frau zur Tür hinaus, dann ihr Spießgeselle. Den Abschluss bildete derjenige, der Kotja festgehalten hatte.

Genau in dem Moment beging ich eine Dummheit. Buchstäblich für eine Sekunde nur drehte ich den Kopf weg, um zu sehen, was im Raucherkabinett vor sich ging. Da geschah im Grunde nichts Besonderes: Die Alte trank im Stehen gierig direkt aus der Karaffe, Kotja schielte verängstigt zur Tür hinüber.

Ein schneidender Schmerz fuhr in meinen linken Oberarm. Ich drehte mich gerade noch rechtzeitig um, um den letzten Schurken zu erblicken, der sich gerade anschickte, durch die Tür zu verschwinden. Aus meinem Oberarm ragte der Griff eines Metallmessers heraus.

Ich holte aus, der Knüppel sauste durch die Luft und traf den Kerl im Nacken. Selbst durch den riesigen Saal hindurch bekam ich mit, dass der Schlag den Schädel zermalmte – wie ein Fausthieb einen reifen Apfel. Der Schwarzgewandete breitete die Arme aus und krachte in der Türfüllung zu Boden.

Da hast du's, du Idiot!

Plötzlich schlug die Tür und ging von selbst zu, den Körper dabei in den Flur hinausschiebend. An der geschlossenen Tür polterte es, der schwere Riegel legte sich vor. »So wird es ruhiger sein«, vernahm ich Rosas Stimme.

Ich packte das Messer und zog es aus meinem Arm. Äußerlich ließ sich nichts als eingerissener Stoff erkennen. Aber unter meiner Jacke strömte das Blut, das erstaunlich dick und heiß war. Weh tat das nicht, es brannte und pulsierte bloß, machte sich noch in den Fingern bemerkbar.

Ich stolperte ins Raucherkabinett. Das blutige Messer warf ich auf den Tisch, dann setzte ich mich, eine Hand auf die Wunde pressend, hin. Entsetzt starrte Kotja mich an.

»Ist bloß 'n Kratzer«, sagte ich.

»Ich … ich werde dir das verbinden …«, murmelte Kotja. »Kirill, was ist mit dir? Du siehst hundselend aus …«

Der Mensch ist doch ein erstaunliches Phänomen. Da hatte ich fünf Personen umgebracht. Doch die, wollte man den Schriftstellern glauben, obligatorischen Gewissensbisse und innere Pein durchlitt ich nicht. Aber eine einzige Wunde, die logischerweise nicht mal gefährlich war – und schon packte mich Panik. Schon ballte sich in meiner Brust ein kalter Klumpen zusammen.

»Lassen Sie mich das mal sehen, junger Mann!«

Mit sicheren Bewegungen half Rosa mir, mich der Jacke und des Pullovers zu entledigen, und knöpfte mir das Hemd auf. Der Ärmel war blutgetränkt. Mit gerunzelter Stirn zog ich den Arm aus ihm heraus.

»Es dauert nur einen Moment«, versicherte Rosa. In ihren Händen tauchte ein feuchtes Tuch auf, mit dem sie das Blut sorgsam abtupfte. Ich schaute auf meinen Oberarm. Eine Schramme, überzogen von einer roten Schorfkruste.

»Für Sie ist das neu, oder?« Rosa sah mir in die Augen.

Ich nickte.

»Sie werden sich schon daran gewöhnen.«

Die Alte drehte sich um und blickte unverwandt auf die reglos daliegende Frau. »Klawdija!«, rief sie. »Klawa, wach auf!«

Langsam und zögerlich richtete sich die Frau ein wenig auf. Sie musterte erst Rosa, dann uns.

»Siehst du, es ist alles gut«, sagte Rosa. »Wir haben Hilfe bekommen. Fühlst du dich jetzt besser?«

»Ja, Rosa Dawidowna.«

»Schön.«

Die Frau beugte sich über den Jungen und rüttelte ihn an der Schulter, bis er sich hochrappelte. Klawdija griff nach der halb leeren Kanne, trank ein paar Schlucke und reichte sie an den Jungen weiter. Gierig begann dieser zu trinken. Das Wasser rann ihm übers Gesicht und wusch das Blut fort. Nachdem er die leere Kanne abgestellt hatte, rieb sich der Junge mit den Händen das Gesicht trocken. Seine Haut zeigte keinen einzigen Schnitt mehr.

Nur die Pubertätspickel zierten es noch.

»Begrüß unsere Gäste, Petja«, befahl Rosa. »Und bedank dich bei dem Herrn Zöllner. Es gehört nicht zu seinen Pflichten, uns zu retten.«

»Pjotr«, stellte sich der Junge gehorsam vor. »Vielen Dank.«

»Macht euch frisch und kümmert euch dann ums Hotel«, sagte Rosa. »Reinigt die Möbel und Teppiche.«

»Und wo sollen wir mit denen hin, Rosa Dawidowna?«, fragte die Frau, den Blick auf den Körper eines der Angreifer gerichtet.

Diese Frage, schoss es mir durch den Kopf, stellt sich den Helden in SF- und Fantasy-Romanen niemals. Die zahlreichen getöteten Feinde bleiben einfach an Ort und Stelle, wo sie irgendwann von selbst verschwinden. Gut, wir dürfen wohl davon ausgehen, dass im offenen Gelände Vögel und Raubtiere ihren Nutzen aus ihnen ziehen. Aber in Gebäuden? Körper müssen beerdigt werden. Vermutlich liegt neben jedem noch so kleinen Dorf, an dem die Helden dieser Epen, mit ihren spitzen Schwertern fuchtelnd, vorbeiziehen, ein spezieller Friedhof für die Feinde.

»Bringt sie zum Meer. Schmeißt sie aber nicht ins Wasser, sondern legt sie einfach am Strand ab«, entschied Rosa nach kurzem Nachdenken. »Vielleicht kommt noch jemand und möchte sie beerdigen.«

Mit einem neugierigen Blick in unsere Richtung, jedoch ohne irgendeine Frage zu stellen, verließen Klawdija und Petja das Raucherkabinett.

»Mutter und Sohn«, unterrichtete Rosa mich. »Ich habe sie vor drei Jahren eingestellt, sie kommen von uns, aus Russland. Den hiesigen Einwohnern traue ich nicht, müssen Sie wissen ... Klawas Mann ist Alkoholiker, der Sohn ist deshalb etwas ... äh ... schlicht. Das Leben hielt für die beiden nichts Gutes bereit. Daher sind sie mir sehr dankbar. Schade, dass sie gewöhnliche Menschen sind und zu gegebener Zeit sterben werden.«

»Und wir?«, fragte ich.

Da ich mit dem Fingernagel an dem braunen Schorf herumpolkte, kratzte ich die Wunde wieder auf. Das Resultat ist jedem von klein auf bekannt: Purpurrot würde das Blut herausperlen.

Doch unter dem Schorf trat unverletzte glatte Haut zutage.

Ich zog mich wieder an.

»Wir? Wer weiß das schon ... Die Wunde hat lange gebraucht, um zu verheilen«, bemerkte Rosa. »Sie sind wohl erst seit Kurzem im Dienst?«

»Einen Tag.«

»Verstehe«, meinte Rosa. »Tüchtig. Sie begreifen sehr schnell.«

Ich ließ den Blick durch den Saal schweifen. Der wortkarge Junge Petja stapelte die Leichen auf einen Haufen. Es schien ihn keine Mühe zu kosten, gleichsam als verberge sich unter der schwarzen Kleidung eine aufblasbare Puppe, kein totes Fleisch.

»Sie wirken gar nicht wie normale Menschen. Ihre Wunden sind sofort verheilt, dann diese Kraft ...«

»Sie befinden sich auf meinem Territorium«, sagte Rosa in einem Ton, als erkläre sie damit alles. »Hier lege ich bestimmte Regeln fest. Leider gehört die Kampfkunst nicht zu den Dingen, die mir zu Gebote stehen.«

»Rosa Dawidowna!« Kotja konnte sich nicht mehr zurückhalten. »Wir verstehen wirklich rein gar nichts. Wer sind Sie? Und was ist das hier für eine Welt?«

»Dann will ich Ihnen alles erklären«, erwiderte Rosa freundlich. »Da in dem kleinen Schrank sind Kognak und Zigarren. Hier ist es allerdings ein wenig unaufgeräumt ... Gehen wir! Und nehmen Sie den Kognak und die Zigarren bitte mit.«

»Ich rauche nicht«, brummte Kotja, fing aber dennoch an, im Schrank herumzukramen. Einer Holzschatulle entnahm er Zigarren, er entdeckte die flache Kognakflasche und drei elegante versilberte Gläser.

Im Schlepptau der Alten verließen wir den Saal, in dem Klawdija, bewaffnet mit einem Eimer und unzähligen Lappen, die dunklen Flecken von den Teppichen beseitigte, und nahmen die Treppe in den ersten Stock. Von einem kleinen Vorraum gingen an zwei Seiten schmale

Gänge ab. Rosa wies jedoch mit einer Kopfbewegung auf ein kleines Sofa und ein paar Sessel am Fenster.

»Wir warten hier, bis geputzt ist. Vielleicht wollen Sie doch eine Zigarre? Sind Sie sicher? Ich hingegen würde mit Ihrer Erlaubnis ... Verzeihen Sie mir diesen ordinären Zug ...«

Sie biss das Ende der dicken braunen Zigarre ab. Auf dem Couchtisch vor dem Sofa stand ein Aschenbecher, lagen Streichhölzer. Rosa legte den Zigarrenkopf in den Ascher und zündete mit einem der langen Streichhölzer gekonnt die Zigarre an.

Ein seltsamer Anblick, eine Frau mit einem ordentlichen ›Kolben‹. Das ruft sofort Empörung seitens der Männer hervor. Freud hätte in diesem Zusammenhang sicherlich auch ein Wörtchen mitzureden. Ich setzte mich neben sie und sah mich um. Der Raum erinnerte an das Foyer eines kleinen Hotels. Die Wände zierten Lampen. Gaslampen! Im kalten Kamin fanden sich akkurat aufgeschichtete Holzscheite.

»Das ist ein Hotel«, informierte Rosa uns. »Eine Herberge. Ein Gasthof. Ganz wie Sie wollen.«

Schweigend nickte ich.

»Ich wurde im Jahre achtzehnhundertsiebenundsechzig geboren«, erklärte Rosa feierlich und bedachte uns mit einem herausfordernden Blick. »Ich habe nicht die Angewohnheit, ein Geheimnis aus meinem Alter zu machen.«

»Sie haben sich gut gehalten«, sagte Kotja. Er setzte sich nicht, sondern blieb am Fenster stehen. »Und nun erzählen Sie. Wir glauben Ihnen jetzt alles.«

Ich zauderte kurz, dann griff ich nach der Flasche. Armenischer Prasdnitschny. Laut Etikett noch zu Sowjetzeiten hergestellt. Ich schenkte drei Gläser ein, obwohl Rosa den Kopf schüttelte.

»Seit meiner Jugend habe ich im Hotelgewerbe gearbeitet«, berichtete sie. »Zunächst im Hotel meines Vaters, in Samara ... Dann bin ich nach Petersburg gefahren. Alles kann ich hier nicht aufzählen, aber bei Ausbruch der Revolution war ich im *Europa* angestellt, als Assistentin des Direktors. Ich habe dort gearbeitet, als die Bolschewiki ein Heim für Straßenkinder daraus machten und als während der NÖP-Zeit wieder Ordnung ins Hotel einkehrte. Bis ich dann 1925 verurteilt wurde.«

»Als Politische?«, fragte ich.

»Nein, ich habe gestohlen«, antwortete Rosa gelassen. »Sie müssen sich das vor Augen halten, die Zeiten damals ... Jeder hat so gut es ging ums eigene Überleben gekämpft. Gegen mich wurde ein Verfahren eröffnet. Für eine Flucht war es in meinem Alter schon zu spät. Wenn ich als Mann auf die Welt gekommen wäre, hätte ich mich erschossen, das war damals sehr modern. Emanzen konnte ich allerdings noch nie leiden. Sollte ich mit einem Loch im Kopf im Leichenschauhaus rumliegen? Ich bitte Sie! Und Gift schlucken? Das ist etwas für hysterische Mädchen. So harrte ich also des natürlichen Laufs der Dinge. Und plötzlich setzte eine Teufelei ein, die es in sich hatte! Ich gehe zur Arbeit und habe nur eins im Kopf: Heute holen sie dich zum Verhör. Oder morgen. Und mit einem Mal erkennt mich niemand mehr! ›Wo willst du denn hin, Großmütterchen? Wir haben keine Zimmer frei.‹«

Sie lachte leise vor sich hin. Ich nickte.

»Also gehe ich nach Hause. Mein Mann, Gott hab ihn selig, guckt mich komisch an. Sagt aber nichts. Wir essen und gehen zu Bett. Am Morgen wacht er auf – und fängt an zu zetern! Wer ich bin, was ich in seinem Bett zu suchen habe ... Er ist doch wirklich ein Narr, oder etwa nicht? Da findet er eine Frau in seinem Bett, na gut, sie ist nicht mehr ganz jung – aber trotzdem könnte er die Gelegenheit doch beim Schopfe packen! Ich schreie ihn an: ›Hast du den Verstand verloren, du alter Brummkopf? Ich bin deine Frau!‹ Aber er heult los, seine Frau sei vor fünfzehn Jahren verstorben, liege auf dem Friedhof, er sei ein anständiger Witwer und lasse sich von einer alten Hexe nicht sein Zimmer wegnehmen ... Ich spucke ihm ins Gesicht für diese Worte – und stürze aus dem Haus. Drei Tage lang streife ich durch Piter. Ich schlafe auf der Straße, bettle und grübele darüber nach, ob ich verrückt geworden bin. Plötzlich spricht mich ein Briefzusteller an. Mitten auf der Straße. Können Sie sich das vorstellen? Er händigt mir ein Telegramm aus. Das enthält eine Adresse im Litejny Prospekt und fordert mich auf, dorthin zu kommen. Da ich nichts zu verlieren habe, begebe ich mich zu der Adresse. Neben dem Offizierscasino entdecke ich ein kleines Geschäft. Ich guck mir das Schaufenster an – und falle fast in Ohnmacht. In welchen Zeiten lebten wir denn damals?! Aber hinter der Scheibe ballte sich der reinste Luxus! Roter und weißer Fisch, lebende Krebse, roter und schwarzer Kaviar, Wein und Champagner, frisches Filet, eingelegtes Gemüse, Oliven in Salzlake, glasierte Früchte, Schokolade ... In den besten NÖP-Jahren hatte ich so etwas nicht gesehen. Nur unter dem Zaren, aber da auch nicht in allen Geschäften ... Und die Leute laufen einfach dran vorbei! Als ob sie all das nicht bemerkten! Mir will das einfach nicht in den Kopf! Schließlich betrat ich den Laden!«

Sie musterte Kotja und mich, gleichsam als wolle sie sich vergewissern, ob wir ihr glaubten oder nicht. Sie sog an ihrer Zigarre und fuhr dann fort: »Irgendwann taucht der Besitzer auf, ein gepflegter junger Mann, sieht mich durchdringend an und sagt: ›Sie fallen ja gleich vor Hunger in Ohnmacht, verehrte Dame ...‹ Daraufhin bewirtet er mich mit Speisen und Getränken, mit allem Drum und Dran. Er sagt weiter: ›Vermutlich haben alle Sie vergessen? Auf der Arbeit weiß man nicht, wer Sie sind? Ihre Familie erkennt Sie nicht mehr?‹ Ich nicke. Daraufhin erklärte er mir alles ... genau das, was ich jetzt Ihnen erklären werde.«

»Nein, solche Wunder gibt es nicht«, meinte Kotja finster. »Wir werden nichts mehr zu hören kriegen. Entweder bricht gleich ein Feuer aus oder ein Erdbeben.«

»Dieser Kaufmann hat mir also erzählt, dass ich eine Auserwählte bin.«

Kotja schnaubte.

»Das Leben ist kurz. Sie können das noch nicht verstehen, aber mit sechzig Jahren sind auch Sie davon überzeugt, falls Sie so alt werden. Wie heißt es doch so schön im Volksmund: Ob Zar, ob Zimmermann – jeden holt der Sensenmann. Aber ...« Rosa hob belehrend den Finger. »... das ist das Schicksal der normalen Menschen! Ganz anders verhält es sich, wenn man in seinem Metier die Höhe wahrer Meisterschaft erreicht hat.«

»Zum Beispiel im Hotelgewerbe?«, fragte Kotja in ironischem Ton.

»Ja, zum Beispiel«, bestätigte Rosa. »Oder im Zimmermannshandwerk. Oder in der Malerei. Oder in der Kriegskunst. Diese Menschen sterben nicht. Sie werden Meister. Und fallen aus dem Leben heraus!«

Ich erschauderte.

»Einfache Menschen vergessen dich«, fuhr Rosa mit einem Hauch von Mitleid fort. »Sowohl Verwandte als auch Freunde. Deine Papiere zerfallen. Dein Platz im Leben verödet, als seist du nie geboren worden oder schon vor langer Zeit gestorben. Dafür avancierst du zum Meister und kannst ewig leben. Manchmal in deiner eigenen Welt. Manchmal in einer anderen. Eben da, wo du am dringendsten gebraucht wirst.«

»Freimaurer«, sagte Kotja. »Und Parallelwelten.«

Rosa stimmte ein leises, nachsichtiges Gelächter an. »Glauben Sie doch der Boulevardpresse oder billigen Schreiberlingen nicht, junger Mann ... Was haben die Freimaurer damit zu tun? Ganz normale Menschen, die es in ihrem Beruf zu wahrer Meisterschaft gebracht haben, beginnen ein neues Leben, werden zu Meistern ...«

»Oder zu Funktionalen?«, warf ich ein.

»Ja, manche bezeichnen uns so«, bestätigte Rosa. »Aber wir Russen sollten die Sprache nicht derart verschandeln. Meister! Das ist ein schönes, ein stolzes Wort! Ich bin ein Meister in meinem Fach, im Hotelgewerbe. Sie sind, wie ich sehe, als Zöllner ein Meister. Wie außergewöhnlich, dass Sie das bereits in so jungen Jahren geschafft haben.«

»Ich bin kein Zöllner«, widersprach ich.

»Ich bin doch nicht blind!« Rosa lächelte. »Sie sind einer von uns. Sie sind ebenfalls ein Auserwählter!«

»Hier gibt's keine Feuerzeuge«, bemerkte Kotja und nahm Rosa gegenüber Platz.

»Wie bitte? Was für Feuerzeuge?«

»Achten Sie nicht weiter auf mich ...« In Kotja erwachte jetzt sein professionelles journalistisches Interesse. »Dann leben Sie also schon achtzig Jahre hier? Ohne älter zu werden ...«

»Sie sehen es ja.«

»Ist das denn nicht die Erde?«

»Das ist Kimgim.« Rosa sprach das Wort weich, fast mit einem ukrainischen Akzent, aus. »Die geografischen Gegebenheiten sind hier etwas anders, aber diese Stadt liegt etwa da, wo sich bei Ihnen Stockholm befindet. Aber für diese Dinge habe ich mich nie sonderlich interessiert.«

»Und wie sind Sie an dieses Hotel gekommen?«

»Jeder Meister, junger Mann, erhält einen Ort, an dem er seine Talente entfalten kann. Als ich hierhergekommen bin – durch das Zollamt am Nikolajewski-Bahnhof – stand an dieser Stelle eine halb verfallene Scheune. Aber ich habe gespürt, dass sie mir gehört. Mit jeder Nacht, die ich in dem Gebäude zubrachte, veränderte es sich. So lange, bis es genau meinen Wünschen entsprach.« Nach kurzem Stocken fügte Rosa hinzu: »Wenn ich meiner Fantasie freien Lauf gelassen hätte, wäre hier ein Hotel entstanden, das größer als das *Europa* wäre. Andererseits haben mir immer die kleinen, anheimelnden Hotels gefallen.«

»Sie altern also nicht ... Ihnen wurde die Möglichkeit geboten, Ihrem geliebten Beruf nachzugehen, und Sie haben ein Hotel an die Hand bekommen, das ganz Ihren Wünschen entspricht ... Außerdem verfügen Sie über bestimmte übermenschliche Fähigkeiten ... Ihre Wunden verheilen im Nu ... Gibt es sonst noch etwas?« Während Kotja all diese Dinge aufgezählt hatte, hatte Rosa bestätigend genickt. »Sie ... Sie sind sozusagen kein Mensch?«

»Ich bin ein Meister«, stellte Rosa klar.

»Gibt es viele von Ihrer Sorte? Leben Sie in mehreren Welten und reisen von einer zur anderen? Gibt es all das schon lange? Jahrzehnte? Oder Jahrhunderte? Warum weiß niemand etwas von Ihnen?«

»Wieso sollte denn niemand etwas von uns wissen? Sie, Konstantin, sind ein gewöhnlicher Mensch. Aber ihr Freund, der Meister, vertraut Ihnen. Und jetzt wissen Sie etwas über uns. Mit der Zeit werden Sie auch andere Meister entdecken, diese Fähigkeit lässt sich gewissermaßen trainieren. Klawa und Petja können schon lange Meister von gewöhnlichen Menschen unterscheiden.«

Rosa genoss das Gespräch, das ließ sich nicht übersehen. Sicherlich war es ihr nicht allzu oft vergönnt, junge Meister zu belehren. Und sie machte nicht den Eindruck zu lügen.

Nur: Was sollte ich für einen Meister abgeben? Was um alles in der Welt für einen Zöllner? Welche Höhen hatte ich erreicht, dass ich mich unversehens in einen Übermenschen verwandelte?

»Und wer regiert Sie?«, ließ Kotja nicht locker.

»Regiert wird die Masse, junger Mann«, antwortete Rosa schmunzelnd. »Wir sind Meister. Wir sind uns selbst genug.«

Ich hätte sie daran erinnern können, dass noch vor einer halben Stunde ein selbstgenügsamer Meister des Hotelgewerbes an einen Sessel gefesselt dasaß, beherrschte mich jedoch. »Dann wissen Sie also nicht, wer Sie überfallen hat?«, fragte ich stattdessen.

»Welche von hier«, antwortete Rosa knapp. »Allem Anschein nach gehörte zu denen auch ein Mensch, der über uns Bescheid wusste. Da haben sie Jagd auf ...«

Plötzlich kniff sie die Augen zusammen und drückte die Zigarre energisch im Aschenbecher aus. Der beißende Geruch ließ mich das Gesicht verziehen.

»Die sind Ihretwegen gekommen, Kirill Danilowtisch! Doch, ja ... ganz bestimmt! Sie wussten, dass Sie mich aufsuchen würden, und wollten Sie gefangen nehmen. Freilich haben sie die Rechnung ohne den Wirt gemacht! Sagen Sie, meine jungen Freunde, weshalb sind Sie eigentlich zu mir gekommen?«

»Jemand hat uns darum gebeten«, antwortete Kotja kleinlaut. »Eine Da... ein W... eine Frau. Sie hat einen Zettel für uns zurückgelassen, wonach wir eine weiße Rose suchen sollten, dann würden wir Antwort auf all unsere Fragen erhalten. Wir haben geglaubt, wir sollten eine Blume finden. Erst später ist uns klar geworden, dass es sich um das Hotel handeln musste ...«

»Man hat Sie in eine Falle gelockt! Aber die haben sich alle verrechnet!« Rosa schlug die Händen überm Kopf zusammen. Diese Ungeheuerlichkeit steigerte das theatralische Gebaren der Alten noch. »Wie niederträchtig! Ich werde mich mit dem hiesigen Meisterwachmann in Verbindung setzen ... Sie haben Ihre Nachbarn vermutlich noch nicht kennengelernt?«

Ich schüttelte den Kopf. Im Unterschied zu Kotja verspürte ich keinerlei Enttäuschung. Allerdings konnte ich mir den Zusammenhang zwischen der Nachricht für uns und diesem Hinterhalt beim besten Willen nicht erklären.

»Wir müssen jetzt zurück«, sagte ich. »Wir machen uns dann mal besser auf den Weg.«

»Sind Sie denn noch bei Trost!« Missbilligend schüttelte Rosa den Kopf. »In diesem Schneesturm? Weshalb? Übernachten Sie hier. Überzeugen Sie sich selbst davon, was die Gastfreundschaft eines Meisters heißt! Und Klawa kocht ganz vorzüglich, Sie werden erstaunt sein, was sie für eine exzellente Köchin ist ...«

»Wir sollten besser in den Turm zurückkehren«, beharrte ich. »Sie ... Sie müssen das doch verstehen. So von einem Meister zum anderen.«

Das half. »Ja, natürlich«, meinte die Alte. »Ja, das verstehe ich ... Sie wohnen also auch in einem Turm?«

»Wieso *auch*?«

»Wenn Sie wüssten«, erklärte Rosa, während sie sich erhob, »wie leicht die Fantasie von Männern vorherzusehen ist. Die Hälfte der Meister zieht es vor, in einem Turm zu leben.«

Kotja quittierte das mit einer unzufriedenen Miene, sagte jedoch kein Wort. Wir gingen nach unten, wo inzwischen fast alle Spuren des Kampfs beseitigt waren. Petja schrubbte Flecken von den Wänden, seine Mutter klapperte in der Küche laut mit Geschirr.

»Jetzt haben wir Winter«, brachte Rosa traurig hervor. »Sie müssen mich im Sommer besuchen. Dann sind viele Gäste hier, fröhliches Gelächter erschallt, in den Vasen stehen Blumen. Ich lade Musiker aus der Stadt ein, jemand spielt Klavier …«

»Und warum ist jetzt niemand hier?«, wollte Kotja wissen. »Gut, es ist Winter. Aber trotzdem? Die Uferstraße liegt verlassen da, nur die Laternen brennen, die Häuser sind verrammelt.«

»Na ja … es ist halt keine Saison …«, wiederholte Rosa. Unversehens schlichen sich Wehmut und Verlegenheit in ihren Blick. »Da kann man nichts machen. In kleinen Hotels am Meer ist das immer so. Und die Ortsbewohner … die fliegen ebenfalls aus.«

Kotja sah mich an. »Wir sollten wirklich aufbrechen«, sagte er. »Es war sehr …« Er heftete den Blick auf Petja, der geistesabwesend den Putzlappen im Waschbecken ausspülte. Der Lappen färbte das Wasser rot, und Kotja brachte, das Wort ›angenehm‹ verschluckend, nur noch hervor: »… Sie kennenzulernen.«

In dem Moment klopfte es an der Tür. Rosa Dawidowna fuhr zusammen. Petja ließ den Lappen fallen und verharrte mit offenem Mund, Klawdija spähte zur Küchentür heraus.

»Wenn die zurückgekommen sind …«, setzte Rosa an. »Aber Sie können uns doch beschützen, nicht wahr, Kirill Danilowitsch?«

Ich zuckte mit den Achseln.

Rosa lugte kurz zum Lüster hinauf – der daraufhin prompt erstrahlte. Mit stolz erhobenem Kopf ging sie zur Tür, um sie weit aufzureißen.

In die Diele wogte Nebel, flogen ein paar Schneeflocken. Vor der Tür stand ein Mann in einem grauen Kapuzenmantel, Stiefeln und Fellmütze. Er mochte vierzig oder etwas älter sein. Und er trug ein höchst alarmiertes Gesicht zur Schau. Erst als er mich hinter Rosa bemerkte, stahl sich Erleichterung in seinen Blick.

»Meister?«, brachte Rosa verwundert hervor. »Oh ... guten Abend.«

»Hinter dem Hotel liegen fünf Leichen«, sagte der Mann, ohne Zeit mit der Begrüßung zu verlieren.

»Das war schrecklich, Felix!« Rosa faltete die Hände vor der Brust. »Irgendwelche verrückten Menschen haben das Hotel überfallen! Sie haben den jungen Meister gesucht ...«

»Sie haben mich gesucht«, schnitt ihr Felix das Wort ab. »Gehen wir, junger Mann. Du bist nicht allein?«

»Ein Freund hat mich begleitet.«

»In Ordnung, dann könnt ihr beide mitkommen ...«, meinte Felix stirnrunzelnd, bevor er sich wieder der Alten zuwandte. »Rosa Dawidowna, ich bitte Sie, besser aufzupassen. Sie wissen doch, wie sehr Sie uns fehlen würden, falls etwas nicht Wiedergutzumachendes geschähe.«

»O Felix ...«

Warum auch immer, aber ich wollte mich nicht streiten oder Zeit verlieren. Ich packte Kotja am Ärmel und zog ihn hinter mir her. Petja sah uns mit naiver Neugier nach, Klawa bekreuzigte sich rasch und flüchtig, Rosa Weiß schickte Felix einen Blick voll stummer Vergötterung nach.

Wir traten in das Schneegestöber hinaus.

Die Kutsche wartete direkt vor der Tür. Ein normaler Phaeton, angesichts des Schnees mit hochgeklapptem Verdeck, freilich nicht auf Rädern, sondern auf Kufen. Ihm waren zwei Pferde vorgespannt, deren Zügel an eine unauffällige Säule neben dem Hoteleingang gebunden waren. Eine hell leuchtende Laterne, die an der rechten Seite des Wagenkastens angebracht war. Ihr Licht fiel gerade noch auf die in zehn Meter Entfernung aufgestapelten Leichen, die der Schnee langsam unter sich begrub.

»Hat Rosa Dawidowna euch viele Märchen erzählt?«, erkundigte sich Felix, während er die Tür hinter sich zuzog.

Kotja lachte nervös los.

»Ja«, sagte ich erleichtert. »Dass sie 1867 geboren worden sei ...«

»Dass sie sich immer jünger machen muss«, brummte Felix. »Welche Rolle spielt es schon, ob sie siebenundfünfzig oder siebenundsechzig geboren wurde? Aber sie muss einfach immer schwindeln ... Bestimmt hat sie euch erzählt, sie sei Hoteldirektorin gewesen, oder?«

»Direktionsassistentin.«

»Zimmermädchen war sie. Und das wird sie auch immer bleiben. Ihr Hotel ist nichts anderes als der Traum eines Zimmermädchens. Sauber, warm und kein einziger Gast.« Felix verzog das Gesicht. »Steigt ein, Kinder. Hier können wir nichts mehr tun.«

»Sie hat Sie Meister genannt ...« Ich ließ den Satz unbeendet, aber Felix verstand meine Frage.

»Noch so eine alberne Erfindung. Meister! Darauf muss man erst mal kommen ... Wir sind lediglich Funktionale. Aber darüber können wir uns im Schlitten unterhalten!«

Zehn

Das Wetter spielte völlig verrückt. Das Gestöber feuerte kurze Schneesalven ab, dann legte sich der Wind und vom Himmel segelten große Schneeflocken, ganz wie zu Weihnachten, nieder – die schon im nächsten Augenblick winzigem Eisgraupel und einem die Straße in eine Rutschbahn verwandelnden Schneetreiben wichen. Die Pferde trabten gleichmäßig einher, der Schlitten glitt sanft über den Weg und schaukelte beruhigend. Die Hinterbank des Schlittens, mit Pelz bezogen, erinnerte an ein kleines Sofa, für die Füße gab es am Boden eine Art Fellsack. Obwohl ich bisher noch nie mit einem Schlitten gefahren war, hatte ich mit weit weniger Komfort gerechnet.

Das Hotel lag bereits drei Kilometer hinter uns, die tristen Ziegelsteinbauten zogen sich immer noch endlos die Uferstraße dahin, und nirgends war eine lebende Seele in Sicht. Kotja und ich hätten vielleicht alt ausgesehen, wenn wir versucht hätten, den ganzen Weg zu Fuß zu gehen!

»Ich heiße Kirill!«, stellte ich mich mit einiger Verspätung vor. »Und das ist mein Freund Konstantin. Wir sind aus Moskau.«

»Sehr erfreut«, erwiderte Felix, ohne sonderliche Begeisterung an den Tag zu legen.

Hartnäckig versuchte ich, ein Gespräch in Gang zu bringen: »Warum wohnt hier niemand, Felix?«

»Das ist unser Fabrikviertel«, gab Felix knapp Auskunft. »Das Industriegebiet. Und jetzt sind Feiertage.«

»Trotzdem«, ließ ich nicht locker. »Warum ist hier absolut niemand?«

Felix zog die Zügel an, um die Pferde zum Stehen zu bringen. Auch das war ein interessantes Erlebnis. In Autos hatte ich gelernt, dass ich im Nu bremsen konnte. Der Schlitten dagegen fuhr noch fünfzig Meter weiter, bevor er endgültig zum Halten kam.

»Willst du das wirklich wissen?«, fragte Felix.

Ich nickte. Felix' Gesicht wirkte ernst, ja, sogar finster. Wenn er mir jetzt erklären würde, Aliens hätten die Stadt überfallen, Vampire sie in ihre Gewalt gebracht oder die Pest habe in ihr gewütet, hätte ich ihm das geglaubt.

»Sieh dich doch mal um. Welcher Idiot geht denn bei diesem Wetter gern auf der Uferstraße spazieren?«

Ich wollte etwas entgegnen, wusste jedoch nicht, was.

Felix grinste. In dem Moment spritzte es vom Meer her hoch auf, gleichsam als sei eine übergroße Welle ans Ufer gebrandet. Die Gischt schien das Lächeln förmlich von Felix' Gesicht zu waschen.

»Es gibt noch einen Grund!«, schrie er, während er hart mit den Zügeln auf die Pferde einpeitschte.

Die Tiere bedurften jedoch keines Ansporns. Sie galoppierten derart los, dass es Kotja und mich gegen die Rückwand der Sitzbank schleuderte. Ich spähte aus dem Schlitten – und sah, wie sich hinter der Straßenbrüstung, jenseits der Laternenkette, ein rundes, dunkles, phosphoreszierend funkelndes Schuppenwesen mit langen Tentakeln aus dem Wasser erhob und zur Straße schlingerte ...

Der Schlitten raste dicht an den Mauern der Fabriken entlang, so weit vom Meer weg wie nur möglich. Der Körper des gigantischen Kraken wälzte sich weit hinter uns.

»Keine Angst«, sagte Felix, ohne sich umzudrehen. »Sie fürchten das Licht und kriechen nie auf die Straße.«

Aus irgendeinem Grund hatte ich mit so etwas nicht gerechnet. Dazu ähnelte die fremde Welt der unseren zu stark. Tiger und Bären mochte es hier durchaus geben, aber doch wohl keine Drachen oder monströse Kraken.

»Wohin fahren wir?«, fragte ich schließlich.

»Zu mir. Keine Sorge, wir sind fast da.«

Der Schlitten bog in eine breite Straße, die mit den schmalen, zwischen den Fabrikgebäuden verlaufenden Gassen nicht die geringste Ähnlichkeit hatte. Hier gab es Licht, gespendet von den gleichen Laternen, die auch die Uferstraße beleuchteten.

Vor uns krachte etwas. Donnerte geradezu. Und leuchtete mit grellen Scheinwerfern. Dieses Etwas kam uns entgegen. Metallisch war es, mit riesigen Rädern mit einem Durchmesser von zwei Metern, zwischen denen ein klobiger, bedrohlich wirkender gepanzerter Korpus mit mehreren Türmen saß, aus denen schmale Schäfte ragten, Maschinengewehre womöglich oder kleinkalibrige Kanonen.

Felix lenkte den Schlitten an den Straßenrand, die heulende, polternde Maschine schoss an uns vorbei. Sie brachte einen scharfen chemischen Geruch mit sich. Nicht den üblichen Benzingestank, sondern einen völlig anderen, etwas mit einem Hauch von Alkohol, einer Spur von Ammoniak.

»Früher oder später überfährt der noch jemanden«, knurrte Felix. Dann drehte er sich zu uns zurück. »Was ist? Hat es euch die Sprache verschlagen? Oder habt ihr noch nie einen Panzer gesehen?«

»Unsere Panzer sehen anders aus«, erklärte Kotja leise. »Außerdem brettern sie nicht durch die Stadt, sondern bleiben außerhalb. Sie fahren langsam und haben Raupenketten.«

»Bei euch kann man auch am Ufer spazieren gehen«, meinte Felix lächelnd.

Vom Strand her, zu dem dieser Panzer auf Rädern gejagt war, drang ein schnelles Rattern herüber, als arbeite jemand an einer überdimensionalen Nähmaschine.

Wir entfernten uns vom Ufer, und allmählich wurde es um uns herum lebendiger. Die Stadt verlor ihre triste geometrische Regelmäßigkeit. Die ersten ein- und zweistöckigen Häuser tauchten auf, zwar ebenfalls keine Wohnhäuser, aber immerhin schon keine Fabriken mehr. In einigen Fenstern brannte Licht. Von der Straße, durch die wir gekommen waren, zweigten in verschiedene Richtungen schmale Gassen ab.

Der Schnee ließ allmählich nach, ab und an knirschten die Kufen bereits auf blanken Steinen, dass es einem durch Mark und Bein ging. Wir bogen in eine Straße ein, die sich einen Berg hochschlängelte. Hier lagen, umgeben von Gärten, imposante Villen. In einem Fenster machte ich zu meiner Freude eine sich bewegende menschliche Silhouette aus, genauer eine Frau, die Tee einschenkte. Schlagartig wurde mir klar, was mir bisher gefehlt hatte: normale Menschen. Eine verrückte Alte namens Weiß, ihre debilen Angestellten, die schwarz gewandeten Mörder, selbst Felix, der so unverhofft aufgetaucht war – all sie waren keine Menschen, sondern Figuren des absurden Theaters. Letzten Endes ebenso seltsam wie das Monster, das mit seinen Tentakeln über das Ufer kratzte, oder der zu einem Rendezvous mit ihm eilende Rennpanzer – nur eben in menschlicher Gestalt.

Die Frau, die dort Tee trank, strahlte etwas Echtes aus. Etwas Vertrautes. Denn es sind die alltäglichen und banalen Dinge, die das echte Leben ausmachen. Und selbst dieser Gedanke ist ein echter – denn er ist unsagbar banal.

Seltsamerweise begegneten wir nun, ungeachtet der späten Stunde, immer mehr Menschen. Im Garten eines einstöckigen Anwesens veranstaltete eine lustige Gesellschaft von zehn Personen, Erwachsenen und Kindern, eine Schneeballschlacht. Sie winkten uns zu, bewarfen uns mit Schneebällen und riefen uns im Chor Glückwünsche zu, bei denen ich allerdings nicht genau verstand, worum es ging.

»Wir haben heute einen Feiertag«, sagte Felix noch einmal.

»Ich hätte auch nichts gegen eine Schneeballschlacht einzuwenden«, bemerkte Kotja finster.

»Euch wird gleich warm werden«, erriet Felix seine eigentliche Absicht. »Wir sind nämlich da.«

Der Schlitten hielt vor einem klotzigen Gebäude auf dem Gipfel des Hügels. Architektonisch erinnerte es an die alten russischen Anwesen, ein zweigeschossiger Mittelbau und zwei eingeschossige Flügel. Die Fläche vor dem Haus bedeckte festgestampfter Schnee, den zahlreiche Rad- und Kufenspuren durchzogen. Auch hier gab es die gleichen Laternen wie in den Straßen. In den Fenstern leuchtete helles Licht, hinter den Gardinen bewegten sich Schatten und spielte offenbar gedämpfte Musik. Man musste uns erwartet oder die Ankunft des Schlittens bemerkt haben, denn im entfernteren Flügel der Villa öffnete sich eine Tür, und ein junger Mann kam auf den Schlitten zugerannt. Er trug ein offenes Hemd und leichte Schuhe, hatte aber um den Hals einen Schal gewickelt.

»Da bin ich wieder«, teilte Felix mit, indem er vom Schlitten sprang und dem Mann die Zügel zuwarf. »Ist alles in Ordnung?«

»Hm«, antwortete der Mann, der uns voller Neugier beäugte. »Soll ich abspannen?«

»Tu das.«

Wir folgten Felix und betraten das Hauptgebäude, während der Mann die Pferde zu einem großen Tor im rechten Flügel führte.

»Warum fahren hier keine Autos?«, konnte ich mir nicht verkneifen zu fragen.

»Weil wir kein Benzin haben«, antwortete Felix.

Mit einem Mal konnte ich mich nicht länger des Eindrucks erwehren, Felix wüsste auf jede Frage eine bis zum Idiotismus richtige Antwort. Warum geht hier niemand spazieren? Weil es kalt ist. Warum haben Sie kein Auto? Weil es kein Benzin gibt.

»Worin besteht der Sinn des Lebens?«, fragte ich scheinheilig.

»Du machst dich über mich lustig …«, brummte Felix. »Für uns besteht der Sinn des Lebens darin, guten Gewissens unsere Funktion zu erfüllen.«

»Das schmeckt mir nicht.«

»Du wirst dich daran gewöhnen.«

Bei dem Haus handelte es sich um ein Restaurant. Nicht so eins wie das Hotel, das im Stil eines europäischen Clubs gehalten war. Nein, dieses Restaurant kam ausgesprochen bombastisch daher, war trinkfreudiger Kaufleute und Parteifunktionäre würdig. Ein Disneyland der Gaumenfreuden! Mindestens genauso vulgär wie das Restaurant *Prag* am Neuen Arbat. Solche Restaurants existierten schon vor der Revolution, die NÖP-Zeit überlebten sie schadlos (möglicherweise amüsierte sich die diebische Alte Rosa Weiß ja damals in ähnlichen Etablissements), sie hielten sich unter Stalin, überstanden den Zweiten Weltkrieg, erstarkten und reiften in der Epoche des großen Maisanbaus unter Chruschtschow und der nachfolgenden Stagnation unter Breschnew, wechselten ein Dutzend Mal den Besitzer während der Perestroika, um schließlich triumphierend das dritte Jahrtausend zu begrüßen.

Geschmacklosigkeit ist einfach nicht totzukriegen.

Hier waren es Säulen. Und Kristalllüster. Und Gobelinteppiche an den Wänden. Und Statuen von nackten Jungfrauen mit den leeren Augen gekochter Fische. Und weiße gestärkte Tischdecken. Und Kristall, Porzellan und silbernes Tafelbesteck. Und Kellner in schwarzen Smokings und weißen Hemden, mit hochnäsig-aufmerksamen Gesichtern.

Behauptet da etwa jemand, das müsse so sein, das sei ganz richtig so, denn ein Restaurant habe sich von einer Cafeteria oder einem kleinen Lokal mit nationaler Küche zu unterscheiden? Ja, gewiss, natürlich. Nur hatte man hier einfach zu viel des Guten getan. Kristall, Silber und Wäschestärke. Man hatte eine unsichtbare Grenze überschritten, worauf sich der glanzvolle Luxus in Geschmacklosigkeit verwandelt hatte.

Dementsprechend war das Publikum. Der freundliche Postbote fiel mir ein, der mir die Zollbestimmungen gebracht hatte. Er war gewissermaßen der Inbegriff eines feinen und distinguierten Herrn, eines Gentleman, der durch und durch dem Butler aus einem englischen Film entsprach.

Hier hingegen herrschte zügelloses Treiben. Gewiss, an einigen Tischen aßen und tranken Damen und Herren von aristokratischem Habitus. Man brauchte sie bloß anzusehen, um zu wissen: Das waren keine Russen. Die stammten von hier. Aus der Welt, in der es kein Öl gab und wo man in Schlitten fuhr, in der jedoch am Ufer Meeresungeheuer herumkrochen. Dafür verlustierte sich in der Saalmitte an einer langen Tafel eine Gesellschaft, wie ich sie auch in teuren Moskauer Restaurants ein paarmal beobachtet hatte. Wenn der Chef unbedingt zu

Silvester einen ›Firmenabend‹ im *Roten Platz* oder *Metropol* organisieren musste, nur um ja keine Prämien auszuzahlen. Dort durfte ich ähnliche Gestalten beobachten, wenn sich diese kraftstrotzenden Individuen mit Schmerbäuchlein (das ließe sich auch umgekehrt formulieren: mit Schmerbäuchlein, aber kraftstrotzend), kurz geschnittenem Haar und dem angeklebten schiefen Lächeln versammelten. Zunächst führen sie sich noch recht anständig auf, mit zunehmendem Alkoholpegel vergessen sie ihre Manieren und verwandeln sich in diejenigen zurück, die sie noch vor zehn Jahren waren: in kleine Banditen. Nur dass sie jetzt keinen polnischen Napoleon, sondern teuren Kognak wie Camus herunterkippen, nicht ihre roten Jacketts, sondern ihre Brioni-Anzüge vollkotzen.

In ihrer Begleitung fanden sich die entsprechenden Damen. Langbeinige (was angenehm ist), schöne (was äußerst angenehm ist) Frauen, allerdings mit Augen, die so glasig und grell sind wie Spielzeug für den Tannenbaum. Freilich sind sie genau das, Spielzeug nämlich, was ihnen jedoch nicht das Geringste ausmacht. Aus lauter Langeweile eröffnen diese Damen Boutiquen (ein Geschäft – das ist profan, aber eine Boutique – das ist etwas für die Seele), bringen halbe Tage in Fitnessstudios zu, wo sie Kräutertee zu sich nehmen und sich an exotischen Geräten ertüchtigen, erhalten an teuren Privatunis eine höhere Bildung, die niemand braucht, wobei Abschlüsse in Management und Psychologie besonders hoch im Kurs stehen.

Wie immer man es drehte und wendete: Das da war eine russische Tischgesellschaft!

Felix geleitete uns durch den Saal, wobei mir nicht entging, wie die Kellner bei seinem Erscheinen eine noch strammere Haltung annahmen, selbst wenn das eigentlich kaum möglich zu sein schien. Es folgten Korridore, vorbei an der Küche, wo es schepperte, lärmte, wo aromatische Düfte wogten, es folgte eine Treppe, die hinauf in den ersten Stock führte, das sich an die Wand drückende Personal ... Das Restaurant erinnerte an ein Kästchen mit doppeltem Boden, in dem viel mehr verborgen ist, als es äußerlich den Anschein erweckt.

Schließlich schloss Felix eine hohe Flügeltür auf und bat uns in sein Arbeitszimmer, das weit weniger pompös gehalten war als der Restaurantsaal. Ein mit Papieren überhäufter Schreibtisch, ein dazugehöriger Stuhl mit ungepolsterten Armstützen und hoher Rückenlehne. Allerdings hatten auch einige wuchtige Sessel im Empirestil, die sich um einen ovalen Tisch gruppierten, ihren Weg ins Arbeitszimmer gefunden.

»Setzt euch.« Felix deutete mit einer Kopfbewegung auf die Sessel. Dann betätigte er einen Knopf an seinem Schreibtisch. Schon im nächsten Moment schaute ein Kellner zur Tür herein. Mit Sicherheit hatte er vor dem Arbeitszimmer gewartet. »Bring den jungen Leuten etwas Anständiges zu essen. Cannelloni mit Pute, Hammelrippchen mit Bohnen ... Suppe ...« Aufmerksam betrachtete uns Felix, während er die Bestellung aufgab. »Zwiebelsuppe für beide. Und für uns alle Glühwein.«

»Der Glühwein ist schon unterwegs«, informierte uns der Kellner würdevoll. »Draußen ist es ja bitterkalt, Herr Direktor.«

»Morgen früh werden die Straßen verschneit sein«, pflichtete ihm Felix bei. »Wir haben den Kraken am Strand gesehen. Schick jemanden zur Polizei, vielleicht können wir die Tentakel kaufen.«

»Ich schicke Friedrich«, entschied der Kellner.

Offenbar handelte es sich bei ihm nicht um einen einfachen Mitarbeiter, sondern eher um den Oberkellner, den Maître de salle oder wie auch immer dieser Posten bei ihnen heißen mochte. Mir war bereits aufgefallen, dass er Kotja mit mehr oder weniger gleichgültigen Blicken bedachte, während er mich voller Respekt anschaute. Ob er wirklich etwas spürte?

Ein zweiter Kellner brachte uns den Glühwein, einen bauchigen Glasbecher für jeden und eine in ein Tuch gewickelte Kanne auf einem Tablett.

Als wir wieder unter uns waren, nippte ich genüsslich an dem Glühwein. Nach der zwanzigminütigen Schlittenfahrt hätte ich mir nichts Besseres vorstellen können. »Wer bist du, Felix?«, fragte ich nach einer Weile.

»Ein Funktional. Ein Gastronomenfunktional.«

»So eine Art Koch?«, mischte sich Kotja ein.

»Kochen kann ich auch«, bestätigte Felix schnippisch. »Nein, ich trage die Verantwortung für das gesamte Restaurant. Für die Innenausstattung, die Mitarbeiter, die Küche ...«

»Die Innenausstattung«, bemerkte Kotja nachdenklich. »Verstehe.«

»Mein Geschmack ist es auch nicht«, gab Felix gelassen zu. »Aber sie gefällt den Gästen. Zu meinem größten Bedauern ... Gut, meine Herren, ich werde versuchen, auf alle eure Fragen zu antworten. Unsere verehrte Rosa neigt stets dazu, die Wahrheit schönzufärben ... Also, Kirill, du bist ein Funktional.«

»Das scheint mir eher ein Begriff aus der Mathematik zu sein«, sagte ich.

»Ja, und? Unser Wesen wird mit dem Wort ›Funktional‹ eben am besten beschrieben. Wir sind einer ganz bestimmten Funktion zugeordnet. Es gibt Verkäuferfunktionale. Oder Arztfunktionale. Hotelierfunktionale oder Gastronomenfunktionale.«

»Es sind Angestellte«, brachte Kotja unversehens hervor.

»Richtig.« Felix nickte. »Wenn du das als Beleidigung empfindest, kannst du dich Meister nennen. Viele bevorzugen das. Aber ich verstehe unter einem Meister einen Menschen, der aus eigener Kraft etwas erreicht hat. Unsere Situation sieht ein wenig anders aus. Unsere Fähigkeiten sind uns gegeben. Von wem, das frag mich nicht, denn das weiß ich nicht. Die Geschichte läuft aber immer nach dem gleichen Muster ab. Der Mensch gerät allmählich in Vergessenheit. Seine Papiere verschwinden. Seinen Platz in der Familie und bei der Arbeit nimmt jemand anders ein. Wenn dieser Mensch am Ende ist und nirgendwo mehr hinkann, kommt ein Bote zu ihm, oder er erhält ein Telegramm. Kurz und gut, er wird zu einer bestimmten Adresse gebeten. Der Ort, zu dem er sich dann begibt, wird sein neuer Arbeitsplatz. Wir nennen das Funktionsort. Rosas Funktion ist ihr Hotel. Meine Funktion ist dieses Restaurant. Deine ist, soweit ich es verstanden habe, die Passierstelle zwischen den Welten.«

Ich nickte.

»Was bekommst du nun im Gegenzug?« Felix trank einen Schluck von dem Glühwein. »Du bekommst ein sehr langes Leben. *Unsterblichkeit* würde ich nicht sagen, denn obwohl du nicht alterst, kannst du sterben oder dir das Leben nehmen. Du bekommst eine gute Gesundheit und hervorragende Regenerationsfähigkeiten. Beachte jedoch, dass deine Fähigkeiten umso geringer sind, je weiter du dich von deiner Funktion entfernst! Auf deinem Territorium kannst du praktisch nicht getötet werden. Vermutlich würde dir sogar der Kopf nachwachsen, wenn man ihn dir abhacken würde. Hier ... hm, hier könnte man dich vermutlich mit einem Schuss ins Herz umbringen. Oder mit mehreren Schüssen.«

Schon komisch: Mein ganzes Leben lang war mir klar gewesen, dass ich durch einen Schuss ins Herz sterben könnte – und es hatte mir nicht das Geringste ausgemacht! Mit einem Mal wurmte es mich jedoch.

»Du bist in der Lage, Funktionale von gewöhnlichen Menschen zu unterscheiden ... warte, bevor du widersprichst. Das kommt nämlich erst mit der Zeit. Du verstehst jede x-beliebige Sprache, aber auch das nur in einem bestimmten Umkreis von deiner Funktion. Der Ort, an dem du lebst und arbeitest, wird sich schon sehr bald nach deinem Geschmack umgestalten. Das geschieht ganz automatisch! Luxusgegenstände wirst du leider nicht erhalten. Ebenso wenig wie Geld oder Edelsteine. Oder auch Lebensmittel. Atemberaubende Schönheiten werden dir, so leid es mir tut, ebenfalls nicht zur Verfügung gestellt. Das dürfte alles sein, was die allgemeinen Fähigkeiten anlangt. Jetzt zu den speziellen. Ich weiß zum

Beispiel, wen ich mit welchen Speisen zu bewirten habe ... Da braucht ihr gar nicht zu lachen, ihr werdet euch gleich selbst davon überzeugen. Rosa hält ihr Hotel in idealem Zustand. Du dürftest vermutlich jeden Schmuggler wittern, dich im Notfall auf einen Kampf einlassen und ihn gewinnen können. Natürlich kannst du dich nicht mit einem Polizistenfunktional messen, aber dennoch ... Und welche Wunder erst ein Arztfunktional vollbringt! Das sind alle Vorteile, die mir einfallen ... Ach nein, halt! Du kannst natürlich auch von einer Welt in eine andere reisen. Wie viele Welten sind mit deiner Funktion verbunden?«

»Bislang zwei. Aber ich glaube, es werden fünf.«

»Hervorragend. Es steht dir also frei, dich in fünf Welten zu bewegen. Behalte jedoch im Hinterkopf, dass deine Fähigkeiten gegen null tendieren, sobald du dich zehn, fünfzehn Kilometer von deiner Funktion entfernst. Du kannst übrigens auch andere Übergänge benutzen.«

»Wenn es Vorteile gibt, muss es auch Nachteile geben«, sagte ich.

»Richtig. Es gibt einen Nachteil, nämlich folgenden: Du wirst dich dein Lebtag mit ein und derselben Sache beschäftigen. Wenn du ein Faulpelz bist, wie er im Buche steht, wirst du deine Arbeit eventuell mit einem minimalen Aufwand erledigen, so wie es bei Rosa der Fall ist. Aber du wirst niemals ganz von ihr loskommen. Solltest du dich weit und für lange Zeit von deiner Funktion wegbegeben, wirst du zum normalen Menschen.«

»Das ist kein sonderlich schlimmer Nachteil«, brummte Kotja. »Schließlich sind wir sowieso alle Menschen.

Aber hundert Jahre lang ein unverletzlicher Supermann zu sein und sich keine Sorgen um das täglich Brot zu machen ... das kriegt nicht jeder geboten ... Kann ich auch ein Funktional werden?«

»Das ist eine Lotterie.«

»Verstehe. Und wo gibt es die Lose zu kaufen?«

Felix grinste nur.

An der Tür klopfte es kurz, und ein Kellner mit einem Tablett trat ein.

»Den Hammel für ihn.« Felix nickte in meine Richtung. »Esst nur, meine jungen Freunde ...«

Er setzte sich an seinen Schreibtisch und vertiefte sich in seine Papiere. Wir machten uns über das Essen her.

Es schmeckte wirklich gut. Sehr gut sogar. Dabei hatte ich früher nie Zwiebelsuppe gegessen, ja, gekochte Zwiebeln geradezu gehasst! Und jetzt leerte ich eine ganz Schale auf einen Zug. Dann probierte ich die Hammelrippchen. Ehrlich gesagt, ließ ich mich nur selten zu Hammel verführen, denn ich hing der Überzeugung an, das Fleisch munde nicht. Nun zeigte sich, dass ich mich damit noch stärker geirrt hatte als bei den Zwiebeln.

Es gab auch Wein. Auch dieses Mal gab das Flaschenetikett in einer fremden Sprache Auskunft. Die Buchstaben erinnerten an lateinische, wenn auch leicht verschnörkelt. Den Sinn der Worte verstand ich dennoch. Der Wein stammte aus den Hochgebirgen Skans, gewonnen aus der einzigartigen Traubensorte Ruminer. Kotja betrachtete die Flasche allerdings auf eine Weise, die keinen Zweifel zuließ: Er vermochte kein Wort zu entziffern.

»Ihr könnt jederzeit zu mir kommen«, sagte Felix, ohne den Blick von seinen Papieren zu heben. »Ich freue mich immer, einen Kollegen empfangen zu dürfen. Bringt Freunde oder Freundinnen mit. Wir müssen einander doch helfen, nicht wahr?«

»Sind Sie aus Moskau, Felix?«

»Nein. Ich bin von hier.«

»Aber Sie sprechen doch Russisch«, ereiferte sich Kotja.

»Ja, und? Gewiss, ich bin Russe ...« Er zog eine Schreibtischschublade auf und holte ein zerlesenes Büchlein heraus. »Nehmt das. Ihr werdet vieles verstehen, wenn ihr das in eurer Freizeit lest.«

Begierig langte Kotja nach dem Buch. Seinem erfreuten Ausruf entnahm ich, dass er den Text verstand.

»Ein Geschichtslehrbuch für die fünfte Klasse, in der russischen Ausgabe!«, rief Kotja begeistert aus.

»Ich habe es meinem Sohn vor zwei Jahren abgenommen«, erklärte Felix. »Ich glaubte, früher oder später würde es mir zupasskommen. Es kommen nicht häufig neue Funktionale zu uns, aber man sollte auf alles vorbereitet sein ... Es hat sich so ergeben, dass ich gewissermaßen die Rolle des Chefs übernommen habe. Inoffiziell natürlich. Am letzten Freitag eines Monats treffen wir uns alle hier im Restaurant ... Komm doch auch. Schließlich sind wir Nachbarn.«

»Wer hat das Hotel überfallen, Felix?«, fragte ich.

»Wenn es Menschen gibt, die über etwas Einmaliges verfügen«, begann Felix seufzend, »dann wird bestimmt jemand versuchen, ihnen das zu entreißen. Gerüchte sind immer in Umlauf, Kirill. Über einen Arzt, der jede

Krankheit zu heilen vermag. Über eine Lücke zwischen den Welten. Über unverwundbare Kämpfer. Und schließlich über Wünsche, die in Erfüllung gehen. Alle unsere bisherigen Verbindungen reißen ab, sobald wir zu einem Funktional werden. Aber früher oder später knüpfen wir neue. Funktionale heiraten. Sie bekommen Kinder. Gewinnen neue Freunde. Irgendwann bringt ein allzu ehrgeiziger Mensch etwas in Erfahrung, und dann geht es los ... Geheimorganisationen. Überfallkommandos. Angriffe auf Funktionale, von denen manche nur schwer aufzuklären sind, während es bei anderen das reinste Kinderspiel ist. In den meisten Fällen werden die Polizisten mit der Situation fertig. Aber manchmal ... manchmal sterben auch welche von uns. Das letzte Jahr war unruhig, ich selbst wurde zweimal überfallen ...«

»Aber normalerweise wissen die Menschen nichts von uns?«

»Diejenigen, die über uns Bescheid wissen müssen, tun das auch. Es ist besser, den Machthabern kleine Gefälligkeiten zu erweisen, als umfassend Widerstand zu leisten, meinst du nicht? Vergiss nicht, du musst dich schließlich ernähren und brauchst etwas zum Anziehen. Weißt du, wie das funktioniert?«

»Zu mir ist ein Postbote gekommen. Heute ... nein, gestern Morgen. Er hat mir ein Buch mit Zollbestimmungen gebracht ...« Ich ließ den Satz unbeendet.

»Ganz genau«, bestätigte Felix. »Du erhebst Steuern auf die Waren. Die kannst du restlos für dich einbehalten. Ich unterhalte ein teures Restaurant. Ein Arzt verlangt von seinen reichen und anonymen Patienten horrende

Summen, wenn er sie von jeder denkbaren Krankheit heilt ... Glaub mir, wenn sich das Gerücht über ein neues Funktional erst einmal verbreitet hat, wirst du dich vor Grenzgängern nicht mehr retten können. Bereite deshalb schon vorab Schilder mit den Öffnungszeiten vor, die du an der Tür anbringst.«

Er machte mir nicht den Eindruck zu scherzen.

»Ich habe also«, schlussfolgerte ich, »eine gut bezahlte Arbeit erhalten und als Zugabe Gesundheit, ein langes Leben und Unverwundbarkeit. Sieht aus, als ob ich allen Grund zur Freude hätte.«

»Den hast du«, bekräftigte Felix. »Und das meine ich völlig ernst. Fang an, dein Leben zu genießen. In fünfzig Jahren wirst du dich langweilen, aber noch kannst du es einfach genießen. Du kannst sämtliche Freuden und Laster kennenlernen. Das heißt: Bleib lieber erst bei den Freuden, die Laster heb dir für später auf ... Übermorgen erwarte ich dich dann bei unserem kleinen Beisammensein der Funktionale Kimgims.« Mit einem Blick auf Kotja präzisierte er: »Allein, versteht sich.«

»Sagen Sie«, ging Kotja in die Offensive, »was würde denn eigentlich passieren, wenn ich über Sie einen Artikel in einer Zeitung veröffentliche?«

»Sind Sie Journalist?«

»Ja!«

»Unser Polizistenfunktional behält Sie im Auge.« Felix schüttelte den Kopf. »Nehmen Sie von diesem Artikel lieber Abstand, junger Mann.«

»Es wird nichts Schlimmes passieren«, warf ich rasch ein, »selbst wenn er einen Artikel schreibt. Er verfasst ohnehin Sensationsmeldungen über allerlei Firlefanz, über Geheimgesellschaften, Übersinnliche, Meeresungeheuer ...«

Ich verstummte.

»Na bitte, da haben wir's«, meinte Felix. »Besser vergisst er diese Story. Schreiben Sie über etwas anderes, junger Mann. Über etwas Romantisches. Über die Liebe. Oder über Tiere.«

»Über die Liebe zu Malteser Schäferhunden zum Beispiel!«, konnte ich mir die Stichelei nicht verkneifen und brach in Gelächter aus. Ich lachte, bis mir die Tränen kamen, ich mich verschluckte, mich im Sessel krümmte und Kotja, knallrot geworden, mir auf den Rücken klopfte.

»Ihr solltet jetzt zusehen, etwas zur Ruhe zu kommen«, sagte Felix, der mich aufmerksam ansah. »Wollt ihr hierbleiben? Ich kann euch ein Zimmer geben. Oder wollt ihr zu Rosa gehen? Oder nach Hause?«

»Nach Hause«, entschied ich. Nachdem ich meinen hysterischen Lachanfall überwunden hatte, fühlte ich mich verlegen – wie einem Menschen halt zumute ist, der coram publico eine Dummheit von sich gegeben hat.

»Das ist sehr vernünftig. Du solltest deine Funktion nicht so lange allein lassen. Vor allem, da du, soweit ich es verstanden habe, noch nicht einmal die anderen Moskauer Funktionale kennengelernt hast.«

»Das stimmt.«

»Moskau ist ja eine große Stadt«, sinnierte Felix. »Bei uns gibt es zehn Funktionale. In Moskau dürften es Hunderte sein ... Aber die werden dich nicht gleich heute oder morgen überfallen.«

»*Kommission kommt übermorgen*«, fiel mir plötzlich wieder ein. »Ja ... sicher.«

»Du musst wissen, es war reiner Zufall, dass Rosa und ich dich in alles eingeweiht haben. Bei euch herrschen nämlich eure eigenen Regeln und Gesetze ... Möglicherweise wird man dir alles noch einmal genauer und besser erklären.«

Abermals betätigte Felix den Knopf an seinem Schreibtisch. »Ich werde Karl bitten, euch nach Hause zu fahren«, sagte er. »In seiner Anwesenheit könnt ihr ganz offen miteinander sprechen.«

»Darf ich ein Foto von dir machen?«, fragte ich.

»Suchst du nach einem Beweis für dich selbst?« Der Restaurantbesitzer lächelte. »Nur zu. Aber dann hätte ich auch gern eins von euch.«

Daran, dass wir den Turm nicht wiederfinden könnten, dachte ich erst, als wir an der *Weißen Rose* vorbeifuhren. Der Stein, den ich auf die Kaimauer gelegt hatte, nützte mir nicht mehr als jene Brotkrumen, die Hänsel und Gretel im Wald fallen ließen, denn in den letzten Stunden hatte es viel zu stark geschneit. Von Kotja brauchte ich keine Hilfe zu erwarten: Er las, die Seiten mit dem Display seines Handys beleuchtend, in dem Geschichtslehrbuch.

Das Problem löste sich überraschend unkompliziert. Irgendwann, als ich die an uns vorbeiziehenden Straßen betrachtete, spürte ich: Wir müssen hier lang. Das Gefühl glich jenem, mit dem ich Kotja unbekannte Ausdrücke erklärte oder mich mit den Gangstern geprügelt hatte.

Es war das reine Wissen, die Sicherheit, es müsse genau so gemacht werden.

Wir gelangten zu unserem Turm, den der junge Kellner mit unverhohlener Neugier betrachtete. Wie es wohl sein mochte, etwas von der Existenz einer anderen Welt zu wissen, aber nicht die Möglichkeit zu haben, sie auch zu besuchen?

»Schulden wir Ihnen etwas?«, fragte ich, einem plötzlichen Gefühlsaufwall folgend.

Wobei die Frage war, was ich ihm eigentlich geben konnte. Hiesiges Geld besaß ich nicht, Rubel nützten ihm nichts.

»Ich bitte Sie!« Abermals staunte der junge Mann den Turm an. »Ich muss jetzt wieder fahren ... sonst erfriere ich noch.«

»Wollen Sie nicht vielleicht ... nur auf ein Schlückchen ...?« Ich ließ den Satz unbeendet.

Im nächsten Moment begriff ich, dass Menschen selbst in einer Parallelwelt Menschen bleiben.

»Wenn es denn wirklich nur auf ein Schlückchen ist.« Der Fahrer lächelte verlegen. »Der Meister lädt einen einfachen Menschen nicht oft ein.«

Mir ging durch den Kopf, dass das Funktional Felix nicht ganz ehrlich gewesen war, als er sich über Rosa Weiß lustig gemacht hat. Gewiss, er selbst legte auf diese hochtrabende Bezeichnung keinen Wert. Aber seine Untergebenen nannten ihn so – auch wenn er so tat, als bemerke er es nicht.

»Dieser Meister wird Sie mit Vergnügen bewirten«, sagte ich. »Treten Sie ein.«

Damit schien es dem Mann vollends die Sprache verschlagen zu haben! Ich öffnete bereits die Tür, während er mich immer noch schockiert ansah. Dann schüttelte er den Kopf. »Der Meister lädt mich ein?«, fragte er.

»Komm rein.« In vollendeter Gastfreundschaft hielt ich ihm die Tür weit auf.

Mit einem ähnlichen Gefühl dürfte ein gläubiger Katholik den Vatikan betreten. Der Mann klopfte sich lange den Schnee von den Beinen. Vorsichtig trat er ein – um die elektrischen Lampen genauso begeistert zu betrachten wie Kotja die Laternen an der Straßenbrüstung.

»Bring uns ein Gläschen«, bat ich Kotja. »Ja?«

»Okay«, meinte Kotja.

Er verschwand eine Minute und kam mit Kognak und drei Gläsern zurück. Der Kutscher kippte den Kognak wie Wasser hinunter. O nein, Alkohol interessierte ihn jetzt nicht im Mindesten.

»Meister ... könnte ich mir wohl einmal Ihre Welt ansehen?«

Ich suchte Kotjas Blick. Der zuckte mit den Schultern: Das entscheide mal schön selbst.

»Hm, vermutlich schon ...« Ich ging zur Tür, die nach Moskau führte. »Aber nur kurz!«

Hat schon mal jemand gesehen, wie einem Menschen beim Anblick von auf einen Schrottplatz platterndem Regen die Augen übergingen?

Es war bereits tiefe Nacht.

Die Aussicht war nicht besser als die durch die Tür nach Kimgim. Dunkelheit, Schmutz, verschwommene Silhouetten von Häusern, in einigen Fenstern ein schummriges Licht. Aus irgendeinem Grund brannten die Straßenlaternen noch nicht.

Dennoch löste dieser schlichte Anblick bei dem Mann den gleichen Enthusiasmus aus wie die Brüder Lumière bei ihrem ersten Zuschauer. Widerwillig trat er nach einer Weile von der Tür zurück. »Vielen Dank, Meister.« Er legte die Hand aufs Herz. »Ich ... ich habe immer davon geträumt, fremde Welten zu sehen.«

Diese idiotische, geschraubte Floskel ging Kotja und mir durch und durch. Mit einem falschen Lächeln geleiteten wir den Mann zur Tür nach Kimgim. Wir winkten ihm sogar.

Sobald die Tür zu war, schien uns beiden ein unsichtbares Korsett abgenommen zu werden.

Ich sank gegen die Wand.

Kotja gestaltete es schlichter und ließ sich auf den Boden plumpsen. Dort machte er sich daran, seine Brille unnötig lange mit dem Stoff seines Ärmels zu putzen.

»Wie ... gefällt dir ihre Welt?«, fragte ich.

»Ihre Welt? Diese Freimaurer!«, antwortete Kotja in aller Entschiedenheit. »Eine Weltverschwörung. Monster. Himmel, Arsch und Zwirn, warum bin ich bloß hierhergekommen?!«

In seiner Stimme lag echte Qual.

»Was meinst du denn?«, fragte ich verständnislos.

»Na, was wohl! Du bist jetzt der Hüter zwischen den Welten, oder nicht? Du fängst fliegende Messer ab, deine Wunden verheilen, du erhebst Zölle ... Und ich? Ich bin ein Niemand! Ich habe keinen Titel! Ich darf nicht mal ein Sterbenswörtchen darüber verlieren, denn dann kriege ich Besuch von einem Funktional, der kurzen Prozess mit mir macht!«

»Kotja ...«

Ich fühlte mich wirklich nicht wohl in meiner Haut. Ich hatte ein Los gezogen, das von wer weiß wem ins Spiel gebracht worden war. Außerdem hatte Kotja bereits vergessen, dass wir Freunde sind. Dennoch wurde ich dieses Schuldgefühl nicht los.

»Alles haben die unter ihre Kontrolle gebracht! Bei allem haben sie ihre Finger im Spiel«, fuhr Kotja unterdessen aufgebracht fort. »Überall haben die ihre Leute platziert. Sie haben ihre eigenen Zahnärzte und Friseure. Einfache Menschen müssen sich abmühen, aber ihr lebt wie die Maden im Speck!«

Das klang nun rundum absurd. Früher hatte ich es nie mit Klassenhass zu tun gehabt. Aber früher gab es auch keinen Unterschied zwischen Kotja und mir. Mit einem Mal verstand ich, was der bescheidene Krämer empfunden haben musste, als ihm im Oktober 1917 ein Matrose mit revolutionärer Gesinnung einen Besuch abstattete.

»Kotja ...«

»Ach, halt doch die Klappe!«, platzte Kotja heraus, was für ihn einem exquisiten Kraftausdruck gleichkam. »Das habt ihr euch schön ausgedacht, ihr Meister und Funktionale!«

Die letzten Worte stieß er mit derselben Verachtung aus, mit der ein eingeschworener Antisemit über die ›raffgierigen Juden‹ zetert.

»Hör mal, das ist doch nicht auf meinem Mist gewachsen ...«, setzte ich an.

Aber Kotja spielte, was bei ihm öfter vorkam, die beleidigte Leberwurst.

Mit einem Ruck erhob er sich, zog das Geschichtslehrbuch, das der Meister – oder das Funktional – Felix seinem Sohn abgenommen hatte, unter seinem Pullover hervor und schleuderte es auf den Fußboden. Daraufhin verließ er stolz den Turm und schlug die Tür laut hinter sich zu.

Er kehrte nach Moskau zurück.

»Glaubst du etwa, ich habe das gewollt?«, fragte ich den Turm. Ich rieb mir den Arm, in den das Messer eingedrungen war. »Habe ich mich etwa darum gerissen, ein Funktional zu werden? Damit ich Partisanen ausheben und Zollgebühren eintreiben kann?«

Im Turm blieb es still. Sehr still. Es gab niemanden, der mir hätte antworten können.

Einen hysterischen Anfall ganz ohne Zuschauer durchzuziehen ergibt jedoch überhaupt keinen Sinn.

So bückte ich mich nur und hob das Buch auf. Es war auf der ersten Seite aufgeschlagen, wo ich eine Karte der Welt erblickte, in der sich Kimgim befand.

Einige Sekunden lang lachte ich dümmlich vor mich hin.

Ob Kotja diese Karte auch entdeckt hatte? Ob er deswegen so aufgebracht war?

»Zu Hause ist anders«, fiel mir eine alte Soldatenweisheit wieder ein.

Dergestalt, mit dem Buch in den Händen, begab ich mich in den ersten Stock.

Elf

Für einen jungen und gesunden Mann gibt es viele Möglichkeiten aufzuwachen. Die angenehmste ist natürlich die, wenn dir jemand das Ohr küsst und zärtlich flüstert: »Vielen Dank ... Liebling ... das war eine unvergessliche Nacht ...« Wie seltsam es auch klingen mag, doch die grauenvollste Variante ist mit dieser absolut identisch. Nur ist die Stimme in diesem Fall männlich und spricht mit kaukasischem Akzent.

Zwischen diesen beiden Extremen liegt ein breites Spektrum unterschiedlicher Formen des Erwachens. Da gibt es die »zweite Flasche, die nicht hätte sein müssen, allerdings saßen wir so gesellig beisammen« oder auch die »Socken, die ich in aller Eile anzogen habe, damit ich Land gewinne, bevor die Lady neben mir aufwacht«, und auch die reichlich exotische Alternative: »Ich muss wohl hinterm Steuer eingeschlafen sein, Herr Doktor.«

In der Regel gestaltet sich das Aufwachen freilich weitaus prosaischer. Gewöhnlich wacht ein junger Mann mit dem Gedanken auf: »Meine Arbeit hängt mir ja so was von zum Halse raus!« Verbreitet sind auch die Varianten:

»Ob dieses Kind irgendwann aufhört zu schreien?« und »Welcher Idiot ruft mich mitten in der Nacht an?«

Ich wachte auf, weil mich ein Sonnenstrahl, der durchs Fenster fiel, kitzelte. Das Licht war so klar, grell und warm, dass kein Zweifel aufkam: Das war nicht die Sonne des matschigen Moskauer Himmels.

Sobald ich die Augen vollends aufschlug, begriff ich, dass es über Nacht einen radikalen Wetterumschwung gegeben hatte. In Kimgim schneite es nicht mehr, stattdessen hingen am Himmel dicke graue Wolken. Dafür hatte es in Moskau aufgeklart. Der blaue Himmel strahlte, als wolle er es mit blendendem Weiß aufnehmen, die Sonne schien einer Kinderzeichnung entliehen, so zitronengelb prangte sie, der Luft war ihre Reinheit und Kälte mit bloßem Auge anzusehen.

Ich blieb noch einen Augenblick liegen, um zu den ladenlosen Fenstern hinauszuschauen. In meinem Kopf herrschte gähnende Leere. Mein Körper barst vor Energie, wollte rennen, springen ... Vieles gab es, was er wollte. Auf gar keinen Fall aber wollte er ein morgendliches Gymnastikprogramm absolvieren – dergleichen hatte er nämlich nicht nötig.

Ein Glückspilz war ich! Ein Meister! Ein Funktional! Ein Zöllner. Ganz allein konnte ich eine Handvoll Banditen ausschalten, Wunden jagten mir keinen Schrecken ein, vor mir lag ein langes und ganz unbedingt glückliches Leben!

Ich hüpfte aus dem Bett, sprang herum – und berührte mit den Händen die Decke. Oho! Die war mindestens drei Meter hoch.

»Der Morgen taucht in zartes Licht des alten Kremls Mauer!«, summte ich fröhlich eine Zeile aus einem alten Volkslied. Plötzlich verstummte ich. Zartes oder güld'nes? Ach, was! Als ob das eine Rolle spielt! Hauptsache, die Sonne scheint lustig, der Himmel ist klar – und zwar bei uns, nicht in diesem idyllischen Kimgim. Die sollten sich mal ja nicht für was Besseres halten. Wir waren nämlich auch nicht ohne!

Ich öffnete das Fenster und lehnte mich hinaus. In Moskau musste das recht komisch aussehen: In einem verdreckten Wasserturm geht plötzlich im ersten Stock ein kleines Fenster auf, und ein Mann mit nacktem Oberkörper und zufriedenem, ausgeschlafenem Gesicht steckt den Kopf heraus ...

Es beachtete mich jedoch niemand. Die Autos rasten vorbei, in der Ferne surrte eine davonfahrende Eisenbahn (anscheinend hatte dieses Geräusch mich geweckt). Dick eingemummelte Menschen eilten zum Bahnhof. Natürlich, heute war Samstag ... Vermutlich wollten sie den letzten warmen Herbsttag nutzen. Nun gut, so warm war er nicht, der Tag, aber immerhin sonnig. Ich selbst schnappte mir an Tagen wie diesem immer Cashew und rief Anka an, damit wir beide zu ihrer Datscha fuhren, die schon alt war und gerade deshalb so charmant.

Mit einem Mal packte mich eine ungeheure Sehnsucht. Nicht wegen Anka. Das war einmal und kam nicht wieder, wir hatten uns getrennt und Lebewohl gesagt, denn zwischen uns war es nicht wirklich gut gelaufen, allerdings hatten wir beide uns auch nicht die rechte Mühe gegeben. Wie vernünftige Menschen waren wir auseinandergegangen. In beiderseitigem Einvernehmen. Meine Freunde, die aus meinem Leben verschwunden waren, ja, selbst meine Eltern vermisste ich ebenfalls nicht sonderlich. Meine Freunde, dessen war ich mir sicher, würde ich einfach noch einmal kennenlernen. Mit Kotja hatte das ja schließlich auch geklappt. Und meine Eltern? Das Wichtigste war ja, dass sie wohlauf waren und sich um mich keine Sorgen machten – weil es mich ja sozusagen nie gegeben hatte.

Nein, ich hatte Sehnsucht nach Cashew. Ich wollte seinen Hundekopf bei den Ohren packen und ihn ordentlich zausen. Anschließend würde ich ihm einen Nasenstüber geben, ihn hinter den Ohren kraulen, den Bauch streicheln ...

Puh! Wenn ich das Kotja erzählen würde, hätte der glatt das nächste literarische Kabinettstückchen parat. Vermutlich saß er sowieso gerade rum und beklagte den Mangel an neuen Ideen.

Aber warum sollte ich mir Cashew eigentlich nicht einfach holen können? Gewiss, mein Hund hatte mich vergessen. Aber was hieß das schon! Er würde sich wieder an mich gewöhnen! Ob einer der Nachbarn ihn zu sich genommen hatte? Gut, ich würde ihm danken. Ja, ich war sogar bereit, für meinen Hund zu zahlen. Denn ich brauchte ihn!

Nachdem ich diese Entscheidung getroffen hatte, besserte sich meine Laune schlagartig. Ich schloss das Fenster und lief die Treppe in den zweiten Stock hoch, nahm eine eiskalte Dusche (nicht dass ich darauf sonderlich Wert legte, doch das Wasser wollte einfach nicht heiß werden), machte mir in der Küche ein paar belegte Brote zurecht und stellte Teewasser auf. Ich ließ mich auf einen Stuhl plumpsen, und während ich aß, beschäftigte ich mich mit der Frage, ob ich den Turm mit einem Fernseher ausstatten sollte. Aus dem Nichts würde er sich natürlich nicht materialisieren. Aber ich könnte ja einen kaufen. Brauchte ich diesen Hirnsarg nun in meinem Leben oder nicht?

Vermutlich schon. Damit ich mich nicht gänzlich von meinem Land entfremdete. Schließlich guckten alle fern. Und ich hielt mich ja wohl nicht für etwas Besseres, oder? Wer würde mir denn sonst raten: Iss Joghurt! Putz dir die Zähne! Geh ins Kino!

Ich säbelte mir noch ein Stück Wurst ab, goss mir einen Tee auf, erhob mich und inspizierte die Küche, betastete die Messer, die scharf waren, besah mir die Töpfe und Teller. Ich würde lernen müssen, für mich zu kochen. Bislang umfasste mein Repertoire insgesamt nur zwei Gerichte: Spiegeleier und Suppenhuhn. Fast könnte man meinen, ich hege persönliche Vorbehalte gegenüber dem armen Vogel und versuche, ihn samt seiner Nachfahren auf jede nur denkbare Weise zu vernichten. Wenn mich das Gastronomenfunktional Felix einmal besuchte, müsste ich mich ja schämen.

In dem Moment begriff ich, dass mir seit einiger Zeit schon ein kaum hörbares Geräusch keine Ruhe ließ. Es kam von draußen. Ein leises Dröhnen, als arbeite eine riesige Maschine.

Aufmerksam lauschend trat ich ans Fenster, an jenes, das mit Läden verschlossen war, links neben dem nach Moskau. Ich presste das Ohr an die kalte Metallplatte.

Hinter den Läden gluckerte, zischte und toste es. Maschinen? Als ich mich daranmachte, die Schraube zu lösen, fiel mir quasi nebenbei auf, wie meine Finger die Mutter gleich einer Flachzange umspannten. Im Nu vermochte ich die Läden zu öffnen.

Auch hier schien die Sonne, die allerdings noch kaum über dem Meer aufgegangen war, sondern nur mit einem schmalen purpurfarbenen Rand den Osten anzeigte. Warum bringt man das wohl nie durcheinander, ob die Sonne auf- oder untergeht, wenn man sie über dem Meer sieht?

Links und rechts zog sich die Linie des Strands dahin. Ich riss das Fenster auf, sog die salzige und gleichzeitig süße Meeresbrise ein, ohne mich sattatmen zu können, lehnte mich mit dem Oberkörper hinaus und schaute mich um. Der Turm stand, als handle es sich um einen Leuchtturm oder einen Vorposten gegen mysteriöse Meeresungeheuer, auf einer sandigen Landzunge.

Dennoch spürte ich, dass nicht mit den Kimgimer Kraken zu rechnen war. Und sollte es sie doch geben, dann würde ich am Fuße meiner Funktion jeden Kraken mit bloßen Händen in Stücke reißen.

Ich sauste nach unten und riss die Tür auf. Als ich hinaushüpfte, versanken meine Füße im Sand. Ich rannte um den Turm herum. Ein Sandstrand erstreckte sich hier, dreihundert Meter vom Turm entfernt leuchtete das Ufer grün. Keine Spuren von Menschen. Nur die gegen das Ufer brandenden Wellen.

Man durfte nicht im kalten Moskau leben und nur einmal im Jahr das Meer sehen, um sich anders zu verhalten. Ich zog mich nackt aus, flitzte zum Strand hinunter und stürzte mich in die Fluten. Das Wasser erwies sich zwar als morgendlich kühl, dabei jedoch als durchaus erträglich. Fünf Meter watete ich noch, bis es mir bis zur Taille reichte, dann schwamm ich los. Nach einer Minute wollte ich mit dem Fuß vorsichtig den Boden ertasten, doch da lag er bereits zu tief unter mir. Ich ließ mich im kalten Salzwasser treiben, nur leicht mit den Armen rudernd, und betrachtete die aufgehende Sonne. Irgendwann drehte ich mich um und schaute zum Ufer, zu meinem Turm, zurück.

Selbstverständlich wunderte ich mich nicht im Geringsten darüber, dass der Turm in dieser Welt wie ein Leuchtturm aussah. Die Mauern bestanden aus grauem Stein und rosa Muschelkalk. An der Spitze gab es eine vergitterte Plattform, leicht funkelnde Spiegel und Glas. Welcher Art von Licht man sich hier wohl bediente? Und ob es zu meinen Pflichten gehörte, es anzuzünden?

Vermutlich schon.

Ich tauchte unter und schwamm ans Ufer zurück.

Eine neue Welt war gut. Ein alter Freund besser. Ich musste Cashew retten.

Ich ging ein zweites Mal unter die Dusche, schließlich war das Meerwasser salzig. Und ich konnte es mir nicht verkneifen, noch einmal ausgiebig am Fenster zu stehen, das zum Meer hinausging.

Die Sonne hatte sich inzwischen über den Horizont erhoben. Vom Meer wehte nun eine leichte, warme Brise heran.

Schon immer hatte ich diejenigen beneidet, die am Meer leben.

Und jetzt hatte ich mein eigenes Meer direkt vor der Haustür. Fünfzehn Minuten zu Fuß von der Metrostation Alexejewskaja entfernt.

Es gab nichts, womit ich die Tür von außen hätte abschließen können. Allerdings dürfte das wohl auch nicht nötig sein. Wenn der Turm über Nacht eine ganze Etage mit Küche und Bad zustande brachte, dann würde er es auch schaffen, keine Obdachlosen hereinzulassen. Ich zog mir die Kapuze über die nassen Haare (die Sonne war ja schön und gut, änderte aber nichts am Herbst) und machte mich auf den Weg zur Metro. Mir war nur noch wenig Geld geblieben – und dabei wollte ich Cashew doch ehrlich auslösen!

Plötzlich schoss mir eine überraschende Idee durch den Kopf.

Ich blieb stehen und tat per Handzeichen kund, dass ich eine Fahrgelegenheit suchte. Schon eine Minute später hielt ein Shiguli mit einem vollwangigen kahlen Mann hinterm Steuer, der an den jungen Schauspieler Jewgeni Morgunow erinnerte.

»Zur Studeny-Passage«, sagte ich freundlich.

»Was springt dabei raus?«

»Ein Fünfziger.« Mein Lächeln verbreiterte sich, obwohl ich von Verhandlungen, die mit weniger als einem Hunderter anfingen, im Prinzip auch gleich hätte absehen können. »Ich glaube, das ist fair.«

»Soll mir recht sein!«, stimmte der Fahrer ehrlich überzeugt zu. Er beugte sich über den Sitz und öffnete die Beifahrertür. »Steig ein!«

Die Fähigkeiten eines Zöllners erschöpften sich also

tatsächlich nicht in der Kenntnis seltener Wörter und in der Fähigkeit, Messer aus der Luft abzufangen. Der Fahrer murmelte zufrieden etwas vor sich hin, ich betrachtete entspannt die an uns vorbeiziehenden Häuser. Wir kamen gut durch, ohne Staus.

»Neulich habe ich Henry Miller gelesen ...«, fing der Fahrer völlig überraschend zu berichten an.

Das Äußere meines Chauffeurs deutete eigentlich nicht einmal darauf hin, dass er die zurzeit so angesagten Autoren Murakami oder Coelho las. Ehrlich gesagt, würde ich selbst bei Turgenjew, Jack London und den Strugatzkis erhebliche Zweifel anmelden.

»Was denn?«, fragte ich. »*Wendekreis des Krebses*? oder *Wendekreis des Steinbocks*?«

Der Mann schaute mich mit grenzenloser Verwunderung an. »Ist nicht wahr! Was hat dich denn dazu gebracht, diese Bücher zu lesen?«

»Hat sich so ergeben ...« Jetzt war es mir sogar selbst etwas peinlich. »In meiner Jugend, die standen in der Bibliothek meiner Eltern ...«

»Verstehe.« Der Fahrer beruhigte sich wieder. »Also ich kann mit dieser Hochliteratur nichts anfangen! Da lese ich Seite um Seite ... Aber was ist das für ein Zeug? Hohe Literatur – heißt das etwa, dass alle Scheiße fressen oder sich in den Arsch ficken?! Muss ich mir das wirklich antun und diesen Mist lesen?«

»Das müssen Sie nicht«, beteuerte ich. »Lesen Sie doch einfach die Klassiker!«

»Tjutschew mag ich sehr«, bekannte der Fahrer zu meiner Überraschung. Daraufhin verstummte er – als beiße er sich auf die Zunge. So gelangten wir zur Studeny-Passage, beide schweigend und unseren Gedanken zur hohen Literatur nachhängend. Ich bat ihn, kurz vor meinem – ehemaligen – Haus anzuhalten. Als ich ihm die fünfzig Rubel aushändigte, akzeptierte er sie widerspruchslos.

Mitunter kommt es zu seltsamen Begegnungen – ganz ohne jedes Wunder.

Derjenige, der diese Straße Studeny-Passage genannt hatte, entbehrte weder einer scharfen Beobachtungsgabe noch eines gewissen Sinns für Humor. Sommers gibt sie eine durch und durch anheimelnde Straße ab, hinter der Moskau endet und Russland anfängt. Im Herbst und Winter rechtfertigt sie jedoch das ›Studeny‹ in ihrem Namen, diese leicht saloppe Form für *kalt*. Sofort fielen einem sämtliche Märchen von dem Mädchen mit den Schwefelhölzchen und weitaus realistischere, wenn auch weniger herzergreifende Kriminalstatistiken zu Alkoholikern ein, die sich in einer Schneewehe zur Ruhe gebettet hatten.

Langsamen Schrittes umrundete ich mein Haus und versuchte, mir darüber klar zu werden, wie ich vorgehen sollte. Durfte ich die Fähigkeiten eines Funktionals zum Einsatz bringen? Mit einem Fußtritt die Tür einschlagen, mir meinen Hund schnappen und fliehen? Würden meine Fähigkeiten dafür überhaupt ausreichen? Bis zum Turm waren es immerhin exakt zehn Kilometer.

Exakt?

Ja, exakt. Plus, minus fünfzig Meter. Das wusste ich.

Ganz wie der Summer im Telefon zu fiepen anfängt, wenn es zu weit von der Basis entfernt ist.

Falls es mir also in den Sinn käme, auf der Prager Straße eine große Nummer abzuziehen, würde mir das nicht glücken. Dort wäre ich nur ein normaler Mensch.

Aber hier müssten meine Fähigkeiten noch ausreichen. Ich könnte – ja, ohne Zweifel brächte ich das fertig – die Fassade unseres achtstöckigen Hauses zum Fenster einer der Nachbarwohnungen hochkraxeln. Auch die Eisentür könnte ich eintreten. Oder beispielsweise die guten italienischen Schlösser mit einer Büronadel knacken. All das gehörte zum Repertoire von Fähigkeiten, das einem Zöllner zur Verfügung stand.

Nur wollte ich weder stehlen noch rauben. Die fünftausend Rubel, die mir noch verblieben waren, stellten eine Summe dar, für die man jemandem einen Rassehund, an den dieser zufällig geraten war, abkaufen konnte. Andererseits musste dieser Jemand mir den Hund bei dieser Summe nicht unbedingt überlassen ...

Sobald ich jedoch zu meinem alten Hof gelangte, erübrigte sich jede Grübelei. Auf dem Kinderspielplatz, wo niemals Kinder spielten, führte das Nachbarstöchterchen Cashew zwischen tristen Betonpilzen und einer wuchtigen Schaukel Gassi.

Wie praktisch! Ich bräuchte bloß zu dem Mädchen gehen, es anzubrüllen, mir Cashew zu schnappen ... Seine Eltern würden schon nicht die Miliz rufen. Eher dürften sie froh sein, dass ihrer Kleinen selbst kein Haar gekrümmt worden war.

Allerdings strahlte das Mädchen vor Glück. Mit festem

Griff hielt sie die Leine, spähte in alle Richtungen, denn es verlangte sie nach Zuschauern. Sie ging mit einem Hund Gassi. Mit einem echten. Mit ihrem eigenen Hund! Ich fing ihren fröhlichen Blick auf, doch sie erkannte mich natürlich nicht. In dem Moment begriff ich, dass ich ihr den Hund nicht wegnehmen konnte. Na ja, zumindest nicht, wenn mir Cashew nicht entgegengesprungen kam.

Das tat er nicht. Geschäftig wuselte er über den Spielplatz und suchte eine trockene Stelle. Er beschnupperte die Markierungen der Nachbarhunde. Irgendwo hob er dann das Bein, um seinerseits eine Botschaft zu hinterlassen.

Ich näherte mich den beiden, holte die Zigaretten heraus und zündete mir eine an. Cashew kläffte fidel und kam auf mich zu. Er war nie sehr aggressiv gewesen, und wenn seinem Herrchen – oder Frauchen – nach seinem Dafürhalten keine Gefahr drohte, war er bereit, Passanten zu begrüßen.

Natürlich nur, wenn ihm der Passant gefiel.

Ich streckte die Hand aus und ließ ihn mit der kalten Hundenase dagegenstupsen. Mit den Fingerspitzen kraulte ich Cashews Kehle. Der Hund sah mich freundlich an, sprang an mir hoch, wobei er mit seinen verdreckten Pfoten meine Jeans beschmutzte, und bellte mir ein Hallo zu.

Das Nachbarsmädchen lächelte. »Cashew begrüßt so nur nette Leute!«, erklärte sie.

»Cashew? Was für ein ausgefallener Name.« Ich zauste den Hund am Kopf. »Ich hatte auch mal ... so einen Hund.«

Ich erwartete schon, dass das Mädchen daraufhin auf der Hut war. Immerhin gehörte ihr der Hund erst seit zwei Tagen.

»Wirklich? Das ist ja ein Zufall!«, rief das Mädchen. »Und? Hatten sie ein Weibchen oder ein Männchen? Wir haben einen Rüden. Papa hat ihn mir geschenkt, als ich eingeschult worden bin. Und er hat mir gesagt, wenn ich nicht ordentlich lerne, nimmt er ihn mir wieder weg!«

Ein Versprechen, wie es typischer für Pjotr Alexejewitsch nicht sein konnte! Aufmerksam betrachtete ich das Mädchen. Es log nicht. Ganz bestimmt nicht!

»Wie alt ist er denn?«, fragte ich.

»Dreieinhalb Jahre. Er ist noch jung! Aber er ist schon bei zwei Ausstellungen der Champion gewesen!«

Ich dagegen hatte Cashew niemals zu einer Ausstellung gebracht. Dafür war keine Zeit gewesen. Zwar hatte die Züchterin mir versichert, es würde sich lohnen, mit dem Tier an derartigen Veranstaltungen teilzunehmen, aber ...

»Anscheinend bist du gut in der Schule«, sagte ich. »Schließlich hat dir dein Papa den Hund nicht weggenommen.«

Das Mädchen brach lauthals in Gelächter aus. »Na klar, ich habe nur Einsen! Aber mein Papa hat sowieso nur Spaß gemacht! Glauben Sie etwa, er würde so etwas im Ernst sagen? Cashew würde er doch niemals hergeben!«

Ich nahm einen tiefen Zug an der Zigarette und fing an zu husten. Mist. Was ging hier vor? Nicht nur, dass Cashew mir nicht mehr gehörte! Er hatte auch Natalja Iwanowa niemals gehört! Der tüchtig dem Alkohol zusprechende und grobschlächtige Pjotr Alexejewitsch hatte den Hund seiner Tochter geschenkt. Daraufhin musste sich in der Familie etwas verändert haben. Die schüchterne, wortkarge Dreier-Schülerin lachte aus vollem Hals, brachte hervorragende Zensuren nach Hause und sprach mit echter Liebe in der Stimme von ihrem Vater.

»Heh, du Rabauke!«, flüsterte ich, nachdem ich mich hingehockt und Cashew gestattet hatte, mir die Nase abzuschlecken. »Du erinnerst dich also nicht mehr an mich? Aber es geht dir gut, ja? Wirklich? Und deinetwegen geht es ihnen jetzt auch besser?«

Cashew leckte mir übers Gesicht. Ihm ging es gut. Er liebte sein kleines Frauchen und war absolut davon überzeugt, die meisten Menschen verdienten seine Liebe.

»Du hast einen tollen Hund«, sagte ich. »Pass gut auf ihn auf. Mir ist ... genau so einer abhandengekommen.«

Prompt spiegelte sich im Gesicht des Mädchens der ganze Horror einer solchen Situation wider. Sie nickte. »Wir geben ihn bald zum Decken und bekommen dann einen Welpen«, informierte sie mich. »Wenn Sie wollen, kommen Sie vorbei. Nur wird der junge Hund sehr teuer sein. Leider.«

»Ich denk drüber nach«, versprach ich. »Übrigens suche ich eine Bekannte. Natalja Iwanowa heißt sie. Kennst du sie?«

Nachdem das Mädchen kurz überlegt hatte, schüttelte es den Kopf.

»Ich weiß nur noch, dass sie in dieser Gegend wohnt«, fuhr ich fort. »Und im fünften Stock. Ich habe sie einmal nach Hause gebracht ...«

»Wir wohnen auch im fünften Stock«, zeigte sich das Mädchen hilfsbereit. »Aber da wohnt keine Natalja. Auf der Etage gibt es drei Wohnungen. In der einen wohnt Tante Galina ...« Das Mädchen senkte die Stimme, um Worte zu wiederholen, die es irgendwo aufgeschnappt hatte: »Eine seltene Giftschlange. Gegenüber wohnen meine Eltern, Cashew und ich. Und die Einzimmerwohnung in der Mitte steht leer. Die Besitzer scheinen die gar nicht zu brauchen! Da könnten sie die Wohnung doch vermieten, oder? Obendrein würden sie auf diese Weise gutes Geld verdienen. Aber die nutzen sie weder für sich selbst, noch lassen sie andere darin wohnen! Mein Papa sagt, man müsste mal die Gesetze genauer unter die Lupe nehmen, vielleicht gibt es ja eine Möglichkeit, ihnen die Wohnung wegzunehmen. Wegen Nichtnutzung.«

»Das dürfte wohl kaum der Fall sein«, bemerkte ich nachdenklich. »Ich lass mir die Sache mit dem Welpen durch den Kopf gehen. Vielen Dank!«

Zum Abschied streichelte ich Cashew noch einmal über den Nacken. Dann ging ich, ohne mich umzudrehen, davon.

Auf dem Weg zur Metro rief ich Kotja an.

»Ja?«, meldete sich dieser höchst misstrauisch.

»Richtig geraten«, bestätigte ich. »Treffer. Ich bin's.«

Es folgte ein schwerer Seufzer.

»Kotja, hör mit den Albernheiten auf«, bat ich. »Ich brauche deinen Rat.«

»Und ich muss arbeiten!«, entgegnete Kotja stolz.

»Was ist? Verdienst du dir schon was für die Sommerfrische?«, fragte ich in unschuldigem Ton.

»Warum denn nicht?!«

»Dann lass mich mal raten, woran du gerade sitzt. *Einst war ich ein fröhliches und geselliges Mädchen, bis ich sie im Fernsehen gesehen habe* ...«

»›*Früher war ich ein einfacher Junge aus Petersburg namens Ljocha*‹, sagte Mary lächelnd. ›*Mach die Zigarette aus, Rauchen schadet der Gesundheit!*‹«

»Bei dir tauchen ja gesellschaftlich positive Botschaften auf«, staunte ich.

»Das ist für die Zeitung *Deine Gesundheit*«, gestand Kotja. »Sie legen größten Wert darauf, dass neben den literarischen Perlen etwas über die verheerenden Folgen des Trinkens, Rauchens und des sonst was erscheint. Weshalb rufst du an?«

»Besorg ein Dutzend Bier und komm her«, bat ich. »Aber sieh zu, dass das Bier kalt ist. Und bring auch noch ein paar Chips mit und Nüsse und ...«

Kotja brauchte seine Zeit, um das Gesagte zu verdauen. »Warmes Bier zu bekommen wäre zu dieser Jahreszeit ein Problem, insofern ...«, sagte er schließlich. »Was ist passiert? Hat sich das dritte Türchen geöffnet? Wohin führt es?«

»In den Sommer«, antwortete ich, bevor ich das Handy ausschaltete.

Kluge Gedanken schleichen sich von hinten an.

»Wenn du in der Lage wärst, systematisch zu denken, Kirill«, knurrte Kotja, während er sich vom Rücken auf den Bauch drehte, »hättest du mich gebeten, Sonnencreme mitzubringen.«

Allmählich stach die Sonne wirklich gehörig.

»Wenn du nicht so ein Faulpelz wärst, würdest du jetzt loslaufen, um welche zu besorgen«, konterte ich. »Ich sorge für den Sommer, du für den Rest.«

»Und wo soll ich jetzt Sonnencreme herkriegen?«, fragte Kotja träge. »Die müsste ich zu Hause suchen oder in einer Drogerie à la *Twerskaja Hautevolee* kaufen. Gib mir noch ein Bier ...«

Ich reichte ihm eine Flasche Obolon. »Hör mal«, konnte ich mir nicht verkneifen zu fragen, »was findest du eigentlich an diesem Bier?«

»Ihre Werbestrategie gefällt mir«, grinste Kotja. »Stell dir vor, sie fordern Fantastikschriftsteller auf, das Bier der Marke Obolon in ihren Büchern zu erwähnen.«

»Ja, und?«

»Also, wenn in einem Buch zehnmal das Wort *Obolon* erwähnt wird, zahlen sie dem Autor eine Prämie. Kaum zu glauben, oder?«

»So einfach geht das?«, begeisterte ich mich. »Obolon, Obolon, Obolon – und das ist alles?«

»Zehnmal hintereinander Obolon«, insistierte Kotja. »Nicht weniger.«

»Was soll das überhaupt sein? Obolon?«, fragte ich.

»Das sumpfige Ufer eines Flusses.«

»Im Ernst? Dann ist Obolon also Bier aus sumpfigem Wasser?«

»Aber es schmeckt doch!«

Ich widersprach nicht.

An diesem Meer und unter dieser Sonne – noch dazu im November! – hätte mir jedes Bier gemundet.

»Das alles ist sehr seltsam«, bemerkte ich. »Weißt du ... ich hatte damit gerechnet, dass Cashew Natalja vermissen würde ... dann hätte ich ihn mitgenommen. Selbstverständlich hätte ich etwas für ihn gezahlt! Aber dann stellt sich heraus, er ist schon seit drei Jahren bei dem Mädchen. Das geht doch nicht mit rechten Dingen zu.«

»Doch, das tut es«, schnaubte Kotja. »Verstehst du es denn immer noch nicht?«

»Was?«

»Weder Rosa noch Felix erwähnen irgendwelche obskuren Individuen, die ihren Platz eingenommen haben. Anscheinend solltest du aus dem Leben herausfallen ...«

»Hmm ...«

»Deshalb hat man dich herausgestoßen. Ersetzt.«

Trotzdem war mir schleierhaft, worauf er hinauswollte. »Und wie hat man mich ersetzt?«

»Sie hat sich ins Messer gestürzt?«, fragte Kotja seelenruhig. »Die Brust ans Messer gepresst und dann allez hopp, ja? Direkt ins Fleisch? Dann liegt die Leiche blutüberströmt da, Sirenen heulen, du fliehst ...«

»Scheiße!«

Endlich ging mir ein Licht auf.

Ich sprang auf. Wie wahnsinnig stampfte ich mit dem Fuß im Sand herum. »Scheiße! Scheiße! Scheiße!«

»Ist der Groschen gefallen?« Kotja drehte mir den Kopf zu und sah mich mit zusammengekniffenen Augen an. »Deine Natalja Iwanowa, diese graue Maus, diese unscheinbare Motte, ist genauso ein Funktional wie du. Offenbar hast du dich nicht so verhalten, wie sie es gewohnt sind. Das haben sie vorausgesehen. Deshalb haben sie dir diese hässliche, ekelhafte Puppe als Katalysator ins Nest gesetzt. Sag mal, ist sie zufällig genau der Typ, den du am schrecklichsten findest? Nicht nur einfach eine fremde Frau, sondern eine widerwärtige fremde Frau? Ist es so?«

Ich zuckte mit den Achseln.

»Mit dir war es nicht ganz so einfach wie mit dem Zimmermädchen und dem Restaurantbesitzer«, fuhr Kotja ungerührt fort. »Gestern habe ich überreagiert, das tut mir leid. Diese Landkarte hat mich einfach aus der Bahn geworfen ... Mit dir muss es sich komplizierter verhalten, Kirill. Du bist kein gewöhnlicher Zöllner, die es wie Sand am Meer gibt. Du hast etwas Besonderes. Ehrlich gesagt, bin ich aber noch nicht dahintergekommen, was genau.«

»Hast du es denn versucht?«, fragte ich mit finsterer Miene.

»Ja. Die halbe Nacht habe ich darüber nachgedacht.« Kotja setzte sich im Sand auf und schob sich die Brille auf die Nase. Er warf mir einen strengen Blick zu. »Hör mal, Kirill. Wir waren vermutlich wirklich mal gute Freunde ...«

Etwas in mir zog sich zusammen – wie es immer der Fall ist, wenn du mit Freunden über Freundschaft zu sprechen anfängst. So was klappt nur bei Bekannten.

»Ein Meer mitten in Moskau, dieses vermaledeite Kymgym ...«

»Kimgim!«

»Dann eben Kimgim, das ist doch völlig irrelevant!

Jedenfalls ist das alles höchst interessant. Es ist ebenso angenehm wie nützlich, mit dir befreundet zu sein.« Kotja grinste. Dann fuhr er ernsthaft fort: »Nur bist du kein schlichter Freimaurer ... verzeih, kein simples Funktional. Dir passiert immer wieder etwas Schlimmes. Und irgendwann wirst du nicht alle Messer abfangen, Kirill. Selbst für mich wird die Geschichte kein gutes Ende nehmen, das spüre ich. Heute morgen wollte ich meinen üblichen Artikel schreiben, und da schoss mir der Gedanke durch den Kopf: Wenn Kirill nicht bis Mittag anruft, schalte ich alle Telefone ab und versuche mir einzureden, ich hätte das alles nur geträumt. Aber dem bist du zuvorgekommen. Du Monster.«

Verlegen sah ich Kotja an. Er hatte ja recht. Ich hatte ihn da in ein Abenteuer hineingezogen, das zwar ganz faszinierend zu sein schien, gleichzeitig jedoch lebensgefährlich war. Allerdings hatte ich ein paar Trümpfe im Ärmel: die Fähigkeiten eines Funktionals.

»Kotja ...«

»Gut, genug des salbungsvollen Geschwätzes.« Kotja winkte ab. »Das Meer ist großartig. Das Bier kühl. Die Umwelt sauber, dass es dir die Sprache verschlägt. So lässt sich's leben ... Hast du das Lehrbuch zur Geschichte Kymgyms gelesen?«

»Durchgeblättert«, gab ich zu.

»Was hat dich am meisten beeindruckt?«

»Das Fehlen von Staaten.«

»Eben!« Kotjas Finger schoss belehrend in die Höhe. »Die Stadt Kimgim liegt an der Stelle von Kaliningrad, das ist doch kinderleicht. Die Stadt Sarchtan an der von

Petersburg, so einfach ist das! Bei der Phonetik haben sie kein glückliches Händchen bewiesen ... Aber wenn es auf dem gesamten Erdball keinen einzigen Staat gibt, sondern nur Städte und freie Territorien ... dann ist das was?«

»Feudalismus?«, bot ich an.

»Was soll denn das für ein Feudalismus sein!« Kotja verzog das Gesicht. »Feudalismus heißt Krieg, heißt Kampf um die Macht, heißt Intrigen ... O nein, ich habe nicht das Geringste dagegen, dass niemand auf der Welt kämpft! Dem kann ich nur aus vollem Herzen zustimmen! Bloß ist das eben grundsätzlich unmöglich. Das wäre ja eine künstliche Welt!«

»Kotja, wir haben doch gar keine Informationen über ...«

»Wir haben mehr als genug!« Kotja stand auf und schwenkte seine magere Faust. »Die springen dir doch förmlich ins Auge! Ich habe sogar den Bifurkationspunkt mehr oder weniger exakt berechnet ...«

In diesem Moment klang vom Turm ein monotones Klopfen herüber. Synchron drehten wir beide uns um.

»Soll man ruhig klopfen«, entschied ich. »Hat ein Zöllner nicht auch das Recht, mal auszuspannen?«

»Hast du etwa vergessen, dass sich für heute die Kommission bei dir angemeldet hat?«, fragte Kotja.

Rasch begann ich mich anzuziehen.

Kotja ebenfalls. »Darf ich eigentlich bei dir sein?«, überlegte er im Gehen. »Vielleicht sollte ich mich besser hier verstecken?«

»Buddel dich doch in Kimgim in eine Schneewehe!«, zischte ich. »Kommt gar nicht in die Tüte. Ich werde ja wohl noch das Recht haben, Freunde einzuladen. Nehme ich jedenfalls an ...«

»Kirill, stell dich jetzt so dumm, wie du nur kannst«, meinte Kotja plötzlich. »Normalerweise gelingt dir das ganz vorzüglich. Denn diejenigen, die dich nun besuchen, sind mit allen Wassern gewaschen.«

Zwölf

Irgendwie hatte ich bislang das Glück gehabt, noch nie vor einer Kommission Rede und Antwort stehen zu müssen. In der Schule war ich einerseits zu gut, andererseits zu unbekümmert, als dass man mich mit einer dieser Kommissionen von der städtischen Abteilung für Volksbildung hätte erschrecken können. Studiert hatte ich in jenen kommissionsfreien Jahren, als im Land absolute Anarchie herrschte. Und bei meiner Arbeit als Manager bei ›Bit und Byte‹? Was hätte man da kontrollieren wollen? Ob ich mir eine neue Grafikkarte für den häuslichen Computer unter den Nagel gerissen hatte?

Selbstverständlich hatte ich sie mir nicht unter den Nagel gerissen! Ich hatte sie zu Testzwecken mitgenommen, in einem Monat würde ich sie zurückgeben – genau der Zeitraum, in dem sie veraltete. Falls das jemandem nicht schmeckte: Ich wäre gern bereit, zu ›Makrochips‹ zu wechseln, die zahlten ohnehin anderthalbtausend Rubel mehr.

Dennoch kroch die ererbte Angst mir mit kaltem Schauder zwischen den Schulterblättern hoch.

Was sollte ich dagegen tun? Selbst meine Generation, die von den Schrecken verschont geblieben ist, steht bis heute mit heruntergelassenen Hosen über der Sitzbank gebückt da.

Und wartet darauf, dass die Rute niederzischt.

Nachdem ich den Sand vom Hemd gestreift hatte, betrat ich den Turm. Flüchtig dachte ich darüber nach, ob ich Fußmatten vor die Tür legen sollte. Oder spezielle Teppiche, solche grünen, die wie Plastikrasen aussehen.

An der Moskauer Tür klopfte es erneut.

Kotja, der sich gewaltig ins Zeug legte, um sich den Anschein höchster Konzentration zu geben (wobei ihm die beiden Flaschen ukrainischen Biers einen Strich durch die Rechnung machten), stand neben der Treppe.

Ich öffnete die Tür.

Mir blickten drei freundliche, wohlbekannte Gesichter entgegen.

Das erste gehörte einem bekannten Komiker, einem Stern am TV-Himmel, einem pausbäckigen und faltenreichen Mann. Das Lächeln dürfte derart fest auf seinem Gesicht angeklebt sein, dass er vermutlich ein paar Muskeln anspannen müsste, um nicht zu lächeln.

Neben ihm stand ein bekannter Volksvertreter patriotisch-oppositioneller Überzeugungen. Gleichfalls lächelnd, was ihm jedoch besser gelang. Vertrauenerweckender. Stehenden Fußes wollte man in seine Partei eintreten und Seite an Seite für die Rechte des Volkes kämpfen.

Die beiden ließ ich mir ja noch gefallen. Etwas in der Art hatte ich erwartet.

Die Dritte war allerdings Natalja Iwanowa.

Gesund und munter, nickte sie mir freundlich zu. In ihrem Blick fand sich freilich nicht die Spur des freundlichen Lächelns wieder. Der war durch und durch wachsam.

Innerlich stattete ich Kotja Dank dafür ab, mich noch rechtzeitig in seine Schlussfolgerungen eingeweiht zu haben.

»Hallo, Natascha!«, begrüßte ich sie, beugte mich zu ihr vor und schmatzte ihr einen Kuss auf die Wange. »Freut mich, dich bei guter Gesundheit zu sehen.«

Dem Politiker streckte ich die Hand hin, um die seine kräftig zu drücken. Den Komiker hätte ich ehrlich gesagt am liebsten mit einem aufblasbaren Hammer bearbeitet oder ihm eine Sahnetorte ins Gesicht geklatscht. Ich beschränkte mich jedoch auf ein Nicken und ein Lächeln von unüberbietbarer Herzlichkeit.

Natalja sah mich unverwandt an. Etwas in ihren Augen geriet in Auflösung, gruppierte sich um, arrangierte sich neu. Nach vorn schoben sich nun einzig Güte und Wohlwollen. An ihren Augenwinkeln bündelten sich sogar Lachfältchen, obgleich diese bei sehr geschickten Miststücken erst zwischen dreißig und fünfunddreißig auftreten.

Die Wachsamkeit hingegen versteckte sich, verschwand aus ihrem Blick, um sich der Seele zu nähern.

Ich Idiot.

Dabei hatte Kotja mir doch gerade eben noch geraten, mich dumm zu stellen! Und jetzt brüstete ich mich damit, ihr Spiel zu durchschauen, wunderte mich nicht im Geringsten darüber, dass Natalja noch lebte.

»Du bist nicht sauer auf mich, Kirill?« Natalja beugte sich ebenfalls vor, um mich mit trockenen, heißen Lippen zu berühren. Ihre Begrüßung umwehte Kälte.

»Du kommst auf Ideen!« Ich rang mir ein Lachen ab und nickte dem Komiker zu, als lüde ich ihn ein, meine Belustigung mit mir zu teilen. »Hältst du mich etwa für einen ausgemachten Dummkopf? Wie kommst du darauf, dass ich mich gegen den Plan sträuben würde? Hättest du mir gleich alles erklärt, wäre ich kaum ...«

»Man darf niemals etwas erklären.« Natalja drosselte ihre aufgesetzte Herzlichkeit ein wenig. »Gehen wir 'rein?«

»Natürlich!« Ich trat vor die Tür, wobei ich einen kurzen Blick sowohl auf die etwas abseits parkenden teuren Wagen wie auch auf einige kräftige Burschen im Umkreis des Turms erhaschte. Die drei traten ein, machten jedoch halt, als sie Kotja erblickten. »Ich habe gerade einen Freund zu Besuch ... Wir wollten ein Bierchen zusammen trinken. Dagegen ist doch nichts einzuwenden, oder?«

Aufmerksam musterte Natalja Kotja. Es hätte nicht viel gefehlt, und er hätte stramme Haltung angenommen. »Tschagin, Konstantin Igorewitsch!«, rapportierte er. »Fünfundzwanzig Jahre! Aus Gesundheitsgründen nicht zur Armee eingezogen. Journalist!«

»Was für ein Journalist?«, fragte Natalja angewidert.

»Sensationsreporter!«, platzte Kotja heraus.

»Bist du der, bei dem Kirill übernachtet hat?«

»Ja.« Kotja legte bereitwillig die Karten auf den Tisch. »Ich erinnere mich jedoch nicht mehr daran, ich habe alles vergessen, wir haben uns danach noch einmal kennengelernt ... Machen Sie sich keine Sorgen, ich bin nicht beruflich hier! Sondern nur als Freund! Ich will Kirjucha nichts Böses!«

»Die Hauptsache ist, sich selbst nichts Böses zu wollen.« Anscheinend hatte Natalja in puncto Kotja eine Entscheidung getroffen. »Ihr seid Freunde. Natürlich. Es ist sehr wichtig, Freunde zu haben.«

»Ein Freund, ein guter Freund, das ist das Schönste, was es gibt auf der Welt!«, krähte der Komiker. Erwartungsvoll schielte er erst zu Natalja, dann zu dem Politiker hinüber.

Natalja ignorierte ihn, der Politiker verzog das Gesicht. »Shenja, du bist hier nicht bei der Arbeit ...«, sagte er schließlich.

»Ich habe geglaubt, das sei witzig!«, erklärte der Komiker trotzig, um danach mit den Schultern zu zucken. »Aber irren kann sich ja jeder mal!«

»Stellen wir uns dem jungen Mann lieber vor«, schlug der Politiker harmoniebedürftig vor. »Ich kann mir schon denken, wie man uns angekündigt hat ... als Kommission oder Inspektion ... Ach, ich hasse diese Bürokratie!«

»Ich kenne Sie ja sowieso ... vom Sehen«, brummelte ich. »Sie sind ...«

»Einfach Dima.« Der Politiker breitete die Arme aus. »Verzichten wir doch auf alle Formalitäten, schließlich sind wir ja unter uns! Kirill, Shenja, Dima ... äh ... Kostja, Natascha. Wie haben Sie sich eingelebt, Kirill?«

»Mühsam nährt sich das Eichhörnchen ...« Ich versuchte, nicht zu Natalja hinüberzugucken, und setzte eine gequälte Miene auf, um nuschelnd fortzufahren:

»Mir fehlt es an Geld ... Ich hab jetzt zwar ein Dach über dem Kopf, aber ich muss ja auch was essen ... ein Fernseher wäre auch schön, damit ich in Kontakt mit meinem Vaterland bleibe ...«

Der Politiker nickte und sah zu Natalja hinüber, die inzwischen die Treppe erklommen hatte und interessiert in den ersten Stock des Turms hinauflugte. »Natascha«, sagte er, »ist es bei euch wirklich nicht üblich, bei einem durch den Wechsel des Arbeitsplatzes bedingten Umzug eine Unterstützung auszuzahlen? Solange der Mann seine Tätigkeit noch nicht aufgenommen hat ...«

Schwer durchschaubare Beziehungen verbanden die drei miteinander. In dem Komiker identifizierte ich unfehlbar das harmloseste und einzig zum Zweck der Massenbildung hinzugezogene Mitglied. Aber wer von den beiden anderen das Sagen hatte, Natalja oder Dima, vermochte ich nicht zu entscheiden.

»Ich werde ihm etwas auszahlen«, lenkte Natalja ein. »Kirill, ist der zweite Stock schon offen?«

»Da sind Küche und Bad.«

»Hervorragend.« Natalja kam die Treppe wieder herunter und stellte sich neben mich. Während sie mir fest in die Augen blickte, tastete sie in ihrer Tasche nach einem dicken Bündel blauer Tausend-Rubel-Noten. »Reichen dir hundert davon, um dich einzurichten?«

Kotja schnalzte mit der Zunge. »Der Turm ist ja ziemlich groß«, flüsterte er deutlich hörbar.

»Werdet jetzt nicht frech, Freunde.« Grinsend drückte mir Natalja das Bündel in die Hand. »Welche Türen sind schon offen?«

»Die nach Kimgim«, sagte ich. »Das war die erste. Heute hat sich ... die hier geöffnet.«

Natürlich interessierten sie die Türen weit mehr als meine Person. Schon im nächsten Augenblick stapfte das Terzett durch den Sand. Auf ihren Gesichtern spiegelte sich unverhohlene Begeisterung wider. Der Komiker lief sogar zum Meer, tauchte die Hände ins Wasser und machte kehrt, um zufrieden und lauthals mit einer widerlichen Theaterstimme zu deklamieren:

Es klirrt der Frost, und Schnee liegt überall,
Doch mir auf Malta ist das scheißegal ...

Natalja seufzte, verlor jedoch kein Wort. Der Politiker lockerte den Knoten seiner Krawatte, zog sein weißes Jackett aus und legte es sich über den Arm. »Ich liebe das Meer«, sagte er. »Wie schön, Kirill. In Moskau gab es bislang nur einen Zugang zum Meer. Und der liegt ausgerechnet in Kapotnja, völlig ab vom Schuss, das musst du dir mal vorstellen!«

»Wie viele Türme gibt es denn insgesamt in Moskau?«

»Es müssen nicht immer Türme sein. In Kapotnja ist es beispielsweise ein Keller ... Es gibt siebzehn Zollstellen.«

Ich schielte zum Komiker hinüber, der gerade den Turm umrundete, dabei dessen Mauern betastete, gelegentlich sogar gegen sie trat, als wolle er ihre Solidität prüfen. »Ist das wirklich Malta?«, fragte ich.

»Wir sind hier sehr weit weg von unserer Erde«, antwortete der Politiker unbeschwert. »Natürlich nicht von der Entfernung her, sondern bezogen aufs *Multiversum*. Das ist nicht Kimgim. Hier sind die Kontinente ganz anders. Und es gibt keine Menschen.«

»Das ist ein Ferienparadies.«

»Genau. Du wirst enormen Zulauf haben.«

»Wir haben uns in dir nicht getäuscht«, bestätigte Natalja. »Alle Achtung, Kirill. Ich gratuliere. Das ist eine vorzügliche Tür. Aber ... das ist dir ja selbst auch schon aufgefallen.«

Ich folgte ihrem Blick – und entdeckte die Bierflaschen und die Tütchen mit den Nüssen, die wir im Sand zurückgelassen hatten. Doch nicht nur ich sah sie. Der Politiker begab sich überraschenderweise an den Ort des Picknicks, hob zwei Bierflaschen auf und öffnete eine an der anderen. Anschließend nahm er einen tiefen Schluck.

Das Meer hatte es ihnen angetan. Es entspannte sie. Offenbar hatten sie sich über die Maßen gewünscht, ein weiteres Türchen möge an diesen Ort führen.

»Wovon hängt es ab, wohin sich eine Tür öffnet?«, wollte ich wissen.

»Vom Zöllner«, antwortete Natalja nach ganz kurzem Zögern. »Du öffnest Türen in die Welten, die dir besonders nahe sind.«

»Und wie viele Welten gibt es?«, fragte Kotja hinter mir.

Diesmal zögerte Natalja länger. »Wir wissen von dreiundzwanzig«, antwortete sie dann aber doch. »Die Zugänge dorthin sind stabil ... obwohl fast die Hälfte dieser Welten niemand braucht. Es kursieren Geschichten über weitere Welten, zu denen sich die Zugänge unregelmäßig auftun ... Vielleicht sind das aber auch bloß Gerüchte. Einige Welten kommen öfter vor, andere seltener.«

»Kimgim wohl öfter«, vermutete ich.

»Kimgim ist eine beliebte Welt«, bestätigte Natalja. »Sie dient sogar als Zwischenwelt, wenn man in eine seltenere will ... Gut, da wir schon mal mit diesem Frage-und-Antwort-Spielchen angefangen haben, dann frag jetzt auch weiter. Ich werde dir antworten.«

»Wer bist du, Natalja?«

»Ein Funktional.«

»Das habe ich mir schon gedacht. Aber was für eins?«

»Eine Hebamme.« Die Antwort erfolgte ganz offensichtlich nicht spontan. Brav riss ich denn auch die Augen auf, um mit dieser Miene weiterer Erklärungen zu harren. »Eine Hebamme beziehungsweise Gynäkologin. Ich spüre zukünftige Funktionale auf und helfen ihnen, ihren Posten einzunehmen.«

»Gestern Abend bin ich durch Kimgim spaziert. Da habe ich einige Funktionale kennengelernt ...«, sagte ich lässig. Und bemerkte, dass diese Information meinen Gästen neu war. Natalja bewahrte eine steinerne Miene, der Politiker kniff das linke Auge leicht zusammen, der Komiker verbarg seine Verblüffung in keiner Weise. »Sie haben mich ins Bild gesetzt. Aber Hebammen hat keiner von ihnen erwähnt.«

»Das hängt damit zusammen, dass die Geburt manchmal problemlos, manchmal aber mit Komplikationen verläuft«, erklärte Natalja sanft. »In deinem Fall war das alles ... nicht so einfach. Lass uns ein Stück spazieren gehen, Kirill. Dieses Gespräch ist nur etwas ... für Funktionale.«

Sie griff behutsam nach meiner Hand und zog mich vom Turm weg, hin zum Meer. Kotja blieb zurück. Und nicht nur er. Auch der Politiker und der Komiker folgten uns nicht. Dann handelte es sich bei ihnen also um normale Menschen?

»Das sind nur Menschen«, sagte Natalja leise. »Was brauchen sie ... Einzelheiten zu wissen. Du erstaunst mich jetzt schon zum zweiten Mal, Kirill.«

»Das erste Mal war, als ich mit dem Messer gekommen bin?«

»Ja. Das hat deinem Charakter überhaupt nicht entsprochen. Und jetzt begreifst du verblüffend schnell. Gut, da habe ich dich wohl etwas unterschätzt. Lass uns ein für alle Mal klarstellen, Kirill: Schließen wir Frieden oder nicht?«

»Was, wenn nicht?«, fragte ich.

Natalja zuckte mit den schmalen Schultern. »Das hier ist dein Territorium. Hier kannst du mich durch den Wolf drehen. Aber dann ...«

»Schon verstanden«, lenkte ich ein. »Dann besucht mich ein Polizistenfunktional. Eine Frage noch, Natalja. Warum bin ausgerechnet ich Zöllner geworden? Liegt das an einer angeborenen Besonderheit?«

»Nein«, antwortete Natalja widerwillig. »Vermutlich nicht. Die Mechanismen durchschaue ich selbst nicht, aber das will ich auch gar nicht.«

»Aber du bist doch Hebamme!«

»Ja, und? Man teilt mir mit, dass jemand zum Funktional wird. Ich beobachte ihn. Normalerweise wird er leicht und schnell aus der Realität gelöscht. In seiner Wohnung taucht jemand anders auf, an seinem Arbeitsplatz ebenfalls. Mitunter ist es jedoch nicht ganz so einfach. Deine Wohnung hat sich zwar verändert, aber deinen Platz hat kein anderer eingenommen. Die Stelle in deiner Firma ist momentan unbesetzt.«

Mir fiel wieder ein, wie bereitwillig mein Chef mir einen Arbeitsplatz bei ›Bit und Byte‹ angeboten hatte. Unwillkürlich nickte ich.

»Dich hat man nur langsam vergessen«, fuhr Natalja fort. »Deshalb mussten wir dich ersetzen. Deinen Platz ausfüllen und dir entsprechend einheizen. Was blieb uns denn sonst übrig? Irgendwie hattest du es geschafft, dich an deine Umwelt zu klammern ...«

»Oder meine Umwelt sich an mich?«, murmelte ich. »Schon verstanden.«

»Das Einzige, was du mir vorwerfen kannst«, meinte Natalja, »ist, dass ich dich ein wenig geschubst habe. Um damit deine Umwandlung in ein Funktional zu beschleunigen. Mit dieser Simulation ... damit du selbst ein anderer werden wolltest. Jedes andere Funktional an meiner Stelle hätte genauso gehandelt. Also?«

Sie neigte den Kopf und sah mir ins Gesicht. In ihren Augenwinkeln bildete sich abermals ein Kranz aus Fältchen.

Sie ist ja gar nicht jung, ging es mir auf. Funktionale altern vermutlich überhaupt nicht, sondern bewahren sich ihr Menschenalter. Aber Natalja war mit Sicherheit nicht mit etwas über zwanzig zum Funktional geworden ...

»Du bist eine gutherzige Frau«, sagte ich.

»Mir blieb keine andere Wahl. Du hast mir das Leben

schwer gemacht, Kirill. Einen ganzen Tag hast du mich gekostet.« Das gekünstelte Wohlwollen stahl sich ansatzweise aus ihren Augen. Gott sei Dank nahm seinen Platz jedoch Gleichgültigkeit ein. Natalja blieb also bei der Auffassung, ich stelle keine Gefahr dar.

»Warum hast du mich so einschüchtern müssen? Du hättest mir doch gleich sagen können ...«

»Damit hätte ich alles verdorben«, fiel mir Natalja ins Wort. »Sag einem Funktional nicht, wie es seine Funktion auszuüben hat.«

»Ist das ein Sprichwort?«

»Etwas in der Art. Was ist, schließen wir Frieden?«

»Ja.« Lächelnd drückte ich ihre Hand. »Trotzdem hast du mir das Leben ganz schön zur Hölle gemacht ...«

»Der Preis dürfte wohl kaum der Rede wert sein.« Natalja nickte in Richtung des tosenden Brandungsstreifens, der bis dicht an unsere Füßen heranreichte. »Das ist noch nicht alles. Diese beiden ...« Sie sah zu dem Politiker und dem Komiker hinüber. »... sind keine Funktionale. Sie dürfen sich unsere Fähigkeiten jedoch zunutze machen. Sie können von einer Welt in eine andere reisen. Um sich irgendwo eine anständige Frisur verpassen zu lassen und mal gut zu essen. Um einen Arzt aufzusuchen oder um zu studieren. Aber wir sollten uns hüten, in ihrer Gegenwart allzu offen zu sein. Du bist ein Funktional in deiner Funktion. Sie sind die Ableitungen. Knöpf ihnen Gebühren ab, wenn sie deine Zollstelle passieren. Sei höflich, aber streng. Funktionale lassen Zöllner dagegen ohne große Formalitäten durch ... falls nicht etwas absolut Gesetzwidriges damit einhergeht.«

»So etwas wie die Einfuhr verbotener Waren?«

»Richtig«, bestätigte Natalja. »Das ist alles, gehen wir zurück ...«

»Einen Moment noch! Ich hab noch ein paar Fragen.«

»Ja?« Natalja sah mich gespannt an.

»Woher wissen die Menschen etwas von Funktionalen? Wer hat das Recht, sich unserer ... Funktionen zu bedienen?«

»Brauchst du Geld, Kirill?« Natalja zwinkerte. »Sachen ... die über einen Hocker und einen Kochtopf hinausgehen? Sicherheit?«

»Ja«, gab ich zu, während ich zu den beiden anderen Inspektionsmitgliedern hinüberschielte. »Und vielleicht noch eine Prise Humor?«

»Nicht alles auf der Welt ist für Geld zu haben! Hast du deinen Freund in alles eingeweiht?«

Die Abfuhr kam so rigoros und unerwartet, dass ich nicht wusste, was ich darauf antworten sollte. Natalja setzte ein triumphierendes Lächeln auf.

»Dann noch eine letzte Frage. Wer hat bei uns das Sagen?«

»Du lebst noch in einer degenerierten Welt.« Natalja schüttelte den Kopf. »Einer Welt, in der Geld eine Rolle spielt, Macht, die gesellschaftliche Stellung. In einer Welt voll gieriger Kinder ... Entspann dich! Das hast du hinter dir gelassen. Hier gibt es niemanden, der das Sagen hat. Wir sind alle gleich. Erfülle deine Funktion mit gutem Gewissen – und es wird dir wohlergehen.«

Natalja drehte sich um und marschierte auf den Turm zu. Dann blieb sie stehen, wandte sich zurück und sah mich an. »Gehen wir. Ich finde, wir sollten deinen Eintritt in die Funktion als Fakt anerkennen. Und dein Freund ... ja doch, findige Journalisten können wir vielleicht gebrauchen.«

Sie blieben noch eine halbe Stunde im Turm. Nachdem Natalja verkündet hatte, sie sei zufrieden mit mir, breitete sich im Nu eine warmherzige Atmosphäre aus. Wir verließen den Strand und gingen in die Küche hinauf. Zuvor steckte der Politiker allerdings noch einmal den Kopf zur Tür hinaus, rief einen der Leibwächter zu sich und ließ sich eine Flasche Champagner bringen. Echten, französischen, natürlich brût, gekühlt, aber nicht eiskalt, nicht aus dem Gefrierfach: »He, he, schau, da schwimmen Eisstückchen drin, he, he, wir kriegen's aber schön eisig hin ...« Den süßen sogenannten ›sowjetischen Champagner‹, diesen mit Kohlensäure angereicherten Weinverschnitt, konnte man dagegen nicht anders als eisgekühlt und auch so nur einmal im Jahr, nämlich zu Silvester, trinken.

Unter dem Geschirr, das zusammen mit dem zweiten Stock aufgetaucht war, fand ich einigermaßen passende Weingläser. Der Komiker erklärte, »in Russland leben, heißt einen heben«, worauf wir einen Schluck von dem Champagner tranken.

Dima und Shenja ließen mir ihre Visitenkarten da. Natalja teilte mir natürlich nicht mit, wie ich sie erreichen könnte. Allerdings versprach sie mir, wir würden uns regelmäßig sehen. Außerdem gab sie mir den Rat, mir selbst ein, zwei Dutzend Visitenkarten zuzulegen, da in den nächsten Monaten einige Hundert berühmte Persönlichkeiten bei mir auftauchen würden.

Als ich die ›Kommission‹ hinausgeleitete, raubte mir der Komiker auch noch den letzten Nerv, indem er sich mit theatralischer Geste gegen die Geheimratsecken schlug und ausrief: »Was man nicht im Kopf hat, hat man in den Füßen!«, dann zum Auto stürmte, lange im Kofferraum herumkramte und mit einer leicht zerfledderten Ausgabe seiner humoristischen Prosa zurückkehrte – die er in gebotener Umständlichkeit signierte. Natalja wartete gar nicht erst auf ihn, sondern winkte mir zu und machte sich zu Fuß auf den Weg zur Metro. Vermutlich um zum Tscherkisowski-Markt zu fahren und dort diese tollen chinesischen Schuhe zu verkaufen. Der Politiker dagegen wartete höflich, bis der Komiker seine widmende Tätigkeit beendet hatte, wobei er mir mit vielsagender Miene zu verstehen gab, dergleichen sei unvermeidlich.

Erst nachdem die letzten Autos abgefahren waren, in denen die Bodyguards, die sich zuvor um den Turm herum gelangweilt hatten, verschwunden waren (was sie wohl von den Marotten ihrer Chefs hielten?), schloss ich die Tür und sah Kotja fragend an.

»Alle Achtung«, bemerkte Kotja. Er war sehr ernst. »Du bist einfach unschlagbar. Du hast eine gute Show abgezogen. Vor allem am Anfang: ›Freut mich, dich bei guter Gesundheit zu sehen.‹«

»Damit habe ich mir doch beinah selbst ein Bein gestellt ...«, setzte ich an. Um dann zu verstummen.

»Ganz im Gegenteil!«, geriet Kotja in Fahrt. »Du hast doch nicht etwa wirklich geglaubt, Natalja sei tot? Wenn du bei ihrem Anblick erschreckt oder fassungslos gewesen wärst, das wäre verdächtig gewesen ... Nein, mach dir keine Gedanken, du hast dich absolut richtig verhalten.«

»Du bist aber auch nicht ohne!«, blaffte ich ihn an. »Ein Sensationsreporter!«

»Klingt doch gut.« Kotja streckte stolz die Brust heraus. »Ich habe nicht vor, mein ganzes Leben lang Geschichten à la ›Wie meine verhasste Schwiegermutter zu meiner geliebten Frau wurde!‹ zu schreiben. Sobald ich endlich mal echten Sensationen auf die Spur komme ...«

Er verstummte. »Genau«, meinte ich nickend. »Auf die erste bist du ja schon gestoßen. Wo bleibt denn dein Aufmacher? Ich habe noch ein paar Fotos, wenn du die verwenden willst ...«

Seufzend fuhr sich Kotja über die Stirn. »Selbst Bier will ich keins mehr ...«, erklärte er. »Sag mal, bei uns in der Regierung, sitzen da eigentlich durch die Bank Funktionale?«

»Der ist kein Funktional«, verneinte ich. »Was meinst du, warum Natalja mich beiseitegenommen hat? Ein paar Leute wissen Bescheid und greifen auf unsere Dienste zurück. Das müssen nicht unbedingt Politiker sein ...«

»O nein!« Kotja schüttelte sich. »Es können auch Komiker sein.«

»Er gibt sich ja alle Mühe ...«, erwiderte ich diplomatisch, wobei ich das Buch hinter meinem Rücken versteckte. Es gehört sich nicht, einen Menschen, der einem gerade ein Buch signiert hatte, schlecht zu machen.

»Weißt du, was ich glaube?« Kotja wurde immer munterer. »Deine Natalja, das ist auch bloß eine kleine Nummer.«

»Auch?«

»Die hat sich viel zu sehr aufgespielt«, fuhr Kotja fort, ohne auf meine Frage einzugehen. »Die tut sich dicke …«

Seine Ausführungen unterbrach ein Klopfen an der Tür. Auf der Seite von Kimgim.

»Du wirst langsam berühmt«, meinte Kotja aufgeräumt. »Du solltest mal ernsthaft darüber nachdenken, ein Schild mit den Öffnungszeiten an der Tür anzubringen …«

Ich ging zur Tür. Kotja hatte bereits seinen üblichen Platz auf der Mitte der Treppe eingenommen. Ich hegte den gemeinen Verdacht, diese Position locke ihn vor allem durch die Möglichkeit, einen schnellen Rückzug über die Strecke »erster Stock, Fenster, Moskau« anzutreten. Obwohl: Wenn ich ehrlich sein soll, würde ich mich an seiner Stelle, ohne meine Fähigkeiten, genauso absichern.

Als ich die Tür öffnete, strömte ein Schwall kalter Luft herein.

Und mit ihm eine junge schwarzhaarige Frau mit Schlitzaugen.

»Ich bitte um Durchlass!«, schrie die Frau, kurz bevor meine Faust sie an der Schläfe treffen konnte.

Ich schaffte es gerade noch. Im letzten Moment gelang es mir, meine Hand zu bremsen.

Von außen betrachtet, musste das aussehen, als streiche ich der Frau mit einer schnellen Bewegung über den Kopf.

Diesmal trug sie keinen schwarzen Overall, sondern

einen etwas längeren Rock, wie man ihn auch bei uns ab und an sieht. Dazu Stiefel. Und eine Art kurzen Schafpelzmantel sowie eine Fellmütze.

Eine ganz normale junge Frau. In der Metro würde sich niemand nach ihr umdrehen. Weder wegen ihrer Kleidung noch wegen ihres Äußeren.

»Wohin willst du denn?«, fragte ich.

»Dahin, wo ... Wo kann ich denn hin?« Sie blickte über die Schulter zurück. Entweder wollte sie meinem Blick nicht begegnen – oder rechnete mit einem Verfolger.

»Nach Moskau. Oder ans Meer, wo keine Menschen sind.«

»Dann ans Meer.« Die Frau trat ein, indem sie mich zur Seite schob. Sie schlug dic Tür zu und legte den Riegel vor. Als sie Kotja erblickte, warf sie stolz den Kopf in den Nacken. Schließlich sah sie auch mir in die Augen.

Sie war halb tot vor Angst. Drei viertel tot, neunzehntel tot. Verängstigt bis zu dem Punkt, wo sogar die Panik schwindet und nur die Ruhe der Todgeweihten bleibt.

»Die Zollgebühren!«, sagte ich. »An deinem Gürtel stecken Wurfmesser. Für Hieb- und Stichwaffen, die weniger als eine Elle messen, sind Gebühren in Höhe von ...«

Mit einer Bewegung kehrte die Frau ihre Manteltasche nach außen. Eine Handvoll Münzen fiel auf den Boden. Allem Anschein nach Silbermünzen.

Das sollte keine Beleidigung sein. Sie hatte es einfach eilig.

»Das reicht«, versicherte ich. Das Geld brauchte ich nicht zu zählen. Ich wusste, dass sie mehr als genug gezahlt und ansonsten nichts zu verzollen hatte. »Geh. Durch die Tür da.«

»Du musst sie mir öffnen!«, sagte die Frau. Sie befeuchtete sich die Lippen. »Ich hab's eilig.«

Ich öffnete die Tür. Ob ihr das nicht geglückt wäre? Mit einer übertriebenen Geste wies ich zum Strand hinunter. Die Frau huschte an mir vorbei. Ohne Zeit zu verlieren, schlüpfte sie aus dem Schafpelzmantel, sodass sie im schwarzen Pullover vor mir stand.

»Wart mal!«, rief ich. »Warum habt ihr eigentlich das Hotel überfallen?«

Indem sie auf einem Fuß herumhüpfte, zog die Frau sich die Stiefel aus. »Wir brauchten einen Meister.«

»Welchen?«

»Irgendeinen.« Nach den Schuhen flogen die Wollsocken in den Sand. Das Ganze erinnerte ein wenig an einen Striptease.

»Wozu?«, bohrte ich weiter.

Die Frau zog ein Wurfmesser aus der Scheide. Sie raffte den Rock hoch, um ihn mit raschen Schnitten in Kniehöhe abzusäbeln.

»Wir hatten da so eine Idee ...«, antwortete sie vage. Um dann, sich mir zudrehend, im Brustton der Überzeugung auszurufen: »Wie ich euch alle hasse!«

»Und trotzdem bittest du mich um Hilfe?«

»Nicht um Hilfe! Um Durchlass.«

Eine Sekunde behielt sie die Klinge in der Hand, gleichsam als überlege sie, ob sie mit ihr nach mir werfen sollte. Doch ihre Vernunft gewann die Oberhand. Das Messer wanderte in die Scheide zurück, die Frau drehte sich um, machte barfuß ein, zwei Schritte, fast wie beim Aufwärmtraining. Anschließend lief sie – leicht und schön anzuschauen – zum Ufer hinab, in Richtung des sich in der Ferne abzeichnenden grünen Walddachs. Eine gute Läuferin ... Ich hätte sie nicht eingeholt – zumindest nicht zu Zeiten meines Managerdaseins.

»Wohin rennt sie denn?«, fragte Kotja nachdenklich.

»Nicht wohin, sondern: Vor wem läuft sie davon«, korrigierte ich. »Ich glaube ...«

Ich glaubte nicht nur. An der Tür nach Kimgim klopfte es. Leise, aber nachdrücklich.

»Vielleicht solltest du das ignorieren?«, meinte Kotja und nickte zur Tür hin. »Du könntest ja auch mal weggegangen sein ... einkaufen, einen Fernseher besorgen ...«

Ich schüttelte den Kopf. Kotja vermochte das nicht zu begreifen – aber es stand mir nicht zu Gebote, nicht zu öffnen. Wenn ich im Turm weilte, überstieg es meine Kräfte, so zu tun, als sei ich nicht da. Das war, als wollte man ein Niesen unterdrücken.

Das Einzige, was ich mir herausnehmen konnte, war, sehr langsam zur Tür zu schlendern, sie gemächlich zu öffnen und den Menschen, der draußen wartete, nicht gleich hineinzulassen.

Dort stand ein etwa dreißig Jahre alter Mann. Er war groß, hatte eine normale Figur. Vielleicht war sein Gesicht etwas auffällig. Es gibt ja Menschen, deren Gesicht nicht oval, nicht rund, sondern irgendwie trapezförmig ist, fast als hätte jemand mit Lego einen Menschen gebaut. Er trug ausgesprochen leichte Kleidung, die für einen Spaziergang an einem frischen Sommerabend geeignet schien, einen legeren Blouson und auf dem Kopf eine unseriös wirkende Kappe.

»Hallo!« Der Mann begrüßte mich mit einem kräftigen Händedruck. »Du bist Kirill, hab schon von dir gehört. Felix hat sehr gut von dir gesprochen. Ich bin Zeies.«

Abermals ging mir durch den Kopf, dass die Einwohner von Kimgim kein sonderlich glückliches Händchen mit ihrer Phonetik bewiesen hatten. Und Kotjas schwermütigem Seufzer nach zu urteilen unterhielten Zeies und ich uns keinesfalls auf Russisch miteinander.

»Nenn mich einfach Zei«, fuhr der Mann freundlich fort. »Mir ist klar, dass unsere Namen seltsam für euch klingen.«

»Ich bin Kirill«, stellte ich mich überflüssigerweise vor. Von seinem Gehabe angesteckt, fügte ich unwillkürlich hinzu. »Sag ruhig Kir.«

»Ist das dein Freund?« Zeies nickte zu Kotja hinüber und winkte ihm einen Gruß zu. »Ich bin entzückt ... Wohin ist die Frau verschwunden?«

»In die Richtung.«

»Dann werd ich mal ...« Seufzend trat Zeies an die entsprechende Tür heran. Die groben Sohlen seiner Stiefel hinterließen Klumpen schmelzenden Schnees auf dem Fußboden. »Wenn es kein Problem für dich ist, Kumpel, dann bleib die nächste halbe Stunde im Turm. Ich bin gleich wieder da.«

Ohne jede Schwierigkeit öffnete er die Tür. Er trat hinaus und sah sich um. Mit dem Fuß kickte er den Mantel weg, den die Frau zurückgelassen hatte. Schließlich lief er, ihren Spuren folgend, los, anfangs langsam, dann mit jeder Sekunde schneller und schneller. Seinen Bewegungen fehlte dabei jede mechanische Gleichförmigkeit, wie sie Terminatoren oder Vampire in Hollywoodfilmen an den Tag legen. Vielmehr lief er locker, ungezwungen und sprang hin und wieder ohne ersichtlichen Grund, vielleicht weil er versuchte, sein Opfer zu erspähen, vielleicht weil er einfach Freude am Laufen, dem Strand, dem Meer und der Sonne fand.

Alles in allem wirkte das weit schreckenerregender als bei jedem Filmmonster.

»Das ist ein Polizistenfunktional«, sagte ich.

»Habe ich auch mitgekriegt«, antwortete Kotja leise. »Vielleicht hättest du ihn nicht durchlassen sollen?«

»Aber sie hat doch versucht, dich umzubringen!«

»Egal. Gegen den hat sie doch keine Chance ...«

»Die hatte ich auch nicht. Wenn ich ihn nicht durchgelassen hätte, dann wäre er eben eigenmächtig durchgegangen.«

»Aber das hier ist schließlich dein Territorium!«, rief Kotja mir in Erinnerung. »Du bist sozusagen in deiner Funktion.«

Möglicherweise hatte er ja recht. Eventuell hätte ich dem freundlichen Polizisten Widerstand leisten können. Vielleicht wäre unter ihm das Parkett – pardon, eine massive Diele – geborsten, oder ihm wären alle möglichen Dachsparren und Geländerpfosten auf den Kopf geregnet. Zu Hause helfen einem Funktional buchstäblich die eigenen vier Wände. Abgerissene Arme und Beine wüchsen mir unverzüglich wieder nach. Ich wäre blitzschnell, unerschöpflich und teuflisch stark. Und am Ende hätte ich den Polizisten besiegt.

Wozu?

»Wozu?«, fragte ich. »Wozu hätte ich ihn aufhalten sollen? Schließlich verfolgt er eine Verbrecherin!«

»Eine Dame!«

»Eine miese kleine Verbrecherin!« Ich sah meinen Freund an. »Mir gefällt er ja auch nicht, Kotja«, gestand ich ganz offen. »Wenn ich ehrlich sein soll, hatte ich Angst vor ihm.«

Daraufhin knickte Kotja sofort ein und hörte auf, mich zu bedrängen. Er nahm seine Brille ab, um sie mit einem Zipfel seines nicht mehr sauberen Taschentuchs zu putzen. »Ich auch«, räumte er widerwillig ein. »Und unsere Freundin ist mir auch nicht gerade sympathisch. Aber ihr den Polizisten auf die Fersen zu hetzen ist doch genauso, als würdest du einen Schäferhund auf ein Schoßhündchen ansetzen.«

»Kotja!« Ich breitete die Arme aus. »Und womit hat dieses Schoßhündchen gedacht, als es zu kläffen anfing? Lass uns ein Bier trinken.«

»Du bist imstande, Bier zu trinken, während jemand eine Frau ermordet?« Kotja fasste es nicht.

»Du nicht?«

Kotja ließ sich die Frage durch den Kopf gehen. »Doch«, gestand er zerknirscht ein. »Ständig bringt irgendwo auf der Welt irgendjemand wen um. Deswegen wollen wir doch nicht verdursten.«

Dreizehn

Es gibt Dinge, mit denen kann man sich einfach nicht beschäftigen, solange man angespannt auf etwas wartet. Nicht doch, Sex gehört nicht dazu!

Aber stellen Sie sich vor, Ihre Freundin sei spätabends noch nicht zu Hause. Ihr Handy hat sie nicht dabei. Das Viertel genießt verdientermaßen einen miserablen Ruf, aber Sie wissen nicht, aus welcher Richtung Ihre Freundin kommt, und können sie nicht an der Haltestelle abholen. Ihnen bleibt nichts anderes übrig, als zu Hause zu sitzen und zu warten ...

Die Situation ist auch weniger dramatisch denkbar. Stellen Sie sich vor, dass aus einer undichten Heizung langsam, aber sicher kochendes Wasser in Ihre Wohnung flutet. Der gerufene Notdienst will einfach nicht kommen ...

Und jetzt sagen Sie, ob Sie in einer solchen Situation einen spannenden Krimi lesen, Bier trinken oder sich eine lustige Komödie anschauen könnten? Nein, natürlich nicht. Es gibt eine Unmenge anderer Möglichkeiten, um die Zeit totzuschlagen, zum Beispiel könnten Sie ein

Plastikmodell des Panzers T-34 zusammenbauen, im Internet chatten oder eine Kreuzstickerei anfertigen. Kurzum alles, was die Finger beschäftigt, dabei jedoch nicht die geringste Hirntätigkeit verlangt.

»Das Bier will mir nicht schmecken«, bemerkte Kotja finster, indem er die Flasche abstellte.

Mir auch nicht. Außerdem war es warm, Nüsse und Chips hingen mir zum Hals raus, die wundervolle Meereslandschaft entzückte mich nicht länger. Ganz augenscheinlich vermochte sich mein Organismus nicht für diese Sprünge vom Winter in den Sommer zu begeistern.

»Eins, zwei, Polizei.« Kotja blickte unermüdlich der Spur des davongeeilten Zeies nach. »Ich fange an, Funktionale von normalen Menschen zu unterscheiden, Kirill.«

»Wie?«, wollte ich wissen. »Siehst du eine Aura?«

»Was für eine Aura? So ein Quatsch, das sind doch bloß Märchen ... Ich sehe einen Menschen an und weiß dann einfach, dass er ein Funktional ist. Bei dem Weib hatte ich übrigens den Eindruck ... dass sie in diesem Punkt auch nicht über jeden Zweifel erhaben ist.«

Ich legte keinen Widerspruch ein. Wie sollte man auch mit einem Menschen streiten, der dir keine Erklärungen geben kann, sondern behauptet, *er wisse*.

Eine Zeitlang lümmelten wir uns im Sand, sonnten und wärmten uns. Die Moskauer Herbstfeuchte, die sich bereits erfolgreich in unseren Körpern eingenistet hatte, trat widerwillig den Rückzug an. Mir fiel ein Gedankenspiel ein, welches besagte, wenn Peter der Große die russische Hauptstadt nicht an die Ostsee, sondern ans

Schwarze Meer verlegt hätte, dann hätte das Leben in Russland einen völlig anderen Lauf genommen. Mit einem Seufzer stimmte ich dem im Stillen zu. Was hatte Peter bloß an dieses kalte und feuchte Ufer gezogen? Obwohl: Vielleicht stand ja zu seiner Zeit ein Turm an der Stelle von Petersburg ... und der Selbstherrscher konnte sich in aller Seelenruhe zu wärmeren Meeren begeben?

Nein, das war blanker Unsinn. Wie sehr man ein Geheimnis auch hüten mochte, irgendwann kommt die Wahrheit ans Licht. Seit der Zeit Peters wäre diese Information durchgesickert ...

»Die Polizei kommt angerannt«, sagte Kotja.

Ich setzte mich auf und schirmte die Augen mit der Hand gegen die Sonne ab. Ich spürte, dass ich mir bereits einen leichten Sonnenbrand eingefangen hatte. Es wurde Zeit, nach Moskau zurückzukehren. Die Polizei kam in der Tat angerannt, nach wie vor in diesem ungezwungenen, anmutigen Lauf. In der Menschenwelt bringen dergleichen höchstens Massai oder Äthiopier zustande.

Er war allein.

»Der hat sie umgebracht«, kommentierte Kotja leise und mit unverhohlener Verachtung. »Er hat dem Mädchen den Hals umgedreht und sie im Dschungel dem Tod überlassen.«

Wie kam Kotja darauf? Den Hals umgedreht? Sie im Dschungel dem Tod überlassen? Vermutlich wusste er es selbst nicht. Aber dank dieser unbedachten Äußerung gewann das Bild prompt Konturen. Ich malte mir aus, wie Zei zu der Frau aufschloss. Sie versuchte, schneller und schneller zu rennen, blieb aber immer wieder im Sand stecken, hangelte hier und da nach einer Liane, blickte panisch zurück, schrie, strauchelte schließlich und fiel mit dem Gesicht in eine schmutzige Pfütze. Zei drückte ihr das Knie in den Rücken, zog brutal am ihrem Haar, brach ihr die Halswirbel, schleifte sie aus dem Dreck und überließ sie, die noch am Leben war, wenn auch paralysiert, unfähig, Arme oder Beine zu bewegen, ja, unfähig selbst zu schreien, dem Tod. So lag dieses dumme Mädchen, das die Macht der bösen Funktionale zerschlagen wollte, unter Palmen und schaute in den hohen Himmel hinauf. Eine kleine Krabbe huschte über ihr Gesicht, pirschte sich zu den Augen vor, wedelte mit den dünnen Barthaaren und hob ihr kleines, spitzes, an eine Nagelschere erinnerndes Kneifwerkzeug ...

»Du bist echt bescheuert!«, zischte ich. »Du solltest Verbrechensmeldungen schreiben, keine Pornos!«

»Mach ich auch manchmal«, erwiderte Kotja traurig.

Zei kam immer näher. Er winkte uns zu und fiel in Schritttempo. Er keuchte nicht, war nicht schweißgebadet und sah keineswegs wie ein Mann aus, der gerade zehn Kilometer hinter sich gebracht hatte. Allerdings spiegelte sich auf seinem Gesicht ... Verärgerung wider.

»Wir warten schon seit fünfundvierzig Minuten«, sagte ich mit einem Blick auf die Uhr.

»Ich habe gedacht, ich wäre schneller zurück«, gab Zei ungerührt zu. Er setzte sich neben uns, nahm sich eine Flasche Bier und presste sie an die Lippen. Unter seiner Haut hüpfte der Kehlkopf auf und ab. In einem einzigen Zug leerte er die Flasche, wischte sich geräuschvoll den

Schaum vom Mund und lächelte. »Sie hat mich abgehängt, dieses Aas!«

»Was sagen Sie da?«, wollte Kotja erfreut wissen. Auf seinem Gesicht erstrahlte ein Lächeln: Der Polizist sprach russisch.

»Sie ist eine gute Läuferin«, erklärte Zei. »Ich habe sie gesehen. Aber mir war klar, dass es, wenn ich sie einholte, bereits zu spät sein würde.«

In meinem Hirn schien sich ein Hebel umzulegen. »Das wäre bereits in einem Gelände, wo Sie nicht mehr über Ihre Fähigkeiten verfügen?«

»Hm«, gestand Zei in bitterem Ton. »Von meinem Abschnitt bis zu deinem Turm sind es fünfeinhalb Kilometer. Die Frau hätte ich zehn Kilometer von hier eingeholt. Bei dieser Entfernung hätte ich mich in einen normalen Menschen verwandelt. Und sie ist trainiert, hat es gelernt zu töten. Sie würde ihre Fähigkeiten nicht einbüßen.«

»Und dass es unterschiedliche Welten sind, spielt dabei keine Rolle?«, wollte ich wissen.

»Nein. Die Abstände zwischen den jeweiligen Übergangspunkten werden summiert.«

»Und sie hat Sie also abgehängt?«, hakte Kotja mit aufgesetztem Mitleid nach. Er fragte so scheinheilig, dass ich schon befürchtete, der Polizist würde ihm dafür eine Ohrfeige verpassen. »Oh, oh, oh ... ein einfaches Mädel ...«

»Einfach?« Zei brach in schallendes Gelächter aus. »Sie ist ebenso ein Funktional wie ich oder dein Freund. Nur hat sie ihre Funktion verraten.« Als Zei unser Unverständnis bemerkte, erklärte er: »Sie hat ihre Funktion aufgegeben und ist abgehauen! Gut, niemand kann sie zwingen. Aber jetzt haben wir den Salat. Sie organisiert Widerstandsgruppen, stachelt die Menschen zum Kampf gegen uns an. Einen Gefallen tut sie sich nicht damit!«

»Und wer war sie? Und woher?«, wollte Kotja wissen.

Oh, mein Herz witterte es genau: allzu viel wollte er wissen! Anscheinend hatte die Frau von gestern in seinen Augen jede Anziehungskraft eingebüßt, nachdem klar geworden war, dass sie uns in eine Falle gelockt hatte. Aber so eine Stelle bleibt nicht lange leer ...

»Sie gehörte weder zu uns noch zu euch«, antwortete Zei nebulös. »Sie war Ärztin, dieses dumme Ding ... Ich muss jetzt los, Freunde. Wir sehen uns morgen bei Felix.«

Er klopfte mir auf die Schulter, winkte Kotja einen unbestimmten Gruß zu und ging auf den Turm zu.

»Zei!«, rief ich ihm entgeistert nach. »Kommt sie denn zum Turm zurück?«

Zei blieb stehen. »Vielleicht«, meinte er schulterzuckend. »Ist doch egal, oder?«

»Soll ich sie festnehmen?«

Ohne jeden Zweifel irritierte diese naive Frage den Polizisten. »Die Entscheidung überlass ich dir. Aber wie kommst du darauf?«

»Schließlich ist sie unsere Feindin.«

»Richtig ...« Zei schien in Erstarrung zu fallen. Wie ein englischer Gentleman, dessen treuer alter Freund und Butler in Personalunion plötzlich an einer Tafel Platz nimmt, die Füße auf den Tisch pflanzt und sich eine stinkende Zigarre anzündet. »Aber du bist doch gar kein Polizist! Weshalb solltest du sie da festnehmen?«

»Sie hat mich angegriffen«, erinnerte ich ihn.

»Dann nimm sie fest«, meinte Zei strahlend. »Wenn du willst. Oder bring sie um.«

»Nun sieh dir einmal an, wie einfach bei denen alles ist«, brachte Kotja nachdenklich hervor, sobald Zei im Turm verschwand. »Nimm sie fest oder bring sie um!«

»Bei uns«, warf ich finster ein.

»Bei euch«, bestätigte Kotja. »Hmm. Hör mal, Kirill, kannst du mir etwas Geld leihen? Fünftausend vielleicht?«

Beinahe hätte ich ihn angeblafft, woher ich denn eine solche Summe nehmen sollte. Dann fiel mir jedoch das Umzugsgeld ein. Ich holte das Bündel heraus und gab ihm fünf Noten. »Reicht das?«, fragte ich.

»Ja.« Ungeheuer nervös und verlegen steckte Kotja das Geld weg. »In einer halben Stunde bin ich wieder da. Warte hier.«

»Hast du etwas mit Zei ausgemacht?«, fragte ich, da ich nicht verstand, was er beabsichtigte. Doch Kotja marschierte bereits entschlossenen Schrittes auf den Turm zu.

Wofür er wohl so dringend knapp zweihundert Dollar brauchte? Um eine Flasche eines hochgezüchteten französischen Kognaks zu kaufen? Das sähe ihm so gar nicht ähnlich. Um weitere zehn Kästen Bier zu erstehen? Auch das hielt ich für unwahrscheinlich.

Ich kroch in den Schatten des Turms (der Sand war kühl und ein wenig feucht, doch das empfand ich im Grunde als angenehm) und streckte mich bequem aus. Hatte ein armes, geplagtes Funktional, das noch wer weiß wie lange als Zöllner arbeiten musste, das Recht, sich am

Strand zu erholen? Ja. Es hatte sogar das Recht, ein wenig zu dösen.

»Hoch mit dir, Zöllner!«

Ich öffnete die Augen und erblickte Kotja. Mit einem Ruck setzte ich mich auf. »Was ist?«, fragte ich. »Bewirbst du dich um die Rolle des Pausenclowns?«

Kotja sah zum Davonlaufen aus! Seine nackten Füße steckten in braunen Sandalen, dazu trug er grüne sackartige Shorts und ein bereits jetzt am Kragen ausgeleiertes orangefarbenes T-Shirt. Auf seinem Kopf thronte ein zitronengelber Panamahut, wie er einem überalterten Kindergartenkind gut zu Gesichte stünde. Über seiner Schulter hing eine weiß-blaue Tasche aus Lederimitat.

»Stimmt was nicht?«, fragte Kotja kampfeslustig.

»Du siehst aus wie eine Packung Filzstifte«, murmelte ich. »Chinesischer Filzstifte. Was hast du vor? Wo willst du hin?«

Kotja seufzte. Er drückte mir ein paar Banknoten in die Hand. »Nimm das schon mal ... Das ist das Wechselgeld ... Den Rest kriegst du ... später.«

Ich sah auf das Geld, ein paar zerknüllte Zehner.

»Ich kann jetzt einfach nicht zu Hause hocken, Kirill«, erklärte Kotja. »Wie soll das gehen, wenn hier solche Dinge im Schwange sind? Ich kann auch nicht hierbleiben. Wer bin ich denn schon im Vergleich zu euch? Sag mal, wer!«

»Wer?«, grummelte ich.

»Ein Niemand!«, verkündete Kotja bitter. »Was soll ich neben dir glucken wie ein Haustier? Besser ziehe ich los ... und schau mir an, was das hier für eine Welt ist.«

»Aha«, begriff ich, sobald Kotja den Blick Richtung Wald lenkte. »Na ... dann geh. Ist ja nichts Schlimmes dabei. Du wirst dich doch nicht verlaufen?«

»Ich habe mir einen Kompass besorgt.« Kotja präsentierte mir einen echten Wanderkompass. »Es gibt hier ein Sportgeschäft. Ich habe es entdeckt, als ich von der Metro hergekommen bin. Da habe ich auch noch ein kleines Beil, Camping-Streichhölzer, Büchsenfleisch und Zucker gekauft. Und auch einen Feldspaten.«

»Wozu das denn?«

»Es heißt, dass man ihn unterwegs gut gebrauchen kann.«

Ich blickte ihm in die entschlossen funkelnden Augen, die er genant hinter den Brillengläsern zu verbergen suchte. »Warum hast du dir keinen Rucksack zugelegt?«, fragte ich seufzend.

»Einfach zu teuer«, log Kotja ohne rechte Überzeugungskraft.

»Komm schon, sag die Wahrheit! So ein Ding kostet doch nur drei-, vierhundert Rubel. Höchstens. Und damit nicht mehr als diese Tasche.«

»Ich bin zu blöd, einen Rucksack zu tragen ...«

»Ein Rucksack ist kein Wasserschlauch, Kotja.«

»Mit einem Rucksack sehe ich wie ein Idiot aus.«

»Mit der Tasche siehst du wie ein Idiot aus«, führte ich das Gefecht fort. Ehrlich gesagt, gab ich kaum einen besseren Wanderer ab als Kotja. Aber trotzdem ...

»Rucksäcke kommen für mich nicht infrage«, blieb Kotja stur. »Er reibt mir die Schultern wund, ich bleibe damit an jedem Ast hängen ...«

»Ich geb's auf«, kapitulierte ich. »Hast du ein Erste-Hilfe-Päckchen dabei?«

»Verbandsmaterial, Jod und Schmerzmittel. Und ein Breitbandantibiotikum. Gegen Durchfall gibt es nichts Besseres.«

»Hast du auch an einen Campingtopf gedacht? An Grütze?«

»Wozu brauche ich einen Campingtopf? Glaubst du etwa, ich will mir Kascha machen? Die hasse ich sowieso. Ich habe Büchsenfleisch, Kondensmilch und Zucker dabei.«

Schweigend streckte ich die Hand nach seiner Tasche aus. Kotja weigerte sich, sie mir zu geben, ja, er zog sie sogar weg.

Wie ich dabei jedoch bemerkte, brauchte ich gar nicht in seine Tasche zu schauen. Schließlich war ich jetzt Zöllner.

»Des Weiteren Roggenzwieback, fettreduziert, Marke Jelisaweta«, hielt ich ihm in beißendem Ton vor. »Innerhalb einer halben Stunde haben die Konservenbüchsen den fein säuberlich zermahlen. Außerdem noch die neueste Nummer vom *Sport-Express*. Besser hättest du eine Rolle Klopapier eingepackt! Wundcreme für Kinder ... O ja, nach meinem Dafürhalten dürften dich deine Beine schon recht bald im Stich lassen. Und wozu brauchst du im Dschungel ein Päckchen Kondome?«

Kotja lief krebsrot an. »Ich habe gelesen«, antwortete er trotzdem mit fester Stimme, »allen amerikanischen Einheiten werden Präser mitgegeben, da sie in jeder Lebenssituation von unschätzbarem Wert sind.«

»Reg dich ab!«, sagte ich bloß. »Halt, warte noch!«

Natürlich hatte ich weder einen Rucksack noch einen Campingtopf. Aber immerhin konnte ich ihn mit Klopapier, einer anständigen Kasserolle und einigen Ersatzprodukten für seine dem Untergang geweihten Zwiebäcke ausstatten. Ferner überließ ich dem verliebten Wanderer noch mein gutes Messer (freilich, ein kleines Beil war unterwegs ganz gut – aber was wollte er ohne Messer anstellen?) und meine eigene Decke. Letztere rollte ich fest zusammen und verschnürte sie mit einem in der Küche entdeckten Band so, dass er die Decke anstelle eines Rucksacks auf dem Rücken tragen konnte.

»Danke«, brachte Kotja leicht betreten heraus, als er die Ausrüstung entgegennahm.

»Du könntest mir ruhig sagen, was du vorhast!«

»Ich wandere Richtung Wald«, antwortete Kotja leichthin. »Spazier ein bisschen am Ufer entlang.«

»Gott sei Dank, ich dachte schon, du wolltest in diesen Dschungel ...«

»Das wird sich finden«, erklärte Kotja draufgängerisch. »Warum glauben wir eigentlich, es handle sich um einen Dschungel? Vielleicht ist es ein Birkenwäldchen? Und die einzigen Tiere, die es dort gibt, sind Hasen ...«

»Hm.« Ich starrte auf das dichte dunkle Grün am Horizont. »Birken ... Hasen ... Ja, ja. Hör mal, Kostja ... pass gut auf dich auf.«

»Mach ich.«

Nachdem wir einander verlegen die Hand gedrückt hatten, schulterte Kotja seine idiotische Tasche so bequem wie möglich und brach in Richtung Wald auf.

Ich blieb noch einige Minuten stehen, um zu beobachten, wie er sich entfernte. Mit seinem langsamen Gang, durch den Sand watend und so völlig anders als die ehemalige Frau Doktorin, die zur Terroristin geworden war, so völlig anders auch als der Polizei-Zei. Ein durchschnittlicher Städter eben, den es in die Natur verschlagen hatte und der keinerlei Anstalten machte, sich als erfahrener Wanderer auszugeben.

Von Anfang an hatte ich bei dieser Sache das Gefühl gehabt, der Held eines Abenteuerromans zu sein. Eines Krimis, mystischen Thrillers oder Dark-Fantasy-Romans ... Im Grunde passiert dergleichen aber jedem Menschen, und das ständig, nur ist das Genre normalerweise nicht so spannend. Normalerweise sind wir die Helden tränenreicher Melodramen, in denen es keine schönen Prinzessinnen gibt und keine mutigen Ritter. Langweilige Produktionsromane sind es, in denen sich niemand um deinen Arbeitstriumph schert. Slapsticks, in denen die Rolle des Possenreißers niemand anders als du spielt.

Jetzt, als ich Kotja nachsah, der, gekleidet wie ein Datschenbesitzer beim Ernten der Möhren, tapfer einer fremden Welt entgegenschritt, schoss mir unversehens der Gedanke durch den Kopf, es könne ja auch sein Roman sein. Dann wäre dieser Kotja verdammt, durch fremde Welten zu wandern, von Zollstelle zu Zollstelle, wobei er sich allmählich Muskeln zulegte, die Kunst des Kampfes mit einem Campingbeil – und der entsprechenden Schaufel! – erlernte, die schmale Brust spannte und an Schulterbreite gewann. Unterwegs würde ein Augenarztfunktional seine Kurzsichtigkeit heilen. Schließlich würde Kotja seine dunkelhäutige Prinzessin finden, die beiden würden einen Volksaufstand gegen die Funktionale organisieren und dabei als Allererstes Zei die Fresse polieren ... Derweil säße ich im Turm und würde sämtliche Passanten anbrüllen: »He, was fällt dir ein? Du stürmst ins Mittelalter, und in deiner Tasche steckt eine Makarow!« Denn von den Helden und Schurken abgesehen, treten in Abenteuerromanen ja immer Personen auf, die Getreide ernten, Häuser bauen und Fisch fangen ...

Puh!

Was für ein Pathos!

Ich drehte mich um und begab mich zurück in den Turm. Vermutlich würde Kotja schon morgen wieder da sein. Oder übermorgen. Zerknautscht und nach der auf nacktem Boden verbrachten Nacht kreuzlahm, mit gesprungener Brille und von Mücken zerstochen ...

Da ich es den Helden aus Abenteuerromanen nicht nachtun wollte, füllte ich im Bad einen Eimer mit Wasser und suchte mir einen Schrubber sowie einen Putzlappen. Was muss da für ein idiotischer Mechanismus bei der Materialisation von Dingen am Werke sein, der einen von vornherein dreckigen und zerlöcherten Wischlappen bereitstellt?

Ich krempelte mir die Ärmel hoch und machte mich, im Erdgeschoss beginnend, daran, den Boden zu wischen. Mir fiel nicht ein einziger Roman ein, in dem der Held den Boden schrubbt. Das ist keine Arbeit für Helden. Aber was bleibt einem anderes übrig, wenn einem jemand alles verdreckt?

Der Schrubber nützte wenig, ich musste runter auf alle viere und den Boden scheuern wie in meiner Kindheit. Nach dem Schulabschluss hatte ich es irgendwie fertiggebracht, mit einem Staubsauger auszukommen ... oder mit den Besuchen meiner Mutter ... oder der Freundinnen, die sich als saubere und ordentliche Hausfrauen präsentieren wollten.

An der Tür nach Moskau klopfte es.

»Immer rein, es ist offen!«, schrie ich genervt, während ich aufstand. Mein Rücken schmerzte ein wenig.

Es war der Politiker Dima, der den Turm betrat.

Er sah sehr seltsam aus. Wie ein normaler Mensch. In Jeans, schmutzigen Schuhen und einer Jacke aus »vaterländischer Produktion«, wie sie es nannten, da in ihrem Parlament. In der Politik kleiden sich so nur Vertreter der Splittergruppen oder diejenigen, denen eine Begegnung mit dem Volk bevorsteht.

»Wenn Sie sich kurz gedulden wollen«, bat ich. »Ich mache hier gerade sauber.«

»Ordnung muss sein«, lobte Dima. »Die hätten wir schon längst herstellen müssen. Kirill. Leg diesen Lappen beiseite. Wir müssen miteinander reden, ich habe aber nur wenig Zeit.«

Mit einem Nicken ließ ich von meinem Lappen ab. »Wenn Sie wollen, können wir auch da hin ... zum Meer«, schlug ich vor. »Um völlig ungestört zu sein.«

»In deinem Turm kann uns niemand hören«, wehrte Dima kopfschüttelnd ab. »Da brauchst du dir keine Gedanken zu machen. Hast du einen Kaffee?«

»Löslichen. Geht der?«

»Ja«, gab sich der Politiker bescheiden, um sogleich nachzuschieben: »Wenn löslich, dann los!«

Leicht irritiert bat ich den Politiker nach oben. Ich wusch mir die Hände und setzte den Kessel auf. Eine Espressokanne fand ich zwar, aber der entsprechende Kaffee fehlte ...

»Du lebst bescheiden«, bemerkte der Politiker, während er sich umsah. »Dir fehlt noch ein Kühlschrank. Ich werde dafür sorgen, dass du einen kriegst. Und auch Lebensmittel. So weit kommt es noch, dass du hungerst. Ich habe ein wenig über dich in Erfahrung gebracht. Entschuldige das bitte.«

»Aber nicht doch, das macht nichts!« Verblüfft registrierte ich, dass die autoritäre Stimme des Abgeordneten in mir den Wunsch hervorrief, mit ihm einer Meinung zu sein. Wäre ich mir nicht sicher gewesen, einen normalen Menschen vor mir zu haben, hätte ich in ihm ein Politikerfunktional vermutet. »Das verstehe ich doch.«

»Du bist ein guter, ein anständiger Junge«, fuhr der Politiker fort. »Deine politischen Ansichten interessieren mich kaum, stimme, für wen du willst ... Die Politik ist von Natur aus ein schmutziges Geschäft, das wissen wir selbst. Aber alles andere an dir gefällt mir. Du hast nicht die Absicht, unser Land jemals zu verlassen. Du leidest von ganzem Herzen mit ihm. Du hast ein Leben ... nun ja, fast ohne Ausschweifungen geführt.«

»Warten Sie mal!«, verlangte ich beinah kreischend. »Wie haben Sie das herausgekriegt? Schließlich bin ich ... aus Ihrer Realität verschwunden, oder?«

»Natalja hat mir dein Dossier zur Verfügung gestellt«,

erklärte der Politiker. »Du wirst verzeihen, aber ich musste meine Bedenken in Bezug auf deine Moralvorstellungen anmelden, und da hat sie …«

»Sie hat ein Dossier über mich? Und was steht da drin?«

»Alles.«

Ich hüllte mich in Schweigen. Zu erfahren, es existiere ein Dossier, in dem alles über einen festgehalten ist, ist nicht gerade angenehm. Noch unangenehmer ist es freilich, einem Menschen gegenüberzusitzen, der dieses Dossier gelesen hat.

»Sie ist schließlich eine Hebamme. Es ist ihre Arbeit, alles über einen Menschen zu wissen, der zum Funktional wird.« Der Politiker sah mich mit offenem Mitgefühl an. »Du brauchst jetzt nicht nervös zu werden. Mich hat nur eins interessiert: Ob du ein Patriot bist. Es hat sich herausgestellt, dass dem so ist.«

»Braucht das Vaterland denn meine Hilfe?« Entgegen meiner Absicht klang das nicht ironisch, sondern pathetisch.

»Ja, Kirill. Da du hintereinander die Türen nach Kimgim und zum Meer, mithin zu zwei ungemein populären Welten geöffnet hast, musst du hervorragende Anlagen haben. Und über eine ganz vorzügliche Mischung aus Geschäftssinn und Romantik verfügen. Ich kann mich nicht erinnern, dass diese beiden Welten je zuvor einen gemeinsamen Übergangspunkt mit der unseren gehabt hätten …«

»Und was soll ich tun?«, fragte ich, während ich heißes Wasser in die Tassen goss. »Diplomatenpost überbringen? Ein geheimes Päckchen aus Kimgim nach Moskau schmuggeln?«

»Von dir wird verlangt, eine Tür in eine neue Welt zu öffnen«, erklärte der Politiker mit fester Stimme. »Ich weiß, dass diese Welt existiert. Aber ihre Tür wurde über fünfzig Jahre nicht geöffnet. Dir, davon bin ich überzeugt, könnte das gelingen.«

»Weshalb soll ich diese Tür öffnen?«, fragte ich amüsiert. »Langweilen sich die Herren Funktionale in den bereits zugänglichen Welten?«

»Ich bin kein Funktional!«, polterte der Politiker mit einem Mal los. Er erhob sich und bedachte mich mit einem zornigen Blick. »Und betrachte mich nicht als Feind! Diese Tür ist für unsere Heimat wichtig. Die auch deine Heimat ist!«

Am liebsten hätte ich ihn jetzt ebenfalls angeschrien. Sollen sie doch in ihrem Parlament geifern, da ist sowieso immer die Hölle los. Erst vor Kurzem hat in der Kommission zur moralischen Erziehung der Jugend ein Abgeordneter einem anderen mit einem Schlagring das Jochbein gebrochen ...

Doch plötzlich, wie ich den Politiker so anstarre, wird mir zu meiner eigenen Überraschung klar, dass er das alles ernst meint. Weder ist er auf ein extravagantes persönliches Vergnügen erpicht, noch will er eine Intrige gegen Natalja Iwanowa und Konsorten anzetteln. Er hat wirklich den Traum, das Leben in Russland zu verbessern!

»Wie soll ich denn diese Tür öffnen können?«, frage ich, nun schon wieder in einlenkendem Ton. »Die gehen doch von allein auf. Morgens.«

Der Zorn des Politikers verpuffte ebenfalls. Er nahm wieder Platz, griff nach der Tasse und gab großzügig Kaffeepulver in das heiße Wasser. »Ich weiß es nicht«, legte er die Karten offen auf den Tisch. »Aber du bist schließlich ein Funktional. Ihr müsst doch ... äh ... einigermaßen aufgeweckt sein, oder?«

Das klang fast mitleidig.

»Ich bin noch nicht lange in der Branche tätig«, betonte ich überflüssigerweise. Dann setzte ich mich dem Politiker gegenüber und fuhr fort: »Was genau ist denn nun nötig? Wohin muss die Tür gehen?«

Noch während ich diese Worte aussprach, begriff ich mit absoluter Sicherheit, dass mir die Antwort nicht gefallen würde. Selbst die überraschende Sympathie, die ich diesem Politiker entgegenbrachte, konnte daran nichts ändern. Die Antwort würde mir nicht gefallen! Ebenso wenig wie das, was er da einleitete ...

Und genauso ist es dann auch gekommen.

Vierzehn

In jedem guten Märchen gibt es einen Moment, in dem der Held auf eine Suche geschickt wird. Iwan Zarewitsch bricht auf, die Äpfel der ewigen Jugend zu finden. Bilbo zieht schweren Herzens mit seiner Zwergenbande los, den Schatz des Drachen aufzuspüren. Harry Potter sucht die Kammer des Schreckens. Atréju setzt alles daran, die Grenzen Phantásiens zu entdecken.

Auf all diese Abenteuer, die für den gebannten Leser so unterhaltsam sind, könnte der Losgeschickte selbst allerdings gut und gern verzichten! Iwan Zarewitsch könnte seine Zeit auf dem Heuboden mit einer rotwangigen Bauernmagd verbringen, Bilbo eine Pfeife mit dem aromatischem Kraut der Halblinge schmauchen, Harry Potter in Sublimierung seiner Teenagerkomplexe auf seinem Besen fliegen und Atréju sich auf die Jagd nach purpurroten Bisons machen. Aber der Befehl ist nun einmal gegeben. Väterchen Zar scheucht seinen Jungen vom Hof, die strengen Zwerge zwingen Bilbo, sich auf die behaarten Füße zu machen, der schreckliche Basilisk huscht in seine Höhle, das Nichts zerstört methodisch Phantásien. Dem Helden bleibt keine andere Wahl als loszuziehen.

Freilich ist anzumerken, dass die genannten Suchen auf etwas Materielles gerichtet sind. Die Äpfel der ewigen Jugend, einen Sack voll Gold, ein finsteres Verlies unter der Schule (wobei natürlich jedes Kind weiß, dass es unter *jeder* Schule finstere Verliese gibt), eine Grenzsäule mit der Aufschrift: »Hier enden des Autors Phantasien«.

Nur in sehr, sehr seltenen Ausnahmen muss der Held nach etwas Immateriellem suchen. Nein, nicht nach etwas, »das es auf der schönen weiten Welt nicht geben kann«. Hinter dieser Phrase steckt ganz bestimmt das unsichtbare Monster aus der *Feuerroten Blume,* dieser russischen Variante von der *Schönen und dem Biest*. Bei der Gelegenheit fällt mir ein, dass die Gefährten der kleinen Elli aus Wolkows *Der Zauberer in der Smaragdenstadt* dort nach Verstand, Beherztheit und Liebe suchten, am Ende jedoch nichts anderes erhielten als Holzklötze, Sägemehl und Rizinusöl.

Deshalb hatte ich denn auch erwartet, der Politiker Dima würde mir jetzt etwas davon erzählen, wie dringend unser Vaterland Gold und Brillanten bedürfe. Oder wenigstens uralter Geheimnisse und neuer Technologien.

Doch da sollte ich mich geirrt haben. Unrecht hatte ich ihm damit getan.

Ohne das Gesicht zu verziehen, nippte Dima an seinem inzwischen kalten, sauren Kaffee. »Ich möchte dich bitten, für unsere Heimat eine nationale Idee zu finden«, sagte er schließlich. »Eine neue nationale Idee.«

Einen ausgedehnten Moment lang sahen wir einander an.

»Und was soll ich sonst noch finden?«, fragte ich. »Altruismus? Verstand, Ehre und Gewissen? Mehrwert?«

»An Altruismus glaube ich nicht. Verstand, Ehre und Gewissen hatten wir bereits. Auf Mehrwert können wir getrost verzichten, denn wir wollen ohne Revolutionen auskommen. Wir brauchen eine Weltanschauung.«

»Dima«, sagte ich in unnachgiebigem Ton, »reden Sie mit mir bitte in einfachen Worten. Ich will ja gern helfen. Soll es allen gut gehen, Russland, unserer Hauptstadt Moskau und der ganzen fortschrittlichen Menschheit. Allerdings bin ich ein geborener Dummkopf. Man muss mir die Dinge erklären, damit ich sie verstehe.«

»Es existiert eine Welt mit dem Namen Arkan. Die Zugänge zu ihr öffnen sich nur selten. Das letzte Mal gab es eine Tür im Ural, im Gebiet Orenburg … Sie wurde 1954 auf Anordnung des Zentralkomitees der KPdSU zerstört. Der Befehl geht noch auf Stalin zurück, konnte zu seinen Lebzeiten jedoch nicht ausgeführt werden …« Dima verstummte. »Nein, damit sollte ich nicht anfangen«, urteilte er dann kopfschüttelnd. »Die Funktionale reden nicht gern über Arkan. Das Wichtigste habe ich aber dennoch in Erfahrung gebracht. Arkan entspricht der Erde. Es ist die einzige Welt, die mit unserer hundertprozentig übereinstimmt. Mit einem Unterschied: Arkan ist der Erde um etwa fünfunddreißig Jahre voraus.«

»Aha«, sagte ich. »Dann ist es also unsere Zukunft?«

»Ich weiß es nicht«, antwortete der Politiker. »Doch selbst wenn es unsere Zukunft ist, dann ist sie nicht vorherbestimmt. Sollten wir in diese Welt gelangen können … ihre Zeitungen lesen, ihre Geschichtsbücher und Enzyklopädien auswerten … dann wüssten wir, welche Gefahren unserem Land drohen könnten. Und was echte Patrioten unternehmen müssten, um ihrer Heimat zu helfen.«

»Haben Sie schon jemanden darum gebeten, die Tür dorthin zu öffnen?«, fragte ich. »Natalja vielleicht?«

Der Politiker verzog das Gesicht. »Dir ist nicht klar, in welchem Verhältnis wir zueinander stehen … Ja, ich habe sie gebeten. Sie hat mir geantwortet, die Türen ließen sich nicht auf Befehl öffnen. Danach ist sie nie wieder auf dieses Thema zurückgekommen. Ich habe nichts, womit ich sie unter Druck setzen könnte. Was könnte ich einem Funktional schon entgegensetzen?«

»Macht.«

»Das ist sehr schwer. Weißt du, wie vor einem halben Jahrhundert dein Kollege ums Leben gekommen ist? Jener Zöllner, der den Zugang nach Arkan kontrolliert hat?«

»Nein.«

»Egal, das braucht uns hier auch nicht weiter zu interessieren.« Der Politiker lächelte. »Jedenfalls hatte er sich geweigert, den Zugang nach Arkan zu schließen. Er hätte das auch gar nicht gekonnt. Im Grunde hätte er dafür seine Funktion aufgeben müssen … und das wollte er nicht. Über ein Jahr lang hat die Regierung mit den Funktionalen verhandelt. Das Ganze wurde noch dadurch erschwert, dass ihr keine klare übergeordnete Macht habt, sondern nur ein lockeres System von Ältesten und starken Anführern. Schließlich billigten die Funktionale der Regierung der UdSSR das Recht zu, ihr Verhältnis mit dem unbotmäßigen Zöllner unter sich zu klären. Das riesige Land gegen ein einzelnes Funktional ... Ich glaube, deine Leute wollten einfach sehen, was dabei herauskommt. Wer wen in die Knie zwingt ...«

»Und?«

»Bis heute gibt es keinen Zugang nach Arkan mehr«, antwortete Dima ausweichend. »Soweit mir bekannt ist, auch in anderen Ländern nicht. Dabei brauchen wir ihn ... so dringend!«

»Gut«, kapitulierte ich. »Das ist interessant. Vermutlich auch nützlich. Ich bin einverstanden.«

Der Politiker schlug mir kräftig auf die Schulter. »Prima. Stell dir das doch bloß einmal vor ... wir wüssten, welche Gefahren dem Land von außen drohen, welche Maßnahmen der Regierung beim Volk Anklang finden und welche nicht, wie eine anständige Regierung auszusehen hat ... das wäre ein ungeheurer Vorteil!«

»Dann noch die Erdbeben, Brände, Terroranschläge, Katastrophen, Epidemien ...«, ergänzte ich.

»Tsunami, Vulkanausbrüche«, pflichtete mir der Politiker bei.

Misstrauisch blickte ich ihm in die Augen. Machte er sich über mich lustig?

»Man muss global denken, Kirill«, sagte der Politiker vorwurfsvoll. »Stell dir vor, am Vorabend des Tsunamis im Pazifik hätte Russland die Völker dieser Region vor der Gefahr gewarnt! Wir hätten ja behaupten können, unsere neuesten Sputniks hätten das beobachtet ... Was hätte Russland da an Autorität auf der internationalen Bühne gewonnen!«

»Äh … ja, klar«, räumte ich ein. »Das habe ich nicht bedacht. Also, was soll ich tun? Wie kann ich die Tür dorthin öffnen?«

Dmitri erhob sich und fing an, durch die Küche zu tigern. Dann schaute er durch das Fenster nach Kimgim. »Diese Welt ist sehr beliebt«, sagte er. »Jeder dritte Zöllner öffnet einen Zugang zu ihr. Sogar noch mehr … Und weißt du auch, warum? Das ist ein Jules-Verne-Land. Eine Welt, in der die Technik an der Wende vom 19. zum 20. Jahrhundert stehen geblieben ist. In der riesige Dampfmaschinen gebaut worden sind und man ein Schienennetz, keine Autobahnen anlegt hat. Wo in den Ozeanen Ungeheuer leben und der Erdball noch nicht vollständig erforscht ist … Australien zum Beispiel ist noch nahezu unbesiedelt. Hier ist das Leben einfach, Kirill. Gemütlich. Viele verbringen gern ihren Urlaub hier.«

»Wer sind *viele*?«

»Politiker. Dort kommen sie nämlich auch auf ihre Kosten. Sie können auch da ihre Intrigen spinnen. Diese Welt ist ein Flickenteppich. Es gibt Stadtstaaten, Konföderationen unabhängiger Fürstentümer und freier Gebiete. Hier finden Spielzeugkriege statt, fünfhundert Mann gegen siebenhundert zum Beispiel. Mit klaren Regeln der Kriegführung. Sogar die Schurken sind ausnahmslos wie aus der Operette … Viele von uns kaufen sich ein kleines Häuschen in einer Stadt, geben sich als Reisende aus … und verbringen dort jedes Mal ihren Urlaub. Dem Volk sagen sie dann, sie flögen auf die Kanaren, dabei stehlen sie sich hierher, nach Erde-3.«

»Erde-3?«

»Gewiss. Glaubst du etwa, die ganze Welt würde nach einer einzigen Stadt benannt? Kimgim ist populär, aber mehr auch nicht ... Deine zweite Tür führt zu Erde-17. Dort gibt es keine Menschen. Anfangs hat man angenommen, durch diese Tür gelange man weit zurück in die Vergangenheit, aber dort wachsen ganz normale Pflanzen und leben die üblichen Tiere. Genau wie auf der Erde. Nur eben ohne Menschen. Ein sehr beliebter Ort zum Entspannen ... Sobald die ersten Touristen kommen, jag sie ein Stück weiter, damit sie ihre Schaschliks nicht direkt am Turm grillen. Sonst wird hier bald alles verpestet sein!«

»Wie soll ich das denn machen? Da werden doch vermutlich durch die Bank Politiker und Oligarchen antanzen. Oder etwa nicht? Und ein paar Kulturschaffende.«

»Wach auf, Kirill.« Dima warf mir einen ironischen Blick zu. »Was können Politiker und Oligarchen dir schon anhaben? Du gehst auf sie zu, ziehst die Augenbrauen in aller Strenge hoch, drohst ihnen mit dem Finger – und schon herrscht Ordnung. Du kontrollierst einen sehr günstig in Moskau gelegenen Durchgang zwischen den Welten. Das fällt stärker ins Gewicht als hundert Ölfördertürme, glaub mir ...«

»Trotzdem verstehe ich nicht, warum sich die Türen eigentlich öffnen.«

»Die Türen führen in die Welten, in die du gelangen möchtest. Deshalb glaube ich ja auch, dass es dir gelingen könnte. Normalerweise ziehen Erde-3 und Erde-17 ganz unterschiedliche Menschen an. Du bist anscheinend vielseitig genug veranlagt, um beide Türen zu öffnen. Vielleicht gelingt es dir also auch mit Arkan?«

»Welche Nummer trägt diese Welt denn?«, wollte ich aus irgendeinem Grund wissen.

»Das ist eine episodisch geöffnete Welt. Solche Welten werden nicht nummeriert. Sie heißt einfach Arkan.« Der Politiker ging zur Treppe und sah mich nachdenklich an. »Ich muss jetzt los. Versuch es, Kirill. Ich glaube an dich. Ein, zwei Wochen bist du noch imstande, deinem Land zu helfen.«

»Und danach?«

»Danach wird es dir allmählich gleichgültig.« Dima breitete betrübt die Arme aus. »Deshalb war mir auch so daran gelegen, frühzeitig mit dir zu reden. Dir bleiben noch zwei Türen, Kirill. Zwei Welten. Ich bitte dich, alles daranzusetzen, diese Chance zu nutzen.«

Dann ging er die Treppe hinunter. Ich folgte ihm. Als ich den Politiker zur Tür brachte, konnte ich mich davon überzeugen, dass ihn in der Tat niemand hergefahren hatte. Oder aber die Leibwächter warteten in einiger Entfernung vom Turm auf ihn. Dima stellte den Kragen seiner Jacke hoch und stapfte davon, ganz wie ein Detektiv in einem klassischen Krimi vornübergebeugt.

»Eine nationale Idee«, sagte ich leicht verzückt, als ich die Tür schloss. »Klar! Nichts einfacher als das!«

Natürlich hatte das Anliegen des Politikers etwas für sich. Falls es wirklich eine Welt gab, in der der Kalender uns weit voraus war, warum sollten wir uns das dann nicht zunutze machen? Um Stroh an den Stellen auszulegen, an denen wir eventuell strauchelten?

Andererseits: War das denn überhaupt noch möglich? Schließlich ließen sich die Worte des Politikers auch dahingehend interpretieren, dass Stalin befohlen hatte, den Zugang nach Arkan zu zerstören, sobald er vom Zusammenbruch der Sowjetunion Kenntnis bekommen hatte. Gehen wir einmal von dieser Prämisse aus. Warum hatte er dann Chruschtschow und Gorbatschow in Ruhe gelassen?

Der gute Dima hielt doch mit etwas hinterm Berg! Wie viel einfacher ist es da doch, wenn dich jemand um etwas Konkretes bittet. »*Und batz* ... Hier, mein König, der Kopf des Drachen! Ich habe mein Versprechen gehalten!« Worauf die Antwort folgte: »Und ich halte das meine, Prinz! Ich gebe dir die Prinzessin zur Frau! *Schmatz* ...«

Dennoch nahm ich mir vor, mein Versprechen ehrlich einzuhalten.

Teilweise, um meinem Land zu helfen. Teilweise aus Neugier. Monsterkraken am Ufer und ein umschmeichelndes Tropenmeer in der Sonne sind zweifellos reizvoll. Aber werden die Menschen zum Mars fliegen oder Städte auf dem Mond bauen? Wird es zu einem Weltkrieg kommen? Kann man Krebs, Aids und Schnupfen heilen? Verfilmt Peter Jackson den *Hobbit*?

Unversehens malte ich mir ganz egoistisch all die Freuden aus, die mir dieses Türchen in die Zukunft bereiten würde. Freilich, ich konnte sämtliche Krankheiten von Funktionalen behandeln lassen und die kulinarischen Meriten in Felix' Restaurant genießen. Doch keiner von ihnen würde einen Roman wie Umberto Eco schreiben, einen Film wie Spielberg drehen, ein Lied anstelle von Arbenin singen, nicht *Fallout 3* veröffentlichen.

Ich würde es versuchen. Ich würde mich schlafen legen und von der Zukunft träumen.

So schnell sollte ich allerdings nicht ins Bett kommen.

Zunächst musste ich noch den Fußboden im Erdgeschoss zu Ende wischen. Anschließend sammelte ich den Müll vom Strand ein. Die vollen Bierflaschen brachte ich in die Küche, wo ich das Fehlen eines Kühlschranks bedauerte, weshalb ich ein paar Flaschen ins kalte Wasser legte. Ich kehrte noch einmal an den Strand zurück, setzte mich hin und schaute aufs Meer. Hinter mir ging die Sonne unter, und mein Schatten erstreckte sich bis hin zum Wasser. Der Schatten des Turms schien sich sogar bis zum Horizont zu dehnen.

Mich lange am Anblick des Sonnenuntergangs zu weiden war mir nicht vergönnt. An der Tür nach Kimgim klopfte es. Warum auch immer, doch ich nahm an, Zei sei zurückgekommen.

Vor mir standen dann allerdings zwei gut gekleidete Gentlemen (die Zunge weigerte sich, sie anders zu bezeichnen), die wie Vater und Sohn oder Onkel und Neffe wirkten und sich dafür interessierten, wohin man durch meinen Turm käme.

Moskau reizte sie nicht. Meinem Gefühl nach lockte sie überhaupt kein Ort unserer Erde, was ich ihnen sogar ein wenig verübelte. Die Tropenwelt sahen sie sich dagegen höchst interessiert an, am Ende passte jedoch auch sie ihnen nicht.

Wir verabschiedeten uns mit ausgesuchter Höflichkeit voneinander. Bei dieser Gelegenheit bot mir der ältere der beiden Männer, den ich insgeheim »Onkelchen«

getauft hatte, eine Zigarre an. Ich ließ mir die Sache kurz durch den Kopf gehen, bevor ich das Geschenk annahm. In meinem Inneren schrillten keine Alarmglocken los. Offenbar durfte ein Zöllner kleinere Aufmerksamkeiten akzeptieren.

Kurz darauf klopfte es an der Moskauer Tür.

Diese Gruppe setzte sich aus den Stammgästen angesagter Partys und Nachtclubs zusammen. Obwohl ich mich nicht an seinen Namen erinnerte, erkannte selbst ich einen populären Rapper (in Wirklichkeit sah er noch wie ein Junge aus, wie ein selbstsicherer, großspuriger Junge) und eine siebzehnjährige Blondine aus einer dieser Girl-Groups à la *Lollies*, *Poppies* oder *Lolliepoppies*. Nie vermochte ich mir die Namen dieser seltsamen Formationen einzuprägen, bei denen es weder auf Stimme noch Text, sondern auf ein paar langbeinige, flotte Sängerinnen ankommt, die sich voneinander einzig und allein durch die Farbe ihrer Haare unterscheiden.

Der Rapper und die Sängerin hatten ihre Entourage dabei, bestehend aus zwei Jungs und zwei Mädels. Offenbar Fans. Sie alle waren nicht älter als zwanzig. Die frechen Blicke, die teure Kleidung und die am Straßenrand geparkten Autos wiesen sie ebenfalls als Vertreter der Goldenen Jugend aus. Im Unterschied zum Rapper und zur Sängerin amüsierten sie sich freilich mit fremdem Geld. Ihre Mamas und Papas hatten sich irgendwann mal höchst erfolgreich ein Stückchen unseres Landes unter den Nagel gerissen. Und da das Land groß, das Stück üppig war, vermochten die Sprösslinge jetzt ihre Zeit damit zu verbringen, zwischen Pariser Boutiquen (extravagante

Individuen bevorzugen die Londoner) und angesagten europäischen Discos (die avantgardistische Jugend wählt die japanischen) hin und her zu pendeln.

Von den sechs wusste nur einer über Funktionale Bescheid, nämlich der Rapper. Die Sängerin schien von einer Welt in die nächste zu reisen, ohne sich darüber auch nur im Geringsten zu wundern. Die Goldene Jugend – mein Vater nannte solche wie sie aus irgendeinem Grund Majore – hatte eine Heidenangst, was sie nur noch dreister und unangenehmer machte. Der Rapper wählte ohne viel Federlesens Erde-17. Kaum wurde die Jugend des Meers ansichtig, das golden in den Strahlen der untergehenden Sonne schimmerte, stimmte sie ein begeistertes und ausgefeiltes Gefluche an. Nur ein kupferrot gefärbtes Mädchen, das ihrem Galan an der schmalen Schulter hing, piepste etwas in der Art, dass die färöischen Inseln cooler seien. Warum ihr ausgerechnet die kalten Färöer einfielen, entzog sich meiner Kenntnis. Vielleicht war das der einzige Ort, an dem ihre Bekannten noch nicht gewesen waren und gegen den sie folglich nichts einzuwenden vermochten.

Zu gern hätte ich den Alkohol und die in Hemd- und Hosentaschen gestopften Psychedelika dieser Touristen konfisziert. Doch in das Reservat von Erde-17 durfte man jeden Mist mitnehmen.

Daher begnügte ich mich damit, ihnen eine gepfefferte Zollgebühr abzuknöpfen. Sogar für die Präservative, die Jungs wie Mädels mit sich führten.

Sie ließen es sich gefallen. Und die knapp zweitausend Rubel Gebühren zahlten sie, ohne mit der Wimper zu zucken. In meinem früheren Leben hätte ich mich in der gleichen unbekümmerten Weise von zwanzig Rubeln getrennt.

Nachdem ich die Tür hinter ihnen geschlossen hatte, ging ich hinauf in die Küche. Das Bier war inzwischen kalt geworden. Ich öffnete eine Flasche und riss ein Tütchen Pistazien auf. Ich trank ein Glas aus und goss mir ein zweites ein. Dann trat ich ans Fenster, das zum Reservat hinausging.

Die Jugend badete im Meer. Laut und ausgelassen. Ganz wie normale Menschen. Der Rapper und ein anderer junger Mann schwammen weit raus, die anderen planschten im flacheren Wasser. Ich blickte in Richtung Wald. Niemand. Irgendwo da befand sich die flüchtige Terroristin. Ihrer Spur folgte hartnäckig Kotja, der sich die verschwitzten Füße wund lief, das eine oder andere Mal stolperte, sich die Brille zerschlug ... Ohne Verletzungen, dessen war ich mir sicher, würde er sich durch diese hügelige Gegend nicht durchschlagen können!

Seufzend trat ich ans Fenster nach Kimgim. Dort war es inzwischen ganz dunkel, es schneite leicht und weihnachtlich. Einzig die fensterlosen Ziegelbauten ringsum passten nicht ins Bild.

Schlecht hatte ich es getroffen! Ausgerechnet in der Nachbarschaft von Fabriken hatte mein Turm entstehen müssen! Wenn er doch bloß auf einem kleinen Hügel stünde, nicht weit von Felix' Restaurant. Dann würde ich jetzt auf schmucke Häuschen mit Ziegeldach blicken, aus deren Schornsteinen ein wohlriechender Rauchfaden in den Himmel aufstieg, während Schlitten durch den

Schnee fuhren, Kinder in den Höfen Schneeballschlachten veranstalteten, höfliche Gentlemen sich voreinander verbeugten, Damen in prachtvollen Kleidern ihre winzigen Hündchen Gassi führten ... Später würde ich ins Restaurant schlendern, eines dieser salzigen Schalentiere mit einer Beilage aus eingelegten Artischocken zu mir nehmen, Wein trinken und mich mit einem intelligenten Menschen unterhalten.

Oder wenn der Turm wenigstens am Ufer neben der *Weißen Rose* entstanden wäre! Dann stünde ich jetzt am Fenster und sähe auf das graue, trübe Meer hinab, auf die heimtückischen Tentakel der Kraken, die auf den Turm zukrochen. Ein kalter Wind würde mir die Haare zerzausen, während ich mit dem wissenden Lächeln eines vom Leben enttäuschten Mannes in die Ferne blickte. Möglicherweise würde ich mir sogar die geschenkte Zigarre anzünden.

Während ich langsam mein Bier austrank, fiel ich immer stärker in Melancholie. In Kotjas Anwesenheit durfte ich mich immerhin noch in der Illusion wiegen, ich hätte mich nicht ganz und gar von meinem bisherigen Leben verabschiedet. Jetzt hingegen, da ich die gesellige Jugend beobachtete, fühlte ich mich mit einem Mal sehr, sehr allein. Und alt obendrein. Dabei jedoch nicht durch Erfahrung weise, sondern lediglich müde und verbraucht.

Am Strand wanderten Champagnerflaschen von Hand zu Hand. Die Mädels stimmten einen hirnlosen Song an. Vermutlich einen aus dem Repertoire ihrer Idole.

»Wenn ihr rumgrölen wollt, macht das woanders!«, schrie ich aus dem Fenster.

»Halt doch die ...«, setzte einer der Fans vom Ufer an. Der Rapper stürzte jedoch wie von der Tarantel gestochen zu ihm, hielt ihm den Mund mit der Hand zu und erklärte ihm etwas mit gedämpfter Stimme. Der Junge begriff schnell. Mit dem gleichen inneren Engagement wie zuvor legte er los: »Verzeihen Sie mir, verzeihen Sie mir bitte, es kommt nicht wieder vor, wir werden keinen Lärm mehr machen!«

Ich schloss das Fenster und verzog das Gesicht. Ein toller Sieg! Ich hatte einem betrunkenen Halbstarken eine Abfuhr erteilt! Wahrlich ein unvorstellbarer Triumph für ein Funktional!

Es wurde Zeit, ins Bett zu gehen.

Aber einschlafen ließen sie mich denn doch nicht gleich. Der Rapper stellte sich als gar nicht so dummer Junge heraus und wusch seinem Kumpel tüchtig den Kopf. Eine halbe Stunde später klopfte die leise gewordene Gesellschaft an der Tür, verabschiedete sich ausgesprochen höflich von mir und kehrte nach Moskau zurück. »Solche«, riet ich dem Rapper beim Abschied, »bring nicht mehr mit!«

Der Junge nickte energisch. Mir war unklar, ob er schon lange in die Welt der Funktionale eingeweiht war, aber fraglos wusste er bereits, dass es sich nicht empfahl, sich mit uns anzulegen.

Nachdem ich hinter ihnen abgeschlossen hatte, wollte ich mich schlafen legen, fest entschlossen, die Tür kein weiteres Mal zu öffnen, wer auch immer klopfen mochte. Sollten doch ruhig Abgeordnete und Musiker an dic Moskauer Tür wummern, sollten doch ruhig auf der Kimgimer Seite Felix und Zei hämmern und vom Strand her Kotja an mein Gewissen appellieren! Pech gehabt, sie alle müssten sich bis morgen früh gedulden.

Ich würde schlafen und mir die Tür in die Zukunft vorstellen. In die Welt mit dem Namen Arkan, wo wir aus fremden Fehlern lernen konnten ...

Beim Einschlafen dachte ich rechtschaffen nur an Arkan. Gegen Morgen jedoch, im Halbschlaf vor dem Aufwachen, träumte ich, die neue Tür würde sich erneut nach Kimgim öffnen, direkt ins Restaurant von Felix. Vorm Turm würde sich eine Gruppe von Funktionalen stauen, Männer wie Frauen, alt und jung, die mich in jeder nur denkbaren Weise beschuldigten, leichtfertig mit den Durchgängen zwischen den Welten umzugehen, ihren Wert nicht zu verstehen und weitere asoziale Verhaltensweisen an den Tag zu legen. All das schaukelte sich hoch, bis es schließlich zu einer Art Gewerkschaftsversammlung kam, bei der es Rügen, versteckte Gemeinheiten und eine allgemeine Aburteilung hagelte. Dann betrat Natalja die Bühne, schlug vor, mir, da ich ihr Vertrauen nicht gerechtfertigt hätte, den Turm zu entziehen und mich in die Reihen der einfachen Menschen zurückzuschicken. Aus der Menge trat sofort der Politiker Dima hervor, um diesen Vorschlag zu beklatschen. Seinem Beispiel folgten der Komiker Shenja und der junge Rapper, den ich nicht einmal namentlich kannte. Schon wogte die ganze Menge von Funktionalen auf mich zu, fuchtelte mit den Händen, warf mir Beleidigungen an den Kopf ...

Daher schreckte ich alarmiert aus dem Schlaf. Ich

blieb kurz liegen, um zu lauschen, wie mein Herz hämmerte. Im Traum hatte ich mich gefürchtet. Eine Heidenangst hatte ich davor gehabt, wieder zum normalen Menschen zu werden.

Wie aufgelöst ich gewesen war! Welche Panik ich gehabt hatte! Meine Eltern, meinen Hund, meine Freunde, meine Freundinnen – alles hatte man mir genommen. Doch man hatte mir nur ein geräumiges Gefängnis als Ersatz anbieten, anständig für meinen Lebensunterhalt sorgen und mir Amüsement in Aussicht stellen müssen – und prompt verlor ich kein Wort mehr darüber. Denn reden wir nicht um den heißen Brei herum: Der Turm war mein Gefängnis. Ein Pfosten, in den Boden gerammt und mit einer zehn Kilometer langen Kette daran. Und alles, was mir blieb, war ein runder Hof für einen Spaziergang an der Kette. Gut, fünf Höfe. Und vielleicht nicht zehn, sondern fünfzehn Kilometer.

Trotzdem reichte mir das nicht.

Jetzt werde ich nie nach Kuba gelangen. Obwohl ich es mir so gewünscht hatte! Und nach Neuseeland ebenfalls nicht. Wollte ich nämlich Felix glauben, würde meine Funktion dabei zerstört werden. Aber wieso diese exotischen Länder bemühen? Niemals würde ich mit meinen Freunden im Frühling nach Prag fahren, obwohl wir das immer geplant hatten ... Selbst auf die Datscha zu fahren durfte ich nicht riskieren, denn sie lag fast hundert Kilometer entfernt!

»Na und?«, fragte ich, während ich an die Decke starrte. »Alles kann man eben nicht haben! Ich bin jetzt quasi unverletzlich. Unglaublich stark. Vor meiner Haustür habe ich meinen eigenen Strand, eine anheimelnde kleine Stadt und ein großes Stück von Moskau. Manche Leute verbringen ihr ganzes Leben in einer Stadt ... Da wird mir doch wohl Kapotnja nicht fehlen, oder?«

Der Gedanke an Kapotnja beruhigte mich. Immerhin hatte ich es besser getroffen als mein Kollege aus dem Südosten.

Außerdem interessierte mich wahnsinnig, wohin sich über Nacht eine vierte Tür geöffnet hatte. Ob der ehrgeizige Politiker Glück gehabt hatte (und mit ihm die potenziellen Opfer von Tsunami und Erdbeben).

Rasch zog ich mich an. Ich sah auf die drei offenen Fenster.

Unvermittelt fiel mir ein Lied ein, das mein Vater sehr gern gehört hatte. Darin ging es um einen Mann, der in einem alten Haus lebt, in dem er aus einem Fenster auf ein Feld, aus einem anderen auf einen Wald und aus dem dritten aufs Meer blickte. Vermutlich wurde da ein Zöllnerfunktional, wie ich es bin, besungen. Allerdings erinnerte ich mich nicht mehr, von wem es war. Irgendein Amateur, vielleicht ein bekannter Reisender oder Meisterkoch. Jedenfalls sang er erstaunlich gut, voller Inbrunst. Offenbar pflegte er sein Hobby schon seit geraumer Zeit. Ich musste mir das Lied besorgen und es mir wieder anhören.

In meinen drei Fenstern machte ich a) den schmutzigen grauen Himmel über Moskau, b) das saubere Winterblau über Kimgim und c) den absolut prächtigen rosaroten Sonnenaufgang über dem Meer aus. Ein Märchen!

Flüchtig orientierte ich mich über die Lage in den drei

Welten. Ich vergewisserte mich, dass es vor keiner Tür eine Schlange gab und alles ruhig war, sogar in Moskau (wobei es in puncto Ruhe nichts mit dem morgendlichen tropischen Meer bei fabelhaftem Wetter aufzunehmen vermochte).

Danach legte ich ein wahrlich heroisches Verhalten an den Tag. Zuerst ging ich nämlich nach oben, um zu duschen und einen präsentablen Menschen aus mir zu machen. Anschließend setzte ich den Kessel auf. Erst danach nahm ich mir die beiden verschlossenen Fenster vor.

Hinter den Läden des einen herrschte Stille. Für dieses Fenster war die Zeit noch nicht reif.

Hinter den Läden des anderen vernahm ich ein gleichmäßiges Rauschen. Nicht so laut wie die Meeresbrandung, aber dennoch unverkennbar.

Ich löste die Muttern, die sich ausgesprochen leicht herausdrehen ließen, fast, als hätten sie ihre Funktion eingebüßt und als könnten sie es gar nicht mehr erwarten, sich von den Gewinden zu lösen.

Schließlich klappten die Läden auf. Ich schaute aus dem Fenster und stieß einen Pfiff aus.

Alle Achtung!

Im Fernsehen wird in solchen Momenten eine Werbepause eingeschoben. »Gerade an der spannendsten Stelle«, wie es so schön heißt. Wenn ich meine Abenteuer einmal verfilmte, würde ich genau hier unterbrechen.

Übrigens erinnerte auch der Ausblick aus dem Fenster an einen Reklamespot, an einen dieser überzuckerten schnulzigen Clips, in denen Joghurt oder Obst- und Gemüsesäfte angepriesen werden. Einer von denen, wo die

Vögelchen kleine Beeren sammeln, die Häslein Rübchen, die Würmchen winzige Äpfelchen und die Bärchen Honig, um sogleich die gesamte Pracht in einen Eimer voller Milch einer blitzblank sauberen kleinen Kuh zu geben, auf dass sie sich in einen appetitlichen bunten Brei verwandelt. Und wer jemals angesichts der Wohlanständigkeit der lieben Reklamekinderchen und des Enthusiasmus, mit dem der Großpapa in seinem Garten den ureigenen Saft aus einem Tetrapack trinkt, das große Kotzen gekriegt hat, muss gesehen haben, worauf mein Blick beim Hinausschauen aus dem Fenster fiel.

Grünes Gras! Damit man mich richtig versteht: knallgrünes, wie in den Werbespots, wo es manchmal gefärbt wird. Im wirklichen Leben bringt ein solches Grün nur ein chinesischer Filzstift zustande.

Und auf dieser grünen, sich bis zum Horizont erstreckenden Wiese wuchsen in malerischer Unordnung ebenso knallige, entweder in voller Blüte stehende oder überreich Früchte tragende Bäume.

Muss ich wirklich noch erwähnen, dass der Himmel blau, die Sonne gelb, die Luft rein und wohlduftend war?

Am liebsten hätte ich am Knopf zur Farbregulierung gedreht und die Pracht ein wenig geschmälert – indem ich die grellen Farben gedämpft hätte.

Verglichen mit dieser Welt wirkte das Tropenidyll des Reservats fahl und verwaschen. Als ob man einen Gauguin erst nach Tahiti gebracht und ihn gezwungen hätte, ein Pastell zu malen, um ihm erst danach die kräftigen Acrylfarben auszuhändigen und ihn, unter Ausnutzung seiner Verwirrung, überzeugt hätte, eine mittelrussische

Landschaft darzustellen – allerdings in schreienden Tönen.

Wie die Zukunft sah das in keiner Weise aus. Beim Anblick einer versengten Ebene, das gebe ich offen zu, hätte ich gestutzt und vermutet, ins Schwarze getroffen zu haben. Aber der Anblick, der sich mir aus dem Fenster bot, wollte nicht einmal zu meinen mehr oder weniger optimistischen Zukunftsfantasien passen.

Leider war ich auch kein wahnsinniger Sektierer. Denn in dem Fall hätte ich angenommen, das Tor zum Paradies geöffnet zu haben. Ich hätte mir die Kleidung vom Leib gerissen und wäre frohen Herzens durchs Gras gerannt.

Natürlich zog ich mich nicht nackt aus. Aber ich ging nach unten und öffnete die Tür. Ich riss einen Grashalm aus und schnupperte argwöhnisch daran, damit ganz der russischen Manier folgend, in jedem Geschenk des Schicksals einen doppelten Boden zu vermuten.

Der Halm roch angenehm und schnitt mich nicht.

»Du musst schon entschuldigen, guter Mann«, sagte ich zu dem abwesenden Politiker im Tonfall des Pferdes aus dem Witz. »Ich hab mir alle Mühe gegeben ...«

Der Turm sah in dieser Welt auch komisch aus. Viel schmaler, als er sein müsste, und mit weißen Steinen verkleidet. Wahrscheinlich handelte es sich dabei um polierten und gemaserten Marmor. Woraus sollte in dieser Märchenwelt denn sonst ein Turm erbaut sein? Wenn nicht aus Marmor, Jaspis, Malachit und anderen Edelsteinen?

Ich steckte mir den Grashalm zwischen die Zähne und

marschierte vom Turm weg. Ich wollte versuchen, mich allein in dieser Welt zurechtzufinden, ohne die Erklärungen von anderen.

Und natürlich würde ich den Turm nicht mehr als zehn Kilometer hinter mir lassen.

Fünfzehn

Kinder verfügen über zwei Möglichkeiten der Fortbewegung, deren eine die meisten Erwachsenen eingebüßt haben. Die erste besteht im Trödeln und Bummeln. Die zweite in einem rennenden Gehopse. In der Regel wählt ein normales Kind die erste Form auf dem Weg zur Schule, die zweite auf dem Rückweg.

Bei Erwachsenen, wie nicht schwer zu erraten ist, verliert sich die zweite Möglichkeit.

Man kann darüber spekulieren, warum das so ist. Man kann ein paar kluge und geistreiche Bemerkungen über die Beweglichkeit der Gelenke und das Verhältnis von Körpergewicht und Muskelkraft fallen lassen. Man kann beim Gedanken an die Last der verlebten Jahre seufzen. Man kann etwas Hochtrabendes über die Reinheit der Seele, die zum Himmel strebt, und die begangenen Sünden, die uns an die Erde fesseln, vorbringen. All das wird zutreffen.

Nur ändert der Umstand, ob du Romantiker oder Pragmatiker bist, nichts am Resultat. Niemals wirst du rennend über eine grüne Wiese hopsen, wenn du dem Kindesalter entwachsen, aber dem Altersschwachsinn noch nicht anheimgefallen bist.

Ich aber hatte Lust, zu hopsen und zu rennen. Außerdem wollte ich lachen, springen, mich im grünen Gras wälzen, mein Gesicht in die Sonne halten, mich mit ausgestreckten Armen hinlegen und in den blauen Himmel schauen, bis die Welt sich einmal gedreht hatte und man sich wie Atlas vorkommt, der auf seinem Rücken die weiche, elastische Erdkugel trägt – sie trägt und mit ihr ins unendliche reine Blau fällt. Mehr als alles andere wollte ich jedoch rennen.

Das tat ich dann auch. Mit dem Sport verband mich ein herzliches, aber kein enges Verhältnis. Früher wäre es mir nie in den Sinn gekommen, so zu rennen – nämlich nicht einem abfahrenden Autobus nach, nicht in ein Geschäft kurz vor Ladenschluss hinein, nicht hinter jemandem her oder vor jemandem weg, sondern einfach so. Und ich hätte es auch nicht geschafft. Jetzt lief ich einen Kilometer oder zwei, bevor ich begriff, dass mein Organismus überhaupt nicht auf diese körperliche Ertüchtigung reagierte. Selbst mein Atem ging nicht schneller. Wenn mir jemand den Puls gemessen hätte, wäre vermutlich keine Veränderung festzustellen gewesen. Meine Bewegungen waren geschmeidig und koordiniert, ich spürte, wie sich jeder einzelne Muskel beugte, das Blut durch meine Adern rauschte, die Nerven Impulse aussandten, die meine Beine zu ihren Bewegungen veranlassten. Mein ganzer Körper hatte sich in eine großartige, faszinierende Maschine verwandelt.

Voller Bedauern zwang ich mich dazu, mein Tempo zu

verlangsamen. Ich hielt auf einen Baum zu, der mich bereits vom Turm aus mit seinen knalligen Farben frappiert hatte.

Ein ganz normaler Baum. Ein Apfelbaum. Mit durchaus gewöhnlichen Blüten. Aber wie viel Schönheit verbarg sich in dieser Profanität, wie zart schimmerten die weißen und rosafarbenen Blütenblätter, wie erstaunlich flaumig war ihr Rand! Und was für ein liebliches, betörendes Aroma jede einzelne Blüte verströmte!

Als ich über einen Zweig fuhr, schluchzte ich vor Rührung sogar auf. »Es blüht der Apfelbaum – was für ein Wunder …«, intonierte ich mit einer Stimme, die innerer Aufruhr zittern ließ.

An die nächsten Zeilen erinnerte ich mich nicht mehr. Schade. Denn ich wollte singen. Lachen. Rennen. Mit Blumen werfen. Beobachten, wie eine Raupe über ein Blatt kriecht. So ein flaumiges Ding, das an den Kopf eines Neugeborenen erinnert, so ein grünliches Etwas mit weißen Punkten, ganz wie eine frische Gurke, das bei jeder Bewegung den Rücken wölbt, dass es lustig anzusehen ist. Eine wunderbare Raupe! Zulächeln wollte ich ihr – worauf sie mit einer weiteren komisch anmutenden Verbiegung reagieren würde, mit der sie sich in einen Smiley verwandelte, dieses Computerzeichen des Lächelns. Vermutlich könnte ich mit ihr sogar kommunizieren!

Da tat ich etwas Seltsames! Aus unerfindlichen Gründen hob ich die Hand, um mir eine Ohrfeige zu verpassen. Als sei ich eine junge Frau, die einen hysterischen Anfall erlitt. Einmal hatte ich dergleichen gesehen. Die heilende Kraft einer schlichten Schelle war ganz erstaunlich gewesen.

Nun durfte ich mich davon überzeugen, dass dieses therapeutische Mittel keinem Geschlecht den Vorzug gab. Die Ohrfeige wirkte bei mir nicht weniger ernüchternd als bei der aufgelösten Frau, die sich mit ihrem Freund gestritten hatte. Ich atmete tief durch, stieß einen Fluch aus und blickte mich noch einmal um.

Das, was mir eben passiert war, irritierte mich. Es war unnormal. Gewiss, vor mir lag eine fantastische Landschaft. Gewiss, über mir hing ein klarer Himmel. Gewiss, die Bäume, Blumen, das Gras ...

Dennoch war das kein Grund, von jedem Krabbeltierchen gerührt zu sein!

Doch die Euphorie wich von einer Sekunde zur nächsten. Ich wusste nicht einmal, womit ich das vergleichen sollte. Mit der Ausnüchterung eines Betrunkenen, der seinen Kopf unter kaltes Wasser hält? Nun ja, falls kaltes Wasser diesen Effekt haben sollte ... In fantastischen Romanen begegnet dir dergleichen mitunter: Der Held feiert und trinkt die ganze Nacht, dann schluckt er eine Tablette und fühlt sich einfach wunderbar. Anscheinend träumen alle Schriftsteller genau davon: von einem Rausch ohne Kater. Aber ich hatte ja gar keine Tabletten geschluckt ...

Wozu auch? Wenn meine Wunden im Nu verheilen? Schließlich war ich ein Funktional, dem ein schönes Repertoire an wunderbaren Fähigkeiten zur Verfügung stand. Die entscheidende dürfte dabei wohl die sein, dass ich nur in eine bestimmte Situation geraten musste – und schon wurden die notwendigen Fertigkeiten aktiviert!

Eben musste etwas in der Art passiert sein.

Nun sah ich mich mit anderen Augen um. Die idyllische Landschaft entzückte mich nicht länger. Später Frühling oder früher Sommer, dazu ein normaler Apfelgarten, nur sehr verwildert.

Was war mit mir los gewesen?

Wolkows Märchen vom Zauberer aus der Smaragdenstadt fiel mir wieder ein, die Stelle, als die kleine Elli mit ihrer bunt zusammengewürfelten Gefolgschaft zu einem Mohnfeld gelangt und die Düfte inhaliert, dieser minderjährige Junkie. Nebenbei bemerkt hegte ich bereits an der Wirkung von Mohndüften ernstliche Zweifel, und unschuldige Apfelbäume hätte ich nie und nimmer verdächtigt, eine berauschende Wirkung zu haben. Sicher, die Japaner geraten beim Anblick blühender Zierkirschen in Verzückung, doch sind die Gründe dafür nicht pharmakologischer, sondern ästhetischer Art. Von diesem Garten hier wäre nicht einmal unser russischer Botaniker Mitschurin enthusiasmiert gewesen. Er hätte einfach sein Gartenmesser herausgeholt und sich darangemacht, die Bäume zurechtzustutzen ...

Gut, ließ ich es mit den Äpfeln vorerst ihr Bewenden haben. Was gab es sonst noch? Die Luft. Damit kam ich der Sache schon näher ... Konnte eine überhöhte Sauerstoffkonzentration eine solche Wirkung haben? Eventuell schon. Das Stickoxidul sollte ich ebenfalls nicht außen vor lassen, schließlich wird es auch Lachgas genannt. Allerdings entsteht Stickoxidul nicht auf natürlichem Wege. Ganz im Gegensatz zu einer erhöhten Sauerstoffkonzentration in der Luft. In der Welt Kimgim gibt es kein

Öl – auch das ein entscheidender Unterschied zur Erde, ein Unterschied von planetarischem Maßstab gar.

Abermals bedauerte ich, Kotja nicht bei mir zu haben. Er hätte sofort ein paar Hypothesen zur Hand gehabt, Experimente durchgeführt ... Selbst wenn er nichts herausgekriegt hätte, allein sein brodelnder Eifer hätte mich optimistisch gestimmt. Es gibt ja diesen Typ Mensch, der in angespannten Situationen beginnt, eine Unzahl kleiner Handlungen auszuführen. Den Puls eines Opfers zu messen, intensiv in die vorbeiziehenden Wolken zu starren, aufmerksam die Ausweise der Milizionäre zu studieren, verschiedene Telefonate zu führen und seltsame Fragen zu stellen ... In der Regel haben diese Aktionen nicht den geringsten praktischen Nutzen. Dafür beruhigen sich alle Übrigen ein wenig, sie fangen an, sich zu konzentrieren und andere Maßnahmen einzuleiten, die – geringer in der Zahl und nicht derart auf den Effekt angelegt – entschieden wirkungsvoller sind.

Ein Experiment konnte ich freilich auch selbst durchführen.

Ich holte meine Zigaretten und das Feuerzeug aus der Tasche und drückte es, wobei ich das Ding vorsichtshalber mit ausgestrecktem Arm weit von mir hielt.

Von einer Feuergarbe zu sprechen ginge zu weit. Allerdings sah das Feuer anders aus. Es brannte heller, die Flamme erhob sich gleichmäßig und rein.

Lag es also doch am Sauerstoff?

Möglicherweise kam er zumindest als einer der Gründe infrage ...

Seufzend und ohne mir eine anzuzünden, steckte ich

die Zigaretten wieder weg. Natürlich könnte ich mit einem hermetischen Gefäß zurückkommen und eine Probe der Luft entnehmen ... Die könnte ich dann in Moskau analysieren lassen. Da würde man mir alles haarklein erklären, mir Tabellen, Grafiken und Diagramme vorlegen ...

Brauchte ich das?

Letzten Endes lief doch alles immer wieder auf ein und denselben Schluss hinaus. Diese Welt war entweder für Funktionale oder für Menschen geschaffen, die dem Konsum von Drogen zuneigten. Möglicherweise wären der Rapper und seine Leute nur zu gern hierhergekommen. Oder solide Onkel mit Abgeordnetenzeichen am Revers. Lieder würden sie dann singen und nackt im Mondschein tanzen.

In mir festigte sich der Eindruck, in eine Welt geraten zu sein, die absolut niemand brauchte. Kein schönes Gefühl, wenn ich ehrlich sein sollte. Für Kimgim und Erde-17 hatte ich aufrichtiges Lob eingeheimst ... Mit einem Mal begriff ich, dass meine Zukunft, sobald sich die fünfte und letzte Tür öffnete, besiegelt sein würde. Vier Welten (unsere Erde eingeschlossen) standen mir bereits zur Verfügung, in denen ich mich mit einem Radius von zehn Kilometern bewegen konnte. Was ergab das für eine Fläche? Pi mal r zum Quadrat ... Etwas in der Art. Mit der Geometrie hatte ich immer meine Schwierigkeiten gehabt. Aber runde dreihundert Quadratkilometer dürften mir in jeder Welt offen stehen. Insgesamt anderthalb Tausend Quadratkilometer.

Verglichen mit einer Gefängniszelle bedeutete das ein riesiges Gelände.

Verglichen mit Moskau sah die Sache schon anders aus. Die Stadt, das hatte sich mir in der Schule unauslöschlich eingeprägt, nahm eine Fläche von tausend Quadratkilometern ein.

Na schön, auf alle Fälle musste ich dieses Apfelreich gründlich erforschen ...

Zwanzig Minuten lang entfernte ich mich munteren Schrittes vom Turm, wobei ich mich immer mal wieder umdrehte. Verirren würde ich mich schwerlich. Mir war inzwischen klar geworden, dass ich den Turm sehr deutlich spürte, gleichsam als sei er ein Teil meines eigenen Körpers.

Der Garten behielt ungebrochen sein verwildertes und ungepflegtes Flair bei. Trotzdem ähnelte das Ganze einem Garten. Der Abstand zwischen den Bäumen war stets mehr oder weniger der gleiche. Die einzelnen Apfelsorten ließen sich klar voneinander unterscheiden, sie hatten sogar andere Farben. Außerdem standen die Bäume nicht in Gruppen zusammen, wie es ja die alte Weisheit, der Apfel fiele nicht weit vom Stamm, nahelegen würde. Nein, die einzelnen Sorten waren in Reihen angepflanzt, in sehr achtlosen, zugegeben, aber dennoch ... Insofern keimte in mir die schwache Hoffnung auf, in dieser Welt könnten doch Menschen leben.

Tatsächlich durfte ich mich ein paar Minuten später davon überzeugen. In der Luft hing plötzlich Essensgeruch. Ich rannte los, allerdings nicht in dieser ausgelassenen, sorglosen Weise, mit der ich in diese Welt gestürmt war, sondern eher in der entschlossen Art von Zei. Durch die Bäume hindurch schimmerte eine Wasserfläche, ein ruhiger, nicht sehr breiter Fluss. Ich lief zu ihm und blieb stehen.

Am anderen Ufer lag ein Dorf.

Selbst wenn man mir ein Bein ausriss: Das war eines von uns, eines von der Erde, das war ein russisches Dorf. In seiner schlechtesten Variante, eines, das die Patrioten ihr Geschrei von den Machenschaften des Feindes anstimmen ließ, während etwas vernünftiger denkende Menschen Projekte wie etwa die Suche nach einer nationalen Idee initiierten.

Kleine Holzhütten, schmutzige Fensterscheiben, schiefe graue Lattenzäune – all das strahlte jene jämmerliche Tristesse aus, die im Frühling in russischen Dörfern herrscht. In kargen Gemüsegärten wuchsen nur braune oder fahle Mohrrüben, die auf Leinen hängende Wäsche zeigte denselben staubfarbenen Ton. Zwischen den Häusern huschten magere bunte Hühner herum, die etwas im Staubboden suchten.

Ich selbst bin ein Städter. Solche Dörfer sehe ich normalerweise aus dem Fenster eines Zuges heraus, der einen gut situierten Moskauer nach Piter oder Jekaterinburg bringt. Immer tröste ich mich dabei mit dem Gedanken, solche Dörfer existierten nur entlang der Eisenbahnstrecken, in der Nähe der großen Städte, in die die Jugend, kaum hält sie einen Pass in Händen, flieht. Ansonsten gäbe es natürlich richtige Dörfer, wie sie aus dem Heimatkundelehrbuch bekannt sind. Mit ordentlichen Häusern, erbaut aus Ziegelstein oder Holz, gepflegten Vorgärten und geschnitzten Fensterrahmen ... Irgendwo musste es sie geben. Im Kubangebiet. Oder in Sibirien.

Hier hingegen drückte das triste Grau allem seinen Stempel auf, zumal vor dem grellen Hintergrund und der blühenden Natur.

Auch Menschen lebten hier. Am anderen Ufer des kleinen Flusses saß eine Gruppe von Männern und kleinen Jungen mit Angeln. Die Kinder waren sehr jung, hatten das Schulalter noch nicht erreicht. Aus irgendeinem Grund fiel mir das sofort auf, dieser Altersunterschied, denn beim Angeln erwartet man doch eigentlich Erwachsene und Jugendliche, aber keine Kleinkinder, die noch nicht mal in der Lage sind, eine Angel richtig in den Händen zu halten.

Außerdem lächelten sie durch die Bank. Sie unterhielten sich leise über etwas, indem sie sich Einwortsätze zuwarfen. »Fang!«, drang es zu mir herüber, »Aha!«, »Deiner!« und »Ja!« Als wollten diese Menschen sich nicht mit komplizierten Wörtern abmühen. Oder als könnten sie es nicht.

Ich setzte mich ihnen gegenüber ans Ufer. Mein Erscheinen nahmen die Angler gleichmütig hin, ja, sie interessierten sich kaum dafür. Hier und da lächelte jemand, mancher winkte mir munter zu. Aber das war's auch schon.

Abermals holte ich meine Zigaretten heraus, zündete mir eine an und stierte aufmerksam zu den Anglern hinüber. Das waren Menschen wie wir. Sie alle waren durchweg von der Erde. Nicht von hier und auch nicht aus Kimgim.

»Nein, Dima«, murmelte ich. »Ich glaube, diese Welt taugt nicht als neue nationale Idee. Und ich hoffe inständig, dass es nicht Arkan ist. Dass es nicht Russland im Jahre 2040 ist …«

Einer der Angler erhob sich, sah mich an und legte seine Angel weg. Dann watete er ins Wasser – ohne sich auszuziehen oder die Schuhe abzulegen, ja, selbst die Hose krempelte er nicht hoch. Bis zur Mitte des Flusses lief er, dann schwamm er fünf Meter, um schließlich, abermals durch das flache Wasser stakend, auf mich zuzuhalten.

Das war doch immerhin eine Reaktion!

Ohne auf das an ihm heruntertriefende Wasser zu achten, trat der Mann an mich heran und ließ sich ins Gras plumpsen. Er lächelte mich gutmütig an. Obwohl er bereits einiges über vierzig gewesen sein dürfte, sah er muskulös, gesund und völlig zufrieden aus.

»Guten Tag, Jungchen!«

»Guten Tag, Onkelchen«, erwiderte ich.

Was sollte dieses Onkelchen? Wie kam ich darauf? Nur wegen des ›Jungchens‹? Der Mann nahm mir die Anrede jedoch nicht übel. »Hast wohl nichts zu rauchen?«, fragte er.

»Wieso nicht? Natürlich hab ich«, ging ich auf seinen Ton ein. Ich hielt ihm die Zigaretten hin. Der Mann zündete sich eine an, zwei weitere steckte er sich, mit einem Blick meine Zustimmung einholend, in die Tasche seines Hemds. Die immer noch feucht war. Ich zuckte bloß mit den Achseln.

»Mmh …«, sagte der Mann, indem er den Rauch glückstrahlend ausstieß. »Ich heiße Sascha. Onkel Saschko.«

»Und ich bin Kirill.« Ich verkniff mir jeden ironischen Ton. Ein ganz gewöhnlicher Onkel.

»Kommst du von weit her, Kirill?«

»Nein.« Vage deutete ich mit der Hand in Richtung Turm. »Nicht von sehr weit.«

»Ist etwa ein neuer Durchgang da?«, freute sich der Mann. »Herrlich! Woher bist du?«

»Aus Moskau.«

»Und ich aus Poltawa.«

Mit dieser Mitteilung schienen alle Gesprächsthemen erschöpft, denn Onkel Saschko streckte sich nun im Gras aus, die Zigarette immer noch zwischen die Zähne geklemmt.

»Und lebst du schon lange hier, Onkel Saschko?«, wollte ich wissen.

»Tja ...« Er antwortete nicht gleich, sondern ließ die Zigarette von einem Mundwinkel zum anderen wandern. »Zwei Jährchen. Oder drei. Wann hat man den Gorbatsch abgesägt?«

»Meinst du Gorbatschow?«, fragte ich erstaunt. »Den Präsidenten der UdSSR?«

»Genau den!«

»Aber das ist doch schon zehn ... nein, was rede ich denn da, das ist schon fünfzehn Jahre her. Ich erinnere mich nicht mal mehr richtig an ihn«, gestand ich aus irgendeinem Grund.

»Fünfzehn? Oho!«, entzückte sich Saschko. Doch damit erlahmte sein Interesse an der Zeit, die er außerhalb der Erde zugebracht hatte, auch schon wieder. Er schob die Hände unter den Kopf und zog voller Vergnügen an seiner Zigarette, bevor er die Kippe mit meisterhafter Vollendung Richtung Fluss ausspuckte.

»Leben hier viele Menschen?«, erkundigte ich mich.

»Jetzt schon«, gab Saschko bereitwillig Auskunft. »Aber am Anfang war ich ganz allein ... Na ja, nicht allein, mit ein paar Kumpeln ... Nach und nach kamen mehr Leutchen her.«

»Und wie seid ihr hierhergelangt?«

»Na ja, wie's so kommt ...« Saschko stieß einen Seufzer aus, der jedoch nicht verzweifelt klang, sondern einfach dazuzugehören schien. »Hab mich mit einem Burschen beharkt ... so einem Neunmalklugen! Ich hau ihm eins aufs Auge, kassiere von ihm die entsprechende Antwort. Hätte dann Ruhe geben sollen ... aber nein, ich bin ihm nach ... Na ja, hab ihn auch gekriegt ... Der hatte ein komisches kleines Haus. Hundertmal war ich schon dran vorbeigegangen, ohne es zu bemerken. Bin dann nachts mit zwei Kumpeln wieder hin. Komm jetzt ja nicht auf falsche Gedanken! Wir wollten ihm bloß 'ne ordentliche Abreibung verpassen! Gut, wir hatten Eisenstangen dabei ... haben ja gesehen, dass der was aufm Kasten hatte ...«

Saschko verstummte. Ich nickte, auf jede weitere Präzisierung verzichtend. Selbstverständlich vermochten die drei Schwachöpfe nicht einmal bewaffnet etwas gegen ein Funktional auszurichten, zu dessen Fähigkeiten auch der Faustkampf gehörte. Das ist etwas anderes, als eine halb verrückte Alte zu fesseln.

Und dann hatte man sie hierher verfrachtet ...

»Wie heißt diese Welt?«, fragte ich.

»Nirwana«, antwortete Saschko bereitwillig.

Ich erhob mich und schaute noch einmal zu dem armseligen Dorf samt seinen zufriedenen Einwohnern hinüber. Aus einem der Häuser trat eine dicke rotblonde Bauersfrau heraus, die mit kehliger Stimme etwas für meine Ohren nicht allzu Verständliches rief. Erst nach einer Weile begriff ich, dass sie gar kein Russisch sprach, sondern norwegisch oder schwedisch. Schließlich stand einer der Angler auf, schnappte sich das neben ihm sitzende Kind von drei oder vier Jahren, setzte es sich auf die Schultern und marschierte zum Haus.

Zu meinem Erstaunen scherte er sich in keiner Weise um das Schicksal seiner Angel. Er ließ sie einfach am Ufer liegen, wobei die Schnur im Wasser schlingerte.

So etwas musste sehr bequem sein, keine Frage! Nicht ganz mit einem Gefängnis zu vergleichen. Und auch nicht mit einer Irrenanstalt. Eine knallbunte, gemütliche, gefahrlose Welt, in der aus einer Laune der Natur heraus ein Mensch in den Zustand leichter Euphorie gerät. Kam jemand einem Funktional in die Quere, brauchte man ihn nicht umzubringen oder einzuschüchtern. Man kassierte ihn einfach ein und lieferte ihn in Nirwana ab – von wo er aus freien Stücken nie wieder fortwollte. Um der Menschlichkeit Genüge zu tun, stellte man sogar kleine Fertighäuschen bereit (ich war mir sicher, dass Onkel Saschko und seine Kameraden sich darum nicht selbst gekümmert hatten), pflanzte Apfelbäume ... Am anderen Ufer des Flusses schienen Kartoffeläcker zu liegen. Im Fluss gab es Fische. Die Hühner legten Eier. Was brauchte man sonst noch zum Leben?

Sollte etwas fehlen, würde man es ihnen zur Verfügung stellen, daran hegte ich keinen Zweifel. Seien es nun Aspirin und Antibiotika oder Kleidung. Vermutlich versorgte man sie sogar mit Milchpulver für die Kinder ...

Nun begriff ich auch, warum im Dorf ausschließlich Erwachsene oder kleine Kinder lebten. Die Besiedlung Nirwanas im großen Maßstab musste vor sieben oder acht Jahren begonnen haben. Danach kamen die Kinder zur Welt (die Euphorie erstickt offensichtlich nicht jedes Verlangen), die aber noch nicht herangewachsen waren.

Tadel würde ich mir für diese Welt vermutlich keinen einfangen. Sie dürfte maßgeschneidert für die Bedürfnisse der Funktionale sein.

Aber warum? Warum hatte ich einen Durchgang ausgerechnet in diese Welt geöffnet?

Und plötzlich wusste ich ganz genau, warum. Hatte ich denn nicht die Zukunft Russlands sehen wollen? Und war es etwa meine Schuld, dass in meinem Bewusstsein nun mal folgendes Bild abgespeichert war: apathische Drogenabhängige, die lustlos in der Erde herumstochern, sich nicht weniger lustlos fortpflanzen und ein absolutes Desinteresse an den Tag legen?

Der Politiker hatte mich überzeugt, die Tür nach Arkan zu öffnen. Dabei hatte er jedoch so viel über die Zukunft Russlands gesprochen, dass ich im Traum genau die Welt ›gefunden‹ hatte, die meinen Vorstellungen von dieser Zukunft am nächsten kam. Hätte ich an kristallene Städte und Marmorpaläste geglaubt, wäre ich möglicherweise in die entsprechende Welt geraten.

Worte sind tückisch. Wenn du dein Gegenüber nicht richtig verstehst, dann kannst du dich drehen und wenden, wie du willst, der erste – der falsche – Gedanke hakt sich in deinem Unterbewusstsein fest.

»Wo kommen denn die Leute her, Onkel Saschko?«, fragte ich.

»Vom Oberlauf des Flusses«, teilte mir der ehemalige Poltawer mit. »Da gibt's 'nen Durchgang. Ganz in der Nähe, ein halbes Stündchen von hier.«

»Aha.« Ich dachte kurz nach, holte dann das Päckchen Zigaretten heraus und gab ihm noch ein paar. »Vielen Dank. Sag, Onkel Saschko, willst du denn nicht nach Poltawa zurückkehren?«

»Was hab ich da verloren?« Die Verwunderung des Mannes war unverfälscht. »Soll ich wieder nur Wurst auf Lebensmittelkarten kriegen? Oder ein Hühnchen zu den Feiertagen?«

Die Erklärung, dass Karten für Wurst ebenso lange der Vergangenheit angehörten wie der ehemalige Generalsekretär Gorbatschow, sparte ich mir. Was wusste ich denn, wie man heutzutage in Poltawa lebte? Geschweige denn, wie Onkel Saschko dort zurechtkommen würde, nachdem er fünfzehn Jahre in diesem Paradies für Kiffer zugebracht hatte?

»Bleib doch«, forderte Saschko mich auf. »Iss mit uns, meine Frau hat heute Morgen Borschtsch mit Huhn aufgesetzt.«

Klar, natürlich. Wo es hier Männer und Frauen gibt, wäre es absurd, von ihnen ein Mönchsdasein zu erwarten. Familien entstanden, Kinder kamen zur Welt. Vielleicht auch in umgekehrter Reihenfolge. Das spielte keine Rolle.

»Vielen Dank. Aber ich brech jetzt auf.«

»Wie du willst.« Onkel Saschko erhob sich und klopfte den an seinem Hemd klebenden Sand ab. »Besuch uns mal. Ist doch schön hier, oder? So schön – da willst du nicht mal einen heben!«

Doch auch dieses Argument stimmte mich nicht um. Denn ich wollte zu gern mit meinem hiesigen Nachbarn, dem Funktional, sprechen.

Angesichts der zeitlichen Desorientierung, die im Kopf von Onkel Saschko herrschte, vermutete ich, mich erwarte ein mehrstündiger Fußweg. Aber die Entfernung betrug nicht mehr als drei Kilometer, also tatsächlich nur eine halbe Stunde im gemächlichen Schritt eines Touristen. Das linke Ufer säumten saftige grüne Wiesen, am rechten, an dem ich entlangging, zog sich nach wie vor der verwilderte Apfelgarten hin.

Mein Kollege, der Zöllner, lebte auf dem Fluss. Und zwar wirklich auf dem Fluss. Diesen teilte nämlich ein kleines Wehr, in dessen Mitte ein Wasserrad aufragte, das vielleicht doppelt so groß war wie ein Mensch. Und über dem Wehr und dem Rad erhob sich, auf dicken Holzbalken ruhend, etwas, bei dem es sich vermutlich um eine Mühle handelte. Auf jeden Fall verband ein Keilriemengetriebe das Wasserrad und diese Konstruktion, in deren Innern sich etwas drehte und krachte. Schmale Holzbrücken, zwischen deren Brettern deutliche Spalten klafften, führten zu beiden Uferseiten. Die Tür, zumindest die zum rechten Ufer, stand offen. Dahinter tanzten rote Lichtreflexe, gleichsam als brenne ein Feuer.

Übrigens brannte dort in der Tat ein Feuer, denn leichter Rauch stieg zum Himmel auf.

»He, Nachbar!«, schrie ich, während ich vor der Brücke haltmachte. Aus irgendeinem Grund spürte ich, dass ich sie besser nicht ohne Erlaubnis betrat. Das wäre unhöflich. »Was macht die Mühle? Klappert sie?«

Ein freundliches Gelächter erklang. Schließlich erschien mein Kollege vom Zoll in der Tür. Eine hochgewachsene, breitschultrige Frau in Lederhosen und einer derben Lederschürze um den nackten Körper. Unwillkürlich wandte ich den Blick ab und konzentrierte mich ausschließlich auf ihr Gesicht. Die hellbraunen Haare waren zu einem strammen Knoten hochgesteckt und mit einem, hm, ich würde sagen, mit einem Band, aber nicht aus Stoff, sondern aus winzigen silbernen Kettengliedern umwickelt. Die Frau hielt eine massive Metallzange in der Hand, zwischen der ein rot glühend erhitztes Stück Metall steckte.

»Hallo, Nachbar!«, begrüßte sie mich. »Schon seit heute Morgen habe ich gespürt, dass eine neue Tür aufgegangen ist. Die ganze Zeit über habe ich auf dich gewartet. Allerdings klappert hier keine Mühle, so leid es mir tut. Das ist eine Schmiede.«

»Dann bitte ich vielmals um Entschuldigung ...« Ich wusste nicht einmal, was mich stärker in Verlegenheit brachte, mein Irrtum oder der Anblick dieser ... wie nannte man eine wie sie? Schmiedin?

»Ich bin Schmied«, sagte die Frau lächelnd. »Zerbrich dir nicht den Kopf, es gibt kein Wort für einen weiblichen Schmied. Ich bin der Schmied Wassilissa.«

»Und ich bin der brave Junge Iwanuschka und suche meine Braut, die der böse Zauberer Kaschtschej entführt hat«, konnte ich mir eine Anspielung auf eines unserer Märchen um die schöne Wassilissa nicht verkneifen.

Wie oft hatte Anka mir meine Neigung zu dummen Witzen vorgehalten. Nie hatte ich ihr widersprochen. Aber manchmal glückte mir eben doch einer.

So wie jetzt, da der Schmied Wassilissa die Zange weglegte. »Wirklich?«, fragte sie mit aufrichtiger, unverfälschter Neugier.

»Nein, natürlich nicht. Da ist nur meine romantische Ader mit mir durchgegangen.« Ich breitete die Arme aus. »Schmiedin ... Wassilissa ...«

»Das ist, nebenbei bemerkt, ein sehr schöner, ein uralter russischer Name«, sagte die Frau leicht verärgert. »Nenn mich bloß einmal Wassja, und ich verpass dir eine. Ich habe eine kräftige Hand, das ist dir ja wohl klar ... Komm rein, Kirill, sei mein Gast.«

Hatte ich anfangs den Eindruck, sie sei älter als ich, so meinte ich jetzt, wir seien mehr oder weniger gleichaltrig. Sie strahlte eine gutmütige Schlichtheit aus, wie man sie tatsächlich von den Figuren aus Volksmärchen kennt.

Das Erdgeschoss nahm die Schmiede ein. Ich weiß nicht, wie diese Werkstätten normalerweise aussehen. Hier jedenfalls standen fünf oder sechs Ambosse in einer Reihe, ganz außen ein großer, der an einen Tisch erinnerte, am anderen Ende ein winziger, der größte Geschicklichkeit voraussetzen dürfte. Außerdem gab es drei Feuer, ebenfalls von unterschiedlicher Größe. Entfacht war das mittlere. Auch riesige Blasebälge fehlten nicht, die direkt von einer Skizze da Vincis zu stammen schienen. Sie waren es, die das Wasserrad bewegte. Die Bälge saßen auf einer Drehscheibe und konnten an jedes Feuer angeschlossen werden. Auf dem Boden türmten sich Berge von Eisen, ein erstaunliches Sortiment aus verrosteten Federn und funkelnden Schwertern.

»Gefällt's dir?«, fragte Wassilissa neugierig. »Natürlich gefällt's dir, das merke ich doch. Komm, ich schenk dir was ...«

Den Schrott durchwühlte sie allerdings nicht. Stattdessen öffnete sie einen Schrank an der Wand, einen ganz normalen Schrank, nur dass er keine Hemden und Laken enthielt, sondern Waffen.

»Nimm das!«

Sie reichte mir einen langen Dolch in einer Lederscheide. Der Griff war solide und sorgfältig gearbeitet, ein Meisterwerk, mit weißgegerbtem Leder umwickelt. Die Waffe sah prachtvoll und – im Unterschied zu den Souvenirs, die in Geschäften verkauft werden – gefährlich aus.

»Vielen Dank.« Mir war klar, dass ich das Geschenk nicht zurückweisen durfte. »Aber weißt du, Klingen darf man nicht verschenken ...«

»Ich bin nicht abergläubisch.«

»Aber ich.« In meiner Tasche fand ich einen Rubel, den ich Wassilissa gab. »Also ... vielen Dank, Nachbarin. Eine Meist... ein echter Meister bist du!«

O ja, das Wort »Meisterin«, mochte es auch noch so gut auf Stick- und Häkelarbeiten passen, verbot sich von selbst, wenn es um das Schmieden eines Dolchs ging.

»Eine Närrin bin ich«, seufzte Wassilissa. »Wer braucht denn all den Kram schon?« Sie winkte ab. »Gehen wir nach oben, dann mache ich dir einen Tee ... Woher kommst du, Kirill?«

»Aus Moskau.«

»Ich bin aus Charkow.«

Sie war zweiundfünfzig Jahre alt. Sie sah aus wie knapp über dreißig, aber dergleichen verwunderte bei Funktionalen ja nicht. Früher hatte sie in einer Traktorenfabrik gearbeitet, und zwar nicht in der Buchhaltung oder Gewerkschaftsleitung, sondern in der Schmiede. Natürlich schwang sie nicht den Hammer, sondern bediente die Schmiedepresse.

Irgendwann nahm die übliche Geschichte ihren Lauf. Auf der Arbeit wusste man nicht mehr, wer sie war. Da sie sich jedoch stur stellte, schaffte sie zweimal eine Neueinstellung, aber am nächsten Tag hatte man sie jedes Mal wieder vergessen. Ihr Mann schlug ihr die Tür vor der Nase zu, ohne etwas auf das Gejammer ihrer Kinder zu geben. »Seid ihr denn verrückt geworden? Eure Mamka ist vor drei Jahren gestorben!« Anscheinend suchte das Unterbewusstsein der nächsten Angehörigen stets nach einer Erklärung. Am übernächsten Tag wussten dann auch ihre Kinder nicht mehr, wer sie war. Dafür händigte ihr ein Postbote auf offener Straße ein Telegramm aus, das sie zum Stadtrand beorderte. Dort fand sie keinen Turm vor, sondern ein kleines, leer stehendes Häuschen, erbaut aus Ziegelsteinen.

Ihr standen nur drei Türen zur Verfügung. Eine führte selbstverständlich nach Charkow. Die zweite in eine öde

Steinwelt mit eisigen Wintern und stickig heißen Sommern. Laut der Funktionale handelte es sich dabei um die Welt Nummer vierzehn, mit der niemand etwas Gescheites anzufangen wusste. Die dritte Tür brachte sie hierher, nach Nirwana. Und an dieser Welt hatten die Funktionale durchaus ein Interesse.

»Als Ort der Verbannung«, sagte ich, während ich am Tee nippte. Wassilissa hatte den Tisch im ersten Stock gedeckt, das typische Werk einer Frau, mit Tee, verschiedenen Sorten Marmelade, Früchten und Waffelkeksen. Auch Kognak hatte sie mir angeboten, den ich jedoch abgelehnt hatte. Wassilissa hatte sich ein helles Kleid angezogen und trug das Haar jetzt offen, sodass sie nicht mehr ganz so extravagant aussah, sondern wie eine starke Frau wirkte, die Hammerwerfen oder Kugelstoßen betreibt. Zudem hatte sie jede Ähnlichkeit mit einem Mann verloren und gab nun eine durchaus attraktive Frau ab – selbstverständlich nur, falls man etwas für ausgesprochen starke Frauen übrig hatte.

»O nein, es geht nicht nur um die Verbannung«, protestierte Wassilissa. »Das kommt natürlich auch vor. Wenn jemand plötzlich ... Aber im Grunde ist das hier eine Welt, die Perspektiven hat.«

Ohne Frage machte es ihr zu schaffen, ausgerechnet eine Tür zu einem Verbannungsort geöffnet zu haben.

»Perspektiven?«

»Gewiss doch. Das Leben hier ist sehr bequem. Aber normale Menschen fallen in ihr in einen Rauschzustand.«

»Mir ging's zunächst genauso. Alles ist so knallig ... aber auch schön ...«

Wassilissa nickte verständnisvoll.

»Liegt das am Sauerstoff?«, wagte ich einen Erklärungsversuch.

»Was?« Wassilissa zeigte sich höchst erstaunt. »Was hat der Sauerstoff damit zu tun? Das sind Psychedelika.«

Mir gegen die Stirn zu schlagen – das war die einzige Reaktion, zu der ich mich imstande sah. Ich Idiot! Selbst wenn ich nie Drogen eingenommen hatte, die Symptome waren doch einfach klassisch!

»Das Klima hier ist sehr mild«, fuhr Wassilissa fort. »Selbst im Winter fällt kein Schnee. Es wachsen winzige Pilze, deren Sporen zu den Psychotomimetika mit LSD-ähnlicher Wirkung gezählt werden können. Obwohl sie vom Effekt her weniger mit LSD als vielmehr mit Meskalin zu vergleichen sind ... Wie du siehst, habe ich mich eingehend mit dieser Frage beschäftigt. Schließlich kriege ich sonst kaum etwas zu tun, zu mir kommen nicht viele Kunden ...«

Die Idee, Nirwana zu kolonisieren (immerhin die Welt Nr. 22), war den Funktionalen fast auf Anhieb gekommen. Wassilissa sollte die Verantwortung für dieses Projekt übernehmen. Neben den Menschen, die auf die eine oder andere Art mit den Funktionalen in Konflikt geraten waren, schickte man Alkoholiker und Drogensüchtige hierher, die in der Regel begeistert den kostenlosen Dauerkick akzeptierten, der obendrein weder durch Turkey noch durch einen Kater getrübt wurde. In der Tat, das hier war ein Junkieparadies. Und niemand machte Anstalten, Nirwana zu verlassen.

Der Apfelgarten war Wassilissas Idee gewesen. Soweit

ich es verstand, hatte sie ihn in den ersten Jahren allein angelegt. Möglicherweise hatte sie dabei ein bestimmter Sinn für Ironie geleitet, der sie Nirwana als Parodie auf den Garten Eden gestalten ließ; vielleicht lag dem Ganzen auch nur die nüchterne Kalkulation zugrunde, dass der Apfel der anspruchsloseste Obstbaum ist. Nach einigen Wochen der vollständigen Desadaption zeigten sich die Bewohner Nirwanas sogar in der Lage, in bescheidenem Umfang selbst für ihr Überleben zu sorgen: Sie fingen Fische, bauten Gemüse im Garten an und hielten sich Hühner.

»Wir setzen große Hoffnungen auf die Kinder«, erklärte Wassilissa. »Die Erwachsenen passen sich mit der Zeit an, werden den Rauschzustand jedoch wohl nie ganz überwinden. Aber die Kinder, die hier geboren wurden, sind fast vollständig assimiliert. Sie sind zärtlich und ausgelassen. Ein wenig fahrig, aber in der Lage zu lernen.«

»Unterrichtest du sie?«, fragte ich.

»Ja.« Aus irgendeinem Grund errötete sie, als habe ich sie eines ungehörigen Verhaltens überführt. »Lesen, Schreiben, Rechnen. Die älteren können schon allein lesen und bitten mich, ihnen Bücher zu besorgen. Fantasy und Science-Fiction lieben sie sehr, vor allem unsere Bücher über Kinder, die eine Zauberschule besuchen. Puh, Unmengen davon habe ich schon angeschleppt! Nur gut, dass viele Bücher dieser Art erscheinen, jeden Monat kommt ein neues heraus. Harry Potter lesen sie allerdings nicht gern, das ist schon zu anspruchsvoll, und da sie sich nicht konzentrieren können, bocken sie dann. Ich besuche sie oft, um zu sehen, wie es bei ihnen steht. Hab ja sonst nicht viel zu tun. Man muss ihnen einfach helfen, und zwar sowohl den Kindern als auch den Erwachsenen ...«

»Und wenn wir sie in unsere Welt brächten?«, wollte ich wissen. »Zumindest die Kinder? Warum sollen sie hier leiden?«

»Was heißt ›hier leiden‹?«, empörte sich Wassilissa. »Hier leben ihre Eltern, die sie lieben. Hier gibt es keinen Krieg, keine Verbrecher, hier wird niemand umgebracht. Alle sind satt und haben etwas zum Anziehen. Außerdem dürften sie sowieso nicht zu uns.«

»Warum nicht?«

»Dann würden sie unter Entzug leiden«, klärte Wassilissa mich auf.

»Sag mal, Nachbarin«, meinte ich nach kurzem Schweigen. »Warum bringst du diese Pilze nicht zu uns?«

»Vergiss es, die gehen in unserer Welt ein«, antwortete Wassilissa, ohne mir die Frage krumm zu nehmen. »Das ist bereits erwiesen.«

»Und wenn man sie kultivieren würde?«

Sie sah mich begriffsstutzig an. Dann brach sie plötzlich in schallendes Gelächter aus, das jäh abriss. »Nein, Nachbar. Das wäre fatal. Hast du schon mal erlebt, wie ein Mensch Holz hackt, sich die Hand abhaut, einen Lachanfall kriegt, sich hinsetzt und glotzt, wie das Blut aus ihm herausfließt?«

»Nein.«

»Ich schon.«

»Entschuldige.« Leichte Scham überkam mich. »Ich mache öfter so blöde Witze.«

»Ist mir schon aufgefallen. Willst du Marmelade?«

Die lehnte ich jedoch ab. Stattdessen stand ich auf, ging durchs Zimmer und schaute zu den Fenstern hinaus. Auf der Charkower Seite handelte es sich hier um den ersten Stock eines Gebäudes, das in einer ruhigen und ungeachtet des späten Herbstes grünen und sonnigen kleinen Straße stand. Leicht gekleidete Menschen gingen vorbei. In einer Entfernung von einem Kilometer ragten aus dem Dach eines hohen Stalinbaus Antennen heraus, beinahe wie bei einer Relaisstation vom Fernsehen. Eine freundliche Stadt ... Ich merkte mir vor, sie einmal zu besuchen, Pelmeni zu essen und Wodka zu trinken. Natürlich nur falls sich ein Restaurant oder Café in der Nähe fand, schließlich spannte meine Verbindung zum Turm schon jetzt. Einen Kilometer weiter könnte ich wohl noch gehen. Oder zwei, vielleicht sogar drei. Aber mehr nicht.

Vor dem zweiten Fenster bot sich ein weit weniger idyllisches Bild. Niedrig hängende graue Wolken, durch die die Sonne kaum zu dringen vermochte, eine schneebedeckte Ebene, über die der Wind winzige pikende Eiskörner trieb.

»Vor dieser Tür lagern zwei Zentner gefrorenes Obst. Ich benutze diese Welt als Kühlhaus«, informierte mich Wassilissa. »Natürlich nur im Winter. Allerdings ist da neun Monate lang Winter.«

»Ist das der hohe Norden?«

»Nein. Angeblich ist das der Äquator. Es muss eine sehr entlegene Welt des Multiversums sein. Ich glaube, es ist nicht mal die Erde. Selbst die Sonne scheint da nur schwach.« Sie verstummte kurz, um dann noch hinzuzufügen: »Außerdem gibt es da keinen Mond.«

»Wie bist du denn da hingelangt?«, platzte ich unüberlegt heraus.

»Ich wollte nicht mehr leben, Kirill«, sagte Wassilissa und trat an mich heran. Sie wollte nicht jammern, sondern teilte mir nur Fakten mit. »Ich habe meinen Mann geliebt. Und als mich dann auch noch meine Kinder vergessen hatten ...«

Sie verstummte.

»Verzeih mir.« Verlegen zuckte ich mit den Schultern. »Ich habe einfach drauflos geredet. Es tut mir sehr leid. Ich bin nicht verheiratet, und von meiner Freundin habe ich mich auch vor Kurzem getrennt ... Für mich war es leichter. Ich habe nur meine Eltern ... aber sie wissen genug mit sich selbst anzufangen. Für dich war es sehr schwer, oder?«

»Anfangs ja«, gab sie unumwunden zu. »Aber die Zeit heilt alle Wunden. Außerdem sind meine Kinder gesund, inzwischen sind sie erwachsen ...«

Ich drehte mich um, sah sie an – und fand mich prompt in einer kräftigen Umarmung wieder. Der Kuss der Schmiedin (in diesem Fall zog ich es vor, ein falsches Wort zu gebrauchen, als vom Kuss des Schmieds zu sprechen!) stellte sich als erstaunlich sanft, leidenschaftlich und angenehm heraus.

Schon im nächsten Moment riss sich Wassilissa jedoch von mir los. »Entschuldige, Kirill«, bat sie seufzend. »Du bist noch jung ... Wir sollten von so etwas lieber die Finger lassen. Aber wir bleiben doch Freunde, oder, Nachbar?«

Ehrlich gesagt, empfand ich die Situation als idiotisch. Allzu gut hatte ich vorausgesehen, dass Wassilissa in ihrer Langeweile ganz banal auf Sex erpicht war. Und zwar nicht mit einem dieser grinsenden Schwachköpfe aus dem Dorf in Nirwana, sondern mit einem Funktional.

Und ehrlich gesagt, war ich ebenfalls scharf darauf. Auf Sex. Ohne jede Verpflichtung. Mit einer schönen, wenn auch ungewöhnlichen Frau. Früher wäre es mir nie in den Sinn gekommen, mit einer Frau, die größer und stärker ist als ich, ins Bett zu gehen. Jetzt stachelte das meine Erregung nur noch an.

Gleichzeitig spürte ich jedoch: In gewisser Weise hatte sie recht. Es würde nicht klappen. Jetzt, da ich mich gerade in meiner neuen Rolle zurechtfand, würde es nicht klappen. Unsere Affäre ließe jede Leichtigkeit vermissen, denn wir würden versuchen, sie in eine dauerhafte Beziehung zu verwandeln. Wassilissa würde unweigerlich die Führungsrolle übernehmen. Das würde mir nicht passen. Daraufhin würden wir uns trennen, und das, weiß Gott, nicht als Freunde.

Wenn wir allerdings jetzt auf diese zufällige und überflüssige Liaison verzichteten ...

»Du hast recht«, sagte ich. »Bleiben wir Freunde. Sag mal, magst du das Meer?«

Wassilissa grinste nur.

»Ich habe einen Durchgang zu Erde-17«, teilte ich ihr mit. »Komm einfach mal vorbei, wenn du baden und dich sonnen willst.«

»Dafür danke ich dir schon jetzt, Kirill«, antwortete sie ernsthaft. »Das hört sich gut an. Du bist ein feiner Kerl.«

Ich wurde eines weiteren Kusses für würdig befunden, der jedoch nicht leidenschaftlich, sondern dankbar war.

»Komm vorbei«, wiederholte ich verlegen. »Ich gehe jetzt, ja? Ich bin heute Abend nach Kimgim eingeladen.«

»Du bist wirklich ein Glückspilz!« Wassilissa geriet ins Grübeln. »Ist es von deiner Funktion weit zu dem Ort, wo du hinmusst?«

»Fünf Kilometer.«

»Dann kommt das für mich nicht infrage. Von mir zu dir sind es sieben Kilometer Luftlinie. Von der Schmiede darf ich mich neun Kilometer entfernen. Aber bei dir schaue ich mal vorbei.«

»Tu das!«

Es trat jene peinliche Pause ein, die sich unweigerlich zwischen einem Mann und einer Frau bemerkbar macht, die miteinander Sex haben wollten – und es sich dann doch überlegt haben. Mir war so etwas bisher erst einmal passiert, aber ich verstand ganz hervorragend, dass man in einem solchen Fall besser nichts auf die lange Bank schob. Ein schneller Abschied war das Einzige, das dir die Chance ließ, auch weiterhin gut miteinander auszukommen.

»Ich habe noch was zu tun«, sagte Wassilissa heuchlerisch. »Und du musst dich vermutlich auch beeilen. Gehst du durchs Dorf zurück?«

Ich zuckte mit den Achseln.

»Wenn es dir nichts ausmacht ... Könntest du mir einen Gefallen tun? Ich habe schon lange vor, den armen Schluckern ein paar Kleidungsstücke zukommen zu lassen.«

»Was für eine Frage? Natürlich nehm ich die mit.«

Sechzehn

Ich weiß nicht, wie es anderen ergeht, aber ich erlebe bei jeder mildtätigen Geste einen Moment, in dem ich mich nicht wohlfühle. Man wirft eine Handvoll Kleingeld in das Futteral der Gitarre, auf der ein junger Mann in einer Straßenunterführung unbekannte Melodien spielt; man drückt eine kleinere Banknote in die zitternde Hand einer armen Alten oder gibt seine alten Klamotten in der Kirche ab, »für die Armen« – immer beschleicht einen ein leichtes Schuldgefühl.

Weil ich reicher bin? Nicht immer verdient ein Bettler, der gramerfüllt vor einem Geschäft steht, weniger als unsereins. Weil ich erfolgreicher bin? Erfolg ist eine flatterhafte Dame, und diese Mildtätigkeit garantiert dir keinesfalls dieselbe Reaktion von anderen, falls eines Tages das Unglück an deine Tür klopft.

Vermutlich kommt der Bettelei als solcher – und ihrer Billigung – ausschlaggebende Bedeutung zu. Nicht umsonst hat Kissa Worobjaninow, einer der Protagonisten aus den *Zwölf Stühlen*, bis zum letzten Moment das Betteln abgelehnt, geschrien, er würde die Hand nicht ausstrecken, und am Ende seinen Kumpan Ostap Bender, der diesbezüglich unablässig Druck auf ihn ausübte, getötet haben. Zur Bettelei gezwungen zu sein ist nicht weniger widerwärtig, als zur Prostitution gezwungen zu sein. Und jede in die Schale geworfene Münze ermuntert letzten Endes zur Bettelei.

Insofern hielt die alte Volksweisheit nicht zufällig dazu an, einem Menschen keinen Fisch, sondern das Netz zu geben, mit dem er diese Fische fangen kann.

Während ich am Flussufer zum Dorf zurückwanderte, merkte ich, dass ich mich für diese seltsame Siedlung verantwortlich fühlte. Selbst wenn nicht ich es gewesen war, der diesen extravaganten Verbannungsort und die Pläne zur Besiedlung Nirwanas ersonnen hatte. Aber schließlich war ich ein Funktional. Einer von denjenigen, die die Menschen hier einpferchten. Sie an die Nadel brachten. Aus ihnen hilfloses Menschenmaterial machten, dessen einzige Funktion darin bestand, sich fortzupflanzen und zu vermehren.

Gewiss, im Großen und Ganzen ist das die natürliche Funktion eines jeden Menschen. Wir nähren jedoch immerhin die Illusion, wir würden nicht nur geboren, um zu einem Glied in der Kette von Generationen zu werden und uns dann begraben zu lassen. Der eine hegt die Illusion des Geldes, der andere die der Macht, der dritte die der Kreativität.

Genau daher rührt wahrscheinlich auch die Verlegenheit, wenn man Menschen trifft, die ihre Illusionen bereits eingebüßt haben, deren Leben sich auf die simpelsten Funktionen beschränkt: essen und trinken, schlafen und sich paaren, den Verstand mit Alkohol und Narkotika betäuben.

Der Spaziergang entlang dem Flussufer mit dem schweren Bündel auf der Schulter lud förmlich zu solchen philosophischen Überlegungen ein. Das ist nun einmal die augenfälligste Eigenschaft des russischen Charakters: zur Nächstenliebe gegenüber den Gestrauchelten anzuhalten, mit Krüppeln und Schwachsinnigen mitzuleiden und die Unzulänglichkeit der Welt als persönliche Schuld zu empfinden. Vermutlich ist es auch ebendiese Eigenschaft, die das Land daran hindert, seine »nationale Idee« zu finden und aufzublühen. Aber aus irgendeinem Grund wollte ich Dima als nationale Idee nicht das Motto »Jeder ist sich selbst der Nächste« auftischen. Möglicherweise würde das Land davon tatsächlich profitieren – nur wäre es dann ein anderes Land.

Im Dorf fand ich alles wie gehabt vor. Allerdings hatte sich die Gruppe der Angler etwas gelichtet, nur noch zu fünft saßen sie zusammen und quittierten mein Erscheinen mit dem treuherzigen Lächeln von Menschen mit einem Down-Syndrom. Meine Augen suchten nach meinem Bekannten, aber Onkel Saschko hatte sich nach dem Borschtsch mit Huhn anscheinend schlafen gelegt. Wasilissa hatte mir geraten, die Sachen entweder ihm, einem mir unbekannten Marek oder einer Frau namens Anna auszuhändigen. Soweit ich es verstanden hatte, waren das die ältesten und am besten angepassten Bewohner Nirwanas.

»Marek!«, rief ich. »Anna!«

Niemand antwortete mir. Immerhin schauten ein

paar Junkies freundlich zu mir herüber. Seufzend watete ich ins Wasser. Ich hätte durch die Schmiede ans andere Ufer gehen sollen. Dass ich daran nicht gleich gedacht hatte! Na ja, jetzt ließ sich das nicht mehr ändern. Wassilissas Sachen würden schon wieder trocknen.

Nass und infolgedessen verdrossen, die Turnschuhe voller Schlamm, kam ich am anderen Ufer an. Das Bündel mit den Kleidungsstücken war völlig durchweicht, weshalb es katastrophal an Gewicht gewonnen hatte. Wäre ich kein Funktional gewesen, hätte ich es vermutlich nicht zu tragen vermocht. Der Dolch, den Wassilissa mir geschenkt hatte, klatschte in seiner Lederscheide sanft gegen meinen Oberschenkel. Kein sonderlich praktisches Geschenk – aber es abzuweisen oder jetzt wegzuwerfen wäre unhöflich gewesen.

»Wo finde ich Anna?«, fragte ich den erstbesten Fischer, einen jungen ausgemergelten Mann mit ungesunder gelber Gesichtsfarbe, in scharfem Ton. Als ich näher hinschaute, bemerkte ich, dass der Mann eine höchst eigenwillige Art hatte, seine Fische zu fangen. Seine Angelschnur hing ohne Haken im Wasser.

»Anna«, meinte der Mann. »Anna ...«

Sein Blick war leer und stumpf. Er würde mir wohl kaum weiterhelfen können.

»Anna ist da«, erklärte mir ein neben ihm sitzender Mann, der älter war und etwas gesünder aussah. »Da.«

Ich folgte der vagen Handbewegung, wobei ich beim Anblick der langen, schmutzigen Fingernägel angewidert das Gesicht verzog: »Danke«, sagte ich.

Anna traf ich tatsächlich in besagtem Häuschen an.

Die Tür stand sperrangelweit offen; im einzigen Zimmer, das recht sauber war und dessen Boden nach einer kürzlich erfolgten Reinigungsaktion noch feucht schimmerte, befanden sich zwei Frauen. Eine lag reglos mit dem Rücken zu mir auf einem groben, aus Brettern gezimmerten Bett. Offensichtlich hinderte sie das blanke Holz nicht am Schlaf, obwohl sie nur mit einem BH und einem Slip bekleidet war. Die andere trug ein gepunktetes Kattunkleid, aber keine Schuhe und wusch Wäsche in einer roten Plastikwanne, die in der Mitte des Zimmers auf einem wackeligen Stuhl von gleicher Farbe und gleichem Material stand. Die Frau sah zerzaust und verbraucht aus, schien aber hartnäckig und ausdauernd zu sein. Auf das in der Wanne eingeweichte Hemd blickte sie so zärtlich hinab, als handle es sich um einen jungen Hund oder ein Kätzchen, das sie ins Haus geholt hatte und nun vom Dreck der Straße reinigen musste.

»Anna?«

»Ja?« Mein Erscheinen rief keinerlei Neugier ihrerseits hervor. Vermutlich liegt darin ihr größtes Unglück: in diesem Fehlen von Neugier.

»Wassilissa hat mir das mitgegeben ...« Ich ließ das feuchte Bündel auf den Boden plumpsen. Die Schmiedin schien die Sachen, die offenbar aus zweiter Hand waren, in eine Gardine oder eine Decke gewickelt zu haben. Durch den feuchten Stoff zeichnete sich deutlich die Sohle eines kleinen Kinderstiefels ab.

»Gut«, sagte die Frau. »Danke.«

Fraglos hatte sie nicht die Absicht, ihre Tätigkeit zu unterbrechen. Ihrem Gesichtsausdruck nach zu urteilen gefiel ihr die Arbeit sogar. Kaum hörbar flüsterte sie dem Hemd, das sie gerade wusch, etwas zu. Von ihren Lippen meinte ich: »Ach du mein gutes Stück ...« abzulesen.

Welch ein Horror. Ich stellte mir Hausfrauen vor, die ihren Staubsauger liebkosten, mit den Töpfen spielten und die Waschmaschine anbeteten. Die häusliche Pflicht war nicht länger Sklavenarbeit, sondern wurde zum Vergnügen – wofür nicht mehr als ein paar Psychedelika in der Luft vonnöten waren.

»Was ist mit ihr?«, fragte ich schon im Aufbruch.

Anna schielte zu der Frau auf der Liege hinüber. Diese bewegte sich, als hätte sie den Blick aufgefangen.

»Sie ist neu hier«, teilte Anna mir mit. »Sie schläft. Am Anfang schlafen sie alle viel. Und denken viel nach.«

Etwas an dieser Frau, die da auf dem Bett döste, irritierte mich. Mir kam es so vor ... ja, als ob ich sie schon einmal getroffen hätte ... damals war sie natürlich nicht ganz so leicht bekleidet ... genauer gesagt, sie trug warme Kleidung ...

Ich trat an die Liege heran, packte die Frau an der Schulter und drehte sie vorsichtig um.

Die Frau, die vor zwei Tagen im Turm die Nachricht auf den Boden hatte fallen lassen, lächelte mich an. »Der Zöllner ...«, sagte sie.

Aus ihrem Mund sickerte ein feiner Speichelfaden. Die rechte Wange, bis eben noch auf die Bretter gepresst, glühte rot.

Wenn sie mich nicht erkannt hätte, wären mir vielleicht Zweifel gekommen. Aber so nicht.

»Ich nehme sie mit«, erklärte ich.

»Sie kann sich momentan kaum auf den Beinen halten«, erwiderte Anna, nicht um Protest einzulegen, sondern um mich von dieser Tatsache in Kenntnis zu setzen. Vermutlich stellte es die schärfste Form von Widerspruch dar, zu der sich die Bewohner Nirwanas aufzuraffen vermochten.

»Es wird schon gehen. Ich helfe ihr«, versicherte ich, während ich die Frau hochhob und mir über die Schulter legte. Das Leben eines Funktionals hält in der Tat einige Vorteile bereit! »Wie ist sie denn zu euch gekommen?«

»Der Meister hat sie uns gebracht. Gestern.«

»Welcher Meister?«

»Der Meister.« Anscheinend wusste sie seinen Namen nicht. »Der Meister wird böse sein, wenn Sie sie mitnehmen.«

»Mach dir deshalb keine Sorgen«, entgegnete ich. »Hauptsache, ich bin nicht böse. Oder etwa nicht? Der Meister, den du vor der Nase hast, ist der, auf den es ankommt.«

Anscheinend rief sie mir noch etwas hinterher, doch ich verließ das Häuschen bereits. Während ich mich noch umsah, kam ich mir wie ein Terminator vor, der sich selbst umprogrammiert hatte und nun Sarah Connor rettete. Oder wie ein mittelalterlicher Soldat, der eine junge Frau kurzerhand aus einer umkämpften Stadt befreit.

Niemand versuchte, mir meine attraktive Gefangene abspenstig zu machen. In den Augen einiger Männer blitzte ein natürliches Bedürfnis auf. Mehr aber auch nicht.

»Euch ist wohl schon alles egal? Ihr armen Wichte«,

murmelte ich, während ich durchs Wasser stakte. Ein kurzes Bad im kalten Wasser würde der Frau nicht schaden.

Eine Pause gönnte ich mir dann doch. In der Nähe des Turms. Im Grunde hätte ich das Stück auch noch geschafft, aber ich wollte kurz verschnaufen und sehen, wie es meiner Fracht ging.

Die Frau lächelte mich glückselig an, den Blick auf irgendeinen Punkt in ihrem Innern gerichtet. Ich schlug ihr sanft gegen die Wange, worauf ich ein zartes Geplärre als Antwort erhielt und beschloss, das Verhör zu vertagen. So steckte ich mir denn eine Zigarette an und freute mich darüber, einem normalen Gift dieses kurzweilige Vergnügen abgewinnen zu können – nicht aber dem permanenten und geistlosen Kick ausgeliefert zu sein.

»Zöllner ...«, wiederholte die Frau. Sie kniff die Augen zusammen. Anscheinend hegte sie die Absicht, ihren Blick auf mich zu heften. »Lass ... lass mich nicht im Stich ...«

Ich wusste, was sie meinte, und tätschelte ihr die Hand. »Keine Angst. Das tu ich nicht.«

Daraufhin entspannte sie sich, ihr Blick verschwamm sofort, wurde wieder stumpf. Ich rauchte, sah die Frau an und dachte voller Verwunderung darüber nach, dass sie kein sexuelles Interesse bei mir hervorrief. Absolut keins – und das, obwohl sie wesentlich hübscher war als diese Wassilissa, ja, sogar als meine Anka, offen gestanden. Weder der gebräunte junge Körper noch die teure Spitzenwäsche erregten mich. Vermutlich lag das an den ausdruckslosen, starren Augen.

Oder weckte sie mein Interesse nicht, weil ich mich nie nach solchen Frauen umgedreht hatte? Das ist doch, als guckte man sich einen Kinostar oder ein Fotomodell an. Für einen fünfzehnjährigen Halbwüchsigen taugen sie noch als Vorlage für erotische Fantasien. Ein erwachsener Mann kann sie jedoch nicht mehr ernst nehmen. Solche Frauen sind etwas für diejenigen, die einen Bentley oder Jaguar fahren.

Oder eben für Funktionale.

Seufzend drückte ich die Zigarette im weichen Boden aus und trug die Frau, die mir mit einer reflexartigen Geste die Hände um den Hals legte, in meinen Armen zum Turm. So ließ es sich schwerer gehen. Aber nachdem sie mich um Hilfe gebeten hatte, konnte ich sie mir nicht mehr mir nichts, dir nichts über die Schulter werfen, als sei sie ein zusammengerollter Teppich.

Fünfzehn Minuten später betrat ich mit der selig lächelnden Frau den Turm. Der sah übrigens gar nicht so zauberhaft aus, wie ich zunächst angenommen hatte. Der grobe weiße Stein reichte an Marmor nicht heran. Ich konnte schon froh sein, dass es kein Sandstein war ... Mit dem Fuß stieß ich die Tür hinter mir zu, mit dem Ellbogen schob ich den Riegel vor. Das war geschafft. Was sollte ich als Nächstes tun? Sollte ich sie nach Moskau bringen? In die toxikologische Abteilung der Sklifossowski-Klinik? Nein, lieber nicht.

Ich ging in den ersten Stock hinauf und marschierte entschlossenen Schrittes ins Badezimmer. Ich setzte die Frau in die Wanne. Sie bewegte sich wie in Zeitlupe, zog die Beine an und schlang die Arme um ihre Schultern.

»Entschuldige ...«, sagte ich und seufzte. »Das geschieht ohne jeden Hintergedanken ...«

Nach wie vor lächelte sie. Wie lange würden die Psychotomimetika noch wirken? Ich hätte Wassilissa danach fragen sollen ...

»Das geschieht ohne jeden Hintergedanken!«, wiederholte ich, auch wenn mir unklar war, wen ich eigentlich überzeugen wollte, um ihr sodann den BH abzunehmen und ihr zu helfen, den Slip auszuziehen. Schließlich ist das ja wohl nicht die erste Frau, die ich entkleide? Nein, nicht die erste – die sechste. Nein, die fünfte.

Und wenn ich ganz ehrlich sein wollte und nur den zum Abschluss gebrachten Prozess gelten ließ: die dritte.

Ich hätte nicht behaupten können, dass sie dringend hygienischer Maßnahmen bedurfte. Nirwana war eine sehr saubere Welt, selbst der Schmutz klebte dort nicht an einem. Aber ich musste die Frau so schnell wie möglich wieder zur Besinnung bringen.

Runde drei Minuten hockte sie unter dem heißen Wasserstrahl. Dann überraschte ich sie, aufrichtig bedauernd, nur über eine normale Badewanne und nicht über eine dieser sagenhaften Jacuzzis zu verfügen, mit einer schottischen Dusche: Zehn Sekunden kriegte sie nur eiskaltes Wasser, anschließend drehte ich das warme wieder auf. Als ich sah, dass das nichts nützte, dehnte ich die kalte Phase auf zwanzig Sekunden aus. Weiß Gott, ein erstaunliches Amüsement. Vor allem, da es draußen kalt war und das Wasser wirklich eiskalt aus dem Hahn kam.

Nach fünf Minuten zeitigte die Wechseldusche Wirkung.

»H... h... hör auf ...«, bibberte die Frau. »Re... reicht ...«

»Gut!«, freute ich mich. »Wie heißt du?«

Sie sah mich mit nassem und schon nicht mehr ganz so friedfertigem Gesicht an.

»Na ... na ...«

»Natascha?«

»Nastja ... es ... re... reich...«

»Nastja Esreich?«

»Es reicht!«

Für den Anfang gar nicht so schlecht. Ich stellte das Wasser ab und schnappte mir den Bademantel vom Haken. Nastja stand folgsam auf, ich warf ihr den Mantel über und half ihr, aus der Wanne zu klettern.

»Kannst du sprechen? Oder bist du zu bekifft?«

»Weiß nicht ...«

»Komm.«

»Wa... warte.« Sie drehte sich um und schielte zum Klo. »Geh raus ... ich muss ...«

Mit dem starken Verdacht, ich müsste nach fünf Minuten ins Bad vordringen und würde dort eine tumb lächelnde Nastja auf halbem Weg zum heiß ersehnten Ziel vorfinden, verließ ich den Raum. Doch sie stellte sich als stärker heraus, als ich angenommen hatte. Sie fand allein heraus, selbst wenn sie sich dann sofort wieder an mich hängte. »Alles schwankt ...«, gab sie unumwunden zu.

In der Küche setzte ich sie auf den Fußboden, von einem Stuhl wäre sie ohnehin heruntergerutscht. Ich brühte ihr einen starken süßen Kaffee auf, gemischt aus drei Löffeln Pulver, drei Löffeln Zucker und heißem Wasser, sicherlich nicht sonderlich schmackhaft, aber koffeinreich. Dieses Gebräu zwang ich sie zu trinken. Ich sah zum Fenster hinaus, das nach Kimgim führte, und schüttelte nur den Kopf. Der Abend brach schon herein. Es wäre unhöflich, nicht in Felix' Restaurant zu gehen. Arrogant. Als ob ich nichts mit meinen Nachbarn zu tun haben wollte.

»Wie fühlst du dich?«

»Ich ratz gleich weg«, brachte Nastja deutlich hervor. »Ich bin völlig ausgepumpt ...«

»Was ist dir passiert? Warum haben sie dich nach Nirwana gebracht?«

Allem Anschein nach überforderte ich sie damit jedoch. Der Frau fielen die Augen zu, hartnäckig versuchte sie immer wieder, sich auf dem Boden auszustrecken. Schließlich gab ich nach, brachte sie ins Schlafzimmer und legte sie in mein Bett, wo sie sofort in Tiefschlaf fiel. Sie fing sogar an, leicht zu schnarchen.

»Hm«, murmelte ich, während ich die Frau zudeckte. »Gute Nacht.«

Vermutlich war das ganz normal. Der Entzug der Psychedelika führte wahrscheinlich entweder zu Erregung oder zu Betäubung. Letzteres zog ich vor.

Mit festem Schritt durchmaß ich das Zimmer, um aus den Fenstern zu schauen.

Moskau. Trüb, aber immerhin kein Regen. Es dämmerte bereits, in den Fenstern brannten schon Lichter, die Straßenlaternen leuchteten jedoch noch nicht.

Kimgim. Aufgrund der fehlenden Laternen und der engen Gasse war es hier dunkler. Dafür überzog alles eine dünne Schneedecke. Ein schwerer, schneeverhangener

Himmel, aber neuerlicher Schneefall hatte nicht eingesetzt.

Erde-17. Ein traumhafter Sonnenuntergang über dem Meer. Das hellere Blau des Himmels changierte erst in dunkleres, dann in Violett und schließlich in ein reines tropisches Dunkel. All das rundete das abendliche Rosarot ab. Solche Ansichten wählen ältere Buchhalterinnen und blutjunge Sekretärinnen gern als Bildschirmhintergrund.

Nirwana. Das Idyll des Apfelgartens. Grünes Gras, blauer Himmel ... Hier stand die Sonne allerdings noch sehr hoch.

Was hielt mein fünftes und letztes Fensterchen für mich bereit?

Ich zuckte mit den Achseln. Das konnte ich nicht beeinflussen, ich würde nehmen müssen, was kam.

Langsam musste ich mich fertig machen, wenn ich zu Felix wollte. Ein Anzug wäre angemessen ... nur hatte ich mir noch keinen zugelegt. Ein sauberes Hemd und frische Socken mussten genügen. Den Dolch schnallte ich ab, die nach wie vor feuchte Klinge rieb ich trocken. Einen Kamin würde ich mir zulegen und diese Familienwaffe darüber aufhängen.

Ich legte einen Zettel für Nastja auf den Tisch: »Geh nirgendwo hin, das könnte gefährlich sein. Warte auf mich. Ich bin gegen Morgen wieder da.« Nach kurzem Schwanken unterschrieb ich das Ganze einfach mit »Der Zöllner«.

Beim Verlassen des Turms löschte ich das Licht. Die Tür nach Kimgim hatte ich mit der finsteren Entschlossenheit geöffnet, die etlichen Kilometer bis zum Restaurant so schnell wie möglich zurückzulegen. Am besten im Stile Zeis.

Da aber hatte ich die Rechnung ohne Felix gemacht. Vor dem Turm wartete der mir bereits vertraute Schlitten, in dem sich der gute alte Kellner Karl die Langeweile vertrieb, indem er rauchte – und zwar keine banale Zigarette, sondern eine Pfeife von eigentümlicher Form. Bei meinem Erscheinen sprang er vom Schlitten. »Die Kutsche ist bereit, Meister!«, rapportierte er.

Ohne jeden Zweifel führte Karl den Befehl seines Herrn nicht gleichmütig, sondern voller Vergnügen aus.

»Wartest du schon lange?«

»Nicht der Rede wert«, antwortete der Mann, woraus ich entnahm, dass der Schlitten in der Tat schon eine Weile hier stand. Das bezeugten im Übrigen auch die Spuren im Schnee: Immer wieder hatte Karl das Pferd ein wenig auf und ab geführt, damit es nicht fror. »Sollen wir noch auf Ihren Freund warten?«

»Er hat sich auf eine Reise begeben«, antwortete ich finster.

Nachdem ich in den Schlitten eingestiegen war und mir eine Decke übergelegt hatte, fuhren wir los.

Es gibt nichts Neues unterm Mond. Selbst unter einem fremden Mond nicht.

An der Tür des Restaurants prangte ein Schild: Geschlossene Gesellschaft. Am Eingang stand ein warm gekleideter, äußerst repräsentativer Maître d'hôtel, der einem empörten jungen Pärchen erklärte, es sei »ganz und gar unmöglich, kein Tisch mehr frei, hier findet eine Genossenschaftsfeier statt, ich empfehle Ihnen, es im Restaurant *Fischerkönig* zu versuchen. Zum Zeichen unseres Bedauerns werden wir Ihnen jetzt auf Kosten des Hauses ein Glas unseres Spezialglühweins kredenzen …«

Das Pärchen legte lautstark Protest ein, verwies auf die frühzeitige Reservierung seinerseits und schaute mich höchst feindselig an. Felix' Restaurant genoss in Kimgim in der Tat einen guten Ruf.

»Wenn ich bitten darf, Meister«, begrüßte mich der Maître d'hôtel mit einer tiefen Verbeugung, bevor er sich wieder den Einwohnern zuwandte. Sein Ton wechselte so leicht, als habe er im Rücken einen Schalter, wie man es von einem Kinderspielzeug kennt: speichelleckerisch/freundlich – unnachgiebig/höflich.

Nachdem ich meine Jacke bei der Garderobiere abgegeben hatte, ging ich in den Hauptsaal.

Der Abend kam gerade in Gang.

Rund zwei Dutzend Gäste hatten sich eingefunden. Am Tisch – einem großen runden Tisch, der auch die Billigung von König Artus gefunden hätte – hatte noch niemand Platz genommen. Laut Felix gab es in Kimgim zehn Funktionale … Die Hälfte der Anwesenden musste also aus anderen Welten gekommen sein. Rosa Weiß entdeckte ich auf Anhieb. Sie trug ein langes schwarzes Kleid mit einem Dekolleté, das ihrem Alter überhaupt nicht entsprach. In einer Hand hielt Rosa ein Glas mit Champagner, in der anderen eine dicke, angezündete Zigarre. Die Alte nickte mir wohlwollend zu und flüsterte einer fülligen, nicht mehr ganz jungen Frau, die neben ihr stand, etwas zu. Daraufhin bedachte mich die Dame mit einem aufmerksamen Blick und schenkte mir ein versonnenes Lächeln. Ihr Dekolleté war ebenso provozierend, aber immerhin gab es etwas, das diesen Ausschnitt rechtfertigte. Zu der hellen Türkisfarbe ihres Kleides musste ihr allerdings ein Feind geraten haben.

Auch Zeies war gekommen, in Smoking und mit Fliege. Des Langen und Breiten setzte er einem aufmerksam lauschenden Kellner etwas auseinander. Der Kellner nickte, aber Zeies schob immer weitere Details seiner Bestellung nach. Der Polizist sah ungeheuer imposant aus und wirkte wie der würdige Sprössling eines alten Adelsgeschlechts. Selbst seine eckige Physiognomie fügte sich ins Bild.

An die strenge Anzugsordnung hatten sich fast alle Gäste gehalten, gleichsam als hätte auf ihren Einladungen gestanden: »Black Tie«. Die Männer trugen schwarze Smokings und schwarze Fliegen, die Frauen Cocktailkleider. In halbformaler Kleidung waren nur zwei oder drei Männer erschienen. Aber nein: Da am Fenster unterhielt sich ein Mann, der sich für helle Hosen und ein Leinenhemd entschieden hatte, ganz ungezwungen mit einer Frau in einem rosafarbenen Kleid. Obwohl ich seinen massigen Nacken nur flüchtig wahrnahm, wusste ich prompt, dass ich ein Designerfunktional vor mir hatte. Wie ich darauf gekommen war? Keine Ahnung. Aber wie schlichen sich all diese Formeln wie »Black Tie«, »White Tie«, »casual« und »formal« in meinen Kopf, die sich diese schwermütigen Engländer für ihren Dresscode ausgedacht hatten?

Gut, sie alle würden meinen Anblick schon verkraften. Ich schob die Finger unter den Gürtel meiner Jeans und steuerte auf den Tisch zu. Links neben mir tauchte ein Kellner mit einem Tablett auf. Ich nahm mir ein Glas mit Champagner.

»Kirill!« Felix kam auf mich zu. Auch er war tadellos gekleidet und hielt eine ledergebundene Mappe in der Hand. Ob das die Speisekarte war? »Ich freue mich sehr, dass du die Zeit gefunden hast, dich heute zu uns zu gesellen! Liebe Freunde, ich bitte um eure Aufmerksamkeit! Das ist Kirill, von der Zollstelle im Fabrikviertel.«

Seine Freude war echt. Wie übrigens das Interesse der anderen Funktionale auch. Jemand klatschte leise, auf eine sehr distinguierte Weise in die Hände, die anderen spendeten tosenden Beifall. Einen ausgedehnten Moment lang applaudierten alle, ganz wie nervöse Passagiere in einem Flugzeug, das gerade die lang ersehnte Landung sanft hinter sich gebracht hat.

»Das ist die vierte Zollstelle in unserer Stadt«, fuhr Felix fort. »Meiner Ansicht nach ist dies ein mehr als würdiger Anlass für ein Bankett. Wir verfügen jetzt über neue Türen nach Erde-17, Erde-2 und ... Was hat es heute gegeben, Kirill?«

»Nirwana«, sagte ich.

»Welcher Teil?«

»Das weiß ich nicht. Es gibt da ein Dorf von Verbannten«, erklärte ich, wobei ich Felix in die Augen blickte. »Und auch eine Zollstelle. Das Funktional heißt Wassilissa.«

»Wassilissa ...« Felix geriet ins Grübeln. »Ich werde mal

im ... Ich werde nachsehen. Dort gibt es drei Dutzend Dörfer, damit muss ich mich erst eingehender befassen ... Sehr schön, Kirill! Nirwana wird uns ebenfalls von Nutzen sein. Wir haben bereits einen Zugang zu dieser Welt, aber er führt in eine absolut menschenleere Gegend. Das wäre unmenschlich. Und ein neues Lager aufzubauen kostet viel Mühe und rentiert sich nicht.«

»Felix.« Mit einem Mal begriff ich, was mich an seinen Worten verstörte. »Hast du gerade gesagt, ihr hättet bereits Türen nach Erde-2?«

»Ja. In deine Welt.«

»Und Erde-1?«

Felix brach in schallendes Gelächter aus und fuchtelte mit der Hand, als wolle er eine lästige Fliege vertreiben. »Das ist blanker Unsinn. Zerbrich dir darüber nicht den Kopf. Das ist eine Reservenummer. Damit keine unnützen Streitigkeiten über den Vorrang entstehen ... Verehrte Anwesende, ich möchte einen Toast ausbringen!«

Die Kellner flitzten los. Hier gossen sie Champagner nach, dort tauschten sie ein Glas aus. Rosa Weiß ging zu Kognak über, ihrem Beispiel folgten einige Männer.

»Auf das neue Mitglied unserer kleinen, aber innigen Familie!«, prostete Felix. »Wir sind alle unterschiedlich, dienen jedoch der gleichen Sache!«

Die Gäste erhoben die Gläser. Einige Funktionale schlugen mir jovial auf die Schulter. Ich bekam bedeutungslose, aber wohl aufrichtige Komplimente zu hören. Zeies berief sich anscheinend auf seine Rechte als alter Bekannter, boxte mir mit der Faust in die Seite und strahlte mich freundschaftlich an.

Nachdem Felix seinen Champagner ausgetrunken hatte, fasste er mich leichthin unterm Arm. »Ich werde unseren Gast jetzt ein paar Minuten entführen!«, verkündete er. »Bist du schon sehr hungrig, Kirill?«

»Nein, nicht sehr«, log ich.

»Ich werde deine Zeit nicht lange in Anspruch nehmen. Nimm dir einstweilen ein paar belegte Brote.« Er nahm einen Teller vom Tisch und drückte ihn mir in die Hand. Darauf türmten sich winzige, unterschiedlich garnierte Kanapees. »Die musst du probieren, sie sind sehr schmackhaft ...«

Zweifelnd betrachtete ich die aus Brotteig gebackenen Nester, in denen sich gelbgrüne, halb durchscheinende Perlen häuften.

»Das ist Kaviar von dem Kraken«, erklärte Felix. »Etwas salzig.«

»Von diesem Vieh?«, fragte ich.

»Was? Ja, genau. Alles hat auch seine positiven Seiten ... Wie sieht es aus? Hast du dich schon eingelebt?«

Ich folgte Felix in ein kleines Arbeitszimmer, das von dem großen Saal durch einen schweren Brokatvorhang getrennt war. In ihm standen einige Sessel, ein kleiner Tisch mit einem alkoholischen Getränk und einigen Zuspeisen darauf. Ich stellte meinen Teller daneben.

»Mach dir darüber keine Gedanken, Felix, ich bin dabei, mich einzuleben.«

Etwas in ihm hatte sich seit unserer ersten Begegnung verändert. Er strahlte jetzt Nervosität und eine gewisse Verlegenheit aus.

Als ob ... als ob er vor irgendetwas Angst hätte.

»Hat man dich schon instruiert?«

»Ja. Zwei Menschen und ein Hebammenfunktional haben mir einen Besuch abgestattet.«

»Ja, sicher, natürlich ... Ihr seid recht stark mit der Regierung verzahnt. Aber das ist schon in Ordnung. Aber du darfst nie vergessen, dass niemand das Recht hat, dich unter Druck zu setzen. Nicht einmal ein Politiker.«

Ich hatte ihm nicht gesagt, was für Menschen mich genau besucht hatten. Doch tat ich so, als sei mir Felix' Versprecher entgangen. »Der Politiker hat versucht, mich davon zu überzeugen, eine Tür nach Arkan zu öffnen.«

»Wozu das? Bist du denn dazu überhaupt imstande?«

»Ich weiß nicht, ob ich das kann. Ich habe es versucht, aber dabei hat sich die Tür nach Nirwana geöffnet. Und wozu ...« Während ich kurz in meine Überlegung versank, goss ich mir ein Schlückchen Kognak ein – genauer gesagt keinen Kognak, sondern eine lokale Weinbrandvariante, die dem Bouquet nach zu urteilen recht anständig war. »Das ist die Zukunft, oder?«

»Nein, das ist nicht die Zukunft.« Felix runzelte die Stirn. »Das ist eine vulgäre Erklärung. Man glaubt, die Welt Arkans sei mit der Welt von Erde-2 annähernd identisch, ihr jedoch in der Entwicklung voraus. Als habe seine Geschichte ... sozusagen dreißig Jahre früher begonnen.«

»Das ist doch egal. Im Übrigen hegt der Politiker höchst ehrgeizige Pläne. Er möchte die Zukunft kennenlernen, um in unserer Welt erfolgreich wirken zu können.«

»Um herrschen zu können.« Felix nickte. »Warum

auch nicht? Versuchen kannst du es natürlich. Aber es ist sehr schwierig, eine Tür in diese Welt zu öffnen ... sehr schwierig. Es gab mal eine Zollstelle ...«

»Felix, heißt das, es gibt in Arkan keine Funktionale?«

»Genau das heißt es.« Felix breitete die Arme aus.

»Woher sind sie eigentlich gekommen?«

»Wer?«, fragte Felix lächelnd. Mir kam es jedoch so vor, als zitterten seine Mundwinkeln.

»Die Funktionale.«

»Was soll denn dieser Unsinn?« Felix hob die Stimme, wenn auch nur leicht. »Wir sind die Funktionale! Ich bin von Erde-3. Du von Erde-2. In den Welten -2 bis -6 gibt es menschliche Zivilisationen. Hinzu kommen noch die beiden periodisch zugänglichen Welten Arkan und Cañon. In den anderen Welten leben keine Menschen, in manchen existiert nicht mal irgendeine Form von Leben ... Ehrlich gesagt, wollte ich dich genau aus dem Grund sprechen!«

Er reichte mir die Mappe.

In ihr befanden sich zwei Stapel zusammengeklammerter Blätter. Der erste Packen war mit »Zuverlässig bekannte Welten des Multiversums« betitelt. Der zweite, etwas dünnere, mit »Erde-3, eingehende Beschreibung«.

»Wir vergessen das immer«, meinte Felix. »Das Fehlen einer Zentralverwaltung bringt uns ebenso viele Vorteile wie Nachteile ... Alles hat irgendwo seine Nachteile. Diese Papiere enthalten eine Menge nützlicher Informationen für dich.«

Rasch überflog ich die erste Seite der »zuverlässig bekannten Welten«.

Erde-2. Vollständig besiedelte und erforschte Welt. Antagonistische politische Systeme. Wichtigste Staaten: USA, China. Wichtigste Sprachen: Amerikanisches Englisch, Chinesisch. Niveau der technischen Entwicklung: 1.

»Was bedeutet *Niveau der technischen Entwicklung: 1*?«, wollte ich wissen.

»Deine Welt ist technisch am weitesten entwickelt und wurde deshalb als Maßstab gewählt«, erklärte Felix. »Dagegen wird der ökologische Wohlstand an unserer Erde gemessen.«

»Damit niemand beleidigt ist?«

»Richtig.«

»Vielen Dank, Felix.« Ich schloss die Mappe. »Aber ich glaube trotzdem ...«

»Ich bin dir wirklich wohlgesinnt, Kirill.« Felix bedachte mich mit einem tadelnden Blick. »Ich freue mich immer, wenn ein Mensch die Chance erhält, sich uns anzuschließen. Und mir ist durchaus bewusst, wie gern Neulinge hinter die geheimen Mechanismen und Grundlagen unserer Gesellschaft kommen möchten. Nur dass es die eben nicht gibt, Kirill! Es gibt Hebammenfunktionale, die das Auftauchen von Neulingen spüren und ihnen helfen, sich in unsere Gesellschaft zu integrieren. Es gibt Freunde, die dir immer helfen, die dir das Leben immer erleichtern. Es gibt unterschiedliche Welten, ganz schreckliche, aber auch wunderschöne ... Deine Welt ist, nebenbei bemerkt, wunderschön, nur bist du dir dessen nicht bewusst. Es gibt bestimmte Probleme ... Mitunter erfahren Menschen etwas von unserer Existenz und verschwören sich dann gegen uns ...«

»Dann schickt man sie nach Nirwana.«

»Ja. Man verbannt sie nach Erde-22. Das ist keine allzu drakonische Strafe, wenn du dir vor Augen hältst, dass die Untergrundkämpfer vor nichts zurückschrecken. Oder nicht?«

Ich zuckte nur mit den Achseln.

»Romantische Anfälle kennt jeder«, murmelte Felix. »Vor allem ein junger Mensch, der einer attraktiven Frau gegenübersteht ...«

Unsere Blicke kreuzten sich. »Und was passiert mit einem jungen Funktional, der so einem romantischen Anfall nachgibt?«, fragte ich.

»Wenn er damit keinen Schaden anrichtet«, meinte Felix seufzend, »nichts. Vielleicht gelingt es dem jungen Mann ja sogar, die naive Frau, die sich in ein gefährliches fremdes Spiel hat verstricken lassen, umzuerziehen. In dem Fall wird ihm niemand einen Vorwurf machen!«

»Ah ja.« Ungeachtet des ernsten Gesprächs fiel mir plötzlich der Film *Siebzehn Augenblicke des Frühlings* ein, und in meinem Kopf hallte es wider: »Wir alle stehen unter der Fuchtel von Müller!« Es hätte nicht viel gefehlt, und ich hätte laut losgeprustet.

»Es gibt aber auch weit unangenehmere Situationen!« Mit finsterer Miene schwenkte Felix das Glas in seiner Hand, konnte sich jedoch nicht entscheiden, von dem Kognak zu trinken. »Zum Beispiel könnte ein Arztfunktional auftauchen. Eine prachtvolle Frau. Sie könnte uns helfen, aber auch den Menschen. Wer wollte dagegen etwas einwenden? Wir alle helfen den einfachen Menschen, soweit es in unseren Kräften und Fähigkeiten liegt! Sie jedoch lässt sich mit Banditen ein, fängt an, sinistre Spielchen zu spielen ... Gemäß dem Gesetz wurde sie vor die Wahl gestellt – und sie löst die Bindung an ihre Funktion! Sie verwandelt sich von einem Funktional in einen Menschen. Nun gut, wenn das ihre Wahl war! Aber danach spielt sie die Partisanin, den Robin Hood ... Sie schreckt nicht einmal davor zurück, eine arme halb schwachsinnige Alte zu foltern ... Auch du musstest ihretwegen schon Blut vergießen und törichte, ihren romantischen Fantasien verfallene Jungen umbringen!«

Was ich darauf antworten sollte, wusste ich nicht. Felix hatte recht, an meinen Händen klebte Blut. Aber was hätte ich in dieser Situation sonst tun sollen?

»Du hättest nichts tun können«, fuhr Felix fort. »Dich trifft keine Schuld. Das alles ist der angeborenen Dummheit und dem Verrat dieses Funktionals geschuldet!«

Mehrere Sekunden saßen wir schweigend da. Irgendwann erhob sich Felix. Sein Gesicht nahm wieder einen entspannten Ausdruck an, als hätte er eine unangenehme, aber unausweichliche Mission ehrenvoll erfüllt.

»Ich hoffe, du siehst dich nie mit Verrat konfrontiert!«, sagte er in pathetischem Ton. »Du begegnest ihm zwar nicht oft, aber wenn, ist er immer schmerzlich ... Lass uns jetzt gehen! Die Gäste warten schon. Der erste Gang sollte inzwischen beendet sein.«

Wir verließen das Arbeitszimmer in der Tat genau zur rechten Zeit: Gerade brachten die Kellner dampfende Teller. Mir fiel auf, dass alle Gäste das Gleiche bekamen, ihnen jedoch ein unterschiedliches Repertoire an Soßen gereicht wurde. Vor dem einem standen ein, zwei kleine Schälchen, vor dem anderen eine ganze Batterie an Saucieren, Phiolen, Fässchen und Fläschchen.

»Einen Kognak«, bat ich den Kellner, während ich auf den Teller mit etwas in der Art von Kalbsmedaillons blickte. »Das heißt, nein ... Bringen Sie mir lieber einen Wodka.«

»Und welcher darf es sein? Russki standart, Stolitschnaja, Absoljut, Ksarp, Esgir, Limonny esgir?«

»Esgir«, wählte ich.

Im Übrigen handelte es sich bei dem hiesigen Wodka um normalen Wodka. Ich hätte ihn auch in Tambow oder Stockholm trinken können. Oder in Frankreich. Überall, wo man auf die Idee gekommen war, aus Weizen Alkohol zu destillieren. Mir sollte das recht sein. Ich war wütend, auf Felix, auf Untergrundkämpfer jeglicher Couleur und auf mich selbst. Ich wollte mich betrinken.

Das gelang mir denn auch vortrefflich.

Ich erinnere mich noch, wie ich mich mit Felix zurückzog, einen sehr alten und sehr seltenen Kognak trank, wobei ich seinen Geschmack nach dem Wodka schon gar nicht mehr wahrnahm, aber enthusiastisch das Bouquet pries. Mein Zöllnergedächtnis zauberte pflichtbewusst einige spezifische Wörtchen aus dem Jargon der Degustatoren herbei, was Felix mit wohlwollenden Nicken quittierte.

Dann verschwand Felix irgendwohin, ich knutschte in seinem Arbeitszimmer ausgiebig mit einer Frau rum, einem Künstlerfunktional. Die Frau versuchte, mich zu überreden, mit ihr in ihr Atelier zu fahren, wo sie sofort ein Aktporträt von mir malen würde. Ich lehnte mit der Begründung ab, dies sei ganz entschieden nicht mein Tag und dass ich eine dritte Schlappe nicht überleben würde, die aber, angesichts der getrunkenen Mengen, unausweichlich sei. Wir verabredeten uns, das Porträt irgendwann nächste Woche anzugehen, worauf die Frau sich leicht und ungezwungen an Felix heranmachte.

Am Ende des Abends trank ich mit einem Deutschen Brüderschaft, dessen Zöllnerposten ihn aus dem kleinen Kurstädtchen Wiesbaden nach Kimgim gebracht hatte. Der Deutsche prüfte lange etwas in irgendwelchen Karten nach, um abschließend feierlich zu erklären, ich könne über Kimgim zu ihm nach Wiesbaden gelangen und dortselbst in gewisse einmalige Bäder. Darauf tranken wir gleich noch ein Gläschen und versicherten einander, wie ähnlich der deutsche und der russische Nationalcharakter sich doch seien, beklagten die Tragik der deutsch-russischen Kriege und sinnierten über die bedeutende Rolle, die Russland und Deutschland eigentlich in Europa spielen müssten. Der Deutsche beharrte in seiner politischen Korrektheit auf einem »vereinten Europa«, während ich kichernd erklärte »Und auch in einem Getrennten!«. Aus irgendeinem Grund kam mir das ungeheuer komisch vor.

Danach fand ich mich – sofort und völlig nahtlos – vor meinem Turm wieder. Es war hundskalt. Der Kellner Karl gab sich alle Mühe, mich zu überreden, in den Turm zu gehen und mich schlafen zu legen, doch ich erklärte ihm, als Funktional sei ich in der Lage, mir auch im Schnee ein komfortables Nachtlager herzurichten. Angesichts der

Erschütterung Karls willigte ich am Ende jedoch ein, nach drinnen zu gehen.

Dort schlief ich ein, nachdem ich es mir auf der Treppe bequem gemacht hatte. Die Frau in meinem Bett hatte ich völlig vergessen. Die Treppe hinaufzugehen erschien mir zu schwierig, als dass es die Mühe lohnte.

Siebzehn

Irgendjemand hatte mir einmal erzählt, mehr als die Hälfte der jungen Schriftsteller, die die Verlage mit ihren genialen Werken bombardieren, beginne einen Roman mit einer Szene, in der der Held am Kater leidet. Er reißt die verklebten Augen auf, fasst sich tapfer an den zerspringenden Schädel, erinnert sich an die Menge des konsumierten Alkohols, kaut ein Aspirin und trinkt gierig Unmengen Wasser.

Anschließend setzt er sich mannhaft über die Folgen der eigenen Dummheit hinweg, legt ein Kettenhemd an oder schlüpft in einen Raumanzug, greift zur Aktentasche oder zur Tastatur, verlässt das Haus oder wählt sich ins Internet ein. Das Duell jedoch, das der Held mutig mit der Azidose, den Gefäßkrämpfen und der Dehydrierung auszufechten hat, stellt sich in jedem Fall als praktisch unausweichlich heraus. Vermutlich wollen die jungen Literaten ihr Publikum auf diese Weise dazu bringen, sich mit dem Protagonisten zu identifizieren, schließlich ist es den wenigsten von ihnen bislang vergönnt gewesen, die Galaxis zu retten oder den Schwarzen Lord zu besiegen, während der Kampf gegen den Alkohol fast allen bekannt ist.

Eigentlich hegte ich jedoch so meine Zweifel, ob ein Held, sei er nun ein starker Zwerg oder ein junger Jedi, lange in einem Kampf bestehen würde, sofern er sich am Vorabend betrunken hatte. Mit einem Kater lässt es sich vortrefflich leiden, von einer gesunden Lebensweise träumen und mit stumpfem Blick fernsehen – aber Heldentaten vollbringt man in diesem Zustand nicht.

Ich schlug die Augen auf und wusste sofort, ich würde leiden müssen. Wenn ich so sturzbesoffen gewesen war, dass ich es nicht mal mehr ins Bett geschafft hatte ...

Mein Kopf schmerzte jedoch nicht, ich fühlte mich frisch, munter und voller Kraft. Geschlafen hatte ich ebenfalls fabelhaft. Vermutlich hätte ich mich wirklich in den Schnee vorm Turm legen können, ohne in irgendeiner Weise Schaden zu nehmen.

Außerdem bemerkte ich noch, dass ich zugedeckt war und unter meinem Kopf ein Kissen lag.

Das heißt ...

Nachdem ich in den ersten Stock hochgegangen war, fand ich ein leeres Bett vor. Dafür drangen vom zweiten Stock leise Geräusche herunter. Jemand klimperte mit Geschirr. Was für eine häusliche Idylle! *Was gibt's denn heute zum Frühstück, Schatz?*

»Was gibt's denn heute zum Frühstück, Schatz?«, rief ich munter.

Das Geklapper setzte einen Moment aus, um einem unverständlichen Grummeln zu weichen. Nach einer kurzen Pause – als müsse jemand erst rasch zu Ende kauen und schlucken – vernahm ich: »Verdächtig riechende Wurst und knochentrockenes Brot. Möchtest du etwas?«

»Gern«, antwortete ich, während ich mich nach oben begab.

Nastja sah noch immer ziemlich elend aus, mit ihrem kreidebleichen Gesicht und den dunklen Ringen unter den Augen. Sie stand am Tisch und schnitt Wurst, um belegte Brote zu machen. Sie trug nur ein weißes T-Shirt von mir, das lang genug war, damit ein Foto Nastjas nicht als Aktaufnahme durchging, aber durchaus noch als erotisch angehaucht eingestuft werden durfte. Der Po war bedeckt, bis zu den Knien war es jedoch ein weiter Weg.

»Wie fühlst du dich?«, erkundigte ich mich.

»Schrecklich«, gestand Nastja offen ein. »Ich möchte fressen. Nicht essen, sondern fressen. Ich bin stocksauer. Außerdem würde ich noch gern jemanden umbringen.«

»*Schrecklich*, das ist gut«, sagte ich. »*Umbringen*, schon weniger.«

»Haben Sie etwa Erfahrung damit?«, fragte Nastja spöttisch.

»Dank dir, ja. *Folgt mir in einer Stunde. Findet die Weiße Rose. Ein Mensch wird auf alle eure Fragen antworten.*«

»Ja ... und?« Nastja entglitten die Gesichtszüge. Irritiert und misstrauisch sah sie mich an.

»Ich bin dir gefolgt. In der *Weißen Rose*, einem Hotel, sind wir in einen Hinterhalt geraten. Den Rest ...«

»Nein!« Die Frau schüttelte energisch den Kopf. »Nein, es ist nicht so, wie Sie denken! Überhaupt nicht!«

Ich setzte mich an den Tisch. Mein Blick wollte immer

wieder über das untere Ende des T-Shirts hinunterrutschen, doch mit einiger Anstrengung schaffte ich es, Nastja in die Augen zu sehen. Dennoch musste sie meinen Blick aufgefangen oder gespürt haben. Sie setzte sich ebenfalls hin. Jetzt trennte uns der Tisch voneinander.

»Dann erzähl mir alles«, forderte ich sie auf. »Wer bist du überhaupt?«

»Nastja Tarassowa ...« Vielleicht hatte die Mitteilung von dem Hinterhalt sie schockiert, möglicherweise hatte ich auch nur den richtigen Ton getroffen – auf alle Fälle stand sie mir jetzt wie eine Musterschülerin, die ihre Eltern mit einer Zigarette und einer Flasche Bier beim Anschauen eines lesbischen Pornos erwischt hatten, Rede und Antwort.

»Sehr schön. Wie alt bist du?«

»Neunzehn.«

»Hervorragend«, höhnte ich. »Hast du wenigstens die Schule schon beendet?«

»Was? Ich ... ich studiere.«

»Vermutlich Physik und Mathematik«, schnaubte ich.

»Nein, an der Fakultät für Historiker und Archivare ...«

Diese Antwort wollte ich schon als Ironie ihrerseits abtun – doch das Gespür des Zöllners verriet mir, dass Nastja die reine Wahrheit sagte.

»Du studierst also. Gut ...«, sagte ich gedehnt. »Was ist das für ein Kerl, mit dem du durch den Turm gegangen bist?«

»Das geht Sie nichts an!«

»Und ob mich das etwas angeht!« Ich konnte mich nicht mehr beherrschen und schnappte mir ein belegtes

Brot vom Tisch. »Steckst du hinter dem Ganzen? Besser, du legst die Karten jetzt auf den Tisch! Wer ist der Typ?«

»Das ist ... ein Freund.«

»Ein Freund«, wiederholte ich in ironischem Ton.

»Es ist nicht so, wie Sie denken!«

»Anscheinend ist nichts so, wie ich denke! Es interessiert mich nicht, ob du für ihn die Beine breit machst. Wer ist er?«

»Sie lügen«, sagte Nastja plötzlich. »Es interessiert Sie ... Ja, er ist mein Liebhaber! Schließlich bin ich eine erwachsene Frau!«

»Wer ist er?«

»Ein Geschäftsmann. Er ist im ... Investment- und Consultingbereich tätig.«

»Alles klar. Was für eine überaus ehrenvolle Beschäftigung! Woher weiß er etwas von den Funktionalen?«

Weshalb biss ich mich so an ihm fest? War ich am Ende tatsächlich eifersüchtig?

»Ihre Beschäftigung ist natürlich besser – Türen auf- und zumachen«, murmelte Nastja. »Er ist ein guter Mensch. Außerdem zahlt er ehrlich seine Steuern, das hat er mir selbst gesagt ...«

»Das sagen sie jetzt alle. Woher weiß er etwas von uns?«

»Ich habe ihn nicht gefragt«, antwortete Nastja achselzuckend. »Er hat mir vor einem halben Jahr davon erzählt ... Am Anfang habe ich geglaubt, er scherze bloß ... Doch dann sind wir immer wieder in Kigim gewesen und auch in anderen Städten ...«

»In Kimgim.«

»Von mir aus auch das, als ob das eine Rolle spielt! Ich bin oft mit ihm mitgegangen, allerdings haben wir andere Zollstellen benutzt. Bis er mich dann angerufen und mir gesagt hat, auf der vierten gäbe es ein phänomenales Konzert ...«

»Auf der vierten?«

»Ja, auf Erde-4, in Antik ... Von Moskau aus kommt man da nur schlecht hin, einfacher ist es, durch den Turm an der Semjonowskaja in die neunte zu gehen, dort einen Kilometer zu Fuß zurückzulegen und über einen anderen Turm ganz bequem nach Antik zu gelangen ...«

Mit einem Mal begriff ich, dass die Zollstellen anscheinend eine Affinität zueinander hatten. Wenn sie willkürlich in den Welten verteilt gewesen wären, dürfte es kaum die Möglichkeit geben, mit einem Fußmarsch von einem Kilometer von einer zur anderen zu gelangen. Auch bei mir standen ein Turm in Kimgim und einer in Nirwana ja in Reichweite ... Vermutlich dürfte das für die anderen Moskauer Türme auch gelten.

»Gut, ihr wolltet also nach Antik zu einem Konzert«, fasste ich zusammen. »Weiter.«

»Als ich zu Mischa gefahren bin, hat er mir gesagt, es gebe eine neue Zollstelle, wir könnten über Kimgim gehen, das spare Zeit. Allerdings müssten wir dann noch einmal über die Erde, über Wiesbaden, dann nach Frankfurt, von dort aus würden wir dann ganz bequem nach Antik gelangen ...«

Ich betrachtete die Frau mit neuen Augen. Gewiss, heutzutage kriegt man häufig Sätze wie »Wir sind übers Wochenende auf die Krim geflogen« oder »Wir haben das

Wochenende in der Türkei verbracht« zu hören. Selbst Touristen, die ausgefallenere Wege beschreiten – »Wir fliegen nach Frankreich, denn es ist nicht schwer, ein Visum zu bekommen, dort mieten wir ein Auto, fahren nach Italien und verbringen den Rest der Zeit dort« – sind heute in der Mittelklasse gang und gäbe. Vom Trampen und dem Versuch, mit hundert Euro in der Tasche nach Portugal und zurück zu reisen, ganz zu schweigen.

Aber hier ... Für einen Konzertbesuch in einer Welt durch zwei andere zu gehen, um Zeit zu sparen – alle Achtung.

»War das Konzert denn gut?«, fragte ich.

»Das hat sich zerschlagen. Schade. Die Gruppe *Rand* hat gespielt, Trommel und Flöte, das ist sehr schön ...« Mit einem Mal wurde Nastja verlegen. »Sie haben vermutlich noch nie etwas von ihnen gehört?«

»Wir wollen nicht abschweifen«, sagte ich. Insgeheim dachte ich jedoch über all die unzähligen Gruppen nach, die ich schon gehört hatte, wenn ich irgendwo zu Besuch war oder im Internet chattete. Gruppen, die seltsame Ethnomusik fabrizierten, über die man nichts herausbekam, von Aufnahmen, Links oder der kleinen eingeschworenen Fangemeinde abgesehen, die von Gerüchten und Mythen zehrten. Wie viele dieser Gruppen stammten eigentlich nicht aus unserer Welt? Wie viele Aufnahmen kamen aus Kimgim, Antik oder einer anderen bewohnten Welt, um sich im Ozean der terrestrischen Musik aufzulösen? »Ihr habt also beschlossen, über meine Zollstelle zu gehen. Was hatte dieser Zettel zu bedeuten?«

»Damit habe ich nichts zu tun.«

»Ich habe doch gesehen, wie du ihn hast fallen lassen, Nastja.«

»Stimmt, das habe ich. Mischa hat mich darum gebeten.«

»Was?«

»Mischa. Hat. Mich. Darum. Gebeten«, seufzte Nastja. »Er hat vorgeschlagen, den Zöllner ein bisschen an der Nase herumzuführen, da er quasi noch ein grüner Junge ist, der von Tuten und Blasen keine Ahnung hat. Wir lassen für ihn einen Zettel fallen, dann wird der Zöllner uns folgen und das Hotel finden, wo die Alte ihm alles erzählt. Wir haben da einmal übernachtet ...«

Sie verstummte und sah mich mit einem ach so ehrlichen Blick aus ihren blauen Kulleraugen an.

»Du hattest Zeit, dich vorzubereiten«, wies ich sie kopfschüttelnd zurecht. »Nastja, ich bin Zöllner.«

»Ja, und?« Nastja breitete die Arme aus.

»Ich spüre eine Lüge. Lass uns auf diese dummen Ausreden verzichten. Weshalb hast du mich in das Hotel gelockt?«

»Wir führten nichts Schlimmes im Schilde ...«

»Ja, ja. Deshalb hat diese Truppe von jungen Idioten auch die Alte und die Hotelangestellten gefoltert. Sogar das Kind. Anschließend haben sie mich angegriffen ...«

»Lebt Illan noch?«, wollte Nastja rasch wissen, sobald ich kurz schwieg.

»Die Frau? Das ehemalige Arztfunktional?« Manchmal begreife ich sehr schnell. »Fragen kannst du nachher stellen. Jetzt will ich erst mal ein paar Antworten hören.«

»Warum eigentlich?« Unversehens schaltete Nastja auf stur.

»Vielleicht weil ich ein Funktional bin?« Ich nahm einen Löffel vom Tisch und verbog ihn akkurat zu einem Knoten. Meine Finger taten mir dabei zwar weh, aber der Knoten gelang nicht übel.

»Ein schöner Sherlock Holmes«, schnaubte Nastja.

»Vielleicht könntest du mir ja auch aus Dankbarkeit antworten?«, schlug ich vor. »Weil du hier sitzt und Tee trinkst und nicht in der entzückenden Gesellschaft irgendwelcher Junkies rumsabberst.«

Sie errötete. »Vielen Dank ... Darüber bin ich wirklich ...«

»Jetzt erzähl«, befahl ich.

Nastja schwankte. Dann schüttelte sie den Kopf, spielte ihre Chancen durch und fügte sich schließlich in das Unvermeidliche. »Ich bin eine Untergrundkämpferin«, platzte sie heraus.

»Schon lange?«

»Seit fünf Jahren.«

»Oh, oh!« Ich staunte nicht schlecht. Anscheinend sprach sie die Wahrheit. »Warst du im Zirkel ›Junge Untergrundkämpfer‹?«

»Ich habe Illan gerettet. Sie hat sich mit ihren ... Leuten überworfen und ist dann in unsere Welt gekommen. Die haben sie gejagt. Ich habe ihr geholfen, sich zu verstecken ... daraufhin hat sie mir alles erzählt.«

»Es ist doch kein Zufall, dass du diesen netten Herrn Mischa kennst«, brachte ich bedächtig hervor. »Der Untergrund hat dir diesen Auftrag erteilt.«

»Das geht Sie nichts an!«, rief Nastja abermals.

»Ist ja schon gut …«, beschwichtigte ich sie. »Wie du meinst. Dann erzähl mir, diesem bösen Funktional, doch bitte mal, wogegen ihr mutigen und guten Mädchen eigentlich kämpft?«

»Sie brauchen sich gar nicht über uns lustig zu machen«, meinte Nastja. »Unsere Bewegung besteht aus Frauen und aus Männern. Außerdem … glaube ich nicht, dass Sie böse sind. Es tut mir leid, dass Sie überfallen wurden … dass alles so gekommen ist.« Plötzlich lächelte sie und fügte überraschend hinzu: »Sie sind sehr nett.«

Das verwirrte mich. »Mit Mischa werde ich ja wohl nicht mithalten können …«, brummte ich. »Übrigens kannst du mich einfach duzen. Ich bin ja nur ein paar Jahre älter als du.«

»Vor allem nach dem, was gestern Abend passiert ist …« Nastja lächelte. Ihre Verlegenheit war verschwunden. Vermutlich nachdem sie bemerkt hatte, dass sie mir gefiel.

So ist das doch immer! Eine Frau braucht bloß mitzukriegen, dass sie einem Mann gefällt, schon fängt sie an zu kokettieren und hält sich für Gott weiß wie toll.

»Zu meinem übergroßen Bedauern«, stimmte ich ein Lamento an, »ist überhaupt nichts passiert. Von einer kalten Dusche abgesehen. Was ist jetzt? Willst du mich duzen?«

»Wie du meinst.«

»Ich bin erst seit drei Tagen Funktional, Nastja. Vieles verstehe ich deshalb noch nicht. Außerdem hat mich auch niemand gefragt, ob ich überhaupt eins werden möchte. Aber momentan sehe ich keinen Grund, warum eine nette junge Frau gegen Funktionale kämpfen sollte.«

»Wir kämpfen gegen die Macht der Funktionale.«

»Klopf, klopf, klopf!« Ich hatte mich über den Tisch gebeugt und Nastja gegen den Kopf gestupst. Durcheinander wie sie war, wich sie nicht einmal zurück. »Hallo da im Oberstübchen, ist vielleicht jemand zu Hause? Nein, niemand? Was für eine Macht, bitte schön?«

»In allen Welten haltet ihr Kontakt zur lokalen Elite und seid ihr gefällig!«, ratterte Nastja herunter. »Ihr nutzt Privilegien, die normale Menschen nicht genießen. Ihr habt eine Geheimpolizei. Ihr verschweigt die Möglichkeit, zwischen den Welten hin und her zu reisen.«

»Das sind ja ganz grauenhafte Verbrechen«, befand ich achselzuckend. »Worin besteht denn das Verbrechen, mit der lokalen Elite zusammenzuarbeiten? Erlassen die Funktionale etwa Gesetze? Üben sie Druck auf die jeweilige Regierung aus?«

»Das weiß ich nicht«, antwortete Nastja ehrlich. »Aber ihr seid mit der Macht verbandelt ...«

»Überall auf der Welt ist jemand mit der Macht verbandelt. Poeten preisen Herrscher, Geschäftsleute boxen für sich vorteilhafte Gesetze durch. Aber was haben wir damit zu tun? Wir führen unser eigenes Leben. Wir sind gezwungen, uns den Regierungen vor Ort unterzuordnen, nicht umgekehrt. Insofern dienen wir ihnen natürlich, das stimmt.«

»Eben darum geht es doch! Ihr dient der Macht, nicht dem Volk!«

»Und wie sollen deiner Ansicht nach die Funktionale

dem Volk dienen? Auf hunderttausend Menschen kommt ein Funktional. Soll etwa ein Arztfunktional ... hm, tausend Kranke pro Tag untersuchen? Oder ich – soll ich pro Tag zehntausend Sonnenanbeter durch den Turm zum Strand lassen?«

»Warum eigentlich nicht?«, entgegnete Nastja patzig. »Reiß die Tür auf und lass die Leute durch ...«

Ich dachte kurz darüber nach. »Nein«, meinte ich kopfschüttelnd. »Das würde nicht klappen. Ich bin verpflichtet, mit jedem persönlich zu sprechen. Ich muss überprüfen, ob er etwas schmuggelt. Pro Person brauche ich mindestens eine Minute.«

»Woher weißt du das?«

»Das spüre ich«, antwortete ich. »Hm ... Das ist einfach das Wissen in seiner reinen Form. Ich kann nicht alle Türen im Turm sperrangelweit aufreißen, Nastja. So läuft das nicht. So funktioniert das nicht. Ein Mensch muss in den Turm eintreten. Dann schließe ich hinter ihm die Tür. Ich unterhalte mich mit ihm. Um ihn dann in eine andere Welt zu lassen. Kein Funktional kann allen zu Gefallen sein, die das wünschen. So wie nicht alle in ein Flugzeug steigen und übers Wochenende ans Meer fliegen können. Dafür reichen weder die Flugzeuge noch der Treibstoff oder die Flughäfen aus. Und meine Möglichkeiten sind genauso begrenzt. Oder nehmen wir mal ein Friseurfunktional ... Da heißt es, jemand fabriziere ganz hinreißende Frisuren ... die Menschen könnten den Blick gar nicht davon abwenden. Aber auch er schafft nur zwei, drei, vielleicht fünf Kunden am Tag ...«

Anscheinend hatte ich Nastja überzeugt.

»Willst du damit sagen, ihr seid so etwas wie Luxusgegenstände?«, fragte sie spitzfindig.

»Na ja, nicht gerade Gegenstände ... Stell dir einen Sänger vor. Mit einer wunderbaren Stimme. Alle wollen ihn hören. Aber er kann nur ein Konzert pro Tag geben. Was heißt das? Trägt der Sänger die Schuld daran, nicht alle glücklich machen zu können? Oder der Arzt, der sensationelle Operationen durchführt, während Tausende von Kranken ...«

»Schon gut.« Nastja verzog das Gesicht. »Aber warum dient ihr nur der Macht?«

»Was heißt das, der Macht?«, antwortete ich mit einer Gegenfrage. »Zu mir ist ein Satiriker gekommen. Dann ein Sänger ... mit Freunden. Dein Freund ist ein Geschäftsmann. Jeder, der Erfolg hat, erfährt früher oder später von uns und wird zu unserem Kunden. Und weiter im Text. Du hast behauptet, wir würden unsere Fähigkeiten nur zu unserem eigenen Vorteil einsetzen.«

Nastja hüllte sich in Schweigen.

»Du wirst doch schon einmal etwas davon gehört haben, dass eine Hand die andere wäscht, oder? Es wäre doch absurd, wenn wir untereinander nicht unsere Krankheiten behandeln, uns nicht bewirten, uns keine Urlaubsmöglichkeiten zur Verfügung stellen und uns, um das nicht zu vergessen, nicht gegenseitig beschützen würden! So etwas ist undenkbar, Nastja! Außerdem gibt es nirgends auf der Welt hungrige Köche oder obdachlose Hoteliers! Was noch? Die geheime Polizei?«

Nastja nickte.

»Wer soll uns denn sonst beschützen? Soll ich zur

Miliz rennen, wenn etwas passiert? Beispielsweise, als deine Freunde die Alte und die beiden unschuldigen Menschen angegriffen haben, die ihr im Hotel helfen? Ihr klagt uns an – aber zu welchen Methoden greift ihr denn selber?«

»Ich wusste nicht, dass es so passieren würde!«, rief Nastja. »Wir wollten ein paar Funktionale gefangen nehmen. Dich, denn du bist noch ganz unerfahren und hattest noch nicht alle Türen geöffnet, und Felix, weil er in Kimgim der Chef ist!«

Kaum begriff sie, dass sie sich verplappert hatte, verstummte sie. Momentan verbiss ich mich jedoch nicht an dieser Aussage. »Und der letzte Punkt«, fuhr ich stattdessen fort. »Du hast gesagt, wir würden die Wahrheit über die Parallelwelten verheimlichen. Gut, lassen wir das einmal gelten. Aber was würde denn passieren, wenn wir die Wahrheit preisgeben würden? Stell dir doch bloß mal vor, wir viele Abenteurer losstürzen, um die neuen Welten zu erobern! Und zwar nicht nur Welten, in denen keine Menschen leben, sondern vor allem in die besiedelten! Wenn wir etwas von den anderen Welten verlauten lassen, aber den Zugang nicht öffnen, wird man uns hassen. Natürlich sind wir stärker als ein Mensch, aber gegen eine ganze Armee dürften auch wir wenig ausrichten können. Außerdem haben wir selbst keine Armeen. Wenn sie Panzer gegen uns einsetzen und ...«

»Einen Turm wie deinen kann man nur mit einer Atombombe zerstören.«

»Ich glaube nicht, dass das irgendjemanden abhalten wird«, entgegnete ich finster. »Versteh doch, Nastja, unsere geringe Zahl zwingt uns dazu, unsere Existenz zu verheimlichen. Wir sind nicht imstande, die ganze Welt ... alle Welten glücklich zu machen. Aber wir helfen den Menschen im Rahmen unserer Möglichkeiten, tragen zum Fortschritt bei ...«

»Du redest schon wie ein Funktional.«

»Ich bin ja auch ein Funktional. Gut, wenn ich mich täusche, dann sag mir doch, worin mein Irrtum besteht.«

»Illan könnte dir das alles erklären.«

»Du weißt ja selbst nicht, warum du gegen uns kämpfst«, warf ich ihr vor.

»Das liegt daran, dass du ... dass du alles irgendwie ganz anders erklärst!« Nastjas Verwirrung ließ sich nicht übersehen. »Es sind die gleichen Dinge, aber wenn du darüber sprichst, hört sich das alles irgendwie völlig normal an.«

»Dann denk halt selbst, mit deinem eigenen Kopf«, sagte ich genüsslich. »Wahrlich eine schöne Heldin des Untergrunds, so eine Partisanenfunkerin ... Was wolltet ihr von mir?«

»Du bist noch neu ... Deine Türen sind noch nicht alle auf. Illan hat gesagt, wir müssten nach Erde-1 gelangen. Das ist die Schlüsselwelt.«

»Existiert die denn?«

»Selbstverständlich!« Nastja bedachte mich mit einem tadelnden Blick. »Unsere Erde ist die zweite. Illan glaubt, die Funktionale kämen von Erde-1.«

»Ich bin aber einer von hier, von Erde-2.«

»Kann schon sein. Aber die ersten Funktionale kamen von Erde-1. Und sie haben ihre Welt gegen alle anderen abgeschottet.«

»Und wer sind die?«

»Das wissen wir nicht. Vermutlich sind es nicht sehr viele.«

»Eine Verschwörungstheorie«, konstatierte ich nachdrücklich. »Weißt du, was das heißt? Dann erklärt man alles mit irgendwelchen Intrigen. Freimaurer, Außerirdische, eine geheime Weltregierung.«

»Das Letztere stimmt ja auch.«

»Quatsch! Nichts davon trifft zu!« Mit der Hand fuchtelnd sprang ich auf. »Alle brauchen meinen armen Turm. Ein Politiker träumt davon, in die Zukunft zu blicken. Ihr sucht Erde-1, die nicht existiert.«

»Wer hat dir das erzählt?«

»Felix.«

Nastja stieß geräuschvoll die Luft aus, sagte jedoch kein Wort.

»Weißt du, was ich dir empfehle, meine verehrte Freundin?«, plusterte ich mich auf. »Geh nach Hause und mach deine Schularbeiten. Bereite deiner Mama und deinem Papa eine Freude, indem du dich anständig benimmst. Spendier dir einen Besuch beim Friseur, damit du hübsch für Onkel Mischa bist, schließlich liebt er schöne Frauen ... Wo ist er eigentlich?«

Mit einem Mal fiel mir auf, dass ich Nastja noch gar nicht gefragt hatte, wie sie nach Nirwana gekommen war.

»Ich weiß es nicht. Wir sind nach Antik gegangen, da haben uns ... zwei Einheimische angesprochen. Ein Polizist und noch jemand.«

»Funktionale?«

»Ja. Sie hatten irgendwoher erfahren, dass ich dem Untergrund angehöre. Deshalb haben sie mich verhört. Ich habe jedoch geschwiegen. Irgendwann habe ich behauptet, ich müsse zur Toilette, und wollte fliehen. Na ja ... sie haben mich gekriegt. Keine Ahnung, was sie mit mir angestellt haben, denn ich bin erst wieder in dem Dorf zu mir gekommen. Ich weiß, was es damit auf sich hat. Jemand hat uns von Nirwana berichtet. Aber ... obwohl ich alles wusste, konnte ich trotzdem nicht aufstehen und abhauen.«

»Und dein Freund?«

Sie hüllte sich in Schweigen.

»Schon verstanden.« Ich nickte. »Du solltest ihm deswegen aber keine Vorwürfe machen.«

»Er hätte mich ganz bestimmt gerettet! Was hätte er denn tun sollen? Sich auf den Polizisten stürzen? Er wäre schon nach Nirwana gekommen, bloß eben später!«

Nastjas Anspannung war unverkennbar, ihre Augen funkelten, im Zweifelsfall würde sie es auf einen Streit ankommen lassen. Deshalb widersprach ich ihr nicht.

»Ja, vermutlich hat er ganz klug gehandelt«, pflichtete ich ihr bei. »Na gut, es hat mich gefreut, dich kennenzulernen, Nastja. Schön, dass du dich besser fühlst. Schreib mir mal oder schick mir ein Telegramm. Wenn du mal in der Nähe bist, besuch mich.«

»Ich danke dir auch, Zöllner.« Abrupt erhob sich Nastja. »Krieche denen nur weiter in den Hintern, das gelingt dir ganz vortrefflich! Deine Herren werden zufrieden sein!«

Stolz erhobenen Haupts marschierte sie zur Treppe.

»Ich heiße Kirill«, rief ich ihr hinterher. »Willst du etwa so auf die Straße gehen? Nur im T-Shirt?«

Wie angewurzelt blieb Nastja stehen. Der schöne Abgang war ihr vermasselt.

»Na komm ...«

Ich gab ihr eine alte Jeanshose von mir. Sie hing zwar wie ein Sack an ihr, aber nachdem wir ein neues Loch in den Gürtel gebohrt hatten, rutschte sie ihr wenigstens nicht runter. Die Turnschuhe passten dagegen schon besser, waren höchstens eine oder zwei Nummern zu groß. Nastja besaß kräftige Füße.

»Wo wohnst du denn?«

»In der Timirjasewskaja.«

»Hier.«

Ich hielt ihr zwei Hunderter hin. Für das Taxi würde das reichen. Ohne falsche Bescheidenheit stopfte Nastja das Geld in die Hosentasche. Mit einem Mal zeichnete sich auf ihrem Gesicht Unglauben ab. Abermals versenkte sie die Hand in die Tasche und zog mein nicht gerade frisches Taschentuch heraus. Angewidert ließ sie es zu Boden fallen und wischte sich die Hand am Hosenbein ab.

Ich tat so, als wäre mir der Vorfall entgangen. Ein Blick aus dem Fenster verriet mir, dass es in Moskau nicht regnete. Es war kalt, aber sonnig. Ein bisschen frieren würde sie wohl – denn ich hatte nicht vor, ihr meine Jacke abzutreten.

»Zöllner, wohin ...«

»Kirill.«

»Wohin führt dein neues Fenster, Kirill?«

In der Tat. Es musste ja ein neuer Durchgang entstanden sein!

»Das geht dich nichts an!«, sagte ich. »Tut mir leid, aber deine Erkundungstour ist nun zu Ende. Alles Gute.«

Wortlos begab sich Nastja nach unten. Ich öffnete die Tür, um sie nach Moskau zu entlassen. Fragend sah ich ihr in die Augen. Ob sie schweigend davonziehen würde, um das Gesicht zu wahren?

»Danke«, sagte sie, ohne ihren Widerwillen zu unterdrücken. »Für die Anziehsachen ... und ... überhaupt. Ungeachtet unserer ideologischen Differenzen hast du dich höchst anständig verhalten. Wie ein Mann.«

Daraufhin drehte sie sich um, warf den Kopf hochmütig in den Nacken und stolzierte zur Straße. Erstaunlicherweise sah sie sogar in meinen alten Jeans attraktiv aus.

Seufzend schloss ich die Tür. Woher nahm sie bloß dieses Vokabular? ›Ungeachtet unserer ideologischen Differenzen‹ ... Ob sie in den Zirkel ›Junge Liberale‹ ging?

»Ein nacktes Mädchen lag im Gras, wo ich vorüberschritt«, sagte ich traurig. »Ein andrer hätt' sie vergewaltigt, ich gab ihr 'nen Tritt.«

Ob alle Funktionale solche Probleme mit ihrem Privatleben hatten? Flirteten sie deshalb miteinander? Obwohl: Felix hatte mir ja erzählt, er habe eine Familie, Kinder ...

Schluss damit. Was brauchte ich eine Affäre mit einer jungen Abenteuerin? Schließlich lag mir ganz Moskau zu Füßen!

Und obendrein vier weitere Welten. Von denen ich eine noch nicht mal gesehen hatte.

Doch so stark die Versuchung auch sein mochte, als Erstes ging ich die Treppe nach oben, um zu überprüfen, ob inzwischen ein weiteres Stockwerk entstanden war.

Das war der Fall. Ein kleineres rundes Zimmer mit einem einzigen Fensterchen, das nach Moskau ging. An den Wänden zogen sich vom Fußboden bis zur Decke Bücherschränke aus dunklem polierten Holz. Leere gähnte in ihnen. Außerdem gab es noch einen Tisch, neben dem ein gemütlicher tiefer Sessel stand. Und einen Kamin, in dem selbstverständlich kein Feuer brannte, der aber dennoch echt wirkte.

Die leeren Bücherschränke ließen ein seltsames Gefühl in mir aufsteigen. Eine sehnsüchtige, traurige Stimmung. Als ob du irgendwo hinkommst und Berge abgelegter Kleidung, Schuhe und sonstiger Kleinigkeiten entdeckst, aber nirgends Menschen. Als ob sie einfach verschwunden wären.

Na ja, halb so wild. Eine Bibliothek zusammenzutragen, das würde ich schon schaffen.

Ein paar Minuten stand ich da, um die Schränke zu betrachten. Ich malte mir aus, wie lauschig es wäre, an einem kalten Winterabend hier oben zu sitzen, im Kamin ein Feuer zu entfachen, ein Buch aufzuschlagen und, mit einem Blick auf das abscheuliche, matschige Moskau, in aller Ruhe etwas zu lesen. Und ein Pfeifchen zu schmauchen. Es musste unbedingt eine Pfeife sein. Auf dem kleinen Tisch stünde eine Tasse heißen Tees mit Zitrone. Vielleicht auch ein Glas mit einem Tröpfchen eines guten alten Kognaks, gar nicht, um ihn zu trinken, sondern um zwischen den einzelnen Schlucken Tee sein Bouquet zu genießen, bevor ich mich wieder in die Lektüre versenkte.

Ich seufzte – nicht weil ich mich nach einem unerreichbaren Traum verzehrte, sondern in Vorfreude auf jenen Moment, wenn dieser Traum Wirklichkeit würde. Denn das würde er. Ohne jeden Zweifel. Schließlich war ich ein Funktional. Der geborene Zöllner ...

Eben! Warum ausgerechnet Zöllner? Warum war ich nicht als Meister des Verkaufs erkannt worden, dem man ein Geschäft zur Verfügung stellte, in dem sich Computer, Fernseher und andere technische Geräte stapelten? Das wäre logisch gewesen.

Achselzuckend begab ich mich in den ersten Stock hinunter. Wenn man erst mal anfängt, überall nachzubohren, vermutet man in der Tat bald überall eine Weltverschwörung. Genau das wollte ich nicht! Sollten sie doch alle zum Teufel gehen! Die Politiker, Untergrundkämpfer und Polizisten! Sollte sich die letzte Tür doch in eine unbewohnte Welt geöffnet haben – mir würde das nur recht sein! Vielleicht war in dieser Welt der Mond irgendwann auf die Erde gefallen, weshalb um den Turm herum Lavaseen lagen und Vulkane brodelten. Oder eine schreckliche Explosion auf der Sonne hatte alles Leben ausgelöscht, und der Turm stünde inmitten von Dünen aus knirschendem Sand, während über ihn ein salpetriger Wind hinwegfegte. Außerdem könnte ich Gefallen daran finden, wenn die Erde sich dort nicht drehte. Es dürfte doch wohl nicht an Katastrophen mangeln, die einen ganzen Planeten unbewohnbar und völlig überflüssig machen! Gegenüber dem Politiker Dima würde ich mit den Schultern zucken, Illan und Nastja zum Teufel schicken und selbst glücklich und zufrieden leben.

Mit diesem Gedanken löste ich die Schrauben vom letzten Fenster.

Im ersten Moment glaubte ich, der Turm stünde im Wald. Das Geäst der Bäume streifte die Fenster. Ein kleines vorwitziges Vögelchen starrte mich durch die Scheibe an. Was denn? Sahen die Tiere den Turm etwa? Die Welt war grün und sonnig, hier hatte der Sommer Einzug gehalten, der normale warme Sommer, nicht dieses grelle Bilderbuch Nirwana, nicht die Tropenpracht, sondern ein ganz gewöhnlicher Moskauer Sommer, ruhig und maßvoll.

Zwischen den Bäumen konnte ich die Spitze des Fernsehturms in Ostankino erkennen.

Also war diese Welt doch bewohnt. Gehörte sie zu den Großen Fünf? Erde-4, Erde-5 oder Erde-6? Oder lag vor mir doch das heiß begehrte Arkan, die Welt, in der alles wie bei uns war – nur schon in der Zukunft?

Oder handelte es sich etwa um die geheimnisvolle Erde-1? Wenn Nastja das gesehen hätte, wäre sie vermutlich nicht freiwillig aus dem Turm gegangen ...

Ich musste diese Welt genauer unter die Lupe nehmen.

Doch als ob ich diesen Moment hinauszögern wollte, trat ich erst vor die übrigen Fenster. Am meisten interessierte mich Erde-17. Ob Kotja sich eines Besseren besonnen hatte und zurückkam? Allein oder mit der Flüchtigen, das war mir egal.

Aber am Strand ließ sich niemand blicken, nur eine leere Bierflasche funkelte im Sonnenschein. Unschön sah das aus. Ich sollte den Müll dort einsammeln.

Das musste jedoch warten. Was auch immer ich mir einzureden versuchte, ich wollte unbedingt in Erfahrung bringen, was ich mit dem letzten Los in dieser Lotterie gewonnen hatte.

Achtzehn

Unbesonnenheit besitzt ihren eigenen Zauber. Aus dem Haus zu gehen, um Brot zu kaufen, und dann in einer anderen Stadt zu landen; morgens eine Frau kennenzulernen und abends auf dem Standesamt zu erscheinen. Unbedingt die Tür zu dem dunklen Raum zu öffnen, aus dem verdächtige Geräusche dringen. In das Gehege eines Flusspferds zu klettern und dem Tier auf das dicke Hinterteil zu klatschen. Nach Thailand zu fahren und ohne Präser Sex zu haben. Das Angebot eines geheimnisvollen Unbekannten zu akzeptieren und mit Blut ein jungfräulich weißes Blatt Papier zu unterzeichnen – kurzum, sich Hals über Kopf in ein Abenteuer zu stürzen ist höchst verführerisch.

Vor allem wenn du zwanzig bist und noch nie ein echtes Abenteuer erlebt hast.

Echte Abenteuer verlangen nach Unbesonnenheit. Ach, wie viele spannende Abenteuer wären der Menschheit entgangen, wenn die Menschen zunächst in Ruhe über alles nachdenken und sich entsprechend hätten vorbereiten wollen! Dann hätten Polarexpeditionen ihr

Petroleum nicht in gelöteten Zinnkanistern aufbewahrt oder auf Ponys als Transportmittel vertraut, Erfinder wären mit ihren Flügeln zunächst von der Scheune und erst danach vom Eiffelturm gesprungen, die Empfänger von E-Mails würden Post mit dem Betreff »Nice game!« nicht öffnen und nigerianischen Prinzen nicht behilflich sein, zwei Millionen Dollar zu erben. Mit anderen Worten: Eine ganze Menge Dinge wären nicht passiert. Komische Dinge, traurige Dinge, zumeist jedoch tragische Dinge.

Denn echte Abenteuer verlangen nach Opfern.

Noch vor einem Monat wäre ich kurzweg aus dem Turm in eine neue Welt gestürmt. Weder das Wetter noch die Eingeborenen oder die absolute Unkenntnis der Gegebenheiten vor Ort hätten mich davon abhalten können.

Inzwischen hatte ich mich jedoch geändert. Seit dem Tag, als ich der Welt mutterseelenallein gegenüberstand, dachte ich zunächst nach. Nicht sehr lange, aber immerhin.

Ich verließ den Turm in Richtung ›meines‹ Moskaus, hielt ein Auto an und ließ mich zum Supermarkt fahren. Das dicke Bündel Geldscheine musste unter die Leute gebracht werden. Zu meinem Glück bot man Sommerkleidung gerade zu günstigen Ausverkaufspreisen an. Im Camel-Trophy-Shop erwarb ich etwas, das als lange Shorts oder kurze Hose durchging, ein Polohemd, eine Windjacke mit Kapuze und abknöpfbaren Ärmeln (»mit einem einfachen Griff verwandelt sie sich ...«), eine Schirmmütze und bequeme Sandalen. Als ich erklärte, ich würde in den Süden fahren, schlich sich in die neugierigen Blicke der Verkäufer die Traurigkeit der Menschen, die ihren Urlaub gerade hinter sich haben.

Wieder in meinem Turm, befestigte ich an meinem Gürtel den Dolch, den Wassilissa mir geschenkt hatte. Die Waffe würde ich wohl kaum brauchen. Abgesehen davon war ich gefährlicher als jede Pistole! Aber das menschenleere Grün vor meinem Fenster, durch das frech die Spitze des Fernsehturms lugte, schrie zusammen mit meiner Tropenkluft regelrecht nach den entsprechenden Accessoires: nach einer Machete, einem Tropenhelm, einer Waffe zur Elefantenjagd. Der Dolch, immerhin griffbereit, stellte einen würdigen Kompromiss dar. An Proviant nahm ich eine Tafel Schokolade und eine Flasche Kognak mit. Mit Wasserknappheit brauchte ich vermutlich nicht zu rechnen. Auf Medizin konnte ich inzwischen anscheinend grundsätzlich verzichten. Wenn mein Organismus es fertigbrachte, über Nacht gebrochene Rippen zusammenwachsen zu lassen, in null Komma nichts Psychedelika neutralisierte und keinen Kater mehr kannte, dürften mir Durchfall und Erkältung nichts anhaben können.

Schließlich schnappte ich mir noch die Unterlagen, die ich von Felix erhalten hatte, blätterte sie durch und informierte mich gründlich über die Welten, in denen es menschliche Zivilisationen gab.

Erst nach all diesen Vorbereitungen ging ich hinunter und verließ den Turm in Richtung ... hm, angesichts des Fernsehturms von Ostankino schien es mir gerechtfertigt, diese Welt vorerst als Moskau-2 zu bezeichnen.

Aus irgendeinem Grund nahm ich als Erstes das taubenetzte Gras wahr. Meine Füße waren sofort feucht, was jedoch angenehm war, mich an ein noch aus meiner Kindheit bekanntes Gefühl erinnerte, wenn ich barfuß in der Datscha herumtollte. Es war warm, aber nicht heiß. Die Luft war sauber, süß und in keiner Weise mit der städtischen zu vergleichen. In meinen Ohren hallte Vogelgezwitscher wider, nicht das Krächzen der Krähen, nicht das Tschilpen der Spatzen, sondern der Gesang von Vögeln, deren Namen ich nicht einmal kannte.

Die Gegend stellte sich aber als doch nicht so unbewohnt heraus, wie ich zunächst geglaubt hatte. Zwischen den Bäumen schlängelte sich ein Pfad entlang, der sehr akkurat angelegt war und an dessen Biegungen umsichtig Markierungssteine aufgestellt waren. Er führte einen Hügel hinauf, um meinen Turm herum und verlor sich dann wieder im Wald. Bei Letzterem handelte es sich weniger um einen Wald als vielmehr um einen großen Waldpark. Damit erhob sich die Frage, wohin ich mich wenden sollte. Der Pfad führte in Richtung Fernsehturm.

Mein eigener Turm hatte sich in dieser Welt übrigens auch verändert. Zu einem Ziegelbau war er geworden, und bis anderthalb Meter überm Boden zog sich eine Verkleidung aus braunen Platten. Etwa auf der Höhe des zweiten Stocks gab es einen weiteren Streifen aus Platten, in die ein Flachrelief gehauen war. Ich trat ein wenig vom Turm zurück, um das Kunstwerk besser betrachten zu können, und umrundete den Bau.

Am ehesten erinnerten diese Reliefs an die sowjetischen Propagandaskulpturen unter Stalin. Auf jeder Platte war ein Mensch dargestellt, der mit glücklichem Gesichtsausdruck einer gesellschaftlich nützlichen Tätigkeit nachging. Ein Arbeiter fertigte etwas an der Werkbank, ein Bauer hielt in den ausgestreckten Händen eine Ährengarbe, eine Ärztin hörte mit einem Stethoskop einen Kranken ab, ein Fußballer trat den Ball, ein älterer Herr schrieb Formeln an die Tafel (bei genauerem Hinsehen konnte ich sogar die allerheiligste Gleichung $E = mc^2$ erkennen). Selbst die Kinder auf einem der Reliefs ließen keine Papierflugzeuge steigen, sondern säuberten einen Kaninchenstall.

Hielt ich mir vor Augen, dass in jeder Welt das Äußere des Turms seiner Umwelt entsprach, taten sich äußerst interessante Perspektiven auf. Vielleicht war das gar nicht Arkan mit seinem Vorsprung von rund fünfunddreißig Jahren? Vielleicht war das eine bislang völlig unbekannte Welt, die fünfzig Jahre hinter unserer zurücklag?

Nun, das würde ich herausfinden.

Ich folgte dem Pfad. Der Weg stieg leicht an, und über den weichen Boden zu gehen war angenehm und erschöpfte mich nicht. Außerdem nahm ich voller Freude das Ausbleiben unangemessener euphorischer Zustände zur Kenntnis. Was ich empfand, war das normale Vergnügen, das ein Waldspaziergang bei schönem Wetter bereitet.

Ach, wenn es doch nur in meinem Moskau einen solchen Sommer und derart gesunde, nicht zugemüllte Parks gäbe!

Nachdem ich eine Viertelstunde gewandert war und

rund anderthalb Kilometer zurückgelegt hatte, schlugen mir ausgelassene Stimmen entgegen. Da nahte er, der lang ersehnte Kontakt mit den Eingeborenen.

Indem ich meinen Schritt ein wenig zügelte und eine möglichst unschuldige und entspannte Miene aufsetzte, versuchte ich, etwas zu verstehen. Durch die Bäume hindurch konnte ich noch niemanden ausmachen, die Geräusche mussten also entweder extrem gut durch die Luft herangetragen werden, oder mein Gehör hatte sich inzwischen geschärft.

Was ich hörte, war ein Lied. Nein, besser sollte ich von einem Liedchen sprechen. Ein hymnisches Lied, das volle Kinderstimmen zwar nicht allzu rein, dafür aber inbrünstig vortrugen:

Hoch oben im Flugzeug möchte ich fliegen
Und das wunderschöne Moskau erblicken
Denn nur so kann ich gleichzeitig
Meiner lieben Freundesschar
Der ganzen Freundesschar
Der ganzen Freundesschar
Zuwinken.

Auf einem Dampfer möchte ich fahren
Und das wunderschöne Moskau erblicken
Denn nur so kann ich all die Gesichter
Meiner lieben Freundesschar
Der ganzen Freundesschar
Der ganzen Freundesschar
Betrachten.

Wandern möchte ich durch Wald und Flur
Und das wunderschöne Moskau erblicken
Denn nur so kann ich die Hand
Meiner lieben Freundesschar
Der ganzen Freundesschar
Der ganze Freundesschar
Drücken.

Freilich, es gibt unterschiedliche Lieder, von Liedchen ganz zu schweigen. Zu dem einen oder anderen Jubiläum der Hauptstadt hatten Poeten und Komponisten auf Kosten der Stadt schon Schlimmeres verzapft. Aber hier gesellten sich gleich zwei Merkwürdigkeiten zueinander.

Erstens sangen die Kleinen absolut aufrichtig. Von Herzen. Mit Gefühl. So dürften die Pioniere in den frühen sowjetischen Kinderfilmen losgeschmettert haben, wenn sie sich aufmachten, Alteisen zu sammeln.

Zweitens – und das schlug dem Fass den Boden aus – klang das Lied rhythmisch! Gereimt! Das hörte ich ganz genau, obwohl die Worte weder ein Versmaß beachteten noch einem Reim folgten.

Kaum entdeckte ich die Sangesspatzen (das Lied ging gerade zu Ende und ein munteres, vielstimmiges Zwitschern setzte ein, das sich aufs Harmonischste mit dem Vogelgetschilpe verband), verstand ich, wo der Hase im Pfeffer lag.

Sie hatten nicht auf Russisch gesungen. Die Fähigkeiten eines Funktionals hatten mich die fremde Sprache wie meine eigene verstehen lassen, dabei aber nicht für eine poetische Übersetzung gesorgt.

Und dass sie auf Russisch sangen ... war von einem Dutzend schwarzhäutiger Jungen und Mädchen wohl kaum zu erwarten. Die Kinder mochten zwischen sieben und zwölf sein. Die Jungen trugen Shorts, die Mädchen Shorts und ein Hemd, alle liefen barfuß umher. Bei uns geht man nicht einmal im Dorf derart sorglos ohne Schuhe aus dem Haus, denn allzu schnell träte man auf einen rostigen Nagel oder eine zerschlagene Flasche. Einige Kinder waren heller, andere dunkel bis ins Violett, aber durch die Bank handelte es sich bei ihnen um hundertprozentige Neger.

Die Kinder unterstanden der Aufsicht einer jungen Frau, ebenfalls eine Schwarze, mit wulstigen Lippen, die jedoch ein leichtes, geblümtes Kattunkleid trug, das man eher an einem Mädchen aus der tiefsten russischen Provinz erwartet hätte. In der Hand hielt sie einen Blumenstrauß, der mit seinen vier in Zellophan gehüllten purpurroten Rosen höchst offiziell wirkte.

Noch immer stand ich wie angewurzelt da.

Was war das für eine Welt? Ein von Schwarzen bewohntes Russland? Oho, was für eine überraschende und radikale nationale Idee!

Als die Frau mich erblickte, winkte sie mir freundlich zu. »Kinder!«, rief sie anschließend. »Eins, zwei, drei!«

Die Kinder stellten sowohl ihr Geschnatter als auch ihre Rennerei im Kreis ein. Was für eine ausgesprochen eigentümliche Art der Fortbewegung: Während die Erzieherin den Pfad hinuntergeschritten war, waren die Kinder im Kreis um sie herumgetrudelt, als seien sie wahnsinnige Planeten, die unbedingt von ihrer Umlaufbahn abkommen wollten, trotzdem aber nach wie vor dieselbe Richtung beibehielten. Jetzt erstarrten sie jedoch zu einem mehr oder weniger reglosen Klumpen, um mit einem Lächeln ihrer weißen Zähne eine vielstimmige Begrüßung zu intonieren.

»Guttentag!«

»Guten Tag!«

»'n Tag!«

»Guntag!«

Und sogar: »Tach!«

Das jüngste Mädchen stimmte zwar nicht in diesen Chor ein, brachte dafür aber ein weitaus klareres »Hallo!« zustande.

Ich rang mir ein etwas gezwungenes Lächeln ab. »Hallo! Guten Tag!«, rief ich.

Damit schien dem Begrüßungsritual Genüge getan, denn die Kinder stoben in alle Richtungen auseinander. Die Frau blieb stehen, anscheinend wartete sie auf mich. Ich trat näher heran.

»Guten Tag!«, begrüßte mich die Schwarze in klarem, wenn auch akzentgeprägtem Russisch. »Wir stören doch nicht, oder? Sind wir zu laut?«

»Aber nein, keine Sorge«, widersprach ich eifrig. »Das sind doch Kinder! Wie könnten Kinder denn stören! Ich habe Kinder wirklich gern!«

»Oh, das sind keine Kinder, sondern Ungeheuer.« Die Frau wischte sich mit theatralischer Geste den nicht vorhandenen Schweiß von der Stirn und lachte. »Mascha. Marianna Seilassi.«

»Kirill.«

»Sie sind von der Elfenbeinküste«, erklärte Marianna mit leicht gesenkter Stimme. »Vor einer Woche sind sie angekommen.«

»Ah!« Nach Ansicht der Frau sollte ich mit dieser Information wohl etwas anfangen können. »Natürlich. Und? Wie gefällt ihnen Moskau?«

»Sie sind selbstverständlich begeistert. Wir üben gerade ein Liedchen über Moskau. Sprechen Sie Französisch?«

»Dann war das also Französisch?«, staunte ich. »Na ja ... ein bisschen was habe ich verstanden. *Der ganzen Freundesschar, der ganzen Freundesschar!* Ein schönes Lied.«

Marianna nickte. »Für uns wird es Zeit.« Sie schielte zu ihren Schützlingen hinüber. »Auf Wiedersehen, Kirill! Kinder, eins, zwei, drei!«

»Auwietersehn!«

»Fiedersehen!«

»Auf Wiedersehen!«

»Auwwidderzehen!«

Nur das jüngste Mädchen scherte erneut aus, indem es klar »Tschüs« sagte.

Vielleicht mochte es sich bei der jungen Dame ja nicht um das sprachbegabteste Kind handeln – das originellste kleine Persönchen war sie auf alle Fälle.

Die Prozession entfernte sich in Richtung meines Turms, während ich dastand und ihnen neugierig nachsah.

Waren das Touristen? Von der Elfenbeinküste? Unsinn!

Flüchtlinge? Das hörte sich schon wahrscheinlicher an.

Was war das für ein Russland, was für ein Moskau, dass Flüchtlinge aus den heruntergekommensten afrikanischen Ländern aufgenommen wurden?

Es wurde immer interessanter.

Gedankenversunken schlenderte ich weiter. Wenn mir jetzt eine Gruppe alter Japaner oder schwangerer Polynesierinnen entgegengekommen wäre, hätte mich auch das nicht gewundert. Ich begegnete jedoch niemandem mehr. Dafür verwandelte sich der Trampelpfad erst in einen ordentlichen Sandweg, dann in einen gepflasterten und nach weiteren hundert Metern in eine kleine asphaltierte Straße. Diese säumten vereinzelte Laternen auf gedrungenen Pfählen. Sie waren grob gearbeitet, aus Gusseisen, aber mit geputzter und intakter Glaskugel.

Oho. Das war mit Sicherheit nicht mein Moskau.

Schließlich gelangte ich zu einer Straße, einem geraden zweispurigen Betonstreifen. Vom Park trennte sie ein eher niedriges, hüfthohes Drahtgitter, das vermutlich verhindern sollte, dass Tiere vor die Autos liefen. Auf der Gegenseite standen Betonpfeiler, wie man sie auch bei Gebirgsstraßen findet. In dem Gitter war für Menschen eine Pforte mit einer Klinke eingelassen, hinter der ein Zebrastreifen über die Fahrbahn zu einer kleinen, sauberen asphaltierten Aussichtsplattform mit grünen Holzbänken, massiven Mülleimern aus Stein, einer kleinen Mauer und einem auf einem Ständer montierten Fernrohr führte. Ein ganz normaler Aussichtspunkt.

Dergleichen hatte ich schon gesehen. Allerdings noch nie in Russland.

Wie in Trance öffnete ich die Pforte, trat hinaus, schloss das Türchen hinter mir achtsam zu und überquerte die Straße, auf der keine Autos fuhren (obwohl ich ein sich entfernendes Motorengeräusch vernahm).

Unmittelbar hinter der Aussichtsplattform lag ein Abhang. Und Moskau.

Was war das für ein Ort? Die Sperlingsberge? Nein, das konnte nicht sein, die sahen anders aus ... eher ... Ich orientierte mich an der Spitze des Fernsehturms von Ostankino und der klar erkennbaren Silhouette des Kremls. Hol mich der Teufel und schmeiß mich von diesem Hügel (von wegen Hügelchen, ein Riesending war das!) in den zwanzig Meter weiter unten fließenden Fluss – aber wenn ich den Weg in unserer Welt zurückgelegt hätte, stünde ich jetzt genau an derselben Stelle! Also irgendwo in der Nähe der Metrostation Alexejewskaja.

Unsinn!

Offenbar stimmte die geografische Lage meines Turms in den beiden Welten überein. Deswegen zermarterte ich mir allerdings auch nicht den Kopf. So etwas konnte schon mal vorkommen.

Etwas anderes beschäftigte mich. Moskau sah hier teilweise genau wie mein Moskau aus. Dennoch unterschied sich das Landschaftsrelief grundlegend. Mal ganz ehrlich, ist es ein Wunder, wenn mancherorts die Luft nicht zum Atmen taugt und am Himmel kein Mond steht? Eben! Hier hingegen lagen die Dinge anders. Wie konnte an einem völlig anderen Ort eine beinahe identische Stadt entstehen? Wie konnte es im Zentrum von Moskau einen gigantischen Hügel geben – und gleichzeitig den Kreml oder den Fernsehturm von Ostankino? Die ihnen zum Verwechseln ähnlich sahen? Und an derselben Stelle lagen?

So etwas war unmöglich! Warum hätte Großfürst Dmitri Donskoi den Befehl erteilen sollen, den Kreml, die wichtigste Festung des Fürstentums, am Fuße eines solchen Hügels zu erbauen – quasi am Fuße eines Berges. Genau hier hätte er ihn errichten müssen, hier wo ich jetzt stand, sämtlichen Tataren und Mongolen zum Schrecken.

Auch Breschnew war nicht schon in jungen Jahren dem seligmachenden Altersschwachsinn anheimgefallen. In allen Welten thronen die pompösen Fernsehtürme auf Hügeln – wenn diese sich denn schon einmal in der Hauptstadt erheben.

Nein, all das war seltsam ...

Ich gab die Rätselei auf und ging zu dem Fernrohr. Was das wohl für eins war? Es gibt welche, die lassen sich nicht schwenken, ehe man eine Münze eingeworfen hat. In dem Fall kannst du einen Punkt so lange anstarren, bis es dir zum Hals raushängt. Allerdings existieren auch noch fiesere, bei denen das Fernglas selbst von innen verblendet ist.

Für dieses Fernrohr brauchte man nichts zu bezahlen. Ich fand noch nicht einmal Schlitze für Münzen. Ich beugte mich zum Okular vor und verschaffte mir begierig einen Überblick über die Stadt.

Der Kreml. Anscheinend nicht weiter auffällig. Das heißt ... Was haben wir denn da auf den Türmen? Na, na ... Sterne. Rote Sterne, rubinrote. Da hätten wir also eine Arbeitshypothese ... Ich suchte nach der Staatsfahne – womit die Hypothese hinfällig wurde.

Weiß-Blau-Rot. WeBeR, wie sich faule Schüler die Reihenfolge der Farbstreifen merkten. Aber keine roten Fahnen mit Hammer und Sichel.

Eigentlich schade! Ich war nämlich schon drauf und dran gewesen zu glauben, in einer kommunistischen Utopie gelandet zu sein, die entgegen jeder historischen Logik überlebt hatte.

Na gut, schauen wir mal weiter! Der Manegeplatz ... Was war denn das? War der bei uns so grün? Mit Blumen und Sonnenschirmen vor Straßencafés? Und das mitten in der Stadt?

Oh, oh ... Wo stand bei uns ... hm, sagen wir das Denkmal von Peter dem Großen, das eigentlich als Denkmal für den Herrn Kolumbus geplant gewesen war? Ich tastete mit dem Fernrohr die Moskwa ab, vermochte jedoch nichts Erschreckendes zu entdecken. Wo ist das *Schaschlik*? Ich ortete den Tischinskaja-Platz. Daraufhin nahm ich sogar kurz das Auge von der Linse, um zum Himmel hinaufzublicken und innig auszustoßen: »Ich danke dir, mein Herrgott!«

Dieses Moskau fing an, mir ungemein zu gefallen!

Gierig flog mein Blick durch die Straßen Moskaus, die mir seit meiner Kindheit vertraut waren. Das Bolschoi-Theater. Alles in Ordnung. Da war das Kaufhaus ZUM ... Nein, hier war nicht alles in Ordnung! Die oberste Etage war durch und durch aus Glas, eine Art Restaurant mit Aussichtsfläche. Die Basilius-Kathedrale stand am altvertrauten Ort. Aber was war das für eine Kirche? Offensichtlich eine alte. Aber in meiner Welt erhob sich an der Stelle dieser Kirche irgendein grässlicher Ministerialbau ...

Nein, so kam ich nicht weiter. Ich gab die Suche nach bekannten Gebäuden auf und machte mich stattdessen daran, die Hauptstraßen unter die Lupe zu nehmen.

Schon bald erfasste ich die wesentlichen Unterschiede. Es gab mehr alte Bauten, sowohl Kirchen und Paläste als auch völlig gewöhnliche alte Häuser im Zentrum. Aber auch einiges von dem, was als Stalin-Architektur bekannt geworden ist. Sofern es überhaupt Neubauten gab, fügten sie sich gut ins sonstige Bild. Der Stadtrand schien überhaupt nicht sehr verändert zu sein. Auch hier erstreckten sich die Schlafbezirke mit ihren öden Plattenbauten. Vielleicht gab es etwas mehr Grün und etwas bessere Straßen. Überall machte ich winzige Parks und überraschende Lücken aus, die zwar nicht so groß wie der Ground Zero in New York, aber immerhin auch nicht ganz ohne waren. Es gab viele Autos und wenig Staus. Sehr viele Boulevards und Fußgängerzonen. Kurzum, es handelte sich hier nicht um den Wirklichkeit gewordenen kommunistischen Traum, war mir aber insgesamt sehr sympathisch.

Seufzend trat ich von dem Fernrohr zurück. Ich kramte die Zigaretten heraus und steckte mir eine an.

Etwas stimmte hier nicht. Wie brachte ich diesen Hügel unter? Die Stadt, die ich sah, hatte den in ihrem

Zentrum hochschießenden Hügel quasi ignoriert. Den hochschießenden?

Abermals beugte ich mich zu dem Okular hinunter, um die Landschaft um den Hügel herum zu studieren.

Ja, genau so war es. Der Hügel, auf dem ich stand, schien gewissermaßen mit brachialer Gewalt aus dem Boden herausgebrochen – herausgebrochen, herausgerissen, nach oben gezerrt. Und das erst vor relativ kurzer Zeit, selbst wenn die Stadt die Wunden geheilt hatte und die aufgerissenen Straßen nun entweder um das Hindernis herumführten oder an Stellen endeten, die ein Architekt mit Sicherheit nicht vorgesehen hatte. Ferner ließ sich nicht übersehen, dass einige Gebäude in der Nähe des Hügels restauriert worden waren, während andere allzu neu wirkten und erst nach der Katastrophe entstanden sein konnten. An der Stelle von Ruinen? Vermutlich schon.

Und der kleine Fluss, der sich am Fuße des Hügels dahinschlängelte? Sollte das die Jausa sein? Nein, da stimmte die Entfernung nicht. Allem Anschein nach existierte dieser Fluss in meiner Welt überhaupt nicht.

»Ein Erdbeben«, vermutete ich. »Wahrscheinlich.«

Und dieses »Wahrscheinlich« bildete den Haken an der Sache. Noch nie hatte ich von einem Erdbeben dieser Stärke gehört, das ein derart großes Stück aus der Erde nach oben treiben, es mit einer Schlucht umgeben und ringsherum einen neuen Fluss entstehen lassen würde.

Ob es eine Übungsaufgabe der Städtebauer gewesen war? Eine Vorbereitung auf die Umlenkung der Flüsse in Sibirien Richtung Süden, bei der sie im Zentrum von

Moskau einen Park anlegen sollten? Eine Hypothese, nicht schlechter als andere.

Schluss jetzt, das Spekulieren half mir nicht weiter. Ich würde den Hügel hinabsteigen müssen, offensichtlich gab es ja sogar einen Weg. Dann würde ich mich in die Stadt begeben und dort in Erfahrung bringen, wohin ich geraten war und was hier vorging.

Der Abstieg per Fuß blieb mir dann allerdings erspart. Von der Straße drang das gedämpfte Brummen eines Motors heran. Schon in der nächsten Minute tauchte hinter den Bäumen, die eine Kurve verdeckten, ein Autobus auf und näherte sich der Aussichtsplattform. Der Bus war nur kurz und lediglich mit zwei Türen ausgestattet, dafür jedoch sehr hoch und mit einer riesigen, über die ganze Fahrerkabine reichenden Windschutzscheibe versehen, die sogar einen Blick auf die Füße des Fahrers und die Pedale ermöglichte! Das Modell kannte ich nicht, es wirkte wie »geleckt«, altmodisch – und russisch. Keine Ahnung, woher ich Letzteres nahm. Aber so wie du normalerweise französische Autos von deutschen, japanischen oder amerikanischen unterscheiden kannst, gab es auch bei dem Bus etwas, das mir ohne jedes Wort signalisierte: Ich bin wie du, ein Einheimischer, ich bin hier gemacht worden. Übrigens riefen von den russischen Autos allenfalls der Niwa oder Pobeda bei mir dieses Gefühl der Verbundenheit hervor.

Der Autobus hielt sanft gegenüber der Aussichtsplattform. Die Türen öffneten sich, und ein Dutzend Menschen stieg aus. Schwarze waren nicht darunter, es handelte sich ausnahmslos um Russen, allenfalls Europäer.

Jeder Einzelne von ihnen hielt es augenscheinlich für seine Pflicht, mir freundlich zuzulächeln, ein älterer Herr mit einem Stock und im Anzug tippte kurz gegen seinen hellen Strohhut.

Der Strohhut gab mir den Rest. In Moskau trug man solche Hüte nicht. Nicht einmal im Hochsommer. Selbst Alte nicht – sofern sie der Altersschwachsinn nicht gepackt hatte.

Darüber hinaus hatten alle Blumensträuße dabei. Einige Rosen, andere Nelken oder Tulpen. Und alle Sträuße setzten sich aus der obligatorischen geraden Zahl von Blumen zusammen. Wohin wollten sie? Was gab es dort, auf der Spitze des Hügels, wo hinaufzusteigen ich mir nicht die Mühe gemacht hatte? Einen Friedhof? Eine Gedenkstätte? Die Totengruft eines hiesigen Führers?

Der Autobus summte sehr leise und höflich. Hinter der Scheibe winkte mir der Fahrer zu: Willst du mitfahren?

Ich schlug alle Zweifel in den Wind und stieg ein. Im Innern herrschte gähnende Leere. Offenbar waren alle an der Plattform ausgestiegen – um mit ihren Blumensträußen durch den Wald zu verschwinden.

Ich durchquerte das Innere des Busses. Auch hier wirkte alles leicht altmodisch, untypisch für eine Welt, die der unseren fünfunddreißig Jahre voraus sein sollte, dafür aber gemütlich und angenehm, die braunen Bezüge der Sitzbänke aus Lederimitat waren abgenutzt, aber sauber und nirgends eingerissen oder aufgeschlitzt, die Decke sprenkelten bauchige Lampen, auf Hochglanz polierte Kupferschilder wiesen die ›Plätze für Kinder‹,

›Plätze für Schwerbeschädigte‹, ›Plätze für Damen in anderen Umständen‹ und ›Plätze für erschöpfte Personen‹ aus. Das Schild für die Schwangeren überzeugte mich endgültig davon, dass ich es hier nicht mit dem Sieg des Kommunismus in einem Sechstel der Welt zu tun hatte. Dagegen ließ mich das Schild für die erschöpften Personen wieder zweifeln.

Was zum Teufel war das für eine Welt? In der Liste, die ich vor meinem Aufbruch flüchtig durchgeblättert hatte, war unter den fünf bewohnten Welten keine aufgeführt, die sich mit dieser vergleichen ließ. Erde-2 war meine Heimat, in Erde-3 lagen Kimgim und Tausende von weiteren Stadtstaaten, dort gab es kein Öl, und die Entwicklung der Technik hinkte nach. Erde-4 war Antik, eine sehr seltsame Welt (als ob es welche gäbe, die nicht seltsam wären), die nun schon seit Jahrtausenden auf dem antiken Entwicklungsstand verharrte, dafür war aber der Grad dieser Antike bis zum Äußersten, bis aufs Glanzvollste verfeinert, mit ihren in der Schlichtheit genialen Mechanismen und eigentümlichen gesellschaftlichen Abhängigkeiten (Sklaverei war erlaubt, aber die Sklaven besaßen ein verbrieftes Recht zum Aufstand, das zweimal im Jahr angewendet werden durfte, dann wurden an die Rebellen Waffen ausgegeben und ihnen erlaubt, einen Aufstand zu initiieren, während den Herrschenden nur die Möglichkeit blieb, sich zu verteidigen). Bei Erde-5 handelte es sich um eine strenge Theokratie, die eine pervertierte, etwas krankhafte Variante des Christentums verkörperte, in der entwickelte Biotechnologien bei gleichzeitiger Ignoranz jeglicher Elektrizität existierten, die Herrschenden über Funktionale Bescheid wussten und versuchten, diese aufzuspüren. Erde-6 war eine im Grunde recht freundliche und angenehme Welt, die in ihrer Entwicklung weiter als Kimgim war und bald Zugang zum Kosmos haben würde, allerdings eine Besonderheit aufwies, die ihren gesellschaftlichen Aufbau zu einem vertrackten Rätsel machte: Sexuelle Bedürfnisse meldeten sich bei den Einheimischen nur einmal pro Jahr, im Frühling, ganz wie bei Tieren.

Wo war ich bloß gelandet? In Arkan? Oder auf Erde-1?

Ich stellte mich neben die Fahrerkabine, die von den Plätzen für die Fahrgäste durch eine halbhohe Glaswand getrennt war, über der der kurz geschnittene Kopf des Fahrers aufragte. Er beachtete mich nicht, sondern richtete den Blick aufmerksam auf die Straße. Wir fuhren übrigens nicht nach unten. Die Straße schlängelte sich wie eine Spirale den Hügel hinauf. Wir kamen in die Nähe des Gartenrings ... fuhren an der Sklifossowski-Klinik vorbei ...

An der Glaswand, die die Fahrerkabine abteilte, gab es, ganz wie ich erhofft hatte, einige Schilder. Ein kupfernes nannte das Herstellerwerk. Demzufolge fuhr ich in einem Autobus der Marke SchtschAS, der 1968 in der Schtschukinsker Automobilfabrik vom Band gegangen war. Alle Achtung! Ein stattliches Alter, aber noch in erstaunlich gutem Zustand! Zwei Blätter, die in Plastikhalterungen steckten, informierten mich über die Regeln zur Benutzung des Autobusses (im Grunde nichts Besonderes, sah man von dem etwas geschraubten Ton und dem ersten Satz ab: »Verehrte Fahrgäste! In den

Autobussen Moskaus gehört es zum guten Ton, für die Fahrt wenn möglich zu bezahlen ...«). Eingehend studierte ich den Fahrplan der »Strecke der Erinnerung«. Bedauerlicherweise war darauf nur ein Ausschnitt Moskaus zu sehen. Immerhin erfuhr ich, dass ich mich auf einem Hügel mit verdächtig gleichmäßiger Kontur befand, der aussah, als hätte man einen gigantischen Zirkel in den Boden gepikt und damit einen Halbkreis mit einem Durchmesser von vier Kilometern gezogen. Mein Turm stand ganz in der Nähe von dem Punkt, an dem der Zirkel angesetzt worden sein musste. Die mir weitgehend vertrauten Moskauer Straßen zogen sich um den Hügel herum, als habe man in ein Netz aus weichem Draht einen schweren Kern fallen lassen, der alles zerriss und verbog. Der gesamte Hügel war grün schraffiert, darunter stand »Hügel der Erinnerung«.

Etwas musste hier passiert sein. Vor gar nicht allzu langer Zeit ... Konzentriert musterte ich die Bäume, die links am Autobus vorbeihuschten. Die Katastrophe dürfte nicht länger als ein halbes Jahrhundert zurückliegen, danach war der Hügel mit Bäumen bepflanzt und der Park angelegt worden. Zum Gedenken an die Opfer? Vermutlich.

Inzwischen hatte der Autobus zwei weitere Aussichtsplattformen angefahren, an denen jedoch niemand wartete. Beide Male hatte sich der Fahrer nach mir umgesehen, doch ich hatte nur den Kopf geschüttelt. Laut Karte sollte die Straße durch den Wald führen und mich quasi direkt zu meinem Turm zurückbringen. Dort, an der Basis des Halbkreises, lag auch die Endhaltestelle.

Und, dem Preobrashenskaja-Platz zugekehrt, anscheinend eine weitere Aussichtsstelle.

So war es denn auch. Der Autobus bog ab, fuhr eine Zeit lang durch den Park (die Zweige der Bäume bildeten über uns gewissermaßen ein Dach). Uns kam ein Autobus desselben Typs entgegen, der gerammelt voll war. Die beiden Fahrer hupten einander zu.

Schließlich fuhr der Bus auf eine riesige Aussichtsplattform, deren Größe die der ersten weit übertraf und die mit Steinplatten ausgelegt war. Hier gab es Sonnenschirme und einen Parkplatz (zwei Autobusse, ein Dutzend Personenkraftwagen), ein kleines Restaurant mit Tischen drinnen und draußen und eine kleinere Holzkapelle, ein freundlicher heller Bau mit einem funkelnden vergoldeten Kreuz. Außerdem noch eine hohe Stele aus rotem Granit, ganz am Rand der Schlucht, neben den Ruinen eines kleinen Ziegelbaus. Auf der schwarzen Platte vor der Stele lagen im bunten malerischen Durcheinander unzählige Blumen.

»Hier ist Schluss«, teilte mir der Fahrer mit, während er den Motor abstellte. »Eine halbe Stunde Aufenthalt. Wenn Sie sich beeilen, der blaue Bus da drüben fährt bald los.«

Er lächelte mir mit den weißen Zähnen eines gesunden Mannes zu, der nie geraucht hatte, sich regelmäßig die Zähne putzte und den Zahnarzt aufsuchte. Mein Altersgenosse wirkte ein wenig schlicht, dabei jedoch sympathisch. An einem Finger saß ein Trauring, hinter der runden Scheibe des Tachometers klemmte ein kleines Farbfoto von einer Frau mit einem Kind auf dem Arm.

»Vielen Dank«, sagte ich aufrichtig. »Ich werde ... mich hier ein Weilchen umsehen.«

Nachdem ich ausgestiegen war, wandte ich mich sofort dem Denkmal zu – genauer den Ruinen des Ziegelbaus. Sie erinnerten mich an etwas.

An etwas, das mir schmerzlich vertraut war.

Neunzehn

Es gibt unterschiedliche Arten von Angst. Man sollte denjenigen, die behaupten, das Schlimmste sei eine unbekannte, unverständliche, sich sonst wo verbergende Gefahr, keinen Glauben schenken. Schrecklicher als alles andere sind die sichtbaren und brutalen Dinge, der kalte Stahl einer Klinge an der Kehle, die unendliche Dunkelheit im Innern eines Pistolenlaufs, der strenge Geruch eines über dich hergefallenen Tiers, das in den Mund strömende Salzwasser, die unter deinen Schritten knirschende Holzbrücke über einem Abgrund.

Erst dann folgen Worte wie: »Ich liebe dich nicht« und »Wir müssen operieren«, erst dann kommt etwas, das in der Dunkelheit schnauft und kauert, kommt der Friedhof in einer Gewitternacht, der erste Sprung mit einem Fallschirm, die Drohung: »Wir werden dich finden, ist das klar?«

Echte Angst ist körperlich, klar und hat dich vollständig im Griff. Du siehst sie, hörst sie, schnupperst sie und spürst sie. Du kannst sie schmecken.

Ein Pistolenlauf riecht nach Pulver und schmeckt

nach Eisen. Ein berstendes Brett stinkt verfault. Die vor Angst gespannte Haut am Hals knirscht, wenn die Schneide sie berührt. Die Angst okkupiert all deine Sinnesorgane. Verfügtest du noch über ein sechstes, bemächtigte die Angst sich auch seiner.

Insofern hatte ich noch Glück. Ich stand neben dem Denkmal und betrachtete die Ruinen – die schmerzhaft bekannten Ruinen eines Turms. Ein Turm, genau wie meiner, versteckt zwischen Bäumen, hundert Meter von mir entfernt. Sogar ein Ausschnitt des Flachreliefs war noch erhalten, das Kaninchen im Käfig und die nach ihm ausgestreckte Kinderhand. Die Ziegelmauern waren verkohlt und wirkten abgeschmolzen, es gab keine einzige scharfe Kante, ganz wie bei einem Stück Würfelzucker, das man einen Moment lang in kochendes Wasser getaucht hat.

So sah eine zerstörte Funktion aus.

Langsam fuhr mein Blick über die Stele, den Berg von Blumen, die schwarze Marmorplatte und die Bronzetafel mit der Inschrift: *Zum Gedenken an den Moskauer Meteoriten, der am 17. Mai 1919 auf der Erde aufschlug. Die ewige Dankbarkeit der Moskauer gilt allen Astronomen und Gen. Kulik persönlich, der das Nahen des Himmelskörpers bemerkte und die Bürger rechtzeitig vor der Gefahr warnte! Ewiges Gedenken den Genossen, die bei der Katastrophe den Tod fanden!*

Etwas darunter und aus irgendeinem Grund nicht mehr in der Tafel, sondern schlicht im Marmor, prangte in bronzenen Großbuchstaben eine weitere Inschrift: BEIM ABSTURZ DES MOSKAUER METEORITEN STARBEN 314 MOSKAUER.

Gewiss, das war keine geringe Zahl. Aber letzten Endes hätte man mit dem Zehnfachen, wenn nicht gar mit dem Hundertfachen rechnen müssen. Selbst angesichts der Tatsache, dass im Jahre 1919 dieser Ort nur unter Vorbehalt zu Moskau gezählt werden konnte – so weit am Rand der Stadt, wie er lag. Und Hut ab vor Genosse Kulik und seinen Kollegen. Das musste man sich einmal vor Augen halten: 1919 das Nahen eines Meteoriten zu bemerken, den Punkt des Absturzes zu berechnen, die Menschen zu warnen, sie zur Evakuierung zu überreden ... Hatte wirklich allein dieses Ereignis ausgereicht, damit die Geschichte einen anderen Lauf nahm? Damit Sowjetrussland sich in ein durch und durch zivilisiertes, freundliches und menschliches Land verwandelte? Warum ist unser Meteorit dann an Russland vorbeigeflogen?

»Ja«, sagte nachdenklich jemand hinter mir. »Zweiundfünfzig Jahre sind jetzt vergangen ... Das ist kein Pappenstiel.«

Ich nickte nur, da ich mich lieber nicht auf ein Gespräch einlassen wollte. Doch schon im nächsten Augenblick drangen die Worte zu mir durch. »Wie viele Jahre haben Sie gesagt?«, fragte ich, indem ich mich umdrehte.

Hinter mir stand ein Opa, jener ältere Herr aus dem Autobus mit Stock und Strohhut.

»Das ist jetzt zweiundfünfzig Jahre her«, wiederholte er.

Alles klar. Bei dieser Welt handelte es sich leider wirklich nicht um Arkan. Das hier war das genaue Gegenteil. Eine Welt, die hinter der unseren zurücklag. Ich hatte eine neue bewohnte Welt entdeckt.

Hurra? Hurra! Und sogleich überfiel mich Argwohn.

»Sind Sie etwa vor mir hier angekommen? Durch den Wald? Und zu Fuß?«

»So sind wir, immer direkt.« Der ältere Herr lächelte. »Während Sie mit dem Bus den Wald umfahren haben ... sind wir geradewegs durch ihn hindurch, über kleine Pfade ... Ich komme jeden Monat hierher, ich kenne alle Wege. Zwanzig Minuten, länger brauche ich nicht.«

»Jeden Monat? Ist bei dem Unglück jemand gestorben, den Sie kennen?«

»Der Herr hatte Erbarmen mit mir.« Der Alte bekreuzigte sich. »Aber wie alles gewesen ist, daran erinnere ich mich noch hervorragend. Ja ... ich erinnere mich. Wollen wir uns vielleicht setzen?«

Er streckte die Hand mit dem Stock aus, um auf die Tische des Cafés zu zeigen. Eine komische Sache ist das: Wenn man mit dem Finger auf etwas deutet, gilt das als unhöflich. Aber mit dem Stock, das ist schon eine beinahe elegante Geste. Ob die Affen das auch schon so handhabten? »Zeig da nicht mit dem Finger, du bist ein Vorfahr des Menschen und verfügst über Werkzeuge! Nimm ein Stöckchen!«

»Gern ... aber ...« Ich zögerte. Bei der Busfahrt hatte ich mir das Fahrgeld ja sozusagen sparen dürfen ...

»Haben Sie kein Geld, junger Mann?« Der Alte lächelte. »Dann erlauben Sie mir, Sie zu einem Krug Bier einzuladen.«

Nach dem Spaziergang wollte ich in der Tat gern etwas trinken.

»Das kann ich doch nicht annehmen«, murmelte ich.

»Gehen wir, mein Junge, gehen wir.« Der Alte klackerte mit seinem Stock auf die Steine. »Ich bin auch bestimmt kein alter Lüstling, der darauf erpicht ist, einen kleinen Jungen kennenzulernen. Und ich bin kein Trinker, der bei einem Gläschen seine Märchen erzählt. Keine Sorge!«

Ich willigte ein. In der Sturheit dieses Alten lag etwas ebenso Komisches wie Anrührendes. Selbstverständlich hielt ich ihn weder für einen Lüstling noch für einen Trinker. Allerdings für einen begeisterten Erzähler, der nichts so sehr liebte, wie über das wichtigste Abenteuer in seinem Leben zu berichten ...

Wir setzten uns unter einen beigefarbenen Sonnenschirm, auf den das seltsam vertraute Logo »Kwass-Fass« gedruckt war. Der Tisch war solide und aus Aluminium, der Stuhl leicht und aus Plastik, dafür aber vorsorglich mit einem Sitzkissen aus knalligem Kunststoff ausgestattet. Der Kellner kam auf uns zu, ein ganz junger Mann. Ein Schwarzer.

»Willkommen, Kir Sanytsch«, begrüßte er den Alten lächelnd. Mir spendierte er ein nicht weniger breites und freundliches Lächeln. »Willkommen.«

»Guten Tag«, erwiderte ich. Der Kellner weckte unwillkürlich Sympathie, und man wollte nur zu gern gleich etwas bei ihm bestellen.

»Sei gegrüßt, Roman.« Der Alte nahm den Hut ab und platzierte ihn penibel auf einem freien Stuhl. Den Stock lehnte er, warum auch immer, gegen den Tisch, obwohl es nur natürlich gewesen wäre, ihn über die Rückenlehne eines Stuhls zu hängen. »Wir hätten gern je einen Krug Bier. Schwarzes Moskauer. Nein, bring dem jungen Mann hier besser ein Jauser Gold, ihm macht die Hitze zu schaffen. Und zum Bier einen kleinen Happen. Hat deine Mutter Piroggen gebacken?«

»Sie schiebt sie gerade in den Ofen.« Roman erstrahlte förmlich in seinem Lächeln.

»Richte deiner Mutter einen Gruß von mir aus und bring uns dann später Piroggen«, entschied der Alte. Sobald der Kellner gegangen war, drehte sich mein neuer Bekannter mir zu und brachte verschwörerisch hervor: »Es ist kaum zu glauben, aber die besten Kohlpiroggen in ganz Moskau bäckt seine Mutter. Die ihren ersten Kohl in der Sowjetunion gesehen hat.«

Also existierte die Union auch hier ...

»Bemerkenswert«, erwiderte ich, wobei ich keineswegs die kulinarischen Talente der schwarzhäutigen Einwanderin im Blick hatte.

»Machen wir uns doch erst einmal bekannt«, schlug der Alte vor. »Kirill Alexandrowitsch.«

»Kirill. Kirill Danilowitsch.«

»Ein Namensvetter! Sehr angenehm.«

Die Sommertheke mit den Zapfhähnen fürs Bier und großen bunten Glaskegeln – das war doch wohl nicht Sirup für Brause? – stand vor dem Eingang zum Restaurant. Im Handumdrehen kam der Kellner mit zwei Bierkrügen zurück.

Mit einer geschickten Handbewegung verteilte er die Bierdeckel aus Pappe vor uns auf dem Tisch, auf die er die beschlagenen Seidel setzte. Für den Alten ein tiefschwarzes Porter mit üppiger Blume. Mir ein goldgelbes Helles, das jedoch nicht diese ungesunde Blässe aufwies, die einige mexikanische oder südamerikanische Sorten zeigen.

Das Bier erwies sich als gut. Kühl, leicht, ohne sauren Nachgeschmack.

Nach dem Bier brachte uns der Kellner allerlei Nüsse, einen Käseteller und einen kleinen Räucherfisch.

»Die Piroggen kommen gleich.« Roman legte den Finger an das weiße Schiffchen, als salutiere er zum Spaß, und entfernte sich.

»Also«, fing der Alte an seinem Bier nippend an, »es war im Mai ... Seit dem 1. Mai machten in Moskau Gerüchte die Runde, denen man jedoch nur geringen Glauben schenkte. Sie wissen selbst, in was für Zeiten wir damals lebten. Ständige Unruhen, Hunger ... Am 8. Mai fingen sie dann trotz allem an, die Menschen zu evakuieren. Es hieß, ein riesiger Meteorit würde abstürzen. Natürlich weigerten sich die Menschen, die Stadt zu verlassen. Sie glaubten diese Sache nicht. Sie fürchteten um ihre Häuser, um ihr Hab und Gut ...«

Nachdenklich schaute er zum Denkmal hinüber. »Dort steht geschrieben, es seien dreihundertundvierzehn Menschen gestorben. Das ist gelogen! Das sind nur diejenigen, die eine Erklärung unterschrieben hatten: Man hat uns gewarnt, aber wir lehnen eine Evakuierung ab. Sie wurden gezählt. Ich vermute aber, genauso viele hat man nie erwischt und folglich nicht warnen können. Diejenigen nämlich, die ihre Tür nicht aufmachten, die sich versteckten, die von der Macht nichts Gutes erwarteten. Prompt tauchten dann auch etliche Taugenichtse und Diebe auf ... durch die Absperrung konnte ja immer jemand durchschlüpfen. Sie raubten die Häuser aus und ließen die Sau raus. Die ganze Nacht brannten Lagerfeuer, das Gejammer der Betrunkenen hallte durch die Straßen, das Stöhnen der Frauen ... Ich stand mit in der Absperrung. Ach, was haben die Rotarmisten gezetert ... ein Gefluche ohne Ende. Und am Morgen schlug der Meteorit ein.«

»Haben Sie gesehen, wie er niedergegangen ist?«, wollte ich wissen.

»Nein, natürlich nicht. Wo denken Sie denn hin, Kirill! Das war ein Einschlag! Ein fürchterlicher Einschlag, den Spasski-Turm vom Kreml hat es weggehauen ... Über die Erde schien Welle um Welle hinwegzugehen. Ein blendendes Licht erstrahlte, greller als tausend Sonnen. Ein Donnern ... wer da nicht aus Angst anfing zu heulen, dem musste das Trommelfell geplatzt sein. Später hieß es, jemand habe eine Feuerkugel gesehen, die vom Himmel gefallen sei. Andere behaupteten, eine Rauchspur bemerkt zu haben ... Nein, das alles ist Unsinn. Der Einschlag, das Licht und der Donner. Das kam alles von da drüben, von dem Punkt da, und hat sich dann ausgebreitet. Im Umkreis von fünfzig Werst fielen die Telegrafenapparate aus ...«

Nickend schielte ich zu den Ruinen des Turms hinüber.

»Ja, hier hat man ein Denkmal errichtet«, fuhr der Alte fort. »Alles war ausgebrannt, lag in Asche. Aber der Turm blieb stehen. Ein Wunder, nicht wahr?«

»Hmm ...« Ich hob den Bierkrug an die Lippen, hielt aber mitten in der Bewegung inne.

Ein schrecklicher Einschlag. Über die Erde gingen Wellen hinweg. Ein gleißendes Licht. Gedonner. Ein elektromagnetischer Impuls.

»Und die Telegrafenapparate haben versagt?«

»Ganz genau! Angeblich ist sogar auf den Schiffen in der Ostsee der Funk ausgefallen. Aber das kann auch gelogen sein.«

Ich stellte das Glas ab. »Kirill Alexandrowitsch«, meinte ich kopfschüttelnd, »das war kein Meteorit.«

»Selbstverständlich nicht«, stimmte der Alte mir prompt zu. »Was in Dreiteufelsnamen soll das wohl für ein Meteorit gewesen sein? Wie hätte man im Jahre 1919 seine Flugbahn berechnen wollen? Das war eine thermonukleare Explosion!«

»Aber 1919 ...«

»Hier schrieb man das Jahr 1919. Was genau dem Jahr 1954 auf unser beider Erde entsprach. Das Manöver von Totskoje. Aus einem Bomber haben sie eine vierzig Kilotonnen schwere Atombombe abgeworfen. Das war jedoch nur ein Ablenkungsmanöver. Die Thermonuklearbombe ließ sich nämlich nicht transportieren, deshalb ist sie direkt neben dem Turm zusammengebaut worden.« Der Alte nickte zu den verkohlten Ruinen hinüber. »Ein Riesending war das! In dem Moment begriff ich, dass es höchste Zeit war, Fersengeld zu geben ... Der Turm hat es nicht ausgehalten. Die Mauer hat es weggefegt, für eine Millisekunde tat sich zwischen den Welten ein direkter Durchgang auf. Der ganze Schlag wurde von jener Welt ... also von dieser hier absorbiert. Die Erde stellte sich auf die Hinterbeine. Ein einmaliges Experiment zur Veränderung des Landschaftsprofils ist das geworden. Vermutlich dürfte Erde-12 auch etwas abgekriegt haben. Aber um die tut es mir nicht leid. Was soll ich Mitleid mit Spinnen haben?« Der Alte kicherte. »Spinnen haben mir noch nie gefallen, behaarte und große Exemplare schon gar nicht.«

»Sie sind der Zöllner, der die Tür nach Arkan geöffnet hat?!«, rief ich aus.

»Ganz recht, junger Mann. Kirill Alexandrowitsch Jegorow, der einstige Meister und Zöllner, der ehemalige Mitarbeiter des Komitees für Staatssicherheit der UdSSR, der ehemalige Major, der ehemalige Held der Sowjetunion. Zum Tode verurteilt wegen der Weigerung, eine Spezialeinheit zur Liquidation antisowjetischer Umtriebe nach Arkan durchzulassen.«

»Aber Arkan ist uns zeitlich fünfunddreißig Jahre voraus! Ich habe gedacht ... der Zugang sei zerstört worden, weil man vom Zusammenbruch der Sowjetunion erfahren hatte und der Zöll... und Sie sich geweigert haben, den Durchgang in unsere Welt zu schließen ...«

»Hat man euch alle einer Gehirnwäsche unterzogen? Das ist völliger Humbug, Kollege! Auf Erde-1 ist die Zeit zurück. Der Durchgang wurde zerstört, nachdem die Kaplan 1918 den Genossen Uljanow-Lenin erschossen hat und die Kommunisten in Panik gerieten, nachdem die Macht in Sowjetrussland schon an eine Koalitionsregierung übergegangen war. Stalin verlangte, Truppen nach Arkan zu werfen und die ›Meuterei‹ zu zerschlagen. Ich habe mich geweigert, eine Einheit durchzulassen. Dann kriegte der Schnauzbart einen Schlaganfall, oder jemand aus unseren Reihen hat ihn liquidiert ... aber trotzdem gab die Regierung keine Ruhe. Am Ende opferte man mich. Das war das Werk meiner Freunde, der Funktionale. Ich habe lange Widerstand geleistet, der Turm ist ja fast unzerstörbar.« Der Alte lächelte stolz.

»Dmitri ... ein Politiker ... er wollte wissen, wie die Menschen hier leben ... Stellen Sie sich vor, er wollte Arkan zum Vergleich heranziehen, sah darin eine Art Experimentierfeld! Er wollte herauskriegen, was richtig ist und was falsch, um dann die richtige Entscheidung zu treffen ...«

»Kirill, mein Junge ...« Der Alte sah mich mitleidig an. »Ihr Politiker kommt viel zu spät. Das Experimentierfeld ist unser beider gute alte Erde.«

Die Erkenntnis traf mich wie ein Schlag. Ein Puzzleteil fügte sich zum anderen, das Gesamtbild entstand.

Und es gefiel mir ganz und gar nicht.

Arkan. Erde-1.

Arkan war Erde-1.

»Und alle anderen bewohnten Welten dienen ... ebenfalls als Testgelände?«

Kirill Alexandrowitsch nickte. Er trank einen Schluck Bier. »Natürlich«, antwortete er. »Die Arkaner sind sehr gut darin, praktikable Gesellschaftsmodelle zu entwickeln. Nehmen Sie als Beispiel doch nur einmal Antik. Waren Sie schon dort?«

Ich schüttelte den Kopf. Mir stand nicht der Sinn danach, ihm zu erklären, dass ich noch nicht einmal eine Woche lang ein Funktional war.

»Also, es entwickelte sich völlig normal. Dort setzte gerade die Renaissance ein, als hier in Arkan ein völlig neuer Gedanke aufkam: Das Glück des Menschen liegt in überschaubaren gesellschaftlichen Verhältnissen und schlichten technischen Hilfsmitteln. Daraufhin wurde die Welt mit gebotener Sorgfalt zurück in die Antike geschickt. Eine recht interessante Schlussfolgerung. Aber keinesfalls zur Nachahmung zu empfehlen. Man behält es im Auge.« Seufzend schaute er auf die Uhr. »Wollen Sie noch ein Bier?«

»Nein, vielen Dank.«

»Ich werde mir mit Ihrer Erlaubnis noch eins spendieren.« Der Alte winkte den Kellner herbei.

»Wie haben Sie mich erkannt?«, wollte ich wissen. »Schließlich hat man Sie ... Oder sind Sie immer noch ein Funktional? Ich habe nichts gespürt.«

»Nur noch ein ganz kleines bisschen«, antwortete der Alte leichthin. »Immerhin habe ich die Verbindung zu meinem Turm nie völlig durchtrennt. Wenn sie ihn ganz zerstört hätten, wäre ich vermutlich gestorben. Auch meine Fähigkeiten hätte ich dann mit Sicherheit eingebüßt! Aber ich hatte Glück, ein winziges Stück des Mauerwerks ist erhalten geblieben. Daher spüre ich andere Funktionale. Auch sonst verfüge ich noch über ein paar Fähigkeiten ... fremde Sprachen verstehe ich mehr oder weniger, mit dem langen Leben ist es jetzt zwar vorbei, aber immerhin werde ich nicht krank.«

Ich blickte auf den Stock.

»Das ist fürs Image.« Kirill Alexandrowitsch lächelte. »Außerdem nimmt es sich nicht gut aus, wenn ein Greis wie ich allzu munter durch die Gegend hüpft. Ein Stock flößt Respekt ein, lässt mich solide erscheinen ... Also, Ihren Turm, den habe ich gespürt. Sobald Sie den Zugang zu uns geöffnet haben, habe ich das bemerkt. Falls irgendwann wieder jemand nach Arkan kommen sollte, dann, das habe ich immer gewusst, an der alten Stelle. Die Barriere zwischen den Welten ist hier immer noch schwach. Eine thermonukleare Bombe ist kein Spaß, Kirill. Wahrlich nicht.«

»Vermutlich gibt es hier noch immer radioaktive Strahlung ...«, murmelte ich. »Dabei benehmen sich alle ganz sorglos ...«

»Nein, es gab keine Strahlung. Sie brauchen sich keine Sorgen zu machen. Wie das zu erklären ist, weiß ich auch nicht, aber die Strahlung ist nicht durchgedrungen.«

Roman servierte das Bier. »Es ist so weit, Kir Sanytsch«, verkündete er. »Die Piroggen sind fertig. Sie müssen nur noch ein wenig abkühlen.«

Kirill Alexandrowitsch nickte. »Sie wollen mich etwas fragen«, wandte er sich an mich. »Nur zu, keine falsche Scham.«

»Kamen die Funktionale ursprünglich von hier, Kirill Alexandrowitsch?«

»Was heißt das, *sie kamen*? Sie leben noch immer hier. In andere Welten machen sie lediglich Ausfälle. Um die Einheimischen zu ihrer Funktion zu bringen, zum Beispiel.« Er lächelte. »Sie verfolgen, wie sich die Dinge entwickeln. Beobachter, Spione ... Nennen Sie es, wie es Ihnen beliebt. Mich haben sie übrigens sofort gefunden. Dennoch haben sie eine ganze Weile keinen Kontakt mit mir aufgenommen, sondern nur beobachtet, was ich tat. Mir hat es hier auf Anhieb gefallen. Sogar die Revolution ist hier anders verlaufen, Kirill! Fast ohne Blutvergießen.

Einen Bürgerkrieg hat es auch nicht gegeben. Unser beider Erde wird schon seit Langem zum Vergleich herangezogen, deshalb hat man die hiesige Revolution auch unter Kontrolle gehabt. Lange Zeit hat man versucht, Uljanow zur Vernunft zu bringen, hat ihm überdies das eine oder andere erzählt und Filme darüber gezeigt, was auf unserer Erde geschehen ist. Dem Revolutionsführer haben diese Enthüllungen völlig den Verstand geraubt. Er wollte den Arbeitern von den Funktionalen berichten, den roten Terror gegen die Unterdrücker beginnen. Daraufhin wurde er schließlich beseitigt. Man hat an das missglückte Attentat in unserer Welt angeknüpft, damit die historische Kontinuität wenigstens ansatzweise gewahrt blieb. Sie haben ihn erledigt. Und haben begonnen, das Land auf eine andere Bahn zu bringen ... Nein, den überzeugenden Ideen hat man nicht abgeschworen, ganz im Gegenteil ... Damals habe ich mich geweigert, die Soldaten durchzulassen ... Im Nachhinein habe ich dann begriffen, welch warmherzigen Empfang man ihnen bereitet hätte ... Das war also, wenn du so willst, mein Empfehlungsschreiben. Als ich dann mit der Wahrheit über die Bombe nicht länger hinterm Berg hielt ... ich hatte nämlich Angst, die Explosion würde in dieser Welt hier erfolgen ... in dem Moment sind die Arkaner an mich herangetreten.«

»Man hat sie abgeworben«, begriff ich.

»Hm ... wenn du so willst.« Kirill Alexandrowitsch runzelte die Stirn. »Wir sind doch alle Funktionale, oder? Was war ich denn im KGB? Ein Funktional. Ein Mann mit Dienstmarke und Pistole, mit besonderen Möglichkeiten und den meinem Status entsprechenden Privilegien. Als ich Zöllner geworden bin, hat sich daran nichts geändert. Wir alle sind ohne jede Ausnahme Funktionale, Kirill. Und wenn diese Welt nun einmal besser ist? Wenn sie ohne all die Fehler und das viele Blutvergießen auskommt, wenn der Zweite Weltkrieg hier überhaupt nicht stattgefunden hat, wenn die Menschen hier satt und nicht verbittert sind, wenn es auf dem Mond drei menschliche Siedlungen gibt – warum soll ich dann bitte schön meinen Kopf für die Kremlführer hinhalten? Oder für Funktionale aus zweitrangigen Welten, die noch im Sumpf dümpeln?«

»Aber diese eine Erde ist unsere Heimat!«

»Kirill ...« Der ehemalige Zöllner vom Atomversuchsgelände in Totskoje seufzte. »Das hier ist genau dieselbe Heimat. Nur eben so, wie sie sein soll. Von Fehlern befreit. Das hier ist die Reinschrift.«

»Wie sollte es auch anders sein, nachdem sie so schön üben konnten? Eine Revolution ohne Blut, Kollektivierung ohne Hunger, keinerlei Repressionen ... so war es doch, oder? Und es gab den Krieg nicht, dafür aber habt ihr Städte auf dem Mond?« Unwillkürlich hob ich die Stimme. »Wie viele Menschen hat dagegen bei uns allein der Zweite Weltkrieg verschlungen! Noch heute streitet man darüber, ob es zwanzig oder vierzig Millionen waren! Eine Rohfassung, ja?«

»Ich habe selbst gekämpft, Kirill«, entgegnete der Alte scharf. »Ich habe den ganzen Krieg mitgemacht.«

»Bei SMERSCh, der Abwehr?«, fragte ich mit einer Bitternis, die mich selbst überraschte.

Einen ausgedehnten Moment lang schauten wir einander verärgert an. »Reg dich nicht so auf, mein Junge«, lenkte der Alte seufzend ein. »Es ist nun einmal so gekommen, dass diese Welt die primäre ist. Deshalb beobachtet man von hier aus auch andere Welten. Übrigens gibt es nicht nur fünf, sondern mehr als zwanzig Menschenwelten! Spiel nicht den Dummen, Namensvetter. Wo nun schon einmal das Wunder geschehen ist und du den Zugang hierher geöffnet hast, muss es in dir gute Anlagen geben. Und dann ist dein Platz ebenfalls hier!«

»Das ist unehrenhaft«, erwiderte ich.

»Wem gegenüber? Ein normaler Mensch von Erde-2 würde deine Möglichkeiten ebenfalls als unehrenhaft bezeichnen! Regst du dich darüber etwa auf? Es gefällt dir doch, ein Funktional zu sein, oder? O nein, sieh mir in die Augen, Namensvetter! Es gefällt dir doch?«, bohrte der Alte in arrogantem Tonfall.

Ich hüllte mich in Schweigen. Und blickte ihm nicht einmal in die Augen.

»Glaub ja nicht, dass wir hier im Schlaraffenland leben«, meinte Kirill Alexandrowitsch mit gedämpfter Stimme. »Was meinst du denn, warum hier so viele Schwarze leben? Das sind Flüchtlinge aus unseren afrikanischen Protektoraten. Wir alle helfen ihnen. Die Sklaverei in Amerika gab es nicht, wir haben Afrika in die Lage versetzt, sich aus eigenen Stücken zu entwickeln. Dabei ist allerdings auch nichts Vernünftiges herausgekommen, nur Kriege, Krawalle und Rassismus. Zurzeit testen wir ein Modell, bei dem ein Teil der afrikanischen Bevölkerung aus dem Land geholt und assimiliert werden soll.

Wir bringen die Kinder hierher und kappen ihre soziokulturellen Wurzeln, um sie in unserem Geist zu erziehen. Kinderheime taugen dafür nicht, wir nehmen nur russische Pflegefamilien. Unser Kellner kam mit sieben Jahren nach Moskau. Ich erinnere mich noch, wie er als kleiner Junge hier herumgeflitzt ist, die Teller eingesammelt hat … Wir konnten es ihm einfach nicht abgewöhnen, die Reste aufzuessen. Seine Eltern waren in Äthiopien den Hungertod gestorben, er selbst war ein wandelndes Skelett …«

Ein Gefühl von Gefahr – heftig und alarmierend – durchzuckte mich. Ich hob den Blick und sah den Alten an. Die Augen Kirill Alexandrowitschs verengten sich zu Schlitzen. Auch ihm war sein Lapsus nicht entgangen.

»Und was ist mit seiner Mama, die nie zuvor Kohl gesehen hatte?«, fragte ich. »Nun, Genosse Major? Was ist jetzt mit den ›Piroggen‹? Haben die schon Stellung bezogen?«

»Haben sie«, erwiderte der ehemalige Major und ehemalige Zöllner kalt. »Spiel nicht den Dummkopf, Kirill. Mir wurde erlaubt, den Durchgang zum Zwecke eines Experiments offen zu halten. Dergleichen wird nicht wieder vorkommen.«

»Wollen Sie vielleicht mitten in Moskau eine Wasserstoffbombe zünden?«

»Dein Turm lässt sich auch mit einfacheren Methoden isolieren. Und mit dir … mit dir werden wir schon fertig.«

»Und wenn ich ablehne? Wenn ich einfach aufstehe und gehe?«

»Dazu wirst du keine Gelegenheit haben«, erwiderte der Alte lakonisch. Er streckte die Hand nach seinem Hut aus und tat so, als wolle er ihn aufsetzen.

»Das rate ich Ihnen nicht, Meister. Davon rate ich ganz entschieden ab«, sagte ich. »Fassen Sie nichts an, stehen Sie nicht auf, halten Sie die Hände ruhig. Rufen Sie ja nicht Roman. Lächeln Sie.«

»Aber mein Bier werde ich doch wohl trinken dürfen?«, fragte der Alte nach kurzem Schweigen.

»Das ja.«

Langsam trank er von seinem Bier. Meiner Meinung nach lief sein Gehirn dabei auf Hochtouren. Genau wie meins.

Wenn ich recht hatte – und ich spürte, dass dem so war –, dann zog sich um mich herum bereits ein Ring aus Häschern zusammen. Die dürften kaum zu den Leuten gehören, die schon vor mir hier gewesen waren. Aber vor Kurzem war ein Bus mit Touristen angekommen ... Ich schielte zu ihnen hinüber. O ja, unter ihnen gab es auffällig viele junge Männer mit kurz geschnittenem Haar, weiße und schwarze gleichermaßen. Und auch einige Frauen litten an einem Übermaß an Muskelmasse und allzu geschmeidigen Bewegungen. Zudem waren sie für den Sommer höchst seltsam gekleidet. Sie alle trugen entweder ein Jackett oder einen Mantel überm Arm. Einige hatten auch Sporttaschen geschultert ...

»Das sind keine Funktionale«, sagte ich erleichtert. »Das sind bloß Einsatzkräfte von Spezialeinheiten. Ihr habt es nicht rechtzeitig geschafft, oder?«

»Wach auf, mein Junge«, konterte der Alte gereizt.

»Wenn dich die Gewehrsalven in Hackfleisch verwandeln, werden dich auch deine Fähigkeiten als Funktional nicht retten!«

»Gehaben Sie sich wohl, Kir Sanytsch«, sagte ich nach kurzem Schweigen.

»Wie du meinst.« Auch der Alte antwortete nicht gleich.

Ich erhob mich, den Krug in der Hand. Am klügsten wäre es jetzt, zum Tresen zu gehen, als verlangte es mich so sehr nach einem weiteren Bier, dass ich nicht mehr auf den Kellner zu warten vermochte. Von dieser Position am Restauranteingang aus könnte ich dann in eine Ecke hechten, über die Straße sprinten, im Wald verschwinden – und zurück zu meinem Turm gelangen ...

Mit einer einzigen raschen Bewegung schnappte Kirill Alexandrowitsch sich seinen Stock. Ohne sich zu erheben, wirbelte er ihn in der Hand herum und schleuderte ihn gegen mich.

Im ersten Moment wollte ich nach dem Stock greifen, ihn fassen, um damit meinerseits auf den übergeschnappten Alten einzuschlagen! Stattdessen tauchte ich jedoch ab. Ich stieß den Stuhl um, fuchtelte unbeholfen mit der Hand, die immer noch den schweren Bierkrug hielt, und schaffte es, mich jene Zentimeter vom Fleck zu rühren, die meine Schläfe vor einer näheren Bekanntschaft mit dem Stock bewahrten.

So traf der Stock den Tisch – und zerquetschte das Aluminium, als handle es sich um Plastik.

Etwas in mir fing zu köcheln an. Stieg in einer heißen Welle die Adern hoch. Mein Herz schlug schwer – und dieser eine Herzschlag dauerte und dauerte. Stille trat ein. Die Luft wurde elastisch und rau.

Ich riss dem Alten den Stock aus der Hand. Der war nicht nur solide, sondern unglaublich schwer. Aus Stahl, gegossenes Blei, anders konnte es gar nicht sein. Das verlangte nach einem echten Kraftmaxe.

Die Welt um mich herum erstarrte. Etwas in der Art hatte ich bereits im Hotel *Weiße Rose* erlebt, aber längst nicht, bei Weitem nicht in diesem Ausmaß. Der Kellner Roman, der uns anschaute, goss roten Sirup in ein Glas mit Sprudelwasser, das kleine Mädchen, das auf ihre Limonade wartete, sprang ungeduldig und vom Wunsch beseelt, hinter die Theke zu schauen, herum – und blieb in der Luft hängen, um dann im Zeitlupentempo nach unten zu gleiten. Nur ich bewegte mich.

Und Kirill Alexandrowitsch.

Ich versuchte, ihm mit dem Stock eins überziehen, erbarmungslos, mit genau der erbitterten Wucht, mit der auch er zugedroschen hatte. Es gelang mir nicht. Der Alte wich aus und packte den Stock nun seinerseits am Griff. Mit unerwarteter Faszination registrierte ich, dass unsere entschlossenen, von außen kaum wahrnehmbaren Gesten sich nicht einmal ansatzweise in unseren Mienen widerspiegelten. Die Gesichtsmuskeln blieben von der Beschleunigung, die unsere Körper erfasst hatte, völlig unberührt. Und ungeachtet des verbissenen Kampfes lag auf unseren Gesichtern nach wie vor ein wohlwollender und gelassener Ausdruck. So müssen Roboter aufeinander losgehen …

Die nächsten Augenblicke rangen wir beide über dem

Tisch um den Stock, doch unsere Kräfte stellten sich als gleich heraus. Seine Funktion, wenn auch halb zerstört, befand sich eben in unmittelbarer Nähe.

Ich begriff das als Erster. Und ließ den Stock los, kurz bevor Kir Sanytsch der gleiche Gedanke in den Sinn kam.

Er verlor das Gleichgewicht nicht, seine Reaktionsfähigkeit überstieg die menschliche ja doch um einiges. Allerdings vermochte er den Drall nicht völlig abzubremsen, weshalb er in komisch anzusehender Weise nach hinten schoss, den Stock in den ausgestreckten Händen vor sich haltend. Schließlich kollidierte Kirill Alexandrowitsch sehr zu meinem Vorteil mit einem Stuhl und fiel hin.

Da ich nicht die Absicht hatte, den Kampf fortzusetzen, drehte ich mich um und stürmte zur Straße. Solange die Zeit noch beschleunigt war, musste ich meine Chance beim Schopfe fassen. Ich spürte, dass mein fantastischer Zustand nicht mehr lange andauern würde.

Die Einsatzleute reagierten jetzt auch allmählich. Jacke um Jacke, Mantel um Mantel segelte auf den Boden, woraufhin kleine kurzläufige Maschinenpistolen zum Vorschein kamen. All das geschah nach menschlichen Maßstäben unvorstellbar schnell, für mich jedoch absurd langsam.

Am meisten gaben mir einige Figuren zu denken, die nicht nach ihren Waffen langten. Sie hoben lediglich die Hände, pressten sie an den Hals und verzogen das Gesicht, als verspürten sie einen kurzen, zu erwartenden Schmerz. Ich lief gerade an ihnen vorbei, als ihre Hände sich wieder öffneten und kleine Einwegspritzen zu Boden fielen. Quasi im selben Moment bewegten sich die gedopten Einsatzkräfte schneller.

Das Ganze erinnerte an einen Albtraum oder an einen Zombie-Film, in dem sich diese Monster erst hölzern und ungelenk bewegen, dann aber, sobald sie einen lebenden Menschen wittern, an Tempo zulegen. Die erste Maschinenpistole feuerte los, noch langsam, mit kurzen Pausen zwischen den einzelnen Schüssen, paff, paff, paff. Über meine linke Schulter ging eine Salve hinweg in die Luft.

Schlecht. Sehr schlecht. Den Kugeln würde ich nicht entkommen. Wunder geschehen nur im Kino, ein menschlicher Körper vermag sich nicht mit einer Geschwindigkeit zu bewegen, die eine Kugel hinter sich ließe.

Ich sprintete zum Café, da ich mich hinter dem Gebäude in Deckung bringen und mich auf einem Umweg zum Turm durchschlagen wollte.

Mir stürmte jedoch der schwarzhäutige Kellner Roman entgegen. Und er stürmte tatsächlich. In einer Hand hielt er ein Tablett, auf dem zwei Bierkrüge standen, in der anderen ein langes, mit einer bunten Borte am Rand gesäumtes Geschirrtuch.

»Du hast deine Rechnung noch nicht bezahlt!«, schrie er aufgebracht.

Er schoss in meinem Tempo auf mich zu! Also war er ebenfalls ein Funktional!

Ein Kellnerfunktional! Worin wohl seine Spezialität bestand?

Darin, angeschickerte Gäste im Zaum zu halten, beispielsweise?

»Aus dem Weg!« Ich versuchte, ihn zu umrunden, aber Roman kreuzte meine Bahn. Er fuchtelte mit der Hand und führte mit dem Gebaren eines Zauberkünstlers das Geschirrtuch durch die Griffe der Bierkrüge. Als er es halb durchgezogen hatte, drehte er es fest ein, eine nie gesehene Waffe, ein aus einem Handtuch gezwirbelter Strick mit zwei Bierkrügen an den Enden. In den Rand des Tuchs mussten irgendwelche Stäbe eingenäht sein – die sich nun in den Griffen spreizten und die Seidel hielten. Die Schaumflocken und Spritzer hüllten Roman in einen trüben, bierigen Regenbogen. Indem er die improvisierte Bola kreisen ließ, kam er auf mich zu.

Verflucht aber auch! Auf meinen Rücken zielten zwei Dutzend Maschinenpistolen, vor mir lauerte ein Migrant aus Äthiopien, der willens war, mit seinem Arbeitswerkzeug für die neue Heimat einzustehen!

Meine Entscheidung war so überraschend und untypisch, dass selbst ich nicht gleich verstand, was ich überhaupt schrie: »Gegen wen erhebst du da die Hand? Gegen einen weißen Herrn?«

Ein umwerfender Effekt! Der schwarze Roman, offenkundig nie zuvor mit Rassismus konfrontiert, erstarrte. Seine Hand öffnete sich, und die sich mit dem Geschirrtuch drehenden Bierkrüge stiegen wie ein losgelöster Hubschrauberrotor in die Höhe. Die Einsatzkräfte, die sich jetzt ihrer Instinkte beziehungsweise der Stimulatoren bedienten, quittierten dies mit einer eindeutigen Reaktion: Sie ballerten auf den gen Himmel verschwindenden funkelnden Kreis. Langsam rieselte gläserner Staub auf uns herab, in den sich Bierspritzer und Stofffetzen mischten. Roman stand immer noch wie vom Donner gerührt da, betäubt von meinen Worten, als ich an ihm vorbeilief und hinter einer Ecke verschwand. Gerade noch rechtzeitig, denn die Maschinenpistolen feuerten erneut los, bis die Fenster des Cafés klirrten und die Kugeln in den Putz einschlugen. Diese Idioten! Da drinnen saßen Leute!

Ich raste zur Straße. Dort entdeckte ich die Kinder, die mir unter Mariannas Obhut entgegenkamen.

Wenn ich nicht gerade Roman zusammengestaucht hätte, wäre ich ihnen nicht ausgewichen. Ich wäre weitergerannt, mich im Schutze des Hauses und der schwarzen Kinder haltend. Wenn man mir dann nachschoss, wäre das nicht meine Schuld.

Und wenn diese Kinder weiß oder zumindest gemischt – schwarz, gelb und weiß – gewesen wären, wäre ich ebenfalls unbeirrt weitergelaufen.

Aber nach der Beleidigung, die ich Roman an den Kopf geworfen hatte, konnte ich nicht einfach eine Gruppe schwarzer Kinder als Deckung missbrauchen. Das wäre, als ob ich diesen verbalen Mist, der mir eben als Waffe gedient hatte, zu meiner Lebenseinstellung machte.

Abermals bog ich nach links. Unter dem MPi-Feuer ging ich das Risiko ein, einen Haken zum Wald zu schlagen, damit die einstigen Bewohner der Elfenbeinküste nicht ins Schussfeld gerieten.

Stattdessen geriet ich hinein.

Sie trafen mich, als ich das rettende Dickicht der Bäume bereits erreicht hatte. Die Kugeln prasselten gegen die Äste, Blätter und Holzstückchen segelten herab, ein verdächtiges und unangenehmes Heulen holte mich ein – und in dem Moment stieß mir etwas gegen die Schulter und löste ein weniger schmerzhaftes als vielmehr einem freundlichen Klaps gleichendes Echo aus: »Mach schon, lauf schneller!«

Und das tat ich. Meine Schulter fing zu pulsieren an, doch ich, noch immer beschleunigt, rannte weiter, der Abstand zum Denkmal wuchs, die Kugeln der MPis erreichten mich nicht mehr.

Dafür tauchten am Himmel über dem Wald zwei Hubschrauber auf. Mir blieb keine Zeit, sie näher zu betrachten, ich nahm nur die graugrüne Armeefarbe wahr – und die beiden Feuerblumen, die sich auf der Aufhängung jedes der beiden Hubschrauber zu voller Blüte entfalteten.

Wenn das bloß keine Raketen waren!

Nein, es handelte sich um Schnellfeuer-MGs! Keine kurzläufigen Knarren, aus denen die Einsatzkräfte auf mich geballert hatten, sondern echtes Kriegsgerät. Vor mir krachte ein kleiner Baum ein, dessen Stamm die Kugeln gehäckselt hatten. Hinter mir fing jemand an zu schreien, entweder aus Angst oder weil er von einem Querschläger verletzt worden war.

Ich versuchte, noch schneller zu rennen, aber das überstieg meine Kräfte. Vermutlich wären mir die Muskeln von den Knochen gerissen, wenn ich meinen Organismus gezwungen hätte, den Befehl auszuführen.

Die zweite Kugel durchschlug mein Bein, als mich nur noch rund zehn Meter vom Turm trennten. Mein Knie zersplitterte, eine Blutfontäne schoss in die Höhe. Ich heulte vor Schmerzen auf, fiel hin und kullerte den Hang hinunter. Der Turm war nahe. Der Turm würde mich retten. Er ließ sich nur mit einer thermonuklearen Explosion vernichten.

Zwei weitere Salven gingen an mir vorbei. Die Hubschrauber hingen in der Luft und feuerten ohne Ende in meine Richtung. Ihnen kam ein dritter zu Hilfe, der es so eilig hatte, dass er bereits aus einer Entfernung von zwei Kilometern das Feuer eröffnete – mit erstaunlicher Zielsicherheit, denn einige Kugeln schlugen in das Ziegelmauerwerk über mir ein. Ich vernahm das weiche Klatschen, mit dem die flachgedrücken Bleigeschosse von der Ziegelmauer abprallten.

Mich auf allen vieren hochstemmend, das verletzte Bein nachziehend, öffnete ich schon die Tür, als mich die dritte Kugel erwischte. Etwa in Gürtelhöhe, genau in der Mitte des Rückens, wo sie mir die Wirbel auseinandersprengte, Darm und Harnblase zerfetzte und den gesamten Inhalt des kleinen Beckens in einen Brei aus Blut und Scheiße verwandelte. Wie ein Feuerstrom züngelte der Schmerz die Wirbelsäule hoch, als ob irgendwo in meinem Innern sämtliche Sicherungen, die Belastung nicht mehr aushaltend, durchbrennen würden. Schlagartig verlor sich auch meine Beschleunigung: Der gemächliche Takt der MG-Salven mutierte zum Rattern einer wahnsinnigen Nähmaschine. Meine Beine ertaubten. Ich spürte nichts mehr, nur meine Hände rührten sich noch in kaum wahrnehmbarer Weise.

Auf ihnen schleppte ich mich dann auch in den Turm, eine Blutspur und Klumpen des eigenen Fleischs hinter mir zurücklassend. Mit letzter Kraft stieß ich die Tür zu, die leicht ins Schloss fiel. Ob ich den Riegel vorlegen musste? Oder diente der nur zur Zier, während der Turm aus eigener Kraft den Eingang schützte?

Ich wusste es nicht. Und ich wollte es auch gar nicht wissen. Ich konnte ihn ohnehin nicht mehr vorlegen.

Denn ich starb gerade.

Zwanzig

Jeder normale Mensch weiß, dass Schmerzen schlecht sind. Selbst eine banale Grippe bedeutet betäubenden Temperaturanstieg, Kopfschmerzen, brennende Augen, schmerzende Muskeln und ekelhaften Husten.

Man kann das Ganze, nebenbei bemerkt, aber auch von einer anderen Warte aus betrachten.

Nehmen wir als Beispiel nur mal diese Grippe.

Ein kalter, widerlicher Tag zwischen Herbst und Winter. Draußen wartet ein Brei aus Dreck, Schnee und Wasser. Der Himmel hat sich in eine einzige graue Dachschindel verwandelt. Auf der Arbeit tobt die Hölle (Variante: in der Schule steht eine Klassenarbeit an, an der Uni Festigkeitslehre). Kaum wachst du auf, wird dir voller Unbehagen klar, was für ein langer, miserabler und anstrengender Tag dir bevorsteht. Als du aufstehst, bemerkst du jedoch ein Frösteln, deine Nase ist verstopft, und dein Kopf dröhnt. Nach einem kurzen Gespräch mit deiner Frau oder deiner Mutter entscheidest du dich, Fieber zu messen.

Siebenunddreißig fünf! Oho! Erhöhte Temperatur!

Der gesunde Menschenverstand lässt dich die Temperatur ein zweites Mal messen. Siebenunddreißig sieben!

Alles klar, eine Grippe. Freilich haben Ärzte dafür die Bezeichnung »starke respiratorische Virusinfektion« parat, da keine Grippeepidemie ausgerufen wurde, wovon man wiederum aus finanziellen Erwägungen seitens des Staats Abstand genommen hatte. Das spielt indes keine Rolle, denn die Behandlung ist so oder so dieselbe. Mit Mühe kommst du telefonisch endlich in der Poliklinik durch, danach rufst du auf der Arbeit an (wenn du noch zu jung bist, einer Arbeit nachzugehen, dann setzt sich die Frau Mama mit der Schule in Verbindung), und beide Male teilst du, indem du unwillkürlich die Stimme senkst und ein Maximum an Leid in sie legst, mit, dich habe die Grippe erwischt. Daraufhin sucht dich eine überanstrengte Ärztin auf, die, ohne sich die Schuhe auszuziehen, an dein zerwühltes Bett tritt, dich oberflächlich abhört, aufs Fieberthermometer blickt und dir ein paar rhetorische Fragen stellt. Eine Stunde später sitzt du, in einen warmen Bademantel gemummelt und mit dem Mitgefühl deiner Lieben bedacht, im Sessel vorm Fernseher und siehst dir einen alten Action- oder Zeichentrickfilm an. In regelmäßigen Abständen serviert dir jemand heißen Tee mit Honig, Zitrone und Marmelade. Du wirst gefragt, welches Essen dein leidender Organismus wohl aufzunehmen geneigt sei. Eine kühle Hand legt sich dir zärtlich auf die Stirn. Jemand eilt für dich in die Apotheke und besorgt dir Aspirin (»als Pulver oder in Tablettenform?«), Vitamine in farbenfrohen Schächtelchen und als Zugabe noch einen ruhigen, dahinplätschernden Krimi von Rex Stout. Du guckst dir die Zeichentrickfilme zu Ende an, nimmst deine Medizin, schenkst deiner Frau (oder Mutter) das Lächeln eines vor der Schießscharte im Bunker des Feindes sterbenden Soldaten und schlüpfst ins Bett – um etwas über den faulen Fettwanst von Detektiv und seinen umtriebigen, schlankeren Assistenten zu lesen. Draußen tummeln sich Niedertracht, Gemeinheit und Nässe, Gott probt die nächste Sintflut, durchweichte Menschen kläffen einander an und beschäftigten sich mit allerlei Unsinn.

Was für eine schöne Sache da doch eine Grippe ist – wenn sie nur nach allen Regeln der Kunst durchlitten werden kann!

Wenn du freilich nicht mehr unter Mamas Fittichen lebst und dir noch keine Freundin oder Frau zugelegt hast, herrscht nicht mehr ganz so eitel Sonnenschein. Aber daran trägst allein du die Schuld, da brauchst du gar nicht auf die unglücklichen Viren zu schimpfen!

Ganz anders verhält es sich, wenn du stirbst.

Dabei ist nicht der Schmerz grauenvoll. Früher oder später vergeht er, entweder weil Medizin ihn ausschaltet, oder weil für ihn kein Raum mehr bleibt. Grauenvoll ist es, allein Auge in Auge der Ewigkeit gegenüberzustehen, dem Fall in eine dunkle Leere. Die Welt schrumpft auf einen Punkt zusammen, deren Name der deinige ist, oder schwillt explosionsartig zu einer endlosen Weite an, die keinesfalls erbarmungslos, keinesfalls böse, aber absolut gleichgültig ist. Du bist ein Niemand, dein Platz ist das Nirgends. Du kannst an Gott glauben, du brauchst den Tod nicht zu fürchten, kannst über ihn lachen und dir eins feixen. Doch wenn der Odem des ewigen Nichts deine Lippen berührt, verstummst du. Auch der Tod ist weder grausam noch schrecklich. Er öffnet lediglich die Tür, hinter der das Nichts wartet.

Und du machst diesen Schritt.

Allein. Stets allein.

Bald trieb ich in dem schwarzen Ozean davon, bald tauchte ich an den Ufern der Realität auf. Die Realität war schlimmer. Der Schmerz kauerte irgendwo in der Nähe, doch ich nahm ihn nicht wahr, wie man die Geschwindigkeit eines Düsenflugzeugs bei einem Blick auf die tief unten liegende Erde nicht wahrnimmt – aber gleich der fernen Erde zog er mich zu sich. Der Boden tanzte und drehte sich unter mir, die Wendeltreppe bohrte sich wie ein Korkenzieher in den Turm.

Mich konnte man nicht umbringen. Auf gar keinen Fall. Felix hatte gesagt, in meiner Funktion sei ich unverwundbar. Und jetzt war ich zu Hause, in meinem Turm, war ein Zöllner ...

Warum ausgerechnet ein Zöllner?

Ein absurder Gedanke, so kurz vor dem Tod. Aber er stellte den Klumpen Leben dar, an den ich mich geradezu irrsinnig klammerte. Warum ausgerechnet ein Zöllner? Wer hatte mir dieses Schicksal zugewiesen? Und weshalb?

Ich wollte nicht sterben, ohne die Antwort auf diese Frage zu wissen. Ich wollte mich an niemandem rächen. Auch ich konnte nicht alles zum Guten wenden oder alle besiegen. Doch zumindest wollte ich gern über mein Schicksal im Bilde sein. Deshalb musste ich überleben.

»Das wird dir nicht gelingen«, flüsterte die Dunkelheit. »Die Mühe kannst du dir sparen. Schließ die Augen. Sage dir: Ich sterbe. Sage es dir und schließ die Augen. All das spielt keine Rolle mehr. All das gehört zu deinem vergangenen Leben. All das gehört zum Leben. Schlafe.«

»Zieh Leine!«, zischte ich, während ich auf die rotierende, zerfließende Wendeltreppe starrte. »Verpiss dich!«

Mein Herz schlug. Meine Lungen atmeten. Mein Gehirn lebte noch.

Ich war in meiner Funktion. Ich übte meine Funktion aus. Niemand würde mich so ohne Weiteres umbringen. Ich wusste nicht, wie das alles im Einzelnen funktionierte, aber wenn Wunden spurlos verheilten, dann würde auch diese Wunde heilen.

Die Blutung würde gestillt werden. Das kam als Allererstes, dass ich aufhörte, Blut zu verlieren. Dann musste der ganze Kram, der schon in meine Bauchhöhle geflossen war ... all das musste gereinigt werden. Blut und Lymphe würden durch die Schleimhäute aufgesogen, gereinigt und dem großen Blutkreislauf erneut zugeführt. Die Gewebepartikel, der Darminhalt ... würden herausgespült. Die Wirbel wiederhergestellt, das Rückenmark zusammenwachsen. Der Darm würde abermals ein Ganzes bilden, die Harnblase erneut entstehen, die Nieren sich regenerieren.

Irgendwo in meinem Innern verfing sich der kluge Junge Kirill, dessen Vater Arzt war, mit einem gemeinen Kichern in einem hysterischen Anfall. Die Dunkelheit nickte ihm billigend zu.

Ja, ich verstand alles. Das Gewebe des menschlichen

Körpers regeneriert sich schlecht. Und in dem Tempo, das nötig wäre, um die in mir lodernde Sepsis zu besiegen, schon gar nicht.

Aber ich war ein Funktional. Fast ein Krieger. Ein Zöllner muss imstande sein, den Kampf aufzunehmen, eine Salve voll abzukriegen und sich wieder an seinen Arbeitsplatz zu begeben.

Also muss ich es schaffen.

Die Decke drehte sich schneller und schneller, das Feuer in meinem Bauch nahm zu, und ich gestattete es mir, in die dunklen Wasser Lethes abzutauchen.

Das nächste Mal ließ Durst mich zu mir kommen.

Mein Herz wummerte wie wahnsinnig. Mein Körper stand in Flammen. In meinem Bauch pulsierte der Schmerz. Ein ekelhafter Gestank nahm mir den Atem.

Verglichen mit meinem Durst verblasste all das jedoch zu Nebensächlichkeiten.

Trinken. Prickelndes Mineralwasser. Heißen Tee mit Zitrone. Einen kalten säuerlichen Kwass. Nein, all das waren nur Halbheiten ... Ich wollte meinen Mund an den Hahn halten, das kalte Wasser aufdrehen und kühles, nach Metall und Moder riechendes Wasser trinken. Ich wollte mein Gesicht in eine Pfütze eintauchen, die abgestandene, warme Drecksbrühe trinken, während ich mit den Beinen strampelte, um sämtliche Brüder Iwanuschkas, die wie im Märchen auch aus der Pfütze trinken wollten, zu verscheuchen.

Wasser gab es im ersten Stock. Auf dem Tisch. Und im zweiten, viel Wasser sogar, in der Küche, im Bad ...

Allein der Durst vermochte mich dazu zu zwingen,

mich vom Fleck zu rühren. Ich lag auf dem Bauch, was schon mal günstig war. Nachdem ich meine Arme nach vorn gebracht hatte, versuchte ich, vorwärtszurobben. Das klappte nicht. Eingetrocknetes Blut krümelte zu Boden. Als ich erneut versuchte, mich voranzuziehen, stützte ich unwillkürlich die Beine auf.

Die bewegten sich. Sogar das gebrochene Bein ... Ich schielte an mir herab: Unterhalb des dreckigen, eingesauten Beins der Shorts lugte rosafarbene Haut hervor, umgeben von einem Schorfrahmen.

Also würde ich durchkommen!

Aber ich brauchte Wasser. Dabei würde ich ansonsten keinesfalls an Durst sterben. Mit einem Mal war mir sonnenklar, dass mein Organismus zur Regeneration und zum Ausspülen des zerfallenen Gewebes Wasser brauchte. Noch ein, zwei weitere Stunden ohne Wasser, und ich würde sterben. Halb wiederhergestellt, mit geschlossenen Wunden und sich erneuernden Organen. Ich würde verdursten.

Zur Treppe kroch ich in zehn Minuten. Mit den Fingernägeln den Boden aufkratzend, stützte ich mich aufs Kinn, stieß mich leicht mit den Füßen ab und robbte dorthin. Irgendwann stieß ich mit dem Kopf gegen eine Stufe.

Und begriff, dass ich die Treppe nicht bewältigen würde. Niemals.

Mich erfasste eine Verzweiflung, wie sie ein Schwimmer verspürt, der einen Meter vor dem rettenden Kai ertrinkt. Ein paarmal versuchte ich, den Kopf auf die Stufen zu hieven. Vergeblich. Mein Körper mühte sich, wie er konnte.

Wasser. Es war so nah. Zwei Stockwerke weiter oben gab es Wasser in Unmengen. Aber ich konnte nicht zu ihm gelangen.

Wenn der Prophet nicht zum Berg kommt, kommt der Berg ja bekanntlich zum Propheten. Im Falle des Wassers gestaltete sich die Lösung einfacher.

Ich schaute nach oben. Was auch immer dieser Turm sein mochte, es gab in ihm Leitungen, Rohre und eine Treppe. Ein Rohr konnte platzen. Dann würde das Wasser nach unten fließen.

Das Rohr musste platzen.

Ich versuchte gar nicht, das mit meiner Willenskraft zustande zu bringen, als wäre ich ein halb verrückter Übersinnlicher, der seine nicht vorhandenen Fähigkeiten demonstriert. Ich erteilte keinen mentalen Befehl, denn das wäre dumm. Ich lag unter der Treppe und wartete, bis im zweiten Stock die Rohre platzten und Wassermassen nach unten brausen, sich fröhlich über die Stufen ergießen würden. Immer wieder verlor ich das Bewusstsein, anscheinend für einige Sekunden oder Minuten.

Dann hörte ich das Tosen – und über die Stufen strömte das Wasser.

Natürlich wartete ich den ersten Strom, der den Dreck vom Boden spülte, nicht ab. Selbst ein schmutziger Straßenköter, der einen Treppenabsatz weiter oben das Bein hob, hätte mich nicht gestört. Nicht einmal ein auslaufender Benzinkanister oder im Wasser schwimmender Müll hätten mich gestört.

Ich presste die Wange gegen die Stufe und trank –

trank die direkt in meinen Mund fließenden dünnen Strahlen. Ich trank und trank und trank. Das Wasser reinigte meinen Körper, verströmte über den Fußboden. Ich schluckte das Wasser, fiel ins Vergessen und trank erneut. Schüttelfrost packte mich, in mir schien ein Ofen zu lodern – und ich trank, um dieses Höllenfeuer zu löschen. Einmal musste ich mich übergeben, weshalb ich einige Minuten innehielt. Wiederholt pinkelte und schiss ich direkt in meine Hosen und das Wasser.

Egal. Mein Organismus jagte das tote Gewebe aus sich heraus, und ich hatte nicht die Absicht, ihn daran zu hindern. Scheiße war mir lieber als die ewige Stille, die schon auf mich gewartet hatte. Und das Wasser strömte weiter und weiter, wusch meinen ganzen gepeinigten Körper und den vollgesauten Boden. Nach und nach erlosch die Hitze in meinem Innern.

Noch auf dem Fußboden liegend, zog ich mich aus. Mit dem Fuß kickte ich die schmutzigen Sachen weg. Langsam kroch ich auf allen vieren die Treppe hinauf. Selbst bei dieser Art der Fortbewegung schüttelte es mich, aber immerhin konnte ich mich wieder bewegen.

Im ersten Stock legte ich eine Pause ein, um alles zu essen, was ich auf dem Tisch vorfand. Geschmolzene Schokolade, vertrocknete Wurst und harten Käse. Danach reichten meine Kräfte bereits für die Kraxelei in den zweiten Stock, hinauf in die Küche.

Zucker, Schokolade, Wurst. Gesüßte Kondensmilch! Ich hebelte die Dose mit dem Dolch auf, den mir Wassilissa geschenkt hatte. Ich durfte nicht vergessen, ihr noch einmal dafür zu danken ...

Dann streckte ich mich vor dem Tisch auf dem Fußboden aus und schlief ein paar Stunden. In meinem Körper wuchsen nach wie vor verschiedene Teile zusammen, er regenerierte sich, aber das konnte ohne mein Zutun geschehen.

Es ist wirklich nicht so einfach, ein Funktional umzubringen.

Ich beschloss, in Zukunft an jeder Tür im Erdgeschoss eine große Flasche mit Mineralwasser bereitzustellen.

Durchs Fenster sah Arkan genauso aus wie zuvor. Abgesehen von den kahlen Zweigen der Bäume, die von den MG-Salven durchgepeitscht worden waren, abgesehen von den frischen weißen Wunden der Stämme. Ich verzog das Gesicht und rieb mir über den Bauch. Dort war ebenfalls ein weißes Mal zu erkennen, ein Fleck unverbrannter Haut von der Größe einer offenen Hand. Hier hatte ein Loch geklafft ...

So genau ich die Gegend auch inspizierte, ich vermochte nichts Verdächtiges festzustellen. Sogar die Vögel sangen wieder.

Ich hob die Arme und legte sie an den Fensterrahmen. Dann breitete ich sie mit einem Ruck aus, als öffnete ich das Fenster.

Einem der Scharfschützen, die sich im Wald versteckt hielten, gingen die Nerven durch. Ein leises ›Plopp‹ erklang, gleichsam als küsse ein schüchterner Junge zum ersten Mal in seinem Leben ein Mädchen. Langsam kroch ein Bleikörper über die Scheibe, aus dem eine Stahlspitze herausragte. Mit unbeteiligter Neugier betrachtete ich die Kugel, um dem unsichtbaren Schützen anschließend den Stinkefinger zu zeigen. Ob diese Geste hier bekannt war?

Gegen die Scheibe schlug eine weitere Kugel. Die Geste war bekannt.

Schulterzuckend schloss ich die Fensterläden. Was soll's, der Weg nach Arkan war mir versperrt. Schließlich wollte ich mich ja wohl nicht im Kampf dorthin durchschlagen, oder? Im Schutze der Nacht, ausgestattet mit einem Nachtsichtgerät und mit Waffen behängt? Eben! Anstelle der Bewohner von Erde-1 würde ich als Allererstes Minen vor die Tür des Turms legen, am besten ferngesteuerte, und einige Leute mit dem Finger am Auslöser abstellen. Natürlich täten es durchaus auch ein paar großkalibrige MGs, die auf die Tür gerichtet waren.

Am befremdlichsten war, dass ich über all diese Minen und MGs mit absoluter Gelassenheit nachdachte. Nicht einmal ein Gedanke an Rache kam auf. Etwas hatte sich in mir verändert. Ich wollte nicht länger den Helden spielen und kämpfen. Das Einzige, was ich wollte, war, mich so weit wie möglich von Arkan fernzuhalten.

Kugeln bewirken eine erstaunliche Veränderung im Kopf, selbst wenn sie dich im Arsch erwischen.

Ich ging ins Bad und füllte einen Eimer voll Wasser. Meine ausgewaschenen Sachen waren bereits trocken. Glücklicherweise brauchte ich das Rohr nicht zu reparieren, denn der rettende Strom war ganz von selbst versiegt. Mit einem Lappen bewaffnet, der noch vor gar nicht allzu langer Zeit ein neues Hemd abgegeben hatte, machte ich mich daran, den Boden im Erdgeschoss zu wischen. Ohne lange zu fackeln, schüttete ich das Schmutzwasser in Nirwana aus, dieser allzu sauberen Welt.

Es sind zwei Arten der Hausarbeiten, die mir mehr als alle anderen missfallen, nämlich das Wischen von Fußböden und das Bügeln von Hemden. Doch während man das Problem des Bügelns ein für alle Mal lösen kann, indem man zu Jeans und Pullover überwechselt, erlöst einen vom Wischen nur eine Putzfrau. Oder eine Ehefrau.

Ich hatte gerade den ersten Durchgang beendet, stand mit dem Lappen in der Hand da und überlegte, ob ich nicht für die endgültige Sauberkeit ein zweites Mal wischen sollte, als es an der Tür klopfte. Von Erde-17. Dem Reservat.

Einerseits wusste ich, dass von dort nur Kotja oder Illan zu erwarten waren. Andererseits ... Was, wenn die Funktionale von Erde-1 eine Bande von Killern über eine andere Zollstelle ins Reservat eingeschleust hatten?

Ich ging zur Tür und lauschte. Alles ruhig. Schade, dass es keinen Spion gab ... Ob ich in den ersten Stock hinaufgehen sollte?

»Wer ist da?«, fragte ich.

»Feinde!«, blaffte Kotja wütend. »Kirill, was ist denn jetzt schon wieder?«

»Wovon handelte dein Geschichtchen«, examinierte ich ihn nach kurzem Grübeln. »Das, in das du das Gedächtnisprotokoll reingeschrieben hast.«

Einen ausgedehnten Moment lang brachte Kotja kein Wort hervor. »Also ... was hast du denn?«, fragte er bedrückt. »Ich bin nämlich nicht allein.«

»Wovon handelte deine Erzählung?«

»Vom Sportunterricht!«, brüllte Kotja. »Davon, wie man die Geschmeidigkeit verbessert.«

Ich öffnete die Tür.

Hinter Kotja stand Illan. Beide sahen so aus, wie zwei Städter eben aussehen müssen, nachdem sie einen Tag in der wilden Natur verbracht haben: durchweicht, verdreckt und erschöpft.

Kotja warf mir finstere Blicke zu, ganz wie ein junger Mann, dessen Eltern in sentimentalen Erinnerungen schwelgen, »wie schnell du groß geworden bist, dabei hast du noch vor Kurzem ins Bett gemacht«, wenn er zum ersten Mal eine Freundin mit nach Hause bringt.

»Genau!«, bestätigte ich. »Du hast sie für den *Sport-Express* verfasst ... Kommt rein.«

Kotja huschte in den Turm. Illan, die mich misstrauisch und angespannt musterte, folgte ihm.

»Machst du gerade sauber?«, fragte Kotja, als sein Blick auf den frisch gewischten Boden und den Lappen in meiner Hand fiel. »Respekt!«

Illan, so schien es mir, schaute sich ebenfalls beeindruckt um. Nichts freut Frauen so sehr wie ein Mann, der in den eigenen vier Wänden putzt.

»Das musste sein«, antwortete ich knapp. Ich schnappte mir meine Shorts, denn die Hausarbeit hatte ich halb nackt erledigt. »Bin gleich wieder da ...«

»Wart mal«, hielt mich Illan plötzlich zurück. »Bleib stehen ...«

Sie starrte auf meinen Bauch. Danach umrundete sie mich, als sei ich ein Weihnachtsbaum. Sie hockte sich hin und betastete meinen Unterschenkel.

Geduldig wartete ich.

»Eine Maschinenpistole?«, fragte Illan, während sie mich von oben bin unten betrachtete.

»Ein Maschinengewehr.«

»Du …« Sie erhob sich und sah mir misstrauisch in die Augen. »Das ist nicht bei uns passiert, oder? Du hast eine weitere Tür geöffnet, nicht wahr? Wohin?«

»Dahin.«

»Du Idiot! Du verdammter Idiot!« Ihr Gesicht verzerrte sich vor Kränkung. »Wir hatten schon alles ausgearbeitet … Wir hatten einen Plan … Wir brauchten bloß noch einen Zugang zu Erde-1! Und da reitest du einfach da ein! Das war's dann wohl, oder? Wird die Tür beobachtet?«

Ich nickte.

»Vermutlich werden sie den Turm einbetonieren«, vermutete Illan bitter. »Sie kommen mit Sensoren, legen Minen … das volle Programm halt. Angeblich haben sie das schon mal gemacht … Warum bist du bloß in diese Welt vorgeprescht? Warum hast du nicht auf uns gewartet? Du hältst dich wohl für 'nen richtigen Durchreißer?«

»Warum bist du denn nicht an uns herangetreten, als wir in Kimgin waren?«, fragte ich. »Warum hast du mir nicht alles erzählt, was du weißt? Über die Funktionale und über Erde-1? Was sollte dieser Angriff mit den Knüppeln und den Messern? Du hältst dich wohl für 'ne richtige Durchreißerin?«

Kotja blickte alarmiert zwischen Illan und mir hin und her.

»Du hast ja recht.« Illan seufzte. »Entschuldige. Du

bist nicht derjenige ... dem ich etwas vorzuwerfen habe. Kann ich mich frisch machen?«

»Hä?«

»Kann ich dein Badezimmer benutzen?«

»Ja, natürlich. Es ist oben.«

Illan streifte flüchtig Kotjas Hand, ehe sie die Treppe hinaufging.

»Und?«, fragte ich, kaum bemerkte ich den glückseligen Ausdruck auf Kotjas Gesicht, mit gesenkter Stimme. »Ist sie ein Weib oder eine Dame?«

»Sie heißt Illan«, antwortete Kotja kurz.

Ich sah ihn an – und wusste nicht, was ich sagen sollte.

»Am Anfang war ich in meiner Naivität auch begeistert«, berichtete Illan.

Wir aßen zu Abend. Sowohl in Moskau als auch in Kimgim neigte sich der Tag dem Ende zu, weshalb unser Mahl durchaus als ›Abendbrot‹ bezeichnet werden konnte. Zu meiner Verblüffung hatte Illan es fertiggebracht, aus meinen junggesellenhaften Vorräten fast gute Hausmannskost zu produzieren. Sie hatte Kotja nach Moskau geschickt, um Kartoffeln und ein tiefgekühltes Hühnchen zu besorgen. Als Vorspeise gab es eine Nudelsuppe, als Hauptgericht Bratkartoffeln mit Zwiebeln und Büchsenfleisch. Selbstverständlich konnte sich das Essen nicht mit den Gaumenfreuden in Felix' Restaurant messen. Aber ehrlich gesagt, hätte ich diese Mahlzeit nicht gegen das üppigste Bankett eingetauscht.

»Ich wollte Ärztin werden«, erzählte Illan. »Das war ... mein Traum. Ich arbeitete als Krankenpflegerin, bimste die Lehrbücher ... Ich wollte an die medizinische Akademie von Angwar gehen ... das liegt etwa da, wo sich euer Stockholm befindet, eine sehr renommierte Institution. Die Studiengebühren sind natürlich hoch, und das Geld hatte ich nicht. Deshalb musste ich die Prüfungen mit Auszeichnung bestehen, dann würde ich ein Stipendium bekommen und bräuchte die Ausbildung nicht zu bezahlen ...« Sie verstummte. »Ich glaube, ich hätte es geschafft. Aber eines Tages komme ich zur Arbeit, und da sitzt eine andere junge Frau. Meine Patienten erkennen mich nicht mehr ... Ich nahm an, die wollten mich rausschmeißen, ohne mir mein letztes Gehalt zu zahlen ... ich wurde wütend ... machte ein Fass auf ... Als Nächstes haben mich meine Freunde vergessen.«

»Und dann deine Verwandten.« Ich nickte.

»Ich bin eine Waise«, erklärte Illan knapp. »Mein Vater war Biologe, er hat meine Mutter aus dem Orient mitgebracht, als sie noch ganz jung war ... Mir hat er erzählt, sie hätten heiraten müssen, andernfalls hätte man ihn einen Kopf kürzer gemacht ... Dabei hat er gelacht, denn er liebte meine Mutter wirklich sehr. Später reisten sie gemeinsam ... nach Afrika, nach Asien ... aus Indien kamen sie nicht zurück ... es gibt bei euch doch eine Insel, die so heißt, oder? Nein, Indonesien! Von da kamen sie nicht zurück. Ich wuchs bei meiner Oma auf, doch auch sie ist inzwischen tot. Ich habe keine Familie mehr.«

»Tut mir leid«, murmelte ich.

»Am Anfang hat mir das alles ungeheuer gefallen«, fuhr Illan fort. »Nein, so dumm bin ich nicht, mir war schon klar, dass es zu wenig Funktionale gibt, um sich den Menschen zu erkennen zu geben und das Leben zu führen, das dir gefällt. Ich wollte meine eigene Klinik haben. Sie ist dann sogar entstanden. Kein großes Krankenhaus, dafür jedoch ein ordentliches. Ich wollte einfach behandeln, und zwar sowohl Funktionale, obwohl das bei ihnen nur selten nötig ist, als auch einfache Menschen. Aus der ganzen Welt würde man zu mir kommen. Natürlich würde ich nicht allen helfen können. Aber ich wollte mein Bestes geben ... Dann fing ich an nachzudenken. Weißt du, Kirill, so einfach ist das nämlich alles nicht ... Die Hebammenfunktionale beteuern, sie helfen uns lediglich, auf die Welt zu kommen ... Aber die Natur ist eben etwas anders eingerichtet.« Sie lächelte. »Der Geburt geht nun mal die Befruchtung voraus. Es muss irgendeine Kraft geben, die uns in Funktionale verwandelt. Da muss eine Logik dahinterstecken – warum ausgerechnet wir verwandelt werden. Da muss es doch ein Ziel geben ...«

»Es passiert ein Haufen Dinge ohne jedes Ziel«, widersprach ich. »Ein Grippevirus infiziert die Menschen auch zufällig.«

»Keinesfalls«, meinte Illan lächelnd. »Das Virus sucht sich Menschen mit geringer Immunität ... Anfangs habe ich auch gedacht, wir seien irgendwie disponiert. Wie in der Trivialliteratur: Es lebte einmal ein normaler Mensch, der nichts Gescheites zustande brachte, und plötzlich verwandelte er sich ratzfatz in einen Superhelden. Bei euch gibt es jede Menge solcher Bücher. Bei uns gibt's auch welche.«

»Aus irgendeinem Grund möchten sich halt alle gern ratzfatz in einen Superhelden verwandeln«, meinte ich.

»Aber so funktioniert das nicht.« Illan breitete die Arme aus. »Letzten Endes kriegst du nichts umsonst. Du züchtest Muskeln, aber damit überforderst du deinen Organismus, treibst Schindluder mit deinem Herzen und verlierst Zeit, die du für deine Bildung aufbringen könntest, mit der Lektüre von Büchern, dem Besuch von Museen und Reisen. Du wirst ein großer Gelehrter, futterst dir aber einen Bauch an, leidest an Atembeschwerden, Hämorrhoiden und Kurzsichtigkeit. Und wir sollen alle Freuden auf einmal genießen?! Stark sein, klug, mehr oder weniger unsterblich, unsere Wunden sollen heilen ... Soll es für uns etwa keine Nachteile geben – von der Leine abgesehen?«

»Die Leine? Ach ... ja.«

»Mir hat das alles nicht gefallen«, fuhr Illan fort. »Daraufhin habe ich Felix ausgefragt. Zei. Und Karita. Das sind diejenigen, die hier bei uns in Kimgim das Sagen haben. Ich habe eure Welt besucht und Antik. Ich habe alles miteinander verglichen und versucht, hinter die Gesetzmäßigkeiten zu kommen. Man hat mir zu verstehen gegeben, ich würde mich mit Albernheiten beschäftigen. Und ich sollte, wo ich doch nun schon mal eine Ärztin war, in meinem Krankenhaus bleiben und auf Patienten warten. Dann hat Zei gewaltig auf die Pauke gehauen, behauptet, er sei in einer Schlägerei zum Krüppel gemacht worden und ich sei nicht auf meinem Posten gewesen ... Als ob man ihn, einen Polizisten, derart verletzen könnte ...«

»Und ist dir irgendetwas klar geworden?«, wollte ich wissen. »Hast du eine Gesetzmäßigkeit entdeckt? Wer wir sind und warum gerade wir so sind?«

Illan schüttelte den Kopf. »Nein, gar nichts. Schließlich ist ... ein ehemaliges Funktional zu mir gekommen. Ein Teil seiner Fähigkeiten ist ihm noch erhalten geblieben, aber nur eine winzige Spur ... Er hat mich gewittert. Er lag im Sterben. Zei hatte versucht, ihn umzubringen, aber irgendwie hat er es geschafft zu entkommen. Er war selbst ein ehemaliger Polizist. Er hieß Petrid und war aus Antik ...«

Er hieß Petrid und war in der Welt geboren worden, die die Funktionale Antik nannten. Es war die Welt einer erstarrten Utopie, der Utopie von Morus und Campanella, jener Utopie, wo die ärmsten Bauern mindestens drei Sklaven besitzen. Und diese Welt, die bei einem Soziologen einen hysterischen Anfall auslösen konnte, existierte und entwickelte sich, wenn auch auf eine sehr eigenwillige Weise, kolonisierte Amerika und Afrika, gelangte jedoch nie nach Australien, das ruhig im ewigen Schlaf der Steinzeit vor sich hindämmerte.

Er war ein Sklave, der im Weiteren an einem geglückten Aufstand teilnahm, das freie Bürgerrecht erhielt und zu einem erfolgreichen Landbesitzer aufstieg. Mit vierzig Jahren verwandelte er sich in ein Funktional.

Fünf Jahre später ermordete er einen Zöllner und verschwand nach Kimgim, zerriss somit die Verbindung zu seiner Funktion. Man kam ihm auf die Spur, und als er sich zu Illan durchgeschlagen hatte, war er völlig verstümmelt. Illan versuchte, ihn zu retten. Sie brachte mancherlei zustande, obwohl jeder Chirurg unserer Welt ihren OP spöttisch begrinst hätte. Sie nähte die aufgerissene Leber zusammen, entfernte die verletzte Milz, denn bei einstigen Funktionalen verschwindet die Fähigkeit zur Regeneration gänzlich. Ab und an kam Petrid zu Bewusstein und unterhielt sich mit ihr. Er wusste, er würde sterben, glaubte nicht daran, dass sie ihn retten könnte, kicherte jedoch die ganze Zeit und erzählte allerlei Unsinn. Von Funktionalen, die die Kastanien aus dem Feuer holten, von Erde-1, davon, dass sie alle hinters Licht geführt würden, dass er ein Imperator oder Poet hätte sein sollen, über die Unzulänglichkeit der Welt, aller Welten, die dahinsiechten wie ein guter Baum unter der Hand eines untüchtigen Gärtners. Illan vermochte nicht zu entscheiden, ob er im Fieberwahn sprach oder tatsächlich etwas wusste. Sie arbeitete, versuchte, das entschwindende Leben zu retten – und sprach mit ihm, wobei sie einerseits etwas aus Petrid herauskriegen, ihn andererseits bei Bewusstsein halten wollte.

Dann kam Zei.

Illan schrie ihn an, sie nicht bei der Arbeit zu stören. Zei zuckte nur mit den Schultern, schubste sie zur Seite, schnitt Petrid mit ihrem, Illans, Skalpell die Kehle durch und machte sich gelassen von dannen. Illan hatte versucht, ihn daran zu hindern, jedoch selbst innerhalb ihrer Funktion nichts gegen den Polizisten auszurichten vermocht. Zu töten und sich zu schlagen – das war absolut nicht ihr Metier.

Von diesem Tag an begann sie zu trainieren. Den ihr verliehenen Fähigkeiten zum Trotz erlernte Illan das Kämpfen. Sie nahm Unterricht im Faustkampf und in Karate, besuchte ein Fechtstudio und Schießstände. Das blieb nicht unentdeckt. Anfangs lachte man sie aus. Später rügte man sie dafür. Und schließlich verlangte man, sie solle das ungebührliche Verhalten aufgeben. Andernfalls würde sie zu erzieherischen Zwecken und damit sie Einsicht annehme einem Scherbengericht unterzogen, wie Felix es ausdrückte.

Es endete damit, dass Zei zu ihr kam und anfing, auf sie einzudreschen. Nein, vermutlich hatte er sie nicht töten, sondern nur ein ernstes Gespräch mit ihr führen wollen. Ihn erwartete jedoch eine Überraschung. Illan zeigte sich auf diese Wende der Ereignisse vorbereitet und lockte den Polizisten in einen Hinterhalt. Zwei Schüsse aus einer Schrotflinte mitten ins Gesicht hielten ihn auf.

»Ich habe ihn kalt erwischt«, sagte Illan. »Und vermutlich hätte ich ihn umbringen können. Er war blind, die Augen flossen aus ihm heraus, sein ganzes Gesicht hatte sich in eine blutige Suppe verwandelt. Ich hätte nur die Flinte nachladen müssen und ... Aber das brachte ich nicht fertig. Damals war ich noch eine mitleidige Närrin. Ich schoss ihm noch in die Knie, damit er mir nicht nachsetzen konnte. Dann machte ich mich davon. Ich habe die Verbindung zu meiner Funktion gekappt. Ich ging in eine Stadt, von der ich absolut sicher wusste, dass es in ihr keine Funktionale gab. Dort lebte und arbeitete ich. Hundert Kilometer von Kimgim entfernt ... Das schien mir ein ausreichender Schutz. Allerdings hatte ich nicht vor, mich ewig zu verstecken. Ich hatte Glück, denn ich bewahrte einen Jungen vor dem Tod, den Anführer einer dortigen Jugendbande. Keine schweren

Jungs, sondern nur minderjährige Randalierer. Natürlich konnten sie sich früher oder später in echte Verbrecher verwandeln. Aber das ließ ich nicht zu. Ich habe ihnen von den Funktionalen erzählt. Und ich habe sie überzeugt, dass ich die Wahrheit sagte. Sie hielten es für weitaus amüsanter, gegen unverletzliche Funktionale zu kämpfen, als einander die Visage zu polieren und die Fracht aus dem Hafen zu klauen ...«

»Es tut mir sehr leid«, beteuerte ich. »Aber ihr habt mir keine andere Wahl gelassen.«

»Das ist meine Schuld«, erklärte Illan. »Ich ... ich hatte mir ihre Methode der Problemlösung zu eigen gemacht. Wir fingen an, Funktionale anzugreifen. Wir versuchten, diejenigen, die die Wahrheit über Erde-1 kannten und darüber Bescheid wussten, wer die Funktionale lenkte und normale Menschen zu solchen machte, zu schnappen.«

»Wie Genosse Lenin zum Genossen Stalin gesagt hat: Enteignung und Banditentum ohne Kenntnis des Klassenkampfes werden uns nicht helfen«, bemerkte ich.

»Das hat er gesagt?«, verwunderte sich Kotja.

»Na ja ... etwas in der Art hat er vermutlich schon gesagt. Der kommunistischen Mythologie zufolge.«

Illan hüstelte. Die Mythen unserer Vergangenheit interessierten sie offenbar nicht.

»Erzähl mir mal von Erde-1«, bat sie. »Du wurdest angegriffen? Wie kam das? Und warum?«

»Erde-1 ist Arkan«, antwortete ich. »Die Welt, in der die Zeit der unseren angeblich um fünfunddreißig Jahre voraus ist. Nur dass das nicht stimmt ...«

Einundzwanzig

Feinde werden viel seltener zu Freunden als Freunde zu Feinden.

Das ist ein Naturgesetz. Alles auf der Welt strebt vom Komplizierten zum Einfachen. Leben stirbt, Felsen zerfallen zu Staub, kunstvoll gemusterte Schneeflocken schmelzen und verwandeln sich in Wassertropfen. Ein Feuer verbrennt innerhalb von Minuten einen Baum, der über Jahrzehnte gewachsen ist. Eine Flasche mit Säure in den Händen eines Wahnsinnigen löst innerhalb von drei Sekunden die Farben eines Gemäldes auf, dem der Künstler sein halbes Leben gewidmet hat. Eine Kugel beendet binnen einer Sekunde das Leben eines Jungen, den seine Mutter erst neun Monate und dann noch einmal achtzehn Jahre aufgezogen hat. Ein einziges Wort verwandelt, kaum verhallt, alte Freunde in eingeschworene Feinde. Ein Asteroid, dessen Weg die Umlaufbahn eines Planeten kreuzt, löscht alles Leben aus. Die explodierende Supernova verbrennt ihre Planeten. Materie und Energie driften unerbittlich in den Raum, wo sie das lebendige und blühende Universum in ein regloses Nichts verwandeln.

Zerfall, Zerstörung, Tod – das sind höchst simple Vorgänge. Nur das Leben steht dem Einfachen gegenüber, lehnt sich gegen die Naturgesetze auf. Tod und Verwesung ignorierend, gedeihen Pflanzen und Tiere. Tod und Verwesung vergessend, leben die Menschen. Und den einfachen und bequemen Naturgesetzen zum Trotz gestalten die Menschen ihre Beziehungen, die weitaus komplizierter sind als sämtliche von den Menschen erfundenen Maschinen und Mechanismen. Was ist schon ein Verbrennungsmotor im Vergleich zum Feuer der menschlichen Leidenschaft? Welcher Fotoapparat vermöchte einen Sonnenaufgang stimmungsvoller einzufangen als der Pinsel eines Malers oder die Worte eines Dichters? Ist die Explosion einer Atombombe wirklich verheerender als die Wut Dschingis Khans und der Wahnsinn Hitlers?

Es gehört zum Menschen, sich der Zerstörung zu widersetzen. Der eigentliche Sinn der menschlichen Existenz besteht in diesem ewigen, wütenden Kampf, der nicht zu gewinnen ist – und dem du dich trotzdem stellen musst.

Dennoch bleibt es sehr schwer, sich von einem ehemaligen Feind in einen Freund zu verwandeln. Noch schwieriger ist es freilich, einen ehemaligen Feind als Freund zu akzeptieren.

Ich erzählte Illan alles, was ich in Erfahrung gebracht hatte. Ich fing mit dem Politiker und seiner Bitte, Arkan zu finden, an. In knappen Worten berichtete ich ihr vom Zugang nach Nirwana. Zunächst hörte Illan recht unbeteiligt zu, dann wurde sie jedoch hellhörig, als die Rede auf Nastja kam. Aber letzten Endes interessierte sie Erde-1 eben wesentlich stärker.

»Genau wie wir angenommen haben«, sagte sie, nachdem sie sich alles angehört hatte. »Es muss jemanden geben, der von der Sache profitiert. Denn es gibt immer jemanden, der am Ende profitiert!«

Ich sah das Ganze etwas anders. Am Ende bleibt immer bloß der Dumme übrig. Aber ich legte es nicht auf einen Streit an.

»Was willst du jetzt unternehmen, Zöllner?«, fragte Illan. »Hast du dir darüber schon einmal Gedanken gemacht?«

Ja, selbstverständlich hatte ich darüber schon nachgedacht. »Alles, nur keinen offenen Krieg! Und keinen Partisanenkampf! Wir müssen das alles den anderen Funktionalen mitteilen, Illan. Wir müssen ihnen klarmachen, dass unsere Welten nur Dritten als Experimentierfelder dienen.«

»Ach ja?« Illan runzelte die Stirn. »Und wozu sollte das gut sein?«

»Gemeinsam sind wir in der Lage, etwas gegen die Funktionale von Erde-1 auszurichten. Schließlich verfügen wir über dieselben Möglichkeiten wie sie.«

»Nein, das tun wir nicht. Sie können nämlich Menschen in Funktionale verwandeln.«

»Gut, vielleicht haben sie uns das voraus. Aber unsere Welten sind für sie nur als Objekte zum Experiment interessant. Nimm doch nur mal Antik. Dort wird mit einer Gesellschaftsform experimentiert, zu der Sklaverei gehört. Das ist doch richtig, oder? Wenn diese Möglichkeit wegfällt, werden sie sich nicht mehr für diese Welt interessieren. Bei euch interessiert sie das Fehlen von großen Staaten ...«

»Es geht aber immer auch um den technischen Fortschritt. In Antik ist er auf dem Niveau der Mechanik stecken geblieben. In Feste regiert die Kirche, hier liegt ihr Augenmerk auf den biologischen Forschungen.«

»Siehst du!« Ich nickte. »Genau deshalb ist auch eine Zollstelle nötig. Damit keine verbotenen technischen Geräte von einer Welt in eine andere gelangen. Wenn Antik an Dampfmaschinen und Schienen käme, eure Welt an elektrische Geräte und Verbrennungsmotoren ...«

»Vergiss es, schließlich haben wir kein Öl.«

»Gut, dann gehen wir halt nur von elektrischen Geräten und Elektromotoren aus. Trotzdem wäre keine Welt mehr für Erde-1 von Nutzen, sobald die Reinheit des Experiments nicht mehr gewährleistet wäre und sich die einzelnen Welten verändern würden. Dann müssten uns die Funktionale von Erde-1 in Ruhe lassen. Sie müssten sich andere Objekte suchen, die sie erforschen könnten.«

»Bist du sicher, dass sie sie *suchen*?«, fragte Illan. »Vielleicht erschaffen sie uns ja auch.«

Ich erschauderte. »Ja, ich bin mir sicher«, meinte ich. »Wie sollte man eine Welt ohne Öl erschaffen? Man kann ja wohl schlecht die geologischen Prozesse, die sich vor einer Million Jahren abgespielt haben, manipulieren, oder? Schließlich können sie keine Zeitreisen unternehmen. Und selbst wenn sie das vollbrächten, wären sie noch längst nicht imstande, Berge zu versetzen oder die

Atmosphäre zu beeinflussen. Sie suchen, Illan. Vermutlich haben sich ihre Zöllner besser im Griff und finden neue Welten, die genau zu den Vorstellungen der Funktionale von Erde-1 passen. Oder sie haben sehr viele Zöllner, sodass sie in viel mehr Welten gelangen. Kirill Alexandrowitsch hat sich verplappert und erwähnt, sie würden weitaus mehr bewohnte Welten kennen als wir.«

»Du schlägst also vor, wir sollten die Technologien der verschiedenen Welten mixen?«

»Ich schlage vor, die Reinheit des Experiments zu zerstören.« Ich grinste. »Stell dir doch mal vor, du würdest verschiedene chemische Experimente durchführen. Über deinem Bunsenbrenner köcheln und kochen in aller Ruhe reine Lösungen. Und plötzlich kommt jemand und vermengt nach und nach die Flüssigkeiten aus den fünf Reagenzgläsern. Was dann?«

»Erstens könnte eines der Reagenzgläser explodieren«, antwortete Illan. »Zweitens gießt der Chemiker die verunreinigten Lösungen weg und spült die Reagenzgläser aus.«

Es trat Stille ein.

»Woher haben sie diese Möglichkeiten?«, fragte Kotja leise. Er wirkte völlig niedergeschmettert. »Würden sie wirklich ... einen Atomkrieg bei uns anzetteln?«

»Warum denn nicht?«, fragte ich achselzuckend. »Woher wollen wir wissen, welchen Einfluss sie auf unsere Politiker ausüben? Jemand könnte sich damit einverstanden erklären, einen Krieg anzufangen, sofern er dafür Asyl in einer anderen Welt, genauer auf Erde-1, gewährt bekommt.«

»Ich habe im Grunde ja nichts gegen deinen Plan einzuwenden, Kirill«, meinte Illan seufzend. »Er ist wirklich nicht dumm. Aber allein kannst du einfach nichts ausrichten. Die Mehrheit der Funktionale müsste dich unterstützen. Sie müssten einen Krieg gegen Erde-1 anfangen.«

»Und du glaubst, sie ließen sich darauf nicht ein?«

»Weshalb sollten sie das, Kirill? Ein Krieg käme einem Erdbeben gleich – und zwar in allen Welten. Und wer wollte schon, dass das bequeme Leben zusammenbricht und alles um einen herum in Aufruhr gerät? Doch wohl nur diejenigen, die nichts zu verlieren haben. Aber die Funktionale haben etwas zu verlieren. Eine ganze Menge sogar.«

»Aber was ist denn das für ein Leben – als Versuchskaninchen?«

Zum ersten Mal schenkte Illan mir einen freundschaftlichen Blick. »Eben, das sehe ich ganz genauso. Aber ich fürchte, die meisten ahnen das ohnehin. Und sie ändern nichts daran, sondern nehmen es einfach hin.«

»Gut.« Ich nickte. »Und was schlägst du vor? Hast du einen Plan?«

Eine Sekunde lang glaubte ich, sie würde etwas sagen. Doch Illan schüttelte nur den Kopf.

»Ich gehe zu Felix«, erklärte ich.

»Das wird nichts nützen. Ich habe dir doch schon gesagt, wie er …«

»Damals hat er nichts von Erde-1 gewusst.«

»Bist du dir da sicher?«

Ich ließ mir die Frage kurz durch den Kopf gehen und

musste zugeben, dass es mit meiner Überzeugung nicht weit her war.

»Dann werde ich zunächst mit allen anderen Funktionalen sprechen«, schlug ich unsicher vor. »Sie werden mich unterstützen. Danach gehen wir zu Felix ...«

»Wieso glaubst du, sie würden dich, einen Frischling, unterstützen? Felix ist eine Autoritätsperson, genießt Respekt ...«

»Na klar, schließlich bewirtet er alle mit vorzüglichem Essen.«

»Das kommt hinzu. Aber wenn du damit anfängst, das Volk aufzurütteln, wird dir bestimmt niemand glauben. Und Felix wird dir diesen Schritt verübeln.«

»Dann gehe ich halt doch zu ihm.«

»Bist du wirklich so dumm?! Was, wenn er selbst von Erde-1 stammt? Wenn er die Situation hier in Kimgim kontrolliert?«

»Stopp!« Kotja, der uns alarmiert ansah, erhob sich. »Stopp! Stopp! Jetzt keinen Streit! Schließlich habt ihr das gleiche Ziel, oder habt ihr das schon vergessen? Ihr wollt der Manipulation unseres Lebens ein Ende machen ...«

»Wir streiten uns nicht.« Illan senkte umgehend die Stimme. Wie ich zu meiner übergroßen Verwunderung feststellen musste, verfing Kotjas Charme bei ihr genauso gut wie bei einer siebzehnjährigen Studentin aus der Provinz. »Aber du musst verstehen, Kotja ...«

»Ich will aber nichts verstehen! Wenn wir uns gegenseitig anschreien, bringt das überhaupt nichts!« Stolz warf Kotja den Kopf in den Nacken und ließ seine Brille funkeln. »Wir dürfen auf gar keinen Fall etwas überstürzen.« Seine Stimme nahm einen geradezu lehrhaften Ton an. »Wir müssen das Für und Wider einer jeden Entscheidung abwägen. Wir müssen inoffiziell mit den Funktionalen sprechen! Erst dann können wir an ein Gespräch mit Felix denken und Partisanen spielen!«

»Einverstanden«, versicherte ich erleichtert. Nichts hätte mir in dieser Situation mehr missfallen, als wenn jemand erklärt hätte, wir müssten unverzüglich militärische Aktionen einleiten. Denn dem Sterben hatte ich so gar nichts abgewinnen können.

Illan nickte widerwillig.

»Du solltest all das vergessen, Kirill«, schlug Kotja vor. »Du musst wieder zu Kräften kommen. Nimm von mir aus deine Arbeit als Zöllner wieder auf! Man rennt dir vermutlich die Tür ein, während du in fremden Welten herumstreifst!«

»Ich muss meine Umgebung kennenlernen!«, konterte ich. »Insofern ist das eine berufliche Notwendigkeit.«

»Trotzdem müssen wir eine Auszeit nehmen«, fuhr Kotja fort. »Zu Kräften kommen. Illan und ich fahren jetzt zu mir und werden uns ein paar Tage erholen. Versprichst du, bis dahin nichts zu unternehmen?«

Ich sah die beiden an und unterdrückte eine giftige Bemerkung. »Versprochen.«

Gegen Abend trudelte Kundschaft ein.

Drei Männer aus Moskau wollten durch die Bank nach Kimgim. Zwei von ihnen kannte ich nicht, der dritte war ein bekannter Fernsehjournalist. Eine junge Frau aus

Moskau wollte ins Reservat. Sie zog sich splitterfasernackt aus, badete im Meer, trank direkt aus der Flasche teuren Champagner und ging wieder nach Hause.

Auf der Kimgimer Seite gaben sich die Besucher ebenfalls die Klinke in die Hand. Ein älteres Ehepaar besuchte Moskau, wobei es sich höflich bei mir erkundigte, welches Kino in der Nähe ich empfehlen könnte. Ich nannte ihnen das Kosmos an der Metrostation ›Errungenschaften‹. Ein schüchterner, gebildet wirkender junger Mann – wobei sich mir im Zusammenhang mit Kimgim das Wort ›aristokratisch‹ aufdrängte – wollte nach Scheremetjewo-2. Mir schoss der Gedanke durch den Kopf, dass der Ausdruck, man habe einen Menschen getroffen, der nicht von dieser Welt sei, weitaus zutreffender war, als die Menschen, die ihn gebrauchten, ahnten.

Aus Nirwana und Arkan kam natürlich niemand. Einen Moment lang rechnete ich mit Wassilissa. Ich hatte sogar das unerschütterliche Gefühl, sie grüble gerade darüber nach, ob sie zu mir kommen sollte oder nicht. Dann legte sich das Vorgefühl, sie statte mir einen Besuch ab, jedoch wieder.

Sie musste es sich anders überlegt haben.

In Moskau fing es an zu regnen, in Kimgim setzte ein Schneesturm ein. Ich stellte mir meine leere und traurige Wohnung vor. Die Moskauer Straßen, durch die die letzten Bürger nach Hause eilten. Die gemütlichen Gehöfte Kimgims und das Plätschern der kalten Wellen, in denen sich die gigantischen Kraken verbargen.

Ob ich doch zu Felix gehen sollte? Nicht um mit ihm zu reden, sondern einfach um etwas zu essen und zu trinken ... Nein, lieber nicht. Ich würde es nicht aushalten. Ich würde ein Gespräch anfangen.

Allerdings stand mir noch eine weitere Möglichkeit offen, an einem angenehmen Ort in interessanter Gesellschaft zu speisen ... Mit einem Anflug von Schadenfreude kramte ich die Visitenkarte des Politikers Dima heraus und wählte die Nummer.

»Ja?« Als er – überraschenderweise – selbst an den Apparat ging, wurde mir klar, dass mir die Ehre zuteilgeworden war, seine Privatnummer erhalten zu haben.

»Hier ist Kirill«, sagte ich. »Von der Zollstelle.«

Eine Pause. Dann die vorsichtige Frage: »Ist die Ware ... schon eingetroffen?«

»Ja, und bereits verzollt«, ließ ich mich voller Vergnügen auf das Verschwörerspiel ein. »Es sind aber gewisse Komplikationen aufgetreten. Insofern wäre es gut, wenn wir uns treffen könnten. Wenn möglich, in einem Restaurant.«

»Ich schicke Ihnen einen Wagen«, sagte Dima. »Sobald Sie vor die Tür kommen sollen, rufe ich an.«

Ich ging nach oben und trank ein Glas Kognak. Ich schaute auf den Turm von Ostankino, der in Arkan von Scheinwerfern angestrahlt wurde – ganz wie bei uns. Dann stand ich vor dem Fenster zum Reservat und atmete die frische Meeresluft ein. Über Nacht sollte ich unbedingt dieses Fenster auflassen.

Der Politiker rief sogar schneller zurück, als ich erwartet hatte.

»Das Auto wartet«, erklärte er. »Der Fahrer wird Ihnen meine Visitenkarte zeigen.«

Das konspirative Spiel ging weiter. Die armen Mitarbeiter der Staatssicherheit, die nicht in das Geheimnis der Funktionale eingeweiht waren. Sie würden alles daransetzen herauszubekommen, mit wem Dima sprach und wem er seinen Wagen schickte. Nur würden sie nicht das Geringste in Erfahrung bringen ...

Ich ging nach unten und trat aus dem Turm. Mit ernster Miene prüfte ich die Visitenkarte, die mir der Fahrer entgegenhielt. Von leichtem Neid erfüllt starrte ich zu ein paar jungen Leuten hinüber, die ungeachtet der Kälte und des Regens die Straße entlangliefen. Selbst wenn sie jetzt saures Bier in einem billigen Café trinken würden – sie hatten bestimmt mehr Spaß als ich. Sie wussten nicht, dass unsere Welt nur ein Experimentierfeld ist.

Wie viel angenehmer wäre es, den Spion und nicht den Verschwörer zu mimen. Ein Spion arbeitet in einem fremden Land, ein Verschwörer in seinem eigenen – das okkupiert ist.

Aber natürlich hatte ich keine andere Wahl.

Für unser Treffen hatte der Politiker ein Restaurant gewählt, das die Küche eines nicht existierenden Landes anbot: die tibetische. Die Besitzer des Restaurants teilten die diesbezügliche Position des chinesischen Herrschers indes offenkundig nicht, zierten die Räumlichkeiten doch die tibetische Flagge und andere Attribute der Staatlichkeit. Unwillkürlich schoss mir der Gedanke durch den Kopf, in dieser Wahl liege ein symbolischer Sinn.

Ein Leibwächter brachte mich in ein kleines Hinterzimmer und ging, die Tür fest hinter sich zuziehend, hinaus. Dima saß bereits am Tisch.

»Nehmen Sie doch bitte Platz.« Sein Lächeln wirkte angespannt, aber freundlich. »Bedienen Sie sich. Die tibetische Küche ist ganz exquisit. Ich empfehle Tigergarnelen im Teigmantel. Außerdem gibt es hier einen ganz unverwechselbaren Wein.«

»Tigergarnelen?« Kurz rief ich mir mein Geografielehrbuch in Erinnerung. »Wie originell. Und Trauben wachsen auch in Tibet?«

»Ich bin noch nicht da gewesen«, meinte Dima achselzuckend. »Es ist eine Mischung aus Wein und Sake. Wenn dort Trauben wachsen, dann nur in sehr geringer Menge. Essen Sie, Kirill.«

Das ließ ich mir nicht zweimal sagen. Mir kam es zwar weniger auf das Essen als vielmehr auf die Gesellschaft an, aber die Garnelen stellten sich in der Tat als schmackhaft heraus. Vermutlich hätte sogar Felix sie gelobt ... Und der Wein, nun ja, eine gewisse Originalität musste man ihm fraglos bescheinigen. Der Politiker machte sich ebenfalls übers Essen her, schaffte es dabei jedoch, mir nebenbei von der heutigen Sitzung der Duma zu berichten, auf der seine Fraktion gegen ein volksfeindliches Gesetz Front gemacht, es am Ende aber dennoch nicht zu verhindern vermochte hatte. Mit einem mir fremden Zynismus und voller Müdigkeit sann ich darüber nach, dass die Oppositionsfraktion es sich durchaus erlauben konnte, gegen volksfeindliche Gesetze zu wettern. Im Grunde blieb keiner Fraktion in der Opposition etwas anderes übrig. Sie brauchte jedoch bloß an die Macht zu gelangen, und schon sah die Sache ganz anders aus ...

»Ich habe die Tür nach Arkan geöffnet«, setzte ich ihn

ins Bild, während ich eine Garnele an dem nicht vom Teigmantel umhüllten Schwanz packte. »Das Essen hier ist wirklich lecker! Ich habe also diese Tür geöffnet. Wer hatte Ihnen eigentlich vorgelogen, Arkan sei unserer Welt um fünfunddreißig Jahre voraus?«

»Nicht genau fünfunddreißig. Plus, minus ...«

»Es bleibt hinter uns zurück.«

»Was?« Dima erstarrte. Er nippte an seinem Wein und schaute durch mich hindurch ins Nirgendwo.

Mir entging nicht, dass sein Gehirn jetzt auf Hochtouren lief. Leute mit langer Leitung kriegen in der Politik keinen Fuß in die Tür, vor allem nicht in unserer. Darüber hinaus bietet die Politik für Altruismus keinen Raum. Momentan versuchte Dima zu entscheiden, welchen Nutzen er aus Arkan ziehen konnte.

»Es ist wertlos«, meinte ich. »Arkan können wir vergessen. Haben Sie schon einmal etwas von Erde-1 gehört?«

»Eine hypothetische Welt, aus der die ersten Funktionale gekommen sind«, antwortete Dima, ohne zu überlegen. »Seine Existenz wird abgestritten ...«

Er sah mir in die Augen.

»Richtig«, erklärte ich. »Genau das ist Arkan. Sie können es nicht als Experimentierfeld benutzen, weil wir selbst das Experimentierfeld sind. Erde-1 führt ihre Experimente in allen Welten durch, die sie findet. Irgendwie gelingt es ihr, die Entwicklung dieser Welten in die eine oder andere Richtung zu lenken. Soweit ich es verstanden habe, wird bei uns die Existenz von Supermächten erprobt.«

Im Grunde war mir dieser Gedanke eben erst in den Sinn gekommen. Doch als ich sah, wie der Politiker darauf ansprang, baute ich ihn prompt weiter aus: »Anfangs haben sie beobachtet, was bei einem Gleichgewicht der Kräfte von zwei antagonistischen Supermächten passiert. Anscheinend haben sie alles in Erfahrung gebracht, was diese Variante hergibt. Nach dem Zusammenbruch der Sowjetunion experimentieren sie nun mit Amerika, der einzigen verbliebenen Supermacht. Außerdem treiben sie vermutlich bei uns die Entwicklung der Technik voran.«

»Tolle Entwicklung«, legte der Politiker Widerspruch ein. »Die Raumfahrt haben wir fast abgewickelt.«

»Die brauchen sie halt nicht. Wenn es tatsächlich außerirdische Zivilisationen gäbe, wären sie womöglich imstande, sich der Kontrolle von Erde-1 zu entziehen. Aber allerlei Elektronik ...«

»Weißt du das sicher?«, erkundigte sich Dima.

»Nein, das ist nur eine Vermutung. Vielleicht irre ich mich auch.«

»Und was sagen ... deine Leute? Wie sehen sie das, dass man mit ihnen herumexperimentiert?«

»Die Funktionale?« Ich breitete die Arme aus. »Ich habe keine Ahnung. Aber ich fürchte, es wird ihnen egal sein. Wer hat sie denn zu Meistern gemacht? Diejenigen von Erde-1. Also sind sie ihnen dankbar. Abgesehen davon fürchten sie sie. Wer jemanden zum Funktional machen kann, kann ihm diese Gabe auch wieder wegnehmen.«

»Teufel auch, alles genau wie bei uns, in der Politik!« Theatralisch schlug Dima die Hände überm Kopf zusammen und lachte leicht gequält. »Gut. Was sollen wir jetzt machen? Diese Kräfte, die dürfen wir doch nicht einfach ungenutzt lassen. Mich selbst interessiert dabei nur eins:

Wie wir eure Möglichkeiten zugunsten unseres Landes einsetzen können.«

Ich murmelte etwas Unverständliches.

»Du glaubst mir nicht?« Der Politiker lehnte sich im Sessel zurück, um mich aufmerksam zu betrachten. »Das ist ein Fehler. Gewiss, die Macht ist ein Glücksspiel ohne Regeln. Aber im Unterschied zum Geld ist die Macht nicht an sich interessant, sondern nur im Zusammenspiel mit der Reaktion der anderen. Macht ist Geltungssucht. Einen Politiker muss man entweder lieben oder fürchten. Aber jedenfalls respektieren und vergöttern! Weshalb solltest du nach Macht streben, wenn du genau weißt, dass du in die Geschichte als feiger Trittbrettfahrer, Versager, Duckmäuser und Schwächling eingehst?! Wenn man sich an dich nicht wegen etwas erinnert, das du vollbracht, sondern wegen etwas, das du heruntergebracht hast? Das ist uninteressant! Dir schmeckt dein Essen besser, und du schläfst ruhiger, wenn du einen großen Bogen um die Politik machst. Tausende von Menschen begreifen das früh genug und lassen die Finger davon. Allerdings gibt es bei uns leider auch einige, die aus der Politik ein Geschäft gemacht haben. Darauf kann ich verzichten. Meine Geltungssucht ist stärker als meine Gier.«

»Sie wissen, dass Ihnen niemand glauben wird«, sagte ich aufrichtig. »Niemandem, der an der Macht ist, glaubt man. So läuft es bei uns nun mal – die Menschen stehen auf der einen Seite, die Macht auf der anderen. Eine Hundezüchterin, die ich kenne, hat mir einmal erzählt, ihr blute das Herz, wenn jemand von der Rubljowka zu ihr komme, um einen Welpen zu kaufen. Ein einfacher Mensch hält diejenigen von der Rubljowka a priori für absolut nichtsnutzig. Er hält sie nicht einmal für imstande, einen Hund zu lieben.«

»Ich weiß, Kirill. Auch wenn ich nicht auf der Rubljowka wohne. Gerade deshalb brauche ich ja ein Wunder. Deshalb brauche ich ja etwas von euch, den Funktionalen.«

»Kraft?«

»Worin liegt denn die Kraft?« Dima lächelte. »In den Muskeln? Im Geld? In Informationen? Im Charme? Es gibt verschiedene Arten von Kraft. Und man muss sie in all ihren Erscheinungsformen einzusetzen wissen ... Könnte ich mich denn an den anderen Welten bereichern?«

»Indem Sie Waren noch und noch durch den Turm bringen, wie ein kleiner Händler, der sein Sortiment billig im Ausland einkauft? Kaum. Man würde Ihnen für die Sachen Zollgebühren abverlangen.«

»Eben. Aber an Informationen aus Arkan komme ich nicht ran. Vielleicht ...« Er geriet ins Stocken. »... könntest du mir bei etwas anderem helfen?«

»Soll ich jemandem die Fresse polieren?«, fragte ich. »Mit etwas anderem kann ich nämlich nicht mehr aufwarten.«

»Doch.« Der Politiker lachte. »Es ist etwas geblieben. Die Technologie.«

»Die Erde ist am weitesten entwickelt.«

»Das stimmt nicht ganz. Denk zum Beispiel einmal an Feste.«

»Es ist verboten, unbekannte Technologien aus einer Welt in eine andere einzuführen.«

»Und von wem stammt dieses Verbot?« Dima starrte auf die Weinflasche, goss sich jedoch Mineralwasser ein. »Doch wohl von denen, die mit uns herumexperimentieren, oder? Sag mal, Kirill, hältst du es für klug, wenn ein Meerschweinchen zum anderen sagt: ›Wir dürfen nicht aus dem Käfig fortlaufen, der Experimentator hat es verboten‹?«

»Natürlich nicht. Nur befürchte ich, die anderen Funktionale würden mich in diesem Fall nicht verstehen.«

Der Politiker schnaubte. Er spielte mit seinem Glas herum und trank einen Schluck. »Es ist doch immer dasselbe ...«, sinnierte er. »Damals, als ich in die Politik gegangen bin, habe ich gedacht, ich könnte etwas erreichen. Sowohl für mich persönlich als auch für mein Land. Und für die Welt insgesamt. Aber dann bin ich hinter die Wahrheit gekommen. Ich musste einsehen, dass unsere Regierungschefs genau wie die amerikanischen Präsidenten längst nicht diejenigen sind, die in dieser Welt das Sagen haben. Dass es Meister gibt. Die sitzen zwar nicht an den Schalthebeln der Macht ... aber man gibt etwas auf ihre Meinung. Das ist der Realität gewordene Albtraum des Russophilen von den Freimaurern ... Und jetzt kommt auch noch heraus, wozu die Meister das alles machen ... Was meinst du, kann ich damit zum Präsidenten gehen und ihm die Wahrheit enthüllen?«

»Woher soll ich wissen, ob Sie das können?«, entgegnete ich. »Mich würde man gar nicht erst vorlassen, bei Ihnen vermag ich das nicht einzuschätzen.«

»Jetzt mal ernsthaft!«

»Ich habe keinen blassen Schimmer. Vielleicht wissen die oben an der Spitze ja ohnehin alles. Vielleicht würden Sie niemandem ein Geheimnis enthüllen. Und selbst wenn, was heißt das schon? Wird man daraufhin weltweit Funktionale jagen? Wird man auf die Türme und Keller Thermonuklearbomben abwerfen? Was sollte das bringen? Der eine oder andere würde es schaffen, sich in eine andere Welten abzusetzen. Der Rest würde einfach abtauchen. Schließlich können Sie Funktionale nicht von normalen Menschen unterscheiden.«

»Das gefällt mir an dir«, sagte der Politiker ehrlich. »Dass du bis jetzt von *ihnen* und nicht von *uns* sprichst. Du glaubst also, es hätte keinen Sinn zu kämpfen?«

»Mit den üblichen Methoden nicht. Das wäre, als wollte man den Teufel mit dem Beelzebub austreiben. Wissen Sie überhaupt, über welche Möglichkeiten ein Hebammenfunktional verfügt? Natalja Iwanowa zum Beispiel?«

»Nein.«

»Sie dürfte vermutlich von Erde-1 stammen. Glauben Sie etwa, Sie können einfach zu ihr gehen und sie festnehmen? Vielleicht brächte sie es fertig, selbst die härtesten Einsatzkräfte zu verhexen und ihnen zu befehlen, auf Sie loszugehen? Vielleicht würde ihr nicht einmal eine Atomexplosion etwas anhaben? Normale Funktionale sind an ein Gebäude gebunden, an ihre Funktion, aber bei ihr bin ich mir da nicht so sicher. Sie kennen die Kraft dieses Feindes nicht und können sie auch gar nicht kennen. Sie wissen nicht einmal, an welchen Machtpositionen sie sitzen. Gehen Sie doch mit Ihrem Bericht zum Präsidenten – und dann ist der selber von Erde-1!« Ich zögerte kurz, bevor ich hinzufügte: »Und woher soll ich wissen, wer Sie sind? Der Politiker Dima? Oder vielleicht ebenfalls ein Funktional aus Arkan? Prüfen Sie vielleicht gerade meine Zuverlässigkeit, indem Sie mich überreden wollen, die Zollgesetze zu verletzen?«

Dima trank sein Wasser aus. »Jetzt weißt du, wie es in der Politik zugeht, Kirill«, meinte er dann seufzend. »Für mich wird es Zeit. Mach dir um die Rechnung keine Sorgen, es ist alles bezahlt.« In der Tür drehte er sich noch einmal um. »Ich bin nicht von Arkan. Ich bin von hier, von der Erde. Aber das brauchst du mir nicht zu glauben, denn man darf niemandem glauben.«

»Wie hat der gute alte Müller in *Siebzehn Augenblicke des Frühlings* gesagt«, konnte ich mir nicht verkneifen zu sagen. »›Sie dürfen niemandem glauben – außer mir.‹«

»Wenn du willst, kannst du Müller glauben.« Dima nickte. »Den Toten kann man glauben.«

Ich sah auf die Tür, die hinter ihm zufiel, als müssten auf ihr irgendwelche weisen Worte erscheinen. Und ich trank noch etwas Wein.

Der Politiker tat mir leid. Natürlich stammte er nicht von Arkan. Er war jung und ehrgeizig, er versuchte, einen Zauberstab zu finden, um, auf diesen gestützt, auf den Gipfel der Macht zu kraxeln. Eine nationale Idee ... Pah! Was für eine nationale Idee sollten weiße Mäuse in ihrem Käfig wohl schon haben? Wer zu einem Experiment zugelassen, wer der Boa als Beute zugeteilt, wer zur Fortpflanzung abgestellt wird ...

Zauberstäbe gab es nicht. Es gab sie nicht, und es würde sie auch nie geben.

In meiner Kindheit war ich eine richtige Leseratte gewesen. Jetzt las ich seltener ... manchmal einen Krimi, Science-Fiction, etwas, das gerade angesagt war ... Aber in meiner Kindheit hatte ich das Lesen wirklich geliebt. Meine Eltern hatten mich an Bücher herangeführt. Märchen, Fantasy ... Insofern glaubte ich wirklich an den Zauberstab. Und mit Vergnügen hätte ich ihn an Dima weitergereicht. Sollte er es ruhig einmal probieren. Schlimmer konnte es ohnehin nicht werden.

Oder musste man ein Optimist sein? In dem Sinne, dass es immer noch schlimmer kommen kann?

Ich trank den Wein aus und stellte das Glas zur Seite. Stimmt schon, ein seltsames Getränk. Exotisch ...

Unvermittelt fiel mir ein, dass meine Eltern heute aus der Türkei zurückgekommen sein mussten.

Gut drei Jahre hatte ich auf eigenen Füßen gelebt. Zu verdanken hatte ich das allein meinen Eltern. Ich selbst hätte noch runde zehn Jahre auf eine Wohnung sparen müssen. Sie hatten mir die Wohnung geschenkt und mich quasi aus dem Haus gejagt. Anfangs nahm ich ihnen das sogar krumm – bei allen Vorteilen, die die eigenen vier Wände ohne Zweifel boten. Als ich mir dann meine Freunde und Bekannte, die noch bei ihren Eltern lebten, genauer ansah, begriff ich, dass meine alten Herrschaften gut daran getan hatten. Letzten Endes verdirbt das Zusammenleben mit den Eltern einen Menschen, sofern er nicht mehr die Schulbank drückt. Du kannst gutes Geld verdienen und deine Eltern unterstützen, aber wenn du weiterhin mit ihnen unter einem Dach lebst, wirst du nie erwachsen werden. Du nimmst die Verhaltensweisen und die Lebensweise deiner Eltern an. Du wirst zur Konserve, zu einer jungen Kopie deines Vaters. Das aber ist nur in Bauernfamilien von Vorteil, und auch da nur beim ältesten Sohn. Es ist kein Zufall, dass in allen Märchen der jüngere Sohn, der aufs Geratewohl in die weite Welt hinauszieht, um sein Glück zu machen, dabei große Erfolge erzielt. Tausende solcher nachgeborenen Söhne kehren nie zurück, aber manch einer fängt eben doch seinen blauen Vogel. Zum Acker des Bauern, zu dem arbeitssamen und bodenständigen erstgeborenen Sohn, kommen die blauen Vögel jedoch nie geflogen ...

Ich stand vorm Eingang des Hauses meiner Eltern, in dem ich meine Kindheit verbracht hatte, und sah zu den Fenstern hinauf. Es dämmerte. In der Küche brannte bereits Licht.

Sie würden mich nicht erkennen, wenn ich ihnen gegenüberstünde, so wie sie mich auch am Telefon nicht erkannt hatten. Das wusste ich inzwischen.

Trotzdem zwang mich etwas dazu, zu ihnen hinaufzugehen und an der Tür zu klingeln. Weshalb?

Etwas geriet in Bewegung. Etwas würde geschehen. Das spürte ich. Und ich hatte die böse Vorahnung, meine Eltern in absehbarer Zukunft nicht wieder zu Gesicht zu bekommen. Vielleicht würde ich sie sogar nie mehr sehen.

Der Code vom Türschloss war nach wie vor der alte. Ich betrat das Haus und rief den Fahrstuhl. Völlig gelassen blickte ich Galka an, die vom ersten Stock die Treppe runterkam. In der achten Klasse hatten wir uns mal geküsst, genau hier, vorm Aufzug ... Galka streifte mich mit wachsamem Blick und ging hinaus.

Mach dir keine Sorgen, Galja, ich bin kein Psycho und kein Dieb ...

Der Fahrstuhl kam. Ich fuhr nach oben. Kurz stand ich vor der Tür meiner Eltern, dann drückte ich den Klingelknopf. Fast unmittelbar darauf vernahm ich Schritte – und einen Moment lang glaubte ich, meine Eltern würden mich wiedererkennen. Dass sie sich Sorgen gemacht hätten. Auf mich gewartet hätten. Und mich unter allen Umständen wiedererkennen würden.

Mein Vater öffnete die Tür. Sofort, ohne auch nur durch den Spion zu linsen. Das war so eine dämliche Angewohnheit von ihm, deretwegen sowohl meine Mutter als auch ich ihm Vorwürfe machten.

»Kann ich Ihnen helfen, junger Mann?«, fragte er freundlich.

Wie alt er geworden ist, dachte ich, während ich meinen Vater ansah. Trotz der frischen Sonnenbräune und des erholten Gesamteindrucks. In den letzten ein, zwei Jahren war er merklich gealtert, selbst wenn er auf sein Äußeres Wert legte, Sport trieb, Alkohol nur in Maßen genoss und höchstens einmal im Monat, »um der Geselligkeit« willen, rauchte. Als hätte man mir einen Schleier vor den Augen weggezogen, sah ich nun: Meine Eltern waren alt geworden. Sie hatten die fünfzig inzwischen längst überschritten ...

»Guten Tag«, sagte ich. »Ich ... ich suche Kirill.«

»Was für einen Kirill?«

»Wohnt Kirill Maximow hier?«

»Hm ...« Mein Vater nickte. »Maximow, das bin ich. Aber ich heiße Danila.«

»Sie?« Ohne den Blick von ihm zu wenden, rieb ich mir mit der Geste eines verlegenen und nach Worten suchenden Mannes die Augenbraue. »Nein, Kirill ist in meinem Alter ... Wir waren zusammen in der Armee, aber ich habe seine Adresse verloren. Er wohnt irgendwo in diesem Viertel. Bei der Auskunft hat man mir diese Adresse gegeben ... Sie haben keinen Sohn, der Kirill heißt?«

Etwas kaum Fassbares, eine Art altvertrauter, aber nie bewältigter Trauer, huschte über das Gesicht meines Vaters.

»Nein, junger Mann.«

»Vielleicht einen Neffen?« Ich setzte das Spiel fort. »Auch nicht? Tut mir leid, hier muss ein Missverständnis vorliegen ...«

Im Flur tauchte meine Mutter auf. Das war doch nicht zu fassen – sie sah jünger aus, als ich sie in Erinnerung hatte! Ha! Die Geburt und die Sorgen um ein Kind gereichen der Schönheit einer Frau eben doch nicht zum Vorteil ...

»Danila?«, sagte sie mit fragendem Unterton.

»Hier sind Sie falsch«, erklärte mein Vater und fuhr fort, ohne sich zu meiner Mutter umzudrehen: »Der junge Mann sucht einen Kirill Maximow, bei der Auskunft hat man ihm diese Adresse genannt ...«

»Verzeihen Sie die Störung ...«, murmelte ich.

Mein Vater sah mich immer noch ... irgendwie zweifelnd an. Nachdenklich. Ich glich ihm, vermutlich entdeckte er in mir seine Züge, und das irritierte ihn.

Meine Mutter musterte mich übrigens mit demselben Zweifel. Wie auch nicht? Schließlich sprang ihr die Ähnlichkeit noch stärker ins Auge ...

»Entschuldigen Sie.« Ich ging zum Fahrstuhl. Da ihn bereits jemand in einem anderen Stock gerufen hatte, musste ich warten. Mein Vater sah mich ein letztes Mal an, bevor er die Tür schloss.

Ich lauschte. Entweder kamen hier meine Fähigkeiten als Funktional zum Tragen, oder meine Mutter sprach sehr laut, doch ich vernahm deutlich: »Der Junge sieht dir ähnlich.«

»Was willst du damit sagen?«, erwiderte mein Vater mit einer Spur von Verärgerung.

»Äh ... nichts.«

»Komm schon, raus mit der Sprache!«

Na prima! Jetzt glaubte meine Mutter auch noch, mein Vater habe ein außereheliches Kind. Da hatte ich ja was Schönes angerichtet.

Wie gestaltete sich mein Verschwinden für sie? Ob sich meine Sachen und Papiere in Luft aufgelöst hatten, mein Gesicht in Fotos zerflossen, in den alten Unterlagen die Zahl der Bewohner dieser Wohnung von »3« zu »2« mutiert war? Und was war mit ihrem Gedächtnis? Hatte meine Mutter sogar vergessen, dass sie einmal schwanger gewesen war? Oder glaubte sie, ihr Kind sei bei der Geburt gestorben? Was trat in ihrem Gedächtnis an die Stelle jener Jahre, die sie mit mir verbracht hatten? Lustige Reisen und das gesellige Beisammensein mit Freunden? Oder leere, bittere, kalte Abende zu zweit, immer nur zu zweit ...

Ich lehnte die Stirn gegen den schmutzigen Spiegel im Fahrstuhl.

Nicht nur mir hatten sie alles geraubt. Auch meinen Eltern hatten sie etwas genommen: mich. Als Ersatz hatten sie ihnen Freizeit, mit der sie nichts anzufangen wussten, und Leere in der Seele gegeben.

Genauso dürfte es sich verhalten, wenn die Funktionale ganze Länder und Welten bestahlen. Es war einmal ein Land. Ein mitunter etwas unbesonnenes Land, ein Land voller Unruhe und Probleme, das es verdiente, gescholten zu werden. Und bauz! – schon war es nicht mehr da. Daraufhin erklärten die Funktionale, es habe nie existiert, es sei Blendwerk, Täuschung und Teufelei gewesen. Und dass du ihnen dankbar sein müsstest, weil sie dich von diesem Problem befreit hätten. In deiner Freiheit weißt du nicht, was du tun sollst, aber dafür bist du auch für nichts verantwortlich. Und die Leere in der Seele? Die ist doch ganz normal, sie macht dir das Leben leichter.

»Wie ich euch alle hasse«, zischte ich. Ich begriff nicht auf Anhieb, dass ich Illans Worte wiederholt hatte.

Vielleicht sollte ich zu den beiden gehen? Sie waren bei Kotja. Zusammen stünden wir das besser durch ... Allerdings glaubte ich nicht, dass sie sich sonderlich über mein Erscheinen freuen würden. Der dritte Mann war nur in den wüsten Geschichten nötig, mit denen Kotja seinen Lebensunterhalt verdiente.

Außerdem hatte ich noch jemanden, zu dem ich gehen konnte.

Zweiundzwanzig

Ein Mann und eine Frau, die sich noch kaum kennen, sich aber voneinander angezogen fühlen, erleben bei uns früher oder später einen seltsamen Moment: »Ich habe plötzlich ...« Oder er tritt eben nicht ein, aber dann endet die Beziehung, noch ehe sie angefangen hat.

Dieser Moment besteht darin, dass es in der Wohnung der Frau (meistens) oder des Mannes (seltener) an der Tür klingelt. Oder das Telefon läutet. Und derjenige, der da kommt, wird sagen: »Ich habe plötzlich beschlossen, bei dir vorbeizuschauen.« Manchmal fügt er hinzu: »Ich hatte so ein Gefühl, als ob du auf mich warten würdest«, aber das hängt bereits davon ab, ob es in seiner Seele eine romantische Ader gibt. Ausschlaggebend ist das Wörtchen »plötzlich«.

Plötzlich habe ich beschlossen, bei dir vorbeizukommen. Plötzlich habe ich beschlossen, dich anzurufen.

Entschuldige, üblich ist das ja nicht, und ich weiß selber nicht, was wir jetzt machen wollen ... Du musst entschuldigen, aber ich war gerade in der Gegend, und da habe ich plötzlich gedacht ...

Der Zufälligkeit oder gar Absurdität des Auftritts kommt bei diesen Szenen entscheidende Bedeutung zu. Die Liebe ist per se unlogisch, deshalb können die Menschen, die versehentlich als Menschen und nicht als Computer geboren worden sind, ihr so wenig abgewinnen.

Ein Ereignis »Ich habe plötzlich ...« garantiert noch nichts. Vielleicht trinken die beiden nur zusammen Tee und gehen anschließend wieder ihrer Wege. Vielleicht landen sie im Bett, trennen sich danach aber trotzdem.

Unterbleibt dieses »Ich habe plötzlich ...« jedoch, kann von Liebe keine Rede sein. Möglicherweise geht es dann um Freundschaft, Leidenschaft, Anhänglichkeit – es gibt ja eine breite Palette schöner Dinge und Gefühle. Aber um Liebe geht es dann nicht.

Die heldenhafte junge Untergrundkämpferin Nastja Tarassowa wohnte in Preobrashenskoje, sicherlich nicht gerade der beste Bezirk. Dafür aber in einem freundlichen Neubau auf einem überwachten Gelände, in einem Studioapartment im obersten Stockwerk, das ihr vermutlich der gute Geschäftsmann Mischa gekauft hatte. Ich kannte ihre Adresse, weil Nastja meine Zollstelle passiert hatte. Eine weitere Fähigkeit eines Zöllners, die in mir gewachsen war.

Wo Mischa wohnte, wusste ich auch. Auf der Rubljowka, wie es sich für einen so gewichtigen Mann gehörte.

Mit der Wache am Eingang des Geländes gab es keine Probleme. Höflich nannte ich ihm Nastjas Wohnungsnummer und ihren Nachnamen, doch als der Wachmann mich bat, ihm meine Papiere vorzuzeigen, schüttelte ich nur den Kopf. Mich ganz wie Stalins Protegé, der parapsychologisch begabte und gerade ungehindert zur Lubjanka herausspazierende Wolf Messing oder wie der die imperialen Mannen betörende Obi-Wan Kenobi fühlend, erklärte ich: »Du brauchst meine Papiere gar nicht.«

»Stimmt«, pflichtete mir der Objektschützer bei und öffnete die innere Tür. »Alles Gute.«

Ein wenig enttäuscht von dem Fehlen schöner visueller Effekte durchquerte ich das gepflegte Grundstück, auf dem entlang der mit Steinen ausgelegten Wege Laternen brannten, während unfrohe Mieter ihre reinrassigen Vierbeiner im Regen über das Hundegelände Gassi führten.

Auch die Videogegensprechanlage am Hauseingang bereitete mir keinerlei Problem. Ohne auf die Zahlen zu sehen, tippte ich den Code ein, worauf die Tür sich öffnete. Im Foyer saß eine gestrenge Concierge in ihrem Glashäuschen wie in einem Aquarium, doch stellte sie mir keine Fragen.

Ein anständiges Haus. Die Eingangshalle strahlte vor Sauberkeit, Blumentöpfe und Bäumchen in Fässern standen hier, es roch nach einer kaum zu entschlüsselnden Mischung von Parfüms, offenbar der Gesamtheit aller Düfte der Damen und Herren, die in diesem Haus ein und aus gingen. Der Aufzug, wenn auch nicht mit Marmor verkleidet, glitt sanft nach oben, die Spiegel funkelten, eine leise Musik spielte.

Auf dem Treppenabsatz im obersten Stockwerk wartete allerdings eine Überraschung auf mich. Und diese Überraschung hieß Vitja, war einen Meter und neunzig groß und extrem breitschultrig. Ich erinnerte mich an den Besuch Michails und Nastjas, als die beiden nach Antik zum Konzert wollten, her an ihn.

Der Leibwächter erkannte mich ebenfalls wieder. Er stieß sich von der Wand ab, sah mich irritiert an und linste dann zur Wohnungstür hinüber, die er zu bewachen hatte.

»Guten Abend, Vitja«, begrüßte ich ihn.

»Ich darf niemanden durchlassen«, erwiderte Vitja mit gepresster Stimme.

»Mich schon.«

Vitja schüttelte den Kopf.

Vielleicht konzentrierte ich mich nicht stark genug, um wirklich überzeugend zu wirken, oder in dem schlichten Gemüt des Leibwächters gab es nur für einen Herrn Platz. »Ich darf niemanden durchlassen«, wiederholte er mit schmerzerfüllter Stimme. »Ohne Wenn und Aber, es geht nicht.«

»Und wie willst du mich aufhalten?«, wollte ich wissen.

Vitjas Miene verfinsterte sich. Er wusste ganz genau, dass ihm all seine antrainierten Muskeln und die professionelle Vorbereitung bei einem absolut harmlos wirkenden Funktional nichts nutzten.

»Verpassen Sie mir wenigstens ein blaues Auge!«, verlangte er. »Ein Veilchen ...«

»Das bringst du selber fertig«, tadelte ich ihn. »Bist doch ein Mann!«

Ich ließ Vitja, der voller Gram auf seine gewaltige Faust blickte, stehen und ging zur Tür. Als ich klingeln wollte, bemerkte ich, dass die Tür offen war.

»Poch, poch«, sagte ich beim Eintreten.

Die Anwesenden hörten mich nicht. Sie stritten sich gerade.

Gemessen an den Maßstäben dieses Hauses war die Wohnung nicht sehr groß, vielleicht fünfzig Quadratmeter. Eine Freifläche mit zwei Stützpfeilern, die mit Wandborden und mit einem unbeholfenen Gemälde verziert waren, wie man es auf dem Kunsthandwerksmarkt in Ismailowskoje feilbietet. Vor einer Wand stand ein imposantes rundes Bett, an der Wand gegenüber gruppierten sich ein Flachbildfernseher, ein Zeitungstisch und mehrere Sessel. Ein Tresen trennte die Küchenzeile ab. Sogar das Bad war nur durch eine halb transparente Wand aus Buntglasquadern abgeteilt. Gewiss, das Ganze wirkte schon ansprechend. Mit neunzehn Jahren gefallen dir solche Wohnungen ungeheuer. Mit fünfundzwanzig wecken sie in dir freilich nur noch Rührung und den leisen Verdacht, deine Jugend sei vorüber.

Nastja und Michail standen an der Bar. In ihren Händen bemerkte ich hohe Gläser mit irgendeinem Drink. Allerdings verlangte es sie so gar nicht nach einem Cocktail. Anscheinend hatte ihre Beherrschung nur bis zu dem Zeitpunkt gereicht, an dem sie sich ihre Gläser eingeschenkt hatten – danach musste ihr Streit angefangen haben. Michail trug einen offenen Mantel, Nastja einen kurzen Hausmantel.

»Nicht einen Finger hast du gekrümmt!«, schrie Nastja. »Du hättest mich verrecken lassen!«

»Warum hast du dich auch mit denen eingelassen? Man hat mir nämlich alles erzählt!«, konterte Michail im selben Ton. »Du Idiotin!«

»Du hast mich im Stich gelassen!«

»Ich hätte etwas arrangiert und dich dann geholt«, widersprach Michail scharf. Ich hatte nicht den Eindruck, er lüge. »In dem Moment waren mir die Hände gebunden! Später hätte ich dich aber geholt!«

»Nachdem mich das ganze Dorf gevögelt hätte?« Nastja stimmte das Versprechen natürlich nicht um.

Daraufhin beging Michail eine Riesendummheit: »Als ob das etwas Neues für dich wäre! Hast du etwa nicht mit dem Zöllner geschlafen?«

Nastja schluckte und sagte kein Wort. Die Frage schien sie in der Tat zu kränken.

»Nein«, sagte ich genau in der Sekunde, als Nastja Michail eine Ohrfeige verpasste. »Sie hat nicht mit mir geschlafen.«

Sich die Wange reibend, drehte sich Michail zu mir um. Als ich seinen Blick auffing, wusste ich, dass ich mich gerade noch rechtzeitig eingemischt hatte – sonst hätte Nastja ihrerseits eine runtergehauen bekommen.

»Was machen Sie hier?«, fragte Michail kalt.

»Bin ich Ihnen etwa Rechenschaft schuldig?«, verwunderte ich mich. Ohne meine Schuhe auszuziehen, marschierte ich über den weichen Teppichboden und nahm in einem der Sessel Platz. Ich schnupperte, denn es roch nach Essen und sehr appetitanregend obendrein. Warum verspürte ich nur ständig solchen Hunger? Ob das eine Folge der Verwundung war? »Nastja, ich bin ... plötzlich mal eben so vorbeigekommen. Du hast doch nichts dagegen?«

»Nein, natürlich nicht«, antwortete sie völlig locker. »Soll ich dir einen Drink mixen?«

»Einen Gin Tonic«, bat ich.

»Sapphire, Beefeater oder Gordon's?«, fragte sie ganz wie ein erfahrener Barkeeper.

»Die Namen sagen mir alle nichts«, meinte ich zögernd. »Sie klingen aber durchweg verlockend ... Wozu würden Sie mir raten, Michail?«

Im Gesicht des Geschäftsmannes mahlten die Muskeln an den Schläfen. Plötzlich erinnerte er mich ungeheuer an Ippolit Matwejewitsch aus *Ironie des Schicksals*, als dieser gerade feststellte, dass Doktor Shenja seine, Ippolits, Rasierklinge benutzte.

»Sapphire natürlich«, erwiderte Michail. »Alles Gute, Herr Zöllner. Alles Gute, Nastja.«

»Tschüs«, brachte Nastja mit eisiger Stimme hervor. Sie öffnete die Kühlschranktür und lärmte mit den Flaschen.

Michail stellte sein Glas ab. Er machte auf dem Absatz kehrt und begab sich zum Ausgang. An der Tür blieb er noch einmal stehen. »Ich würde dich bitten, mich in Zukunft nicht mehr anzurufen«, sagte er kalt. »Mit ... mit Terroristen möchte ich nichts zu schaffen haben. Mir sind die Augen aufgegangen: Du hast mich bloß benutzt!«

Die Tür schlug zu. Ich zuckte mit den Achseln. Gut. War er also weg. Mit einem mehr oder weniger respektablen Abgang. Etwas wie »Nutte« oder »hysterisches Weibsbild« hätte nur dumm und deplatziert geklungen. So enthielten seine Worte jedoch einen Funken Wahrheit.

»Ich werde die Wohnung wohl aufgeben müssen«, sinnierte Nastja. »Sie läuft auf Michails Namen ... Außerdem könnte ich mir die Miete sowieso nicht leisten. Ich hätte ihn benutzt! Hast du Töne!«

»Nimm's mir nicht übel, aber so unrecht hat er nicht«, hielt ich ihr entgegen. »Hast du ihn benutzt?«

Nastja schielte zu mir hinüber. Sie gab Eis ins Glas. »Was geht dich das eigentlich an?«

»Vielleicht möchte ich wissen, ob du ihn geliebt hast oder nicht.«

»Hat er mich etwa nicht benutzt?« Nastja hielt mir das Glas hin. Sie setzte sich auf einen hohen Barhocker. »Weshalb bist du gekommen?«

»Hab ich doch schon gesagt. Ich hatte plötzlich Lust, mal reinzuschauen. Ich war gerade in der Gegend ...«

»Ja, ja.« Nastja nickte.

»Ich habe meine Eltern besucht«, gestand ich zu meiner eigenen Überraschung. »Sie haben mich nicht mehr erkannt. Sie sind jetzt allein ... Ich war ihr einziges Kind. Mein Vater ist sehr alt geworden.«

Nastja stellte ihr Glas ab und sah mich unerwartet verständnisvoll an. »Nimm's nicht zu schwer, Kirill.«

»Versuch ich ja.«

»Immerhin leben sie noch. Meine Mutter ist vor zwei Jahren gestorben. Mein Vater trinkt. Ich kann daran gar nichts ändern, er hört nicht auf mich ... Mischa hat mir immer wieder versprochen, er würde mit einem Arztfunktional reden ... aber irgendwas kam immer dazwischen. Und jetzt wird es erst recht nicht mehr klappen.«

»Er wird zurückkommen«, sagte ich mit gespielter Überzeugung. »Ganz bestimmt.«

»Nein, Kirill. Er hat Angst bekommen. Man hat ihm

gesteckt, dass ich mit dem Untergrund zu tun habe, der in verschiedenen Welten gegen Funktionale kämpft.« Nastja schnaubte. »Es ist natürlich höchst schmeichelhaft, so für voll genommen zu werden.«

»Illan ist in Moskau«, fiel mir plötzlich ein. »Sie ist bei einem Freund von mir.«

»Ich weiß, sie hat mich angerufen ... Kirill, was wird jetzt mit uns?«

»Wie meinst du das?«

»Sie werden uns finden. Die Funktionale.«

»Das werden sie.« Dem konnte ich nicht widersprechen. »Nastja, ich glaube, wenn ihr beide, du und Illan, euren Ideen abschwört ...«

»Ja?«

»Dann wird man euch in Ruhe lassen. Ich hatte da ein Gespräch ... übrigens über dich. Aber ich glaube, Illan würde auch niemand etwas zuleide tun.«

Nastja nickte, sage aber kein Wort.

»Illan und du, ihr habt recht, was Erde-1 angeht«, fuhr ich fort. »Ich bin da gewesen.«

»Die fünfte Tür?« Das interessierte sie schon mehr.

»Ja. Es ist die Welt, aus der die Funktionale gekommen sind. Alle anderen Welten sind nur ihre Experimentierfelder. Was passiert, wenn wir eine theokratische Welt schaffen? Was in einer Sklavenhaltergesellschaft? Was in einer Welt mit hoch entwickelter Technik oder in einer ohne Staaten? Das wollen sie wissen. Ansonsten haben sie es aber nicht auf uns abgesehen. Insofern können wir ganz unbesorgt sein. Wir können die Erde wählen, die uns gefällt, und dorthin ziehen.«

»Das ist doch irgendwie unwürdig.« Nastja lächelte linkisch.

»Das ist dein altersbedingter Maximalismus«, befand ich. »Ein Experimentierfeld, was soll denn daran so schlimm sein? Die Freiheit ist ohnehin ein Ding der Unmöglichkeit. Irgendein kluger Kopf hat einmal gesagt, man könne nicht in einer Gesellschaft leben und gleichzeitig frei von ihr sein.«

»Das war Lenin.«

»Und recht hatte er. Robinson war auch nur so lange frei, bis Freitag aufgetaucht ist.« Ich trank einen Schluck Gin Tonic. »Nein, natürlich hast du recht! Mich fuchst das ja selbst ohne Ende. Außerdem haben die von Erde-1 auf mich geschossen! Ich bin verwundet worden. Und wäre beinah abgekratzt.«

»Ach ja?« Nastja musterte mich skeptisch.

»Bei uns heilt alles sehr schnell. Jedenfalls habe ich mit den Dreckskerlen noch eine Rechnung zu begleichen ... Und ich habe mit Sicherheit nicht vor, ihnen in den Hintern zu kriechen. Aber wir können denen nicht den Krieg erklären. Wozu haben eure kindischen Angriffe denn geführt? Doch wohl nur dazu, dass ich diese Grünschnäbel umgebracht habe. Und selbst wenn ihr mich gekriegt hättet, oder Felix oder Zei ... oder sonst wen ... Was hättet ihr davon? Es würden doch bloß die Funktionale von Erde-1 kommen und neue Polizisten erschaffen. Sie würden euch Mores lehren. Die einen nach Nirwana schicken, die anderen ganz aus dem Verkehr ziehen.«

Mit einer kindlichen Geste rieb Nastja sich das Knie.

»Also wirst du nicht an unserer Seite kämpfen?«, fragte sie.

»Nein.« Ich schüttelte den Kopf. »Das wäre ein Kampf gegen Windmühlenflügel. Tut mir leid, da passe ich. Ich werde lieber meiner Arbeit in der Zollstelle nachgehen. Aus dem Fenster nach Erde-1 werde ich die Küchenreste kippen und denen obszöne Gesten machen – so lange, bis sie genug haben und den Turm von oben bis unten einbetonieren. Falls ... falls du willst ... kannst du zu mir ziehen.«

»Ein sehr taktvolles Angebot, mich als deine Geliebte aushalten zu lassen«, schnaubte Nastja. »Was soll das? Sehe ich etwa wie eine Nutte aus?«

»Nein. Du gefällst mir.«

»Vielen Dank für das Kompliment. Nein!«

»Was, nein?«

»Meine Antwort lautet nein! Ich habe nicht vor, wie das Kaninchen vor der Schlange zu hocken! Egal, ob Illan und ich uns durchsetzen können oder nicht, wir werden kämpfen! Besser aufrecht stehend sterben, als auf Knien leben!«

Das klang komisch, naiv, aber durch und durch aufrichtig. Ich seufzte. Es würde vermutlich nichts nützen, ihr zu widersprechen ... In dem Moment vernahm ich von der Tür: »Das sollten Sie nicht sagen, junge Frau.«

Ich hatte den Fehler wiederholt, den vor mir Nastja und Michail begangen hatten. Die Tür stand noch offen, was sich unser ungebetener Gast zunutze gemacht hatte.

Der Mann war um die vierzig und sah absolut harmlos aus. Ein korpulenter Mensch, mit einer dicken Brille und deutlicher Glatze. In seinen Händen presste er linkisch einen nassen Hut zusammen. Wann hatte ich eigentlich zuletzt einen Mann mit Hut auf unseren Straßen gesehen? Ein schlichter grauer Anzug mit Regenspritzern, schmutzbefleckte Stiefel und eine schlecht gebundene Krawatte vervollständigten das Bild. So sehen die Schullehrer unter den eingefleischten Junggesellen aus, die noch bei ihrer Mutter wohnen und ihren Schützlingen mit monotoner Stimme etwas über die Bedeutung von Basarow aus Turgenjews *Väter und Söhne* oder Gontscharows *Oblomow* herunterleiern.

Nur war der hier ein Funktional.

»Wer sind Sie nun schon wieder?«, rief Nastja aus, während sie vom Hocker sprang. »Ist hier heute Tag der offenen Tür?«

Ich stand ebenfalls auf und baute mich zwischen der Frau und dem ›Lehrer‹ auf.

»Das ist ein Polizistenfunktional«, sagte ich. »Einer von hier, aus Moskau.«

»Ganz recht, Kirill«, bestätigte der Polizist. »Entschuldigen Sie bitte vielmals, dass ich so ungefragt hereingeschneit bin ... Das ist nun einmal meine Arbeit. Dafür müssen Sie schon Verständnis haben. Ich heiße Andrej. Ich freue mich nebenbei bemerkt sehr, Sie kennenzulernen!«

»Sie hätten mich auch besuchen können«, erwiderte ich. »Der Turm an der Metrostation Alexejewskaja. Er ist rund um die Uhr geöffnet.«

»Das wird bedauerlicherweise nicht möglich sein. Es wäre ein bisschen zu weit für mich, ich müsste mich von meiner Funktion losreißen. Ich arbeite eigentlich im Südwesten, aber da man mich um Hilfe gebeten hat ...« Andrej lächelte schuldbewusst. »Ehrlich gesagt, missfällt mir die entstandene Situation in höchsten Maßen, ja, in gewisser Weise widert sie mich sogar an ...«

Ich schielte zu Nastja hinüber. Oho. Ihre Lippen zitterten. Anscheinend hatte sie kapiert!

»Was haben Sie vor?«, fragte ich.

»Ich muss die Sache mit der jungen Dame klären.« Entschuldigend breitete er die Arme aus.

»Felix hat mir versprochen, sie könne bei mir bleiben«, brachte ich wie aus der Pistole geschossen vor. »Kennen Sie Felix?«

»Nein, aber das spielt auch gar keine Rolle. Ihr Felix hat natürlich recht. Sie müssen wissen, ich persönlich habe nicht das Geringste dagegen, wenn eine schöne junge Frau mit ... mit Ihnen zusammenlebt. Man hat mich mit der Bitte hierhergeschickt, mit ihr zu reden und sie zu vernünftigerem Tun anzuhalten. Leider habe ich ihre Ansichten jedoch mit angehört. Es klang ja höchst poetisch, das mit dem Kaninchen vor der Schlange, dem Leben auf Knien ...«

»Wollen wir nicht versuchen, die Situation zu retten?« Ich lächelte ihn gutmütig an. »Gehen Sie doch einfach noch einmal vor die Tür, kommen Sie noch einmal herein, und ich werde Nastja noch einmal dieselbe Frage stellen.«

Der Mann dachte kurz nach. Dann zuckte er die Achseln. »Warum eigentlich nicht?«, zeigte er sich begeistert. »Sie müssen wissen, mir gefällt diese Arbeit in keiner

Weise! Ich bin von Beruf Historiker, eine Archivratte, wenn man so will. Ich sitze in einem staubigen Kämmerchen, blättere alte Dokumente durch und finde daran ein ungeheures Vergnügen. Ich habe übrigens eine Unzahl interessanter Entdeckungen gemacht! Allerdings gelingt mir keine einzige Veröffentlichung. In den Zeitschriften hat man mich sofort vergessen, Briefe kommen nicht mehr an, Dateien löschen sich selbst. Nun gut, Sie kennen das, unsere üblichen Probleme. Doch schert mich das nicht, da die wissenschaftliche Suche an sich mir Lohn genug ist! Diese Arbeit hingegen ist doch im Grunde für Menschen mit ganz anderer charakterlicher Veranlagung ... Dann werde ich mal!«

Und er ging hinaus.

Ich sah Nastja an.

»Was für ein Clown«, sagte Nastja leise.

»Das ist ein Polizistenfunktional«, betonte ich. »Der kann aus uns beiden Hackfleisch machen. Ist dir das klar?«

An der Tür klopfte es, worauf der Polizist erneut eintrat. Er putzte seine Brille mit dem Ärmel des Jacketts.

»Nastja!«, sagte ich laut. »Warum pfeifen wir nicht auf die selbstgefälligen Snobs von Erde-1? Gib all diese kindischen Spiele im Untergrund auf und komm mit zu mir! Ich habe das Meer vor der Tür. Und ein gutes Restaurant in der Nähe.«

Andrej strahlte, kniff halb blind die Augen zusammen und nickte. Schließlich setzte er die Brille wieder auf und sah Nastja erwartungsvoll an.

»Ich habe dir das doch schon gesagt«, sagte Nastja mit

leiser Stimme. »Nein. Ich werde mich mit der Okkupation nicht abfinden.«

»Na bitte«, stieß Andrej bitter aus. Er stülpte sich den nassen Hut auf den Kopf. »Warum muss die Jugend nur immer so dumm und radikal sein? Wozu mutet man mir diesen ganzen Schmutz zu, dieses miserable Wetter, diese widerwärtigen Maßnahmen ...«

Er näherte sich Nastja – gemessenen Schrittes, die Hände an der Vorderseite seines Jacketts abwischend, als schwitze er plötzlich. Allerdings war genau das der Eindruck, den er machte: feucht und glitschig, entweder vom Regen oder vom Schweiß.

»Bleiben Sie stehen«, verlangte ich. »Andrej, hören Sie auf! Sie sind doch ein erwachsener kluger Mann! Sie redet doch nur dummes Zeug! Ich nehme sie jetzt mit, sie wird bei mir leben und zur Besinnung kommen!«

»Das kann ich nicht«, erwiderte er niedergeschlagen. »Das ist meine Funktion. Hindern Sie mich nicht, Ki...«

Er bezog von mir einen Schlag in den Magen. Im Sprung, mit dem Fuß, wie es nur die Helden in asiatischen Kampffilmen tun.

Andrej flog rückwärts zur Tür. Er strauchelte, verlor das Gleichgewicht jedoch nicht. Ich hatte mich bereits in eine Position gestellt, von der ich nicht einmal wusste, wie sie hieß. Vermutlich hatten die weisen Japaner oder Chinesen für sie einen Namen wie »besoffener Kranich«, »scheißender Bär« oder »dummes Funktional«.

»Du bist im Unrecht!«, maulte Andrej beleidigt. »Was machst du denn da? Wir müssen doch zusammenhalten! Wir sind Funktionale, wir müssen einander helfen!«

»Hau ab«, zischte ich. »Sieh zu, dass du Land gewinnst. Ich werde sie nicht …«

Diesmal war ich es, dem die Gelegenheit, einen Satz zu beenden, versagt blieb. Die nächsten zehn Sekunden kreisten wir zwischen den Pfeilern umher, unablässig aufeinander einschlagend. Ich kriegte einige sehr heftige Schläge gegen die Brust ab, wobei mich der unangenehme Verdacht beschlich, der Polizist wolle mir die Rippen unterm Herz brechen. Im Gegenzug verwandelte sich Andrejs Brille in winzige, aus dem Gesicht herausstakende Glassplitter, während die Finger seiner rechten Hand einen in unnatürlichen Winkeln gespreizten Fächer bildeten.

Schmerzen empfanden wir anscheinend beide nicht.

Irgendwann bemerkte ich, dass wir vor einem großen französischen Fenster standen, uns gegenseitig fest an den Armen packten und versuchten, den anderen gegen die Scheibe zu schleudern.

Glücken wollte das keinem von uns beiden.

»Das ist eine vertrackte Situation, Kollege!«, bemerkte Andrej blinzelnd. Aus seinem rechten Lid ragte ein Splitter seiner Brille heraus, der, wie ich schaudernd begriff, bei jeder Bewegung über den Augapfel kratzte. »Ich bin sehr weit von meiner Funktion entfernt und deshalb entschieden schwächer, als ich sein sollte. Hier kann keiner gewinnen, wir haben ein Patt!«

»Hau ab«, befahl ich. »Hau ab und lass uns in Ruhe.«

»Aber das kann ich nicht, das musst du doch verstehen!«

»Ich muss überhaupt nichts.«

Kummer spiegelte sich auf Andrejs Gesicht wider.

»Dann werden wir also so lange kämpfen, bis sich ein Dritter einmischt. Stimmt's?«

»Ja«, sagte Nastja hinter Andrej und zog ihm mit voller Wucht einen gusseisernen Wok über den Kopf.

Ein Wok aus Gusseisen (von mir auch aus Aluminium) ist keine Teflonpfanne mit patentiertem mehrschichtigem Boden. Ein Wok ist die Geheimwaffe der Asiaten, der zuverlässige Kriegskamerad der Mongolen und Tataren, ein unersetzlicher Gefährte sowohl des anspruchslosen Touristen als auch des städtischen Liebhabers von gutem Essen. Er braucht keinen Spritzschutz dubiosen Ursprungs und keine Spülmittel, die das Fett selbst in kaltem Wasser lösen, keine Topfkratzer und Bürsten. Bei einem häufig gebrauchten Wok setzen sich Rückstände in sämtlichen Poren ab und bilden eine glatte, glänzende schwarze Oberfläche, die alle Aromen der Pilaws, des frittierten Fleischs, der Hammeleintöpfe und aller Köstlichkeiten bewahren, die der Wok in seinem Leben bereits aufgenommen hat. In einem guten alten Stück gerät das einfachste Essen zu einem Mahl aus *Tausendundeiner Nacht*. Der Topf selbst wird mit den Jahren schwerer und schwerer, die Oberfläche trägt die anthrazitfarbenen Spuren der Geschichte.

Dieser Wok blickte auf eine ruhmreiche Geschichte zurück und war randvoll mit Pilaw. Und so, wie er frei und krümelnd vom Sesamöl dunkelrot gefärbten Reis, golden funkelnde Möhrenschnitzel, appetitanregende aromatische Knoblauchknollen und fette Brocken Hammelfleisch in der Luft verteilte, musste es ein sehr guter Pilaw sein. Was sage ich da? Es musste ein Pilaw gewesen sein, wie es im Buche steht.

Andrej verdrehte die Augen, seine Knie gaben nach, und er sackte zu Boden.

Ich sah Nastja an, sie mich.

»Ich kenne einen Schwarzen«, sagte ich. »Der liebt es, mit Bierkrügen zu schmeißen. Du solltest mal gegen ihn antreten ... im Ring.«

»Habe ich dir geholfen?«, erkundigte sich Nastja.

»Und ob«, bestätigte ich. »Angefangen in dem Moment, als du gesagt hast, du würdest dich nicht mit der Okkupation abfinden.«

»Ich wollte nicht lügen«, beharrte Nastja. Sie drehte sich um und stellte den Wok auf dem Tresen ab. Ich gab Andrej einen leichten Schubs. Der Historiker lag reglos da. Dann ging ich ebenfalls zum Tresen und langte mit der Hand in den Topf.

An einem Eckchen kratzte ich mir vom Boden die Reste des Reises und der Mohrrüben ab, drückte sie mit allen fünf Fingern zusammen, formte daraus ein Kügelchen und bugsierte den Pilaw, mir die Fingerspitzen am noch heißen Fleisch verbrennend, in den Mund. Ich verschluckte mich am Aroma und an meiner Spucke, die wer weiß woher kam und meinen ganzen Mund ertränkte. »Außerordentlich schmackhaft!«, brachte ich mit einigen Schwierigkeiten heraus. Voller Bedauern betrachtete ich die überall auf dem Boden verteilten Pilawreste. »Wo hast du gelernt, so einen guten Pilaw zu kochen?«

»Mein Vater ist in einem Dorf in Usbekistan aufgewachsen. Die weißbärtigen Alten dort haben ihm beigebracht, Pilaw zuzubereiten.«

»Und mit Woks loszuprügeln? Ist das eine nationale usbekische Kampfsportart?«

»Eine nationale weibliche.«

Ich sah auf die Uhr. »Ich gebe dir drei Minuten, um deine Sachen zu packen. Dann verdünnisieren wir uns.«

»Und wenn ich nicht will?«

»Dann gehe ich allein«, sagte ich ehrlich. »Dass wir den Polizisten ausgeschaltet haben, ist ein Wunder. Ein Zufall.«

Auf jedes weitere Wortgefecht verzichtete Nastja. Sie öffnete die Tür des Kleiderschranks, zog eine kleine Leinentasche heraus und machte sich daran, ein paar Sachen hineinzustopfen. Diese Tätigkeit unterbrach sie kurz, um mir einen Knäuel Nylonschnur zuzuwerfen. »Nimm das!«

»Wozu?«

Nastja zögerte. »Willst du ihn etwa ein für alle Mal erledigen?«, fragte sie schließlich.

Ich musterte den unglückseligen Historiker. Ehrlich gesagt, hegte ich ihm gegenüber keinerlei Groll. Noch vor zwei Minuten hätte ich ihm kurzerhand das Genick gebrochen, sofern sich mir die Gelegenheit dazu geboten hätte. Aber jetzt ...

Ich hockte mich hin und fesselte Andrejs Hände mit der Schnur auf dem Rücken. Anschließend band ich ihm damit auch noch die Beine zusammen. Nylon ist für diesen Zweck nicht gerade das optimale Material, da es zu glatt ist. Ich gab mir jedoch alle Mühe, die Knoten möglichst festzuziehen.

»Ich bin so weit«, verkündete Nastja. »Nein, warte ...«

Ohne viel Federlesens ließ sie den Hausmantel fallen und schlüpfte in eine Jeanshose. Schnaubend sah ich demonstrativ auf die Uhr. »Du hast noch zwanzig Sekunden.«

»Ein normaler Mann hätte mich jetzt gebeten, mir alle Zeit der Welt zu nehmen«, parierte Nastja.

»Ich bin ein normaler Mann. Aber ich will leben.«

Während ich bei Nastja gewesen war, hatte sich das Wetter unvorstellbar verschlechtert. Ein kalter Regen platterte, obendrein wehte starker Wind. Wundersamerweise brach dennoch ein Lichtstreif durch die Wolken, in dem ein riesiger Vollmond prangte. Es waren kaum noch Menschen unterwegs, selbst in der Ferne, am Eingang zur Metro, war niemand mehr zu sehen. Die Autofahrer vergaßen unter diesen Umständen endgültig jede Form der Höflichkeit und bretterten durch die Pfützen, ohne die Geschwindigkeit zu drosseln.

»Halt ein Taxi an!«, befahl ich Nastja. »Sag, du willst zur Alexejewskaja. Schau nicht aufs Geld.«

»Hast du kein Auto?«, wunderte sie sich. Sie versuchte, den Regenschirm aufzuspannen, der jedoch von den Windböen sofort umgestülpt wurde.

»Ich kann noch nicht mal fahren! Und was ist mit dir? Hast du etwa auch keins?«

»Mischa hat mir immer einen Wagen geschickt.«

»Es ist ja nicht verboten, ein Luxusleben zu führen ...« Ich sah mich um. Gut, noch war alles ruhig. Neue Polizisten waren nirgends zu sehen.

Ein alter Shiguli hielt an. Der Fahrer erkundigte sich

nicht einmal, wohin wir wollten und wie viel wir zahlen würden, sondern brummte nur: »Steigen Sie ein!«, um gleich darauf davonzurasen. Ich hatte auf dem Beifahrersitz Platz genommen und beäugte ihn argwöhnisch. Und wenn er ...

Nein, er schien ein Mensch zu sein. Ein ganz normaler, angespannter und müder Mann in mittleren Jahren.

»Dass es Sie nicht weggespült hat«, meinte er. »Die Himmelsschleusen sind auf. Gegen Morgen soll es noch Schnee geben, schauen Sie doch mal, wie rot der Himmel ist ... Und Sie, Mädchen, könnte man direkt auswringen! Sie sind nicht für dieses Wetter angezogen.«

»Hmm«, antwortete Nastja munter. »Das hat sich so ergeben, wir mussten von einer Party fliehen ...«

»Von einer Sekunde auf die nächste?«

»So ein Sturkopf hat sich betrunken und kriegte dann seine Finger einfach nicht mehr von mir weg«, erklärte Nastja. »Petja hat ihn mit Müh und Not zur Vernunft gebracht ... aber die Stimmung war danach natürlich den Bach runter.«

Schon wieder dieses Verschwörerspiel ... Ich murmelte etwas Tapferes, das zum heldenhaften Petja passte.

»Ich habe schon gesehen, dass Ihnen ein Veilchen wächst«, sagte der Fahrer mit kurzem Blick auf mich.

Ich rieb mir über die Schläfe.

»Nein, links. Spüren Sie das denn nicht? Das gibt einen schönen blauen Fleck. Haben Sie sich mit einem Boxer angelegt?«

»Sie werden lachen: mit einem Historiker.«

Der Fahrer brach tatsächlich in schallendes Gelächter

aus. »Die Geschichte ist eine schreckliche Kraft. Aber dass Historiker handgreiflich werden, hört man selten. Normalerweise bewaffnen sie sich ja eher mit Feder und Stift ... Legen Sie sich ein Stück rohes Fleisch darauf, das hilft.«

»Ich werde ihm die Stelle küssen, das hilft noch besser«, versprach Nastja.

Wir tauschten im Rückspiegel einen Blick. Nastja lächelte.

Hm, nach wie vor lag doch etwas Primitives in den Beziehungen zwischen Mann und Frau. Kaum prügelst du dich wegen einer Frau ...

»Wohin soll ich Sie denn bringen?«, fragte der Fahrer.

»Nach Hause«, antwortete ich. »Zur Metrostation Alexejewskaja ...«

Dreiundzwanzig

Will man Borges glauben, dann lassen sich alle Sujets und damit alle Geschehnisse der Welt leicht auf drei Grundmuster reduzieren: die Schatzsuche, die Belagerung oder Verteidigung einer Festung und die Rückkehr nach Hause. Einige Skeptiker ergänzen diese Liste noch um den Selbstmord, einige Pedanten erweitern sie auf ein Dutzend Sujets. Besonders Boshafte behaupten, es gäbe drei goldene Sujets, nämlich Liebe, Indianer und Neujahr. Borges hätte ihnen vermutlich kaum widersprochen, denn die Liebe ist nichts anderes als eine Schatzsuche, kriegerische Indianer und der Kampf um die Festung sind untrennbar miteinander verbunden, und womit lässt sich der Festtag des Neujahrs vergleichen? Nur mit der Rückkehr nach Hause.

In einer guten Geschichte folgen diese drei Sujets aufeinander. Odysseus begab sich auf Schatzsuche, belagerte Troja und segelte nach Hause. Iwan Zarewitsch reitet aus, die Äpfel der ewigen Jugend zu finden, plündert das Schloss des bösen Zauberers Kaschtschej und kehrt zu seinem Vater zurück. Der Wolf belauert nacheinander die

Häuser der drei kleinen Schweinchen und muss mit Schimpf und Schande abziehen.

Meine Schatzsuche mündete jetzt fraglos in die Verteidigung der Festung. Nur hatte ich keine Chancen, nach Hause zurückzukehren.

Beim Turm erwartete uns niemand. Zuallererst überprüfte ich sämtliche Türen. Dann begab ich mich in den ersten Stock und schaute aus den Fenstern.

Ringsum war es still. Und menschenleer.

»Ist alles in Ordnung?«, fragte Nastja.

»Du hast dir ja alle Mühe gegeben ...«, konnte ich mir nicht verkneifen. »Und was hat uns das gebracht? Ich habe dir doch gleich vorgeschlagen, mit zu mir zu kommen. Nur geht jetzt eine Prügelei mit einem Polizisten auf mein Konto.«

»Auf unser.«

Ich winkte nur ab. Dann holte ich das Handy heraus und wählte Kotjas Nummer. Ich musste lange warten, was nicht erstaunlich war, schließlich ging es auf Mitternacht zu.

»Ja?«, meldete sich Kotja missmutig.

»Hier ist Kirill. Nastja ist bei mir.«

»Welche Nastja? Die, die den Zettel ...«

»Ja. Ein Polizistenfunktional hat sie beehrt. Ich habe sie da rausgehauen und mit zu mir genommen.«

»Du hast einen Polizisten geschlagen?«, begeisterte sich Kotja. »Krass!«

»Krasser geht's gar nicht. Die können mich jeden Moment holen kommen.«

»Das ja wohl kaum«, beruhigte mich Kotja. »Die werden in einer Situation wie dieser kaum in Aktionismus verfallen, sondern sich die Sache in aller Ruhe durch den Kopf gehen lassen.«

»Sie könnten auch zu dir kommen.«

»Was habe ich denn damit zu tun?«

»Du gewährst Illan Asyl. Ich glaube, Illan interessiert sie nicht weniger als Nastja.«

Kotja schnaubte. »Und was sollen wir deiner Ansicht nach jetzt tun?«, wollte er wissen. »Abhauen?«

»Vielleicht. Oder kommt zu mir. Hier im Turm dürfte ich euch vermutlich verteidigen können. Selbst gegen einen Polizisten. Frag Illan, sie kennt sich in diesen Dingen besser aus.«

»Moment ...«

Eine Zeit lang herrschte Stille in der Leitung. Das Handy mit der Schulter ans Ohr pressend, wartete ich und schaute zu Nastja hinüber. Sie stand vorm Fenster, das nach Arkan hinausging. Als spüre sie meinen Blick, drehte sie sich um. »Ist das wirklich Erde-1?«

»Ja.«

»Es ist schön. Da hinten ist ein Fernsehturm ...«

»Das ist der von Ostankino. Er ist genau wie unserer. Anscheinend hielten sie die Konstruktion für gelungen.«

»Wozu brauchen sie das alles?«, fragte Nastja plötzlich. »Wenn bei ihnen alles zum besten steht, wenn sie so mächtig sind ... Sie könnten es sich doch leisten, sich wie normale Menschen aufzuführen. Sich mit uns anfreunden, sie bräuchten uns doch nicht auszubeuten.«

Mit einem Mal begriff ich, was für ein Kind sie noch

immer war. »Sich wie ein normaler Mensch zu verhalten, Nastja, das heißt andere auszubeuten. Leider.«

»Das sollte aber nicht so sein.«

»Aber es ist so.«

»Wir müssen sie unbedingt besiegen!«

»Besiegen?« Ich brach in schallendes Gelächter aus. »Dazu müssten wir andere Menschen ausbeuten. Sie in den Tod schicken. Wir müssten alle Pläne von denen aus Erde-1 durchkreuzen. Wenn du gewinnst, wirst du dich gar nicht so schnell umschauen können, wie alle ihre Plätze tauschen. Und schon bald würde wieder eine Frau von Erde-1 sagen: ›Weshalb lassen sie uns nicht leben? Das ist doch ungerecht!‹«

»Was sollen wir denn sonst tun?«, fragte Nastja leise. »Das Recht des Stärkeren gelten lassen?«

Glücklicherweise kehrte Kotja in dem Moment an den Apparat zurück und entband mich von der Notwendigkeit zu antworten.

»Kirill? Illan sagt, wir sollten jetzt lieber nicht bei dir aufkreuzen. Besser wäre es, wir würden aus Moskau verschwinden. Sie kennt ein paar Gegenden, in denen es keine Funktionale gibt und wohin die Polizisten nicht gelangen können. Wollt ihr euch uns nicht anschließen?«

»Und wie soll das gehen?«, entgegnete ich verärgert. »Du vergisst anscheinend, dass ich an den Turm gebunden bin.«

»Entschuldige«, druckste Kotja. »Also ... wir sehen zu, dass wir Land gewinnen. Ich werde versuchen, dich anzurufen!«

»Mach das«, erwiderte ich.

Das war's also.

Sie zogen von dannen. Nein, Kotja hatte natürlich recht. Besser, sie tauchten jetzt ab. Und ich? Mit Sicherheit würde ich es nicht auf einen Kampf ankommen lassen. Ich würde versuchen, den Konflikt beizulegen. Schließlich hatten wir niemanden umgebracht ...

»Sie kommen nicht her?«, fragte Nastja.

»Nein«, gab ich zu. »Illan hält es für klüger, wenn die beiden abtauchen. In eine Gegend, in der es noch keine Funktionale gibt. Sie kennt solche Orte. Aber ... ja, du könntest mit ihnen fahren!«

»Klingt verlockend.« Sie verstummte. »Ich würde nicht sagen, dass dein Freund meiner Idealvorstellung von einem Mann entspricht, aber er hat was, ohne Frage ... Und was würdest du dann machen?«

»Verhandeln. Ich würde versuchen, eine friedliche Lösung zu finden. Immerhin ist das hier ein schönes Plätzchen, mit dem ich den Funktionalen nützlich bin.«

»Dann bleibe ich bei dir«, verkündete Nastja in aller Entschlossenheit.

»Und fängst wieder mit dem Sermon an, du wolltest sie bekämpfen? Falls es dir nicht aufgefallen sein sollte, das mögen die überhaupt nicht.«

»Ich verspreche, dass ich es nicht sagen werde. Aber bilde dir ja nicht ein, ich würde lügen!«

Mir blieb nichts weiter übrig, als die Arme auszubreiten. Lügen? Pah! Ein Polizistenfunktional anzulügen – das bringt niemand so leicht zustande.

Inzwischen war Nastja zum nächsten Fenster hinübergegangen. »Kirill«, rief sie mich überraschend, »schau mal! Wie schön!«

Es war wirklich schön. Der Vollmond, ganz wie er bei uns auf der Erde aussah, nur wirkte er noch größer. Und Millionen von winzigen Lichtern, die auf der Meeresoberfläche funkelten. Es ging kaum Wind, das Meer atmete ruhig und wiegte die auf den Wellen blitzenden Lichter.

»Das ist Plankton, was da leuchtet«, sagte ich. Die Worte kamen mir völlig überraschend über die Lippen und passten überhaupt nicht zur Stimmung.

»Plankton? Interessant!« Nach wie vor schaute Nastja zum Fenster hinaus. »Wenn eine Frau ›Der Mond, wie schön!‹ sagt, fängst du also an, mit ihr über die chemische Zusammensetzung des Regoliths und die Albedo der Mondoberfläche zu reden?«

»Ich begegne zum ersten Mal einer Frau, die das Wort ›Regolith‹ kennt«, erwiderte ich ehrlich. »Also habe ich früher noch nie mit einer Frau darüber geredet.«

»Ich kenne da jemanden, einen Mathematiker«, meinte Nastja. »Als er einmal mit dem Zug gefahren ist, hat er sich in die Zugbegleiterin verliebt, weil sie sich imstande zeigte, mit ihm ein Gespräch über Funktionale zu führen. Über mathematische natürlich. Sie sind zusammen ausgestiegen und hätten beinahe geheiratet.«

»Und was hat sie daran gehindert?«

»Ich weiß es nicht mehr. Ich glaube, sie verstand nicht das Geringste von Tensorrechnung ...«

Behutsam fasste ich Nastja bei den Schultern. Ich beugte mich vor und vergrub mein Gesicht in ihren Haaren. Langsam drehte sie den Kopf herum – und wir küssten uns. Sich mir mit einer geschmeidigen Bewegung ganz zukehrend, suchte sie meine Umarmung, schmiegte sich an mich und sah mir in die Augen. Wir hatten fast die gleiche Größe, worauf mir unpassenderweise einfiel, dass meine bisherigen Freundinnen alle einen halben Kopf kleiner gewesen waren als ich.

»Wenn wir jetzt weggingen ... dorthin ...« Sie nickte in Richtung Fenster. »... dann wäre das wie in einem schlechten Hollywood-Film.«

»Ich liebe schlechte Hollywood-Filme«, sagte ich – und glaubte sogar selbst daran.

Trotzdem brachen wir nicht gleich zum Strand auf. Zum Bett war es weitaus näher.

»Bist du böse auf mich, Kirill?«

»Nein.« Ich lag auf einer Decke, die wir im Sand ausgebreitet hatten, schaute in den durchscheinenden Nachthimmel hinauf – die Luft war so sauber, als ob es im Reservat die ganze Atmosphäre in den Kosmos hinaufgetragen hätte – und streichelte Nastjas Gesicht. Meine Hände fanden ihre Lippen, ich prägte mir die Züge ihres Gesichts ein, als sei ich blind. »Weshalb sollte ich denn, du Dummerchen?«

»Meinetwegen hast du dich ... mit deinen Leuten zerstritten. Das tut mir leid. Ich bin einfach stinkwütend gewesen. Mischa hat sich wie der letzte Feigling aufgeführt, und du fingst auch schon an, den Schwanz einzuziehen.«

Unvermittelt stemmte sie sich auf die Ellbogen und sah mich an. Silbermatt schimmerte ihre Haut im Mondlicht. Sie klatschte sich auf den Mund.

»Was ist denn?«

»Ich bin eine Idiotin. Wieso musste ich auch von ihm anfangen? Ich weiß doch, dass Männer das nicht mögen ...«

»Du bist ja wirklich umfassend informiert ... Sprich ruhig von ihm, mir ist das egal.«

»Nein, ich verliere kein Wort mehr über Mischa. Noch nicht mal etwas von ihm hören will ich. Geschweige denn über ihn reden. Gefalle ich dir wirklich?«

»Ja.«

»Illan hat behauptet, Funktionale hätten nicht oft eine Beziehung zu einem Menschen. Eine lange Beziehung. Erinnerst du dich noch, was der Zauberer in *Das gewöhnliche Wunder* gesagt hat? Über seine Frau, die altert und stirbt, während er immer weiter und weiter lebt ...«

»Wie kommt es, dass du so belesen bist? Bist du vielleicht auch ein Funktional? Ein Bibliothekarsfunktional?«

»Da hätte ich nichts gegen ...« Nastja strich mir mit der Hand über den Bauch. »Das wäre vermutlich ganz interessant.«

»Ich werde oben eine Bibliothek haben«, sagte ich. »Das heißt, eigentlich ist sie schon da, aber noch leer. Wenn wir uns jetzt mit den Funktionalen einigen ... Aber was heißt hier *wenn*! Natürlich einigen wir uns mit ihnen. Danach können wir eine sagenhafte Bibliothek aufbauen! Und wir werden darum bitten, dich zum Funktional zu machen.«

»Ist das denn möglich?«

»Irgendwie müssen sie es ja machen ...« Ich streckte die Hand aus und berührte ihre Brüste. »Nein, ich möchte nicht, dass du eine Bibliothekarin wirst. Damit verdirbst du dir nur die Augen, und dann musst du eine Brille tragen. Außerdem wirst du immer verschwinden, um dich in deine Bücher zu vergraben.«

»Die Brille werde ich einfach nicht tragen. Und ich werde immer nur verschwinden, um mich in dir zu vergraben. Ungefähr so …«

Sie legte sich sanft auf mich. Dann fing sie an, mir die Lippen, den Hals und den Bauch zu küssen, bis sie noch weiter nach unten wanderte.

»Nastja, selbst Funktionale sind mal müde …«, bekannte ich in tragischem Flüsterton.

»Das werden wir ja gleich sehen …«

»Das ist … unfair …« Doch schon im nächsten Moment rief ich: »Nein, das ist mehr als unfair!«

Nastja lachte leise. Eine Minute lang betrachtete ich ihre Silhouette vor dem Hintergrund des Himmels, wie sie sich, vom Mondlicht und der Meeresbrise liebkost, immer wieder in die Höhe hob, um sich sodann abermals auf mir niederzulassen. Als ich spürte, wie ihr Atem sich beschleunigte, griff ich nach ihren Händen und hielt sie fest. Nastja seufzte, stöhnte kaum hörbar und presste sich an mich. Ihren Körper durchliefen noch zarte Wellen, aber sie hörte nicht auf, weshalb es nun an mir war, aus dem ältesten und stärksten Wohlgefühl heraus zu stöhnen.

»Du untergräbst meinen Kampfgeist …«, bemerkte ich kurz darauf. »Da stehen mir komplizierte Gespräche bevor, aber ich werde glückselig lächeln und jede Antwort verpatzen …«

»Du wirst dich zusammenreißen …«

»Hmm.« Ich setzte mich auf. Meine inneren Alarmglocken schrillten. Ein menschenleerer Strand, der Mond am klaren Himmel, der reglose Widerschein auf den Wellen, eine schöne Frau neben mir – was braucht der Mensch noch zu seinem Glück? Wahrscheinlich den Glauben an den morgigen Tag ... »Wollen wir baden?«

»Gehen wir.«

Leichtfüßig sprang sie auf. Wir liefen über den Sand zum Meer – ja, ganz genauso wie in den billigen Filmen.

»Merk dir eins: Ich habe nicht die geringste Ahnung, ob ich dich eigentlich liebe oder nicht!«, rief Nastja, während sie ins Wasser stürmte. »Ich! Weiß! Es! Nicht!«

»Ich auch nicht«, rief ich zurück.

Das entsprach der Wahrheit. Aber gerade weil wir uns nicht fürchteten, darüber zu reden, hatte für diese Wahrheit das letzte Stündlein geschlagen.

Sie kamen am Morgen zu uns.

Ein Pochen unten an der Tür weckte mich. Sie klopften nicht sehr laut, nicht bedrohend, ja, nicht einmal energisch. Allerdings unermüdlich. Poch, poch. Eine lange Pause. Poch. Wieder eine Pause. Poch, poch.

In allen Fenstern schien die Sonne.

Poch, poch.

Wer auch immer das sein mochte, da stand jemand vor der Tür und klopfte maßvoll an. Dieser Jemand musste viel Zeit haben, alle Zeit der Welt und sehr viel Geduld, mehr als einem Menschen zu eigen ist.

Nastja erwachte ebenfalls und setzte sich im Bett auf. Alarmiert sah sie mich an.

»Zieh dich an«, sagte ich ihr. »Kotja hatte recht, unsere Auszeit ist zu Ende.«

»Werden sie den Turm stürmen?«

»Nein! Du hast Ideen! Vermutlich haben sie einen Vorschlag ausgearbeitet.« Beruhigend strich ich ihr über die Schulter. »Irgendwelche Forderungen, die sie an mich und an dich stellen ... Selbstverständlich werden wir mit ihnen handeln. Wir werden ihnen versprechen, ihnen in Zukunft nicht mehr in die Quere zu kommen ... Ich habe nur eine Bitte an dich: Sei ehrlich! Sie spüren eine Lüge.«

Poch. Poch, poch.

Es klopfte an der Moskauer Tür, sie klang nämlich am »eisernsten«. Schade. Ich hätte es lieber gesehen, wenn es auf der Kimgimer Seite geklopft und Zei uns seinen Besuch abgestattet hätte.

»Ich werde sehr überzeugend sein.« Nastja stand auf und zog sich rasch an. Eine weiße Hose, eine weiße, kurzärmelige Bluse, sommerliche, für das herbstliche Moskau absurde Kleidung. »Ich habe ein bisschen Angst.«

»Das macht nichts.« Ich zwinkerte ihr zu. »In schlechten Hollywood-Filmen gewinnen immer die Guten.«

»Sind wir denn die Guten?«

»Bessere gibt's gar nicht«, versicherte ich, während ich in meine Jeans stieg.

»Kirill ...«

»Ja?«

»Ach, nichts.« Nastja schüttelte den Kopf. »Ich erzähl's dir später.«

In der Straße herrschte noch jene Leere, wie sie für Moskauer Straßen um sechs Uhr morgens beim ersten Schnee typisch ist. In kleinen Städten stehen die Menschen früh auf und gehen ebenso früh ins Bett. Nur in Moskau, wo man sich die halbe Nacht um die Ohren schlägt, triumphiert winters die Leere der morgendlichen Straßen.

Vor der Tür stand Natalja Iwanowa. Sie trug leichte Kleidung, verwaschene Jeans, eine kitschige Bluse – riesige rote Rosen auf schwarzem Untergrund – und ausgelatschte Turnschuhe. Arbeitete sie etwa tatsächlich auf dem Tscherkisowski-Markt? Es schneite leicht, Nataljas Haare überzog in null Komma nichts das winterliche Weiß.

»Kann ich reinkommen?«, fragte sie.

»Und wenn ich Nein sage?«

»Das würde die Sache nur komplizieren«, antwortete Natalja ernst.

»Na ... dann komm rein.«

In meinem Schlepptau (eigentlich missfiel es mir, ihr den Rücken zuzudrehen, aber noch viel weniger wollte ich, dass sie meine Angst mitbekam) stieg Natalja in den ersten Stock hinauf.

»Wo ist deine Freundin?«, fragte sie, indem sie sich umsah.

»Sie macht das Frühstück.« Ich schob Natalja einen Stuhl hin. »Setz dich, stehend kommen wir der Wahrheit auch nicht näher.«

»Danke.« Sie nahm Platz, lehnte sich über den Tisch und stützte das Kinn in die Hand. Einen ausgedehnten

Moment lang sah sie mich an. Dann lächelte sie nahezu unmerklich und zwinkerte mir zu: »Was ist, mein Schützling? Hast du Mist gebaut?«

»Ja«, gestand ich reumütig.

»Halb so schlimm. Wir werden uns etwas einfallen lassen.« Das sagte sie bereits in ernsterem Ton. »Was für ein Teufel reitet dich eigentlich, Kirill?«, fragte sie schließlich tadelnd. »Woher kommt dieser Hochmut? Du hast die Tür nach Arkan geöffnet. Das geschieht erst zum zweiten Mal im Laufe der Geschichte eurer Welt. Eine erstaunliche Leistung, keine Frage! Denn das ist ... hm, sagen wir mal, ein energetisch komplexer Prozess. Als ob man gegen den Strom schwimmt. Gut, du hast das hingekriegt. Haben dich unsere Leute angesprochen? Ja, das haben sie. Und sie haben dir sogar einen großherzigen und ganz exzellenten Vorschlag unterbreitet. Nämlich, uns ebenbürtig zu werden. Einer von uns zu werden.«

»Von euch?«

»Was soll ich dich anlügen, Kirill? Dir ist doch inzwischen sowieso alles klar. Ja, ich bin von Arkan. Und meine Arbeit besteht darin, Funktionale zu rekrutieren.«

»Weshalb tut ihr das?«, wollte ich wissen. »Warum ihr herumexperimentiert, ist klar. Aber wozu braucht ihr uns? Zur Gesellschaft? Wollt ihr Personal, das aus der Ureinwohnerschaft stammt? Warum ausgerechnet ich? Warum nicht der ehrgeizige Politiker Dima oder der Geschäftsmann Mischa?«

»Bist du nicht dahintergekommen?«, fragte Natalja ehrlich erstaunt. »Das wundert mich, Kirill ... Aber nein, von mir kriegst du jetzt keine Erklärungen. Zunächst müssen wir beide uns darüber verständigen, wie es mit dir weitergeht.«

»Dann tun wir das«, murmelte ich. »Wie sieht's aus? Wollt ihr mal wieder eine Bombe zünden?«

»Wir arbeiten auch noch nach anderen Methoden«, stellte Natalja klar. Ohne jede Drohung, sondern schlicht zu meiner Kenntnisnahme. »Und die Bombe ... Wir mussten uns damals vergewissern, ob eure Technologie der unseren einen Schaden zufügen kann ... Was soll ich bloß mit dir machen, Kirill?«

»Soll das etwa heißen, dass du mit mir machen kannst, was immer dir beliebt?«

»Richtig«, antwortete sie lapidar. »Also vergiss deine Absicht, mit mir zu feilschen. Was ich entscheide, wird gemacht. Du kannst noch froh sein, dass wir dir wohlgesonnen sind ...«

»Vielen Dank auch«, brummte ich finster.

»Nach Arkan wirst du nicht mehr gehen. Zumindest nicht in den nächsten zehn Jahren.« Natalja grinste. »Damit du gar nicht erst in Versuchung gerätst, werden wir das Fenster und die Tür zubetonieren.«

Ich behielt meine bittere Miene bei, doch der Eisklumpen in meinem Innern schmolz sofort. Hatte ich also doch recht gehabt! Die Funktionale wollten mich keineswegs umbringen! Sie brauchten mich noch. Oder sie mochten mich einfach.

»Wir werden dir eine gesellschaftliche Rüge erteilen, indem wir dich unter Hausarrest stellen. Sagen wir ... für ein Jahr? In Ordnung? Lebensmittel werden dir geliefert. Aber wenn du den Turm verlässt ...« Nataljas Mundwinkel verzogen sich plötzlich erneut zu einem Lächeln, einem ziemlich falschen zwar, das aber dennoch gewinnend wirkte. »Ach was! Wollen wir mal nicht so sein! Ich gestatte dir den Zugang zum Reservat. Sonst versauerst du hier völlig. Einverstanden?«

»Ja«, stimmte ich rasch zu.

»Bei Andrej Petrowitsch musst du dich entschuldigen.« Natalja drohte mir tadelnd mit dem Finger. »Was hast du dir nur dabei gedacht? Seine Distanz von seinem Revier auszunutzen, dich mit ihm zu prügeln und ihm Körperverletzungen zuzufügen! So was gehört sich nicht! Außerdem nimmt dadurch die Autorität der Polizei insgesamt Schaden.«

»Ich werde mich entschuldigen«, versicherte ich. »Es ist mir sogar selbst peinlich. Er ist ... ein so intelligenter Mensch. Deshalb werde ich mich gern entschuldigen.«

Oben klapperte das Geschirr. Ich sah zur Treppe, Natalja ebenfalls. Schließlich seufzte sie.

»Kommen wir zum schwierigsten Punkt ...«

»Sie bleibt bei mir«, sagte ich wie aus der Pistole geschossen.

»Alles hat seine Grenzen, Kirill. Auch unser Mitleid. Es war ein Fehler, dieses Mädchen aus Nirwana wegzubringen, denn da gehört sie hin. Vielleicht hätten wir sie sogar selbst nach ein, zwei Monaten zurückgelassen. In dieser Zeit wäre sie vermutlich zur Besinnung gekommen.«

»Folglich ist es meine Schuld, nicht ihre.«

»Erstens hat sie an diesen dummen terroristischen Aktionen teilgenommen.« Zur Illustration des Gesagten bog

Natalja einen Finger um. »Zweitens hat sie einer flüchtigen Verbrecherin Unterschlupf gewährt. Drittens hat sie das Versprechen gebrochen, das jeder Mensch, der etwas von den Funktionalen weiß, abgeben muss, nämlich nichts auszuplaudern und sich nicht einzumischen. Viertens hat sie auf die Aufforderung zu bereuen erklärt, sie werde ihr Tun fortsetzen. Und fünftens, was am schwersten wiegt, sie hat ein Funktional angegriffen! Ein Polizistenfunktional im Dienst!«

Geräuschvoll schlug Natalja mit der offenen Hand auf den Tisch.

»Das wird nicht wieder vorkommen«, versprach ich. »Sie wird dem Terrorismus abschwören und niemandem mehr Unterschlupf bieten. Und sie wird bereuen. Und sich bei Andrej Petrowitsch entschuldigen.«

»Wir sind hier nicht im Kindergarten, Kirill.« Natalja schüttelte den Kopf. »*Tut mir leid, ich werde es nie wieder tun* – und dann geht es weiter mit den Faxen. Nein, Kirill, Nastjas Schicksal ist bereits besiegelt.«

Ich spürte, wie ich allmählich ausrastete. Ich legte meine Hand auf ihre und drückte sie auf den Tisch.

»Nastja wird nirgendwohin gehen«, sagte ich. »Schluss. Aus. Basta. Ende.«

Natalja runzelte die Stirn. Ihr Gesicht sah jetzt noch hässlicher aus. »Ich habe schon vermutet, dass bei diesem Punkt die größten Schwierigkeiten auftreten ... Was willst du mit dem abgelegten Flittchen eines kleinen Geschäftsmannes? Was ist, fehlt es dir an Weibern? Du brauchst dir doch bloß eine auszusuchen! Erfahrene Nutten, hochanständige Gattinnen und Mütter, naive Minderjährige –

wirf einen Blick aus dem Fenster, da wackeln ganze Herden mit dem Hintern!«

»Ich habe meine Wahl getroffen.«

»Ihr Schicksal ist *bereits* besiegelt«, sagte Natalja. Mit einem Mal ging mir auf, dass sie das ›bereits‹ betont hatte.

»Nastja!«, schrie ich aufspringend. »Nastja!«

Niemand antwortete mir.

»Aber ich werde dir entgegenkommen«, fuhr Natalja fort, als habe sie mein Verhalten gar nicht bemerkt. »Sie wird von hier aus nirgendwo mehr hingehen.«

Ich stürmte zur Treppe, preschte einen Stock höher. Die Küchentür stand offen.

Nastja lag neben dem Herd auf dem Fußboden. In der Pfanne brannten Spiegeleier an. Ein Winkel meines Bewusstseins registrierte, dass Nastja sie wie für ein Kind zubereitet hatte, als lustiges Gesicht, mit Eigelbaugen und einem Speckstreifen als lachendem Mund. Der metallene Heber, mit dem Nastja die Eier auf den Teller bugsieren wollte, war in einer Ecke der Küche gelandet.

Als ich mich über Nastja beugte, gab es in ihren Augen noch Leben. Leben und Furcht, wie sie immer untrennbar miteinander verbunden sind. Mir schien, sie würde mich erkennen. Ich glaubte sogar, sie freue sich darüber. Doch schon im nächsten Moment trat der Tod in ihre Augen und vertrieb die Furcht.

Ich schüttelte den Kopf.

Nein!

Wie konnte das sein? Das hier war mein Haus. Meine Burg. Selbst die leicht beschränkten Angestellten der dummen Alten Weiß hatten sich binnen weniger Minuten regeneriert. Ich war Zöllner. Fast ein Soldat. Ich hatte es überstanden, als man aus meinem Bauch Hackfleisch gemacht hatte. Und hier ließ sich nicht einmal eine Wunde erkennen!

»Nastja!«, schrie ich. »Du darfst nicht sterben.«

Ich schüttelte sie an den Schultern, obwohl ich genau wusste, dass sie bereits tot war. Nachdem ihr Herz ausgesetzt hatte, war ihr nur eine knappe Minute geblieben. Nastja war hingefallen. Der Pfannenheber, der ihr entglitten war, hatte über meinem Kopf gelärmt. Warum hatte sie nicht geschrien? Konnte sie es nicht mehr? Oder wollte sie es nicht? Sie hatte nicht losgeschrien. Aber sie hatte noch knapp eine Minute gelebt, auf mein Kommen gewartet.

»Leb!«, befahl ich. »Leb!«

Ich legte ihr die Hand auf die Brust. Ich stellte mir vor, wie sich aus meinen Fingern unsichtbare Fäden schlängelten, sich in ihr Herz bohrten ... wie der Defibrillator mit blauen Blitzen einen Stromstoß anzeigt ...

Es musste klappen.

Ja?

Aber nichts geschah.

Ihr Herz stand still, die Frau war tot. Mystik verfing hier nicht.

»Sie ist tot«, sagte Natalja. Sie stand in der Tür und betrachtete mich nachdenklich.

»Beleb sie!«, brüllte ich.

»Nein.«

»Kannst du es nicht? Oder willst du es nicht?«

»Ich will es nicht«, bekannte Natalja. »Wie ich bereits gesagt habe: Es gibt Dinge, die wir nicht verzeihen. Ein Angriff auf einen Polizisten gehört dazu. Beruhige dich. Es ist alles vorüber.«

»Ich bin die Ruhe selbst«, sagte ich mit einem Blick auf Nastja.

»Gut. Dieses Mädchen hatte schon drei Männer, obwohl sie noch nicht einmal neunzehn ist. Was willst du mit so einer? Und du bist kein Dummkopf – du willst mir doch wohl nicht weismachen, ihr hättet euch geliebt. Von Liebe kann keine Rede sein, es ging einzig und allein um Sex! Ich habe euch diese Nacht absichtlich nicht gestört, sondern dir die Gelegenheit gegeben, dich zu entspannen.«

»Weshalb bist du so ... grob?« Ich sah Natalja an.

»Damit dir klar wird, dass wir grob sein können.« Sie verengte die Augen zu Schlitzen. »Dieses Mädchen brauchen wir nicht. Aber dich würden wir gern behalten. Wenn du akzeptierst, was bisher geschehen ist, kannst du bei uns bleiben. Wenn nicht, folgst du ihr.«

»Ist das die Alternative?«

»Ja.«

Ich fuhr mit der Hand über Nastjas Gesicht, um ihr die Augen zu schließen. Ich zupfte die aus der Hose gerutschte Bluse wieder zurecht. Dann erhob ich mich. »Mir ist nicht klar, warum sie damit hausieren gegangen ist«, erklärte ich Natalja traurig. »Ich meine, dass sie lieber stehend sterben würde. Aber der Polizist hatte sich bereit erklärt, uns noch eine Chance zu geben ... Das war doch keine Lüge, oder?«

»Nein. Er hätte sie am Leben gelassen.«

»Wie unsagbar dumm das doch alles ist«, sagte ich. »All diese großen Worte und schönen Posen ... *No pasarán! Und sie bewegt sich doch! Vaterland oder Tod! Ich bin bereit, für meine Überzeugungen zu sterben!* ... All das klingt lächerlich, sobald der echte Tod eintritt ... All das ist etwas für Kinder. Und für Erwachsene, die sie manipulieren ...«

Natalja nickte zustimmend.

»Und sie bewegt sich doch«, sagte ich. »So ist es doch, oder? Sie bewegt sich, sie kommen nicht durch, das Vaterland bleibt das Vaterland, selbst wenn der Tod zum Tod wird, und niemand ist bereit zu sterben, aber manchmal ist es leichter zu sterben, als Verrat zu üben ... Du bist ein hässliches mieses Weibsstück, das niemals jemand um deiner selbst willen geliebt hat, du bist noch nicht einmal deshalb in unsere Welt gekommen, weil du deine so liebst, sondern weil du Macht brauchst.«

Natalja schlug die Hände über dem Kopf zusammen, wie eine Lehrerin, deren Liebling zwar bei der Lösung jeder Integralgleichung glänzte, aber nicht wusste, wie viel zwei mal zwei ist. Auf ihrem Gesicht spiegelte sich offenkundig Enttäuschung wider.

»Du bist eine Kanaille«, sagte ich. »Ihr seid alle Kanaillen. Und zwar nicht, weil ihr uns klammheimlich lenkt, die Welten dreht und wendet, wie ihr wollt. Irgendjemand würde sowieso über uns herrschen, irgendjemand uns sowieso manipulieren. Und unser Unglück besteht auch nicht darin, dass ihr uns die Freiheit nehmt und einen goldenen Käfig als Ersatz anbietet. Freiheit lässt sich nicht in Quadratkilometern messen. Ich werfe euch noch nicht mal vor, dass ihr uns unsere Familien und Freunde nehmt. Schließlich erinnern wir uns noch an sie, und das ist das Wichtigste. Nein, ihr seid Kanaillen, weil ihr uns denjenigen nehmt, denen wir am Herzen liegen! Ihr lasst ihnen nicht mal die Erinnerung an uns. Aber dir reicht sogar das nicht, stimmt's? Die Menschen sind für euch nur Figuren, die man nach Belieben auf dem Schachbrett umstellen kann, damit der eine Bauer in eine Dame verwandelt wird, während ihr den anderen vom Brett fegt, um so eure Partie durchzuziehen ...«

Ich verstummte.

Verstummte, weil ich alles begriffen hatte. Das Wichtigste.

Ich wusste jetzt, warum sie mich in ein Funktional verwandelt hatten. »Wer sollte ich werden?«, fragte ich.

Vierundzwanzig

Stellen Sie sich vor, Sie hätten einen großen Käfig, in dem kleine Versuchsmenschen lebten. Das ist schwer? Gut, dann nehmen wir einen großen Käfig, in dem kleine Versuchsmäuse leben.

Drum herum stehen noch viele andere Käfige, und in jeden ist irgendwann ein Mäusepaar gesetzt worden. Freilich, in dem einen Käfig hat sich das Männchen als steril herausgestellt, in dem anderen hat die Selbsttränke versagt und die Mäuslein ertränkt, in den dritten hat sich eine wilde Ratte geschlichen und sich an den Bewohnern gütlich getan, im vierten ist die Quarzlampe heruntergefallen, und aus dem fünften sind die Mäuse ausgebrochen und in alle Richtungen davongelaufen. Trotzdem bleibt noch eine stattliche Zahl von Käfigen bewohnt. Und wenn Sie das Leben der Mäuschen in Ihrem Käfig verbessern wollen, beobachten Sie die Nachbarkäfige. Die Mäuse da leben in einer großen Familie? Interessant. Schauen wir doch mal, ob wir auch die eigenen Mäuse an den Kollektivismus gewöhnen sollten. Und die Mäuse da hocken ständig in der Ecke? Na, dann wollen wir mal sehen, ob sie sich vielleicht wohler fühlen?

Das Schicksal der Mäuse in den anderen Käfigen kümmert Sie wenig. Sie sind kein Sadist, Sie haben nichts gegen diese lieben Puschelwesen, aber wichtig ist für Sie nur ein Käfig, nämlich der, den Sie als allerletzten eingerichtet haben. An den dort lebenden Tierchen hängen Sie wirklich.

Und mit den anderen kann man experimentieren.

In dem Käfig, in dem alle Mäuse in den Ecken sitzen, freunden sich einige Individuen an und versuchen, sich zusammenzurotten? Das gehört unterbunden! Diese Kontrollgruppe muss abgesondert werden! Natürlich wären Sie imstande, die aus der Reihe tanzenden Mäuse totzuschlagen oder im Klo runterzuspülen. Aber Sie sind kein Sadist. Sie stellen einfach in jeder Ecke des Käfigs ein gemütliches Häuschen auf, legen ein großes Stück Käse hinein, sperren die Delinquenten getrennt jeweils in eins der Häuser weg – und halten sie an der kurzen Leine. Sie können den Mäusen sogar schöne bunte Bänder umbinden und ihnen eine Extraportion Vitamine als Ausgleich für die eingebüßte Freiheit spendieren. Vermutlich werden sie sich an die Situation gewöhnen und sogar ganz zufrieden sein.

In einem anderen Käfig können Sie das Wasser mit einem chemischen Präparat versetzen. Mal sehen, ob die Mäuse eine gute Portion Lachgas glücklich macht? Nein, das tut es nicht, sie sterben. Wie schade.

Im dritten Käfig, in dem Sie die Mäuse dressiert haben, in einem Rad im Uhrzeigersinn zu laufen, isolieren Sie diejenigen, die stur gegen den Uhrzeigersinn laufen.

Abermals kommen Ihre kleinen Häuschen, die Leine und besonders schmackhaftes Essen zum Einsatz.

Nach einiger Zeit wird Ihnen klar, dass Sie einen Teil der Sorgen bezüglich der Kontrollkäfige den Mäusen selbst überantworten können. Und zwar eben denjenigen, die es geschafft haben, die Reinheit des Experiments zu stören und die an die Leine genommen wurden. Mit einem lauten Pfiff lenken sie Ihre Aufmerksamkeit auf sich, wenn etwas passiert. Sie beißen ihre Artgenossen mit aller Gewalt, sobald diese versuchen, ihren eigenen Weg zu gehen. (Als ich gegen den Uhrzeigersinn losmarschiert bin, habe ich ein Häuschen und eine Portion Käse bekommen! Was ist, wenn ein anderer seine Laufrichtung ändert? Kriegt der dann meine Ration?)

Allmählich pendelt sich alles ein. Den Tieren in Ihrem Lieblingskäfig geht es prächtig. Sie sind der Pestepidemie entgangen, die Käfig acht heimgesucht hat, wo Sie den Müll nicht mehr beseitigt hatten. Sie sind nicht an Skorbut gestorben wie die Bewohner von Käfig fünfundzwanzig, wo Sie ein neues Futter getestet hatten. Sie haben einander nicht mit Atomwaffen umgebracht ... Nicht doch, Entschuldigung, was sollen denn hier Atomwaffen? Schließlich reden wir von Mäusen!

Alles pendelt sich ein.

Sie sind jetzt überzeugt davon, dass früher oder später sympathische und glückliche Mäuse entstehen werden.

Zumindest in dem einen auserwählten Käfig.

»Was sollte ich werden?«, fragte ich Natalja.

»Aha«, antwortete sie. »Hast du es endlich kapiert ...

Ich weiß es nicht, Kirill. Das übersteigt meine Kompetenzen. Ich bin nur eine Hebamme und Gynäkologin, hast du das vergessen?«

»Eine Hebamme oder Gynäkologin assistiert nicht nur bei der Geburt.«

»Richtig, wir müssen auch Abtreibungen vornehmen. Aber warum ich dem einen helfen soll, auf die Welt zu kommen, den anderen aber daran zu hindern habe, wird mir nicht mitgeteilt. Es tut mir ja selbst leid, weißt du ...« Seufzend sah Natalja sich um. »Bei dir ist es so gemütlich gewesen. Man hat sofort gesehen, dass hier ein angenehmer Mensch wohnt ... schade. Schade, Kirill!«

Sie hob die Hand und fuhr mit ihr über die Wand.

Zunächst schlängelte sich nur ein feiner Riss durch den Putz. Dann knisterte etwas tief im Innern in der Wand, aus dem Riss rieselte ockerfarbener Ziegelstaub, gleichsam als sei dort ein gezähnter stählerner Wurm am Werk.

Mich stach etwas in die rechte Seite, unter den Rippen. Kurz und heftig. Schmerz loderte auf und erlosch sofort wieder.

Natalja verengte die Augen zu Schlitzen und fuchtelte mit der Hand, als dirigiere sie ein unsichtbares Orchester.

Der Turm wankte hin und her – gleichsam als krümme sich die Erde selbst, die Last von fünf Welten nicht aushaltend, unter ihm. Jeder Stein schien im Gemäuer auf und ab zu springen, als versuche er, seinen angestammten Ort zu behaupten.

Mein Atem setzte aus, und ich stürzte zu Boden. Mühevoll hievte ich mich hoch, bis ich auf allen vieren stand. Die sauberen gelben Dielen dunkelten zusehends ein, ein Netz aus Kratzern spannte sich über ihnen, sie verbogen und wölbten sich.

»Siehst du, Kirill«, brachte Natalja belehrend hervor, »nicht immer ist es einem vergönnt, stehend zu sterben.«

Sie zerstörte den Turm! Über mich hatte sie keine Gewalt, was jedoch nicht die geringste Rolle spielte. Denn sie war imstande, meine Funktion auszulöschen.

Und wenn meine Funktion verschwindet, dann sterbe auch ich.

Ich versuchte mich zu erheben. Es gelang mir, noch hielt das Gebäude stand. Folglich musste ich immer noch ein Funktional sein. Ich schaffte es sogar, einige Schritte auf Natalja zuzugehen. Jetzt die Hände nach ihr ausstrecken! Sie schlagen ... ihren Hals umschließen ...

Die Frau brach in schallendes Gelächter aus und zerhackte mit der Hand die Luft. Hinter ihr explodierte die Wendeltreppe förmlich – das hölzerne Geländer stob durch die Luft und loderte auf, die gusseisernen Geländerpfosten zersplitterten und hagelten krachend nieder, die Mittelsäule krümmte sich, als schmelze sie in großer Hitze.

Der Schmerz durchschoss meinen Rücken wie ein Feuerstab, dessen lodernde Rinnsale über meine Rippen strömten. Ich wirbelte herum, wollte dem meinen Rücken marternden Feuer entkommen, fiel dabei jedoch hintenüber, Natalja direkt vor die Füße.

Sie beugte sich über mich und schaute mir in die Augen. »Was ist, Kirill?«, fragte sie. »Hältst du noch durch?«

Nichts jagte mir größeren Schrecken ein als das Fehlen jedweder Grausamkeit, Schadenfreude, sadistischer Erregung oder Verachtung in ihrer Stimme. Ganz im Gegenteil: In ihr schwangen Mitleid und ein Hauch von Neugier mit. Während der Experimentator dem arglosen Mäuschen das tödliche Gift spritzt, kann er Tiere durchaus aufrichtig lieben.

Das Wichtigste war jetzt, Ruhe zu bewahren. Die klebrige Angst aus meiner Seele zu jagen. Wer in Panik verfällt, hat schon verloren.

Sie war stärker als ich. Sie konnte Menschen in Funktionale verwandeln, ihnen aber auch die Funktion entziehen. Doch nicht alles hängt davon ab, wie stark du bist. Die Gruppe von jungen Leuten um Illan hatte es fertiggebracht, das Funktional Rosa gefangen zu nehmen, weil diese von Natur aus keine Kämpferin war. Ich hatte einen Polizisten zu besiegen vermocht, weil ich näher am Zentrum meiner Kraft, dem Turm, gewesen war.

Jetzt befand ich mich direkt im Turm. Der zwar mitten im Prozess der Auflösung steckte, aber noch standhielt. Hier hatte ich meine tödlichen Wunden geheilt. Nützte mir das etwas? Nein! Was kam sonst noch in Frage? Jede Nacht gestaltete sich der Turm nach meinem Geschmack um. Als ich darauf angewiesen war, platzten im Turm die Rohre. Nützte mir das etwas?

Ja.

Falls der Turm mir gehorchte.

Es entzog sich meiner Kenntnis, welche Kräfte den Turm zu seinen Mutationen zwangen. Anscheinend machte er das nur höchst ungern im Beisein von Zeugen. Jetzt jedoch lag er im Sterben.

»Du hast ... einen Zöllner ... angegriffen«, presste ich hervor. »Damit verletzt du ebenfalls ... die Gesetze der Funktionale. Ich kann ... mich verteidigen.«

Die Worte schienen Natalja zu amüsieren.

»Nur zu. Verteidige dich.«

Sie klatschte in die Hände – und in den Fenstern barsten mit traurigem Jammern die Scheiben. Sie hob den Arm, als greife sie nach etwas mir Unsichtbarem. Das sie dann energisch zu sich herunterzog.

Von der Decke rieselten weiße Farbplättchen. Direkt über mir trat die Fuge zwischen den Deckenplatten hervor.

Mir wurde schwarz vor Augen. Um meinen Schädel schien sich ein Stahlring zusammenzuziehen.

Im selben Moment brannte die am Kabel hängende Glühbirne mit blendendem Licht auf, das Glas zerfiel zu Splittern, das Kabel schlängelte sich nach unten. Mir wurde erst klar, was da vor sich ging, als die feinen Haltedrähte, zwischen denen weiß rauchend die Wolframspirale niederbrannte, sich mit der Gier einer Schlange in Natalja Iwanowas Hals bohrten.

Die Hebamme schrie auf, krümmte sich. Das Kabel sauste immer tiefer herunter, legte sich in einem Ring um sie und schnürte ihr die Kehle ab. Mit einem Ruck zuckte es nach oben – und Nataljas Beine baumelten in der Luft.

Ich stand auf. Es schüttelte mich noch, doch der schlimmste Schmerz war vorbei.

Nataljas Gesicht lief im Nu krebsrot an. Mit verzweifelter Anstrengung gelang es ihr, die Hände unter die

Schlinge zu schieben und den tödlichen Druck etwas zu lindern. Den durch ihren Körper fließenden Strom schien sie nicht einmal wahrzunehmen.

»Das ist für Arkan …«, sagte ich, den Blick auf sie gerichtet. »Die Verwandlung in ein Lasso hättest du dem schnöden Kabel wohl kaum zugetraut!«

»Hör auf!«, schrie Natalja.

Ich lachte. Ich fand das wirklich komisch. Nachdem sie Nastja umgebracht hatte, nachdem sie mich kaltblütig töten wollte, sollte ich sie laufen lassen?

»Sag: *Bitte*!«

»Bitte!«

»Sag: *Ich werde es nie wieder tun!*«

Nataljas Augen funkelten. Das Kabel zog sie höher und höher zur Decke hinauf.

»Du Idiot! Wenn ich sterbe … eure Funktionen sind ausnahmslos mir beigeordnet! Der Turm wird so oder so einstürzen! Hunderte von Funktionalen werden zu Menschen!«

»Hervorragend!«, bemerkte ich. »Glaubst du etwa, darüber wäre ich traurig?«, fragte ich kopfschüttelnd.

»Wir erlauben dir, ein Funktional zu bleiben!«, plärrte sie.

»Verreck doch, du Tier!«, antwortete ich bloß. »Verreck, und dann werden wir wieder zu Menschen.«

»Niemand … wird … euch … das … erlauben«, krächzte Natalja. »Der Kurator … wird diesen Fehler korrigieren …«

Damit zog sie die Hände aus der Schlinge.

Die Deckenplatten über ihr gingen an der Fuge auseinander, ein gieriger Betonmund öffnete sich, zitternd und wartend. Die Deckenträger staken wie schiefe rostige Hauer hervor. Das Kabel züngelte in den Schlund und lieferte die Hebamme den Deckenplatten aus, die darauf lauerten, sich wieder zusammenzuschieben.

Nataljas Arme schossen nach oben und zerhackten die Luft. Sie breiteten sich aus und zerrissen etwas, zerquetschten ein für mich unsichtbares Objekt.

Der Turm stöhnte. Aus den Mauern segelten die Ziegelsteine nach innen. Der Boden bebte, Wellen brandeten über ihn hinweg. Die blendende Sonne über dem Reservat trübte sich, und vor das Fenster von Erde-17 zog sich ein undurchdringlicher grauer Schleier.

In dem Augenblick nahm ich einen Blick voller Trauer und Zärtlichkeit wahr, mit dem etwas Großes, Mächtiges und Sterbendes auf mich sah. So betrachtet ein uralter Greis, dessen Seele Mitleid und Bitternis keinen Platz mehr darbietet, die Fotografien seiner Kindheit. Explosionsartig erfasste meinen Körper ein kribbelndes Stechen, etwas straffte sich und platzte wie eine überstark gespannte Saite.

Meine Funktion starb – und brach die Verbindung zu mir ab.

Für einige sich in alle Ewigkeiten ausdehnende Sekunden zeigten sich all meine Sinne aufs Äußerste geschärft. Ich vernahm das Knacken von Nataljas Halswirbeln und das Brummen der Eisenbahn, die von der Station Sewerjanin abfuhr. Ich sah, wie der sterbenden Hebamme der Schweiß auf die Stirn trat und wie die Teleobjektive funkelten, mit denen man von jenem Turm in dem unendlich weit entfernten Ostankino Arkans den meinigen anvisierte. Der bittere Geruch der auf dem Herd verbrutzelnden Spiegeleier stieg mir ebenso in die Nase wie der Gestank des alten Fleischs, aus dem neben der Metrostation Alexejewskaja Shawarma hergestellt wurde. Ich schmeckte den salzigen Geschmack von Blut auf meinen Lippen und die saure Entladung, die durch Nataljas Körper fuhr. Ich spürte, wie mir Brösel der Deckenfarbe in staubigen Schneeflocken auf die Haare fielen und wie die Stiefel der Soldaten am Ewigen Feuer hart auf unsere Erde traten.

Und dann war da noch etwas. Etwas Betäubendes, Außerordentliches, das nicht für einen gewöhnlichen Menschen bestimmt war. Eine Art Erinnerung, jedoch mit anderem Vorzeichen. Eine Mischung aus Farben, Geräuschen, Düften, Aromen und Eindrücken.

... Sagen Sie, Dmitri, wie ist das bei Ihnen üblich ... Ich drücke mit den Händen den grauen Schleier auseinander, taste mich vor, als schwimme ich in Gallert ... Jemand tritt schwer metallen auf, Schritte hämmern ... Eine unerträgliche ätzende Bitternis frisst an meinen Lippen ... Die Last ist kaum zu tragen, ich werde sie nicht stemmen ...

Die Welt wurde unerträglich grell und beschämend winzig. Schließlich schrumpfte sie auf einen Punkt zusammen – auf mich. Mein Körper wurde schwer, ich geriet ins Schwanken.

Es erwies sich als anstrengend, wieder zum Menschen zu werden. Fast so anstrengend wie beim ersten Mal. Wenn du dich von der Heimeligkeit und Sicherheit des Mutterleibs losreißen musst, von dem schwerelosen Gleiten im dunklen warmen Nass, wenn du das erste Mal die bittere Luft mit noch ungeschickt gebrauchten Lungen einatmest, in vollem Umfang die Erdanziehungskraft spürst und gottserbärmlich vor Scham und Erstaunen aufschreist.

All meine Funktionalskräfte, all meine geliehenen Kenntnisse und Fähigkeiten, verpufften.

Der Turm erzitterte. Mit einem letzten Ruck zog das Stromkabel Natalja weiter hinein in die Lücke in der Deckenmitte, dann fuhren die Betonplatten wieder zusammen.

Etwas knackte, widerwärtig und matschig.

Noch einmal zuckten die Beine in der billigen türkischen Jeans, die sich im Nu dunkel und rot einfärbte.

Langsam stürzte der Turm ein.

Ich hechtete durch das letzte Fenster, vor dem der graue Dunst der Zwischenwelt noch nicht hing. Ohne weiter darüber nachzudenken, streckte ich die Arme nach vorn, als spränge ich von einem Brett in ein Schwimmbecken. Hinter mir bröckelten die Ziegelsteine ab, zerfielen die Deckenplatten, toste das aus den Rohren sprudelnde Wasser und knackten die berstenden Dielen.

Die verschneite, steinharte Erde sauste auf mich zu. Ich schloss die Augen.

Die Grube war anderthalb Meter tief. Die oberste Schicht bestand aus Schnee, bis zum Boden war das Loch mit faulen Blättern, feuchtem ausgebleichten Gras und abgeschnittenen Zweigen angefüllt – und eben nicht mit dem üblichen Stadtmüll. Was war das? Die Kompostgrube des hiesigen Hauswarts? Warum hatte ich sie früher noch nicht bemerkt? Und welches Wunder hatte sie praktischerweise genau unter dem Fenster entstehen lassen, aus dem ich gesprungen war?

Wunder gibt es nicht!

Ich war etwas lädiert, ein Arm von einem spitzen Ast aufgekratzt, hinter den Kragen war mir Abfall gerutscht, ich trug nur ein Hemd und Sommerhosen, außerdem war ich pitschnass, aber ich lebte. Allem zum Trotz lebte ich.

Nastja war tot.

Und Natalja Iwanowa, das Hebammenfunktional, verreckt.

Beim zweiten Mal war es mir also doch noch gelungen, sie zu töten.

Immer wieder im Schnee ausrutschend, kraxelte ich aus der Grube. Ich beäugte sie argwöhnisch. Dann stürzte ich zum Turm.

Nach wie vor stand er ein wenig abseits der Eisenbahngleise und sah ganz wie ein aufgegebener Wasserturm aus. Nur die Jahreszahl über der Tür, 1978, prangte nicht mehr dort. Dabei war das doch mein Geburtsjahr ... Dass mir das nicht gleich aufgefallen war!

Spuren der Zerstörung entdeckte ich keine. Ein kleines Fenster drei Meter über dem Boden war gesprungen. Doch das fiel nicht weiter auf – in verlassenen Gebäuden sind immer ein paar Fenster entzwei.

Ich rüttelte an der verrosteten Tür, die quietschend nachgab. Im Innern herrschte Dunkelheit, nur ein schmaler Lichtstrahl drang durch ein Fenster, dem sich jetzt das durch die Tür fallende Licht zugesellte. Natürlich existierten weder Stockwerke noch Decken. Ein widerhallender hoher Raum, der von dem verrosteten Boden des Wasserspeichers erdrückt wurde. Den Fußboden bedeckten große Ziegelsteine, Glasscherben, Eisenteile undefinierbarer Bestimmung und Müll. Nur der heruntergekommenste Penner würde mit diesem Quartier vorliebnehmen.

Nastja lag gleich hinter der Tür.

Ich hockte mich neben sie, presste mein Ohr an ihre Brust und maß ihr den Puls.

Wunder gibt es nicht.

Vielleicht, wenn sie ein Funktional wäre ... Falls sich nach Nataljas Tod wirklich wieder alle, die sie zu Funktionalen gemacht hatte, in Menschen zurückverwandelten ... Nein, auch das würde nicht klappen. Leben ist Leben, und Tod ist Tod. Ein Funktional kann mit dem Tod Versteck spielen – wenn das Dunkel besonders dicht und das Zimmer groß ist. Aber wenn er dich fängt und dir seine Knochenhand auf die Schulter klopft, dann gibt es kein Zurück.

»Verzeih mir«, sagte ich. »Du hättest in Nirwana bleiben sollen. Verzeih mir, Nastja.«

Natürlich antwortete sie mir nicht. Und es bedeutete keinen Trost, mir vor Augen zu halten, dass sie mir aller Wahrscheinlichkeit nach verziehen hätte.

Was war ich nur für ein Idiot. Kaum aufmerksamer und vorausschauender als Nastja. Ich hatte mich benommen wie ein ... Wie was? Wie ein Funktional. Ich hatte innerhalb der Grenzen gehandelt, die mir gesetzt worden waren.

Niemals hätte ich so unbedacht von einer Welt in die andere hasten dürfen. Und warum musste ich stolz alle Allianzen ablehnen und mich selbstgefällig in den Kampf stürzen? Bis zu dem Moment, an dem etwas geschah, das nicht rückgängig zu machen war, an dem Nastja starb, an dem sie mich zwingen wollten, in die Knie zu gehen – bis zu dem Moment hätte ich noch lavieren können. Diese Möglichkeit hatte ich verstreichen lassen.

Besser wäre es gewesen, an meiner Stelle hätte ein Politiker gestanden. Er hätte sich auf ein langes Spiel einzulassen gewusst ...

Selbst wenn er am Ende der Partie hätte feststellen müssen, dass er schon längst Schlagdame spielt.

Nein, die Geschichte hatte einen ganz und gar dummen Verlauf genommen. Sobald du dich auf die Regeln dieses Spiels einlässt, hast du schon verloren. Es ist wie im Casino: Du kannst auf Zahl oder Farbe setzen, auf Zero, Gerade oder Ungerade – am Ende gewinnt doch die Bank. Wenn du dich auf die Regeln ihres Spiels einlässt, wirst du einer von ihnen. Darin erschöpft sich die ganz Finesse. Wie in dem alten Roman, den ich in meiner Kindheit gelesen habe: In dem Moment, da du die Geheimsprache deines Feindes erlernst, fängst du an, in ihr zu denken. Wie der Feind zu denken. Oder wie in der noch älteren Legende: Indem du den Drachen tötest, wirst du selbst zum Drachen. Jeder, der genug Finessen beherrschte, gegen die Funktionale von Erde-1 zu gewinnen, wurde genauso wie sie. Der Traum des Politikers Dima unterschied sich durch nichts von dem, was die Bewohner von Arkan mit uns machten: Er wollte an ein Experimentierfeld herankommen, ein Übungsgelände. Natürlich nur um der hehrsten Ziele willen ...

Du hast keine Chancen zu gewinnen, wenn du als Mensch in den Kampf ziehst. Und du kannst auf den Sieg getrost verzichten, wenn du ein Funktional bist.

Du brauchst einen dritten Weg – den es nicht gibt.

Ich strich Nastja über die kalte Wange. Ich musste den Notarzt herbestellen. Aber noch nicht gleich. Zunächst musste ich verschwinden. Jetzt, wo ich wieder ein normaler Mensch war, wollte ich der Miliz nicht in die Hände fallen. Ich hätte ihnen des Langen und Breiten beweisen müssen, dass ich zufällig in dieses verlassene Gebäude geraten war und genauso zufällig die Leiche der jungen Frau entdeckt hatte. Bei der es sich im Übrigen um die Frau handelte, mit der ich die letzte Nacht verbracht hatte.

Dennoch wollte ich sie nicht so liegen lassen, auf all den kaputten Ziegelsteinen und Flaschenscherben. Mit der Schuhspitze säuberte ich eine kleinere Fläche, hob Nastja behutsam hoch und legte sie dorthin. Ich streckte ihre Arme entlang des Körpers aus.

Ihre rechte Hand war offen, die linke zur Faust geballt. Kurz zögerte ich, dann bog ich ihre Finger auseinander.

Ein funkelnder Metallring. Natürlich nicht aus Gold oder Silber. Vielleicht vernickelter Stahl. Wäre ich noch Zollner gewesen, hätte ich die chemische Zusammensetzung, den Wert und die Höhe der Zollgebühren aus dem Ärmel schütteln können.

Ein Ring ...

Ich nahm ihn an mich und drehte ihn in den Fingern.

Aus irgendeinem Grund hielt ich es für wichtig dahinterzukommen, woher er stammte. Nastja hatte am Herd gestanden ... Sie wollte die Spiegeleier aus der Pfanne nehmen ... Aber klar! Der Ring stammte vom Griff des metallenen Pfannenhebers. Solche Dinger hatte es dort an allen Arten von Besteck gegeben, an den Gabeln, Messern und Schaumlöffeln.

Warum war er erhalten geblieben?

Weil er sich in der Hand der toten Frau befunden hatte? In der Hand eines Menschen, der nicht zur Welt der Funktionale gehörte?

Ich probierte den Ring aus. Er passte so genau auf meinen Ringfinger, als hätte ich ihn bei einem Juwelier gekauft.

Dann wollte ich ihn auch tragen.

Ein letztes Mal betrachtete ich das tote Gesicht, dann erhob ich mich.

Und hörte von draußen Schritte.

»Kirill? Ist etwas nicht in Ordnung? Na, hier sieht's ja aus!« Kotja stand in der Türfüllung und sah sich voller Befremden in dem dunklen, schmutzigen Raum um. »Wie nach einem Angriff der Anarchisten ... Hast du dich mit jemandem geprügelt? Haben die aus Arkan dich angegriffen?«

»Was machst du denn hier?«, fragte ich. »Ihr solltet doch längst weg sein.«

»Das hat mir eine innere Stimme gesagt.« Kotja breitete die Arme aus. »Ich habe gespürt, dass irgendwas nicht in Ordnung ist ... Daraufhin habe ich meine Dame in Scheremetjewo gelassen und bin zu dir ...«

In dem Moment hatten sich seine Augen an die Dunkelheit gewöhnt, und er verstummte.

»Nastja ist tot«, sagte ich. »Das ist der Stand der Dinge ...«

»Warum?«

»Natalja hat sie ermordet. Das Hebammenfunktional.«

»Das tut mir sehr leid«, brummte Kotja. »Wirklich ... Wo ist Natalja?«

Ich zuckte die Achseln. »Das letzte Mal, als ich sie sah, war Natalja von der Taille an aufwärts auf die Breite eines Stücks Karton plattgewalzt worden. Ich glaube, jetzt ist sie nirgendwo mehr. Selbst ein Funktional übersteht so was nicht.«

»Hast du sie umgebracht?«, wollte Kotja ungläubig wissen.

»Hm. Sie hat Nastja ermodert und angefangen, den Turm zu zerstören. Ich konnte Natalja auslöschen. Aber der Turm ist trotzdem gestorben.«

»Jetzt bist du wieder ein normaler Mensch.« Das war keine Frage, sondern die Feststellung einer Tatsache.

»Ja.«

»Aber wie konntest du sie töten?«

»Das ist mein Geheimnis«, antwortete ich mysteriös. »Lass uns von hier weggehen. Nastja können wir doch nicht mehr helfen.«

Wir verließen den Turm, ich zog die Tür fest hinter uns zu, klaubte eine Handvoll lockeren Schnees vom Boden auf und wischte die hölzerne Klinke ab. Fingerabdrücke sollte ich lieber nicht hinterlassen.

»Kirill …« Kotja sah mir in die Augen. »Wie? Schließlich ist sie eine Hebamme! Illan hat gesagt, Hebammen könnten jeden auslöschen, den sie zum Funktional gemacht haben. Dein Turm ist zerstört worden, du bist wieder zum Menschen geworden – und hast sie getötet? Das glaube ich nicht!«

Mir wurde schwer ums Herz. Sehr schwer. Obendrein fror ich entsetzlich in dieser verschneiten winterlichen Straße, mit meinen nassen Hosen und dem kurzärmeligen Hemd.

»Ich werd's dir ins Ohr sagen«, brachte ich hervor, indem ich umherspähte. Gehorsam drehte Kotja mir den Kopf zu. Ich beugte mich zu seinem Ohr und flüsterte: »Die Sache ist die, dass jedes Funktional besonders empfindliche Sinneszellen an den Ohrläppchen besitzt. Wenn man einem Funktional eins aufs Ohr haut, stirbt es an Verwirrung!«

Kotja schnaubte und richtete sich wieder auf. »Kirill!« Er sah mir in die Augen. »Jetzt mal ernsthaft …«

»Mir ist nur eins unklar«, fuhr ich im selben Flüsterton fort, mich in keiner Weise darum scherend, ob Kotja mich verstand oder nicht. »Ob das auch bei einem Kurator funktioniert? Oder nicht? Was meinst du?«

»Keine Ahnung«, antwortete Kotja und nahm seine Brille ab.

»Wollen wir's an dir ausprobieren?«, schlug ich vor.

Fünfundzwanzig

Letzten Endes hatte Borges doch unrecht.

Neben den drei großen Sujets gibt es mindestens noch eins, das unsere Aufmerksamkeit verdient.

Das ist der Verrat durch einen Freund und die Untreue der Geliebten.

Es hätte keinen Krieg gegeben, die lustigen griechischen Kleinkönige hätten sich nicht auf die Suche nach Ruhm (doch wenn wir ehrlich sein wollen, nach Reichtum) begeben, Troja nicht belagert, und Odysseus hätte sich auf der Heimfahrt nicht verirrt, wenn Helena nicht mit Paris durchgebrannt wäre. Jim Hawkins wäre nicht in Gesellschaft von Friedensrichter Trelawney und Doktor Livesey Hals über Kopf losgesegelt, um die Schatzinsel zu suchen, die Piraten hätten das Fort nicht gestürmt und der arme Ben Gunn wäre nach all den Jahren doch nicht nach Hause gekommen, wenn Billy Bones seine Kumpane nicht übers Ohr gehauen hätte und mit der Karte abgehauen wäre.

Andererseits wüssten wir ohne die Untreue Helenas nichts von der Treue Penelopes.

Liebe und Freundschaft sind es, um derentwillen wir Untreue und Verrat hinzunehmen haben.

Trotzdem ist es immer hart, verraten zu werden.

Seufzend wandte Kotja den Blick ab. Schuldbewusst zuckte er mit den Achseln. »Du kannst es ja mal ausprobieren ...«, sagte er. »Woher weißt du, dass ich ein Kurator bin?«

»Natalja hat es mir gesagt.«

»Sie hätte dir das gar nicht sagen können.« Kotja schüttelte den Kopf. »Natalja wusste nicht, dass ich ein Kurator bin. Sie hat noch nicht einmal geahnt, dass ich überhaupt ein Funktional bin.«

»Stimmt. Sie hat nur von einem Kurator gesprochen. Dass du das bist, da bin ich selber drauf gekommen. Leider erst zu spät.« Ich konnte mich nicht beherrschen und hob die Stimme. »So was kommt nicht vor, dass in Dateien die Erwähnungen von Funktionalen erhalten bleiben! So was kommt einfach nicht vor! Der Polizist, der ehemalige Historiker, hat sich darüber beklagt, dass nicht einmal jetzt seine Briefe irgendwo eintreffen und die Dateien sich löschen. Wenn euer Ziel darin besteht, die Menschen aus ihrem Leben herauszureißen, sie daran zu hindern, etwas Wichtiges zu unternehmen, dann bleiben die Daten nicht erhalten. Dann existieren keine Spuren mehr! Fotos verschwinden, Zeugnisse und Kinderzeichnungen. Und da macht dein Computer plötzlich eine Ausnahme? Pah! Verkauf mich doch nicht für dumm, Konstantin!«

Kotja nickte. »Was willst du?« Er breitete die Arme aus. »So ist das immer. Das alles war doch nur gut gemeint ...

Mir hat es ohnehin nicht gepasst, dich in ein Funktional verwandeln zu lassen. Noch dazu durch diese Idiotin! Diese frigide, bösartige Versagerin. Mir gefallen die da, die von Arkan, selbst nicht, falls dich das beruhigt!«

»Das heißt, du selbst bist also nicht von dort?«

»Nein, Kirill! So einfach ist das alles nicht. Hast du etwa wirklich geglaubt, man schicke aus Arkan eine Landeeinheit von Hebammen samt Chef hierher – die dann die Welt umgestalten sollen?«

»Ungefähr so habe ich mir das zusammengereimt.« Meine Zähne klapperten in einem fort, was Kotja nicht entging. Seufzend öffnete er seine dicke Jacke, reichte sie mir und stand jetzt selbst nur noch in seinem warmen Pullover da. »Zieh die an!«

»Nein, danke.« Ich schüttelte den Kopf.

»Dann leg sie dir wenigstens über die Schultern! Du bist jetzt ein normaler Mensch, du wirst dich sonst erkälten!«

Ich schaltete nicht länger auf stur, dazu war es einfach zu kalt. Mit einiger Mühe brachte ich es am Ende fertig, die Jacke zu schließen.

»Die Dinge liegen etwas anders«, fuhr Kotja fort. »Die Kraft, über die ein Funktional verfügt, ist nicht von ihm ... nicht nur von ihm allein. Sie gehört auch der Welt, in der er lebt. Zu uns kann niemand aus Arkan kommen und anfangen, die Menschen in Funktionale umzuwandeln. Zunächst müssen die einen Kurator finden. Jemanden, der sich alles selbst beibringt, mit ihrer Hilfe natürlich. Er wird ... drücken wir es mal so aus ... die Kontrolle über die Situation insgesamt behalten. Er wird eine globale Entscheidung treffen und die Verantwortung für alles, was passiert, übernehmen.«

»Also bist du einer von uns?«, fragte ich begriffsstutzig.

»Ja! Stärker von uns geht's gar nicht!« Kotja brach in schallendes Gelächter aus.

»Wie alt bist du?«

»Na ja ... älter als ich aussehe.« Kotja winkte ab. »Aber ich glaube, die Jugend zeigt sich in der Seele. Oder etwa nicht?«

»Kotja.« Nur schwer fand ich Worte. »Aber wieso? Wozu? Warum erlaubst du ihnen das? Weshalb machen sie das mit uns?«

»Was, *weshalb*?«, ereiferte sich Kotja. »Glaubst du denn, diese Halbidioten hätten das Paradies auf Erden? Pah! Die haben den technologischen Fortschritt ausgebremst, diese Idioten ... Ein Fädchen aus dieser Welt, ein Fädchen aus jener Welt, und schon ist der Kaftan hergestellt ... Bei ihnen toben beispielsweise in ganz Afrika Kriege. Warum? Weil es keine Sklaverei gab! So kompliziert ist das nämlich auf der Welt eingerichtet! Der ganze Kontinent ist eingekesselt, sie versuchen alle diese Großen Äthiopiens, Sonnigen Sudans und Glücklichen Zululänder zu befrieden. Aber dabei kommt nichts heraus! Dafür treffen Ströme von Flüchtlingen ein. Man kann aus fremden Fehlern nicht lernen, Kirill!«

»Aber das haben sie doch!«

»Das glauben sie. Aber ich bin der Ansicht und werde auch zukünftig dieser Ansicht sein, dass eine Zivilisation ohne Fortschritt in Wissenschaft und Technik in Stagnation verfällt und stirbt. Deshalb habe ich für unser beider Erde den Weg einer forcierten wissenschaftlich-technischen Entwicklung gewählt. Ja, ich habe ihn gewählt! Mir wurden nämlich auch andere Varianten offeriert.«

»Und die Kriege?«, sagte ich stur. »Wir haben doch auch überall Kriege. Und Katastrophen.«

»Das sind unvermeidliche Folgen des Fortschritts«, widersprach Kotja scharf. »Ein Opfer muss man immer bringen. Entweder Epidemien, die ganze Länder auslöschen, oder Menschen, die einander ausrotten. Ich habe für unsere Erde diesen Weg gewählt, Kirill. Das gebe ich offen zu. Aber nur, weil keine würdige Alternative existierte.«

Mein Zorn verpuffte. Schrumpfte in sich zusammen wie ein geplatzter Luftballon. Vielleicht ging das zum Teil auf Kotjas speziellen Charme zurück. Zum Teil lag es jedoch auch an seinen überzeugt vorgetragenen Erklärungen.

»Du brauchst auf meine Worte nichts zu geben«, fuhr Kotja müde fort. »Ich könnte mit den Arkanern einfach etwas arrangieren, mir werden sie das nicht abschlagen. Schlimmstenfalls könnte ich selbst einen Durchgang öffnen. Dazu bin ich nämlich durchaus imstande!«

»Und dann?«

»Dann besuchen wir sie«, erklärte Kotja. »Damit du dich selbst davon überzeugen kannst, ob es ihnen gut geht. Danach kannst du entscheiden, ob es nötig ist, ein besseres Schicksal zu suchen als das, was wir auf unserer Erde haben!«

Er trat auf mich zu und fasste nach meinem Ärmel.

»Rühr mich nicht an«, bat ich.

»Warum spielst du die beleidigte Leberwurst, Kirill? Ich durfte dir doch nichts enthüllen! Auch ich habe meine Verpflichtungen und Prinzipien. Wenn du willst, hau mir eins auf die Ohren, auf die sensiblen Punkte! Na, mach schon, ich werde mich nicht wehren!«

»Die haben Nastja ermordet.«

»Woher sollte ich das wissen?«, rief Kotja. »Woher um alles in der Welt hätte ich das wissen sollen? Ich würde Natalja dafür selbst gern einen Kopf kürzer machen, wenn du sie nicht schon umgebracht hättest! Geplant war doch, dass ihr euch einigt. Natalja sollte euch eine Art Hausarrest erteilen – und damit basta! Ich hab's ja gewusst. Ich hab ja gewusst, dass man einem sexuell unbefriedigten Weib nicht über den Weg trauen darf! Um Nastja tut es mir leid, Kirill! Aber selbst ich kann sie nicht von den Toten auferstehen lassen.«

»Tut es dir wirklich leid um sie?«, fragte ich.

»Ja. Sehr. Ich bin kein Engel. Was ich alles schon miterleben musste – du würdest grau werden und nachts vor Furcht schreien.« Mit einem Mal blickten seine Augen ungewöhnlich hart drein. »Aber wenn eine schöne junge Frau stirbt, leide ich immer mit.«

»Du bist ein Misanthrop, Kotja«, winkte ich müde ab. »Selbst als Kurator.«

»Schon möglich. Aber mach du erst mal zwei Weltkriege und eine Handvoll Revolutionen durch, dann wirst du genauso ... Gehen wir, Kirill! Selbst mir wird es zu kalt! Warum zierst du dich wie eine Achtklässlerin vorm Gynäkologen!«

»Und ordinär.«

»Hab du erst mal tausend Freundinnen ...«

»Ich bin nicht du. Ich bin kein Funktional mehr, mir winken solche Eroberungen nicht mehr.«

»Jetzt hör auf, den Dummkopf zu spielen!« Kotja zog mich jetzt hinter sich her. »Wir werden schon einen Ausweg finden. Als Erstes suchen wir dir eine interessantere Arbeit. Wie wäre es als Hebamme, hä? Dann brauchst du nicht mehr an der Leine zu gehen! Allerdings müsstest du in einer anderen Welt arbeiten, das ist nun mal die Regel ... Aber Kimgim hat dir doch gefallen, oder? Und Orysaltyn ... Kennst du diese wunderschöne Stadt? Ihr Moskau, wenn du so willst ... Ich bin häufig da.«

Mir schwirrte bereits der Kopf von alldem, was in der letzten Stunde geschehen war. Ich wollte mich betrinken. Oder hinlegen und einschlafen. Oder am besten: betrinken und einschlafen.

Aber als Kotja mich zu einem verschämt am Straßenrand stehenden Nissan zog, staunte ich dennoch nicht schlecht. Kein allzu teurer Wagen, aber ich hatte immer angenommen, Kotja könne gar nicht fahren – bei seiner Kurzsichtigkeit.

»Wozu trägst du eine Brille?«, fragte ich, als ich auf dem Beifahrersitz Platz nahm.

Kotja ließ den Motor an und schaltete die Heizung ein. Er rieb die Hände gegeneinander und behauchte sie. In der Tat, auch er war durchgefroren.

»Die Brille?« Er warf mir einen belustigten Blick zu. »Damit gefalle ich den Weibern besser. Mit Brille sehe ich naiv und unschuldig aus.«

Ich hüllte mich in Schweigen.

Der Motor lief warm, Kotja fuhr vom Gehsteig auf die Straße. Er lenkte das Auto virtuos, das registrierte ich sofort. Vermutlich tat er alles virtuos. Eben wie ein Kurator ...

»Weißt du, am Ende ist es sogar besser so«, bemerkte er nachdenklich. »Natürlich tut es mir um Nastja leid ... Aber dafür brauche ich dir jetzt nichts mehr vorzumachen. Und du bist deine Leine los. Was ist nun? Willst du Hebamme werden? Das ist sehr interessant, glaub mir! Außerdem sollten diese Funktion ohnehin Menschen mit Herz besetzen, mit Empathie ... nicht jemand wie diese Iwanowa ... Ich sterbe vor Neugier, Kirill! Wie hast du sie denn nun kaltgemacht?«

»Das war eigentlich nicht ich. Der Turm.« Seufzend erinnerte ich mich an das seltsame Gefühl, mit dem die unsichtbare Verbindung zu meiner Funktion zerrissen war. »Eine Szene wie aus einem Horrorfilm. Die Decke hat sich gespalten, und ein nacktes Kabel hat sich um Nataljas Hals geschlungen und sie nach oben gezogen. Dann haben sich die Platten wieder zusammengeschoben. Wie Kiefer.«

»Das ist nicht gelogen?«, fragte Kotja.

»Nein. Genau so ist es gewesen.«

Kotja riss das Steuer scharf herum. Wir fuhren gerade aus dem Tunnel heraus auf die Rigaer Brücke zu, aber er bog nicht auf den Prospekt ein, sondern in eine zu dieser frühen Stunde wie ausgestorbene Straße, die uns nach Ostankino brachte. Er hielt am Straßenrand, den Garagen und Flugzeughallen säumten.

»Das ist schlecht, Kirill«, meinte er, den Blick auf mich gerichtet, mit unverfälschter Traurigkeit. »Du machst dir ja gar keine Vorstellung, wie schlecht das ist.«

»Warum? Lebt sie noch?«

Kotja schüttelte den Kopf. »Kennst du den Witz vom Jungen und Väterchen Frost?«

»Welchen?«

»Den, wo der Junge Väterchen Frost sieht und schreit: ›Du lebst ja! Du existierst ja!‹ Daraufhin antwortet Väterchen Frost: ›Ja, ich existiere wirklich. Und jetzt muss ich dich umbringen.‹«

Der Motor knurrte, aus der Heizung blies uns warme Luft entgegen. In der Ferne ratterten die Räder der Eisenbahn. Die Autos fuhren jetzt schon in einem ununterbrochenen Strom über die Brücke. Die Stadt erwachte, die Stadt begann einen neuen Tag.

Kotja sah mich streng und betrübt an.

»Warum, Kotja?«, wollte ich wissen.

»Das braucht dich nicht mehr zu interessieren«, sagte Kotja bitter.

Seine Hand schnellte vor und schloss sich um meine Kehle. Nur die linke Hand – und dennoch glaubte ich, eine Schmiedezange hielte mich gepackt. Mir wurde schwarz vor Augen, die Welt fing an, sich in einem Abschiedswalzer zu drehen.

»Es tut mir sehr leid ...«, drang aus der wattigen Leere Kotjas Stimme zu mir durch.

Mit letzter Kraft, in der es bereits keinen Funken Verstand mehr gab, blind und hilflos schlug ich mit der rechten Hand auf ihn ein, wobei ich auf seinen Kopf oder seinen Hals zielte. Kotja machte eine beiläufige Geste, als vertreibe er eine Fliege – doch ich begriff, dass er mir mit dieser spielerischen Bewegung alle Knochen meiner Hand zu brechen gedachte.

Sie brachen nicht.

Sein Block, gut und solide, stand, aber ich überwand ihn trotzdem. Und meine ungelenk geballte Faust traf Kotja am Kinn.

Es sah aus, als sause eine Abrissbirne durch das Auto, die in diesem Fall jedoch nicht die Mauern der Häuser einriss, sondern Konstantin Tschagin die Fresse polierte. Es fegte seine Hand einfach von meiner Kehle weg. In einem Halbrund aus spritzendem Blut flog Kotja zusammen mit der Tür aus dem Wagen. Glas splitterte, die eingeknautschte Tür legte sich ihm wie ein eisernes Jabot um den Hals. Im Flug verhakte sich sein Fuß am Lenkrad, das er samt Stange herausriss. Das Steuer wurde rund zehn Meter weggeschleudert, wobei sich unterwegs der Airbag aufblies, sodass jenes gänzlich unschuldige Bauteil darauf sanft wie eine Raumsonde im Schnee landete.

Kotja lag da und schüttelte den Kopf. Aus der Tür hagelte es Glassplitter. Insgesamt erinnerte er stark an einen Eisbären, der das Wasser von sich abschüttelt.

Ohne etwas zu begreifen, krabbelte ich aus dem Auto. Irgendwo in den Metallgedärmen des zerbeulten Nissans fiepte die Alarmanlage los – und verstummte wieder, als sei sie zu dem zutreffenden Schluss gelangt, es übersteige ihre Kräfte, die Situation zu ändern.

»Du hast gelogen!«, schrie Kotja. Seine Stimme klang

heiser bis zur Unkenntlichkeit, anscheinend hatte seine Kehle Schaden genommen, als der Kopf den ganzen Körper hinter sich hergezogen hatte – wobei einem normalen Menschen der Kopf freilich ganz abgerissen worden wäre.

»Nimm es mir ruhig krumm«, sagte ich.

»Wie hast du ... warum ...« Torkelnd richtete sich Kotja auf. Erschrocken streckte er die Hand in meine Richtung aus. »Bleib stehen! Wir müssen miteinander reden!«

Ich jedoch ging weiter auf ihn zu. Noch verstand ich nicht, warum mir ein Schlag gelungen war, der einem Polizistenfunktional zur Ehre gereicht hätte. Ganz zu schweigen davon, dass ich nicht wusste, ob mir der Trick noch einmal glücken würde.

Stehen bleiben durfte ich jetzt jedoch nicht. Niemals darfst du zeigen, dass du lediglich einen einzigen Trumpf in der Hand hältst, ansonsten aber nur wertlose Karten.

»Wir waren doch mal Freunde ...«, setzte Kotja an und verstummte prompt. Ihm war klar, dass es uns jetzt nicht gelingen würde, miteinander zu reden.

Daraufhin zeichnete er mit einer sanften Bewegung, als dirigiere er ein unsichtbares Orchester, eine Wellenlinie in die Luft. Er zeichnete sie wirklich, denn die Luft im Kielwasser seiner Finger loderte auf und formte ungeläufige Schriftzeichen.

Kotja tat, die Autotür noch immer um den Hals, einen Schritt vorwärts, hinein in die flammende Schrift – und verschwand spurlos.

Das Feuer trübte sich ein und verflüchtigte sich in der Luft zu weißem, schweflig riechendem Rauch.

Ich hockte mich hin und lehnte mich gegen einen der schmutzigen Autoreifen. Ich wischte mir den Hals ab. Wie müde ich war ...

Der vernickelte Ring funkelte an meinem Finger.

»Danke, Nastja«, sagte ich aus irgendeinem Grund. Das klang pathetisch und überflüssig, aber ich musste unbedingt etwas sagen.

Ich wollte rauchen. Meine Zigaretten dümpelten noch irgendwo im Turm vor sich hin. Also musste ich aufstehen und das Handschuhfach des Nissans durchstöbern. Ich fand tatsächlich Zigaretten, einfache LM, die Kotja immer geraucht hatte, und mir unbekannte Treasure in einer ansprechenden quadratischen Schachtel von silberner Farbe. Die waren bestimmt teuer. Ohne falsche Bescheidenheit öffnete ich die Schachtel und steckte mir eine an.

Keine schlechten Zigaretten ... Falls sie nicht mehr als einen Fünfziger kosteten, würde ich mir ab und zu eine gönnen ...

In dem Moment klingelte in meiner Hosentasche das Handy.

Ein paarmal ließ ich es klingeln und genoss den aromatischen Rauch. Dann holte ich das Mobiltelefon heraus. »Hallo«, sagte ich, ohne vorher aufs Display geschaut zu haben.

»Wo steckst du denn, Kirill?«

In meiner Brust bummerte es. »Papa?«, fragte ich, meinen Ohren nicht trauend.

»Mama bestimmt nicht! Deine Mutter ist schon sauer, dass du dich nicht meldest. Und die armen Blumen hast du auch vertrocknen lassen. Wann hast du sie das letzte Mal gegossen?«

»Hä?«

»Wann hast du das letzte Mal die Blumen gegossen?«

»Vor ... fünf Tagen?«

»Rauchst du gerade, Kirill?«, wollte mein Vater misstrauisch wissen.

»Ja.«

»Ich hätte nie geglaubt, dergleichen einmal sagen zu müssen, aber ich hoffe inständig, dass es Tabak ist!«, knallte mir mein Vater entgegen. »Wo treibst du dich rum?«

»Also ... ich bin mal hier, mal da ... Die letzte Zeit war ich meist an der Alexejewskaja. In Kimgim, im Reservat ... in Arkan habe ich auch einmal vorbeigeschaut.«

»Ich hatte gedacht, du seist raus aus dem Discoalter«, seufzte mein Vater. »Was ist? Deine Mutter kocht gerade etwas Leckeres, ich habe einen türkischen Raki kalt gestellt. Komm vorbei, dann spendier ich uns ein Gläschen.«

»Das mach ich«, sagte ich. »Ich komme sofort. Ich habe euch so vermisst. Ich liebe euch sehr. Ich muss nur noch schnell einen Abstecher zum Rigaer Bahnhof machen. Was meinst du, kriege ich da Fahrkarten nach Charkow?«

»Vielleicht«, antwortete mein Vater, von meiner ungewohnten Gefühlsduselei irritiert. »Was treibt dich denn nach Charkow?«

»Ähm ... Geschäfte ...«, erklärte ich nebulös, während ich auf meine Beine in den durchgeweichten dünnen

Schuhen guckte. »Ach was ... das erledige ich später. Ist euer Schlüssel von meiner Wohnung noch vorhanden?«

»Was hätte er denn machen sollen? Zu Staub zerfallen?«

»Genau das«, bestätigte ich. Das Handy fiepte warnend, und ich trat die Zigarette im Schnee aus. »Mein Handy ist gleich leer, Papa. Ich mach mich jetzt auf den Weg zu euch.«

Ein Auto anzuhalten erwies sich als nicht ganz so einfach. Niemand wollte vor der Brücke anhalten, noch dazu für einen schmutzigen jungen Kerl in Sommerkleidung und einer Jacke, die ihm viel zu klein war. Schließlich bremste ein zerbeulter Sechser mit einem, typisch für Moskau, Orientalen hinterm Steuer.

»Ich muss nach Perowo...«, sagte ich, als ich die Tür öffnete.

»Oho! Steig ein, mein Guter!« Der Fahrer lächelte mich unvermittelt an. Da erinnerte ich mich, dass ich mit niemand anderem als mit ihm vor nicht mal einer Woche durch die Stadt gekurvt war in dem Versuch, wenigstens irgendeinen Beweis meiner Existenz aufzutreiben.

»Vielen Dank.« Ich nahm Platz. Dann fing ich an, angestrengt nachzudenken. Mein Umzugsgeld hatte es nicht in diese Welt geschafft. »Hör mal ... die Sache ist die ...«

»Du hast kein Geld?«

»Hm«, brummte ich. »Das heißt nein, wenn wir da sind, leih ich mir was von meinen Eltern ...«

»Du brauchst dir nichts von deinen Eltern zu leihen. Das gehört sich nicht, dass ein erwachsener Mann seine Eltern um Geld bittet«, erklärte der Kaukasier. »Sobald du wieder bei Kasse bist, gibst du mir etwas.«

»Wie denn?«

»Aller guten Dinge sind drei. Und wo ich dich jetzt schon zweimal gefahren habe ...«

Ich ließ mich auf den durchhängenden Sitz plumpsen und beobachtete mit stumpfem, teilnahmslosem Blick, wie der Fahrer, dreist von der äußeren Spur wechselnd, in den dritten Ring einbog. Irgendwann steckte ich die Hände in die Taschen von Kotjas Jacke.

In der linken fand ich sein Portemonnaie, das ich ungeniert öffnete. »Falscher Alarm«, teilte ich dem Fahrer mit. »Ich habe noch Geld.«

Falls er Verdacht schöpfte, kleidete er den nicht in Worte.

In der anderen Tasche entdeckte ich Kotjas Handy.

Neugierig rief ich das Adressbuch auf. Einige Namen sagten mir etwas, andere nicht. Beim Namen Melnikow hielt ich inne. Nach kurzem Überlegen wählte ich die Nummer.

»Hallo«, meldete sich der Schriftsteller mit der höflichen, wiewohl ungeduldigen Stimme eines beschäftigten Mannes.

»Guten Tag, Dmitri Sergejewitsch«, sagte ich. »Ich bin Kirill Maximow, der Freund von Kot... von Konstantin Tschagin. Erinnern Sie sich noch an unseren Besuch vor einer Woche? Ich rufe Sie gerade über sein Handy an.«

»Äh ... ja, ja, ich erinnere mich.« Die Stimme des Literaten verlor ein wenig von ihrem offiziellen Klang. »Sie sind doch der junge Mann, der mir diese Geschichte ... ähm ... Und wie stehen ihre Angelegenheiten? Erkennt man sie?«

»Sie haben sich nicht getäuscht, das war das Sujet eines fantastischen Romans, den ich zu schreiben beabsichtige«, erwiderte ich rasch. »Entschuldigen Sie, dass ich Ihnen das Ganze als reale Geschichte dargestellt habe. Mir war gleich klar, dass Sie mir das nicht abgenommen haben.«

»Wissen Sie, junger Mann, wenn Sie schon all die Geschichten geschrieben hätten, die ich erfunden habe ...« Der Schriftsteller lachte zufrieden. »Nur zu, schreiben Sie Ihren Roman! Mich interessiert, welche Auflösung Sie zu bieten haben. Und sagen Sie, die Sache mit dem Ausweis ...«

»Chemikalien«, erklärte ich. »In der Schule habe ich mich für Chemie begeistert.«

»Ah ja«, brachte Melnikow mit höchster Genugtuung vor. »Habe ich also auch da richtig gelegen. Das sollte Ihnen eine Lehre sein! Glauben Sie nie wieder, ein Fantasy- und SF-Autor habe etwas für Mystik übrig.«

»Falls es Ihnen nichts ausmacht, würde ich Ihnen gern noch eine kleine Frage stellen!«, bat ich. »Nur eine einzige. Sagen Sie, wie heißt in der Fantastik normalerweise eine Welt, die parallel zu unserer existiert?«

»Was meinen Sie damit?«, fragte der Schriftsteller begriffsstutzig.

»Also wenn jemand einen Planeten entdeckt, der der Erde weitgehend entspricht. Wie heißt der dann? Erde-2?«

»Vermutlich schon«, bestätigte Melnikow. »Es gibt da zum Beispiel einen exzellenten Schriftsteller, einen Klassiker der amerikanischen ...«

»Und wenn gleich ein Dutzend erdgleicher Planenten entdeckt werden?«

Melnikow sagte kein Wort. »Ja?«, fragte er misstrauisch. »Haben Sie die etwa entdeckt? Und nun?«

»Heißen die auch Erde-2, Erde-3 und so weiter?«

»Ich würde doch annehmen, dass im Prinzip die Nummerierung bei 1 anfinge«, antwortete Melnikow wie aus der Pistole geschossen. »Die Bezeichnung Erde-2 unterstriche die Einzigartigkeit unseres Planeten. Sollte die Zahlenreihe jedoch sehr lang sein, würde die Einmaligkeit der *Originalerde* durch nichts deutlicher betont als durch das Fehlen einer Nummer.«

»Vielen Dank«, sagte ich aufrichtig. »Diesen Gedanken hatte ich auch schon. Danke!«

Ich unterbrach die Verbindung und sah den Fahrer an.

»Ist was nicht in Ordnung?«, fragte er.

»Irgendwas ist nie in Ordnung.«

»Das stimmt. Meine Reifen sind schon völlig runter. Und die Straße ist die reinste Rutschbahn! Was denkt der Bürgermeister sich eigentlich dabei? Eine Großstadt, die Hauptstadt, viele Autos, viel Geld ...«

Ich saß mit geschlossenen Augen da und lauschte seiner weit ausholenden Klage.

»Was haben die Menschen nicht alles entwickelt – und was nützt ihnen das? Hier führen sie Krieg, da liegen sie sich in den Haaren. Wir haben nur eine Welt, und die können wir nicht teilen. Aber das Glück, das kannten wir früher nicht und kennen es auch heute nicht ...«

»Keine Sorge«, antwortete ich. »Glauben Sie mir, das kommt schon alles noch.«

Das Auto holperte über die löchrige Straße und schlingerte immer wieder mal auf die eine, mal auf die andere

Seite. Ich musste zu meinen Eltern fahren. Und außerdem Fahrkarten kaufen. Cashew suchen. Wenn die Zeit der schlechten Wunder anbricht, muss man in sich den Mut finden, gut zu bleiben. Ich fuhr mit dem Daumen über den kalten Metallring und wiederholte: »Das kommt schon noch.«

Die fantastischen Welten
des Sergej Lukianenko

DIE WÄCHTER-ROMANE

Vampire, Gestaltwandler, Hexen, Magier – seit ewigen Zeiten leben die sogenannten »Anderen« unerkannt in unserer Mitte. Und seit ewigen Zeiten stehen sich die Mächte des Lichts und die Mächte der Finsternis unversöhnlich gegenüber, zurückgehalten nur durch einen vor Jahren geschlossenen Waffenstillstand. Zwei Organisationen – den »Wächtern der Nacht« und den »Wächtern des Tages« – obliegt es, das empfindliche Gleichgewicht der Kräfte aufrechtzuerhalten. Doch nun droht dieses Gleichgewicht zu kippen und die Welt ins Chaos zu stürzen ...

Erster Band: Wächter der Nacht

Als der Nachtwache-Ermittler Anton Gorodezki den Auftrag erhält, ein Vampirpaar zu verhaften, begegnet er einer Frau, die mit einem mächtigen Fluch belegt wurde. Seine Versuche, der Frau zu helfen und den Fluch zu brechen, scheitern. Schließlich kommt es zum Kampf mit dem Vampirpaar. Sowohl das Opfer der Vampire, ein mysteriöser Junge, als auch die Vampirin können entkommen. Nun muss Anton nicht nur den Jungen finden, sondern auch die verfluchte Frau, die er um jeden Preis beschützen soll. Denn der auf ihr lastende Fluch ist so stark, dass durch ihn ganz Moskau zerstört werden könnte.

Zweiter Band: Wächter des Tages

Eines Tages wird eine uralte Sekte von Dunklen Anderen, die sich abseits der geschlossenen Vereinbarungen hält, aktiv, um den vor vielen Jahrhunderten umgekommenen Magier Fafnir ins Leben zurückzurufen. Sowohl Geser, der Chef der Moskauer Nachtwache, als auch sein Dunkler Gegenspieler Sebulon versuchen, daraus für ihre Pläne Kapital zu schlagen, und schrecken dabei auch nicht davor zurück, eigene Leute zu opfern.

Dritter Band:
Wächter des Zwielichts

Anonyme Hinweise tauchen auf, dass ein vermögender Mann einen Anderen durch Erpressung zwingen will, ihn selbst in einen Anderen zu verwandeln – was als unmöglich gilt. Die Nachtwache wird mit der Untersuchung beauftragt und findet heraus, dass der Erpresser ein Sohn Gesers und Olgas ist, von dessen Existenz sie erst vor Kurzem erfahren haben. Wer aber ist der Andere, der ihm die Verwandlung versprochen hat? Ein Wettlauf gegen die Zeit beginnt.

Vierter Band:
Wächter der Ewigkeit

Anton Gorodezki, inzwischen zur Nummer Zwei in der Moskauer Nachtwache aufgestiegen, wird nach Schottland entsandt, um ein rätselhaftes Verbrechen aufzuklären. Die Spur führt zu einer Verschwörung Lichter und Dunkler Anderer, die sich des »Kranzes der Schöpfung« bemächtigen wollen – eines magischen Artefakts, das der Zauberer Merlin vor Jahrtausenden in der tiefsten, siebten Schicht des Zwielichts verborgen hat. Doch in die siebte Schicht vorzudringen, ist die größte Herausforderung, der sich ein Anderer stellen kann.

DIE WELTENGÄNGER-ROMANE

Erst sieht es aus wie ein böser Scherz: Als Kirill eines Abends nach Hause kommt, ist seine Wohnung nicht wiederzuerkennen und eine ihm völlig unbekannte Frau behauptet, sie lebe hier schon seit Jahren. Doch damit nicht genug: Auch an seinem Arbeitsplatz ist Kirill niemandem bekannt, und sogar seine Verwandten und Freunde können sich nicht mehr an ihn erinnern – als hätte es ihn nie gegeben. Was ist geschehen? Wie kann es sein, dass manche Menschen einfach aus ihrer Existenz herausfallen? Und aus welchem Grund? Für Kirill beginnt das Abenteuer seines Lebens ...

Erster Band: Weltengänger

Von einem mysteriösen Anrufer wird Kirill zu einem alten Moskauer Bahnhof geleitet, wo man ihm das nahezu Unglaubliche erklärt: Er ist jetzt zu einem Funktional geworden – zu einem Wächter an der Schwelle zu parallelen Welten. Der Wasserturm ist die Zollstation, in der er die Übergänge zu den anderen Welten bewachen soll, und schon bald tauchen die ersten Grenzgänger auf, die auf scheinbar paradiesische Planeten hinüberwechseln. Doch eine Frage lässt Kirill nicht los: Wer hat diese Welten erschaffen? Wer hat ihn zu einem Funktional gemacht?

Zweiter Band: Weltenträumer

Kirill will sich nicht damit abfinden, dass sein altes Leben einfach so zu Ende ist. Seine Suche nach den Verantwortlichen jedoch, die ihn zum Funktional gemacht haben, wird zunehmend gefährlicher. Kirill flieht von Welt zu Welt, nur um jedes Mal vor neue Rätsel gestellt zu werden. Denn die Mächte hinter der Erschaffung der Parallelwelten, die auch auf der Erde den Gang der Geschichte maßgeblich beeinflusst haben, wollen sich auf keinen Fall in die Karten schauen lassen. Aber sie haben nicht mit Kirills Hartnäckigkeit gerechnet – und am Ende liegt die Antwort viel näher, als er denkt.

Nachdem man auf der Erde das Reisen mit Überlichtgeschwindigkeit entdeckt hat, bricht die Menschheit ins All auf – und gerät in Kontakt mit dem sogenannten Konklave, einer interstellaren Organisation, in der etliche außerirdische Spezies versammelt sind. Diese Organisation wurde geschaffen, um den Völkern der Galaxis ihre jeweilige Rolle zuzuweisen und den Frieden zu bewahren. Doch nicht alle Völker sind mit der Rolle zufrieden, die das Konklave ihnen zugedacht hat – und nicht alle Völker lösen Konflikte mit friedlichen Mitteln …

Erster Band: Sternenspiel

Eines Tages entdeckt der Kosmonaut Pjotr Chrumow in seinem Raumschiff einen blinden Passagier, einen Vertreter einer kleinwüchsigen Reptilienrasse, die sich gegen das Konklave verschworen hat. Zunächst glaubt Pjotr, die Angelegenheit still und leise bereinigen zu können. Doch sein Passagier hat andere Pläne: Er verlangt ein heimliches Treffen mit Andrej Chrumow, Pjotrs 72-jährigem Großvater, der auf der Erde lebt. Doch warum gerade sein Großvater? Welches Geheimnis verbirgt sich hinter alldem? Und überhaupt: Wie soll Pjotr unbemerkt zur Erde gelangen?

Zweiter Band: Sternenschatten

Nach etlichen Abenteuern beschließt Pjotr, zum Galaxiskern zu fliegen und dort nach dem »Schatten« zu suchen, einer uralten Zivilisation, die lange vor dem Konklave existiert hat.
Er landet auf dem einzigen Planeten des »Schattens«, der von Erkundungsflügen her bekannt ist und sich als unbewohnte Quarantänestation erweist, von der aus man durch ein Dimensionstor weiterkommt. Als Pjotr durch dieses Tor hindurchgeht, erschließt sich ihm eine Welt, die er sich in seinen kühnsten Träumen nicht hätte vorstellen können.

WEITERE ROMANE

Die Ritter der vierzig Inseln

Eigentlich hatte Dima geglaubt, er würde eine ganz normale Jugend verleben. Jedenfalls bis zu dem Tag, als ihn ein Fotograf im Park um ein Bild für die Zeitung bittet. Dima stellt sich in Positur, der Fotoapparat klickt – und plötzlich findet sich der Junge in einer völlig anderen Welt wieder: Ein Archipel aus vierzig kleinen Inseln, umgeben von einem endlosen Meer. Auf jeder dieser Inseln steht eine Burg, von der sich Brücken zu den jeweiligen Nachbarinseln spannen. Und jede dieser Inseln beherbergt ein Dutzend andere Jugendliche, die alle auf dieselbe Weise hierhergeholt wurden wie Dima. Zwischen den Inselbewohnern findet ein »Spiel« statt: Sie treffen sich auf den Verbindungsbrücken und bekämpfen sich mit Schwertern – denn es heißt, derjenige, der alle Inseln erobert, darf zur Erde zurück.

Drachenpfade

Viktor führt in Moskau ein ganz normales Leben. Doch als er eines Tages ein unbekanntes Mädchen verletzt vor seiner Wohnungstür entdeckt, wird sein Leben von einem Tag auf den anderen auf den Kopf gestellt. Denn das Mädchen nimmt ihn mit in eine magische Welt, deren Völker von der Rückkehr eines Drachen bedroht werden. Viktor wird klar, dass er sich dem Drachen mit all seiner Kraft entgegenstellen muss … Sergej Lukianenko und seinem Co-Autor Nick Perumov ist mit »Drachenpfade« ein wunderbares Fantasy-Abenteuer gelungen.

Das Schlangenschwert

Es ist halb Ding, halb lebendiges Wesen, und es sucht sich seinen Träger selbst aus – für immer. Als dem jungen Tikki, der gerade seine Eltern verloren hat, das Schlangenschwert in die Hände fällt, ahnt er noch nicht, dass sich sein Leben und das aller Menschen für immer verändern werden. Denn das Schlangenschwert ist die mächtigste Waffe, die je geschmiedet wurde, und es ist die einzige Möglichkeit, die Menschheit vor einer dunklen Bedrohung zu bewahren.

Der Herr der Finsternis

Kälte und ewige Dunkelheit liegen über der Welt, seit den Menschen das Sonnenlicht genommen wurde. Doch als der junge Danka eines Tages beobachtet, wie sich einer der seltenen Lichtstrahlen in eine geheimnisvolle Katze verwandelt, beginnt für ihn das Abenteuer seines Lebens. Denn die Sonnenkatze führt ihn in ein fantastisches Reich, in dem Danka dazu ausersehen ist, den Fürsten der Finsternis zu besiegen und den Krieg zwischen Licht und Dunkelheit für immer zu beenden …

Labyrinth der Spiegel

»Die Tiefe« – so heißt eine geheimnisvolle virtuelle Welt, in der Träume Realität werden. Doch ohne Hilfe eines in der Realität verankerten Timers können die Nutzer Deeptowns in der »Tiefe« ihres virtuellen Paradieses verloren gehen und die Träume zu Albträumen werden. Leonid, ein genialer Hacker und Computerexperte besitzt die einzigartige Fähigkeit, allein durch sein Bewusstsein den virtuellen Raum wieder zu verlassen. In der »Tiefe« stößt er auf eine tödliche Gefahr, die nicht nur sein Leben für immer verändern könnte …

Der falsche Spiegel

Längst gehören Computer zu unserem Alltag, und das Internet scheint uns absolute Freiheit und unendliche Möglichkeiten zu bieten. Aber für einige ist das Netz zum Albtraum geworden, denn sie sind gefangen im virtuellen Raum, der sogenannten »Tiefe«. Nur wenige Menschen, die »Diver«, sind in der Lage, die Tiefe aus eigener Kraft wieder zu verlassen. Einer von ihnen ist Leonid – geradezu meisterhaft beherrscht er den virtuellen Raum mit all seinen Tücken. Doch dann muss er sich auf ein Spiel einlassen, das ihm alles abverlangt. Ein Spiel, das tödlich enden könnte.

Spektrum

Als eines Tages auf der Erde ein von Außerirdischen installiertes Teleportationssystem entdeckt wird, beginnt für die Menschheit eine neue Ära: Sieben Welten können durch den Transporter in Sekundenschnelle erreicht werden. Eine perfekte Möglichkeit also für jene, die den Zuständen auf der Erde entfliehen wollen – aus welchen Gründen auch immer. Privatdetektiv Martin Dugin hat sich auf diese Art des Reisens spezialisiert und verdient so seinen Lebensunterhalt. Als er den scheinbaren Routineauftrag übernimmt, die verschwundene Tochter eines Kunden aufzuspüren, ahnt er noch nicht, dass sich der Auftrag zu einer Jagd entwickeln wird, die ihn bis an die Grenzen der Galaxis führt.